M. ГОРЬКИЙ

高尔基文集

* 20 *

克里姆·萨姆金的一生

(四)

1925
|
1936

人民文学出版社

М. Горький

马克西姆·高尔基

克里姆·萨姆金的一生

(四十年间)

第 四 部

贾 刚 译

第一章

一

柏林冷淡地接待了克里姆·萨姆金：下着非常熟悉的、彼得堡式的灰蒙蒙的细雨，车站搬运工人正在罢工。只好自己提起两只沉重的箱子，挤在怒气冲冲的人群中，穿过地下甬道，又跟他们一起爬上台阶。这些人都是个子高大，身体肥壮，他们满腹牢骚，吵吵嚷嚷，毫不客气地用行李互相冲撞着，而且似乎谁也不道一声歉。两个有军人风度的人在萨姆金前面走，老是挡着他的去路；他们身穿猎服，头戴圆帽，帽带上插着几根不知是什么鸟的羽毛。大概是想给这些被搬运工人气得一肚子火的人们开开心，这两个插着羽毛的男人，用手杖抬着一只小小的篮子，故意装成被重担压得支持不住的样子。但是笑的却只有一位瘦长的太太，这位太太从两肩一直到膝盖都挂满各式各样的纸袋，一手提着皮箱，另一只手里拿着化妆盒；她也只是出于礼貌才笑的，笑声很尖，而且很不自然；她走路很不方便，人们撞她似乎也比撞别人次数多，她不时止住笑声，担心地对两个逗笑的人喊叫：

"我的上帝！那里面装的是玻璃东西啊！噢，理查德，那里面装着花瓶儿……"

车站前面的广场上，连一辆马车也没有。衣冠楚楚的人们，穿过密密的雨幕,愁眉苦脸,一声不响地在石铺马路的潮湿石块上走着。雨点是柔软的,落在石块路上毫无声息,但是可以清晰地听到从排水管里流出来的雨水单调的潺潺声和怒气冲冲的脚步踏在水里的呱唧呱唧声。路边是一排排密集的、笨重的房屋,潮湿使它们几乎都变成了同样的铁锈颜色。萨姆金觉得有一股令人颓丧的凉气,透过衣服,渗进了皮肤,于是他放下箱子,摘掉帽子,擦了擦汗涔涔的额角并提醒自己说:

"天无绝人之路。"

从他背后走来一个留着灰色小胡子、身材矮壮的人,戴着皮帽,穿着长及膝盖的蓝褂子,胸前挂着铜牌,脚上穿一双大皮鞋。

"两马克,把我送到最近的旅馆,"萨姆金向他提议说。

"不行,"搬运工看也没有看他,说道,还把一个肩膀往上耸了耸,仿佛要推开他似的。

"这是无产阶级的团结呢,还是怕遭到同伴们的痛打呢?"萨姆金这样讽刺地猜想,那个搬运工人用一只眼睛斜着看了看他的脸,用下巴颏指着一座房子,大声说道:

"那是巴尔茨公寓。"

萨姆金忘了道谢,提起自己的皮箱,又在雨里走起来。一个钟头之后,他已经洗过澡,喝过咖啡,坐在一个小房间的窗边,回忆着跟公寓的女老板会面的情景。女老板身体肥胖,简直像只大皮球,穿着深枣红色的连衣裙,系着灰色的围裙,紧挤在鼓胀的红脸腮之间的鼻子上戴着眼镜,她一开口就问:

"您不是犹太人吧,不是吗?"

她亲自动手,迅速而又熟练地为他准备好洗澡盆,端来咖啡,并且解释说,因为原来的女仆是个罢工工人的侄女,所以必须辞退。随后她就很不礼貌地透过眼镜打量着客人,盘问他俄国的情形怎样。萨姆金一面检验着自己的德语知识,一面简短地,但很乐意地回答她的问题。并且想着,如果能一过国境就把身后的门紧紧关上,哪怕能在短期内不再听到祖国令人厌烦的喧嚣,甚至忘掉这个国家,那该有多好。可是这位老板娘说话的声调既响亮,又果断,好像并非只说给他一个人听,而是给许多人听似的:

"倍倍尔不应该坐在国会里,而应该坐在他曾经坐过的监狱里。虽然大家都肯定他不是犹太人,可他还是个社会主义者啊。"

萨姆金笑吟吟地问道:难道她认为,所有的犹太人都是社会主义者吗?连有钱的犹太人也是吗?

"噢,是的!"她愤怒地高声喊道。"您读一读叶夫盖尼·李嘉图的讲话吧。社会主义者就是一些图谋大肆抢劫那些合法的主人,并把他们从德意志赶出去的人,但是只有犹太人才会有这样的打算。是的,是的,请您看看李嘉图的文章吧,他的理智是健全的,德国式的!"

她已经说得嗓子眼里咕噜咕噜直响,可是她还像母鸡扇动翅膀一样挥舞着两只胳膊,继续说下去:

"德意志是不允许发生革命的,它不会学你们那倒霉的俄罗斯的样子。德意志本身就是整个欧洲的榜样。我们的凯撒①雄才大略,跟腓特烈大帝一样,是一位历史盼望已久的皇帝。我的丈夫莫利茨·巴尔茨总是对我说:'丽丝白特,你应该感谢上帝,因为他让你生活在这样一位皇帝的治下,他将使整个欧洲都跪倒在德国人面前……'"

她的身体是这样的肥胖和柔软,右边的臀部从椅子上耷拉下来,像个肉泡,胸部和肚子也鼓起同样的肉泡。当她站起来的时候,肉泡就不见了,因为它们都汇聚成了一个大肉泡,几乎一点儿也没有破坏这个肉泡的完整形状。大肉泡的顶上长着一个有裂缝的小红肉泡,滔滔不绝的话从缝里涌出来。但是萨姆金却在她那丑陋外貌的内部发现了一种非常特殊的品质,等她像只大皮球似的从屋子里滚出去的时候,他心里想:

"干她这一行的俄国娘儿们是不会议论这样的问题的……"

---

① 指威廉二世。

雨停了，街上充满了灰色的雾气，火车头鸣着汽笛，钢铁的声音轰轰乱响，震得窗玻璃直颤抖，一些同样粗壮的工人，正在从一座四层楼的房子上拆脚手架，他们都穿着蓝褂子，戴着样式滑稽的尖顶帽，跟《西普利齐西穆斯》画报①上的工人一模一样。萨姆金看着窗外，抽着烟，倾听着心里琐碎思想纠缠不休的窸窣声，心情颇为伤感。

"我这一生，本来是一场独白；可是我的思想却总像一场对白，总像在向什么人证明什么问题。就像是在我体内还有个陌生的、与我为敌的人，他注视着我的每一思想，而且我怕他。有没有能不用语言思维的人呢？也许，音乐家就是这样的人……我累啦。异常发达的观察力反而成了累赘。我机械地吞下许多庸俗、荒谬的东西。"

他闭上眼睛，黑暗中立即出现了一个赤裸裸的、健美的、粉红色的身体。

"如果我爱上了她，她就会挤出我心里的一切……一切是什么呢？她称我为不可救药的聪明人，说像我这样的人是世界的病害。这话不正确。是胡说。我不是书呆子，不是教条主义者，也不是道学先生。我虽然懂得很多，但并不企图教训别人。我并没有杜撰些必然要束缚思想和想象自由发展的理论。"

这时，不久之前才读到的一些别人的词句，如"最后的、高度的自由"，"伪装万事精通者的悲剧"，"像纳吉索斯②那样专为自我陶醉的知识的幼稚可笑"等等，就像秋天的苍蝇一样，向他袭来，脑子里涌现出来的这类词句越来越多，它们仿佛是在他身外，在这间屋子里窸窣作响。

他从箱子里拿出几本书来翻翻，在一本书的序言里看到这样一句话："我们接受一切的宗教和一切神秘学说，只要能够逃脱现实生活。"

"如果这不是装腔作势，那就是绝望的哀鸣了，"他想。

---

① 这是当时德国的一种讽刺性杂志，杂志的名称来自德国作家格里美尔豪生的小说《西普利齐西穆斯奇遇记》。
② 希腊神话中的美少年，喜欢顾影自怜。

雨又在拍打窗户,风在呼啸。萨姆金开始读起米罗波利斯基[①]的诗来。

阅读文学作品,如同吸烟一样,是他的生活需要。书籍丰富了他的语汇,他很会欣赏文字组合的技巧和音韵,玩赏同一思想在不同作家笔下,披上各式各样的文字外衣,而且特别喜欢在似乎是互不相容的人们之间发现共同的东西。读着列昂尼德·安德烈耶夫那种猫声咪咪的作品时(这种猫咪声最后几乎总要变成苦闷的狼嗥),萨姆金悠然地想起冈察洛夫低声的唠叨:

"粗犷和宏伟的东西有什么用呢?譬如说,大海。大海只会使人忧伤,看见它就想哭泣。波浪的怒吼和汹涌澎湃,会使纤弱的听觉很不舒服,从开天辟地那天起,它们就总是在唱同一支忧郁而神秘的歌。"

这些话使他想起了丘特切夫惶惑不安的问话:"夜风啊,你在吼叫些什么呀?"以及他的祈求:

噢,别唱这些描写古代混沌世界的
恐怖歌曲吧……

于是又想起了冈察洛夫的话:"在这种自然界的哀号面前,野兽的怒吼都显得软弱无力,人的声音同样显得微不足道,就连人的本身也显得那么渺小和软弱……"

接着,记忆又殷勤地推出了拜伦的《黑暗》,雪莱的《奥西曼第》,埃德加·坡、缪塞、波德莱尔的诗,梭罗古勃的《火焰圈》,以及其他许多这种情调的作品——所有这一切,都是他从前读过的,残留在他的脑海里,偶尔响鸣几声。

不过这些关于人在自然界可怖的力量面前、在死亡的法则面前显

[①] 米罗波利斯基是一位不很知名的俄国诗人。

得渺小无力的描述，并没有破坏萨姆金的情绪，他知道，只要说这些话的作家身体健康，这些话就绝对不会妨碍他们享受生活。他知道，阿瑟·叔本华活了七十二岁，证明了悲观主义是宗教情绪的基础之后，幸福地死去了，因为他深信，他那并不十分快活的关于宇宙的哲理，就像"脑子的幻影"一样，仍是十九世纪最优秀的创作。

诸如宗教情绪和形而上学之类的问题，从来没有使萨姆金感到不安，而且他看到了，陀思妥耶夫斯基和列夫·托尔斯泰的宗教思想，是那么迅速地失去了它们的锋芒，堕落成梅列日科夫斯基①的荒唐的空谈，变成了半虚无主义者弗拉基米尔·索洛维约夫②无情的冷言冷语，堕落为色情作家瓦西里·罗扎诺夫③的俏皮话，最后，在象征主义作家们的迷雾中沉没、消失。

陀思妥耶夫斯基的作品，他读的不多，而且是硬着头皮读的，他觉得这位十分独特的作家对贬低人是很内行并有说服力的，而且十分巧妙。他喜欢契诃夫对生活中的庸俗现象悲伤而又温和的嘲笑。在他看来，文学书籍中描述的主要是些陷入生活琐事、陷入理智与感情的矛盾、陷入自尊心的庸俗竞争中的可怜虫。归根到底，在他看来，文学是一位并不愚蠢的，有时甚至是很有趣的谈话对手，跟他可以默默地争论，默默地取笑他，不相信他。

二

一片片浅黄色阳光从窗外潮湿的屋墙上掠过。萨姆金把手中奇特的小书扔在桌子上，急忙穿好衣服，走到街上，漫步走在似乎特别坚硬的人行道上，看到这座城市里军人特别多之后，他很快就发现了柏

---

① 梅列日科夫斯基(1865—1941)，俄国作家，象征主义者。
② 索洛维约夫(1853—1900)，俄国神秘主义哲学家，象征主义诗人，他力图把哲学和宗教上神的启示结合在一起。
③ 罗扎诺夫(1856—1919)，唯心主义哲学家，文学家，宣传宗教与颓废思想，维护专制政体。

林和彼得堡相似的地方,随后又发觉柏林的军官比彼得堡的更为傲慢,同时又记起,这早就有人谈过多次了。他在商店林立的街道上走着,仿佛是走在峡谷里,两排笨重的屋宇迎面而来,商店敞开的门喷出皮革、油脂、烟草、肉和香料的气味,什么东西都很多,而一切又都单调得使人厌烦。他想起了柳托夫的话:

"德意志首先就是普鲁士。是那些没命地喝啤酒的人的文化圣地。在巴黎,要把巴黎圣母院和埃菲尔铁塔对比一下,你才能理解历史的嘲弄,莫泊桑的苦闷,波德莱尔的憎恶,安纳托尔·法朗士的优雅的讽刺。而在柏林,什么也用不着去领会,国会大厦和胜利林荫道已经非常清楚地说明了一切。普鲁士的首都是建筑在沙砾上的城市,像是德意志肋部的肿瘤、肝脏里的结石……"

灰色的云又洒下了霏霏细雨。萨姆金雇了一辆马车,回到旅馆。晚上,他无聊地在剧院里度过,观看了魏特肯①的一个剧的演出,第二天从早到晚,有时乘车,有时步行,在城里游荡了一天,游览了市容,然后又花了一天时间去游览波茨坦。对久已熟悉的、有关柏林的否定评价,他本人再也没有什么可补充的了。是的,一座苦闷而又寂寞的城市,在这座城市里,在建筑物和居民的身上,都有一种令人窒息的紧迫感。身体粗壮魁伟的泥瓦匠和木匠,都一声不响地、阴沉而又机械地在干活。他们也都像军人一样,生着"车轮"般的胸膛和呆板的面孔。胖人非常多。萨姆金决定看看博物馆就离开这里。

他来到绘画陈列馆。

离开了闷热潮湿的街道,走在凉气沁人的空旷的陈列厅里,使他觉得很舒服。萨姆金并不十分喜欢绘画。他一向把参观博物馆和展览会看作是一个文明人的责任,它能为谈话提供题目。他总是像看书一样地看画,而且自己也知道,这使绘画为之失色。

他在几幅女人的裸体像前停了几秒钟,心里想着玛琳娜:

---

① 魏特肯(1864—1918),德国象征派剧作家,演员。

"她要漂亮得多。"

不知道为什么,每当想到玛琳娜的时候就有一种怨恨的情绪,也可能是在恼恨:为什么在这方面艺术竟不能超过现实。可是风景画画得总是比自然景物更美。他比较喜欢的风格,是一些用亲切而又浪漫的笔法对自然风景加以渲染的静穆、温柔的小品。也许就是这些小品使他产生了一种陌生的、舒适的哀愁心情吧?他坐在大厅里的沙发上,合上疲倦的眼睛,心里想:这几百幅令人想起过去的彩画可以比作什么东西呢?记忆涌出了几句丘特切夫的哀歌:

> ……这幽灵的天国,
> 不论动乱年代的灾祸,
> 不论悲伤和欢乐,
> 对这些沉默、高尚而优美的灵魂,
> 都似过眼烟云……

他站起来,往前走去,激动地反复吟诵着这些诗句,在一幅颜色深暗的画前停下来,画面上凌乱地散布着一些用幻想混合的形态拼凑起来的奇怪形体:人形和鸟形、兽形拼合在一起,一个三角形上面画着人脸,在用两条腿走路。画家的任意涂抹,把一个熟悉的、实际存在的东西裂成碎块,又滑稽而狂妄地把这些碎块拼凑成荒诞的丑陋东西。萨姆金在这张画前站了约三分钟,忽然觉得,这幅画使他也很想重复画家所干的勾当,把画家画的那些奇怪形体再加以粉碎,然后再重新把它们拼凑起来,但是这已经是按照他萨姆金所希望的样子拼凑起来的了。他抵制着这种欲望,迟疑地离开了这里,但是为了领教一下作者的大名,立刻又返回原处。在一块发乌的小铜牌上刻着"叶洛尼姆·波修"①,而且又看到了两幅同样离奇的小画。他坐在圈椅上,端详着

---

① 叶洛尼姆·波修(约1450—1516),荷兰画家。

这种似乎不受绘画概念约束的作品,猜测了半天:画家波修在用真实物体的碎块创造这种虚幻的世界时,究竟在想些什么呢?他越是仔细观察这个把根本无法结合起来的鸟兽形体和几何图形硬拼在一起的东西,心里就越想粉碎所有这些形体,揭示隐藏在它们阴郁的怪诞形象中的神秘意义。叶洛尼姆·波修这个名字,绘画史中一点儿也没有提到过。奇怪的是,这样一幅惹人生气的画,竟会陈列在德国首都最好的陈列馆里。

萨姆金来到楼下,走到出售展品目录和照片的人面前。这个脸色发黄、矮个子、头戴小缎帽的人,右眼盯着报纸说,他这里没有关于波修的专门著作,不过书店里可能有。萨姆金在书店里买到一本法文的关于波修的专著。回到公寓里,吃饱了巴尔茨太太给他预备的烤鹅、土豆沙拉和鲤鱼之后,就躺在长沙发上,抽着烟,把那本笨重的厚书放在胸前,开始翻看那些复制的画页。

几只长了翅膀的飞猿,几只兽头鸟,一些像甲虫、鱼和鸟一样的魔鬼。圣安东尼惊骇地蜷缩在一座半倒塌的草棚边,一头妇女打扮的肥猪和一只戴着滑稽帽子的猿猴,正朝他走来;各种各样的爬虫在到处乱爬;在一张不知道为什么要放在旷野里的桌子底下,藏着一个裸体的女人;女妖在空中飞翔;一具什么野兽的骷髅在弹竖琴;一口大钟在空中飞翔,或者是悬在空中;一位长着野猪脑袋和山羊犄角的皇帝正在走路。在一幅题为《人的创造》的画上,把万军之主的上帝画成没有胡子的少年,天堂里有一座磨房。每幅画上画的都是些忧郁的、然而还能引人一笑的颠倒错乱的东西。

"简直是噩梦,"萨姆金下结论说,然而立刻又遗憾地想到,像这样的俗话,随便什么人都说得出来。

这本书里介绍说,残暴忧郁的西班牙国王菲力普二世,非常喜欢收购波修的画。

"也许,长着野猪头的皇帝就是菲力普,"萨姆金心里想。"这位波修对待现实生活的态度,就像小孩子对待玩具一样,把它拆开,然后再照自己的意思把碎块粘在一起。简直是胡闹。这可以为外省报纸小品文作者充当素材。要是库图佐夫,他会对波修的画说些什么呢?"

潮湿的纸烟好不容易才抽着,烟味很难闻。

"'就连祖国的炊烟我们也觉得香甜、可爱。'现在祖国却散发着难闻的腥臭。那里流的血太多,流得也太经常了。'勇士们的疯狂行动'……'从必然王国向自由王国'飞跃的尝试……社会主义对像我这一类的人有什么好处呢?依然是同样的孤独,而且大概会更为强烈地感觉到'唉,在并非无人的原野上'的孤独……当然,我活不到'自由王国'的时代……为了死亡而活着,这个主意很不高明。"

思想的滋味是苦的,不过苦得使人很舒服。思想就像许多条涨满冰冷秋水的溪流,潺潺地流出来。

"我并不是一个庸才。很善于看到别人看不到的东西。我的独特的聪明,早在童年时代就已经显示出来了……"

他觉得,心里正在酝酿一种新的情绪,但是他还弄不清楚,究竟新在什么地方?思想自动地以准确的文字形式涌现出来,这些文字却是他早已熟悉的,在书本上常常看到的东西。他昏昏欲睡,但是却未能睡成,一股莫名其妙的烦恼把他推醒。

"西班牙国王喜爱波修画中的什么东西呢?"他想。

三

晚上,在温特尔公园的一座荒唐的板棚里,他怀疑地看着台上的两个丑角,他俩正在非常细致地表演破坏正常东西的滑稽动作。在这些手疾眼快的人表演的含有嘲弄意味的戏法里,显然有一种轻薄的东西,但观众并没有笑,可以认为,他们在破坏公认的正常事物时的那副一本正经的样子,刺伤了观众。

"波修也是一个小丑,"萨姆金断定。

在他的右前方,坐着一个身穿灰衣、头发散乱的人;这个人挥舞着报纸,焦急地东张西望。他留着尖尖的小连鬓胡子,一张瘦削的长脸,大眼睛。

"俄国人。我在什么地方见过他,"萨姆金心里想,所以每逢这个人回过头来的时候,他就低下脑袋。但是在幕间休息的时候,这个人却站到他身旁来了,他用嗄哑的声音问道:

"是萨姆金吗?我是多尔加诺夫。您还记得芬兰、维堡吗?看过报吗?还没有?"

他用肩膀把萨姆金挤到墙边,把声音压低成嗄哑的耳语,匆忙地嘟哝说:

"斯托雷平的别墅被炸毁啦。他本人逃了一条活命,却把二十来个老百姓炸成了肉酱。一位女朋友,柳比莫娃,不幸……"

"怎么不幸?被捕了吗?"萨姆金哆嗦了一下,问道。

"牺牲了。还带着一个孩子。"

"柳比莫娃?"

"怎么,你们认识?我也认识她。还在年轻的时候。她曾经牵连在民意党人马尔克·纳坦松、罗马西、安德烈·列扎瓦等人的案子里。当时她的态度不怎么样……您听我说,叫这座杂技场去见鬼吧!咱们到酒馆里去坐坐。这是件大事。好好谈一谈。"

他拉着萨姆金的手,气喘不止,干咳了一阵,嗓子里呼呼地响着。萨姆金发现,有那么一伙神态安详、脸色红润的人正在目不转睛地、不礼貌地打量着他和多尔加诺夫。他便朝门口走去。

"柳比莫娃……莫非真是那个女人吗?"

他很想仔细打听打听,但是多尔加诺夫根本不给他问话的机会,他摇晃着两条长腿,用肩膀碰撞着萨姆金,断断续续地、嘶哑地说:

"是啊,您瞧。一场烟火。这是政治错误。在议会制度存在的情况下使用恐怖手段。见鬼……我拥护劳动团[①]。赞成干粗活。您怎么

[①] 一九〇六至一九一七年间俄国小资产阶级民粹派的政治集团。

样,是社会民主党吗？我不理解。列宁发疯啦。布克①不懂得莫斯科起义的教训。应该猛醒啦。理智健全的人们的任务就是把所有的民主派组织起来。"

萨姆金推开一个小饭馆的门。他们在一个角落里的门旁找到一张空桌子,门里面响着台球的乒乓声。

"我要黑啤酒,"多尔加诺夫说。"喝啤酒是有益的。我是从达伏斯②来的。得了肺病。拉丁语叫普涅夫涅脱拉克斯。流放在托特马③的时候得的。这鬼地方也跟达伏斯一样,非常偏僻。所以总想去人多的地方。您已经侨居国外了吗？"

"不。我是游山玩水。"

"啊哈。您是怎样看法:立宪民主党人能把全部坏蛋——十月党啦,保皇党啦和其他一些家伙都控制住了吗？他们,立宪民主党把知识界统统组织起来啦……"

在一片乱哄哄的、像打呼噜似的德国话的喧闹声中,很难听清多尔加诺夫那嘎哑的、平淡无味的声音,断断续续的话语模糊难辨。萨姆金在等着他什么时候会说累了。多尔加诺夫拼命地灌啤酒,胸口里发出咕噜咕噜和咯吱咯吱的响声,火热的眼睛眯缝着,仿佛在盯刺萨姆金脸上的皮肤。两撇胡髭无精打采地耷拉到连鬓胡子下面,胡须上都沾满了啤酒泡沫,可以认为,这是多尔加诺夫说的话在冒泡。胡髭下面露出两颗金牙,令人不快地在闪闪发光。他不住嘴地说啊,说啊,眼睛里的光芒越来越炽烈。萨姆金忽然想象到他死后的样子:一张土灰色的脸枕在白枕头上,两个黑洞里是失去光亮的眼睛,瘦尖尖的鼻子,嘴稍微张开,里面就是这两颗金牙。他想赶快离开他。

"柳比莫娃,这是她娘家的姓吗？"在多尔加诺夫喘气的时候,他问道。

---

① 对布尔什维克的简称。
② 瑞士东北部的一个肺病疗养地。
③ 现在是俄罗斯沃洛格达州的一个城市。

"是夫家的姓,娘家的姓是伊斯托敏娜。是的,"多尔加诺夫一面用手指头把两绺湿漉漉的胡子往左右两边捋捋,一面说。"是个很可疑的人物。不过谁知道呢?萨维利·柳比莫夫是我的朋友,他就不相信这些,可怜她,就跟她结了婚。准是她想改名换姓。使人们忘掉她。诺赫嗯马尔①,"他吩咐一个正从旁边走过的侍者。

萨姆金很想问问:她是什么样子,多大年纪,但是突然多尔加诺夫往椅背上一靠,合上眼睛,这种神情使萨姆金立即从座位上跳起来。

"我该走啦,再见!"

"明天您想干什么?到国会去好吗?不开会吗?真见鬼!您住在哪儿?"

萨姆金说,他明天一早就要去德累斯顿,然后不太客气地把手指头从加尔多诺夫潮湿的、热乎乎的手掌里抽出来。他匆忙地在灯光微弱的、空旷的街道上走着,用手绢包住那只手,觉得需要一点儿安慰,或者是有什么事情需要对自己辩白清楚。

"柳比莫娃……"

她早已从他的记忆里消失了,这个痨病鬼却仿佛又使她复活了。他想起了这个女人把乳房放进乳罩时小心翼翼的神态,想起了她那沉默寡言的温柔样子。她还有什么留在他的脑海里呢?……什么都没有了。

他觉得和多尔加诺夫的会晤,破坏和中断了他在这个城市里刚刚产生的、还不很清楚的、然而却非常重要的新思想。他愤怒地用手杖戳着人行道上的石头,心里想着:

"他病得很厉害。可能死在回俄国去的火车里。德国人把他埋进地里,规规矩矩地把证件送给俄国领事,领事再把它们寄回多尔加诺夫的老家,可是他在老家什么亲人也没有。一个也没有。"

他哆嗦了一下,把手杖夹到腋下,胳膊肘紧紧夹住肋部,放慢了脚

---

① 德文译音,意思是:再来一瓶。

步,好像预感到正要走近一个危险的地方。

"一个人生下来,要学习很久,要遇到许多各种各样不愉快的事情,要解决许多社会问题,因为现实生活总是与他为敌,为了追求与女人精神上的接近,就要浪费很多精力,这是最无益的精力浪费,到了四十岁的时候,就变得孤独起来⋯⋯"

及至察觉到他所考虑的正是他自己,萨姆金就愤怒地试图再回到有关多尔加诺夫的思路上去。

"实际上是个渺小的人物。"

但是要不再去想孤独人的命运,已经很难做到,他怀着这种思绪回到自己的旅馆,怀着这种思绪躺下,久久不能入眠,给自己设想着各种不同的生活道路,倾听着机车库里火车头铁轮的轰隆响声和汽笛声。大雨倾盆,敲打着窗户,有十来分钟光景,但突然又像被黑暗吞掉似的停止了。

四

第二天上午,萨姆金手里拿着那本别杰克尔的红色导游小册子,勉强地去履行旅行家的义务,在这座完全是石头建筑的城市的街道上走着。这座整齐的、不舒服的城市使他感到非常寂寞。微微有点儿潮湿的风把人们驱赶到四面八方去,高头大马的毛茸茸的蹄子呱呱地响着,走过队队的士兵,鼓声咚咚,偶尔有一辆汽车像大象似的滑过,鸣着喇叭,德国人立刻停下来,恭敬地给它让路,亲热地目送着它。萨姆金不知不觉地来到一个广场上,广场的四周整齐地排列着一群笨重的建筑物,差不多每一座建筑物的上空,在灰蓝色云片的夹缝中,都有自己的一块蓝天在闪亮,这些都是博物馆。萨姆金还没有决定先进哪一座,突然雷声隆隆,大雨袭来,把他赶进了最近的一座博物馆,这里搜集的是兵器,墙上是五颜六色的、枯燥的画幅,都是描绘普奥战争和普法战争情节的。架子上插满各式各样的兵器:长剑、马刀、弩弓、宝剑、长矛、短枪；陈列着几匹披着铁甲的马的模型，马背上都耸立着骑士的铁盔铁甲。这些五花八门的铁器，散发出令人作呕的、阴凉的油漆味。萨姆金厌恶地想，大概这些兵器中，一定有许多在完成战争使命时，曾劈开过人的脑盖骨，砍掉过人的手臂，刺穿过人的胸膛和肚子，使大地的污垢和灰尘都浸透了鲜血。

"简直是愚蠢，"他断定。"到冬天，我就动手写作。描写一些人物。先写出几篇人物素描。从柳托夫开始。"

每当他想到柳托夫的时候，就会想起那次捕捉根本不存在的鲇鱼的情景，并提出一个问题：柳托夫明明知道磨坊工人骗了他，为什么还要大笑呢？这里面有一种嘲弄的、令人遗憾的东西。一般地说，柳托夫是惯于玩花招的。可能，他跟自己也是总在玩花招吧？真不能理解：他究竟想干什么？

"我要根据我的观察来描写人物，忠实地描写，绝不能带有自己的厌恶，当然，也不能表示自己的同情，"他又作了这样的补充，因为估计到也可能产生同情。

记忆自行其是地涌出了斯切潘·库图佐夫的形象，但是它自己发现，把这个人放在其他人的前面不太合适，于是立即又以记忆特有的那种高速度把这位布尔什维克推到一旁去，用一连串使他不那么厌恶的人物代替了他。杜纳叶夫、波亚尔科夫、伊诺科夫、亚科夫同志，面部表情总是冷冰冰的，浅蓝色的眼睛里流露出安静神色，有点儿孤芳自赏的伊丽莎白·斯皮瓦克。斯特拉托诺夫、塔吉尔斯基、助祭、吉奥米多夫、别兹白多夫、哥哥德米特里……柳芭莎……玛尔加丽塔、玛琳娜……

要想终止这场并没有任何值得高兴之处的人物大检阅，需要作出很大的努力。

"大多数人跟叶洛尼姆·波修画上的情况一样，仅仅是一个整体的一些碎块。是被艺术家的幻想毁掉的世界的碎块，"萨姆金想，叹了一口气，觉得他已经找到了某种可以解释他对人们的态度的理论。随后他就思索了一阵：他究竟同情谁呢？他会心地笑了，答案找到了：

"安菲米叶夫娜。一个女奴。一个神圣的奴隶。在垂死的日子她遇上了暴动,但是作为一个奴隶……"

太阳照进了窗户,博物馆里铁锈色的昏暗变得明亮了,一排排的刺刀更加寒光闪闪,而骑士们的钢盔铁衣更是寒气袭人。萨姆金很想追忆一下民歌中描述的"勇士们在俄罗斯是怎样战死的"诗句,却忽然(想起了)①一天夜里做过的一个噩梦,他梦见自己分裂成了几十个,一大群萨姆金。多么令人扫兴的回忆……

黄昏时分,他启程去德累斯顿,在那里对着圣玛利亚的雕像坐了很久,心里想着:克里姆·伊万诺维奇·萨姆金对她能说些什么呢?一点儿新奇的意思也没有想出来,而所有的陈词滥调则早已被别人说光了。在慕尼黑,他发现巴伐利亚人比普鲁士人还胖,这里展览的画似乎也并不比柏林少些,天气却比柏林还要坏。他已经讨厌绘画和博物馆了,为了逃避庄严的、德国式的寂寞,他决定到瑞士去,母亲住在那里。"母亲"这个词的内容还需要加以补充。

"很漂亮,很会打扮,受惯了男人的奉承。她不大喜欢研究书本子里的哲学。为人通情达理。对父亲的评价很正确,很会挑选朋友,瓦拉甫卡是那个城市里最有趣的人。并且很会轻松地'发财'……"

接着想起了火红头发的土圣人托米林在花园里跪倒在母亲面前的情景。

"他也有自己的一套思想,"萨姆金叹了口气想。"是的,'认识是第三种本能。'原来,这种思想却还是要皈依上帝……贫乏。可悲的贫乏。'确认世俗的实践经验是真理,就需要去宣扬真理或者对它进行反抗。可是过些时候,它又会宣布自身是荒谬的。而理性就这样徒劳地在反复探索,直至领悟到这个迷魂阵的中心就是名之曰上帝的神

---

① 高尔基未能最后完成《克里姆·萨姆金的一生》的第四部。作者在最后修改原稿时,有时画掉一些不满意的字句,但没有写出新的,原编者就在〔……〕内恢复了原来的词句。原稿中有时还遗漏了个别的字,原编者就在〈……〉内加上,但在这个中译本中,一律改为圆括号。

秘,这才算完结。'"

他强迫记忆去查寻这段引文的作者,而当记忆正在乱翻读过的那些书本的时候,火车却冲进了一条隧道,轰隆之声震耳欲聋,好像正在冲向山下的深渊,冲向无边的黑暗。

第二章

一

第二天上午,萨姆金到了日内瓦,将近中午时分,他就动身去探望母亲。她住在湖滨的一座小房子里,这座房子装饰了许多雕刻,很像点心铺里的大蛋糕。房子舒适地隐藏在一片半圆形的果树林中,太阳亲热地照耀着绯红的苹果,维拉·彼得罗夫娜拿着一本书,穿着天蓝色的连衣裙,坐在一棵苹果树下的大理石长凳上,她那姿势使儿子觉得很像照片上蒙梭公园里莫泊桑的雕像。

"噢,我的亲爱的,我太高兴啦,"她用法语说道,大概是害怕他会拥抱她,吻她,于是就像要推开他一样,果断地把一只手举到他面前。儿子吻了吻她那只冰凉的、像上等羊皮一样光滑的、散发着香水气味的手,朝母亲的脸上看了看,称赞地想:

"真漂亮。"

"你是用两腿走来的吗?"她把法文直译成俄文,问道。"我们就在这里坐坐吧,这是我最喜欢的地方。过半个钟头才吃午饭,我们有足够的谈话时间。"

她站起来,在长凳上给儿子腾出一块地方,然后又坐下去,把一只皮垫子放在自己身下。

"你的脸色很好看。但是已经有些白头发了。这么早……"萨姆金只用些感叹词、微笑和耸耸肩膀来回答她,因为很难找到适当的话语。母亲说话的声调变了,比较深沉、缓慢,也不像从前那样自信了。她的脸上搽了厚厚的一层粉,但是紫色的皮肤还是透过脂粉显露出来。他没法观察她那描画过的眼睛的神情,因为被许多长长的假睫毛遮掩住了。从鲜艳的嘴唇里匆忙地吐出一些琐碎无聊的话。

"俄国的情形怎样啊?一直还在扔炸弹吗?为什么杜马不禁止这些过激行为呢?啊呀,你简直想象不出,欧洲人是多么看不起我们!我非常担心,他们会不再给我们钱,贷款,你明白吗?"

萨姆金不以为然地微笑说:

"会给的。"

他听出母亲的话里有一种不安的调子,然而他觉得,这种不安并非由于考虑到贷款的问题,而是由于别的什么问题引起的。果然是这样。

"许多人都预言,俄国正在破产,"她急急忙忙地说完这句话,又摸摸他的手,问道:

"我希望,你只不过是到这儿来……而不是流亡到国外来,不是吧?啊呀,我太高兴啦!当然,我对你的处世之道是很有信心的。"

她叹了一口气,稍微平静地说道:

"我不明白:这是什么意思呢?我们抗议过,于是我们有了宪法。为什么现在又是大批流亡国外,又是炸弹?德米特里当然也是反对派啦,是吧?"

"我不这样想。不过我不知道,他好久没有写信给我了。"

母亲肯定地摇了摇那梳得十分漂亮的头,然后说:

"噢,想来是的,想来是的!只有那些无能的人和……固执的人才搞革命呢。他正是这样的人。这不是我的思想,但是这话是很正确的。不是吗?"

萨姆金本来想同意这种说法,但是没有说出来。母亲的样子引起了一股对她的怜悯之情,使他说不出话来。她所说的一切话里,都可以感到一种做作的紧张和虚伪的东西,这一定使她很不舒服。一只苹果从树枝上落到草地上,好像草丛里突然开出一朵粉红色的小花。

"这儿有很多俄国人,而且——你想得到吗?——前两天,我好像看到过阿琳娜跟她那个商人。不过我已经不喜欢听那些唠叨不休的俄国话了。我见过的人太多啦,他们什么都懂,可就是不会生活。倒霉的人,都是些不得志的人。因为他们都很不得志,所以牢骚满腹。好,我们到屋里去吧。"

她把儿子领进一个小房间,里面的家具都罩着套子。两个窗户上挂着淡黄月季花色的窗帘,窗外掩映着翠绿的树荫,柔和的幽暗中充满了浓郁的苹果香味,空中透进一线阳光,落在一张小圆桌上,照耀着桌子上的一套雕塑:浅蓝色玻璃底座上有七只骨雕的大象在跳环舞。维拉·彼得罗夫娜低声匆忙地说道:

"我已经把这座房子买下来了,价钱很便宜。我把一半租给了伊波利特·多纳吉约医生……"

"对上帝的贡奉?"克里姆心里翻译成了俄文[1]。这时他看到的是母亲面部的侧面,而且觉得她的耳朵在颤抖。

"是一位很有修养的人,音乐鉴赏家和卓越的演说家。卫生学家协会的副会长。你当然知道:这儿有那么多病人,必须尽力保护健康人的健康。"

萨姆金的心情变得沉重起来。跟母亲在一起觉得无聊、尴尬,产生了一股好像为这种无聊感到羞愧的感情。花园的门口出现了一位穿浅色衣服、身材高高的人,他一面摇晃着巴拿马草帽,一面用有些粗鲁的低音说道:

"你瞧,麦歇尔[2],我知道了之后,就一再劝你……"

维拉·彼得罗夫娜双手往上一举,仿佛是想拥抱他,或者是想推

---

[1] "多纳吉约"法文原意是:"对上帝的贡奉",所以萨姆金心里这样翻译一下,是含有讽刺意味的。

[2] 法文:我的亲爱的。

开他,不放他进房间里来,很不自然地大声说道:

"这是我的儿子,克里姆。"

多纳吉约医生十分高兴,抓住萨姆金的一只手,摇晃一阵,像下雹子似的对他说了一阵南腔北调的话。克里姆从听懂的个别字句中了解到:医生说跟俄国人交朋友永远使他感到巨大的快乐。他还了解到:医生在一九〇三年到过敖德萨,这是一座美丽的、差不多是欧洲式的城市,他很伤心,革命把这座城市破坏了。可能,他,多纳吉约,考虑得不够全面,不过,不仅是他一个人,而是所有的法国人都有这样共同的看法,俄国的革命为时过早了。他挤了挤眼睛,笑嘻嘻地补充说:

"法国人在这方面还是有些内行的,难道不是这样吗?"

这个人身材瘦长,香瓜似的黄色秃头顶上残留着几撮中间夹着银丝、看起来挺硬的黑色鬈发,留着像木橛子一样的小连鬓胡子,鹰钩鼻子,他扇动着两条浓眉,不停地在说话,也是同样浓密的两撇胡子,在厚大的下唇上面迅速地抖动着,湿润的、仿佛涂过油的两只黑眼睛忽明忽暗,迷离恍惚。母亲发现儿子说法语有些困难,关心地给儿子提示一些字眼,翻译一些句子,这就更加使他感到局促。

"法兰西鼓舞着全世界,"医生说,他一面挥舞着左手,又用右手从背心口袋里掏出表来,把表盘送给维拉·彼得罗夫娜看。

"马上开饭,"她说,但是她那位房客兼食客却继续匆忙地在往法兰西脸上贴金,使维拉·彼得罗夫娜不得不提醒他,屠格涅夫是许多法国名作家的朋友,俄国的颓废派都是法国人的门徒,而且世界上再也没有别的地方像俄国那样热爱法国了。

"除了德国人,所有的人都爱我们,连土耳其人和日本人也不例外。"医生宣告说。"土耳其人为法雷尔发疯,日本人为洛蒂失去了理智[①]。您看过弗兰西斯·扎姆[②]的《动物的天堂》吗?噢,这是一本

[①] 法雷尔(1876—1957)和洛蒂(1850—1923)都是法国海军军官,长期服役于近东和远东,后来从事文学创作,以所谓殖民地小说作家而闻名。
[②] 扎姆(1868—1938),法国诗人及小说家。

好书!"

虽然他不断地在问:不是这样吗? 但是并不等待回答,也不太关心别人是否在听他讲话。母亲请他们去吃饭,医生拉住克里姆的一只手,像一个奥地利军队的鼓手长一样,一边走一边摇晃,深为感动地说:

"我是乐观主义者。我相信,所有的人,或多或少地,但是永远都是那位名曰上帝的、最伟大的艺术家的成功之作!"

"多纳吉约,"萨姆金想起了他的姓,很想编一句双关语,可是母亲却不顾情面地问他:

"你听懂了吗?"

在饭厅里,医生已不那么滔滔不绝地高谈阔论,但是教训味道却更浓了。

"我是一位美学家,"他一边说,一边把饭巾掖在连鬓胡子下面。"我认为革命也是一种艺术,是少数强有力者的悲剧艺术,英雄们的艺术。但是绝不像德国社会主义者所想的那样,是群众的艺术,噢,不是的,绝对不是群众的艺术! 群众只不过是用来创造英雄的物质,是原料,而不是成品!"

随后他就动手吃起来,露出满口的好牙齿,由于吃得很满意,眼睛眯缝起来,津津有味地叹着气,哼哼着,长得非常像数字9的耳朵也在颤动。母亲和医生一样,也吃得津津有味,而且也吃得那么多,不过默不作声,只是不断地点头,表示赞同医生的话。

"她跟这位卫生学家姘居,很快就会花光她的全部金钱,"萨姆金粗鲁地想,那种本来可怜母亲的感情忽然染上了一层对她的敌意。医生却在向他敬酒:

"请您尝尝这种酒。这是我叔父从普罗旺斯寄来的。这是最纯正的、我们南方太阳的血液①。法国什么都有,甚至还有多余的,例如艾

---

① 耶稣教徒把葡萄酒看作是基督的血。

菲尔铁塔。这是莫泊桑说的。一个可怜的人！维纳斯对他很不仁慈。"

饭后多纳吉约变得无精打采，没有喝咖啡，点上一支小雪茄后，艰难地喘着气说道：

"抱歉得很，过一个钟头我要去开会。不过，当然，我们还会见面的……"

"是啊，"母亲说，但是口气是那么犹豫，克里姆·伊万诺维奇立刻懂得：她是在问他呢。

"我今天就要去巴黎，"他说。

医生兴致勃勃地道了别，母亲沉默了一会儿，一边搅着咖啡问道：

"你急着要走吗？"

"是的，有位当事人在等着我呢。"

"你的事业还不错吧？"

"很不错。如果我现在就走的话，你不会生气吧？我还想参观一下这座城市。而且现在大概也是你休息的时候了吧？"

维拉·彼得罗夫娜站了起来。克里姆看了看她的脸，发现她的下颏在哆嗦，眼睛委屈地大睁着。这副苦相几乎把他吓了一跳。

"解释就要开场啦。"

"你知道，克里姆，人生在世是多么孤独，"她开口说。萨姆金拉住她的一只手亲了亲，尽量亲热地说道：

"他是一个很有趣的人。"

本来还想加上一句："他会把你抢光，"但是说出来的却是：

"再见吧，妈妈！你把生活安排得非常舒适。"

维拉·彼得罗夫娜没有作声，朝一旁看着，用绣花手绢扇着脸。她就这样默默地一直送他到花园栅栏门口。走了十来步之后，他回过头来，看到母亲还站在栅栏边，双手扶着栅栏板条的尖头，把脸伏在两只胳膊中间。萨姆金觉得胸口有一股不舒服的冲动，便深深地喘了一口气，好像他在整个这段时间里一直没有好好喘过气似的。他继续往前走去，心里想着：

"她会怎样看我呢？"

随后就责备自己：

"应该对她说点儿什么……抒情的话。"

但是立刻又把责备转到母亲身上去了。

"有她那份财产，完全可以把生活安排得更丰富多彩一些。多纳吉约！一个兽医。"

二

他在城市的干净街道上漫步了很久，走得很累，许多乱七八糟的思想，就像他的影子一样，跟在他身后爬。这些思想并没有妨碍他注意到这里的钟表店特别多，穿着颜色特别单调、质地特别结实的服装的老头和老太太也特别多，看他们的穿戴，就像还要过很久的安静生活似的。他想起了故乡的许多老头子，首先想到历史学家科兹洛夫和他那过时的语言："余作为真正的嗜茶者，饮茶绝不掺任何其他东西……"还想起了这位科兹洛夫拿着手杖，率领着保皇党的游行队伍，张着小嘴怒吼的样子。想起了助祭。想起了白胡子的民粹派小说家……

"我认识的老头子不多。"

黄昏时分，他坐在市郊一家小饭店的阳台上，等候送啤酒来，他一边抽烟，一边四面眺望。左边碧绿的深谷里，罗纳河在闪闪发光，右边火红的夕照映在水平如镜的湖面上。淡蓝色的烟雾笼罩着群山，山色显得更为柔和，丹都米地山峰高高地插入晴朗的天空。沿着湖岸是一带整齐的乳白色房舍，到远处，它们就挤到一起，形成一座小小的市镇，而那些散布在山坡上的小房舍，仿佛悬在城市的上空，仿佛在爬上裸露的蓝天，爬向白雪覆盖的银色山峰。掠过湖面，透过天蓝色的寂静，从城里飘来阵阵的乐曲声，距离使喇叭的呜咽声变得柔和了，给音乐增添了梦幻、悲伤的情调。翅膀弯弯的雪白的海鸥伴随着乐声在湖上飞翔，但是它们映在水中的影子却是粉红色的。总之，一切都美丽如画，自然十分准确地再现了彩色明信片上的风景。

"几乎没有苍蝇，"萨姆金心里想。"总的说来虫子是很少的。可是这个破烂变态的世界对我有什么用呢？"

一个臀部宽大、胸部高耸、粉红色的大脸上生着两只温柔的眼睛的姑娘，端来一杯冰凉可口、滋味甘美的啤酒。姑娘丰满的嘴唇上带着仿佛是温柔的，或者是疲倦的笑意。完全可能，这是因为她生活在这个清洁、安静的国度里，什么也不用操心，只是在等待着那必然降临的出嫁的幸福，由于期待这种幸福而产生的倦意……

"女人几乎没有给我的生活带来什么东西。"

四个身材粗大的人正在不紧不慢地喝着啤酒，互相用雪茄的烟雾笼罩着对方，他们安闲地谈着：想必是一切有争论的问题都已经解决了。窗前坐着两个面貌比亲兄弟还要相像的老头子，正在默默地玩牌。这里的人线条清晰，跟自然风景非常调和。他们笑的时候都露出洁白的牙齿，但是笑容几乎没有改变他们那冰冷的、一本正经的面部表情。

"这些人靠那些害肺病的外国游客，过着跟自然风景非常协调的生活，"克里姆·伊万诺维奇·萨姆金嘲讽地想道，这么一想，突然又对什么人生起气来。

"我的思想为什么总要落进别人庸俗的老套子里呢？我经常体会到这一点，但是为什么总是改不了呢？"

有两个人匆匆忙忙地从阳台前走过，一个没戴帽子，正在剥桔子皮，另一个挥舞着手绢，或者是一张纸，用俄语说：

"普列汉诺夫是正确的。"

"这么说应该跟着立宪民主党人走了？"没戴帽子的人响亮地问道，桔子皮从他手里掉下来，他弯下腰，想捡起桔子皮，但是夹鼻眼镜又从鼻子上滑了下来，他迅速挺直身子，抓住眼镜的吊绳，桔子皮就忘

掉了。在他完成全部这些动作的时候,那个拿着纸的人已经说完下面的话:

"没有民主的社会主义是毫无意义的,而民主派却跟他们合流了。"

他们走了过去。他们身后十步远光景,走来一个身材高高的老头子,他厌恶地翘起漂亮的白胡须,用手杖往前滚着那块桔子皮,桔子皮不太听话,躲避着手杖的敲打,跳到马路上去,老头子又把它挑到人行道上,终于把桔子皮塞进排水沟的铁篦子里去,胜利地挥了一挥手杖。

"有主人风度,"萨姆金心里想。

天色渐渐暗下来,从山上吹来阵阵清新芬芳的气息,万家灯火,漆黑的湖面上映出一道道黄铜色的波影。雾色朦胧的蓝天显得离地面很近,没有光芒的,仿佛一块块琥珀的星星,也并没有使天空显得更加高远。萨姆金生平头一次想到,天空可能是非常贫乏和忧郁的。他看了看表:离去巴黎的火车开车时间还有两个多钟头。他付过酒钱,又给了很多小费,使那位美丽的姑娘很高兴,就漫步走回旅馆,心里想着老头子和桔子皮。

"性格豪放的俄国人通常总是嘲笑欧洲人的生活纪律,但是……"

好像从山上滚下来似的,从胡同里直冲出一个女人,猛撞了他一下之后,跳到墙边,用俄语嘟哝道:

"噢,真见鬼,请原谅……"

她马上用一只手扳住他的肩膀,另一只手揪住他的袖子,气喘吁吁地说道:

"是你啊?噢哟,快走。柳托夫自杀啦……走啊!你怎么啦?不认识我了吗?"

"杜妮娅莎,"萨姆金茫然若失地说道,望着她的脸,望着她那闪闪发光、被泪水浸湿的眼睛,她又是推他,又是拉他,单调地抽泣着,急速地讲道:

"昨天他还跟往常一样,高高兴兴,逗人发笑。今天我一到,只见警察正在那儿吵吵闹闹,还不放我进去。阿琳娜不在,马卡罗夫也不在,而我又不懂得外国话。我推开众人,冲进屋去,只见他躺在那儿,地板上还扔着一把手枪。噢,真见鬼!我就跑出来找伊诺科夫,突然碰上了你。喂,快点儿走吧!……"

"你弄得我没法走路啦,"克里姆·伊万诺维奇埋怨说。

"啊呀,这怕什么!这儿来,这儿来……"

她把他推进了铁栅栏里面的花园,花园里默默地站着十来个男女,门廊的石阶上坐着一名警察;他站起身来,原来是个身高体宽的巨人,他用身子堵住屋门,低声说了句含糊不清的话。

"让开,混蛋,"杜妮娅莎也低声嘟哝说,并用肩膀撞了他一下。"他们什么也不懂,"她一面把萨姆金拖进门去,一面补充说。屋子里窗户边站着一位嘴里叼着雪茄、身穿白衣服的人,另一位穿镶金边的黑制服,他用骑马式坐在椅子上,严厉地问道:

"您是死者的亲属吗?"

克里姆·伊万诺维奇默默地点了点头,可是杜妮娅莎却怒气冲冲地说道:

"走,走!用不着跟他们客气。他们跟咱们也不客气嘛。"

她把他推进第二个房间,用肩膀紧紧靠着门,用巴掌抹了抹脸,然后掏出一块手绢,揉成一团,使劲捂住嘴。克里姆·伊万诺维奇·萨姆金懂得,他不应该去看杜妮娅莎,而应该看右边点着灯的地方。但是他却没有立即把脸转向那边。柳托夫仰卧在一张沙发床上,身上穿的是软领白衬衣。桌子上点着一盏绿罩的小灯,它把柳托夫的脸映成了两种颜色,使人觉得很不舒服:前额是浅绿色,脸的下部,从眼睛到小连鬓胡子,则是吓人的黑色,萨姆金好像觉得,(他看见了)那熟识的苦笑和眯缝着的眼睛。他想走出去,但是那位穿金边制服的警察却堵在门口,手里拿着一张方纸片在杜妮娅莎面前摇晃,有分寸地号叫着。他走到萨姆金跟前,一下子就提了四个问题:

"您是俄国人吗?这是您的亲属吗?这是他写的吗?上面写的

什么?"

萨姆金从他手里接过一个信封,在信封上人们通常写地址的地方,用粗直的字体写着:

"亲爱的朋友,阿莉娅①,请宽恕我的胡闹,不过你了解,我再也活不下去了。弗拉·柳。"

他机械地把信封上的话翻译给警察听,同时往门口挪动了一下,非常想离开这里,但是警察却站在门口,吼叫的嗓门越来越高,火气越来越大,杜妮娅莎却在劝说他:

"你滚蛋吧!"

三

时间过得很慢,而且越来越慢。萨姆金觉得他正陷进一片寒冷的空虚中,陷进一种无所用心的状态中,但是突然,杜妮娅莎的金发脑袋不见了,阿琳娜却庄严地站在她的位置上,阿琳娜穿一身雪白的衣服,好像是大理石雕的。她在他身旁站了几秒钟,大声地喘着气,身材似乎变得更高大了。萨姆金看着她那张美丽如画的面孔顿时变得惨白,难看地大瞪着眼睛,很不自然地低声说道:

"噢,不,不……沃洛吉卡!"

她跪了下去,用戴着手套的手捧住柳托夫的脸,抓他的手和胸膛,把他的脑袋在花枕头上来回滚动、摇晃,像乡下娘儿们一样地大哭大号起来。

杜妮娅莎也跟着哀号起来,萨姆金看到,眼泪从她脸上滴到阿琳娜的肩上。马卡罗夫站到他身旁来,嘟哝说:

"沃洛佳溜掉了……"

柳托夫的右手从沙发床上耷拉下来,手指头难看地弯着扎煞开,

---

① 阿琳娜的爱称。

仿佛要抓什么东西似的,而食指却是伸开的,直指着地板,几乎快触到地板了。阿琳娜一面脱着手套,一面哭诉道:

"我亲爱的心肝,我温柔的心肝……聪明人。"

杜妮娅莎一面抽泣,一面从阿琳娜蓬松的头发上把帽子摘下来,摘下帽子以后,阿琳娜站了起来,披散着头发,仿佛是顶着大风走了很久似的。

"我太不关心他啦,"她呻吟道。"我对他那种彷徨不安很不耐烦。沃洛佳怎么能这样呢?这叫我可怎么办呀?"

她的声音变得越来越坚定,可以听出来,声音里面的愤怒情绪正在增强。由于头上没戴帽子,披散的头发使她的脸显得又小又可怜,两只湿润的眼睛也显得小了。

"他不爱惜自己,"萨姆金听见她说。"可是他却像保姆一样疼爱所有的人。他理解所有的人。为所有的人感到羞愧。他把自个儿装成小丑,只是为了不叫人看出,他什么都明白……"

马卡罗夫两手扶着阿琳娜的肩膀。

"好啦,够了!别哭啦。这儿的人不喜欢吵闹。"

"你住嘴!"她一边喊叫,一边解开上衣的领子,扯断一些带子。

"警察要求把尸体赶快运走。我们要把他送回莫斯科安葬吗?"

"绝对不行!"阿琳娜愤怒地喊道。"就葬在这儿。我自己也要留在这儿。永远留在这儿。莫斯科太可恨啦,还有你们,所有的人也都太可恨啦!"

杜妮娅莎把柳托夫那只垂下的手放到他的胸前,但是它却又滑了下来,手指头触到地板上。萨姆金不喜欢死人那只手的倔强劲儿,这甚至使他不由得哆嗦了一下。马卡罗夫默默地把阿琳娜挤到屋角里去,用脚踢开一扇门,对杜妮娅莎说:"你去陪陪她!"然后对萨姆金说:

"留神点儿,别叫女人们干出蠢事来,我出去半个钟头,到警察局去。"

萨姆金耸了耸肩膀,跟着他走到花园里,坐在一张铁椅子上,掏出烟来。立刻有一个身体肥胖、头戴礼帽、像柏林的马车夫一样的人走到他面前来，他自称是"殡仪馆"的代理人。

"柳托夫、杜妮娅莎、马卡罗夫……所有这些人都是多么没有必要啊，"萨姆金一面挥手赶开代理人，一面心里想。"地球上简直拥挤到可笑的程度。人们走的道路也都是一模一样的。"

他吸起烟来。看了看表，距离去巴黎的火车开车时间还有两小时多一点儿。一轮朦胧的月亮照耀着夜空，湖上的烟雾也显得明亮了，从山上飘下几片白云，后面拖着自己的影子。城里有两个地方在演奏音乐，一处法国圆号声听得特别清楚，另一处大提琴声音最响亮。音乐不仅不能帮助萨姆金在脑子里找到适合于这种场合的、像样的哀伤辞藻，反而使他的空虚感更加强烈了。他终于还是想起了斯皮瓦克先生死的时候，厢房烟筒上冒出热气来的情形，瓦尔瓦拉发现了这种眼睛刚刚能辨别出来的透明气体的波动后，也曾使他感觉到了一种语言表达不出的东西。一张黑黑的薄嘴唇上带着苦笑的灰脸和触到地板上的食指，在他面前飘动。跟柳托夫一次又一次会晤的情景，他那两只神情不安的眼睛，意义暧昧的游戏言语，也都很快地一一记起来了。而这一切的后面又隐藏着什么呢？莫非就像阿琳娜说的："他为所有的人感到羞愧。他把自个儿装成小丑，只是为了不叫人看出来他什么都明白"吗？又想起了彼得·亚登贝格[①]的一句悲伤的玩笑话："有时候一个人只有在他死后才能被人理解，就像读一本好书一样，只有读完了最后一行，才能理解。"

杜妮娅莎走了出来，眨巴着哭红的眼睛，看了看萨姆金，在他身旁坐下，低声说道：

"她把我赶出来了。噢哟，我真替她担心！往后她怎么办？沃洛佳对她是慈父和良友……"

"那么说马卡罗夫是情人了？"萨姆金站立起来问道。

[①] 亚登贝格(1859—1919)，奥地利作家。

"不是,不是,你说什么呀!他?那么……一个冷若冰霜的人……你上哪儿去?请你不要走!马卡罗夫要到警察局去,我是个哑巴,不能丢下阿琳娜不管,不能!"

她拉住他的一只手,叫他坐在自己身旁。

"你侨居国外了吗?"

"没有。"

"可是伊诺科夫侨居国外来啦。"

"他在这儿吗?"

"是的。我跟他同居啦。"

"原来如此!很久了吗?"

"已经一年多啦。他是个好人。"

"恭喜,恭喜,"萨姆金说,然后又连自己都感到意外地补充了一句:"小心点儿,可别叫他把你送进监狱。"

"噢哟,这是什么意思?你吃醋了吧?"妇人惊讶地问道。萨姆金也很惊讶,怎么她跟伊诺科夫的关系竟会使他感到屈辱。但是他却匆忙地说道:

"当然不是!……也许,有一点儿。"

马卡罗夫走了出来,用香烟指着窗户,对萨姆金说:

"她想跟你谈谈……"

萨姆金心里抗议着走进了屋子。阿琳娜敞怀穿着上衣,脖子和肩膀全都裸露着,坐在圈椅里,用手绢捂住嘴,她的喉头正在抽搐、颤动。右手拿着一把小梳子,胳膊搭在椅子扶手上,微微地在颤抖,看上去,好像她的全身也在轻轻地颤抖,只有眼睛呆呆地盯在柳托夫的脸上,他那一团一团的头发上不知道涂了些什么,梳得光光的,面容也显得好看些了。萨姆金一声不响地站了约一分钟,准备说几句与众不同的话,但是还没来得及说,阿琳娜已经开口了,她那低沉、圆润的声调听起来喑哑而又呆板,而且不时中断。

"不论怎么说,这是个人主义,切断与人们的联系……太可怕啦!"

"是啊,"萨姆金同意说。

"他不喜欢你。"

"是吗?"

"他说,你对所有的人都是漠不关心的,你鄙视所有的人。平时,你脑子里只装些二流货色的小聪明,就像把沙子装在口袋里一样,并把它们一点一点地、一撮一撮地撒进人们的眼睛,至于你的真正才华却隐藏起来,待到有人邀你去当大臣的时候才……"

"这话……很俏皮,"萨姆金低声说,心里还问自己:"她这是怎么啦,说胡话吗?"

随后他就迅速地在脑子里反复掂量她所说的话,觉得柳托夫的话里丝毫没有贬低自己的意思。

"他在评价别人的时候,一向都很认真,而在谈自己的时候,却总是没有正经,"她猛然站起身来,把揉成一团的手绢扔在地板上,走到隔壁屋子里去,在那里哗啦一声拉开一个抽屉,一串钥匙掉在地板上,萨姆金觉得柳托夫颤抖了一下,甚至稍微睁开了点眼睛。

"这是我哆嗦了一下,"他安抚着自己,扶了扶眼镜,朝阿琳娜走进去的那间屋子看了看。她正跪在那里,从橱柜抽屉里往外扔碎布片、小盒子、皮套子一类的东西。

"她莫非是在找手枪?"

但是她站了起来,把一件黑色的东西抖了抖,摇摇晃晃地坐到床上。

"真可怕,"她直盯着萨姆金的脸,嘟哝说,两只泪汪汪的眼睛睁得大大的,半张着嘴,但是脸上的表情不是恐怖,而是不知所措和惊讶。"我一直还能听见他说话。"

萨姆金问了一句:要不要给她一杯水?她否定地摇了摇头。

"我本想跟你打听打听……却又忘了要打听什么了,让我想想看。你出去吧,我要换换衣服。"

萨姆金有点犹豫。

"我出去了,可是她同样是个……失掉自制能力的……"

他想起了她还是个美丽少女时朗诵布柳索夫的诗篇,接着又抱怨她的美丽给她带来沉重负担的情形,又想起了她在奥蒙剧院里的辉煌成就,以及在图罗博叶夫出殡时歇斯底里的行径。

"你走吧,叫杜妮娅莎到我这儿来,"她固执地重复说,而且动手去脱掉薄纱衫子。

他走到台阶上,杜妮娅莎马上从椅子上跳起来,问道:

"叫我吗?"

一个戴草帽的人仍然坐在椅子上,两只胳膊放在椅背上,伸出两条腿,草帽在月光照耀下闪着光芒,仿佛是铜的一般,他那没有脑袋的身影投在小径上。

"您好,"他低声说道,并没有站起来,只是伸出一只手来,一边把萨姆金往身边拉,一边问道:

"咱们总是在非常离奇的场合相逢,是吧?"

他身上穿的是笔挺的灰色新装,所以浑身上下都闪着金属的光芒。他把萨姆金的手都握疼了。

"他要开始回忆自己的功业啦,大概还要感谢我……"萨姆金沮丧地想,而伊诺科夫却若有所思地低声说道:

"老板收摊不干了。真奇怪:昨天他还跟平常一样,高高兴兴,十分有趣,一只讨人喜欢的迷途羔羊……我这个字是从动词迷途变来的。"

克里姆·伊万诺维奇斜眼仔细打量着他,发现伊诺科夫老了,也瘦了,颧骨尖尖地凸了出来,眼睛周围是一圈黑影。

"生过病吗?"

"是的,被打得半死不活。咱们俄国多么热心地在绞死人啊?简直是发疯啦,这伙蠢猪。我也是好容易才从绞刑架上逃出了性命。可说是杀出了一条活路,押送的士兵想用刀劈死我。现在我在休息,听听风声,看看形势。这儿聚集的俄国人可真不少。说什么的都有:有的在忏悔,有的则吞吞吐吐,总而言之,大家都在寻欢作乐。"

他说话的嗓门更大了,仿佛也更快活了,而且说完这句俏皮话之后,索性就哈哈大笑起来,但是立刻又用手掌捂住嘴,止住了笑声,因为杜妮娅莎从窗子里探出身来,责备地摇着脑袋。

"对不起,对不起,"伊诺科夫悄悄地说,甚至还把帽子摘了下来。头发下面,左眉上端,斜露出一道紫色疤痕,他用手指头摸了摸。

"这是在显示他的赫赫战功,"萨姆金心想,而且很容易地在老朋友身上发现了新的使他不愉快的东西。他设想杜妮娅莎在这个人怀抱里的样子。

"大概是两只又粗又硬的手臂。"

他又想到柳托夫:

"他眼光锐利,善于评说人物。"

杜妮娅莎喃喃的恳求声,像一股烟似的从窗子里飘出来,伊诺科夫也在小声讲着什么,从下面的城市里传来一阵沉重的、然而又很柔和的、奇怪的呱唧呱唧声,很像一些巨大的鞋底踏在石头马路上的声音。萨姆金掏出表来,看了看,时间过得太慢了。

"您是无政府主义者吗?"萨姆金出于礼貌问了一句。

"我看过克鲁泡特金、斯蒂尔纳①,以及这个教派其他祖师爷们的著作,"伊诺科夫似乎有点儿勉强地低声回答道。"但是我不是理论家,我不信什么高议宏论。您还记得吧,陶米林教导过咱们:认识是第三种本能?这种理论对某些人来说,譬如像我这样只凭感情冲动对待生活的人,大概是正确的。"

"像野蛮人,"萨姆金一边点着烟,心里插了一句。

"陶米林凭着自己的本能皈依上帝,这很好,他本来就是个胆小鬼,红毛猪。可是有一次,我陷入沉思:我又是根据什么动机行动的呢?原来是出于对个人命运的怨恨,出于大胆妄为。有这样一种理

---

① 斯蒂尔纳(1806—1856),德国哲学家,宣扬极端个人主义和利己主义。

论,叫自我戏剧,就是自己演给自己看,我大概就是这种自演自看的人。很无聊。而且也太不负责任。"

"对谁负责?"萨姆金不由自主地脱口而出。

"什么对谁负责?这是什么意思?您开玩笑……"

他也点上一支烟,然后对着那一弯仿佛要融化的残月看了一会儿,又开口说:

"在乌拉尔,一帮小伙子组成了一个为革命抢劫武器、银行的小组,在一次成功的行动之后,他们就委托一位同伴把一笔有几万卢布的钱送到乌法去,交给灰党或者是灰白党——他们是这样称呼社会革命党人和社会民主党人的。而那个小伙子的靴子坏了,他就从这几万卢布中拿出三卢布,买了一双靴子。他把钱按照地址送到了,并且说明,他挪用了三个卢布,然后回到自己的同伙那儿,可是他们竟为了侵吞三个卢布把他枪毙了。野蛮吗?干得对!真是些好小伙子。他们懂得,革命是忠诚的事业。"

萨姆金准备严厉地反驳他,于是扔掉没有吸完的烟,用脚踩了踩,又用鞋底捻碎。

"革命就是反对那些不负责任的人的,"伊诺科夫低声地,但是非常坚定地说道。萨姆金还没有来得及反驳他,马卡罗夫就走了过来,怒气冲冲地唠叨说,所有国家的警察都是一样的愚蠢;他要了一支烟。他衣着雅致,身材匀称,头发花白,划着一根火柴,让火头朝上,像拿蜡烛似的在手里擎着,可是他并没有点烟就吹灭了,一面倾听着女人们的细语声,一面又划着了一根。

"你对这件事怎样理解呢?"萨姆金朝窗户歪了一下头,问道。马卡罗夫坐下来,一只脚踢踏了一阵,叹了口气说道:

"柳托夫在写给我的一封信里是这样署名的:'莫斯科第一等级商人,多余的人。'你是知道的,俄国的多余的人实在太多了。贵族出身的多余的人已经忏悔过了,现在又出现了忏悔的商人。他们正在自杀。不久前,莫斯科同时就有三个人自杀,两个男人和一个姓格里鲍

37

娃的姑娘。都出自富商家庭。其中一个姓塔拉索夫,是个颇有天才的人。我们俄国的资产阶级大都不学无术,而且似乎对自己的存在都缺乏信心,很多是神经病患者……"

马卡罗夫慢吞吞地、似乎还有点儿勉强地说着。萨姆金斜眼看了看他那轮廓分明的侧影。曾几何时,这个人还只会探索、询问,可是现在他居然也讲起大道理并且教训起人来了。而且他那漂亮的长相实际上并不使人感到舒服,反而有点儿庸俗。

"他是一个并不讨人喜欢,然而很有趣的人,"伊诺科夫低声说。"有时,我看着他心里就想:他那些精神上的痉挛是怎么来的?他是感到生活可怕呢,还是觉得生活可耻?现在我想:他是对自己的万贯家财、游手好闲的生活和跟这个荒唐女人一起鬼混感到羞耻……他是个聪明人。"

"嗯,是的……我们俄国的确有些这样的聪明人:工作辛勤,然而却毫无成果,"马卡罗夫说,然后转向萨姆金:"你还记得捉鲇鱼的事儿吧?不久前,在巴黎,柳托夫突然告诉我说,根本就没有什么鲇鱼,都是他跟磨坊主人串通好了来捉弄咱们的。而且你瞧,不知道为什么,他还认为这个玩笑是不祥的。好像具有某种象征意义?但是自己也不能解释。"

萨姆金觉得这两个人的议论都使他生气。他心里产生了一种愿望,要回忆一下柳托夫的某些优点,但是只记起了一句陈旧的拉丁谚语①,这使他非常伤心。他终究还是说出了自己的想法:

"我不喜欢他,但是我还是要说,他是一个与众不同的人,也许是一个空前绝后的人。他把自己独特的音响带进了生活的大合奏中……"

马卡罗夫把烟扔进灌木丛中,嘟哝说:

"是啊,大家都知道:世界上是有一些实际上毫无用处,但是做得别具匠心、巧夺天工的东西。"

---

① 这句拉丁谚语是:对死者的评价只能说"好",或者什么也不说。

"我指的不是东西……"

"人海中也不乏非同寻常的杰作……"

杜妮娅莎从屋子里走了出来。

"到楼下厨房里去吧,那儿有茶,也有酒。"

"阿琳娜怎么样?"马卡罗夫问道。

"她躺着哪……在自言自语地说些什么……多么美好的夜色啊!"她叹了一口气,对萨姆金说。那两个人已经走了,可是这个女人却专注地朝他脸上看了看,悄悄地说道:

"你看,人们是怎样在走向毁灭呀。我们去吧?"

萨姆金想,这会误了火车,但是仍然跟着她走去。他觉得马卡罗夫跟他说话的口气是怨恨的,对柳托夫的评价也是叛逆性的。而且,很可能,是他跟阿琳娜勾搭上了,柳托夫因吃醋而自杀。

厨房里有一股煤气的酸味,炉灶上的一只大茶壶里水正在哗哗地沸腾着,四面的瓷砖墙上,铜锅在耀眼地闪光,屋角里的一簇枯萎的花草中,有一个色彩鲜艳的、手里抱着婴儿的圣母像。马卡罗夫坐在桌旁,两肘撑在桌面上,用手掌捧着脑袋,伊诺科夫一面往杯子里斟酒,一面小声地说道:

"这是正确的:他不是空想家,而是数学家。既然莫斯科总督杜巴索夫①下令'叛乱分子一律枪毙,因为法庭无法审判成千上万的人',既然彼得堡的特列波夫也下令'不准放空枪,毋庸吝惜子弹',那就是说,政府已经向人民宣战。所以列宁才越过那些自由主义者、孟什维克和其他诸如此类人的猪头向工人发出号召:立即武装起来,组织起来,为反抗沙皇、总督和工厂主,为建立你们自己的政权而战斗,要领导贫苦农民跟你们共同战斗,否则你们将被消灭。话说得多么简单、明确。"

杜妮娅莎倒了一杯茶,听伊诺科夫讲完话,便走了出去,并提醒

---

① 杜巴索夫(1845—1912),一九〇五至一九〇六年间任莫斯科总督,是镇压一九〇五年十二月莫斯科武装起义的刽子手。

大家：

"不要过分吵闹。"

伊诺科夫递给萨姆金一杯酒,跟他碰了碰杯,想说点儿什么,但是克里姆·萨姆金却先开口了：

"您认为简单、明确的那些东西,是不是被过分简单化了？"

他又挑衅地对马卡罗夫说：

"你把资产阶级的力量估计得太低啦……"

马卡罗夫喝了一口酒,另一只手还一直揸着脑袋,看着自己的酒杯,不高兴地回答道：

"我给资产阶级治病。我认为,我了解资产阶级。是的。我在治它的病。我写了一本书：《妇女歇斯底里症的社会根源》。给佛列尔[①]看过,他很赞赏,主张出版,原稿由一位朋友译成了德文。不过我不想出版。哼,出版了,有七个或者七十个人看看,可是看了又怎样呢？我也不愿意再给这些人治病了。"

在房子附近什么地方,响起马蹄踏在石头上的声音。一个低音用德语说：

"就是这儿。"

马仿佛陷进地里去了,在这座有五个活人的房子里和房子的周围,霎时间突然寂静得使人很不舒服,随后就有一个铁东西轰隆轰隆地响起来。

"送棺材来啦,"伊诺科夫没有必要地猜测道,他使劲对着烟嘴吹了一下,一团红火星飞到厨房角落里去,而马卡罗夫却悲伤地说道：

"这是个锌皮匣子,拉到殡仪馆后再入殓。警察局要求在黎明前把尸体运走。阿琳娜准要哭闹。伊诺科夫,你去看看她吧,她会听你的话的……"

有两个同样肥胖的、穿黑衣服的人从窗前走过。

[①] 佛列尔(1848—1931),瑞士神经病理学家。

"医生们应该写些关于社会生活病态的通俗小册子。是的。这些病态,他们看得最清楚。单靠经济方面的揭露,要使工人憎恶和仇恨这种社会生活是不够的。工人的要求很原始,很低。只要多挣十戈比的工钱,就能使老婆高兴。在我们俄国,完全认识社会革命的深刻意义的人太少了,都是些……被机械地卷进革命洪流去的、莫名其妙的人物……"

马卡罗夫断断续续地说着,声调越来越激愤和响亮。

"库图佐夫的思想,"萨姆金断定,不由自主地倾听着楼上的奔忙和话语声。

"你在什么地方,哪方面看到社会革命……"他开始说道,但是这时候楼上响起了阿琳娜疯狂震耳的哭号声。

"好,开始啦,"马卡罗夫嘟哝着,从厨房里跑出去;萨姆金也跟着他走出来,在台阶上停住。

"我不让你们抬,不准你们抬,"阿琳娜重浊、嘎哑地号叫着。两个穿黑衣服的胖子一前一后,把柳托夫的尸体从楼上抬到花园里,一个把死者的两腿夹在腋下,另一个抱着他的肩膀,死人的脑袋不自然地扭到一旁去,上下摇晃着,仿佛在点头行礼。身材高大、头发散乱的阿琳娜乱扭着身子,要去抓死者的脑袋,杜妮娅莎哭泣着吊在她的另一只胳膊上。马卡罗夫、伊诺科夫都要去抱住阿琳娜,她用脚踢他们,用后脑勺去撞了一下伊诺科夫,头发飞扬在她那苍白的脸上。

"不许你们这样做,"她气喘吁吁地、嘎哑地说;她的嘴大张着,再加上两只黑眼睛窝,看上去她的脸像是被打破了似的。

"算了吧,"马卡罗夫大声说。"喂,你要到哪儿去,到哪儿去?"

她像马一样打着响鼻,从他的手里挣脱出来,伊诺科夫跟在她身后,鼻子里哼哧着,擤擤鼻涕,用手绢擦着下巴。他们四个人连成一体,摇摇晃晃,挪动着脚步走到栅栏外边去。萨姆金也跟在他们身后走出来,但是一看到他们往下坡去了,他便往上坡走去。一阵铁皮的轰隆声,歇斯底里的喊叫声追到他耳边来:

"匣子……多么庸俗……装进匣子……去你们的吧！"

四

萨姆金匆忙地走着,在黑暗中磕磕绊绊。

"应当买一根手杖,"他想,一面倾听着。坡下,又响起马蹄沉重地踏在石头上的声音,可是却听不见车轮声。

"是胶皮轮带。"

随后又想起来,那两个殡仪馆的工人抬着柳托夫尸体的时候,他们三个正好构成了字母 H。

然而他觉得,这一次,琐碎的思想并不能帮助他驱散刚才感受到的那些印象。他小心缓慢地往上坡走去,悉心倾听着自己的内心活动,有一种从未体验过的感情正在增长。这不是那种无意识地把单词联成熟悉的句子的惯常思维活动,而是一种十分奇怪的感觉正在滋长:在皮肤的深处,有一个单词,像脓疮一样在跳动,成熟:

"死亡。"

这个由两个刺耳的音节组成的名词似乎只能用悄悄的耳语说出。克里姆·伊万诺维奇·萨姆金觉得,有一种凄凉、孤寂的不安正在循环流遍他的全身,使他软弱无力。他停下来,一面用手绢擦着额角上的汗水,一面环顾四周。前面,在朦胧的月光中,黑乎乎的树丛犹如山岗,一座座白色的别墅很像是阔人墓地里的小教堂。道路迂回曲折地绕过这些别墅,向山坡上爬去……

"我没有跟他们道别,这太不礼貌,"萨姆金提醒自己,于是又迅速地往回走去。他觉得往下坡走的路程早该越过阿琳娜和她的朋友们住的那座房子了,但是从花园栅栏里面,一带稠密的灌木丛后面,清晰地传来马卡罗夫在寂静中发出的声音:

"都是些白痴,她们牢牢保持着自己统治男人的权力,可是却害怕生孩子。什么？你问吧。"

萨姆金站住脚,用手绢扇着脸,寻找着园门在什么地方。

"不,永远不会了,"马卡罗夫说。"她不会生孩子了,她多次堕胎,把身体搞垮了。她需要男人,但并不是做丈夫,而是做奴仆。"

"做供养人,"伊诺科夫插嘴说。

萨姆金没有找到园门,这才明白过来,原来他走到房子的另一边了。房子隐藏在树丛中,而伊诺科夫和马卡罗夫是在离房子很远,而离围栅却很近的地方。他已经想呼唤他们,但是忽然听到伊诺科夫问道:

"你对萨姆金怎么看?"

马卡罗夫的回答听不清楚,伊诺科夫一定是微笑了一下,所以当他开口说话的时候,声调非常快活。

"对,正是这样!与其说他是一台会思考的机器,倒不如说是一台会议论的机器……"

萨姆金急急忙忙往下坡走去,心里想着:

"我帮过他两次忙。不过见他们的鬼吧。要防止细微的中伤和烦恼干扰自己内心的平静。"

他很喜爱这句话,但是这句话却又使他回到了在山坡上经历的巨大悲伤。

他度过了一个十分痛苦的夜晚:没有睡觉,一些陌生的、模糊的和琐碎的思想使他心情不安,弗拉吉米尔·柳托夫的脑袋在摇晃,他的两只胳膊也在摇晃,而且有一只显得特别短。第二天早晨,他病恹恹地走到邮局去,取回了一包从柏林转来的信件,回到旅馆里,打开邮包,在书信和文件中发现了一个有玛琳娜字迹的又小又轻的信封。她在一张淡紫色的薄纸上通知他说,过两天她就要动身去巴黎,住"杰尔米奴斯"旅馆,准备在那里住十来天。这使他非常激动,甚至觉得有点儿不好意思,及至一照镜子,那副神色就使他更加难为情,简直是惶惶不安了。

"孩子气,"他皱起眉头责备自己,但是眼睛里却露出了笑意。"我之所以对她感兴趣,不过是因为好奇而已,"他对着镜子,捻着小连鬓胡子,安抚自己。"当然,也可能有几分浪漫主义。带讽刺意味的。她是个什么样的人呢?一个天性并不愚蠢而又博学的现代资产阶级女性的典型。……"

但是快乐心情并没有消失,于是他就问自己:

"到底是什么东西使我不好意思,又为什么不好意思呢?"

没有时间来寻求这个问题的答案了,需要判断出:现在玛琳娜在哪里?他推算出来,玛琳娜到巴黎已经是第三天了,于是动手把东西装进提箱。

第三章

一

到巴黎后,他也住进玛琳娜住的那家旅馆,用尽心机把自己修饰打扮了一番,于是一边埋怨着自己不该那么激动,来到她的房间门口,清楚地听见门里面她那熟悉而有力的声音在说:

"不行,不行,扎哈尔·彼得洛维奇,这我不能同意。"

一个尖细的、像吹哨子一般的声音回答她:

"发点慈悲吧!再见。"

门敞开了,从屋子里走出来一个短腿的胖子,挺着大肚子,浮肿的黄脸上有两只敏锐的小眼睛。他困难地喘着气,用愤怒的目光看了萨姆金一眼,用肚子撞了他一下,轻轻地跺着一只脚,仿佛在恐吓似的说道:

"不过我劝您还是仔细考虑考虑!噢,仔细考虑考虑吧!"

于是他轻松地向前移动着两条短腿,一点儿声音也没有地顺着走廊里的地毯飘然而去。

"啊—啊,你来啦,"玛琳娜没有必要地大声喊道,摇晃了一下左手里的纸页,把右手迅速地送到克里姆的下巴边。从前她向来没有叫他吻过手,所以萨姆金认为她这个姿态是有某种含意的。

"怎么,玛丽莎①漂亮吗?"她把纸页扔在桌子上,问道。

"很漂亮。"

"你的赞语太吝啬啦。"

"过分漂亮啦。"

"不,漂亮是不会过分的,"她不客气地说。"请坐,谈谈你到过哪儿,看见了什么……"

"她很激动,"萨姆金心里想。她似乎比在俄国的时候显得更年轻,更漂亮了。朴素的、浅灰色的连衣裙,使她的身段显得更加苗条,高高的发式像皇冠似的,使她那庄严、艳丽的脸更加漂亮,使她的身材显得更高了。

"身材太大了一点儿,吃得像老板娘一样健壮,"萨姆金遗憾地想,一股快乐心情代替了遗憾,因为他发现了这个女人的缺点。"衣服也穿得没有风……"他心里又补充了一句,嘴里却说:"为了使法国人拜倒在你裙下,打扮得太诱人啦。"

"如果你想知道的话,在这儿我只不过做了做头发,衣服还是在莫斯科做的,而且做得很不好,"她一边说,一边把那些纸页放进一个黑色的小皮箱,然后把它塞到桌子底下,并用脚往里踢了踢,问道:

"你注意到我们俄国的银行正在飞速发展,资本正在积聚起来的势头吗?已经组成了一个'铁矿销售公司',简称'铁售'。还有一个'铜业'辛迪加。"

"刚刚走的那个怪物是什么人?"

"这是扎哈尔·别尔德尼科夫。"

她那圆润的话音里,一直还带着怒气。她点上一支烟,但是扔火柴的时候没有扔进烟灰缸,这时萨姆金也不顾烧伤手指,从桌布上拂去了那根还在燃烧的火柴。

"今天他顺便说起,银行家为了获得高利,你就是要搞地震,他也

---

① 玛琳娜的爱称。

肯借钱给你。对银行家我不熟悉,但是扎哈尔是肯出钱的。吃早饭还太早,"她看了看表说。"你想喝茶吗?还没有喝过?我可早就……"

她揿了一下铃,继续说下去:

"我到莫斯科和彼得堡闲逛了几天。在一个商人家里看见一个新出笼的预言家和智慧的舵手。记得你曾经对我谈起过他。托米林,胖子,火红的头发,浑身油渍,活像饭摊上的烙饼师傅。许多诗人,律师,各种各样的小姐,思想混乱的,精神失常的各色人等都来听他的讲演。是个满腹经纶的乡巴佬,而且愤世嫉俗:想必是虚荣心没有得到满足吧。"

楼下,窗外,这座巨大的城市正在特别花哨和兴高采烈地喊叫和喧闹,使他不能好好地去听她那气愤的谈话,那个衣服浆得笔挺,生着一张尖脸,两只睁得大大的黑眼睛里带着惊讶神情的女仆,也使他不能好好地听她的谈话。

"托米林认为,人的经济活动,就其本身的意义而言,具有宗教意义和献身精神,还说,在基督身上就闪耀着依靠土地果实生存的亚伯精神,而那些可诅咒的、贪心的人、鬼迷心窍的工程师和化学家,则都是该隐的后代。这种胡言乱语不知道有什么奥妙之处,竟使图干－巴拉诺夫斯基①大为赞赏,他歪扭着两条长腿,刺耳地叫道:咱们是农业国,对,对!随后一位翘鼻子的诗人朗诵了一首可笑的打油诗:'我们在幻想的航船里得到安慰,用昏睡消除烦恼',如此这般的玩意儿。"

她冷笑了一声,但是笑容仅仅使紧皱的双眉间的皱纹舒展开来,眼睛还是毫无笑意地、愤怒地闪烁着。她那保养得很好的手仿佛失去了弹性,急遽而笨拙地挪动着桌子上的杯盘。

"总而言之,颇为无聊。正在忙于进行家宴后的清理工作,人们仍然有点儿醉意蒙眬,也在进行着自身的清洗,家宴时从内心深处掏出来的好货色,又在难为情地收藏起来。现在人们明白了:昨日之我的

---

① 图干－巴拉诺夫斯基(1865—1919),俄国资产阶级经济学家。

表现与自己的身份和地位很不相称。而长官们则一直在竭力进行安抚,绞杀乱党。其实完全可以等一等,他们会自行消亡的。一般地说,住在外省,总以为京都的人们……也许,生活得更富有些,或者说,内容更有趣些……"

"她想干什么?"萨姆金想,觉得玛琳娜的情绪使他感到压抑。他试图使她改变话题,问道:

"别兹白多夫怎样啦?"

"他从下诺夫戈罗德寄来一封信,正在集市上游荡呢。满纸牢骚,要钱并请求宽恕。我回信说:宽恕——可以,钱——不给。看来,我跟他不会有什么好结果。"

萨姆金不由自主地脱口而出,说道:

"我觉得,你未必是个能宽恕人的人。"

他原以为这个女人一定会大加反驳,但是她只不过耸了耸肩膀,不在意地说:

"为什么我不能?宽恕就是唾弃,而我是不论什么人的嘴脸都能啐一口的。"

"她从来还没有说过这样的粗鲁话,"萨姆金注意到,并感到气氛越来越紧张,很可能发生某种不愉快的事情。她的动作和手势急躁而生硬,完全不符合她的性格。

"一定有什么伤心的事儿……"

他急忙问她:她去过什么地方,看到了些什么?她说已经去卢浮宫①参观了两次,后天还要到议会去听白里安②的演说。

"昨天我到过布伦森林③,看了野妓大检阅。当然,并非都是野妓,但是全像野妓。是些真正的'巴黎货色'和寻欢作乐的上品。"

---

① 巴黎著名的博物馆。
② 白里安(1862—1932),法国政客,社会主义运动的叛徒,曾在法国资产阶级政府任总理和外长多年。
③ 巴黎的一个风景区。

而且她还顽皮地眯缝起右眼,说道:

"攒点钱吧!你应该好好消遣消遣,我看你情绪不佳!"

"可是我觉得,正是你……"

"我?是的!我在怨恨。恨我不是男人。"

她点着一支烟,站了起来,照了照镜子,朝着自己的影子喷了一口烟。

"我去看望过波格丹诺维奇将军夫人,她的事情我告诉过你:她丈夫就是那位将军,还是伊萨基叶夫斯基大教堂的教长,半个白痴,但是一个恶棍。她倒是一个并不愚蠢的娘儿们,眼光颇为敏锐,在金钱问题上,她是不分国籍的,对所有的朋友都一视同仁地帮忙。从前我也到她家里去过,这一次是她请我去跟别尔德尼科夫会谈的,这次谈话的内容以后我再告诉你。"

她吸着烟,皱着眉毛,看也不看克里姆,一边谈,一边在两个角落之间来回踱着。

"我是一个幼稚的、外省的粗鲁女人,每逢有人开导我,我总是很敬佩的,而将军夫人很喜欢这种徒劳无益的事情。现在我才知道,俄罗斯的景况很不妙,谁也不爱它,就连沙皇和皇后也不爱它。俄国没有忠心耿耿的爱国志士,只有伪君子。斯托雷平是个两面派,秘密的自由主义者,他可以把沙皇出卖给随便什么人,他想当独裁者,畜生!顺便说一下:斯托雷平的别墅并不是社会革命党人炸的,而是最高纲领派,一个从正统派分裂出去的小集团干的,正统派的中央似乎出了问题,人们怀疑中央委员中有人跟警察厅有勾结。"

她随随便便地讲完这件事,又继续谈论将军夫人。

"那儿的人都是有爵位的,都戴着勋章,或者拿着像《圣经》那么厚的一叠证书。他们全部信仰上帝,而且又都在竞相出卖并不属于自己的东西给对方。"

萨姆金看着她那清晰的侧影,看着她那粉红色的小耳朵和脊背的美丽线条,他看着,却又很想紧紧地闭上眼睛。

她在他面前停下来,两只金黄色的瞳仁紧张地闪耀着火花。

"如果我愿意出嫁的话,我只要出一二十万卢布,他们就会把一个非常有钱的小老头子卖给我……"

克里姆·萨姆金觉得被一个突然的、闪光的、不安的猜想照得眼花缭乱,就把眼睛合上了一会儿。

"有什么会妨碍她为警察厅效力呢?我看不出有什么……"

他摘下眼镜,用麂皮擦起眼镜片来,这个动作常常能帮助他摆脱困境。

"你的身子蜷缩什么呀,好像你的胃在绞痛,是吗?"她问道,他却觉得玛琳娜的声音响得震耳欲聋。

"你的话引起了我一些极不愉快的念头,"他喃喃地说。

她又来回地走起来,而且温柔地低声说道:

"是的。很不愉快。现在,一些贪心的混蛋和懒汉正开始掌握立法大权,他们会把俄国卖得精光。已经有人闯进中亚细亚,而这是我们裸露着的胁部!英国人也非常清楚地知道,那里是裸露着的……"

她令人心烦地把这个问题谈了半天,计算着不知道是什么人的财产,说出一些著名实业家、地产家的名字,一些大臣的名字。萨姆金正被自己的思想闹得不可开交,所以几乎没有听她说的话。

"她从事教派活动,可能是一时的游戏。爱国主义呢?是商人式的,可能也是游戏。而资助库图佐夫……这就更加难以解释了。警察厅……这一切都是可能的。有什么思想会约束她呢?她并不愚蠢,博学多闻。冒险家。只相信金钱的力量,至于其余的一切,那不过是批判的对象,否定的对象……"

克里姆·伊万诺维奇·萨姆金居然能怀着敌意来思考这个女人,这几乎使他高兴起来。

"不过该吃早点啦!"她说。"巴黎人在这个时候吃午饭。咱们走吧。"

她走进一间小小的卧室,萨姆金发现,她走路扭起屁股来了,这是

从前没有过的。传来她在屋子里开什么锁的响声和说话声:

"我看到了斯切潘,他的妻子被关进了'十字监狱'①。一个平庸的小洋娃娃,她的姓像一种鱼名……"

"索莫娃②。"

"大概是吧。他曾派她来找过我一次。他的情绪非常坚定。十分顽强。我尊敬顽强的人。"

她走出来。肩上披着一条用北极狐皮镶边的天蓝色披肩,栗色头发上罩着金黄色的发网,脖颈上带着灿烂夺目的翡翠项链。

"怎么样,玛丽莎漂亮吗?"她问。

"漂亮。"

"正是这样。"

二

他们在旅馆的餐厅里吃过早饭,然后就坐着马车在林荫大道上兜风,到了协和广场,参观了圣母院,肥胖的、长着花白胡子、戴着滑稽的漆布帽子的车夫,扬扬得意地用教训的口吻说道:

"这应该在月色中观赏。"

"莫斯科的马车夫不会告诉游人,什么时候观赏克里姆林宫最好,"萨姆金低声说道,玛琳娜沉默不语,而他立刻就想起:他在柏林公寓的老板娘身上也发现过类似的东西。"我们俄国人没有爱国主义,没有与自己民族团结一致的感情,既不尊重自己的民族,也不尊重它对人类做出的贡献,"这是卡特科夫③说的。他记起,保罗·第鲁列特④曾专程去参加卡特科夫的葬礼,并称他为伟大的俄国爱国者。一

---

① 帝俄时代彼得堡的一座单人监狱,政治犯常被关押在这里。
② 俄文的鲶鱼与索莫娃发音相似。
③ 卡特科夫(1818—1887),俄国政论家,积极维护专制政体,宣扬沙文主义。
④ 保罗·第鲁列特(1846—1914),法国作家,沙文主义者。

些五花八门的琐碎思想纠缠不休,使萨姆金非常厌倦,他恨恨地推开它们,急不可待地想听听玛琳娜对巴黎的看法,但是她却非常吝啬地抛出了几句平淡无奇的话:

"一座游乐的城市,你看这街上有多少人呀。可是男人都个子矮小,你注意到了吗?很像咱们的维亚特人……"

萨姆金斜睨着她,觉得她是故意在说些言不由衷的废话来掩饰什么。

她提议到佛里·柏歇尔①去看"时事杂剧"。他们坐车到了剧场,买了池座票,但是玛琳娜不久就笑嘻嘻地说道:

"应该买包厢票。"

是的,观众从座位上站起来,非常不礼貌地打量她,交头接耳地议论着。萨姆金觉得,女人的眼睛都闪着嫉妒的光芒,或者露出藐视的神情,男人都在扮着谄媚的鬼脸,而一个留着漂亮的胡子,脸皮黝黑,满头花白鬈发的美男子直瞪着两只黑眼睛在发愣,仿佛他从前曾见到过玛琳娜,正在回忆:是什么时候,在什么地方见过她?

"你看他是什么身份:是位侯爵,还是理发匠?"她悄悄地说。

"是个无赖。而且,好像是喝醉了,"萨姆金生气地回答说。

舞台上正在表演莫名其妙的玩意儿:一个短小、伶俐的演员在扮演一个(两臂粗大得可笑的)拳师,年轻的小脸上粘着剪得短短的白色小连鬓胡,他在地毯上翻着跟头,还在匆忙地、滔滔不绝地向一个身穿燕尾服的红脸大汉证明什么。

"这大概扮演的是巴黎市长或者警察局局长——列宾,"玛琳娜说。"没有意思,一些家务琐事。"

歌手、小丑、黑人舞蹈者在台上进进出出,玛琳娜发牢骚说,在下诺夫戈罗德的市集上,这样的节目演得"更为出色"。但是这时,在乐队的轰鸣和呜咽声中,从幕后蹦出三十来个打扮得十分巧妙的裸体姑

---

① 巴黎的一个低级下流的游艺场所。

娘,她们随着热情的音乐节奏,开始踢起罩着五彩缤纷的花边和缎带的赤裸的大腿;每个姑娘都好似一朵重瓣的大花,她们的大腿就像花瓣里颤动的花蕊,姑娘儿们在台上飞快跳动,显得她们的面貌好像全是一样的:都是浓妆艳抹,笑脸诱人,又仿佛是一阵狂风在舞台上追逐着她们。然后有一位身材细高灵活的女人,像旋风般地飞舞着,冲破姑娘儿们的圈子,来到脚灯前,她身后跟着一个穿红裤子、戴着皱巴巴的便帽,鼻子通红,一脸蠢相的士兵。几百只手都鼓掌欢迎她,还大声喊叫。这个身材苗条、灵活的女人,穿着仅到膝盖的短裙,也在喊叫着什么,笑着向侧面的包厢挤眉弄眼,那个士兵铿锵地碰着脚跟,朝观众鞠躬行礼,还不知给谁送了几个飞吻,女人刺耳地尖叫一声之后,抓住了士兵,于是他们就侧身对着观众,在舞台上弯曲着身子,拼命地跳起马特奇士舞来。

"噢哟!太露骨啦!"玛琳娜悄悄地说,萨姆金看到,她的脸涨得通红,连耳朵也涨得红红的。他想起了在"人造矿泉水工厂"里看到她赤身露体的样子,就困惑不解地想:

"这种丑态似乎不至于使她害羞。"

跳舞的女人尖声喊叫,士兵哈哈大笑,三十多个半裸体的女人互相拥抱起来,随着音乐的节奏摇晃着身躯,掌声不断,鼓声咚咚,管弦齐鸣,五颜六色的灯光牢牢地照射在舞蹈者们的身上,而所有这一切造成了一种奇怪的印象,仿佛整个剧场都在旋转、跳动,翻滚着往什么地方坠落下去。

"是的,他们很内行,"等到幕落的时候,玛琳娜若有所思地、慢吞吞地说。"漂亮地献出这种……肉体的供奉。"

这句话的出人意料的结尾激怒了萨姆金,他想说,道德的说教并非总是合乎时宜的,但是没有说出这句话,却问了一句:

"你到过莫斯科的奥蒙剧院吗?"

"去过。去过一次。怎么?"

"那儿的演出更有趣,更丰富些。"

"不记得了。"

他俩步行走回旅馆。这座繁华的城市像过节一样热闹，灯火辉煌，商店里炫耀地摆满了美丽物品，林荫路上充满了欢声笑语，手掌形的树叶从栗子树上落下来，但是几乎感觉不到有风，树叶子仿佛是被欢声笑语和音乐愉快的力量吹落下来的。

"往日的那些革命巨匠把生活安排得很舒服，"玛琳娜说，但是过了几秒钟又补充说："如今是咱们的债主。"

栗树枝叶的花纹斑斑的影子落到走在前面的人们身上。

"瞧啊！所有的人都像穿着有补丁的破衣服，"玛琳娜说。

跟她挽着手走非常不舒服：很难跟她走合拍，她老是用屁股碰他。男人都回头看她，这触怒了萨姆金。他记起了昨天读她的信时的激动心情，心里想：

"我为什么高兴呢？她可能在政治警察厅混迹的思想又是从哪儿来的呢？这一切是多么荒唐……"

玛琳娜说想要吃东西。他们走进饭店里一个灯光明亮，然而却很柔和的圆形大厅，小小的舞台上正在演出弦乐四重奏，音乐跟那种浑浊的喉音语声、女人的笑声、玻璃杯叮当声配合得十分美妙，人很多，而且好像大家都是老相识了；桌子的摆法仿佛就是为了使人们便于欣赏妇女的装束；圈子的中央，一个身材高高的、穿燕尾服的金发男子和一位穿红色连衣裙、身材苗条的妇人正在跳华尔兹舞，她头上高高地插着一把大梳子，好像是一种怪鸟的鸟冠，梳子上的宝石在闪闪发光。萨姆金的左边，孤独地坐着一位很庄重的人，他正在看信，面容温和，光亮的头顶上只剩下几撮鬓发；这个人把眼睛从信纸上抬起来，看了玛琳娜一眼，笑了笑，嘴唇微微地动了一下，两只黑眼睛就一动也不动地盯在玛琳娜的脸上。萨姆金在杂志上看到过这个人的相片，但是想不起他是谁了。他对玛琳娜说：法国的一位大人物正在看她呢。

"你知道他是谁吗？"

她毫不客气地把那位法国人打量了一番，淡漠地说：

"是肉体和精神饱满的化身。"

萨姆金紧闭起嘴唇。他越来越不喜欢她的这种行径。她那金黄色的瞳仁显得暗淡了,她愁容满面,双眉紧锁,用饭巾擦嘴唇时特别使劲,仿佛是想叫大家知道:她的嘴唇上并没有抹口红……三对舞客在跳着令人恶心的、矫揉造作的舞,一个胸前挂满了勋章,黄脸上挂着呆板的笑容、斜眼睛、罗圈腿的家伙,迈着像公鸡一样的舞步,总在玛琳娜跟前打转,每当他跳到玛琳娜桌子前面的时候,她就厌恶地躲开,并且把衣襟撩起来。

"他们把美浓艾舞丑化了,"她责备说。"还记得莫泊桑的短篇小说吗?'舞蹈之王和王之舞蹈'。"

萨姆金觉得这里所有的男男女女都在盯着玛琳娜,仿佛在等着看她翩翩起舞。他发现,她对这种眼神却报以蔑视。玛琳娜在削一只梨,削下来一层厚皮,可是坐在她旁边的一位手指和脖子上戴着宝石的火红头发的太太,却灵巧地只削下一层像纸那么薄的梨皮儿。

"她怎么啦,是在扮演俄国虚无党的角色吗?真的,她身上确有这种虚无主义……"

他又突然想到那个尖锐的问题:玛琳娜跟警察厅有联系的念头是怎么产生的呢?

"如果她在警察厅混迹的话,那么肯定不会把她这样的人放在外省,一定要放在彼得堡,莫斯科……"

后来他就想弄清楚,究竟什么感情会使他产生这样奇怪的念头呢?

"是担心吗?我没有理由为自己担心。"

他想了想,发现玛琳娜可能和政治警察有联系的念头在他心里除了引起惊奇之外,别的什么也没有。在欢笑和音乐声中思考这样的问题是很不愉快的,令人遗憾的,但是他又无法打消这些念头。又因为他比平日多喝了些酒,觉得蒙眬的醉意使他颇为伤感,而这种情调与玛琳娜是无缘的。

"这些法国佬一定以为咱俩是夫妻,而且刚刚吵过架,"玛琳娜拿削水果的刀子拨弄着碟子里找回的几个法郎,厌恶地说,她一个法郎也没要,对侍者小声说的"谢谢,太太!"的感谢话和恭敬的鞠躬连头也没点一下。"我觉得很别扭,自己跟自己别扭,"她挽着克里姆的胳膊,从饭店里走出来,继续说道。"但是,你想想看,从一个正在绞杀人的国家,突然跳到送钱给刽子手的国家,而这里却是歌舞升平……"

萨姆金很想大喝一声:

"我不相信你,不相信!"

但是没有敢喊,却低声说:

"我不能完全理解你的心情。"

她继续说道:

"我有一种……奇怪的感觉。仿佛自己是个不幸的人。而我是憎恶不幸的……我鄙视我们俄国人钟爱的那个行当——受苦受难……"

她沉默下来。旅馆离得很近,步行五分钟就到了。

三

萨姆金回到自己的房间,既没脱大衣,也不摘帽子,走到窗户前头,气冲冲地拉开窗户的插销,朝楼下看了看……

"她身上最莫名其妙也最神秘的东西,就是那些革命的高调。当然,高调还不是信仰,还不是同情,但是她身上……"他还没有认清,这个女人的革命高调的特点究竟是什么。他感到一阵轻微的头晕,低头往楼下看看,只见灯光昏暗的小广场上,一些黑乎乎的人影无声地掠过,马车轮子的响声隐约可闻。可以认为,那里的一切白天都累得筋疲力尽了,想停下来,想休息,立即就地停下。萨姆金把大衣、帽子扔在圈椅上,坐下来,点上一支烟。

脑子里储存与玛琳娜有关的思想的那块地方,现在变得更加黑暗,但是重量仿佛减轻了。

"我得到了什么,又失掉了什么呢?"他问自己,又自己回答道:"我很有收获,她对我已经没有吸引力了,但是也失去了某种希望。我有过什么希望呢?做她的情夫吗?"

他又一次想到她那赤身露体的样子,下结论说:

"不是。当然不是。不过她似乎是另一个世界的人物,具有一种非常坚强的、不可摧毁的精神。然而她也深受批判主义的毒。跟所有的人一样,都患有对生活持过分批判态度的病症。跟所有那些已经丧失了信仰感情的书呆子一样,他们只要言论和思想的自由权利,此外什么也不要了。这不行,需要一些能限制这种自由……限制这种思想上无政府主义的观念。"

随后他想,毕竟她还是一个性格独特的人。

"道地的俄罗斯妇女的典型。

她敢力挽奔马,
奋身冲进大火燃烧的茅舍……

"但是归根到底,鬼知道她的葫芦里究竟装了些什么货色?"他疲倦地,几乎是怨恨地想:"她在警察厅,这不可能……这是我臆造的,为了摆脱她。因为她把斯托雷平的别墅被炸的事告诉了我,使我想起了柳比莫娃……"

他做了很大的努力,有几秒钟没有想这些事,接着不得不承认:

"你见过很多女人,而且需要女人,就是这么回事儿,我的朋友!不过最好还是喝酒吧。太晚啦,不会送酒来啦……"

但是他还是揿了揿铃,进来一位值班的侍者,五分钟以后,萨姆金喝了一杯滋味甘美的酒之后,就像是刚刚走进这间屋子似的,把房间仔细地打量了一番。套着柔软丝绒套子的家具,厚厚的地毯,挂在窗户和门上的帷幕,所有这一切使这间屋子显得很奇怪,都是毛茸茸的。拿什么来比喻这间屋子呢?没有想出恰当的比喻。他就开始慢慢地脱衣服，脱到只剩下内衣的时候，又喝了一杯酒，坐在床上，觉得他在日内瓦体验过的那种熟透了的脓疮跳脓似的感觉又在重演。但是这次已经不是令人不快的感觉，恰恰相反，他觉得内心里有一种非常严肃的思想正在成熟起来，觉得他即将对自己有某种重大的发现。他忘记关窗户，所以有一阵笑声忽然从广场上涌进了屋子，接着是一阵刺耳的哨声，人们的喊叫声。

"这些白痴，"萨姆金走到窗前骂道。"现在大笑……然后死掉……"

他觉得，最后这几个字他是耳语似的想出来的。

"胡思乱想。人是不会耳语似的思想的。人只能是无声地思想，甚至没有词句，只是……用词句的影子思想。"

这时候他觉得，在他内心仿佛有什么东西破裂了，于是他的思想固执地、自动地、伤心地喊叫起来：

"孤独。整个世界上只有我一个人。我被挤进了一个白痴的洞穴。我孤独一人，处在我那些由形象和线条形成的感觉世界中，独处在我的思想恶意游戏的世界中。列昂尼德·安得烈耶夫说得对：也许，思想就是物质的病症……"

萨姆金用手掌撑着膝盖，弯腰坐在那里，他觉得汹涌的思潮在冲击他，就像是钟锤在敲打钟体一样。

"'普罗米修斯就是化了装的魔鬼。'这话很对……叶洛尼姆·波修十分勇敢地形成了自己的世界观，在他以前还没有人敢于这么大胆地……"

毛茸茸的屋子里的东西都在摇晃，旋转，萨姆金想站起来，但是站不起来，于是脚没离开地板，就一头栽到枕头上去。他醒来的时候已经很晚，揿了揿铃，派女仆去问左托娃太太去不去议会？回话说——她要去。这使他不大愉快：他并不想去参观法国立法机关的工作，不喜欢大型的集会，还因为他已充分了解，他的法语水平很低，所以不愿去。但是不知道为什么，竟需要去观察一下玛琳娜的态度，于是现在他跟她挨肩地坐在旁听席的包厢里。

"这就是统治者的民主,"玛琳娜几乎是耳语地说。

萨姆金注视着一排排秃顶的、黑头发的、花白头发的脑袋,从楼上看下去,觉得这些脑袋,跟那紧紧塞在圈椅里的身体比较起来,大得太不相称。他机械地想着,这些大蝌蚪的曾祖或祖父们搞了一场"伟大的革命",创造了一个拿破仑。想起了从前在书上读过的关于这个国家在一八三〇年、一八四八年和一八七一年发生的事情①。

"利别尔泰,爱加利泰②,可就是不让娘儿们当议员,"玛琳娜抱怨说。

一个貌似红衣主教马萨林③的人,正在咬着舌儿用悦耳的男高音朗读文件,大家都鸦雀无声地听他朗读,只有左面的长椅上偶尔发出几声抱怨的喊叫。

"看,这就是叛徒阿里斯梯德④,"玛琳娜说。

讲台上站着一个很快活的人,也是大脑袋,一头散乱的栗色头发,身体结实,但稍嫌笨重,似乎还有点儿驼背。当他睁开两只机灵的、带着笑意的眼睛时,宽脸上肥厚的面颊就鼓胀起来。他眯缝着眼睛,伸长脖子,向坐在第一排座位上的一个议员肯定地点了点头,表示他准备应战,接着就用朋友之间拉家常的口气讲起来,他用左手摩挲着长礼服的翻领和讲台桌子的边缘,而右手则在空中慢慢地划动,仿佛在驱散一股看不见的烟雾。他的声调有点儿嘎哑,但很有力,他轻松地谈着,简洁的言词滔滔不绝,温柔而又富于风趣,热情而又略带忧伤,忧伤中又好像寓有嘲讽。大家都悉心倾听他的发言,许多脑袋都在赞赏地不断点着,可以听到一些简短小声的感叹,可以感觉到,大家对他那友好的笑容也都以笑脸相迎,有一位完全秃顶的议员,像兔子似的

---

① 指法国一八三〇年的三月革命,一八四八年的二月革命和一八七一年的巴黎公社。
② 法文"自由,平等"的译音。
③ 马萨林(1602—1661),法国专制时期的政治活动家,红衣主教。
④ 阿里斯梯德(前540—前467),希腊政治家和统帅。这里指的是白里安。

在扇动着灰色的耳朵。后来白里安又提高了嗓门,高高地扬起双眉,眼睛显得更大了,脸颊通红,这时萨姆金听到了几句特别热情的话:

"我们的祖国,我们无限热爱的、美丽的法兰西正在为人类的解放事业而献身。但我们应该记住,自由是靠斗争取得的……"

"就请你们拨给购买武器的钱吧,"玛琳娜看着自己的表,说道。

许多人给白里安鼓掌,但是也可以听到抗议的呼声。

"好啦,我看够了!我还有四十分钟可以用来吃早饭,你愿意去吗?"

"愿意。"

"看到了吧,"她走到街上以后说道。"他原是个小饭馆老板的儿子,和他的朋友米利埃兰一样,都是社会党,可是就是他,一九〇六年秋,曾下令向罢工工人开枪。"

在议会斜对面的一家小饭馆里,她要了两客早餐,又继续说下去:

"是些很会随机应变的人物。他们把各种主义当作往上爬的阶梯。白里安很有可能当总统。"

她叹了一口气,一边往杯子里斟着伏特加,想了想,说道:

"这是一个生命力非常强的、伶俐敏捷有为的民族。有朝一日,他们会打垮蠢笨肥胖的德国人的。来,为法兰西干杯。"

他们干完杯,她就一声不响地动手大吃起来,吃完早饭,她往外走着说:

"晚上我们去蒙马尔特①,找一家好玩的小酒馆,好吗?"

"好极啦。"

四

但是到了晚上,萨姆金去敲玛琳娜的房门时,一个身材短粗、宽肩

---

① 巴黎的一个区,这是一八七一年法国工人阶级战胜资产阶级后,成立巴黎公社的地区。

膀的人给他敞开门后,立刻就转过身去,背对着他,用嘎哑的男高音说道:

"可是他,这个坏蛋,却在暗中窃笑……"

"进来,进来,"玛琳娜笑吟吟地说。"这位是格里戈里·米哈伊洛维奇·波波夫。"

"是的,"波波夫肯定了她的介绍,不大客气地把一只长手伸给萨姆金,用细长热乎的手指抓住他的手掌,并没有用力握,就推开了;他的这个动作一下子就决定了萨姆金对他的态度。玛琳娜把克里姆·伊万诺维奇介绍给波波夫。

"啊哈,"波波夫无动于衷地说,两只脚跺得乱响,仿佛他正在穿套鞋。

"请继续说下去,"玛琳娜说。她已经穿好衣服,准备外出:戴着帽子,左手上戴了一只长及肘部的手套,右手拿着一只卷成筒形的皮包;波波夫站在她面前,用手指头在空中画着各式各样的图形,仿佛是在跟一个聋哑女人说话似的。

"他说:'如果在驻扎了一个近卫军团,又有警察厅及其他许多诸如此类警卫机关的首都,革命的工人代表苏维埃居然能够存在六个星期,如果在莫斯科有可能构筑街垒,在海军中有兵变,而且在全国各地也到处是一片混乱,那就应该把这一切看成是一次革命的预演……'"

"真是一位有见识的人物,"玛琳娜看了看表以后说。

"我对他说:'你们出钱,我们出知识,'可是他仍旧固执己见:'请你们保证不会发生革命!'"

"是呀,事情很明白!从事金融活动,比起建设工厂,跟工人打交道是要容易些,太平些,"玛琳娜随口说着,站起身来,拿皮包往膝盖上拍拍,"不,格里沙,光是银行家这还不够,这需要一个大官,或者一位宫廷人物……好吧,我该走啦,如果过一小时我还不回来,我会给您打电话……您就可以走啦……"

波波夫送她到门口,然后回来,笨拙地把身体塞进圈椅里,掏出皮

烟荷包和烟斗,往烟斗里装着烟叶,看也没有看萨姆金,很随便地问道:

"咱们从前没有见过面吗?"

"没有,"萨姆金断然地回答说。

"唔……那么说是我记错了。我总是记不住人的面貌,不过我认识一位跟您同姓的人,一起去流放过。是一位什么人文学家。"

"那是我哥哥,"萨姆金想说,但是止住了,却说了一句:"这个姓是非常罕见的。"

波波夫想点着烟斗,一连划断几根火柴,一面反驳说:

"在奥卡河上有一家卡奇科夫与萨姆金轮船公司,还有一位矿业家叫索弗隆·萨姆金。"

一层浓密的烟雾遮住了他的脸。一副不讨人喜欢的面孔:宽额角,紧绷着一层黝黑的皮肤,表情呆板,像石头刻的一样。脸腮上全是剃过连鬓胡子后的青斑,浓密的小黑胡子剪得短短的,鲜肉色的厚嘴唇,皱塌塌的大鼻子,两丛浓眉毛,眉毛上边,是夹着花白发丝的、像一把稠密的毛刷似的黑头发。他的动作和姿势笨重、生硬,他周围的一切都在颤动作响。穿着一件式样特殊的藏青色上衣,好像是猎服。嘎哑的男高音也使人听着很不舒服,而且似乎还带有一种急躁情绪,仿佛马上就会大声喊叫,粗鲁凶狠的话会冲口而出,两只鼓出的、樱桃似的小黑眼睛特别使人不舒服。

"一个无赖,大概还很蠢,"萨姆金心里断定,并且站了起来,想回到自己屋子去,但是一想到也许这家伙能说出点儿什么有关玛琳娜的有趣的事情,就重又坐下。

"而这位索弗隆却是一个非常出色的混蛋。我在巴尔瑙尔①遇到他,建议用我的地质学知识为他效劳。他说:'我不信任学者,我要自己造就学者。现在替我管事的就是从前托木斯克一家小饭馆的伙计。

---

① 西伯利亚的城市。

这是三十多年前的事了：我坐在饭馆里，正在想什么事情，可是一个眼神锐利的年轻堂倌总在缠着我问：'您要点什么？'我说：'来一杯鸟奶！'他说：'真对不起，鸟奶全卖完啦！'他是一点儿也不笑，恭恭敬敬地说的。于是我就对他说：'小伙子，别当这个堂倌啦，给我当差吧。'过了十一年，我就把他造就成了我的总管。现在是一位房产主，市自治会议员，还有一笔小小的资本，总有十万卢布吧。我还有三个这样的人物。都是忠实可靠的奴仆。可是跟学者们共事，什么也办不成，他们不懂得金钱的价值。跟他们闲谈是很有趣的，有时甚至是有益的。"

波波夫开始谈的时候，是懒洋洋的，但是结束的时候却很激动，嗓子里打着呼噜，绘声绘色，仿佛他本人就是那个非常出色的混蛋似的。

"鸟奶的故事是一个老掉牙的笑话了，"萨姆金指出说。

"一切都老掉牙了，一切！"波波夫愁眉苦脸地回答了一句，又继续说道："索弗隆那时已经七十三岁，但是他还能骑马跑二三十俄里，喝起酒来总是狂饮无度。"

萨姆金冷淡地听着，等待适当的时机，好问问有关玛琳娜的事儿。心里不断地想到她，而且越来越固执和焦躁不安。她在巴黎干什么？上哪里去了？这个人跟她又是什么关系？

"我莫非是在吃醋吗？"他冷笑着质问自己，还没有得到答案，突然又觉得，他是很想听到一些有关玛琳娜的非常美好的、不平凡的事情的。

"在我们沼泽似的祖国，我们知识分子的处境是困难的，我们必须向工业资产阶级灌输关于科学价值的起码知识，"波波夫说。"可是我们一开头就走错了路。您是社会民主党吗？"

萨姆金默默地低下了头。

"我也对时代作出了自己的贡献，"波波夫一边说，一边把烟斗里的灰烬抠到烟灰缸里。"蹲了五个月的监狱，三年的流放。我并不抱怨，流放是追加学习时间的好办法。"

他把烟斗塞进口袋,站起身,伸了一个懒腰,听到身上有什么东西撕裂了的声音,就担心地摸了摸两腋下边,两道黑色的浓眉皱到了鼻梁上,他气呼呼地说道:

"列宁把事情搞糟了,把戏唱砸了,使俄国社会民主运动蒙受了耻辱。这不是政治,而是儿戏,就是这样!应该学习德国人的样子,人家的社会主义在正常地发展,办法是挑选工人阶级中的优秀分子,掺到统治阶级中去,"波波夫说着,往前迈了一步,脚碰在圈椅腿上,就用膝盖顶了它一下,最后抓住椅背,把它搬到旁边去。"我们太不了解自己的国家,因此就大搞空想竞赛。一个混乱的国度!国民全是些虚无主义者、象征主义者和最高纲领派,总而言之,全是些空想家。而需要的却是文明的资产阶级和技术高度熟练的知识分子,不然的话,德国人就会把我们吃掉,是的!还有英国人正在唆使日本人反对我们,他们自己则在向我们的中亚、高加索……伸手。"

萨姆金忍耐不住,就问玛琳娜上哪儿去了。

"我不知道,"波波夫说。"有人打电话给她,好像是领事。"

"您早就认识她吗?"

"学生时代就认识。怎么?"

萨姆金觉得波波夫的龙虾眼睛变了颜色,他向前一探身子,问道:

"您打算跟她结婚吗?"

"难道此外再不会有别的动机,"萨姆金开口说,但是波波夫截住他的话头,继续说下去,嘴里呸呸地响着:

"姑娘的时候我就有幸认识她,在一个小组里研究过学问,现在久别重逢,这是在一年半之前。一位很有趣的太太。本来还可以更有趣些,可是有一个……幻想家把她引入歧途。初恋和其他等等的……"

他不作声了,又从口袋里掏出烟斗。他说话的口气在萨姆金心里引起了一股为玛琳娜鸣不平的感情,这使他更加讨厌这位工程师,但是他还是处心积虑地思索有关玛琳娜的别的问题。

"总而言之,她是一个幻想出来的人物,"波波夫用细长的手指溺爱地摩挲着烟斗,突然说道。"跟大多数知识分子一样。我们不会根据历史发展的正直路线去思考问题,总要向左滑。如果我们要向右转一转,那就会转到去写大谈社会主义的宗教意义的书,甚至一直要右到与教会联合起来方肯罢休……我认为普列汉诺夫说得很对:社会民主党可以跟自由主义者坐同一列火车,直到一定的目的地。而列宁却宣布要搞普加乔夫式的暴动。"

他装着烟斗,冷笑了一下,这样使他那斑斑点点的脸不自然地变大了,而眼睛却隐藏到眉毛下面去了。

"至于人们的自我吹嘘、臆造,我可以给您讲一件非常有趣的事。一帮男大学生在回忆他们每一个人是在什么情况下初次尝到女人的滋味。第一个胡吹,第二个懊悔,第三个瞎说,而第四个却声言:'我是跟自己的亲妹妹。'还胡诌了一些离奇的情节,荒谬绝伦,使所有的人都大吃一惊。这个小伙子出身富商家庭,很老实,也不笨,是一个不坏的音乐家,我也认识他妹妹,一个十分可爱的、品行端正的姑娘,在盖里耶外国语学校读书,认真地在研究法国的文艺复兴史。我对他说:'你撒谎!'他就承认了:'是撒谎。'我说:'为什么要撒谎呢?'他说:'否则我就觉得在同学们面前丢脸了,其实,我还是一个童男子呢!'怎么样,啊?"

"很有趣,"萨姆金回答。

波波夫站起来,用嗄哑的声音恶狠狠地质问道:

"怎么,您没有理解这个笑话的意义?还有趣呢!……"

"请原谅,"萨姆金说。"我正在想别的事情。我想问您些关于左托娃的……"

波波夫背朝门站着,小门道里又很暗,所以萨姆金直到玛琳娜开口说话的时候,才看见波波夫背后玛琳娜的脑袋:

"你们怎么敞着门哪?"

"哎哟!你回来得真快,"波波夫惊讶地说。

她一声不响地走进了卧室,在那里把钥匙弄得当啷直响,锁也发

出了咔嚓的响声,她唤了一声:

"格里戈里!来帮帮忙……"

他走了进去,传出一阵皮带的劈啪声,皮箱的咯吱响声,还听见了一阵几乎压低到耳语般的、急促的语声。后来玛琳娜坚定地说道:

"你就这样告诉他吧。"

她在波波夫前头走了出来,也没摘帽子就说:

"喂,我哪儿也不陪你们去了,现在就去火车站,到伦敦去!在那儿不超过一星期就回来,那时候咱们再痛痛快快地玩一玩!"

波波夫粗鲁地说,他最不喜欢去送行,而且想去吃饭,所以请求原谅。他把一只手塞给萨姆金,但是看都没有看他,就走了。萨姆金站起来问道:

"可以送送你吗?"

"不,不用。"

"那么再见吧!"

她没有接他的手,却是冷笑着,用颇不以为然的口气问道:

"你在这儿盘问波波夫,我是一个什么样的人,是吧?"

"我只是问了问,你们是早就认识的……"

玛琳娜用手绢抹掉唇边的冷笑,叹了一口气。

"这当然是个问题,接着就会问些别的问题喽。为什么你不直接问我呢?为了预防万一,我要提请你注意:格里戈里·波波夫之所以还没有变成坏蛋,只是由于懒惰和愚蠢……"

"你听我说,"萨姆金打断她的话,小声地,匆匆忙忙地,并且用心地斟酌着字句说道:"你是一个非常有趣的、不平凡的女人,——这一点你是明白的。我生平还没有遇到过一个这样的女人,曾使我这么强烈地想理解她……你别生气,不过……"

"我一点儿也不生气,我很了解,"她安详地说,仿佛是在倾听自己的话。"的确:一个身强力壮的婆娘,却过着没有情夫的生活,这很不正常。她并不觉得为富不仁,并且大谈精神第一。她用怀疑然而又是善意的态度议论革命,这简直是活见鬼!"

她递给他一只手。

"我该去车站了。下次在这儿再见面时,有工夫我们好好谈谈……如果你有兴趣的话。再见,你走吧!"

萨姆金把她的手握在手里,想说些话,但是没有找到现成的词句,而她却冷笑着问道:

"你不觉得你爱上我了吗?"

于是把他的手从自己的手上甩掉,匆忙地说:

"一切都很简单,我的朋友:咱们彼此感兴趣,所以也就互相需要。在咱们这样的年纪,对人的兴趣理应受到重视。噢哟,你快走吧!"

这时茶房拿着账单走进来,萨姆金亲了亲女人的手,走了出来,随后就站在自己房间当中,吸着烟,想到林荫路上去散步。但是却站在那里不动,凝视着窗外屋顶上昏暗的天空,抽完了一支烟,心里想,大概要下雨,就揿了揿铃,要了一瓶葡萄酒,拿起梅列日科夫斯基的新作《未来的无赖》。

第四章

一

第二天早晨,他喝过咖啡以后,站在窗前,就像站在一个深坑的边缘上,观察着云影和晦暗的阳光在屋墙上,在广场的石头路面上迅速移动。下边有许多矮小的人,仿佛也在随着阳光和云影的游戏,忙乱地奔跑,从楼上看下去,这些人几乎都是四方的,扁平的,紧贴在铺着肮脏石头的地面上。

克里姆·萨姆金觉得自己仿佛是卸下了肩上习惯的重担,现在需要改变一下自身的全部动作。他捻着小连鬓胡子,思索着匆匆忙忙解释问题的害处。非常希望他心中玛琳娜的形象,能再度恢复到在俄国时那样,光彩夺目,富有诱惑力。

"我为什么不安呢?"他心里盘算着。"害怕心灵深处,原先感情和幻想创造理想形象的地方出现空白吗?"

背后房门的把手响了一声。他哆嗦了一下,回头看了看,一个肥胖的人气喘吁吁地挤进了房门,把帽子放在桌子上,解开长礼服的上面的钮子,鼓出了木桶似的肚子,轻盈地朝着萨姆金走来,挥舞着长长的右胳膊,像要打人似的。

"别尔德尼科夫,扎哈里·彼得罗夫[①],"他用高亢的、几乎像女人

[①] 父称应该是"彼得罗维奇",但是俄国人在口语中,常把父称说得和姓一样。

的声音自我介绍说。鼓胀的、非常温暖的手使劲握住萨姆金的手,往下拉了一下,然后撩起后衣襟,稳稳当当地坐进圈椅里去,掏出手绢,使劲擦了擦松软的大脸,仿佛有意使它变得更显眼似的。

"请原谅,我闯了进来,"他说,鼓起两腮,对着萨姆金的胸膛使劲地吐了一口气。

他那凹凸不平的脑壳上光滑地贴着几绺稀疏的浅红色头发,太监似的脸,完全是光光的,只在长眉毛的地方,有几根稀疏的黄色硬发,这下面是两只鼓出的、闪着冷冷的青光的龙虾眼睛,眼神变幻莫测,但似乎是快活的,一些青色的皱囊,从眼睛下边直垂到颜色像面团一样的鼓胀的脸颊上,一只在这样的宽脸上显得很不相称的、尖尖的软骨小鼻子,夹在松软的脸颊中间。青蛙般的大嘴,上嘴唇紧包在牙齿上,下嘴唇非常厚,肿胖胖的,仿佛被苍蝇叮了似的,令人厌恶地耷拉着。

"准是个滑稽家伙,"萨姆金在胖子的脸上和身上发现了某种讨人喜欢的东西以后,心里断定。

"您在研究我吗?"别尔德尼科夫问道,轻轻地摇摇脑袋,又补充说:"是的,我这副尊容不太招人喜爱。咱们在玛琳努什卡①的房门口恰恰巧遇过,您没有忘记吧?"

他非常正经地提到这件事,使萨姆金没有回答他,心里就想:

"大概是个无赖。"

"今天我原是来向她求教的,"客人叹了一口气,继续说道。"但是她不在。好,那我只好请教阁下了。"

"我能为您效什么劳呢?"萨姆金问道。

别尔德尼科夫合上了右眼,摇了摇脑袋,观察着屋子,大声地喘了一口粗气,把桌上的报纸都吹得微微抖动起来。

"顶好能来一杯水,一杯阿波林纳力斯②。"他说。两只锐利眼睛露出愉快的笑意。

---

① 玛琳娜的爱称。
② 矿泉水的名称。

"一头有趣的畜生,"萨姆金在继续进行分析。

在等待矿泉水的时候,别尔德尼科夫抱怨天气恼人,抱怨心脏疲劳,然后不慌不忙地喝下水,用食指敲着桌子,郑重其事地,然而又似乎无所谓地说道:

"好啦,咱们不必浪费时间。我恰恰是个商人,也就是说,生性直爽。我来拜访阁下,是为了一桩彼此都有利可图的买卖。如果您能在一件重要事情上帮帮忙,您就可以大捞一把。而且不仅对我,也对您那位委托人,我那亲爱的亡友的可敬的遗孀……"

"好,给我讲她的事情的人来了,"萨姆金心里想,但是客人把松软的身体往前一晃,叹着气说:

"多么了不起的女人呀,啊?简直要为她歌唱。"

"绝代佳人,"萨姆金附和说。

"正是如此:绝代佳人!"别尔德尼科夫赞同他的说法,连点了两下头,在他那短粗的脖子上,脑袋竟能摇晃得那么轻松,实在令人惊奇。然后,他连人带椅挪得离萨姆金远了一点儿,他那细高的女人声调,傲慢而又固执地,亲热却又似乎绝望地响起来了:"好吧,咱们书归正传!请您耐心地静听。事情是这样的:玛琳努什卡恰恰是上了一伙江湖骗子的贼船,您当然明白,国家杜马给这些江湖骗子大开了方便之门,以及其他等等。他们怂恿玛琳努什卡跟某些英国人签订一项出卖乌拉尔某些用地的合同……阁下当然知道这件事喽?"

"不知道,"萨姆金说。

"真的吗?"别尔德尼科夫高兴地叫道,把双手放在肚子上,他那变幻莫测的表情和辞藻华丽、流畅的言谈,使萨姆金惊叹不止。他继续说道:"既然您是她的律师,怎么能不知道这件事呢?您是在开玩笑……"

两只冷冰冰的、闪着淡蓝色光芒的、圆圆的、含笑的小眼睛直盯着萨姆金的脸,厚厚的下嘴唇厌恶地活动着,露出了闪光的金牙,右手的圆滚滚的手指在玩弄着肚子上的一条白金表链,左手的食指无声地敲

着桌子。这个人的全部动作,他的谈话,他的变化多端的声调,都流露着一种使人生气的轻浮神情。萨姆金冷淡地问道:

"假定说,我知道您关心的那个合同。那么下一步又该怎么样呢?"

"下一步那就请允许我向阁下报告,这是一笔非同寻常的大生意,我必须知道合同的全部细节。我正是要请您提供全部这些……"

萨姆金从椅子上跳起来,急忙喊道:

"我请求您立即停止……谈这个问题!您怎么敢向我提出这样的建议?"

他又胡乱嚷了几句,觉得自己火发得太急,怒气也太大,而且主要的是这个胖家伙的建议与其说是侮辱了他,倒不如说是把他吓了一跳或者使他感到惊讶。他站在别尔德尼科夫面前,气冲冲地问道:

"为什么您认为我会干这种……您了解我吗?"

"不了解,恰恰是不了解,"别尔德尼科夫扶着椅子扶手,摇晃着他那松软难看的身躯,柔和地,甚至有点泄气地说道。"至于怎么敢提出这样的建议,那倒并不需要什么特别的勇气。我向您提的是桩有利可图的事儿,这可以向随便哪位律师提出……"

"您要明白,我可不是随便哪位律师!"萨姆金喊道。

"那您是什么样的律师呢?"别尔德尼科夫好奇地问道,而他这个荒唐的问题使萨姆金的头脑更加冷静了。

"这家伙无赖到令人啼笑皆非的地步,"他心里想,点上一支烟,严厉地说道:

"我再说一遍:对于您所关心的那个合同,我什么也不知道。"但是心里立刻明白:"没有必要说这些话,而且这也不是我要说的话,方式也不对";他手里的火柴都哆嗦起来,看到自己这副狼狈相,心里非常恼火。

别尔德尼科夫用两个手掌撑住椅子扶手,慢慢地抬起他那胖得不

成样子的身躯,把两条粗腿撑到身体下面,两只鸟眼直眨巴,闪着浅蓝色的火花。他嘟哝说:

"今天不知道,明天就可能知道。玛琳娜大概只会给您很可怜的一点钱,可是我……"

"不要再谈这个问题啦,"萨姆金几乎是在央告他了。

"好,好,行啦,您别吵啦,"别尔德尼科夫说,灵活地蹬了蹬腿,把纵上去的裤管抖下来,又悲伤地尖声说道:"她在为谁辛苦为谁忙呀,啊!哼,要是哪位男士能赢得她的心就好了,可是在她周围却看不到什么男人,"他伤心地尖声说,眼睛直盯着萨姆金,一面扣着长礼服的扣子。"一下子就能捞到几百万,要发一笔大财呀,"他把一只长胳膊威吓地挥舞了一下,继续说道。"这是什么世道噢,萨姆金先生!人们为了些鸡毛蒜皮的小事儿,为了小酒馆的收入,不惜杀人,扔炸弹,往绞索里钻,啊?"

别尔德尼科夫用奇怪的噗噜噗噜的声音笑起来:

"噗—噗—噗—噗!"

他摇摇晃晃,噘着嘴,鼻子里直喘粗气,嘴唇和鼻子连到一起,在脸上形成一个逗人发笑的肉疣。

"请您不要告诉她,我来拜访过您以及为何而来。也许,我和她恰恰还可能大干一番事业呢,"他说着,像一团烟似的往门口飘去,静悄悄地消失了。他最后那些话涵义暧昧,既可以理解为恐吓,也可以理解为友好的忠告。

"友好的忠告,"克里姆心里冷冷一笑,看着表,在屋子里踱着。"这个人坐了多久:十分钟,半个钟头?他那无礼和愚蠢的建议并没有侮辱我,因为我怎么能怀疑自己会做出有损我的名誉……"

他使自己的心情平静下来以后,就想,应该留住别尔德尼科夫,向他探询有关玛琳娜的事情。

"我很傻,没有把这些会晤和谈话记录下来。记录下来就是要把它们抛开,忘却;最低限度也是把它们明确下来,就是说把这些印象限制在一定范围之内。我脑子里塞满了这种社会垃圾。"

他很喜欢这个词儿:社会垃圾。他停下来,合上眼,历历往事,旋风似的向他袭来,一些互不相容的人物组成的圆舞令人厌倦地、以那种只有记忆活动才能具有的速度,在他眼前盘旋飞舞。这里面最显眼的是瓦拉甫卡和库图佐夫,而库图佐夫这个人本来应该早就忘记了,还有柳托夫和玛琳娜,他们身上有没有什么共同的东西呢?米特罗方诺夫和柳比莫娃,红毛鬼托米林,瓦尔瓦拉像一个淡绿色的影子闪了一下,有那么一刹那,任凭命运支配的库里科娃和安菲米叶夫娜也复活了,还有许许多多其他熟识的人。他们的生活意义是那么无法理解,难以捉摸。

二

在回到往昔的这一片刻,萨姆金头一次感到一种新的东西:记忆展现的一切,都仿佛是在他身外远处的云雾中复活了,但是仍然是跟他敌对的。他本人就处在这些被他的思想和记忆映照着的影子形成的小圈子的中心。在这一大群人中,他竟找不到一个人可以毫无拘束地谈谈他认为重要的事情,谈谈自己的心事。除了玛琳娜,一个也没有。他睁开眼睛,看到镜子里香烟烟雾中自己的尊容;脸上的那副蠢相、狼狈相实在叫他伤心,而且跟这个严肃的时刻很不相称,这个人耸起肩膀,好像要把脑袋缩进去,眯缝着眼睛,透过眼镜,担心地瞅着自己,就像是在瞅着一个陌生人。他生气地振作一下精神,皱起眉头,又在屋子里来回走起来,心里想:

"真理就在那些承认现实生活使人丧失个性、受到压抑的人们手中。在我与现实生活的关系中有某种……令人不能容忍的情况。一切关系都是相互作用的,但是我怎么能……更确切地说:我会用另一种方式去影响周围的事物,而不再去提防外界对我的束缚和有害的影响吗?"

他想起了玛琳娜说过的话："如果一个人没有精神支柱，他就要受到世界的束缚。"托米林在谈到认识就是本能的问题时，也曾说过类似的话。

"是的，认识就像性本能一样，是自然的，而且几乎是不自觉的，"萨姆金严厉地对自己说，又想起了玛琳娜；她曾含笑说过：

"我的朋友，宪法和革命都不能使人变成自由的公民，只有自我认识才能达到这个目的。您把叔本华的书拿去，仔细读一读，然后再读塞克斯特·艾姆皮里克①的《论皮浪哲学的原理》。大概，这本书没有俄文本，我读的是英文版，也有法文版。人类的思想至今还未能超越悲观主义和怀疑主义的高度，所以如果不了解这两种思想体系，你就什么也弄不明白，请相信我的话！"

萨姆金停下来，靠在墙上，吸着烟。觉得从来还没有这样紧张地思考过，从来还没有这样接近一种非常重要的东西，它立刻就要在他面前展现、爆炸并驱散他的烦恼，扫清障碍，使他这个满脑子"社会垃圾"的人能发现自身本质的东西。他慢慢地吸着烟，靠墙站了好久；但是什么事情也没有发生，什么东西也没有爆炸，只是感到厌倦，想到什么地方去逛逛。他走出去，到卢森堡博物馆观赏了绘画，在一个舒适的小饭馆里吃了午饭。他在巴黎的街道上游逛，有时步行，有时坐车，一直玩到傍晚，把将来可以讲给别人听的一切都记在脑子里。在这座繁华城市的林荫道上，在柔和的栗树荫下，欢乐的人群——男人和妇女，小伙子和姑娘，熙熙攘攘，川流不息地从装饰得过分豪华的商店和饭馆的橱窗前走过。阵阵笑声和音乐从商店和饭馆里倾泻到人行道上；仿佛他们在追求的惟一的事情，就是能够不伤害任何人地纵情地大笑、大叫一番，夸耀一下他们善于轻松生活的才能。充满生活乐趣的喧哗像陈年美酒一样，使萨姆金也有点飘飘然了，他随着人群游荡，觉得法国人比起英国人和德国人来，空洞议论要少得多了。很难想象

---

① 艾姆皮里克是古希腊哲学家和医师，他认为真理是不可认识的。

伊曼努尔·康德和叔本华,或者霍布斯①会在巴黎的林荫路上出现。很难设想,在这座城市里会产生像陀思妥耶夫斯基那样的人。约纳坦·斯威夫特这样的天主教大神甫也极不可能坐在这里饭馆的小桌旁。但是修道士拉伯雷的响亮而又腻人的笑声,伏尔泰的无穷尽的俏皮话,在这里却是很容易理解的,而十九世纪的阿纳克莱昂②——秃顶的胖子贝朗瑞也是非常合适的。法国有空想家吗?萨姆金急忙在脑子里寻觅着这样的人,可是没有找到。想起了波列扎耶夫③的几句诗:

　　　　法国人像顽童,
　　　　他们在嬉笑中,
　　　　推翻了皇帝的宝座,
　　　　自己颁布法令……

　　这些诗句跟萨姆金的脚步很合拍。波德莱尔的名字在脑子里闪了一下就消失了,并没有引起什么新意念。于是他想:
　　"法国资产阶级用自己的行动证明了革命的流血和恐怖是值得的,他们很会轻松而又聪明地生活,把自己这座美丽古城建成真正的、世界的雅典……"
　　晚上他坐在剧院里,欣赏著名女演员拉娃莱尔扮演社会党议员——一个滑稽的资产者的妻子,她大胆地舞蹈着,向观众显示她那绣花的黑短裤,巧妙地欢娱着一位到巴黎来游历的外国国王。他步行走回旅馆,很想找一个女人,但是又下不了决心。
　　"我讨厌她那些神秘的事业和奇怪的朋友,"躺下睡觉的时候,他生气地想起了玛琳娜,就像想起自己的妻子一样。他也生自己的气,

---

①　霍布斯(1588—1679),英国唯物主义哲学家。
②　阿纳克莱昂是古希腊抒情诗人。
③　波列扎耶夫(1804—1838),俄罗斯抒情诗人,诗作继承了十二月党人的传统。

觉得昨天的思想都是天真的、毫无结果的,虽然出现了一些空洞的、由于内容抽象使他感到愉快的思想,但是这并没有改变他一贯的情绪。

"'世界是一个假设,'有一位'讲道先生',大概是彼得拉日茨基①吧,曾经这样说过。他说得很对:我觉得世界就是一连串的矛盾现象,它们像旋风一样,沿着一个螺旋柱,忽上忽下地旋转着,这种反复地、螺旋式的运动,就使人们有可能去思考历史事件的相似性、重复性。要是用过去的眼光观察,那就从下往上看,如果用理想的、未来的眼光观察,那就从螺旋柱假设的顶端往下看,看到现在;实际上,这只不过是使思想教条化的游戏。如此而已。思想总是要教条化的,它不可能是别的样子。一切定律、公式,都是教条和限制。思想是世界的一种特殊现象,是世界的一部分,但是它总是企图把整个世界包罗在自身之内。那么灵魂呢?半开化的乡村农民的灵魂,玛琳娜的'精神'。这就提出了一个问题,就是谁有权把一切事物都研究彻底,有权创造、确定信条,假设和理论。一些'讲道先生'们是不肯给自己提出这个问题的。不能否认精神贵族和美的骑士们拥有这样的权利,这完全可以用美学来解释。但是,如果乡村磨坊主的儿子,半途而废的大学生乌里扬诺夫②的门徒库图佐夫一旦掌握了这种权利……而且对思想应该采取一种负责任的态度。这话是谁说的? 大概是若瑟夫·德麦斯特③。我们的康斯坦丁。波贝多诺斯采夫也说过……"思想不知不觉地、违反他的心意地钻进了令人烦恼的现实生活的死角。萨姆金生气了,吸着烟,试图冲出这种毫无结果的思想重围,手指头不耐烦地敲着一本莫泊桑的短篇小说集。他越来越经常地感到,自己仿佛徘徊在读过的旧书中,就像在一家专卖成衣的商店里,可是竟找不到一套合身的衣服。而自尊心却固执地逼着他亲自动手,剪裁缝制一套舒适、合身、耐

---

① 彼得拉日茨基(1867—1931),俄国资产阶级法学家。
② 列宁的本姓。
③ 德麦斯特(1753—1821),法国哲学家。

穿的衣服。

三

三点钟的时候,他坐在布伦森林一家饭馆的阳台上,正专心一意地看着菜单。

"您听我说,萨姆金,"他头顶上响起了波波夫的嘎哑而低沉的声音。"我岳父在这儿,是个很有趣的人,非常富有的大人物!我告诉他您是左托娃的律师,而她又是岳父的老相识。所以他想跟您认识认识……"

波波夫用央告的口气说,他脸上表情惶惑,好像怕冷似的高耸着肩膀,总之,非常奇怪,他完全不像萨姆金在玛琳娜那里见到的那个豪放的人物了。

"我正准备吃饭呢,"克里姆说,觉得波波夫的怪相很有意思,心里想:"大概他并不愿意老丈人跟我认识。"

"咱们一块儿吃吧,"波波夫嘟哝说,而萨姆金决定屈从现实生活这点小小的要求。

他们往阳台角上走去;在花篱笆里边的一棵桂树底下,坐着一个身广体胖的笨家伙。萨姆金因为近视的缘故,直至走到大胖子跟前,才认出原来是别尔德尼科夫。他坐在那里,把胳膊肘放在桌子上,粗胖的脖子尽可能地在把脑袋往前探。这个姿势真像一只癞蛤蟆。萨姆金觉得别尔德尼科夫的两只小鸟眼睛闪着试探的光芒,仿佛是在问:

"好吧,看您这回怎么办?"

一种模糊的疑惑情绪刺痛了萨姆金,他生气地瞅了波波夫一眼,可是工程师正忙着挪椅子,重重地碰了萨姆金的脚一下,也不道歉,介绍说:

"这位是萨姆金……克里姆·伊万诺维奇,对吗?"

"扎哈尔·彼得罗夫，"别尔德尼科夫高兴地细声回复说，也没有站起来，就把一只软绵绵的手伸给萨姆金。"请坐吧，非常欢迎。"

"如果他敢再提合同的事，我绝不客气！"萨姆金下定了决心。

"为了刺激食欲，我正在跟我这位女婿闲扯呢，忽然看见：恰恰是一个俄国人来了，就是说，也是一位健谈的人了，原来格里戈里跟您认识。"他带着十分亲热的微笑说道，笑意使他的眼睛闪出温柔蒙眬的、油晃晃的光芒。"喂，格里戈里，请点菜吧！我多来点儿龙须菜和瑞士干酪，这是最纯的上等干酪。我恰恰是个蔬菜和奶制品的崇拜者，也同样宠爱水果。法国人在两方面具有高度艺术的、细致的了解，这就是对女人和蔬菜。他们非常艺术地培养女人，使她们简直像音乐一样供您享受，至于他们的蔬菜，那是世界上最好的，这是公认的。早晨您去过中央市场吗？去看看吧。它使您惊异的程度，绝不亚于卢浮宫。"

萨姆金默默地、警惕地听着。他的疑心更大了，觉得这位岳父和波波夫准是要试探有关玛琳娜的事情，他们正是为了这个目的才邀请他的。说实在的，她把自己的许多事情瞒着他，这使他非常伤心……

别尔德尼科夫边谈边理领带，领带上有一颗黑宝石，领带下面的大钻石领扣在闪闪发光，镶在大白金指环上的翡翠放射出绿色的光芒。胖子的两只炯炯有神的眼睛今天也闪着绿光。

"岳父大人是玩弄女人的高手，"波波夫停下跟侍者讨论菜单的谈话，嘟哝了一句。

"您可别信他的话，"别尔德尼科夫说，动了动笨重的身躯，咬住下嘴唇，哑了哑，叹了口气，依然那么流畅、亲切地说下去："他要是给您胡诌一篇我的传记，准会吓您一跳。"

"大概，是个柳托夫式的怪人，"听到胖子流畅的谈话，萨姆金想，这使他心里的疑惑消失了。但是波波夫注意地端详着送来的菜肴时，突然粗鲁地问道：

"左托娃到英国去了吗？"

萨姆金挺了挺身子，透过眼镜严厉地看了看别尔德尼科夫的脸，那张脸变得模糊起来,仿佛在慈祥的微笑中融化了。看来,胖子并未留意波波夫的问话。他把身子往萨姆金这边稍微一侧,快活地说道:

"还尊称我为岳父大人呢,可是他早就没有资格这么称呼了,因为他的妻子已经逃走了,况且她也不是我的女儿,是侄女。我自己没有孩子:虽然经过广泛的挑选,始终未能找到一个适合做母亲的女人,因此我一直乘的是站站换马的驿马车……"接着他话锋急转,突然问道:"您参加什么政党了吗?"

"没有,我不搞政治,"萨姆金冷淡地回答说。

"这太难得了,在咱们这个时代,恰恰是连男孩子、小姑娘都在大搞政治活动,"别尔德尼科夫费力地叹口气说,然后又像小丑似的伤心地继续说下去:"姑娘儿们特别可怜,她们完全变得叫人不敢问津了,就像是加了醋的果冻一样。还有这位波波夫,他也中了政治的毒,信奉马克思主义,威胁说,要把庄稼人变成社会主义者,毫不考虑,即使是一个赤贫的庄稼汉,他毕竟还不是无产者……"

波波夫在给大家斟酒,愁眉苦脸地把浓眉毛皱到鼻梁上,咂了咂嘴,舐舐嘴唇,低声嗄哑地说:

"那么你们是为了什么呢?正是像你们这样一些大腹便便的人在把庄稼人改造成无产者,这恰好是你们的任务……"

"好啦,我不争辩,让他们变成无产者吧,甚至变成最完美的无产者!"别尔德尼科夫兴奋地喊道,朝萨姆金挤挤眼,又说下去:"凡是我活着的时候不会发生的事情,我是不会担心的,至于契诃夫许诺的幸福时代,我恰恰是活不到了。好吧,为了美好的未来,咱们干一杯!"

他把杯子举到鼻子前头,闻了闻,脸皱成了一个可笑的、几乎是无定形的、柔软的肉团,两只小圆眼睛躲进油亮的皮肤的斜纹里去,光芒也随之消失。这是萨姆金第二次在别尔德尼科夫女性的松软的脸上看到这种怪相,这使他不由自主地想道:

"一个很有风趣的空谈家,看来,并不蠢。"

这个胖家伙动作敏捷、谈笑风生,使他特别吃惊。他甚至在想:俄

79

罗斯文学中塑造过这样生气勃勃的、有趣的形象吗？而别尔德尼科夫这时正在十分灵巧地把黄油涂在小红萝卜上，在吞食萝卜的时候，拿餐巾在脸前扇着，唱歌似的细声说道：

"我喜欢胡扯各式各样的大道理！外国人都责备咱们俄国人说话太多，可是我恰恰不认为这是罪过。教会总在告诫别人：'多言不能得救，'可是教会自己却在不停地哇啦哇啦乱叫，其实它早应该看到，它那些哇啦乱叫并不能使咱们这些杂色人等变成清一色的，而恰恰是适得其反。萨姆金先生，咱们俄国人是大有可谈的。欧洲人已经不再谈论咱们这些话题，因为他们已经安居乐业了：他们吃吃喝喝，谈情说爱，利用咱们的原料，吃着咱们的面包，过得蛮舒服，他们把自己那些比较爱虚荣，比较愚蠢的邻居选进议会，叫这伙人在那里高谈阔论。豢养一批社会主义者去担任这种角色，于是这些人就公开大谈其发展饮食业和家庭生活的条件。他们在议会里是不谈灵魂的，认为这简直是不礼貌的，可笑的。而我们大家恰恰是要大谈其灵魂。咱们是游牧民族，不久以前，我们还在拉夫罗夫①和米哈伊洛夫斯基②的思想草原上吃过草，昨天在弗利德里希·尼采的草原上度过，而今天我们正在咀嚼和反刍卡尔·马克思的嫩草。"

波波夫在笨拙、狠心地切着野鸭，鸭子骨头咯吱咯吱地响着，从刀下滑出一些小肉块，他生气地埋怨道：

"噢，见鬼……"

四

萨姆金一面满意地吃着，仔细地听着，一面举目远望，在街树那边，车水马龙，络绎不绝，车上坐着些衣着艳丽的女人，骏马上的骑士护拥在她们的左右；灌木丛上淡紫色的空中，浮动着戴着草帽或小礼

---

① 拉夫罗夫(1823—1900)，俄国民粹主义思想家。
② 米哈伊洛夫斯基(1842—1904)，俄国自由派民粹主义的主要代表人物。

帽的行人的脑袋,远处什么地方,乐队正在清晰地演奏《卡门》;欢快豪迈的音乐与喧闹的人声非常和谐,一切都是那么绚丽多姿,那么柔和,充满了节日气氛,就像一场演得很好的歌剧。别尔德尼科夫的尖细而俏皮的话语轻佻地透过喧嚣,在节日的上空飘逸回荡,他一边咂着龙须菜,一边说:

"我们这个民族意志薄弱,可是善于思考,咱们并不想干点什么实际的事,而宁愿去做普度众生的冥想。救世主义,恰恰就是不负责任和懒惰的别称。请原谅。咱们没有锻炼出坚强的意志,反而被压制下去了,外因是国家的镇压,内因则是自由思想的腐蚀。大家都在热心关怀人民,总在呼唤他:'你怎么还不觉醒呀,大力士?'好,现在他像我们希望的那样觉醒了,并且使国家遭受了巨大的损失,把地主科学经营的庄园砸得粉碎,化为灰烬。"

"他有座庄园被烧毁了,"波波夫斟着香槟酒,若无其事地说。

"还把牲畜都宰了,"别尔德尼科夫补充说。"可是我并无怨言。我是个经得起折磨的人,我说:'打吧,但是要教会我点东西!'哈哈哈!请吧,为了我们的健康,干一杯香槟酒吧!除了这种无害的饮料,别的什么我也不喝,我是个胸无大志的人。"他往自己的高脚杯子里兑了一小杯白兰地,跟萨姆金碰了碰杯,亲热地问道:"您讨厌我这些废话了吧?"

"我听得非常有兴趣,"萨姆金十分诚恳地回答说。

"可是您一言不发。"

"我是个不爱说话的人。"

"慎言是很好的品质。"别尔德尼科夫说,萨姆金又一次看见他的脸非常可笑地皱了起来。接着胖子突然无缘无故地大笑不止。他全身都在笑,声波贯串了他的整个躯体,肚子在随波起伏,脖子和两颊都鼓胀起来,肥胖的女性肩膀在颤抖,但是他这种笑有势无声,仿佛只在腹中发声,然后从鼓胀的脸颊和唇间冒出低沉的咕噜声:

"噗—噗—噗—噗……"

萨姆金心里想：

"他的笑应该是尖细刺耳的。"

"是一位谈笑专家，"波波夫给克里姆斟着红葡萄酒懒洋洋地说，流露出明显的遗憾神色。"您要了解：他并不关心他说话的内容，只是追求说话的技巧！"

"您听见吗？"别尔德尼科夫接口说。"这又封我为艺术至上主义者啦。要不就骂我是虚无主义者。既然咱们的思想自由除了说空话以外，别的就一无所有了，那么我又有什么过错呢？请您说说看，咱们有什么体现思想自由的典范呢？恰达耶夫①？巴枯宁和克鲁泡特金？赫尔岑、基列耶夫斯基②、丹尼列夫斯基以及其他诸如此类的人物吗？"

"这个自作多情的家伙，他在向您卖弄风骚哪，意思是说，您瞧瞧，我多么有学问呀！"波波夫依然那么懒洋洋地说，但已经是挖苦的口气了。别尔德尼科夫摇晃着身体，仿佛在游泳，趴在桌子上，两只小圆眼睛炽热地闪着绿光，他带着嘶嘶的尖声，急速地说道：

"不，等等！除了巴枯宁和克鲁泡特金，请您给我看看俄国的欧文、傅立叶和圣西门③，给我看看呀，啊？我的—亲—爱的，咱们没有这样的人，而是拿些傻头傻脑的休塔耶夫、邦达列夫④，以及由于自己思想贫乏而受他们诱惑的古怪伯爵⑤这样的货色来滥竽充数。噢唷，不好，我说得太过火了，"他喊道，笨拙地装出惶恐的样子。"不过，萨姆金先生，您别误会，要知道，我并不否认天才，我也跟大家一样在吹捧这位举世闻名的文学家。但是我认为我有权这样说：像天才一样愚

---

① 恰达耶夫（1794—1856），俄国唯心主义哲学家。
② 基列耶夫斯基（1806—1856），俄国政论家，俄国斯拉夫主义运动的创始人之一。
③ 欧文（1771—1858），英国空想社会主义者；傅立叶（1772—1831），法国空想社会主义者；圣西门（1760—1826），法国卓越的思想家，空想社会主义的代表人物之一。
④ 休塔耶夫（1819—1892）和邦达列夫（1820—1898）都是与托尔斯泰同时的农民出身的、独立派的宗教思想家，对托尔斯泰的宗教探索有很大影响。
⑤ 指列夫·托尔斯泰。

蠢！这并非专指哪一位作家,而是指艺术界的一切天才……"

"车尔尼雪夫斯基……"波波夫愤愤地皱眉说。

老丈人把手朝他一挥,说道:

"算了吧!这位神学院学生本来是勤奋好学的,文学家们却因为他爱庄稼人而把他吹捧为奇迹的创造者。我告诉你吧,布里亚特人夏波夫恰恰是个比他味道更浓的思想家,是的!还有一位思想家叫费奥多罗夫,但是他的《一般事务的哲学》却无人知晓。"

他全身向萨姆金这面一晃,露出满口金牙,笑嘻嘻地说道:

"亲爱的……基里尔·伊万内奇①,咱们是旧教徒,都发霉长毛了!我们那些斯拉夫主义者,形形色色的民粹派,也都是些旧教徒!要是来一个不论是彼得大帝还是彼得小帝,开始把我们转向欧洲,我们就会高喊:'你这个魔鬼!只有老实人才会得福……'"

"我觉得您对当前发生的一些事情估计不足……"萨姆金开口说,但是别尔德尼科夫抓住他的上衣袖子,急忙地,而且气势汹汹地继续说道:

"我最讨厌老实人!如果我成为统治全世界的伊罗德②,我恰恰就要下令把所有的老实人、不幸的人和喜爱受苦的人统统都消灭掉。我不尊敬老实人!跟他们相处很不舒服,他们什么都不会干,跟他们什么事情也办不成。我不是个仁慈的人,我恰恰是生产钢铁的,老实人要钢铁干什么呢?托尔斯泰的《三兄弟》还记得吗?傻子如果不想进行自卫,那么他要钢铁干什么呢?他用干草盖房子;用木犁耕地,他的大车轮子都是木头的,一年只用半磅钉子。"

萨姆金有些醉意,不愿意再听这尖声刺耳的话了。他说得很有意思,但是说得太多……是的,这个人的头脑里竟然装了些这样的思想。

"他是什么样的人呢?"克里姆问自己,但是不想去找答案,不过怀

---

① 这是把"克里姆·伊万诺维奇"叫错了,后面还有这种情况。
② 伊罗德(公元前40—4)犹太国王,以残酷闻名。

疑别尔德尼科夫的心情已经消失了。萨姆金觉得心情特别舒畅,就像在民事法庭上跟一个顽强的对手,经过一番冗长的诡辩、争论之后得到休息似的。

第五章

一

眺望树行那边林荫道上悠然自得、川流不息的欢乐人群，心里觉得很舒服。游人在太阳的斜晖中迎面相遇，仿佛是在互相炫耀，彼此欣赏。人语喧哗，使音乐变得更为柔和，它抒情而又亲昵地为人们的语声伴奏。时而传来阵阵的欢笑声，马嘶声，饭馆的墙角后面正在起劲地演奏小提琴，大提琴发出甜腻的和声，一个女人的声音正在唱《马奇什》，波波夫严厉地皱着眉头，用毛茸茸的手指在玻璃杯上敲着拍子，清晰地低声唱道：

在您那雪白的短裙下
大腿在闪动……①

别尔德尼科夫一直在喝酒，把白兰地掺在香槟酒里，但并无醉意，只是说话的声音低了，好像受了潮，变得毫无生气，而且也越来越经常地、困难地喘起粗气来。他继续在炫耀自己的花言巧语，但是已经不

---

① 这两句小曲俄文原文是法语的译音。

那么快活,显然只在竭力逗人发笑。

萨姆金认为时机已到,可以跟别尔德尼科夫谈谈玛琳娜的事情了,但是波波夫却成了障碍,他的情绪流露出一种紧张的、窥伺机会的神气,使人觉得他想谈点什么正经事,而别尔德尼科夫却不愿意谈,所以才口若悬河,说个没完。这时波波夫闷闷不乐地嘟哝了几句关于不负责任的什么话,那个胖家伙用手掌摩挲了一下他那松软的脸,响亮地,甚至有点恶意地说道:

"可是对什么人负责任呢?你自己知道:我是在创造历史,也许我做得很糟糕,然而毕竟我是在干呀,而且给予知识分子们以批评和否定我的自由。但是有个限度:他们除了说说之外,不得以其他方式干涉我的事业!历史给你的任务是扮演马克思主义的厨师,我扮演小猫瓦西卡①,就连德国的无产阶级,也还没有完成创造历史的任务。可是,我懂得:不能在一根小树枝上绞死革命,而斯托雷平真是个乡下佬:他本应该像许多聪明的当家人那样,开头先让点步,然后再逐渐把土地收回来。而他却想毁掉村社,划为份地,想在俄罗斯的田野上培育出美国式的农场主,可是他培育出来的只能是成百万饥饿的暴徒,他恰恰是没有足够的农业器械来供应农场主进行生产,他就是把半个俄罗斯抵押给法国银行家也办不到。"

"把流利的语言与天真肤浅的思想结合起来,这算不了什么大智慧,"波波夫以不容反驳的,甚至是生气的口气说,但是老丈人打断了他的话头:

"你这是说我吗?谢谢。"

他喝干一杯掺了白兰地的香槟酒,转向萨姆金继续说道:

"暴动显示了政府的软弱无能,显示了爆发真正革命的可能性,可怜那些立宪民主党人到维堡去逛了一趟,②结果威信扫地,恰恰使那些

---

① 见克雷洛夫寓言《猫与厨师》。
② 一九〇六年沙皇政府解散了第一届国家杜马,立宪民主党及其他反对派在芬兰的维堡开会并发表宣言,吁请俄国人民拒绝纳税和服兵役,但宣言并未产生什么政治影响。

理智健全的人再也看不起他们了。现在,如果咱们的无产阶级决心跟着列宁走,而且能领导庄稼汉——这场游戏中最强大的人物,跟他们一道干,那么俄国就会像肥皂泡一样破裂。"

他大笑起来:

"噗—噗—噗—噗。"

于是他用手掌抚摸着他那鼓胀得差不多顶到下巴颏的大肚子,又用手掌拍了拍,指环上的翡翠在闪闪发光,眼睛里露出了笑意,接着说下去:

"基里尔·伊万内奇,咱们惟一的救星就是黄金,外国的黄金!应该把巨额的、成亿的法郎、马克、英镑撒在咱们的国土上,好使黄金的主人在危险的时刻前来保卫它,这恰恰就是我的思想!"

"胡说八道,"波波夫说,把脑袋在肩膀上左右摇晃着,并且紧紧地闭上了眼睛。

"可敬的爱国者!"别尔德尼科夫反唇相讥,朝萨姆金挤了挤眼。"生活的不幸造成的一位爱国者和社会主义者。他搞了一项发明被人剽窃了,妻子逃走了,而且牌运也不佳。"

"您算了吧!咱们去兜兜风吧!"波波夫懒洋洋地提议说,而别尔德尼科夫却特别亲热地注视着萨姆金的脸,说道:

"我喜欢逗弄人!小孩的时候,就逗弄过我父亲,他原本是个矿工领班,后来终于挖到了自己的目标,成了腰缠万贯的富豪。他打起我来是毫不留情的,但是,正如您看见的,这对我并没有什么损害。契诃夫说得对:如果你把一只兔子打够了数,它也能学会划火柴。您对契诃夫如何评价?"

"是一位优秀的和极端诚实的艺术家,"萨姆金说,立即发觉自己说话的口气在这种场合显得过分严峻,反而变得荒唐可笑。他看了看波波夫,但是工程师正在仔细地挑选雪茄烟,而别尔德尼科夫理了理领带,赞赏地把脑袋向前一伸,看来这就是他点头行礼的姿势了。

"一位最优雅的作家,"他说。"有些人埋怨他太伤感。要知道这是毫无道理的:怎么能埋怨天气不好的十月天气坏呢？而且就是十月里也还有非常晴朗的日子……"

"当十月党人诞生的时候,"波波夫忧郁地插嘴说。

"漂亮,我祝贺你,说得太俏皮啦!"别尔德尼科夫称赞说,两片蛤蟆嘴唇往外一咧,变成了满脸笑容。"十月里的夕照是非常美丽的。朝霞也很美。我在四十岁以前一直喜欢打猎,打死过十一头熊……"

二

波波夫叫了一辆马车,胖子央求萨姆金"不要拆伙",但是萨姆金根本就没有这样想。别尔德尼科夫客气地请他坐在自己身边,波波夫嘴里叼着雪茄,在前面的座位上坐下,把两条腿大叉开。看来他是喝醉了,一边抽雪茄,一边滑稽地鼓鼓脸颊,皱皱眉头,活动着眉毛,把烟喷到萨姆金脸上,而萨姆金也就越来越具体地意识到,工程师使他感到拘束。马车驶到宽阔的林荫道上,加入了那络绎不绝的各式各样稀奇古怪的马车的行列。节日般的欢乐景象,使萨姆金觉得非常愉快:衣着华丽的人群,光可鉴人的五颜六色的漆彩,金光灿烂的各种车饰和精心饲养的骏马身上的鞍套,这些马似乎都意识到了自己的美丽,缓步庄严地走着,好让人们尽情地欣赏它们矫健、优美的步态。木偶一样端庄的御者和侍从的制服放射出耀眼的金光,他们那戴着锃亮帽盔的脑袋仿佛是金属铸成的,这些人仪表端庄严肃,仿佛他们不仅驾驭着马匹,而且还控制着周围的全部活动和这一湾湖水;许多天鹅在被夕照余晖染成粉红色的平静的湖水中,在水面的云影中浮游,它们高傲地弯起脖子,摆出质问的架势,湖岸上打扮得很漂亮的孩子们正在吵闹着把面包扔给天鹅。人群中有时闪过黑人的古铜色笑脸,露出雪白的牙齿,蓝磁珠般的快乐眼睛冷光四射,这些蒙眬的眼睛仿佛正在冒出磷光。一群男人,有的跟着马车,有的迎着马车,熙熙攘攘地移动着;在他们头顶上,仪表堂堂的、像玩具似的军官,戴着大礼帽的文官,戴着奇形怪状帽子的女骑士在马上摇晃着,细腿的骏马扬扬得意地摇摆着脑袋。在庞杂、喧闹的话语声中,在不断的笑声中,只能隐约地听到有节奏的马蹄响声,有时突然响起奇怪的哨声,但是仍然使人觉得,步行的人群是随着低沉的马蹄声的节奏前进的。一群密集的男人在齐声鼓掌,人群中夹有几个古铜脸色、缠着白色头巾、穿阿拉伯式长袍的黑胡子的人,他们威严地走着,几名穿宽大红裤的朱阿夫兵①护卫着他们。军乐队一直在不停地演奏,乐声时而压倒人群的喧哗,时而又消失在喧哗声中。夕阳残照中,空气里的尘埃变成了粉红色,水平如镜的粉红色湖面上映出两朵在长空飘动的卷层白云,仿佛是一只看不见的大鸟的巨大翅膀,当天鹅游进云影的时候,就几乎看不见了。此情此景,美丽而忧郁,使萨姆金想起了一些描写天鹅的童话和诗,想起了格里格伤感的浪漫曲。他很想放纵自己,沉没在没有思想的梦幻中,沉没在这忘我的诗情画意的生活中。波波夫的郁郁寡欢的脸色和他那痴呆的、醉意蒙眬的眼神妨碍了他,别尔德尼科夫那甜腻亲热的语声也妨碍了他。

"多么美丽的小天地呀,啊?"他仿佛在完成萨姆金那模糊不清的思想似的说道。"生活轻松愉快,真正的民主,自然朴素。"

"是的,"萨姆金出乎自己意外地说道。"他们很会排遣日常的忧虑和现实生活的压迫。"

这些话使别尔德尼科夫非常高兴。

"正是这样!恰恰是这样!在这儿生活的是欧洲最聪明的资产阶级。可是在咱们的彼得堡在斯特列利卡,简直是不可救药的无聊和浮夸,车上坐的那些人,就像是在给一位大人物送葬……"

他摇晃着,柔软温暖的肩膀碰撞着萨姆金。萨姆金斜睨着他,不断地点点头。他虽在观赏这些女人,但是却不愿意叫别人察觉,甚至对自己也不愿意承认。他注视着这些用鲜艳的衣料裹住身躯,浑身都

---

① 法国殖民主义者在北非殖民地招募的一种士兵。

是花边,戴着鲜花和鸵鸟毛的女人,她们斜倚在奇异的马车里的靠垫上,冷淡地或者高傲地,亲热地或者带着挑逗的媚笑看着游人;他想起了左拉那些严酷的长篇小说,莫泊桑辛辣的短篇小说,想断定,她们之中谁是娜娜,或者莱涅·萨卡尔,或者戴-伯伦夫人①的亲族,谁是奥克塔夫·菲利叶②和乔治·奥奈③书中的女主人公的亲族,谁是别恩什捷因④时髦戏剧中的女主人公的亲族呢?很清楚,这些打扮得花枝招展,招摇过市的女人,深刻地意识到自己的诱惑力,而且由于成百的男人在欣赏她们的美貌,成百的女人在嫉妒她们的富有,这就很可能使这些扬扬得意、毫无羞耻地卖弄色相的美女更加深刻地意识到自己的力量和权势。

"是这样,"萨姆金对自己心里某些还没有完全形成的思想说。"是的,是的。"他想起了阿琳娜站在柳托夫尸体旁边的样子。

当几辆特别与众不同的马车驰来时,人群的话语声似乎寂静得多了。一匹长着几乎拖到蹄子的厚密长鬃的小白马,晃悠着笼头,跳舞似的跑来,追上他们的马车,想从别尔德尼科夫坐的那边超过去;这匹白马拉着一个装在两只大轮子上的、玩具似的匣子,匣子漆成耀眼的丁香色;里面坐着一个生着黝黑的脸,黑眼睛,嘴唇抹得红红的,华贵娇小的女人。她紧紧地拉着雪白的缰绳,亲昵而挑逗地笑着,不断驱策着小马,她穿一件银线绣边的蓝上衣,车轮的辐条也镀了一层银,转动起来,仿佛在迸散白色的火花,上衣袖子上的银线也同样放射着白光。马车尾部的高凳上,摇摇晃晃地坐着个穿一身雪白衣服的娇小黑人,他双手交叉在胸前,鬈发的头上戴一顶滑稽的小帽,儿童般的小脸上,两片嘴唇高傲地,或者是生气地噘着。别尔德尼科夫恭恭敬敬地举了举帽子,脑袋向前探探,皱脸一笑;那女人瞥了他一眼,黛眉高耸,

---

① 娜娜是左拉同名小说的女主人公;莱涅·萨卡尔是左拉《俘获》一书的女主人公;戴-伯伦夫人是莫泊桑的小说《我们的心》的女主人公。
② 奥克塔夫·菲利叶(1821—1890),法国作家。
③ 乔治·奥奈(1848—1919),法国作家。
④ 别恩什捷因(1876—1953),法国剧作家。

用缰绳抽了马一下。别尔德尼科夫戴上帽子,叹了一口气。

"一代尤物,"他带着嘘嘘的声音说。"红极一时……价钱很高。现在豢养她的是一个大金融家,商业部长候选人……"

一辆样子像小船,套着两匹干瘦灰马的黑色马车上,斜卧着一个长腿的女人;系着镂花黑头巾的枣红色长发,使她的脸变得十分娇小,像娃娃的脸。金色的双眉紧锁着,睫毛遮住了眼睛,她紧闭着鲜红的嘴唇,脸上流露出倦怠和厌恶的神情。在像泡沫似的黑色镂花披肩下面,可以清清楚楚地看到她那紧裹着贝壳色绸衣的、像鱼似的修长身躯,车厢在柔软的弹簧上摇动,女人的身体也随之轻飘飘地上下浮动,仿佛在融化似的。一个身材巨大,留着浓密的黑胡子、脸色发青的车夫驾驭着马,车夫旁边坐着一个穿苏格兰式服装的人,脸刮得溜光,裸露着小腿,上衣上有许多金钮扣,这些钮扣就像是钉在他那肥胖肉体上的钉子帽儿。

"这是怎么回事?奥妙何在?"波波夫得意地微笑着问道。

别尔德尼科夫立刻回答说:

"这叫烘云托月,你明白吗?我的亲爱的,她们懂得用什么饵钓什么鱼。为了这个宝贝儿,已经发生了两次决斗……"

"用别针决斗吗?"

别尔德尼科夫想说什么,可是仅仅傲慢地吹了一声口哨:因为这时有一辆两轮藤座轻便小马车追过了他们的马车,这辆车上坐着一个红装女人,身旁是一只光滑的花毛大狗,它伸出长长的舌头,摇晃着脑袋,修剪过的耳朵警惕地竖起,龇着牙的大嘴上面,血红的眼皮老态龙钟地垂下来,迟钝的枣红眼睛闪着忧郁的光芒。

"狗、黑人,可惜没有魔鬼,如果有的话,她们也会带在车上的,"别尔德尼科夫说,发出了他那奇特的、像马喷鼻子似的笑声。"她们有的把自己打扮得非常吓人,为了这种恐怖样子,恰恰还要额外加钱。这里在这方面有无限的自由,道德当然就不会有什么地位了!"

波波夫的脸上涌出了一层栗色的血晕,眼睛瞪得圆圆的,看来,正在竭力不使自己打盹,毛茸茸的手指神经质地敲着膝盖,头转动得那么快,好像正在人群中寻找什么人,又担心看不到。他生气地盯着老丈人,明显地不赞赏他的唠叨,萨姆金觉得,这个讨厌的人马上就会开口反驳老丈人,两个无所不晓的俄国人之间立刻就会开始一场冗长无益的、在这种美人大检阅的场合显得既滑稽而又不合时宜的对话。

"除掉自己之外,他们是无所不知的,"萨姆金想。"我宁愿听独白,这可以不用反驳地去听,就像听萧萧的风声一样。我无须去储备些什么真理,也无须竭尽全力去保卫这些真理的可疑的尊严……"

两匹深古铜色的高头大马,神气十足地拉着一辆豪华的四轮敞篷马车:车上坐着一位穿黑绸衣服的老妇人,灰白头发上装饰着一堆黑色的花边,一张枯瘦的长脸;她端庄、傲慢地直挺着脑袋,浅灰色的眼珠直盯着车夫宽阔的蓝色脊背,戴着手套的手里拿着一个金制的长柄望远镜。坐在她身旁的胖太太慈祥地微笑着,不住地在点头,她们对面坐着两个男孩子,也都一动不动,毫无生气,像两个木偶。

"德-莉亚罗什-弗科,"别尔德尼科夫摘下帽子遮住脸,解释道。"是侯爵夫人或者伯爵夫人……一类的人物。是位道德家。伪善者。那位胖太太也是个贵族,她姓什么啦?我记不清了……布莉昂、考琪莉昂……还是克里丽昂呢?是一个非常能干、能说会道、手段毒辣的女人,她在工业界很有势力,见鬼去吧……还是一位慈善家呢……养着一批叫花子……萨姆金先生,您是道德家吗?"他用力靠在萨姆金身上问道。

"不敢当,"克里姆回答,立即就责备自己不该作出如此轻率的回答。

"好极啦,"他听见了称赞的喊声。"我恰恰并不苛责这些女人。尤其是,如果计算一下这些天使能为巴黎挣来一笔多么大的收入,那么恰恰就会非常尊敬她们了。我并不是开玩笑!纺织品、珠宝、时装、家具和各种各样的上等'巴黎货色'的生意,都是这些天使们在推动,请您相信我的话！开始有一位天使来个什么新花样,于是众法玛①就竞相效颦。而且您要注意,天使们挥霍的主要是外国人的钱,而不是法国人的。如今这儿的银行家们借给了咱们一笔钱镇压骚乱,要知道在这笔钱里面,天使们的收入要占很重要的一部分……"

"鬼知道您在胡说些什么,"波波夫抱怨说。

"我说的是真话,格里戈里,"胖子顶了他一句,用穿着柔软的麂皮鞋的脚碰碰女婿。"有时候这儿的一个女人一年消费的商品数量,比咱们俄国一个县的百姓全年消费的数量并不少。这是应该懂得的！而咱们受了文学毒害的太太们,却穿着幻想的法衣过生活,忽而以为自己是安娜·卡列尼娜,忽而是陀思妥耶夫斯基作品里的疯女人或者罗兰夫人,要不就是索菲亚·佩罗夫斯卡娅。咱们那些太太真没有意思！"

萨姆金漫不经心地听他讲着,想彻底确定一下自己对待别尔德尼科夫的态度。"大概波波夫是对的:别尔德尼科夫不管说什么,都是无所谓的。"虽然萨姆金不愿意承认别尔德尼科夫的某些思想颇有新意,具有令人羡慕的独特性,但是已经感觉到这一点了。一想到这个人曾经企图收买他,就觉得很奇怪,不过,宽恕他的理由已经有了。

"他在腐败的官场中混惯了……"他没有注意波波夫这时说了些什么,别尔德尼科夫很不客气地对女婿喊叫说:

"你干吗老是对我说三道四的,那是谁的,这是谁的？告诉你,我到处都要拿到我喜欢的一切东西。苏沃林不是糊涂虫。人们为谁在大发宏论？是为庄稼佬吗？不,全是为了我！"

果然不出萨姆金所料,争论起来了。马车和美女好像越来越多。一对高大的枣红马追过他们,马车上笑嘻嘻地坐着两个女人,他们对面坐着一个白胡子、秃头顶的胖子;他把礼帽举在头顶上,在向人群说些什么,鼓起红润的脸颊,小胡子滑稽地扇动着,人们不断地给他鼓掌。一阵风吹来,把人语、笑声、鼓掌和马嘶声混成了一片大合唱。

---

① 法文"妇女"不正确的译音。

"想把这种现实生活变成一幅离奇怪诞的作品,需要双料天才波修的才能,"萨姆金想,仿佛是在跟什么人争论着,而那个人却连一句值得反驳的话都没有说出来。他想压下去的那股哀愁心情加剧了,不知道为什么忽然想起了他熟悉的那些女人。"为了这些关系并不值得感谢命运……总而言之应该说,我的生活……"

他思索了一下断语,但是没有找到。波波夫用手指碰了碰他的膝盖,说道:

"我要在这儿下车啦。再见。"

"我们还要在城里兜一会儿风,"别尔德尼科夫快活地尖声喊道。"然后再找一个销魂的地方去玩玩,您不反对吧?"

"好极啦,"萨姆金说。终于有了谈谈玛琳娜的机会了。他看了别尔德尼科夫一眼,这家伙正笑得满脸皱纹,用肩膀碰了碰他,问道:

"您累了吗?"

"一点也不。"

"您很有耐心。不过您的面色有点苍白。您知道吗:一个人活啊活啊,说啊说啊,可是恰恰就没有说出那句虽然不长,然而却是最重要的话来。对吗?"

"对的,"萨姆金高兴地同意说。"这话很对。"

别尔德尼科夫笑嘻嘻地咂了咂嘴,好像是在和空气接吻似的。

"就这样,临死也没能说出这句话来,"他叹了一口气,继续说下去。"我这些废话使您厌倦了吧?"他问道,但是并没等待回答。"老啦,可是到了老年,聊天就成了咱们惟一的安慰,神聊一通,好像就把心头积存的尘埃抖落掉了似的。而且也难得尽情地谈谈知心话,因为咱们谁也不是细心去听别人谈话的人……"

萨姆金发现:自从波波夫走了以后,这个人的谈话变得严肃起来,使人同情了。

"大概,是个很孤独的人,而且厌倦孤独了,"他想,就更细心地倾听别尔德尼科夫的谈话。

"况且真正的坦白永远是不顾廉耻的,绝不会是别的什么样子,要知道,人都是坏蛋,伪君子,就靠自我欺骗的花言巧语混日子,可怜的家伙。"

别尔德尼科夫已经把他那软绵绵的身体整个压过来,用压低的、仿佛受了潮似的声调喊道:

"我们是多么不幸的人啊,我的最亲爱的伊万·基里洛维奇……请原谅!克里姆·伊万诺维奇,是的,是的……只是在死亡的前夕你才会领悟到这一点,这时候病魔悄悄地向你走来,并且像媒婆似的夜夜对你耳语:'啊呀,扎哈尔,我要给你介绍一位多么漂亮的夫人呀!'她这是说的死神……"

别尔德尼科夫发出他那奇怪的笑声,可是萨姆金认为这笑声简直太不合时宜,感到很不愉快,很吃惊,心想:

"好一条……变色龙①……"他又觉得"变色龙"这个词儿用得有些过分,又改为"多么善于随机应变……肆无忌惮"。

然而这几个字仍然不能概括别尔德尼科夫的为人。马车驶过一条非常美丽的街道,街道两旁的许多铁栅相连的、雅致的小房舍慢悠悠地飘过去。铁栅上厚厚的镀金在闪闪发光,许多人在人行道上走着,仿佛是在追逐笨重的飘动着的房屋。萨姆金非常渴望喝点什么,渴望静止和安逸,想在安静中仔细揣摸、思考别尔德尼科夫那些生动的、丰富多彩的思想,深入了解他,跟他谈谈玛琳娜。他觉得,从来还没有人这么无拘无束地、这么亲密无间地跟他畅谈过,他必须承认,胖子有些话他很欣赏。"不,他比柳托夫更深刻,更有独到之处……"

"顶好能喝杯茶,"他提议说。

"喝茶吗?恰恰是时候了!"

"找一个安静的地方……"

"正是要在安静的地方!"别尔德尼科夫喊道,而且鼓起两颊,兴高

---

① 这里引用契诃夫短篇小说《变色龙》的故事。

采烈地吐了一口气。"照俄罗斯的样子,坐在火壶旁边畅谈!请到我家去吧!我住在一所公寓里,是生活中的孤独者的世外桃源,一位俄国太太开的,咱们的使馆人员都喜欢光临……"

他不等萨姆金表示同意,就把地址告诉车夫,并请他把车赶快一点儿。他的世外桃源原来就在附近,现在他正顺着楼梯,像个橡皮人似的,一级一级地往上走着,他那皮球一般身体的轻捷动作又使萨姆金感到惊讶。在一个狭窄的楼梯口上有三扇门。别尔德尼科夫用肚子顶开中间那扇门,往旁边一闪,向萨姆金邀请说:

"请进。"

随后,他就消失在一片绛红的昏暗中,口里喊着:

"安娜·杰尼索夫娜!安涅托奇卡—卡?"

三

萨姆金擦着眼镜,四下打量了一番:一间没有窗户的小房间,很像牙科医生的候诊室,摆着一些罩着灰帆布套子的柔软家具,中间是一张圆桌,桌子上放着些画册,墙上有几幅灰色的版画。透过悬挂在通往隔壁房间门上的绛红色帷幕,飘来微红的昏暗和香水气味,远处,在寂静中,可以隐约听到别尔德尼科夫的语声。

"来个小火壶和其他应有的一切,一切。好,好。维罗奇卡和若尔热蒂吗?别让她们出去。很清楚!好,行,恰恰是这样……噗—噗—噗—噗……"

过了一会儿,他像皮球似的从帷幕里面滚了出来,高兴地喊道:

"请吧,克里姆·伊万诺维奇!"

他跟克里姆并着肩膀,一边走,一边低声说道:

"很像座妓院,但是很舒服,而且'远离尘嚣'。"

他们在寂静中走过了三个房间,一间宽大、空旷,像是舞厅,另外两间小一点儿,摆满了家具和室内花草,他们走进一条走廊,走廊转了个直角的弯,直通到一道门前,别尔德尼科夫用脚踢开了门。

"现在咱们靠码头啦!如果您觉得热,可以把多余的东西都脱掉,"他一面说,一面毫不客气地脱掉上衣。不穿上衣,他显得更胖了,柔软的衬衣上那颗宝石领扣也更加耀眼。他扯下领带来,随便扔在梳妆台上的一瓶花旁边。用手绢扇着脸,探身窗外,心满意足地说道:

"真美呀!"

他那种主人式的随便样子,使萨姆金感到有点儿嫌恶。他皱起眉头,但是看见镜子里站在别尔德尼科夫滚圆身躯旁边的自己那副干瘦滑稽的样子,不禁苦笑着想起了无法逃避的对比:

"吉诃德先生和桑柯……"

紧接着他听到了一句玩笑话:

"咱们俩在这个小房间里,就像一个金卢布和一枚十戈比的小银币装在同一个钱包里……"

但是立刻又变成了仿佛大惊失色的语调:

"噢唷,请原谅,我的玩笑太愚蠢了,把您比成了一枚银币!克里姆·伊万内奇,请您相信我的话吧:我恰恰是最懂得您的价值的!我从心里高兴遇到像您这样的人,您没有那种爱说空话和闲扯淡的恶习,不是像,譬如说,我那位爱婿一样的失意的人,而是一位思想集中、惯于用哲学眼光考虑眼前的和正在发生的事物的人。这样的人真是罕见,举例来说……就像根本不存在的双头鱼一样罕见。能跟您认识,真是三生有幸,可喜可贺……"

"他大概会用诗来说话,"萨姆金心里想,于是跟胖子完全和解了,笑着说道:

"根本用不着道歉么,我完全有权认为,您并不是把我,而是把您自己比成小银币……"

别尔德尼科夫把头往前一探,响亮地吧咂了一下嘴唇,仿佛是把一些不合适的和眼下还不该说的话咽了回去,他惊讶地看着萨姆金,沉默了几秒钟,随后就尖声叫道:

"主啊,我的上帝,那当然啦!您恰恰完全有这种权利。玩笑害死人。要知道我只不过是指咱们二人身躯的大小而言。但是,您当然懂得:玩笑总是荒诞不经……"

进来了一位身材高大的黑眉毛妇人,她穿一件白色半透明的短衫,乳房像两个小西瓜,浓妆艳抹的脸上带着过分亲热的微笑,脸上那两片红得可怕的嘴唇特别引人注目。两只胳膊赤裸到肘部,手里用托盘端着茶具、酒瓶子、罐子,一个留着鬈曲的小胡子,嘴唇厚厚的,简直像黑人一样的矮人跟在她身后;好像他那黝黑的脸原来是墨黑的,但是现在已经褪色了。他端进来一个小小的银火壶。别尔德尼科夫用法语命令说:

"把别涅迪克丁拿走,请拿库安特罗[①]来……点上酒精灯!"

萨姆金四面看了看。这个房间陈设得像高级饭店的房间一样,有三分之一用深蓝色的帷幕隔开,帷幕后面是一张宽大的床,从那里飘来浓郁的香水气味。两个开着的窗户正对着一座古老的小花园,园墙上爬满了常春藤,绿树的顶梢伸到窗户边,甜蜜湿润的空气涌进房间,屋子里显得阴暗而又气闷。那尖细的女人般的语声,好像在这气闷的幽暗中绘出语言的花纹。

"是的,玩笑是顾不得真理的,正是如此!一九〇三年,一个偶然的机会,您知道吧,非常偶然,我在莫斯科认识了一位著名的文学家,悲观主义者,然而很幽默。当然,您猜到是谁吧?我们一块儿喝酒。我问他:'您为什么把文章写得那么忧郁呀?'他回答说:'因为我要无情地牺牲真理。'我们俩都大笑不止,又为祝贺他那种无情地对待真理的态度喝了不少白兰地。一个非常有趣的人:理想主义者;甚至还有神秘主义的倾向,而在实际生活中却是个厉害的机灵鬼,当时我也做些纸张交易,因而就熟悉出版界的情况。那位神秘主义的作家非常精明地贩卖着他那灵魂里呕吐出来的货色。噢唷,"他咕噜咕噜地笑开

---

① 别涅迪克丁和库安特罗都是法国蜜酒。

了。"我说走嘴了,真糟糕!您应该把'呕吐'这两个字理解为:灵魂渴望突破、超越现实的界限……"

萨姆金无动于衷地听他讲着,等待适当的时机提出自己的问题。在酒精灯照耀着的桌子上,火壶自豪地夸耀着自己的光泽,瓷器和玻璃杯罐射出晶莹的光芒,酒杯里是金黄色的白兰地。

"真想听听他怎么谈论玛琳娜,"萨姆金这样想着。所以有些话他就没有听见。

"像在杂技场一样,他们正在演习一些难度很高的动作,这都是受了陀思妥耶夫斯基的诱惑,"别尔德尼科夫说。"但是这儿的知识分子恰恰是吃得脑满肠肥,资产阶级把他们喂得非常好。莫泊桑有游艇,法朗士有一处小宅第,洛蒂有一座博物馆。看来,我们可以期望,过个十年二十年,俄国的知识分子也能吃上饱饭,那时候他们就会明白,他们跟无产阶级是走不到一起的……"

"您早就认识左托娃吗?"萨姆金喝完一杯白兰地问道。

别尔德尼科夫过了一会儿才回答。他把茶壶从火壶托上拿下来,用火盖盖住烟筒,掀开茶壶盖,闻了闻茶味,开始往杯子里斟茶。

"有一股子木炭味儿,"他为自己这些谨慎的措施解释说。随后问道:"是位出色的人物吧?是啊,我了解她。甚至请媒人向她求过婚呢。她没有答应。我估计,她是想嫁一位贵族。可能,还梦想嫁给一个有爵位的人呢。她可以做一个出色的省长夫人!"

他沉默了一会儿,看着茶杯,用茶匙挤着杯子里的柠檬,沉思着、不慌不忙地继续说道:

"我认识她已经有七年了。在伦敦认识了她的丈夫。也是一个性情颇为古怪的人。有自己的理想。他做的是大麻生意,可是却想干些使灵魂得到安慰的雅事。他是这样的人,这种人的灵魂就像是肿包——总在发痒。他老是跟一些教友派信徒,总的说来,老是跟一些英国神甫混在一起。甚至把我也引上了这条路,但是我觉得英国神甫们,除了葡萄酒,恰恰是什么都不懂,他们也谈论上帝,那是因为干的是这一行,不得不装装门面。"

他朝萨姆金的杯子挤了挤眼,把自己酒杯里的白兰地倒到茶杯里去,又斟上一杯,喝下去,跟着又喝了一口茶。萨姆金注视着他的这些轻捷而充满自信的动作,焦急地等待着他说下去。

"左托夫是一个有洁癖的人,在咱们的商人中间有这样一种人。他们很像彼拉多①,老在寻求圣水,不但要洗掉手上的血迹,而且能洗掉全身的罪恶。然而我恰恰不喜欢那些念念不忘修身当圣人的人。我自己就是一个罪大恶极的人,从小就在罪恶中熏陶,地狱里的魔鬼大概都会非常尊敬我。而人们却不尊敬我。我也不尊敬他们……"

萨姆金觉得,别尔德尼科夫原来眉目不清的胖脸,现在忽然变得轮廓分明,似乎小了一些,有了棱角,颧骨上出现了些小疣子,鼻子也显得尖了,下巴翘起,双唇紧闭成一线,看不出嘴唇了,眼睛里闪着铜绿色的光芒。垂在椅子扶手外面的右手涨得通红。

"他大概喝醉啦,"萨姆金想,但是别尔德尼科夫依然用压低的、湿润的声音说道:

"我是个务实的人,而这跟军人并无不同。世界上根本没有什么圣洁的事业。蒲鲁东派和马克思们比起那些形形色色的教会神甫、人道主义者和其他……等等的愚昧无知的家伙来,把这个问题讲得透彻多了。列宁说得非常正确,我们这个阶级应该全部消灭。我说——应该,然而我并不相信这是可能的。大概,列宁也并不相信,只是为了吓唬吓唬人而已。对列宁这个人您怎么看啊?"

"是一位很不严肃的思想家,"萨姆金说。

别尔德尼科夫似乎吃了一惊,沉默了几秒钟,眨着眼睛,瞅着萨姆金的脸。

"您说的是真心话吗?"

"是的。我所看到的他的一切著作都是异常蒙昧的。"

---

① 这个人物见《圣经·新约》,是下令杀死耶稣的总督。这儿的意思是说,一个干了坏事,却总想方设法要洗刷自己的罪名。

"这—样，"别尔德尼科夫含糊其辞地拉着长声说，而且冷笑了一声。"可是萨瓦·莫洛佐夫——您听说过这个人吗？——却认为列宁是一位非常……严肃的人物，传说，他还从物质上帮助列宁从事破坏性工作呢。"

"也是一位彼拉多吧？"萨姆金挖苦地问道。

"不—不知道。作为一位彼拉多式人物，他似乎过分聪明了。您以为蒙昧主义就没有危险了吗？基督教在它刚刚兴起的日子里也是很蒙昧的，可是足足有一千多年弄得人们眼花缭乱。我的议论也是很蒙昧的，然而我可是个危险人物，"他又往杯子里斟着白兰地，冷淡地说。

他们都沉默不语了。窗外尘雾弥漫的粉红色天空，逐渐转暗，出现了一片片淡灰色云彩。火壶不断地尖声叫着。

"他不愿意谈玛琳娜的事，"萨姆金想。"他喝醉了。大概，我也有点醉了。该走啦……"

但是别尔德尼科夫的脸又变得模糊不清了，他带着几分冷笑，很不情愿地说道：

"那么说，您对左托娃很有兴趣喽？我懂得。这是块肥肉。不过我坦白地告诉你，为了避免无意中冒犯您，我只有在了解必要的情况以后，才能谈论她的问题：她对您来说，究竟仅仅是一位有利可图的主顾呢，或者还有什么别的关系？"

"仅仅是一位主顾，而且我也不能说是有利可图的，"萨姆金十分坚决地回答。

"啊哈，"别尔德尼科夫兴奋地叫道。"是的，是的，她很小气，是个贪得无厌的女人！她在交易中简直是个刽子手。人很聪明。是一种最粗鲁的、用书本乔装打扮起来的庄稼汉的聪明。她是我的敌人，"他分三拍子说出最后这六个字，并用手掌在膝盖上拍了三下。"她也是俄国工业发展的敌人。她正在召唤瓦兰人①来，您明白吗？她正在把

---

① 古时俄罗斯人这样称呼北欧诺尔曼人，这里是指英国人。

一宗巨大的产业卖给英国人。放高利贷的女人。她在莫斯科有一名助手,是个鞭身派教徒或者阉割派教徒,正在用她的钱经营期票贴现生意,一个非常狡猾的强盗!是她的奴才,这狗崽子……"

他那激动的样子十分难看。肩膀在哆嗦,脑袋直往前钻,松软微黄的脸又变得僵硬了,眼睛仿佛怕光似的乱眨着,红嘴唇又膨胀起来,颤动不止,而且湿漉漉的,使人很不舒服。尖细的声音一会儿乱叫,一会儿中断,话语中充满了沸腾的狂怒。萨姆金感到很尴尬,就干脆低下头去,不看眼前这个松弛的肉体那副可憎的、颤抖的样子。

"是个刑事犯罪的典型人物,"他听见别尔德尼科夫说。"监狱将是她最后的归宿,您会看到的!而且还会把您也拖进什么刑事犯罪案中去。她是个教唆犯,给盗贼指路引线的人。"

他异常迅速地从椅子上跳起来,碰得桌子直摇晃,桌子上的东西叮当乱响,萨姆金赶紧把灯扶住,这时候,别尔德尼科夫的肚子顶住了他的肩膀,头顶上响起了一阵急促的话语:

"您听着……我重新提出我的建议。请您把合同草稿给我搞到手。我可以出到五千,懂吗?"

萨姆金试图站起来,但是别尔德尼科夫的一只手沉重地按住他的肩膀,另一只手举着,仿佛是在宣誓,或者是准备猛击萨姆金的脑袋。

"您等等!"别尔德尼科夫比较平静和清醒地说,他的脸上冒着眼泪似的小汗珠,好像在融化。"如果您是一位正直的俄国人,您就不会同情出卖祖国的勾当。我们自己将使祖国振兴起来,我们是强大的、有才能的、无所畏惧的人……"

"我已经说过:对这项合同我什么都不知道。左托娃从来不把自己的事业秘密告诉我,"萨姆金把要说的话说了出来,尽力想从那只沉重的手下挣脱出来,可是白费力气。

"我不信,"别尔德尼科夫喊道。"那么她要您干吗呢,啊?您不知道,她瞒着您干这种事儿吗?您去探听出来么!您又不是小孩子。我可以叫您飞黄腾达。别装糊涂啦。叫您那彼拉多式的清高见鬼去吧!

您自己也看到么:生活正在从不好变得更加糟糕。您能有什么办法来阻挡这种趋势呢,您有吗?"

别尔德尼科夫最后一些话说得非常傲慢,这使萨姆金有了力量,便推开了他,站起身来,从梳妆台上抓起帽子。

"我不愿意再听下去,"他气得结结巴巴地喊道。"您发疯啦……"

别尔德尼科夫用肚子撞了他一下,把他挤到墙边,对着他的脸尖声叫道:

"可是你聪明过分啦!你那种聪明有他妈的什么用呢?用你那种聪明能堵塞什么样的窟窿呢?哼!你们在大学里念书,念的是哪家的大学啊?滚吧!滚你妈的蛋!滚……"

别尔德尼科夫野蛮地骂道。

四

萨姆金也不记得,他是怎样跑到街上来的了。他浑身颤抖,气喘吁吁地走着,手里攥着帽子,心里歇斯底里地怒吼着:

"我应该打他一耳光。应该打。"

过了一会儿他才发现,行人都急忙给他让路,有的还停下来,瞅着他,似乎在猜测:下一步他会干什么?他戴上帽子,拐进一条灯光昏暗的小巷,放慢了脚步。

"下流畜生!他根本没有醉得那么厉害,笨猪!这种人应该消灭,无情地消灭。"

街道上充满了使人不舒服的、热乎乎的香气,几乎在每家的大门口都站着或坐着一群人,一路上萨姆金都听到不间断的谈话声。人们哈哈地笑着,呼叫着,也许,这根本与他无关,但是那种由于受到侮辱而产生的恶心感觉更厉害了。他想到开阔的地方去,到广场上或田野里去,到空旷、孤独的环境中去。他从这条街穿到那条街,很久才碰上了一辆旧马车:一个快乐的、喜欢说话的小老头儿赶着一匹难看的长长的瘦马,马车慢慢地向前滚动,颠簸得使人浑身疼楚,那个发疯的胖家伙的滚圆身躯和他那些尖厉刺耳的话语,仿佛可以感觉到似的在脑子里翻腾,弄得他头晕眼花。

回到旅馆,他要了苏打水,脱掉外衣,就像脱去溅满污泥的衣服一样,吸着烟,躺在沙发上。被侮辱的感觉变得更加使他喘不过气来,别尔德尼科夫愤怒的、鼓胀的脸,像个气球似的在灰色的烟雾中飘荡,思路混乱、惶恐,作出许多互相矛盾的决定,接着又推翻了。

"是的,消灭,消灭这种人……多么令人厌恶的、无耻的家伙。我应该离开这儿。明天就走。我选错了职业。我能真诚地保护什么东西和什么人吗?在像这样的坏蛋面前我本身都毫无保障。还有玛琳娜。我要辞去她的事务,搬到莫斯科或者彼得堡去。那里可以生活得比在外省更默默无闻……"

他觉得自己已经有了坚定的决心,所以心情也安定了一点儿。他站起来,又喝了一杯还在咝咝响的冰苏打水。又点上一支烟,站到窗前。窗外楼下,一片由屋墙围绕着的小广场上,在点点昏暗的、黄色的灯火下,许多黑乎乎的渺小人影,好像在溶解的油脂中滑动。

"难道我想过默默无闻的生活吗?不,我想过独立的生活。而这个……土匪却在犬儒主义中发现了思想的独立性。"

他机械地想起了,古希腊人曾把犬儒主义者狄奥格涅斯讥之为"犬"①。

"古希腊人是对的:生活在木桶里,限制自己的欲求,这有损人的尊严。犬儒主义与基督教的禁欲主义有共同之处……"

萨姆金生气地挣脱了这种对书本子的回忆带来的烦扰。别尔德尼科夫也读过很多书。但是他读过的东西跟他的经历和直接经验,看

---

① 犬儒主义者得名由来有二:一是其创始人安提西尼曾在雅典一个以"快犬"为名的运动场讲学;二是这些人衣食简陋,故当时人讥之为"犬"。

来,在他思想里已牢固地融为一体。

"不能否认,这头畜生是很会独出心裁地思考和谈论问题的。在他看来,世界并不像柳托夫认识的那样,仅仅是一套'惯用辞藻'。思想,作为自卫的武器,他比我运用得好得多。他庸俗吗?未必。他是一个热情的人,而热情不会是庸俗的,热情是悲剧的……可以认为我这是在替他辩护。但是我仅仅是想做一个客观的人而已。我遇上了一个以竞争为业的阶级中的人物。他把自己比作军人是正确的:他的全部生活,不是在攻击别人,就是在防御别人对自己的攻击。他想拉我作一个同盟者……"

"也许,我是在竭力使自己相信,跟这样的巨人只身搏斗,惨遭失败,并不可耻吧?难道说我失败了吗?我了解他那无耻的狂妄行径的目的,可是我并不是在为他的行为辩护,不是在宽恕……"

萨姆金觉得头脑发晕。他脱掉衣服,躺在床上,打算把他在这多事的一天所经历和思考的一切进行最后的总结。他很希望这个总结能使自己得到宽慰。

"我变得聪明起来了……"

记忆虽然已经疲惫不堪,但是一直还在反复玩味这些玩世不恭的话语:

"人哪——都是坏蛋,伪君子,就靠自我欺骗、花言巧语过日子,不幸的孩子……"

那种湿润的、咕噜咕噜的笑声又响起来了。

第六章

一

很晚他才睡醒,觉得嘴里有一股铁锈酸味儿,脑袋昏昏沉沉,屋子里的空气也是灰蒙蒙的,仿佛是黎明前的样子。他勉强地从床上爬起来,拉开窗帘,一阵风无声地把小水点洒在玻璃上,灰色的云层压在屋顶上。仍旧跟昨天、跟往常一样,广场上是人声喧哗,熙熙攘攘。很难把自己独特的音调加进这片吞没一切的喧哗中去。许多样子相同的马车在往四面八方奔驰,很容易使人认为,这只不过是同一辆马车在绕来绕去,为了寻找从这个挤满了矮小人形的、狭窄的广场上冲出去的出口。

城市在低沉地、令人心烦地喧闹着,一队穿蓝灰色服装、身上挂着光泽暗淡的铜喇叭的乐师,从街上走进广场,又跑出两个骑马的人,一个是胖子,另一个身材矮小,简直像个半大孩子,他自豪地、引人注目地骑在一匹古铜色细腿长马身上。一队身穿铅色军装、密集的矮小士兵迈着机械的步伐走了过来。

"走向死亡的我们向你致敬!"萨姆金想起了这句拉丁语,悁恨地离开了窗户,心里想着:

"要把这件事儿……昨天的事儿告诉玛琳娜吗?"

这个问题没有得到答案。他揿了揿铃，要了咖啡和几份俄文报纸，然后开始洗脸，但是脑子里却纠缠不休地响着这句话：

"走向死亡的我们向你致敬！"①

萨姆金用拧起来的湿毛巾擦着脊背。心里想：

"提庇留、喀劳狄、维特利②这三个凯撒，可能有一个很像别尔德尼科夫。"萨姆金想，同时感到十分惊讶，自己竟能这样毫无反感，若无其事地想起别尔德尼科夫。

他边喝咖啡，边看报纸。《俄罗斯新闻》在很有分寸地发牢骚，《新时代报》在小心翼翼地欢呼，《俄罗斯言论报》上，一位著名的小品文作家，像老狗的吠叫一样，断断续续和枯燥无味地说着俏皮话，而在下面的一栏里，则是军事法庭判处绞刑的人数统计。每天都在热心地进行绞杀。

"走向死亡的我们……"

很快就不想再看报纸了，而且要求作一个总结。混乱、疲惫的记忆和往常一样，殷勤地给他提示了一些警句、诗歌。萨姆金觉得热姆丘日尼科夫③的一行半诗特别合适：

"……在我们的时代

正直的人是不爱祖国的……"

随后又想起了雅库博维奇－梅利申④责难的诗句：

---

① 原文是拉丁文。古罗马的角斗士们在角斗开始前向皇帝高呼这句话。
② 这三个人都是古罗马皇帝。
③ 热姆丘日尼科夫(1821—1908)，俄国讽刺诗人。这一行半诗引自《普希金纪念像》一诗，作者在诗中愤怒谴责了那些也在高呼"热爱祖国"的反动派。既然这些家伙都成了"爱国者"，那么真正的爱国者就只能说："……在我们的时代，正直的人是不爱祖国的……"
④ 雅库博维奇－梅利申(1860—1911)，俄国诗人，这两句引自《致祖国》一诗。

为什么要爱你?

你哪点配做我们的母亲呀?

  时间已经过了中午。萨姆金拿起梅列日科夫斯基的《未来的无赖》,躺在沙发上读起来,但是不久就发现作者竟把他的一些思想抢先写了出来,给这些思想加上了松懈无力的丑陋形式。真是遗憾得很。他把书扔在桌子上,脑子里又映出了布伦森林里女人大检阅的华丽场面。

  "多么美丽的小天地呀,"脑子里又响起别尔德尼科夫的话。

  女仆走进来问他:如果她动手收拾屋子,会妨碍先生吗?不,不会妨碍的。

  "谢谢,"女仆说。她戴着一顶挺滑稽的工作帽,身材娇小而又苗条,帽子下面露出几缕枣红色的卷发,鼻子尖尖的脸上浅蓝色的眼睛快活而又亲热地笑着。当她铺床的时候,引起了萨姆金的轻佻念头。

  "您很像英国人,"他说。

  "噢,不是!我是阿尔萨斯人,先生。"

  她非常自信地看了看萨姆金,仿佛已经猜中了他的心思。这倒使他着慌了,于是他警告自己:

  "当然,她是来者不拒的,而且只要一点钱,不过我可能伤风。"

  他站起身来,走到过道里去,心里想:

  "别尔德尼科夫那儿,大概是一处香巢。"

  他把两只手插在口袋里,在柔软的地毯上无声地走着,琢磨着今天早上自己思想的曲折活动,对它的变化多端感到很满意,悠然地想起了费奥多尔·梭罗古勃的诗句:

  我是神秘世界的上帝,

    整个世界都在我的幻想中。

……萨姆金向侍者要了一瓶酒,坐到桌子前面,就动手写起来。他没有听见波波夫在敲门,等他抬起头来的时候,门已经推开了。波波夫豪放地把帽子扔在椅子上,用手绢擦擦汗湿的脸,瞪起眼睛,牙齿闪着光,朝桌子走过来。

"跟别尔德尼科夫吵架了吧?"他用老朋友的口气问道,坐进圈椅里去,没有等到回答,就仿佛道歉似的,又开口说:"搞成这样,好像是我把您引上了贼船。但是我当时的处境非常尴尬:我不能拒绝邀您去跟这个土匪相识,原来他早已到您这儿来过啦,这个鬼骗子……"

波波夫的突然光临和他那不客气的样子使萨姆金颇为惊奇,同时他又觉得很有趣,心想:

"他是受命来道歉的。我不能原谅他,"他下了决心。于是就问道:"他告诉您,他上我这儿来过吗?"

"是,是他!怎么,他又在说谎吗?"

"没有。"

"没说谎?嗯……"

波波夫哼了一声,不知道为什么高兴起来,从背心口袋里掏出一支雪茄,瞪着眼睛,说道:

"您注意到我昨天的态度吗?好极啦。我可以坦率地谈谈吗?"

"如果不这样谈,那就没有必要谈了,"萨姆金冷冷地回答说。

波波夫原来绷得紧紧的脸变了样子,两条深深的皱纹从硬刷子似的黑头发下边爬到光滑的前额上,眉毛移向眼睛,把它们遮住,工程师咬掉雪茄烟蒂,吐到地板上,压低嘎哑的声调,问道:

"请原谅,我先问一句:他是企图收买您吗?"

"就算是这样吧。那么下文呢?"

客人朝他挥挥手,手里还举着那根划着了的火柴,急忙热情地说道:

"我俩是难兄难弟,他们也想收买我,您明白吗?让这些穿裤子和穿裙子的别尔德尼科夫们都见鬼去吧,可是要知道,不管我们愿意不愿意,我们必须出卖自己的知识。"

"但不是出卖人格,"萨姆金提醒他说。波波夫耸了耸眉毛,惊讶地眨了眨眼睛。

"哦……那当然啦!"

于是他点上雪茄,喷着烟雾,若有所思地说道:

"需要把知识跟人格区分开来……如果这是可能的话。"

"我这句话说得很蠢,"萨姆金遗憾地想,决定对这个人的态度要谨慎一些。

"您是死硬派①吗?"波波夫问道。

这时侍者送酒进来,救了萨姆金的驾,可以不必回答这个问题了,而波波夫也没有等待回答,又继续说下去:

"不过,这个术语大概已经过时了。我认为普列汉诺夫说得对:社会民主党人可以和自由主义者舒舒服服地坐在一个车厢里。欧洲的资本主义非常健康,可以太太平平地再活一百年。在生活和工作上,我们俄国的纨绔少年需要好好向瓦兰人学习。我们的祖国地大物博,但是生活在那里的尽是些贫困的庄稼汉,软弱无力的消费者,如果我们不进行变革,中国人悲惨的命运正在等待着我们。可是您那位列宁为了加速这种结局的到来,要组织普加乔夫式的暴动。"

萨姆金一边喝酒,一边等待着工程师开口替别尔德尼科夫的行为道歉。当然,他是受了胖子的委托为了这个目的而来的。波波夫开始像初次会面时那样,说话非常激动。他一只手捏着雪茄,另一只手端着酒杯,责备地看着萨姆金,说道:

"这些问题对你们这些律师的刺激,并不像对我们这些工程师伤害得那样厉害。说得粗鲁点,你们既保护那些掠夺人的人,也保护被掠夺的人们的权利,丝毫也不改变既定的社会关系。我们的工作是建设,用矿石和燃料使国家富裕起来,用技术把国家装备起来。在邀请

---

① 反对布尔什维克的人曾这样称呼布尔什维克。

瓦兰人这个问题上,我们远比商人更了解,什么样的瓦兰人对国家更有利,但是商人只知道找廉价的瓦兰人。而且如果肯给我们钱,没有瓦兰人,我们也可以搞得很好。"

他一口气喝完了满杯的葡萄酒,越来越激动地说下去:

"我们需要欧洲式的工业家、组织者,像这里的,像法国、德国那样可以当部长的工业家。而且叫半庄稼汉的工人或者'庄稼汉吃点苦头也没有什么坏处'[①]。他们受点苦,是历史发展的需要,这是对迟到者的惩罚!可是我们的工业家却尽是些白丁、畜生、强盗和鼠目寸光的人。他们刚刚跳出农奴制度的牢笼,但仍然还是奴隶……"

"您早就认识左托娃吗?"萨姆金出乎意外地冲口说了出来。

波波夫闭住嘴唇,鼓起脸颊,用手绢擦擦斑斑点点的脸,嘟哝说:

"您打算跟她结婚吗?"

萨姆金觉得客人的眼里露出了嘲笑的意味……

"别尔德尼科夫了解她。他是个无耻之徒,骗子,他像蔑视铜币似的蔑视人们,可是他把所有的人个个都看得清清楚楚。他并不佩服……不,正是非常佩服您那位女主顾。(称她为形迹可疑的夫人。)看来,他们之间有陈账宿怨,她大概剐过他的一块皮……照我看,她是一个虚构的人物……"

……屋子里渐渐明亮起来。萨姆金看了看烟雾弥漫的房间,就站起身,打开窗户。

工程师在背后用手指头敲着桌子,萨姆金心里想:

"他要等到什么时候才替他老丈人道歉呢?"

因为还想听他再谈点玛琳娜的事儿,就问:

"您认识库图佐夫吗?"

"过去就认识。现在也还认识。学生时代我就参加过他的政治小组,后来他使我接近了工人。他讲授马克思主义非常精彩,而他本人

[①] 引自涅克拉索夫的诗《大门前的沉思》(1885)。

却是个幻想家。不过这并不妨碍他在对人的态度上像一把斧子那样直率。总而言之,是一个好斗的小伙子。"波波夫匆忙地嘟哝了这么一套鉴定之后,似乎感到疲倦了,他从圈椅里探出身来,仿佛有什么东西在他后脑勺上敲了一下似的,问道:

"您听我说:为了探明那个合同,别尔德尼科夫答应给您多少钱?"

萨姆金胡乱想了一下自己也不大清楚的事儿,冷笑着回答说:

("大概是五千吧,这头笨猪。"

波波夫瞅着地板,打了一个响指。

"嗯,是啊……鬼东西!大概他还可以多出。"

于是往椅背上一靠,舒展开脸上的皱纹,瞪起两只鸟眼般圆滚滚的眼睛,称赞地说:

"左托娃这一口把他咬得很厉害!他很可能出大价钱。他是个舍得下大注的赌徒!"

波波夫的眼神和说话的口气都非常有说服力。萨姆金产生了一种类似恐惧的心情。

"我不愿意谈这个问题,"他说,立刻察觉到自己说话的口气并不像应有的那样严厉。

工程师挺难看地从圈椅里站起来,四面看了看,拿起帽子,侧身子朝着萨姆金,长叹一声,问道:

"不愿意?当真吗?"

"滚你的蛋吧!"萨姆金大喊道,把眼镜从鼻子上扯下来,甚至还跺了跺脚,而波波夫把宽阔脊背转向他,朝门口走去,嘴里在嘟哝些什么听不清楚的、然而大概是非常难听的话。

萨姆金气得膝盖直哆嗦,他坐到沙发上,打量着眼镜腿上的弹簧,眨着眼睛。

"坏蛋。流氓!")

他从来还没有这样伤心地意识到,他竟是这样的毫无保障,软弱无能。刹那间,喉咙里不断地在神经质地痉挛,一个快到四十岁的成年人几乎委屈得要没出息地大哭一场。他一支接一支地吸着烟,躺了很久,神游于使人眼花缭乱的往昔生活的回忆中。天色已晚,万家灯火,这时,突然一个空前尖锐的问题摆在他面前:怎么才能冲出这股庸俗、无耻的滚滚洪流,怎样才能避开这滔滔不绝地奢谈各种思想、充满"高尚字眼"的狡猾空谈?这种空谈把所有的一切都变成了使头脑中毒的呛人的烟尘。

这方面的思想活动并不长久。很容易就出现了一个简单的念头:在这什么都可以买卖的社会里,只有金钱,大笔的钱才能保证自由,只有金钱才能使你脱离这群人,这里的每一个人都在力图牺牲别人,以达到自己独立的目的。

"既然世界上有为进攻用的金钱,也就应该有为自卫用的金钱。德国工人,以他们的党为代表,都是大私有者。"

他幻想自己是个富翁,住在一个很舒适的小国家里,也许,在南美洲的一个共和国里,或者像鲁塞尔医生①那样住在海地群岛。只须懂得一点跟土人进行必要交往所需要的当地土话。用不着像在俄国那样,什么都谈,而且说得那么多。他有一座藏书丰富的图书馆,订一些比较有趣的俄国书籍,同时写自己的书。

"我不是彼得·什列米尔②,我不会因为失去影子而苦恼。况且我也并不是失去了影子,我是自愿抛弃它的,因为拖着它实在太痛苦,而且它变得越来越沉重了。我已经活了半辈子,有权利得到休息。这种无休止的经验积累有什么意义呢?我的经验已经够丰富了。生活有什么意义呢?……在我这样的年纪还提这些'小孩子的问题',真是太荒唐了。"

但是还得提出一个实际的问题:

---

① 鲁塞尔是俄国民意党人苏齐洛夫斯基的假名,他被沙皇政府追捕,流亡国外,在夏威夷群岛侨居多年,最后定居中国,死在中国。
② 彼得·什列米尔是德国作家阿道尔贝特·冯·沙米索(1781—1838)《彼得·什列米尔奇遇记》的主人公,他与魔鬼立约,以一袋黄金出卖了自己的影子。

"所有这一切是不是意味着,我可以对别尔德尼科夫让步了?"

他毅然地回答:

"不,我不能。"

他说得是这样坚决,仿佛他已经知道合同的内容,而且能够照抄一份似的。

二

就在这种情绪中,他过了几天阴雨连绵的日子,参观博物馆,到蒙帕尔纳斯欢乐的小酒馆去坐坐,一天晚上,他正坐在一家小饭馆里,听见背后有人说俄国话:

"据说,列夫·托尔斯泰的妻子也雇了些印古什人①去守卫雅斯纳亚·波良纳呢。"

"是马卡罗夫,"萨姆金心里断定。

"这就是说,地主们已经不信赖哥萨克了,所以只有邀请殖民地军队来帮忙了?真有意思。不过也可能因为高加索人的工钱便宜点儿吧?"这是库图佐夫的声音。萨姆金不愿意被他们发现,就把脑袋更低下去,趴在盘子上,但是那两位同乡已经付完账往门口走去。萨姆金斜着眼睛看了看他们的背影,看见了马卡罗夫匀称的身材和鬈发蓬松的脑袋、库图佐夫扁平的后脑勺和他那搬运工人的肩膀,他憎恶地想起了一句不记得是什么人说过的、有点尖酸的玩笑话:"虽说是个偶然的人物,但也颇令人不快。"

一封从安特卫普来的电报已经在他的房间里等他。"不回巴黎去彼得堡左托娃"。他把电报撕成碎片,放进烟灰缸里点着,用铅笔搅和着,看着纸片化为灰烬。在这以后,他感到非常无聊,好像忽然失去了住在这个大城市里的目的。说实在的,这是一座令人不快的城市,被

---

① 北高加索的少数民族。

外国的富翁们娇惯坏了,生活浮夸,还强使全体居民也都这样生活。

"布伦森林里的妓女大检阅,也跟'佛里·柏歇尔'一样庸俗下流。马车夫看我的神气,就仿佛只要我坐上他那辆破马车,就能给我莫大的荣誉。饭馆的侍者服侍我的态度很宽容,就像服侍一个野蛮人一样。大概姑娘儿们的态度也是这样宽宏大度。"

尽管这样,他还是决定再住些日子,只要旅费够用就行,逛了"红磨坊游艺场"和"黑猫咖啡馆"①,又到凡尔赛去看了看。在塞纳河畔的一家旧书铺里买了一本厚厚的《巴黎导游》,作者是福楼拜的朋友,马克辛·杜-康,萨姆金每天早上看看这本书,然后就出发去参观"旧巴黎",有时他咒骂这座城市,但是又很喜欢在这座城市的历史悠久的街道上漫步,他觉得巴黎使他深获教益。橱窗的玻璃比空气还要透明,橱窗里摆满了大块的黄金、贵重的宝石、皮革、数不尽的秋季衣料、诱人的轻薄妇女时装,巴黎人在呼唤、嬉笑,从饭店的门里飞出阵阵的乐声,所有这一切,形成了一股声音的旋风,给你提示着节奏、旋律,使你想起一些诗句、格言和笑话。"马路天使"令人心烦意乱。在莫斯科和彼得堡的街道上,她们是央求顾主,但是在这里,她们却好像深信自己有权受到照顾,要求迅速作出抉择。

"咱们走吧,老头子,"她们毫不腼腆地朝你瞟一眼,并不等待回答,就走过去了。

"她们怕警察,"萨姆金想。"但是未免有点太狂了。简直像些女骑士。是的,女人的力量在这里表现得最明显,最突出。文学作品也肯定了这一事实。"

他想起了很久以前读过哲学家尼·费奥多罗夫写的一篇论述一八八九年巴黎博览会的文章,就又补充了一句:

"工业也承认这一点。"

他越来越渴望找一个女人,这使他陷进了一桩自称是荒唐的冒险

---

① 都是法国大资产阶级和富有的旅客传统的寻欢取乐的场所。

中去。黄昏以后,他踱到一些狭窄、弯曲的街道上,两边拥挤着一些高房子。各家的窗户高低不一,使你觉得这座房子被挤得在往地下钻,而旁边的那座却又被挤得在往上蹿。在充满难闻气味的昏暗中,人行道上和门口都坐着或站着一些非常普通的人,阵阵的低语声、矜持的笑声和高声的哈欠混成一片。弥漫着一种疲劳的情绪。

萨姆金(发现)他在这里出现,引起了一阵警惕的沉默和含有敌意的叫嚣。一个大脑袋、脸上长满灰白硬毛的大胖子,拉紧裤子的吊带,一松手,啪地响了一声,吓了萨姆金一跳,可是这家伙反倒用安慰的口气说道:

"别怕,别怕,先生,这不是手枪!"

"大概是这一带的小丑,"萨姆金断定,便加快了脚步,来到塞纳河畔。河上的市声显得更加浓重,而河水流得那么缓慢,仿佛河水正在艰难地载着这浓重的喧嚣,流过它在这高耸的石头建筑群中冲出的黑暗峡谷。窗户里透出的暗淡灯光,在黑沉沉的河面上颤抖,仿佛想尽快熄灭。一条黑色的拖船靠在岸边,船舷上站着一个人,正在用长篙在水里探摸,一个看不见的人从河上嘎哑地对船上的人说:

"往右边一点儿,安德烈。往右边一点儿。再往右边一点儿。算了吧。没希望啦。"

船舷上的人把长篙扔进船舱里,愤怒地大声叫道:

"真倒霉!这头公牛要罚咱们的钱啦!"

一个身穿白色连衣裙、没戴帽子的女人,从一座房子的门洞里迅速地冲出来,几乎要扑到萨姆金身上,她从头到脚瞟了他一眼,就不慌不忙地在前面走着。她是中等个儿,身材苗条、矫健。

"就是她吧,"萨姆金忽然下定了决心,就跟在她身后。她走到一家小饭馆的门前,门口挂着一盏汽灯,门两边摆了几张小桌子,一个身材矮小、显得有点滑稽的士兵和一个鹰钩鼻子、秃头顶的人,坐在一张桌子边玩牌,第三把椅子上坐着一位胖妇人,宽大的脸上戴着晶亮的眼镜,手里的织针和头上的银发也都闪耀着光芒。

"你今天来晚啦,丽丝!"她说。那个穿白衣的女人坐到一张空桌子旁,响亮地回答说:

"东家是按他们自己的钟表计算时间的。"

"他们的钟表永远是慢的,"那个士兵用悦耳的声音补充说。

萨姆金要了一杯葡萄酒后,就在丽丝对面的一张桌子旁坐下,那个胖妇人走进饭馆去,临去时还责备一个赌徒说:

"你太冒险啦!我算了算:你已经输了一个法郎啦。"

丽丝很漂亮。脸长得很美,弯弯的深色眉毛,快活有神的褐色大眼睛,有点顽皮挑衅地翘起的小鼻子,轮廓坚毅、清晰的嘴,美丽的胸部,高低适度。

"像一个乌克兰女人,"萨姆金判断,心里琢磨着要对她说的第一句话,但是丽丝却主动地开口了:

"先生是外国人吗?噢噢,俄国人?你们的革命怎么样啦?农民不肯跟工人走吗?"

"这么多问题!"萨姆金微笑着说,可是她却又加了两个:

"您是革命党吗?亡命者吗?"

"您为什么这样想呢?"

"哦,外国资产阶级是不会光临我们这个地区的,"她轻蔑地回答说。那个士兵和秃顶的人也不玩牌了,默不作声。萨姆金并没有看他们,但是感觉到他们正在等着听他会说什么。于是,他就像过去曾经多次胡说过的那样说道:

"是的,我参加过莫斯科的起义。"

他甚至费了很大力气才控制住自己,没有把自己说成是亡命者。友谊轻松、简单地发展起来,这加强了他的某种希望,促使他加快速度。那位胖女人把一瓶葡萄酒放在他面前,把一盘菜花和一小块面包放在丽丝面前。

"请坐到我的桌子上来吧!"丽丝提出来,等他搬过来以后,就问他道:

"原来是这样？那么现在你们的人民在干些什么呢？"

萨姆金就大谈起他早上刚刚从莫斯科和彼得堡报纸上读到的一点材料，但是丽丝不满足地抱怨说：

"这比我们那些资产阶级报纸报导的内容还要贫乏，更不用说《人道报》了。大概是这些陌生人使您感到拘束吧？"

她指着那个秃顶的人，急促而又清楚地说：

"他是我的叔父。也许，您听到过他的名字吧？若列士[①]同志前几天在报纸上写过有关他的文章。这是我的兄弟，"她指着那个士兵说，"他并不是士兵，穿的是上台演出的戏装。他是个歌手，自编自唱，我帮着他谱曲和伴奏。"

两个男人都使劲握了握萨姆金的手，但是丽丝却更加用力地捏住他的手指，一直不放开，并说道：

"再过十分钟，我们就该去演出啦。离这儿挺近，只有两分钟的路程。演半个钟头……"

"一个钟头，"那个士兵说。

"你住口吧！我们演完就回到这儿来，然后请您给我们讲讲……"

秃顶的人也插嘴了。他嗓音嘎哑地说：

"回到这儿来再谈就没有意义了。如果我去那儿，上台去建议大家听这位同志讲讲当前俄国的形势，那有多简单啊。"

"我成了笑柄，或者小歌剧里的人物了，"萨姆金心里想。于是，他伤心地瞅着丽丝那温柔的眼睛、高高的胸部，声明说，很抱歉，过一个钟头他就要乘车去瑞士。丽丝松开他的手，深为遗憾地说：

"这我可以理解，因为那儿有许多你们的同胞。毕竟有点奇怪：巴黎有不少俄国亡命者，但是他们……都很不喜欢交游。好像你们并不关心法国的工人……"

萨姆金立刻就提议为法国工人阶级干杯，大家干了杯，他就向大

[①] 若列士(1859—1914)，法国社会党的右翼改良主义派的领袖，《人道报》的创始人。

家鞠躬告别,急忙走开,仿佛害怕人家会阻拦他似的。他不喜欢嘲笑自己,难得容许自己这样做,但是现在,他在黑暗、寂静的街道上走着,心里不免暗自发笑。

"这是对朋友都不能讲的遭遇。幸而我也没有朋友。"

三

他又想了很多事情,竭力想把那种由于失败和无能而产生的辛酸感觉压下去,他觉得自己有点醉意蒙眬,但这倒不是因为酒喝多了,而是因为女人。他在旅馆的过道里走着,朝女仆的值班室窥视了一眼,屋子空空的,这么说那位姑娘还没有睡。他揿了揿铃,等到女仆走进来的时候,他就把双手搭在她的肩膀上,笑嘻嘻地问道:

"您能给我一点快乐吗,能吗?"

姑娘眯缝起锋利的眼睛,没有马上明白他的意思,及至明白之后,就紧紧地偎在他的怀里,他把姑娘的回答翻译出来,意思是这样:

"哦,先生,这对一个能使您快活的人来说,总是莫大的愉快。"

她的匆忙的亲吻也是锋利的,不知道为什么刺得萨姆金的嘴唇异常地痒痒,这使他更加神魂颠倒。亲吻的间歇,她悄悄地问道:

"再等一会儿,先生,等我值完班,好吗?二十五法郎,行吗,先生?"

她从他的怀抱中滑出去,不见了。

"大方,干脆,没有半点儿虚伪,"萨姆金心里对她非常赞赏。他等的工夫并不长,但是他简直急不可待。她来了,脱衣服的时候低语道:

"我感到十分荣幸,巴黎有那么多的美人儿,适合各种口味的人,先生竟没有看上一个比我更为合适的伴侣。如果我能证明我没有辜负先生的眼力,我将感到非常高兴!"

她身体灵活、有力,孜孜不倦地、像魔术家一样热心地证明了这一点,而且这位魔术家还非常热爱自己的艺术,高度赞赏这种艺术,并不把它看作是单纯的谋生之道。

萨姆金又在巴黎住了十来天,心中犹疑不决,不知道自己该怎么办。好,不久他又要回到俄国,回到那座安静的、小市民的商业城市,那里受过革命洗礼的人们,正在把他们的习惯、思想和相互关系照他早已熟悉的、应有的、无聊的老样子进行安排,玛琳娜·左托娃又要向他卖弄她那可疑的神秘智慧。

"我大概是可供她显示自己这种智慧,以便进行玩赏的惟一的人了。她像生活一样迷人,也像生活一样难于理解。"

他想到,如果他有钱的话,顶好能留在这个生活已经安排得井然有序的国家里,留在这座世界上最为美丽、充满无限诱惑的城市里……

"这个城市是野蛮人和半野蛮人的乐园,它靠他们的钱生活并装饰自己,"他想起了不久前自己对巴黎的评价。

"不,这儿的人比较单纯,更接近于朴素的和具有现实意义的生活。这儿没有柳托夫和库图佐夫之类的人,没有像别尔德尼科夫和波波夫一类满嘴高论的强盗。就连这里的社会主义者也都是些思想健全的人,他们的目标很现实:就是防止工人劳动条件的恶化。"诸如此类的思想悠然而生,轻松愉快,仿佛是它们自己在思考似的。记忆殷勤地提示了许多名言:"真正的自由就是选择印象的自由。""在一个一切都不断变化的世界中,急于得出结论是愚蠢的。""许多人都渴望认识真理,但是有谁能在不歪曲现实的情况下达到目的呢?"

在萨姆金的脑海里好像有一个固定不移的点,一面小镜子,只要他愿意,这面镜子就会随时给他显示出他所想的一切,显示出他怎么想的,以及他的思想在哪一点上彼此互相矛盾。有时候这种理智的特征使他烦恼,妨碍他生活,但是他却日益赞赏这位监察官的工作,而且习以为常,认为这是他最独特的心理特征。

在巴黎最后几天是这样度过的:每天从清晨就到街上漫步,或乘车到四郊游览,晚上就回到旅馆里休息,十点钟以后,布兰希就来了,在间歇的时候,她随口问他:他是干什么的,结过婚呢还是光棍汉,俄国是什么样子,又问为什么那里要革命,革命党要干什么。关于自己的经历他胡吹了一通,而对于革命的问题却严厉地回答说,这不是跟女人在床上谈论的问题,而且他看到这么回答,益发在布兰希眼里抬高了自己的身价。这个姑娘精干的、稚气的风骚,以及她那种像个不熟识的医生索取出诊费似的一丝不苟地向他要钱的样子,引起萨姆金的鄙视。但是有一夜,当她折腾累了,把乱发蓬松的脑袋扎在他腋下沉睡过去时,萨姆金却产生了一种类似怜悯她的心情。他也想睡,但是跟她一起睡很挤。他趴着,用胳膊肘撑住身子,看了看她那微微张着的嘴、带黑眼圈的脸,她呼吸困难,很不均匀,小小的脸上有一种非常忧郁的神情,白天脸上有一层薄薄的、令人愉快的红晕,可是现在却憔悴得几乎认不出来了。他吸着烟,心里想:

"其实,她是个好姑娘。很有可能,将来攒一笔钱,找个丈夫,像那个戴眼镜的女人一样,开个小饭馆。"

随后就想起了莫泊桑的《我们的心》里那位把侍女收做情妇的风雅的主人公。他把布兰希叫醒,她连忙向他道歉。临行时,他送给她一只价值一百五十法郎的手镯,又另外赏给她五十法郎。这使她非常感动,姑娘双颊绯红,眼睛里闪着喜悦的光芒,一边笑,一边幸福地悄悄嘟哝说:

"噢,您真大方!我一辈子都会记着您这个俄国人,您这么……"

她一时找不到适当的字眼,就又说了一次:

"大方。"

萨姆金很亲切地拍了拍她的肩膀。

第七章

一

第四天的早晨,他从火车站坐上马车回自己的家。城市的上空,片片白云中闪着暗淡的蓝天,寒冷的阳光滑过冰冻的土地,阵阵的寒风,撕掉树上最后的残叶,一切如旧。已经暖暖和和地穿上秋装的俄国人,彼此简直像火柴一样相似,他们依然如故,匆匆忙忙地走进税务局、地方法院、地方自治局和其他等等的机关,穿灰制服的中学生,穿浅绿制服的工科中学生,穿咖啡色制服的女中学生,市立小学的顽皮学生——一切都非常熟悉。虽说风物依旧,但却又都变得那么渺小,那么微不足道,城里的房舍好像是被风吹移开来,彼此远离,破旧的木板房和丑陋、笨重的石砌宅第,凄凉地裸露在秋天透明的晴空中。

"一有可能我就搬到莫斯科或者彼得堡去,"萨姆金悲伤地想。"玛琳娜呢?今天或者明天我就会见到她,听到她那含有教训意义的客气话。已经听够了!别兹白多夫现在在什么地方呢?"

他住的房子的四个窗户都安上了护窗板,这使他的心情更加忧郁。干瘦黝黑的老太婆费莉查塔开开门,她的背驼得更厉害了,简直要贴在地上,她一向是不言不语的,现在也仍然是默不作声地对他行了礼,但是她那两只无神的眼睛看着他,就像在看一个陌生人似的,两

片干瘪的嘴唇颤动着,她把两手一摊,仿佛马上就要问:

"您找谁?"

但是等到萨姆金问起别兹白多夫的时候,她几乎是无声地说道:

"关进监狱去啦。"

"竟有这样的事儿?为什么?"

"他把玛琳娜·彼得洛罗夫娜打死了。"

萨姆金仅仅把一只胳膊从大衣袖子抽出来,另一只就像脱臼似的无力地耷拉下去,大衣就从这只胳膊上滑到地板上。昏暗的门道里变得更加黑暗,更加沉闷。萨姆金背靠在墙上,嘟嘟哝哝地说:

"对不起……你说的什么呀?什么时候?"

"她回来的第二天。用手枪把她打死的。"

老太婆走进屋子,响起了护窗板的铁闩声,两条狭窄的光亮相继透进屋里。

"要烧火壶吗?"费莉查塔问。

萨姆金点了点头,小心地走进使人厌恶的空荡荡的屋子,全部家具都挪到一个角落里。他坐在落满灰尘的沙发上,用手掌摸了摸脸,两只手直哆嗦,眼前的空中仿佛站着一个裸体的女人,在炫耀自己的美丽。很难设想,她已经死了。

"她被打死了。被一个白痴……"

一个样子丑陋、浑身虚胖的人挤掉了玛琳娜的形象,此人脸色苍白,两腮和下巴上都长满黄色的鸡雏茸毛,还有一双浅蓝色玻璃球似的小眼睛、厚嘴唇和一张愚昧、贪婪的嘴。但是理智在迅速地进行它所熟悉的工作,使人清醒,使人免受危害并保持镇静。

"我不得不在预审中以至在法庭上充当证人了。"

他怒火中烧,第一百次地提出了那个熟悉的问题:

"为什么,为什么我就必须参与这些丑恶的事件呢?"

费莉查塔站在门口,双手交叉放在胸前,那样子就像她已经死去,而且已经装进了棺材。

"吩咐过,您回来的时候要去警察局报告,要去报告吗?"

"当然要去。"

"萨莎会端火壶来的。"

隔壁屋子里有沉重的脚步声,传来铜茶盘的响声,杯盘的叮当声。萨姆金走进了那间屋子,在那里,一个浅蓝色眼睛、两颊绯红、浅黄色大发辫拖到臀部的美丽姑娘正幸福地微笑着,朝他行了一个礼。萨姆金对她说,他来照看火壶,她去给他买最近十五天的本地报纸。后来他想起来,在火车上没有来得及洗脸,就走到厕所去,在那里洗了半天,把火壶忘得一干二净,等他把火壶搬进餐室去的时候,它已经滚开了好久,而且壶身上全是一道道烘干了的水印。他在桌子旁边坐了差不多有一个钟头,焦急地等待着报纸,但是火壶一直在沸腾着,吱吱的叫声令人心烦,屋子里蒸汽弥漫。

"她们把火盖弄到什么鬼地方去了?"萨姆金非常生气,他担心里面的水会烧干,火壶会熔化,就想把壶盖掀起来看看——水还有多少?但是壶盖上却少了一个抓手,另外一个也摇摇晃晃,把他的手指头烫了一下,于是他想,仆人对主人家的东西简直太漠不关心了。最后他才想起来往烟筒里浇水,把炭火熄灭。这一阵忙乱使他忘了思索,热面包和菩提花蜜的香味刺激了他的食欲,心里只想着一个问题:

"是的,必须离开这儿。"

使他惊奇的是,报纸上仅有两篇报道;一篇是这样写的:

"声望素著之玛·彼·左托娃被害一事昨日震惊全城。犯罪事件于下列情况下被发现:玛·彼·左托娃之宗教用品商店,每逢星期日,照例于下午二时停止营业,但昨日该店并未按时上板关门,而店中既无顾客,亦不见女店主之踪影,此种情况使大市街之诸店主大感惊异。兑换商店经理赫拉波夫率先进入该店探察真相。赫拉波夫进店后即呼唤女店主,并无应者,当即进入店后之小室巡视,则见左托娃横卧于地板之上焉。"

"真是些白痴,连文章都写不通顺,"萨姆金心里想。

"赫拉波夫起初以为左托娃尚在昏迷状态,当即走出,将此事告知服饰用品商彼尔采夫,并请其以电话速召其房客叶夫盖尼耶夫医生前来诊视。但适值市警察局医官别克曼路经此地,当经该医官入内检验,断定左托娃系因后脑中弹身死,此时距作案时间已逾两小时矣。今夜为时已晚,此惊人惨剧之详情,本报将于明日继续报道。"但是在第二天的报纸上,仅仅报道了已逮捕"死者之外甥别兹白多夫,被捕时尚宿酒未醒"。隔了一天,又简单地报道了一下死者的盛大葬仪,"合城人士皆伴送死者灵柩至其最后长眠之地"。

萨姆金一松手,报纸滑到膝盖上,他厌恶地把它扔到桌子底下去,就陷入沉思。虽然别兹白多夫的被捕已经说明了这桩凶杀案的原委,但是依旧产生了些模糊不清的念头。

"笨猪。白痴。他怎么能……下此毒手呢?他总是很怕她的……"

二

下午他坐在检察官的办公室里,屋子的窗户朝着院子,可以看到一堆桦木劈柴。屋子里充满了炭气似的烟草味和干燥的腐朽气味。在一个虽然宽大,但并不很高的书橱上面,挂着一幅彩色石印的亚历山大三世皇帝的画像,沙皇头戴警察制帽,这跟他那浓密的大胡子非常和谐。一个穿着非常合身的黑上衣、脸洗得干干净净、有一双灰色眼睛的小老头,嘴里叼着纸烟,坐在一张旧写字台后面的高背皮椅里。他那黄色的脸颊上,布满了稠密的红色脉络,尖尖的灰白色小连鬓胡子使他的脸变长了,显得气度非凡,两撇翘起的胡子给他身上增添了几分威武气概,耳朵上面的光头顶上,像犄角似的扎煞着几缕灰发,总的说来,这位检察官古季姆·恰尔诺维茨基,很像法国小歌剧中的人物。他在本城以狂热地喜爱打"文特"牌而闻名,这使萨姆金想起来,在地方法院的律师休息室里,人们讲过这样的故事:有一回,古季姆和他的赌伴们一连气打了二十七个钟头的牌,到第二十八个钟头的时候,赌伴中有一个人,因大获"全胜",竟高兴得死去了,这个笑话给列昂尼德·安德烈耶夫提供了写一篇优秀短篇小说的素材。

"是啊,这么一来,"检察官用轻柔悦耳的声音低语道。"尊敬的克里姆·伊万诺维奇,我就得打搅您了,为了您那位女委托人被神秘杀害的案件……"

"为什么是神秘的呢?"萨姆金问道。"凶手不是已经被捕了吗?"

检察官叹了一口气,用手指将了将胡子,露出惋惜神情说道:

"因为他不承认有犯罪行为,这样,您是了解的,在法庭判决(之前),他仅仅是个嫌疑犯。"

检察官两眼无神,白眼珠浑浊不清,灰色的瞳仁水汪汪的,但是萨姆金却觉得这两只眼睛后面还隐藏着另外的两只。他觉得自己心情恐慌、紧张,所以对自己十分不满。

"怎么见不到您那位文书。"他说。

"你指出来这一点是非常对的,"古季姆回答说,他低下头去,又吸着一支烟,他不间断地吸着烟。"尊敬的克里姆·伊万诺维奇,这是因为我并不打算记录法定的、您的供词。如果不是健康上的原因——两条腿疼,不能走路,——那我就会亲自到府上去进行这次谈话了。当然,您将要受到在这种场合所必须的和法律规定的、十分严格的讯问。别兹白多夫供词的某些部分,特别需要这样做。根据当前的情况判断,这个人将受到非常严厉的惩罚,他已经意识到这一点,所以他为了保全自己,绝不会怜惜别人。"

萨姆金觉得他坐的椅子向后晃了一下。

他把铅笔插在连鬓胡子里,搔着下巴,眼瞅着角落里的书橱的后面,继续悦耳地说道:

"我请您来,这么说吧,是为了……通知您。"

"就是说?"萨姆金很不沉着地匆忙问道,他为自己的失常感到惊讶,心情就更紧张了。

"就是说……在某种意义上……把案子进行的情况通知您一下。"

检察官说话经常停顿,这种停顿令人十分讨厌。

"我的谈话将是坦率的、毫无保留的,"他压低声调继续说道。"关键在于彼得堡对这个案子异常关心,特派了一位助理检察长来监督本案的预审。我已经荣幸地见过他。咱们私下里说说,他简直是个流氓,和首都的那些只求升官发财的家伙一样,对他亲爹亲娘也都毫不留情。我们这儿的检察长,您是知道的,是省长的妹夫,又是高等检察厅检察长的候补人。忽然来了一位钦差大人,这对他当然是莫大的侮辱。这一情况还不能说明全部问题……所以说,您明白,这里完全可能……"

丁零零一阵电话铃响,检察官就把话筒放到灰色的耳壳旁。

"是我。非常荣幸。是的。检察长的命令。停止吗?好吧,不过——理由……照办。立刻?遵命……"

检察官脸颊上的红色筋络显得更清楚了,眼睛也红了,小胡子直哆嗦。萨姆金明确地预感到发生了什么不妙的事。

"要我到法院去,立刻就去,"他说,又干咳了一声。"您好像是今天才从国外回来吧?"

"从巴黎回来。"

"哎呀,巴黎!是啊!"检察官感慨地摇摇脑袋。"学生时代我到过那儿,后来,结婚以后,又带着妻子在那儿住了整整一个月。真是人生如梦,克里姆·伊万诺维奇,啊?我先是在巴黎、佛罗伦萨、威尼斯,可是后来在这儿竟一住二十七年!一个无聊的小城,是吧?"

"是的。"

"一个沉闷的小城,"古季姆·恰尔诺维茨基深信无疑地说道。"左托娃也去过那儿吗?"

"住了几天。随后就到伦敦去了。"

"是这样。伦敦我可没去过。不过我可以问一句:您可知道她在彼得堡有些什么关系吗?"

"她说过,她常常到波格丹诺维奇将军家里去,"萨姆金连想也没想就回答说。

"哦哦!"检察官用两手撑住桌子,眉毛向上一扬,说道。"这是个大人物!甚至有这样的传说,这个人,在某种意义上说……是举足轻重的人物!请原谅,"他说,"我站不起来——这两条该死的腿!"

"可是你怎么到审判厅去呢?"萨姆金握着老头子冰凉的手,悲哀地想道,老头子面带冷笑,两只眼睛显得更加无神了,他用耳语的声音和劝告的口吻说:

"克里姆·伊万诺维奇,由于对您的尊敬和同情,请允许我提醒一句,在我们法律工作者的实际活动中,而且特别是在我们这个时代,有些事件简直……被有害地夸大了。"

他谈了些本城市民惶恐的幻觉,外省新闻记者抢新闻和报刊图谋私利的喋喋不休等情况,但是萨姆金根本没有听他说话,却竭力在压制想把手从他那冰凉手指中抽出来的念头。

三

天气晴朗、寒冷,气温高的时候融化了的水洼,这时又结了一层冰凌,阵阵寒风把鸡毛、葱皮、鞣皮似的秋叶吹进水中,吹弄着萨姆金的大衣,使他的恐慌心情更加厉害。仿佛是在回答寒风的阵阵袭击,他产生了一连串的问题:

"别兹白多夫会给我捏造些什么呢?他是敢于行凶的人吗?如果不是他,那又是谁呢?"

这时候他想起来,报纸的纪事中,没有一句涉及凶杀目的的话。想到玛琳娜时,不仅是冷漠无情,而且几乎是充满了敌意:

"神秘的女人。"

她可能混迹警察厅的念头又出现了,随后他就想起来,不知道为了什么事,她曾经委托他代缴过两次罚金:一次是一百五十卢布,另一次是五百卢布。

"大概,这是在行贿。古季姆想要我干什么呢?他的作法是违法的。他的最后劝告形迹可疑。"

他觉得脑袋里好像有些小锤子在令人不舒服地敲打太阳穴。回到家里,他对镜伫立片刻,凝视着自己激动地闪闪发光的眼睛和稀疏的头发中的丝丝白发,发现两腮显得丰满了些,脸也变得圆了,又觉得小连鬓胡子已经跟现在的脸形很不相称,最好刮掉。在镜子里还看到,那个体态丰腴、粉面桃腮的美丽姑娘,正在隔壁屋子里往桌上摆餐具,她长着一双碧眼,留着一条长及臀部的金色辫子。

"大概是个傻姑娘,"萨姆金这样判断。

"老爷在家吗?"费莉查塔问她。

"在家,"姑娘清脆快活地回答说。

"我没有家,"萨姆金一边在屋子里踱着,一边心里反驳说。"我既没有现实意义的家:妻子,儿女,一定的朋友圈子,一位跟自己才智相近的、谈得来的朋友,也没有精神上的、可以使人内心感到快慰的家……瓦尔特·惠特曼[①]说过,人们已经厌倦了朴素的生活,渴望恐怖、惊险、神秘和非凡的生活……这纯粹是无政府主义者卖弄风骚的胡话……

>   在战场上,在阴森无底的深渊旁,
>   也有无限风光。

半大孩子的浪漫主义……麦因-李德,离开学校,逃往美洲。"

费莉查塔走进来,一声不响地塞给他一张名片,萨姆金把名片凑到眼镜前一看,上面印着:

"安东·尼基福罗维奇·塔吉尔斯基。"

[①] 惠特曼(1819—1892),美国诗人。

"是的,是的,"萨姆金迟迟疑疑地嘟哝说。"请他进来……请进吧!"

一个穿着鲜艳夺目的枣红色衣服,样子像红铜火壶的胖胖的人,迈着两条短腿已经来到他面前。

"您好!啊哈,显老了!可是——我?恐怕认不出来了吧?"他用响亮的男高音喊叫着。萨姆金看见了一个光光的秃头顶,刮得光光的额角上还残留着少许鬓发的红脸,两只浮肿的小猪眼睛,宽大的鼻子下面是两撇剪得短短的、刷子般的小黑胡子。

"简直认不出来了,"他同意地说。

"请原谅,我这样没有礼貌……这是老朋友的权利。我们的权利也实在太多了,是吧?应该减少一些,您说呢?"

萨姆金装出一副正经的等待的样子,冷淡地建议说:

"请吧……"

"吃饭吗?谢谢。可是我本来想邀您去下饭馆呢,就在你们这儿的广场上,有一家挺不错的小饭馆,"塔吉尔斯基一边很快地、洪亮地说着,一边走在萨姆金的前头,步入餐厅,在桌旁坐下。令人惊异的是,他完全不像萨姆金在普列依斯那间讲究的书房里见到过的那个人了,那时候他似乎是一个矜持的、为自己的知识渊博感到自豪的人,对人的态度,就像教授对学生一样,总摆出一副教训人的架势,但是现在却像一阵风似的乱说一通。

"就像在饭馆似的一样随便。当然,他要询问玛琳娜的事情了。"

果然不出所料。塔吉尔斯基一边解开长礼服,露出十分花哨的背心,把餐巾塞到领子底下,一边告诉萨姆金说,他是到这儿来出差,监督侦查谋杀左托娃的那个案子的。

"据说是一位美人儿,是吗?"

"是的。非常漂亮。"

"啊哈。哼,那有什么?破坏美丽的东西本是人间快事。红颜多薄命,被打死的美人儿要比丑八怪多。而且总是死在丈夫啊,情夫啊的手中,照例,总是从正面开枪:打在头上、前胸,或者肚子上,然而这一回却是从后面——对着后脑勺来了一枪。当然也有这样干的,但那是为了抢劫,可是在这个案子里却没有发现抢劫的迹象。大家都觉得此中大有奥妙。可是依我看,这里毫无奥妙可言,只是胆怯而已!"

他鼓起鼻孔,闻了闻菜汤冒出的热气,两只小眼睛闪闪发光,很赏脸似的说道:

"鸡杂汤吗? 我很欣赏!"

"耍花招哪,畜生,"萨姆金想。

"检察官,那头老驴,把您传了去,但是我命令中止了这一审讯过程。这桩小案子不必闹得满城风雨。您要问为什么? 可是我也不知道。作案动机,可能出于愚蠢,也可能出于跟下流勾当合而为一的愚蠢。祝您健康!"

他把一杯伏特加倒进口去,吧嗒了一下舌头,小眼睛闭了一会儿,又开口胡扯起来:

"阁下仪表堂堂。简直是一副给富孀当新郎的美貌。"

"坏蛋。"克里姆心里骂了一句。

"这就说明到巴黎去一趟有多么重大的意义! 您看我,虽然也神采奕奕,但仍不能博得高雅者的青睐,"塔吉尔斯基盯着那个女仆,说道,等到女仆走出去之后,他叹了一口气说:

"多么甜美的姑娘哟,小妖精……"

但是立刻又问道:

"左托娃有情夫吗?"

"我不知道。"

"有,"塔吉尔斯基摇摇头说,又喝了一杯酒,接着说道:"有这样的说法,说最近一个时期的情夫就是您。"

"胡说,"萨姆金冷淡地回答说。

"胡说就意味着:说的近似真情,但又并非真情。而在我们俄国,胡说往往倒是不折不扣的真情。"

塔吉尔斯基从容不迫地吃着,而且吃喝一点也不妨碍他说话。他眼睛盯住盘子,用叉子和刀子利落地剥着小鸡骨头,他问萨姆金知道不知道玛琳娜的财产规模多大?听到萨姆金否定的回答后,就告诉他:存款和殷实的股票约四十万卢布,在乌拉尔和伏尔加河对岸下诺夫戈罗德省的地产,大约等于这个数目的两倍还多。

"也许是三倍。是的,她没有亲属。所以咱们就有了一笔无人继承的财产,根据咱们帝国的法律,无人继承的财产将归入国库。这使某些……酷爱生活享受的人眼红了。"

他把劳动工具——刀子和叉子,从粗手指中放下,拿手巴掌拍了拍脸颊,一边往杯子里斟酒,一边认真地、不再是玩笑地说:

"我喝酒,您却不喝,还有您那谨慎的样子,阴沉的面色……虽然并没有使我感到拘束,因为我不是善于受拘束的人,但是这毕竟有点煞风景。在居住在这个城市里的部族中,我是个陌生人,本地人对我的态度是仇视的。他们这里还保留着氏族的特点,而且总的说来……似乎都是些骗子。"

他把胳膊肘撑在桌子上,一只手掌托着下巴,把端着酒杯的左手伸在桌子上,两只无神的眼睛好像挑衅似的,不怀好意地盯着萨姆金的脸。他那清脆的声调中出现了挖苦、不逊的调子。

"对他的态度应该温和一点,"萨姆金想起了别尔德尼科夫,心里这样决定,于是跟他碰了碰杯,说道:

"我的情绪不佳恐怕是疲劳引起的,我刚刚长途旅行回来。"

"就算是这样吧,"塔吉尔斯基半同意地说。"我们应当想到,虽然被杀的好像是个高利贷者,但是要知道,您既不是拉斯柯尼科夫[①],我也不是波尔费利[②]。也还应该想到,几年以前,我们曾一起议论过马克思……及其他等等的问题。祝您健康!"

他们干了一杯。塔吉尔斯基又继续说下去:

---

① 陀思妥耶夫斯基长篇小说《罪与罚》的主人公,曾谋杀了一个放高利贷的老太婆。
② 《罪与罚》中负责审讯拉斯柯尼科夫的预审官。

"那么:从一方面来说,一大笔无人继承的财产和全部能证明这些财产的所有权的证件,都掌握在专事欺骗的本地人手里。您明白吗?"

"明白。"萨姆金说。

"从另一方面说:在商店的一个书橱里,发现了大批社会民主党的秘密文件,和一个马克思主义者写给左托娃的许多非常亲密的称呼'你'的信件,那倒是一位理论宣传家和机智俏皮的人。一个富有的娘儿们干吗要把一些非法文件藏在自己店里?因此可以认为,这是阁下的财产。"

萨姆金挺了挺身子,生气地问道:

"您是审问吗?"

"既不是审问,也不是询问,而是向您透露:有这样的看法,"塔吉尔斯基用肥厚的眼皮遮住眼睛说道,额角皮肤上的皱纹在颤动。"阁下这位女委托人的兴趣真是五花八门:她有一大批非常罕见的古本书籍和教派的手稿,"塔吉尔斯基沉思着说道。

室外的空气似乎充满了灰色的尘埃,窗玻璃上蒙了一层哈气,屋子里是一片烟雾弥漫的昏暗,萨姆金想点上灯。

"用不着点灯,"塔吉尔斯基悄悄地说。"在某些场合……黑暗可以使人们更加亲近。我并没有被赋予审讯您的权利。我到您这里来,并不是作为检察长的特派员,而是作为一个知识分子,来看望另一位同样的知识分子,为了研究一件非常神秘的案子。您能相信这一点吗?"

"相信,"萨姆金心情非常惊慌,过了一会儿才回答说。想起了那位检察官对别兹白多夫供词的看法,现在却又出现了非法文件。

"是的,我相信您,"他重说了一遍,而且觉得浑身肌肉紧张,就像准备跳过深沟一样。

"他这是圈套呢,还是……"他心里想着,而塔吉尔斯基却说:

"利用这桩凶杀案可以炮制一桩具有政治背景的刑事案件,而且可以从这个案子里大捞一把。我主张,钱财叫这帮家伙分了,他们也就安静下来了。为了这个目的,必须使别兹白多夫承认他是杀人凶手。您觉得怎样,他有杀人的理由吗?"

"有,有,"萨姆金挺有把握地回答说。

"什么理由?"

"报仇。"

"对啦,他的一些信件可以证明这一点,"塔吉尔斯基非常高兴地说。"请您谈谈有关他的情况,"他提议说,点起萨姆金递给他的烟。萨姆金也点上一支烟,开始小心翼翼地谈起别兹白多夫来。他很愿意相信这个小猪眼睛、醉汉脸、圆滚滚的矮胖子,但是却又信不过他。塔吉尔斯基说的一切话里,都有一定的道理,但是也含有威胁意味,有可能把他卷进一桩骇人听闻的刑事案件中去,对于这种案子,他连证人都不想当,可是现在人家可以把他打成同谋犯。当然可以由于起诉的证据不足而宣告无罪,但是毕竟要留下污点。

"我不是伊万诺夫,也不是叶菲莫夫,而是萨姆金。这是一个非常罕见的姓。萨姆金吗? 就是那个……我毫无保障,"萨姆金心惊胆战地臆想着。塔吉尔斯基打断了他的讲述:

"好吧,总而言之,这个别兹白多夫是个蠢货,是个微不足道的家伙。要证明他不在犯罪现场,还差十五或者二十分钟。他要求您能替他辩护……"

萨姆金没有作声,心里仍在反复想着:

"我毫无保障。"

屋子里已经一片漆黑,萨姆金悄悄地问道:

"我点上灯好吗?"

"点上灯吧!"塔吉尔斯基用同样的口气回答说,在克里姆划火柴的时候,火柴断了几次,客人这当儿却谈了几句意味深长的话:

"我们彼此很不了解,而且在我的印象中,过去我们彼此也没有什么好感。可能,我的访问引起了阁下某些怀疑。这是正常的。大概,如果我再声明一句,我并不想袒护什么人或事,那就会增加阁下的怀疑。我只袒护我自己,因为我不想被牵连进这桩肮脏的案子中去。而阁下也有被牵连进去的可能。因此,我们暂时必须结成防守同盟。当然,也可以成为进攻的同盟,就是说,要向报界宣布,但是目前还不能这样做。"

"这是在给我吃定心丸,"萨姆金心里想。"全是谎话。"他低声说道:

"我很清楚地记得您,而且我也不能说,您曾引起过我的反感。"

"好吧,那就不必说了,"塔吉尔斯基建议说。

灯下,他的面貌似乎变得好看了些:显得瘦了,脸颊也瘪了下去,眼睛显得大了,仿佛胡子也和蔼地抖动起来。如果他的身材再高一点儿,而且不这么胖,那就很像一位驻扎在偏僻小县城里的预备役军官了。

"您还记得斯特拉托诺夫吗?"他问道。"十月党人。这家伙利用政府的津贴修建了一座规模很大的制革厂。普列依斯的演讲,您当然常读了。讲得并不出色。俄国的自由主义者垂头丧气,一蹶不振。而我们的国家杜马则是一场业余爱好者的演出。是——是的。萨拉托夫的省长已经被请出来充当驯兽者和救世主①。这家伙虽然仪表堂堂,但实际上却是个笨蛋和牛皮大王……去年我曾跟他和一大伙人去打猎,听他讲到过自己的家谱。他对系谱学,也跟对经济学一样,完全是门外汉。他忘记了自己的祖宗是在塞瓦斯托波尔被水兵打死的②,大概是在上一世纪三十年代吧。"

塔吉尔斯基用叉子叉着一个软木瓶塞,一边说话,一边用瓶塞敲着玻璃杯的边缘,用玻璃的响声来为自己的谈话伴奏,这种响声使萨姆金感到很不舒服,妨碍他做出决定:对塔吉尔斯基的诚意可否相信,以及可以相信到什么程度?而塔吉尔斯基却眯缝着左眼,依然那么急

---

① 斯托雷平曾于一九〇三年至一九〇六年任萨拉托夫省长,这里是指他被任命为总理大臣一事。

② 尼·阿·斯托雷平中将(1781—1830)在这次兵变中被打死。

促地和挖苦地说下去,可以明显地看出,他心里想的和他嘴里说的完全是两码事。

"这家伙大吹特吹他父亲的聪明才智,说他父亲写过反对村社,赞成建立农场经济——独立农庄的文章,说他父亲是伊曼努尔·康德的信徒,而实际上他的老爸爸却是奥古斯特·孔德①的崇拜者,甚至还写过一篇论述自然科学规律在社会学领域中的应用的论文。您知道吧,我研究过贵族氏系的家谱,外国人在建立俄罗斯帝国方面所起的作用使我发生了兴趣……"

他忽然停止敲打玻璃杯,说道:

"别兹白多夫很……信任您。我想,您可以劝他承认杀人的事。当然,在预审程序中,在提出公诉之前,规定不准辩护律师参与活动,不过……请您考虑考虑这个问题。"

客人站起来了,这使主人轻松地喘了一口气。

"为了避免……用官场手续打搅您,过两天我再来拜访,"塔吉尔斯基一边说,一边伸给萨姆金一只手,——一只柔软滚烫的手。"我希望在这桩……讨厌的案子里能得到阁下的信赖,"他说,并且第一次露出满面笑容,整个脸似乎都融化了,脸颊裂到耳根上去,嘴拉得很长,露出了细小而锋利的牙齿。这副笑容使萨姆金大吃一惊。

"不,他是个坏蛋!"

但是这个圆胖的人已经像皮球似的滚到过道里去,在那里又低声说道:

"还有,一切都变幻莫测!如果您有什么违禁书刊,最好使之化为乌有……"

萨姆金神经质地痉挛了一下,仿佛被针刺了似的,他喑哑地问道:

"左托娃在警察厅混过吗?"

"怎—么?咳,真见鬼啦,"塔吉尔斯基双手一挥,嘟嘟哝哝地说

---

① 孔德(1798—1857),法国资产阶级哲学家和社会学家。

道。"这是什么意思？是猜测呢，还是有绝对的把握呢？有事实吗？"

"是猜测，"萨姆金轻轻地说。

塔吉尔斯基吹了一声口哨，说道：

"那么说没有事实根据了？"

"没有。不过有时我这样想过……"

"猜测是一种需要事实加以证明的判断。不过，根据康德的意见，并非所有的判断都会成为认识，"塔吉尔斯基若有所思地嘟哝说。"您的怀疑没有对任何人讲过吗？"

"没有。"

"对党内的同志呢？"

"我不在党。"

"真的吗？太好啦……我的意思是说，您没有告诉过别人，这太好啦！"他补充了一句，又握握萨姆金的手。"好吧，我走啦。感谢您的盛情款待！"

他走了。走廊的门像斧子砍了一下似的，砰的一声关上了。在过道里短暂的对话，使萨姆金惶恐的心情稍微平静了一点儿。他在屋子的两个角落之间来回地踱着，开始搜遍枯肠，想找到一些词汇，把极端复杂、痛苦的感受翻译成思想的语言。使人厌倦的混乱印象需要用明白准确的语言进行概括，要消灭这种混乱状态，确定对塔吉尔斯基这个混乱的制造者的明确态度。

"大概，他不相信我不在党。他要我提防有可能遭到搜查。他对我的意图是什么呢？"

他想起来，有一次在普列依斯家里，塔吉尔斯基冷酷严厉地说国家是压制个性的机器，但是等到普列依斯不容反驳地对他说："您说得太过火啦。"他就傲慢地回答："是历史做得太过火啦。"斯特拉托诺夫说："您这种讽刺是无政府主义者的讽刺。"塔吉尔斯基仍然傲慢地回敬他说："您错啦，我并没有讽刺。不过我发现，倒是那些酷爱生活的人，如果不给生活现实加点儿讽刺的盐和胡椒调料，他们是很难下咽的。怀疑主义在喋喋不休地说教,乐观主义在培养傻瓜。"

昔日的塔吉尔斯基是个非常自负的人,说起话来,总是满嘴不容反驳的数字和事实,有时则是个醉醺醺的无赖。

"是的,他变得很厉害。当然,他在跟我耍花招。肯定是在耍花招。但是在他的作风上似乎出现了某种新的……正派的东西。当然这并不排除对他仍须持谨慎态度。一个胖家伙。胖子们说话总是大嗓门。在莎士比亚的剧作中,朱里·凯撒就认为胖子是可以放心的……"

这时候,萨姆金又不愉快地想起了别尔德尼科夫。

"我根本不该说出我对玛琳娜的怀疑。我常常……说些多余的话。这是由于我天性纯洁。不愿意在心里积存……别人强加给我的那些暧昧、虚伪、丑恶的东西。"

萨姆金非常熟悉的身影,一张忧心忡忡的知识分子的面孔,在镜子里闪过。萨姆金斜睨着镜子里的影子,心里决定:

"不,不要急于下结论。"

"玛琳娜呢?"他问自己。过了几分钟他就感觉到,现在,她已不在人世,再去想她,就没有那股劲头了。

"今后,不是去想她,而是去想与她有关的事情了。玛琳娜……"想起了她在巴黎时的那种反常的情绪。"归根到底,她的死亡也没有什么神秘可言,她的下场……只能是这样的。正如俗话说的:'罪有应得'。她本来就一直在《刑事法》的边缘上打转转。"

四

他辛勤热心地工作了三天,清理左托娃的诉讼事务,清算自己跟她的账目,发现她还欠他二百三十卢布。这使他颇为高兴。他一边工作,一边期待着,塔吉尔斯基立刻就会光临,很希望他来。但是塔吉尔斯基却叫他到检察长办公室去,自己穿了一身钉着镀金钮扣的制服在那里迎接他。塔吉尔斯基显得(高了一点儿,细了一点儿),红红的脸仿佛褪色了,变成栗色,眼睛睁得大了,他压抑着自己响亮刺耳的声音,说话懒洋洋地,无精打采。

"检察长政躬违和。能生点病是有福的,可以使你摆脱某些不愉快的事情,但是不包括死亡,因为死亡虽说可以使你永远摆脱人间一切烦恼,可是你却又要到地狱去受折磨。"

在这段谈话中间,他曾口气严厉地对着电话筒说道:

"敬请光临。"

"好,向您提几个问题,"他打着官腔说,用手指头把一封信推给萨姆金。"您知道不知道:这封信是什么人写的?"

这封信的字写得很小,然而笔画清楚,字写得那么密,仿佛一行就是一个字似的。萨姆金看下去:

"你的怀疑和反驳是很天真的,不过,因为我知道你是个聪明人,所以我觉得你的天真样子是假装的。资产阶级的看家狗、哈巴狗都在咒骂马克思,这些畜生的名字你是熟悉的,它们的吠叫你当然明白。丢掉幻想,读读列宁的著作吧。你'不喜欢他那粗鲁的讽刺',这是因为你没有感觉到他的激情。而且许多人都感觉不到这一点,因为他这样的讽刺和激情的结合是极为罕见的结合,在伊里奇以前,我仅仅在读马拉①的著作时曾感觉到,但是没有这样强烈。"

"是库图佐夫写的,"萨姆金心里想。"是他的风格。说出他的名字吗? 说出他是什么人吗?"

本城助理检察长布伦·德·圣·伊波里特走了进来,他是个好打扮的美男子,塔吉尔斯基一边伸手去拿那封信,一边问道:"不知道吗?"问话的口气是肯定的,这使萨姆金非常高兴,他有力地握了握布伦的手,对美男子提出的问题:"巴黎怎样啊,啊?"他轻松地回答说:

"妙极啦!"

---

① 马拉(1743—1793),十八世纪末法国杰出的资产阶级革命家,雅各宾党的领导人之一。

布伦得意地笑了笑,用手指摸了摸梳得十分整齐、像缎子一般光亮的小胡子。

"我的朋友乌鲁索夫公爵说得好:'巴黎是一只装满西罗亚池水①的圣水盘,精神上的一切宿疾和悲伤,都能在那里治好。'"

"西罗亚圣水是像萨基湖泥那样一种医疗用泥②,"塔吉尔斯基插嘴说,又严厉地问道:

"这个别尔德尼科夫是什么人?"

萨姆金高兴地谈起了别尔德尼科夫,谈得绘声绘色,本城助理检察长甚至奉承他说:

"噢,您有小说家的天才!"

"这样,"塔吉尔斯基一边点烟,一边打断了他的话。"这就是说:是一桩企图与外国资本勾结的交易了?是法国资本,对吗?"

"我不知道。"

"从证据上来判断,左托娃跟英国资本有勾结,是吗?"

"她没有委托我办理过这方面的业务。我经手办理的案件,都已整理完毕,准备移交给法院。"

"好极啦,"塔吉尔斯基说,圣·伊波里特无聊地看了看他,响亮地吧唧了两下嘴,就走出去了,而塔吉尔斯基翻着文件,嘟嘟哝哝地说:

"这个小伙子会很容易地爬上高位!开头先娶一个有钱的太太,这对他来说,就像打死一只苍蝇那么容易。到晚年,就当一名枢密官,副大臣,国务会议的委员,总而言之,成为一个大人物!可是就他的才能而论,却是个笨蛋和不学无术的家伙。哼,见他的鬼吧!"

他用手掌在文件上拍了一下,流露出惊讶的神情,说道:

"而这位左托娃却是个知识渊博的女人!从她经营事业的情况来看,是一个十分精明和非常贪婪的人。交游之广,简直使我目瞪口呆:又是马克思主义者,又是金融家,又是教派分子。对于阁下的猜测,以

---

① 传说西罗亚池水可以治病,见《圣经·约翰福音》第九章第七节。
② 萨基湖是个盐湖,在克里米亚,湖畔有个泥疗地。

为她跟警察厅有瓜葛这一点,我没有感觉到,也没有发现什么根据。莫非是通过教派活动这条渠道?简直无法理解,她收集所有这些书籍和手稿,有什么用处?全是些粗俗的、狗屁不通的胡言乱语,内容贫乏、幼稚……和这堆破烂同时并存的却是大量的俄罗斯和欧洲古典作家的著作:吕班的物质与力量进化论、英文版的列斯里·沃尔德[①]和奥里维尔·罗治的著作,最新德文版的洪波尔特[②]的《宇宙论》,马克思和恩格斯的著作……而且所有这些书都仔细地阅读过,有铅笔勾画的道道,还夹着一些注明在什么地方可以找到什么问题的签条。这些情况,您当然都知道了?"

"不知道,"萨姆金说。"我只到她家里去过两三次……商量法律事务通常是在商店里会面。"

"商店只是一种伪装吧?是吗?"

萨姆金一声不响地耸了耸肩膀,忽然说道:

"她是鞭身教派的舵手。是这个地区的圣母。"

"她——她?"塔吉尔斯基结结巴巴地重复了一遍,几乎是无声地、上气不接下气地大笑起来,在椅子里颠了几颠,摇晃着身子,张着满口细牙的嘴。然后,他就用手绢擦掉脸上笑出来的泪珠,又继续说下去:

"说真的,像这样思想庞杂的人,除了我们俄国,世界上任何地方也找不到。这是什么意思呢?圣母,啊?唉,这些魔鬼……不过我们继续谈下去吧。"

他开始急速地询问有关玛琳娜的许多业务文件的问题,可是过了十来分钟,又猝然问道:

"您觉得她可能挡了谁的道呢?"

"可能挡了别兹白多夫和别尔德尼科夫的道。"

"杀人的是别兹白多夫,"塔吉尔斯基点着烟,生气地说:"这就出现了动机问题:是他自动地杀人,还是受别人教唆?阁下对别尔德尼

[①] 大概是指列斯特尔·沃尔德(1841—1913),美国资产阶级社会学家。
[②] 洪波尔特(1769—1859),德国卓越的自然科学家和旅行家。

科夫的分析……"

他沉默不语,阅读起一份什么文件,萨姆金有点后悔自己回答得过于肯定,试图缓和一下:

"很难设想别兹白多夫是杀人凶手……"

"为什么?就连孩子也会杀人。公牛也会杀人。"

他把文件扔开,又快又生气地说道:

"在伏尔加河岸上的斯塔夫罗波尔,羊杀死了一位中学教员。一位来这里避暑的教员正坐在地上,研究一些野草和甲虫的生态情况,这时一只羊飞奔而来,用角猛撞他的后脑勺!可怜这些甲虫就成了无依无靠的孤儿。"

他站起来,肚子顶在桌沿上,用手去扣上衣的钮扣。

"预审已经结束,起诉书已经写好,不过检察长还没有签字。"他站到萨姆金面前,肚子差不多顶在他身上,问道:

"在她的朋友中,跟她共事的人中,有犹太人吗,啊?"

"没有。我不知道。"

"是没有,还是您不知道?"

"我不知道。"

"不过我认为:没有,"塔吉尔斯基下结论说,不知道为什么忽然高兴起来。"您听我说:咱们去看看别兹白多夫,您试着劝劝他承认谋杀的事,行吗?"

建议很突然,而且萨姆金对这种作法也很不以为然,但是一想到塔吉尔斯基方才阻止他承认跟库图佐夫相识这件事,他就一声不响地点头同意了。

"就这样吧,"塔吉尔斯基嘟嘟哝哝地说,犹豫不决地伸给他一只手。

第八章

一

第二天上午,他和塔吉尔斯基坐车来到城外的监狱大门口。下着寒冷的、灰尘似的细雨,化掉了夜里下过的雪,露出了泥泞的地面。监狱是一座阴森的、用又高又厚的砖墙围起来的四方建筑,高墙里面,一座牢固的、长久没有粉刷过的、像长褥疮似的浑身斑斑点点的监狱,监狱的四只角各有一座岗楼,监狱正中的屋顶上,高耸着监狱教堂的十字架。

"伊丽莎白女皇时代的古董,"塔吉尔斯基说。"我们俄国建造的监狱又好,又坚固。我们直接到未决犯监房去,不提他到办公室来。这样显得更亲密些。"他匆忙地唠叨说。

迎接他们的是副典狱长,一个身材矮小、穿黑衣服的人,他面容憔悴,像玩旧了的布娃娃的脸一样,腰里挂着一支手枪,肋下佩着马刀。

"到别兹白多夫的监房里去,"塔吉尔斯基说。那人惊骇地眨了眨老鼠眼睛,对看守下命令:

"把未决犯别兹白多夫押到这里来……"

"我已经说过,到监房里去!"塔吉尔斯基严厉地提醒他说。

"是啦您哪。不过他押在禁闭室里。"

"为什么？"

"他闹得太厉害,老跟别人打架。"

"把他放出来,押回监房去……"

"没有空监房了,大人。别兹白多夫先生是关押在普通刑事犯监房里。我们这儿的监房都挤满啦……"

那位看守把一只手举到制帽檐上,小心翼翼地插嘴说:

"左边后头的一座塔楼空着呢,昨天晚上把一名政治犯人送到禁闭室里去了。"

这个场面使萨姆金感到丧气。塔吉尔斯基严厉发号施令的神气使人很不舒服,他那张像半个鼓起的橡皮球似的胖脸似乎僵化了,红红的小猪眼睛生气地大瞪着。两条短短的粗腿,像猫爪子一般,无声地带着他的身躯穿过潮湿的、石子铺砌的院子,爬上铁楼梯,走在过道里破烂不堪的地板上,进入一间木桶似的圆形塔楼监房,他立即关上门,仿佛要藏起来似的。

"搬几把椅子来,"副典狱长对看守说。塔吉尔斯基拦住了他。

"不用了。把犯人带来。你们在过道里等候。"

萨姆金坐在板床上。从天花板下面的四方窗洞透进一条浑浊的光亮,屋墙却仍然笼罩在昏暗中。塔吉尔斯基坐到他旁边,悄悄地问萨姆金:

"您坐过监狱吗？"

"坐过。时间不长。"

"我却专门把别人送进监狱,"塔吉尔斯基依然悄悄地说。"知识分子们把自己互相送进监狱。这不像是……误会吗？不像笑话吗？"

萨姆金还没来得及回答,别兹白多夫就走进来了。他好像是从一个没有看准高度的台阶上迈下来,往前冲了一步,两腿就弯了下去,仿佛是跳进了那一条昏暗的光亮中去似的。

"靠墙站着,"塔吉尔斯基过分响亮地命令道,于是别兹白多夫就驯顺地退到昏暗中去,紧靠在墙上。萨姆金没有立即看清他,开始仅仅看到一个笨重、模糊的人影,听到人影发出的艰难喘息声,打嗝似的、含糊不清的喊叫声。

"您听着,别兹白多夫,"塔吉尔斯基开口说,一个低沉嘎哑的吼叫声回答他:

"我被打坏啦。还用脚踢我。我要求派大夫给我治疗,把我送到医院去……"

"谁打您啦?"塔吉尔斯基问道。

"刑事犯人,看守,所有的人都打我。这儿所有的人都打我。为什么打我?我要控告……您是什么人?"

萨姆金集中视力,怀着非常憎恨的感情看了看别兹白多夫。本来十分熟悉的肥胖、宽大的脸变得认不出来了,溶化了,两颊失去了丰腴,干瘪地垂下来,就像是虎头狗的腮帮子一样,两颊和脖子上长出的硬毛和龇出的牙齿使他的脸更显得像狗脸;脑袋上是一团团乱蓬蓬的头发,仿佛是戴着一顶破帽子。一只眼睛被打出的肿包遮住了,另一只大睁着,还不停地眨巴。别兹白多夫浑身颤抖,两条腿直哆嗦,他一只手扶着墙,另一只手在往肩上拉那只几乎完全撕下来的、皱巴巴的上衣袖子,衬衣也都撕破了,露出了胸膛,胸膛的白皮肤上全都布满了斑点。

"把我打成这样子,我怎么去法庭呀?全城的人都认识我。我呼吸、说话都困难。应该给我医治……"

"您应该认罪,别兹白多夫,"塔吉尔斯基严厉地开口说。又是一阵嘎哑的吼叫声:

"啊哈,是您啊?您又来啦?不行,我不是傻瓜。给我纸……我要控告。向省长控告。"

"您的辩护人来啦,"塔吉尔斯基响亮地说。萨姆金立刻就惊慌地、悄悄地提醒他说:

"我拒绝,我不能……"

但是别兹白多夫用手指头乱抓着墙,喊叫道:

"我不愿意！我已经声明过：要么是萨姆金，不然就不要！你们卡死我吧！我不相信你们那些律师。"

"萨姆金——他来啦，"塔吉尔斯基说。

"是的，我来了，"克里姆证实了他的话，说得不很响亮，觉得自己宁愿做一个沉默的旁观者。

别兹白多夫离开墙，朝他走过来，膝盖撞在木板床角上，疼得哎呀叫了一声，坐到地板上，抱住了萨姆金的一条腿。

"克里姆·伊万诺维奇，"他激动地哼哼着。"主啊……我真高兴！好，现在……您知道吧，他们要绞死我。现在他们要绞死一切人。他们把我关到秘密的地方。打我，把我扔进禁闭室。他们大伙把我抬起来摇晃一阵，又使劲摔到地上。我的亲人啊，您是知道的……难道我能杀人吗？如果我能的话，那我早就……"

"您尽说……疯话，这对您不利，"萨姆金警告他说，一边小心地往外拔腿，竭力想从别兹白多夫的手里挣脱出来，可是别兹白多夫却仍然继续痉挛地喊叫出一些结结巴巴的话语：

"您知道，她是一个什么样的魔鬼……一个黄铜眼睛的女妖。这话不是我说的，是我的未婚妻说的。我的未婚妻。"

"您镇静一下，"心情沮丧的萨姆金对他说，而且他觉得别兹白多夫真地渐渐安静了。塔吉尔斯基悄悄地走到窗下，在那儿膨胀起来，消失在昏暗中了。别兹白多夫盘起一条腿坐着，用手掌摸索着膝盖，另一条腿伸到床下，那一只手还一直在揪上衣袖子。

"她毁了我的一生，您知道，"他说。"她什么事儿都干得出来。您记得那个傻瓜，那个大个子的更夫吗？他是个逃犯。是他杀死了那个兑换商人。可是她却把他这个杀人凶手窝藏起来了。"

"您懂得，您在说些什么吗？"塔吉尔斯基说道。别兹白多夫把那只袖子扯下来，往塔吉尔斯基那面挥了一下，便把它夹到腋下去。

"我懂得，我明白，我不怕您……唉，您这个检察长。现在不怕您啦。也不怕她啦。她死啦，我可以把她的事都讲出来。您以为怎样，克里姆·伊万诺维奇,您以为她尊敬您吗？她？"

"我不相信您的话,我不能相信,"萨姆金几乎叫起来,厌恶地看着那张朝他抬起来的、哆哆嗦嗦的、毛茸茸的脸。他迅速地朝塔吉尔斯基瞥了一眼,塔吉尔斯基低着头站在那里,头顶上笼罩着一团烟雾,看不清他的脸。

"他总要给我设一个什么圈套,"萨姆金惶恐地想,可是别兹白多夫抓住他的膝盖和床沿,挣扎着要站起来,大概是吃了一惊,恐惧地咝咝地说：

"您不相信我？那还怎么能为我辩护呢？您一定要为我辩护。您这是怎么回事啊？"

"我并不打算为您辩护,"萨姆金尽力坚决地说,躲开他那只手。"如果您干了这种事儿——杀了人……您坦白承认,会使您感到好过一些!"他又补充了一句。

别兹白多夫站起身来,晃了一下,挥挥手,似乎并没有听见萨姆金最后的一句话,开始小声地说起话来,但是这反而使克里姆觉得他的话更加像开水一样的烫人了。

"您这是怎么啦？我很尊敬您。您是一位非常有才华的聪明人,可是她却嘲笑您。米沙告诉我的,他知道……她对那个英国人克莱顿说……"

"住口吧,"萨姆金(喊道),把那只掉在他脚上的衣袖踢开,"这都是您瞎编的。您是个有病的人。"

"我？我没有病！是他们把我打成这样子,但是我是健康的。"

"不要喊叫啦,别兹白多夫,"塔吉尔斯基走到他面前说道。别兹白多夫一瘸一颠地往门口冲去,用肩膀把门一撞,门开了,副典狱长站到门口来,看守的白胡子的脸在他身后露出来。

"关上,"塔吉尔斯基命令。他们急忙拨动铁栓,把门关上,别兹白多夫背靠在门上,像女人似的两手贴在胸上,乱揪着身上的破衬衣。

"听我说,别兹白多夫,"助理检察长响亮地说道。"您别装疯卖傻

147

啦,这对您不但没有什么好处,反而有害。我们,克里姆·伊万诺维奇和我,都看得出,什么人在假装天真烂漫的受惊的小孩子,什么人在说谎……"

别兹白多夫后脑勺往门上一撞,几乎是用萨姆金熟悉的、正常的声调喊道:

"我没有说谎!我热爱生活。这是说谎吗?傻瓜!热爱生活的人难道会说谎吗?啊?她被人杀死了,现在我变成财主了。我是继承人。她什么亲人也没有。克里姆·伊万诺维奇……"他气喘吁吁、痛哭流涕地喊道。塔吉尔斯基的声音把他压了下去:

"您干脆说吧:究竟是您亲手把她打死的,还是您教唆别的什么人干的?说吧,啊?"

别兹白多夫咆哮起来,往前迈了一步,歪着身子倒下去,难看地瘫在地板上。

"啊—啊,见鬼,"塔吉尔斯基往板床边一跳,嘟哝说,然后跨过别兹白多夫的两腿,用鞋尖往门上踢了几下。

"找医士来,找医官来,"他命令说。"这个犯人就关在这个塔楼里。如果他要纸和墨水的话,可以给他。"

二

塔吉尔斯基在过道里走着,低声问道:

"他是假装吧?"

"不一定。"

"呸,呸,见鬼,天气多么闷人!"他们走到院子里以后,塔吉尔斯基用手绢擦着脸说,然后就摘掉帽子,摇晃着秃脑袋,仿佛要拨开蒙蒙细雨似的,一边又发牢骚说:

"是个坏透了的家伙。是醉鬼吗?"

"不是。是个傻瓜、浪荡汉。"

塔吉尔斯基唠叨说：

"是个有害的家伙。他能惹出大乱子……见他的鬼吧！"

"他在吓唬我呢，"萨姆金心里想。

塔吉尔斯基用手绢擦擦秃头顶，然后戴上帽子。萨姆金却是相反，觉得胸中有一股令人烦恼的、潮湿的寒气，脸上有一层几乎是冰冷的黏液。产生了一个使他心神不安的问题：为什么这个胖子要安排他和别兹白多夫见面？塔吉尔斯基提议到饭馆去吃饭，萨姆金就邀他到自己家里去吃便饭，语气十分恳切，然而又竭力掩饰自己非常渴望他赏脸。

后来，一阵急雨烦人地敲打着马车的皮篷，雨水哗哗地从篷顶上流下来，胶皮车轮在水洼里飞溅，在道路的坑洼里颠簸，同座的肩膀直撞萨姆金，马车夫不时在喊叫：

"瞧—着—点，喂！"

"是的，跟他要处处留心，"萨姆金想着坐在旁边的人，可是那个人不知道为什么嘟哝了一些关于梭罗古勃的话：

"他既有天才，又是悲观主义者，但是不像波德莱尔。他像枕头一样温暖和柔软。"

萨姆金冷得浑身哆嗦着，质问着自己：

"别兹白多夫能杀人吗？"

他没有找到答案，别兹白多夫蓬头散发，破衣烂衫，满脸是恐怖、愤怒和伤痕的可怜样子妨碍了他的思路，他想起了这个人一段含有嫉妒意味的牢骚话：

"女人都不爱我，我对她们太坦白，话又多，一下子就把自己和盘端出来，可是娘儿们都喜欢神秘的玩意儿。她们当然爱您啰，您是一位莫测高深的人物，肚子里一定藏着些什么玩意儿，这就吊起她们的胃口来了……"

到了萨姆金家里，塔吉尔斯基点上一支烟，靠在壁炉的白瓷砖上，默不作声地站了几分钟，听着主人吩咐女仆准备吃饭的菜和酒。

"真漂亮，"姑娘走出去以后他说，又叹了一口气，随后就把香烟竖捏着，看着它像工厂烟筒似的冒着烟，说道：

"差不多两年了，直到今年春天，我也有过这样一个女仆，一个漂亮的、圆滚滚的、快活的普斯科夫少女。我的夫人甚至于跟她建立了非常亲密的关系，给她书看，还……总而言之，就像她对我说的，在进行'启蒙'教育。我这位前妻是个天真的人。"

"前妻？"萨姆金问道。

"是的。离婚啦。书归正传，还是谈波丽雅吧。今年春天，一位很体面的青年人在她身旁出现了。这当然是很自然的现象：

　　这种事儿毫不足奇：
　　因为春天已经来临。
　　就拿圣母来说吧，
　　也是春天里怀的孕。

夫人带着波丽雅去整理别墅，我因为无聊就去马戏团看拳击，但是没有等到拳击开场，我就不耐烦了，又返回家去，我一看书房里有灯光，波丽雅那位情人正坐在我的书桌前专心致志地翻阅我的文件。我拿出随身带的一支小手枪，小勃朗宁。我问他：'您发现什么有趣的东西了吗？'他想站起来，可是两腿却滑到桌子底下去了，扑通一声，身子倒在圈椅上，他举起两只手，声明说：'我不是小偷！'我说：'您是傻瓜。您正应该装成小偷，那我就会给警察局打电话，警察就把您带走，然后平安无事地把您释放，让您再去干您的例行公事，此案也就此结束。好吧，请您讲讲，'您是怎么干起这一行来的？'原来他是一位邮务官的儿子，在女子中学当办事员，因为给姑娘儿们看违禁书籍犯案而被捕，恐吓他，叫他干这种事儿，他就同意了。我又问：'那么波丽雅呢？'他说：'她也跟我一块儿干。'于是，我只好跟这位姑娘分手了。后来我在高等审判厅里说：如果连检察厅的成员家里都要进行秘密搜查，这就表明,我们的情况很不妙了！我的顶头上司把我叫了去,教训我说,'您乱讲些有损政府威信的笑话。您忘记了,彼得大帝把检察长称作国家的眼睛啦。'"

塔吉尔斯基用慢吞吞地、令人厌烦的唠叨声调说着。萨姆金极力想了解,他为什么要讲这些事呢？于是就突然打断他的话,问道:

"您可不可以给我解释解释,您带我……去访问监狱究竟用意何在？"

"我一直在等您问这个问题呢,"塔吉尔斯基应声回答说,他把双手插进裤子口袋拽了拽,便朝通往餐室的门走去,关上门,把冒烟的烟头插进栽着橡皮树的木桶里的泥土中。他像只公鸡似的,既滑稽而又威风地迈着两条短腿,在屋子里来回踱着,仿佛在宣读文件似的说道:

"这桩刑事犯罪——杀人案的嫌疑犯,"他挥了一下右手说道,"非常固执地希望,一定要您在法庭上为他辩护。为什么呢？因为您是他的房客吗？理由不充足。也许,还有其他某种关系吧？别兹白多夫已经替您洗刷了这个嫌疑。这是一方面的用意。"

他走到萨姆金面前,差不多是用肚子顶着他的膝盖,继续说道:

"还有另外一方面的用意。但是这……连我自个儿也不十分清楚。"

他那红红的脸色突然变成苍白,两只眯缝起的眼睛不怀好意地闪了闪。

"我了解您:您以为我想在审判中给您安放什么圈套。"

"您错了……"

"算了吧,萨姆金。"

塔吉尔斯基挥了挥手,又开始来回踱起来,用挖苦的口吻说道:

"到头来,我对您是一片好心,可是您却并不领情,显然,您认为是驴肝肺。"

"您当然知道,一般说来,人们相互之间是缺乏信任的,"萨姆金不容反驳地说,但是立刻又感到,说话的口气太宽容,这会使客人说话更

为挖苦。客人背朝他站着,在观赏书橱里的书脊,说道:

"就连对自己也不太相信。"

他像皮球一般转过身来,又补充说:

"俄国的知识分子生活在不断的自卫和不断的辩论演习中。"

"这话很对,"克里姆·萨姆金对他的话深表同意,担心两人的对话发展为一场争论。"安东·尼基福罗维奇,您的变化太大了,"他尽量说得亲切,想对客人说几句奉承话。但是完全没有必要了,女仆请他们去吃饭了。

"我最喜欢吃,"塔吉尔斯基说。

萨姆金斟了两杯伏特加,他们碰了碰杯,一饮而尽,客人立刻就斟上了第二杯,声称:

"遵照先父遗训,一开始我就要连饮三杯。这是他老人家留下的一条最好的遗训。我大概生病了。体温上升,心里打冷战,皮肤下面仿佛在起水泡,接着就爆裂开。这就使我非要痛饮不可。"

萨姆金曲意逢迎,热情招待,谈了些巴黎见闻,塔吉尔斯基尽情地吃喝,一声不响,后来忽然晃晃脑袋,说道:

"咱们在莫斯科相逢的时候,我已经开始喝酒,"他停了一下,又补充说:"为了什么也不想。"

"您是莫斯科人吗?"萨姆金问道。

"我是图拉人。先父曾在巴塔舍夫兄弟工厂里做过火壶。"

他用饭巾擦了擦嘴唇,可是并不相信饭巾能擦干净,又用舌头舔了舔。

"我是第一代知识分子。您哪?"他问,笑得脸颊鼓了起来。

"是第三代,"萨姆金说。塔吉尔斯基一边准备吸烟,一边嘟哝说:

"跟我比,您已经是贵族了。"

萨姆金也吸着烟,疑问地看了看他。

"一个很有趣的话题,"塔吉尔斯基点了点头说。"我父亲在三十岁左右的时候,看了一本描写淘金者的逍遥生活的书,着了迷,就跑到乌拉尔去了。五十岁时他成了叶卡捷琳堡的一个饭馆和一家妓院的老板。"

塔吉尔斯基眯缝起微红的小眼睛,沉默了几秒钟,注视着萨姆金的脸,萨姆金眼也没眨一眨,经受住了他那仔细端详的目光。

"母亲沉默寡言,我十一岁的时候就去世了。就在这一年,来了一位继母,是助祭的遗孀,一个强悍、无耻、虔信上帝的刁妇。有一次,我想用一只空瓶子砸她的脑袋,父亲把我狠狠地揍了一顿,而她逼我跪在地上,自己也跪在我的身后。'祈求上帝饶恕吧,因为你竟敢举手打我,上帝恩赐你的慈母!'还必须祷告出声来,但是我却朗诵起淫诗来。他们又揍了我一顿,而且父亲打得那么起劲,使他的'心脏麻痹'了,父亲也是个彪形大汉,气喘吁吁地晕倒在地上,这可把继母吓坏了。后来老两口都痛哭起来。他们都是感情丰富的人……"

萨姆金一面听,一面注视着讲话人的脸,并不相信他说的话。他讲的跟自己读过的七十年代一些无名作家作品中某一故事的情节十分相似。不知为什么,一听到这位衣着入时的人物,竟是一家妓院老板的儿子,并且被打过屁股,这使他心里感到高兴。

"家里住得很挤,"塔吉尔斯基慢吞吞地、似乎满不在乎地继续说下去。"我不止一次看见……这么说吧,两个老畜生兽性大发。院子里,饭店旁边的厢房里,就住着些不要脸的妓女。十二岁我就开始手淫,有一回,我正在手淫时,被一个姑娘抓住,她就教我过起正常的性生活……"

萨姆金把脸隐藏在纸烟的烟雾中,心里揣摩着:

"他为什么要讲这些下流事呢?如果我有过类似的经历,我倒认为应该把它忘掉……没法理解这些肮脏自白的动机。"

塔吉尔斯基一面说,一面睁大眼睛,越过萨姆金的头顶,望着窗外。花园里,风在呼啸,吹得树枝咯吱作响。

"他们拼命地揍我,打得我只好装成老实巴交的样子,尽管我曾不止一次起意要杀死父亲和继母。但是毕竟我还是不能叫他们过得那么顺心。父亲非常重视子女受教育的好处,认为这是使他可以不受讨厌的警察欺负的惟一办法。他给我请了一位家庭教师,为我补习考中学的课程,中学毕业时,我还得了金质奖章。我为此付出了多么大的代价,我就不说了。那时我没有住在酒馆里,而是住在继母的妹妹家里,她开了一座专供中学生食宿的公寓。我不仅不参加那些课外学习小组,而且想方设法地炫耀我对他们的否定的,甚至是敌视的态度。那里住着一些生活优裕的孩子,都是各县富商、工程师、工厂医生的儿子——贵族子弟。父亲不准许我乱花钱,只把我打扮得干干净净。我就玩牌来赢同住的学生们,自己攒了些钱。"

萨姆金的心情矛盾起来:一方面这个他认为危险的人物正在自我暴露,自行解除武装,这是可喜的,另一方面他却越来越急于了解:这个圆滚滚的、吃得脑满肠肥的人,为什么要这样坦白呢?可是塔吉尔斯基压抑着自己响亮的声调,继续低声哀诉,越来越经常地在枯燥的唠叨中夹杂着大声的抽泣。

"他有点儿像别尔德尼科夫,"萨姆金警告自己。

"七年级的时候——采矿技师的儿子,马克思主义小组的领导人,一个性情固执,鼻子挺大的小伙子……去年我偶然得悉,他已经是第三次被流放去……好像,还是去服苦役。他教导我说,知识分子也像厨子、车夫以及其他人等一样,都是资产阶级的奴仆。因为我憎恨一切使我感到屈辱的事情,就下定决心向他证明,这话是不正确的。父亲叫我进托木斯克大学去学习,将来当医生或者当律师,但是我却决心当检察官,就到了莫斯科。父亲就不给我钱了。我非常喜欢读书,教授们对我也很赏识,建议我留校工作。四年级的时候,我结了婚,妻子是司法界名门的小姐,父亲是省检察长,叔父是法学教授。我们有过一个儿子,五岁就死了。是个诚实、单纯的小家伙。他不许母亲吻他。他说:'你的嘴唇上都是肥皂。'他管口红叫肥皂。他还说:'妈妈,你吃喝爸爸,就像吃喝厨子一样。'他不喜欢厨子。儿子死后,我就跟妻子离婚了。"

塔吉尔斯基忽然在椅子里猛地晃了一下,眨起眼睛,急急忙忙地说:

"请您原谅我……这一段独白……"

"得啦,您说的什么话!"萨姆金惊呼道,深信自己是比客人更卓越、有力的人。"我十分感兴趣地在听呢。而且说老实话,我很高兴,很荣幸,您竟这样……"

"好好,不必客气了,"塔吉尔斯基把杯子举到和嘴一般平,打断了他的话头说。"祝您健康!"

他喝下酒,咂了咂嘴,用巴掌摸了摸脸颊,大声叹了一口气。

"您看,您眼前就是一个典型的失意者。为什么?应该说,我的上司对我解决诉讼纠纷,理清混乱概念的本领非常赏识,如果我没有这一手,他们早就会因为我生性固执和喜欢揭发矛盾而把我踢开了。在法律工作的实践中,重要的并不是人,而是准则、定理和概念,这一点您是非常清楚的。人和人的行动,只有在检查概念的坚强性和为了进一步巩固这些概念的时候才是必要的。"

塔吉尔斯基站起来,走到窗前,对着玻璃哈了口气,用手指画了个X和Y,含糊地说:

"但是人们自身就包含着两种互相矛盾的本能:生物本能和社会本能。生物本能命令说:守住你的阵地并竭力巩固你的阵地,否则的话,你的邻人就会把它化为灰烬。但是社会本能却要求与本阶级的邻人密切合作。这就是许多麻烦事情产生的原因。此外,还存在着阶级压迫和阶级报复。您是第三代知识分子,未必能够理解究竟是怎么一回事儿。我可是清清楚楚地了解,二十年后,我的生活道路将要在枢密院的上诉厅内结束,这是我能够达到的最低限度。不过司法部的环境我是很讨厌的。从生理上讨厌它。人、概念、愿望、案件,这一切我都讨厌,"他越来越含糊地嘟哝着。

"他喝醉啦,"萨姆金断定,冷笑着,感到被这个人折腾得筋疲力尽了。"这是个风格特殊的人物。从他的体形和吃喝的姿态来看,应该是个风流人物。"

萨姆金害怕客人会突然转过身来看见他脸上的冷笑,就赶快敛去笑意。

"妓院老板的儿子——枢密官。"

他又想起来,塔吉尔斯基在普列依斯那伙人中趾高气扬的样子。大概,那时候他已经为自己规划了进入枢密院的道路。粗鲁的波亚尔科夫曾对塔吉尔斯基说:"账是要算的,不过不要忘记,依靠簿记你是搞不成革命的。"后来他又说,庸俗的马克思主义者特别偏爱数字,又说马克思不仅仅是一位经济学家,而且是科学的经济哲学的奠基人。

三

助理检察长像皮球似的滚到角落里,坐进圈椅里去,一边用手指搔额角,一边继续说下去。

萨姆金只顾在回忆往事,没有注意听他的话,处在昏昏欲睡的状态中,忽然被一句奇怪的话惊醒了:

"小小的灵魂,就像一颗宝石。"

"请原谅,你说的是谁的灵魂?"

"索莫娃的灵魂。在这次见面的前一年,我曾在一位神智学者的家里见到过她,这位神智学者是个愚蠢、瘦弱和徒骛虚名的女人,非常富有,在某些方面颇有影响。这回又遇到她是在'十字'监狱的监房里,她控诉狱方对她态度粗暴,并且不准她住院治疗。"

"索莫娃吗?"

"是的。"

"我认识她,"萨姆金想说,但是话到嘴边又咽回去了。

"是一个阿库莉卡,"塔吉尔斯基用正常的声音,很响亮地说。一向善于察言观色的萨姆金发现,他笑得那么困难,仿佛脸上的筋肉都在反对他笑似的。而且这笑容使塔吉尔斯基的两只小眼睛完全合上了。

"您见过阿库莉卡吗？是一种木头旋的玩具，这玩意儿一层套着一层，样子相同，但是一个比一个小，共有六层之多，最后一层，也就是最小的一个，简直就是个小木球了，再也拆不开了。可是我受命要去拆开它。这个姑娘曾安排了一个非常重要的同志从流放地逃跑。总之，姑娘对秘密工作非常内行。她在接头的地方当场被捕，这已经是第三次了。我原以为对手准是一只野性十足的母狼，而看到的却是一个真正患病的姑娘，对革命思想坚贞不移，她甚至未必真正懂得这种思想，但是却像对宗教一样热情信仰。"

塔吉尔斯基叹了一口气，仿佛非常惋惜似的叹道：

"而这样的人却并非罕见，真见鬼。列斯科夫在长篇小说《结冤》里非常出色地塑造了这样一个人物——万斯科克，安娜·斯科科娃，读过吗？"

"没有，"萨姆金说，注意地听着。

"这本书写得并不好，但是很有趣。比《群魔》早问世一两年。皮谢姆斯基的《浑浊的海》好像也比陀思妥耶夫斯基的这本书出版得早些？"

"不记得了。"

"好，叫陀思妥耶夫斯基去见他的鬼吧，我不喜欢他！"

"他应该喜欢，"萨姆金心里想。

"还是谈谈这位阿库莉卡吧。她并不美，身材矮小，但是却有一种……内在的魔力……一个聪明的灵魂，眼睛是这样的温柔……保姆一样的温柔，在保姆眼里，人们首先是些命该受苦的婴儿。因此，这位革命姑娘对我说：'我请您来，是为了请您命令他们送我进医院。我得了癌症，可是您还要审问我。这很不好，很不体面。而且您明明知道，我是什么也不会说的。您怎么能在这样的时代当检察长而不感到可耻呢，当斯托雷平……以及诸如此类的话。不知道为什么又补充了几句，说我是个聪明、仁慈的人，因此更应该感到可耻。总之，她就像数落死人似的把我数落了一顿。这真是一个非常富有幽默意味的时刻。我对她说,当然,检察长必须是聪明的,而他的仁慈,那就是他职务上所必须的正义。她的样子立刻变得非常乏味了。我也觉得无聊起来。于是,我鞠躬告辞出来。故事也就这样结束了。"

"那她呢?"萨姆金问道,注视着塔吉尔斯基在从烟盒里拿一支烟。

"而癌症很快就要了她的命。"

塔吉尔斯基站起来,走到桌子前头,低声地说:

"我的故事一定使您厌倦了。脑子有时想入非非,"他一边往杯子里斟酒,一边说下去。"有时候回忆往事,可能就是为了快点儿忘却。减轻记忆的累赘。"

他伸出一只手给萨姆金,同时又喝着杯子里的酒。

"好,我要告辞啦。谢谢……您的款待。我是在父亲开小饭馆以前降生的,那时他还是车场的搬运工。他开饭馆的钱很可能是不义之财。"

在过道里穿大衣的时候,他又说:

"我们被培养成思维的机器,而且不是根据事实进行思维,而是去歪曲事实。是根据概念,而不是依靠逻辑,是根据概念的神秘性,去反对事实的逻辑性。"

萨姆金小心地提示说:

"我们是被培养为文化的创造者……"

"得啦,哪儿会有这样的事儿?文化都是根据贩卖殖民地货物商人事前的订货单制造出来的。"

"您给我吃得太好了,"他在道别的时候说。

"您吃得满意,我很高兴。请常来。"

"一定来。"

萨姆金往窗外看了看,那个身材矮小结实的人正快速地迈着碎步,横过街道,他用麂皮擦着眼镜片,问自己:

"为什么这个从前就使人讨厌、现在又形迹可疑的人物,又挡在我的道路上呢?"

但是立刻又想道:

"没有什么可抱怨的。他未必是在耍花招。而且看起来也并不怎么聪明。柳芭莎的故事,大概是他瞎编的,是一篇文学作品。而且很不高明。总而言之是个令人不愉快的人物。他变了吗?人们都在变……没有一定的主见。都是些微不足道的人。"

突然闪出了一个想法,觉得塔吉尔斯基在情绪上与马卡罗夫、伊诺科夫颇有共同之处。但是萨姆金已经不愿再去想塔吉尔斯基了,为了尽快了结有关塔吉尔斯基的一切,他得出结论:

"大概他曾对某些违法乱纪的琐事和卑鄙的行为(进行过斗争),而现在感到疲倦了。或者是吓坏了。"

他又陷入琐碎的思想中,吸着烟,躺到沙发上,侧耳静听:城市寂静无声,只是从邻近的院里传来斧头的砍伐声,仿佛是在从根上砍倒一棵树,这低沉的声音奇怪地像是一只大狗的懒洋洋的吠叫和沉重、缓慢而有规律的脚步声。

"立—正!"他想起了那个操练步兵的中士喊的口令声。很多年前,他在童年时代听到过这种喊声。接着又想起了那个驼背姑娘:"喂,你们捣什么乱呀?""可是,也许根本就不曾有过这样一个小孩子吧?"

"是的,显然,不曾有过我心目中的塔吉尔斯基。连玛琳娜也不曾有过。可能,她的处世之道是罪恶的,可是在这个别尔德尼科夫之流得道的世界里,那是很正常的。"

他合上了眼睛,想象着玛琳娜浑身赤裸的样子。

"黄铜眼睛……是的,她身上有一种金属般的东西。我不认为她会这样谈论我……像这个白痴说的那样。黄铜眼睛——他说不出这样的话。"

然而紧接着萨姆金又必须承认,别兹白多夫是根本不会捏造什么的。心头燃起了怨恨玛琳娜的怒火。

"一个穿裙子的瓦拉甫卡。"

吃饭时喝的酒使他的思想混乱,把它撕成了碎片。

助理检察长关于阶级压迫、阶级报复的话,从记忆中滑了出来。

"他要说明什么呢?"

书脊上的金字,在书橱的玻璃里面闪闪发光,香烟冒出的烟缕映在书橱的玻璃上。萨姆金力图借助积累起来的书本知识,超越今天所经历的一切。他心里默诵着不久以前在一份自由主义的报纸上,读到的一篇论述当前文学的小品文中的一些字句;这些字句发出了新的、挑衅的喧嚣,说什么"那些认为生活简单、明了的人,精神是极端贫乏的",说"那些认为个人精神自由高于人间一切荣华富贵的、独立思想的殉道者是伟大的"。"人是社会的动物吗?如果人仅仅是动物,而不是奇迹的创造者,那么他也就不可能是自己内心深处和谐的创造者"。

想到这里,萨姆金就打起盹来,竟睡着了,后来醒了,才脱衣上床睡去。

第九章

一

第二天,他从早到晚都在期待着有什么人来访,或者发生什么事情。

"大概全城都在下流地谈论我跟玛琳娜的关系啦。"

他第一次遗憾地感到,由于自己对她过分迷恋,所以不论在社会上,还是在律师圈子里都没有建立什么牢固的关系。他根本无意在本城的六(万)居民中寻找一两个哪怕比左托娃稍微逊色的人来做朋友。他深信,自己为了处理莫斯科那位大律师和玛琳娜的许多案件到各处的旅行中,早已把外省人物研究得很透彻了。大多数律师都是法律界的恶狼、赌鬼、戏迷和讲究吃喝的家伙,全是些包布雷金在长篇小说《衰退》中描写的人物。青年一代的律师都是纨袴子弟,"立宪民主党员",有两个经常在宣扬艺术中的摩登流派,还有一个拉大提琴拉得蛮不错,不过三个人都是狂热的赌徒。萨姆金偶尔也邀请他们到家里来,可是因为自己赌得不高明,三位赌客经常自带一名赌伴来,这是个一只眼里镶着玻璃假眼球的老头子,地方法院的一位法官。他身材瘦长,面色阴沉,鹰钩鼻子,留着楔形的大胡子,很像一只仙鹤,因为是独眼,所以脖子就转得特别灵活,他几乎总在摇头晃脑,而且以精通欧洲的各种牌艺而闻名全城。

　　萨姆金从这些人嘴里得知,本城人士都认为他是"帝都名流",目中无人,落落寡合,僻居独处,当有难言之隐;人们怀疑他思想过激,是一九〇五年事件的惊弓之鸟,所以也就无意与这个来自叛乱的莫斯科的人有更多的交往。黄昏时分,萨姆金在走过无数次的、熟悉的城市街道上散步的时候,想起了这一切。召唤人们去做晚祷的钟声响彻浅蓝色寒冷的晴空,声声相逐,汇成一片悠扬的和声,使人感到肃穆和忧伤。月色皎洁,照耀着被庭院分割开来、但又由坚固的木栅墙互相连接起来的商人家宅,教堂的金顶和顶上的十字架在闪闪发光。有的地方,从双层窗里透出微黄的灯光,但是多数家宅的窗户是漆黑的,因为习惯的、安定的生活此刻正在后边的房间里悄悄地进行着。萨姆金已经不是第一次这样想过,在这些建筑牢固的房子里住着一些不讨人喜欢,但是本质上并不愚蠢的人,他们活不了多久,大约六十年的光景,直到晚年他们才开始思考问题,而且一生中从未想过这样一些问题:什么上帝啊或者人类啊,什么知识的可靠性啦,什么……

　　"我也不再想这些问题,"他提醒自己,但是并没有问为什么?而是想到,一七九五年后,法国各省大概也是这样休养生息的。他走过一座破旧的剧院,这还是"大改革时代"以前一个地主修建的,走过贵族会所,商人俱乐部,转到贵族住宅区宽阔的街道上,他犹疑地放慢了脚步,走近一座正面有三根柱子的两层石砌楼房,大门上挂着一块招牌:"拉丽萨·诺尔第夫人裁缝店"。他想起了一首两行诗:

那里的女红只是应景,
那里有名的不是女红。

　　那里的许多女工中,有一个名叫安妞塔的姑娘,浅色的头发,简直像鲜奶一样的柔软、温暖。她那两只浅灰色的眼睛,像孩子似的亲热而又羞怯地笑着,这羞怯的笑意跟她职业上的老练是非常不相称的。

是个挺有意思的姑娘。有一天夜里,她跟他一块儿躺在床上,央求他说:

"请您送给我一本最新的歌曲!告诉您,厚厚的,封面上有图画,姑娘儿们在跳圆舞的画。我看见书店陈列着这本歌曲,可是我不好意思进去买。"

他问她:为什么要歌曲呢?她喜欢诗吗?

"不,我不喜欢诗,太难懂。我喜欢简单的歌曲。"

于是她用柔弱的声调,轻轻地唱了两支歌曲,一支很庸俗,萨姆金说不好,但是第二支他很喜欢,甚至还把它记下来了。他问安妞塔,她爱上过什么人吗?她回答说:

"没有,还不曾有过这样的事。要知道,干我们这一行是不能有爱情的。虽然有的姑娘也交几个'相好的',好像是情人似的,不要他们的钱,只是为了好玩,消愁解闷。"

后来他又问:有没有男人对她撒野?她好像有点儿受了委屈似的说:

"有什么理由撒野呢?我是个温柔、漂亮的姑娘,从没有喝醉过。我们这里是很有名声的,这您自己知道。来的客人也都有点名气,哪儿还好意思胡闹。不,我们这儿很安静。甚至有时反而觉得太沉闷了。"

她站在镜子前头一边说,一边把满头浓密柔软的浅褐色头发编成一条辫子,赤裸裸的身体,好像一个鸡蛋。

"可是革命时期倒挺有意思,常常来些新客人,啊呀,非常热闹。有一个小伙子,跳舞十分出色,简直像马戏团的一样。不过他偷了一笔什么钱,警察来逮捕他,这时他跑到院子里,砰的一枪!自杀了!非常敏捷伶俐的小伙子。"

"我很可以写一篇描写这个姑娘的短篇小说,"萨姆金心里想。"可是由于陀思妥耶夫斯基的好心,我们写妓女的作品实在太多了,而且还在写下去。'对堕落者的同情'。可是堕落者并不认识自己的堕落,也不需要我们的同情。"

他来到河边,河面上布满一层灰色鱼鳞似的冰凌"油块"。河水在上涨,流水轻轻地冲刷着壅塞的河岸,一只小船的尾舵在吱呀吱呀地叫着,桅杆摇摇晃晃,一些看不见的人在不远的什么地方有节奏地喊着:

"噢哟哟,拉哟,再拉一下哟……"

在这里特别感觉到了晚秋的寒意,空气中充满了沉闷、潮湿的寒冷。

二

半个钟头以后,萨姆金坐在商人俱乐部的大厅里,听一位叫阿尔卡季·佩利尼科夫的大学讲师的演讲,讲的题目是《论民主制度的文化任务》。当萨姆金走进会场,坐到第六排椅子上的时候,佩利尼科夫讲师正在说,"庸俗的、绿色封面的《知识》丛刊①,已经结束了自己短命的生涯,但是它们却曾不遗余力地散布了大量在美学和哲学上完全是浅薄无知的、在政治上却非常有害的东西,一时,使俄罗斯文学天才作家们的充满智慧的作品蒙上了灰尘,而这些令人难忘的巨著是用不朽的、扣人心弦、富于魔力的完美语言写成的。"

讲师中等身材,胖胖的,大屁股,头有些秃,两只彤红的大耳朵,留着国王亨利四世②式的小连鬓胡子。

他用漆皮鞋踏得地板沙沙作响,抖动着两条大腿,大腿扇动着长礼服的后襟,因而他的屁股就像是长了翅膀一样。他把右手伸给听众,仿佛要去拯救他们,左手拿着几张讲稿,像手绢似的不断地挥舞着,有时又把讲稿凑到脸边。他讲得非常轻松,兴高采烈,扁平、善良

---

① 一九〇四年至一九一三年由知识出版社在彼得堡出版的一种进步文学丛刊,由高尔基主编。
② 亨利四世(1553—1610),法国国王。

的脸上浮着微笑。

"一部分有很深哲学修养的知识分子赋予城市文化生活以风格和意义,使之光彩夺目,这部分知识分子是沿着赫尔岑、别林斯基和其他一些诸位已经久闻大名的人指出的道路(前进)的。正是这批知识分子,在具有非凡的政治远见的帕维尔·尼古拉耶维奇·米留可夫的领导下,早在建成强大的民主立宪党之前,就已经为我国的文化教育事业进行了忘我的工作。发表了有名的《自学大纲》,组织出版了具有现代激进民主思想的古典作家的著作,许多有名的教授到各省去巡回演讲文化方面的问题。这些形式不同的、顽强的工作的目的,就是要把俄国人培养成欧洲人,使青年能够不受那些败坏道德的人们的影响,这伙人生吞活剥地信仰有争议的马克思学说,把大学生推到工人中去宣扬无政府主义。诸位深知,这种疯狂的冒险家的游戏曾使人民付出了多大的代价……"

萨姆金坐在靠近过道的椅子上,清楚地看到前五排正在聚精会神听讲的男男女女的后脑勺。前几排座位没有坐满,稀稀拉拉,而萨姆金背后的人就更加稀少了。上敞廊里也不过五十来个沉默不语的听众。

"要是三年前,上敞廊里的听众早就会嘘这位讲演的人了,"他无聊地想着。虽然讲话的人越讲越高兴,然而总的说来,非常无聊。

"私有的本能永远是真正文化珍品的创造者,就是马克思也不否认这一点。一切伟大的天才,都赞扬私有制,把它看成是文化的基础,"讲师佩利尼科夫大声说道,他右手抚摸着冷水瓶,左手还一直在摇晃,不过手里拿的已不是讲稿,而是一本绿皮小书。

"这种不负责任的批判主义会把我们引到哪儿去呢?"他问道,用右手的手指在书上弹了一下,继续说道:"这本书的名字叫《一个二十世纪人的忏悔》。作者是一个姓伊霍洛夫的人,他教导说:'在你自己的心里建立个实验室,把人类的一切欲望、过去的全部经验都在你心里进行分解。'他读完了梅特林克的《群盲》,就得出了这样的结论:整个人类都是瞎子。"

这时从上敞廊传来一些浓重、粗鲁、缓慢的话语,仿佛是从上面掉下来似的:

"不,这话不对!我们在偷窃和打架的时候,一点都不瞎。"

演讲人仰了一下脑袋,许多听众也抬起头来朝上看,大厅里发出了嘘声,仿佛是什么东西爆裂了似的,有四五个人站起来,往门口走去。

"可能闹事,"萨姆金心里想,也走了出来,忽然对演讲人产生了强烈的反感,觉得他讲得非常庸俗,玷污了某些很严肃、很重要的思想。他,萨姆金,对讲师佩利尼科夫所涉及的那些问题,可以谈出一些更尖锐的意见和更卓越的见解。特别使他生气的是:对批判主义的攻击和不恰当的、愚蠢的引证绿皮小书。

"应该看一看这是一本什么书?"他这样决定。

许多热衷于宣传、教训和忏悔的小人物,一些善于把自己的思想弄得像肥皂泡一样在表面上显得光彩夺目的无知之徒,都超过了他,跑到前头去了,一想到这些,就使他感到委屈。他走着,冻得直打冷战,默想道:

"我已经快四十岁了。这已经是多半辈子啦。从童年开始,我就被人看作是具有特殊才能的人。我一生对一些历史事件、对人物、对自己都感到神圣的不满。这种不满只能是伟大的精神力量的象征。"

这也未能像从前那样,很容易就使他的心情平静下来。

"我的一生就是一些毫无联系的偶然事件接连起来的链子,"他心里想。"正是一条链子……"

三

一连三天,他情绪异常,恼恨自己,等待着发生什么事情。法院既没有来索取玛琳娜的那些诉讼卷宗,也没有传他本人去出庭。塔吉尔斯基也没有来。

"都是些白痴,"他心里骂着,又想到,也许应该离开这座城市。

"知识分子是游牧民族。幸而我没有家眷。"

塔吉尔斯基在吃饭的时候来了,头一句话就问:

"您请吃饭吗?"

他穿了一件很像制服的、样式奇特的灰色长礼服,这件衣服使他的身材显得高了,好看了。他的情绪很好,萨姆金还没见过他这么高兴。

"我很奇怪,您怎么会跑到这个偏僻的鬼地方来,"他看着书橱里的书籍,说道。"这儿把那位检察长都变成野人了,他连维尔哈伦①和魏特肯②都分不清了。糖尿病会要他的命。省长则深信,柯罗连科是一九〇五年一切事变的祸首。中学的女校长论证说,留声机和电影机证明幽灵和阴间生活的存在,总而言之,证明有鬼魂存在。"

他回过头来,瞥了主人一眼,忽然问道:

"可是别兹白多夫的事儿,您听说了吗?"

"什么事儿?"

"他死啦。"

"什么病?"萨姆金惊慌地喊道。

"心脏麻痹症。"

"看起来他的身体是很健康的呀。"

"心脏是一个很狡诈的器官,"塔吉尔斯基说。

"死得非常奇怪,"萨姆金随口答了一句,心情依然还是那么惊慌,而且不明白为什么要惊慌。

"死得聪明,"助理检察长断然宣告说。"他这一死,左托娃一案就既合法又方便地自然解决了。他是惟一的继承人,同时也是凶杀的嫌

---

① 维尔哈伦(1855—1916),比利时诗人。
② 魏特肯(1864—1918),德国作家。

疑犯,现在他不存在了。这笔绝户财产就要归入国库,有人可能从中揩点油。有些人,对轰动一时的刑事案件,如塔里玛案、奔萨省博尔德列娃将军夫人被杀案、波尔塔瓦的斯维亚茨基兄弟讼案,抱有很大的兴趣,这一来就落空了。那些企图利用刑事犯罪制造政治案件的人,也都同样失败了。"

他用手指敲了一下书橱的玻璃,好像开玩笑似的、漫不经心地说道:

"别兹白多夫的死,对您也有好处,因为即使您拒绝为他辩护,那么您也必须出庭做证。而且,您知道吗:检察长很可能否决您担任他的辩护律师。"

"他正在拿什么来吓唬我,"萨姆金这样猜想,嘴里却问道:"为什么呢?"

塔吉尔斯基不礼貌地打了个呵欠,说他工作了一夜,直到清晨五点,说完就又胡扯起来。

"城里有这样的流言蜚语,说阁下跟那位被害的寡妇关系密切,而且您那种与世隔绝的生活,正好给这些流言添上了翅膀。说您对做一个富孀的情夫的处境似乎感到很难为情……"

萨姆金懂得,他这时应该表示愤慨,于是就勃然大怒:

"简直是胡说八道!"

但是塔吉尔斯基却一边坐下,一边像啄木鸟一样继续啄下去:

"同时,您别以为警察机关会忘掉什么事情,不会的,这个可敬的机关具有一种永恒的记忆能力。"

"您这话是什么意思?"萨姆金扶了扶眼镜,问道,其实眼镜根本就用不着扶。

"请您设想一下,有人在跟朋友闲谈的时候,对阁下在莫斯科起义期间的行为作了应有的评价。"

他把餐巾在胸前放好,解释说:

"我指的不是告密,而是指对您的称赞。"

"流氓,"萨姆金心里骂了客人一句,注视着他的脸,但是脸上的表情却是正在全神贯注地捞盘子里的醋浸蘑菇,这使萨姆金心里想:"也许他只不过是瞎说一通而已。"他竭力使自己说话的口气显得漫不经心,说道:

"我参与莫斯科起义的事,只能用地形学来解释——我的家正好夹在两座街垒的中间。"

他害怕说出什么多余的话,又补充说:

"当然,我并不是在辩护,而是在解释。"

但是塔吉尔斯基看来既不需要辩护,也不需要解释,他低下头去,正在用叉子仔细地搅拌盘子里的醋和芥末,然后就用叉子把蘑菇放在醋汁里翻来滚去,接着又斟上酒,朝主人点了点头,喝下酒,津津有味地哼哼了一声,把几块蘑菇送进嘴里嚼着,鼻子里发出呼呼的响声,把蘑菇咽下去,这时他才一边斟着第二杯酒,一边说道:

"那时我正在慕尼黑,这一……不平凡事件爆发了,各报惊呼,说这是法国革命的翻版。"

他又喝了一杯。

"简直不能相信。莫斯科?吃得饱饱的,肥肥的,孤芳自赏,土里土气,独据一方的莫斯科会闹什么革命?无稽之谈。然而竟是最严峻无情的现实。"

他往盘子里倒着菜汤,继续兴致勃勃地说道:

"我不知道布尔什维克在这幕戏中扮演了什么角色,但是我必须承认,他们是杰出的敌人……上帝保佑,让我们每个人遇上的敌人,都是这样的好汉!由于职务的关系,我有幸——我的话毫无挖苦之意!——有幸阅读了一些人的供词,还跟其中的某些人亲自谈过话。特别是跟波亚尔科夫,您记得这个人吗?"

"记得。"

"他被流放到遥远的什么地方去,为期五年。他逃跑了。布尔什维克是些意志坚强的人,这在一个人们根本没有耐心去探索是非曲直的国度里,是非常有益的。唯美主义者和高雅的学院思想的爱好者认为,列宁的政治学说粗俗不堪。但是,如果仔细、认真地去研究一下这种学说……哎呀,真是见鬼!"塔吉尔斯基中断了他的话,因为他把刚刚斟满的一杯酒打翻在桌子上了。萨姆金放下勺子,从脖子上摘下餐巾,突然觉得一点胃口也没有了,反对这个人的愤怒情绪正在沸腾。

"他在摸我的底。在说谎。在嘲弄我。蠢猪。"

"安东·尼基福罗维奇,您使我非常惊讶,"他开口说,但是塔吉尔斯基又斟满一杯,打诨地说:

"真没有料到会使您惊讶,看到您如此惊讶,所以我也非常惊讶。"

萨姆金压制着自己的愤恨,准备提一个致命的问题:

"您作为法律的代表,怎么能这样无动于衷地、几乎是赞赏地谈论一个宣传反对国家宪法学说的人呢?"

但是塔吉尔斯基把汤喝了下去,切了一块干酪,在往面包上涂黄油的时候,报道说:

"有一位莫斯科报纸的记者到这儿来了,他正在到处闻嗅:某某事儿是怎么回事,谁反对谁? 大概他也会嗅到府上来。我奉劝阁下给他吃闭门羹。这是一个姓佩利尼科夫,名叫阿尔卡什卡的人告诉我的,他是个万事通,一个像铃铛一样喜欢胡扯的人物。后补'生活导师',——有这么一种还没有在劳动局登记的职业。他出身于诺夫戈罗德的贵族家庭,他的叔父在诺夫戈罗德附近什么地方制造马桶和夜壶。"

"所有这些话都应该笑着说,或者愤恨地说,"萨姆金心里想。

"真是一个罕见的有福之人。他跟一位大主教的侄女结了婚,妻子的名字叫阿加菲娅,可是在布罗克豪斯的百科辞典[①]里说:'阿加菲娅乃圣女之名,但是否真有此女,实属可疑。'"

塔吉尔斯基像演戏似的吃喝着,满口胡说,而且越来越匆忙,萨姆

[①] 全名是《布罗克豪斯和叶夫龙百科辞典》,共八十六卷,是帝俄时代最大的百科辞典。

金简直无法插嘴提出自己带刺的问题,况且有关记者的消息已经减低了他愤怒的程度,又加强了对塔吉尔斯基怀有戒心的兴趣。他觉得这个人使他越来越糊涂了。

萨姆金对一些人物的兴致,取决于他在观察他们的时候,发现自己在多大程度上不同于这些人。他善于迅速发现和确定这个或那个人惯于用来表达自己实践经验的基本语言体系。他觉得,文学作品中的思想和形象,以及对这些思想和形象的评价最容易接受并在脑子里扎根。在这些思想和议论的基础上,他确定自己与每一个人的不同之处,并试图确立自己独立于所有人的态度。塔吉尔斯基是个矛盾的、难以捉摸的人物,但是有的时候,而且越来越经常地,在他的谈话中间流露出某些虽然被歪曲到令人难以容忍的程度,但是很熟悉的东西。塔吉尔斯基似乎也感觉到了这种难以捉摸的相似之处,而且以此来捉弄萨姆金。

这时,塔吉尔斯基已经吃完了小牛肉,像巴黎人似的,用一小块面包仔细地把盘子里的残汁擦净,放进嘴里,咽下肚去,又喝一口酒,感谢地用手掌拍了拍自己的脸颊。所有这些动作,几乎一点儿也没有妨碍他吐出响亮的话语,使人觉得,食物只要一进入他的胃,立刻就消化成了语言。他两肩往椅子背上一靠,双手插进裤袋,说道:

"您为什么住在这儿呢?您应该住在彼得堡,最坏也要住在莫斯科。请您搬到彼得堡去吧。那里我有一位好朋友,著名的律师,新斯拉夫主义者,也就是帝国主义者,爱国主义者,有点儿像白痴,总而言之(是一头畜生)。他欠我一点人情,虽然他好像已经有三位帮办,但是仍可以为您找到好的工作。去吧。"

"我考虑考虑,"萨姆金说,心里想着:"这是有人需要我离开这儿。"

随后他就问了问工作的情况:

"所谓好的工作,是指的收入不错吗?"

"哼,还能有什么别的意思呢?保护被欺凌和被侮辱的人吗,主持公道吗？这是教授们在法学院上课时讲的,但是,阁下深知,这是不可能有任何实际意义的。"

他立刻就讲了一个故事:有一位天真的法学家,给斯托雷平写了一封信,他在信里证明说,农业改革运动是由富裕农民领导的,这是一场"富农"与地主的战争,这场战争是靠贫农的力量进行的,是很有远见的;在分地主财物的时候,珍贵的细软物品都落到富农手里,一点儿踪迹也不留,但是笨重物品都搬进了贫农的院子和木屋里,这对讨伐队的官长们来说,简直是再好也没有的证据了,指出了谁是罪人。斯托雷平看了这封信,就写了个批示:"把这位幽默家流放西伯利亚,越远越好。"但是那位幽默家却在他从澡堂子里回家的路上,已经被消防队的马车轧死了。萨姆金认为这个故事也不过是那些为了揭露政府官吏的愚蠢而编造的笑话而已。

"'批判主义思想家'的老传统,"他心里想。"奇怪的是,这位居然也不免要说说这类的笑话……"

他对塔吉尔斯基的态度在这一天摇摆得特别厉害,这使他烦躁。愤恨客人的怒火还没有燃烧起来,就已经熄灭了,关于塔吉尔斯基也发现他们之间的某种相似之处而引起的不快念头,这时也让位给这样的思考:为什么塔吉尔斯基要劝我移居彼得堡呢？他已经不止一次向我表示这样的善意,但是为什么呢？这使萨姆金十分激动,脑子里甚至闪过一个念头:把问题公开说出来,正面向助理检察长提出来。

但是塔吉尔斯基通红浑浊、大概已经醉意蒙眬的眼睛可不是善良人的眼睛。萨姆金的近视眼使他不能正确判断这两只眼睛的神情。甚至连眼睛的颜色,也像珍珠一样,仿佛随着外部光线的强弱在不断变化。可是不管怎么变,几乎总有一种锋利的光芒。

"说谎者的眼睛,"萨姆金遗憾地断定,并说道:

"您今天的情绪很好。"

"看得出来吗？"塔吉尔斯基问道。"不过要知道,我根本……不是个多愁善感的人。而今天我特别高兴,因为这个案子就要归档大吉了。"

他站起来,尽力地挥了一下手,这使萨姆金不由得(想起了)一句常常用来挖苦牛皮大王的话:"可惜手太短了!"

"他太没有礼貌,简直像个大学生,"萨姆金继续观察着和掂量着他,可是塔吉尔斯基又用手掌轻轻地、温柔地拍拍脸颊,一边在屋子里打转,一边说:

"我喜欢跟人抬杠。从童年就养成这种习惯。有时候,找不到像样的对手,就自己跟自己抬。"

"我还没有见过他怎么笑,"萨姆金一面回忆,一面倾听着他那懒洋洋的话语。

"这种习惯不会使我得到什么好处。我已经是一个名誉扫地的人,我曾对斯托雷平打算逮捕国家杜马中的工人议员,随意发了几句议论。我说在我们的部里,似乎有人正在企图为不法行为涂上一层合法的色彩。因此受了警告处分。"

塔吉尔斯基停下来,拿出一支烟,沉默了一会儿,用手指头捻着香烟。

"看来他是有求于我,否则他干吗要把自己的老底全都亮给我呢?"萨姆金递给他火柴时这样想道。

塔吉尔斯基点了点头,接过火柴,香烟捻断了,他把它放进烟灰缸,把火柴装进自己的口袋,又继续说道:

"我被派到这儿来,是要考验我的头脑是否清醒,品行是否端正。但是,大概辜负了上峰的期望。不过,这个问题我已经说过了。"

他坐到桌边,又沉默了一会儿,从容不迫地抽着烟。

"我打算退休。不过,我不想跟你们律师去掺和——跟一伙……职业自由主义者鬼混,请原谅,我会很不舒服,我宁愿去为私人效劳。到工业部门去。到乌拉尔,或者外乌拉尔的什么地方去。您到过乌拉尔吗?"

"没有。"

"太可惜了,"塔吉尔斯基叹了一口气,开始描绘乌拉尔的美丽风光,讲得很有诗意。这时言谈中那种揶揄的言词和口气不见了,但是萨姆金却警惕地等待着,认为一定还会重新出现。客人唠叨不休的谈话使他生气、厌倦。主人认为他讲的一切都是假话,只是谈某个重要问题的序言而已。萨姆金忽然想起了一个问题:

"如果我处在他的地位,态度会是什么样呢?"

这个问题使他感到突然,也使他很不高兴,于是萨姆金立刻把它抛开,严厉地对自己说:

"我们之间没有任何共同之处。"

可是塔吉尔斯基时而吸口烟,时而拿香烟打着手势,在空中画出淡蓝色的烟圈,说道:

"真正的西伯利亚人,思想比较简单、严肃,而且在顺利地确定着自己在生活中的地位。那里没有可以产生托尔斯泰主义者、各式各样的忏悔者,一句话,空谈家的土壤。那里的人都懂得,既然生活的基本法则是竞争,那么任何人都有权不择手段地、残酷地去进行斗争。"

"嗯,"萨姆金嗯了一声。

"是的,是的,他们懂得!"

现在塔吉尔斯基的话题已经从风景画转到风俗画了,萨姆金对他的谈话就更加注意,而且目的也更为明确:否定他们在思想上有什么共同之处的想法,发现和证明他们的不同之处。

"'我母犯罪而生我',那就去惩罚她吧,而我是一定要犯罪的,"他听到塔吉尔斯基说。"可是昨天阿尔卡什卡·佩利尼科夫……"

"他还在这儿?"

"是的。他到这儿来,与其说是为了进行启蒙教育,倒不如说是为了参加他妹妹的婚礼,是个大学生,嫁给了本城首富叶多科夫,或者是叶兹多科夫……的儿子。"

"伊兹韦科夫的儿子,"萨姆金纠正说。

"就算是他吧,如果这样会更糟的话,"塔吉尔斯基说。"就是这位阿尔卡什卡,在喜宴之后,对一群醉醺醺的商人说出了自己心底的话,在拉祖瓦耶夫①之流面前,大肆发挥了他那篇未来的讲稿《作为行动指南的宗教》的主题。他根据梅列日科夫斯基在'宗教哲学会议'上的报告,历数了托尔斯泰的反宗教、反科学和反艺术的罪行,还提醒托尔斯泰不要忘记自己的声明,以便'拉紧套在老头子脖上的涂满肥皂的绞索',并且解释说,所有这一切,都是因为托尔斯泰的良心出了毛病。良心。接着,又热情奔放地说,他深信,俄罗斯不可避免地要建立神权国家,总之,鬼话连篇。"

他站起来,想把烟头塞进烟灰缸去,却把烟灰缸碰翻了。

"他醉啦,"萨姆金断定。

"但是那些商人聆听他的讲话,好像他在给他们讲财政部的动态似的。当然,无知之徒的惊异是不足为奇的,但是知识分子却吓成了什么样子,萨姆金,啊?"他咧开了嘴,露出黄色的牙齿,问道。"我说的不是阿尔卡什卡,他是个傻瓜,傻瓜们是什么都不怕的,我们从童话里就已经知道的了。我是就整个知识界而言的。都吓坏了。文学家们的哀号多么凄惨啊?"

他从背心口袋里掏出怀表看了看表盘,又懒洋洋地说下去:

"陀思妥耶夫斯基认为知识分子,包括托尔斯泰在内,最突出的特点,就是那种压抑、孤僻的俄罗斯智慧形成的、热狂激愤的爽直性格。真是胡说八道。这种爽直性格在哪儿呢?如果说什么时候曾经表现出这种爽直性格的话,那准是吓出来的。知识分子们一旦受惊,拔腿就跑,朝'目光所及'的地方直奔而去。这就是一切。"

他站起来,摇晃了一下。

"好吧,我说得太多啦……够啦。足够听半年的啦,啊?"他问道,啪的一声把表盖合上。"您是一位极为理想的……听众!您这是借沉默来隐蔽自己,还是借以表示自己的鄙视呢?"

---

① 是谢德林《给姑妈的信》、《在国外》等一组特写中的人物。后来成了贪得无厌、残暴成性的地主、富农的象征。

"您讲得非常有趣,"萨姆金回答。塔吉尔斯基走到他紧跟前,说了几句十分意外的话:

"也许,我比起那些人来,更像一个演给自己看的演员,我说的那些人,也包括果戈理、陀思妥耶夫斯基和托尔斯泰等在内。"

他又露出了黄牙。

"这很不好,我知道。如果一个人拼命地孤芳自赏,那就很不好了,因为有一个问题在使他惶惶不安:我是不是个傻瓜?于是就会逐渐领悟到,如果不是傻瓜,那么这种自己耍弄自己,为了自我的表演会使一个人比原来更坏,您理解这是怎么回事吗?"

"不十分理解,"萨姆金说。

塔吉尔斯基摇了摇手,说道:

"我不相信。您是理解的。请您到彼得堡来吧。我郑重地奉劝您。这儿太偏僻。明天我就走啦……"

他丢下萨姆金走掉了,克里姆感到了一种从未经历过的沉重疲劳,是塔吉尔斯基弄得他心情紧张,把他折磨成这样的。他一头倒在沙发上,合上了眼睛,片刻间,心里什么也不想,玩味着这些突然听到的字眼的涵义:"演给自己看的演员","自己耍弄自己的游戏"。随后记忆就依次迅速地重温了塔吉尔斯基在三次访问中所说的每一句话,萨姆金试图使自己平静下来:

"这一点是正确的:他是个演员。是演给自己看吗?当然不是,他是演给我看,是耍弄我的。而且可以耍弄随便什么人,只要他觉得有趣。为什么对耍弄我感兴趣呢?"

那个圆滚滚的、结实的体形几乎是可以用手触到似的在他眼前浮动,粉红色的手,短短的手臂,用手掌温柔地摩挲脸的姿势,胖鼓鼓的、表情呆板的丑脸。还有那两只醉意蒙眬难看的小红眼睛。

"完全是丑角的体形和脸谱,但是并不觉得他身上有什么可笑的地方。他很凶恶,而且毫不掩饰这一点。他是个危险的人物。"但是萨姆金把自己的印象检验了一遍之后,不得不承认,他很欣赏此人身上的某些东西。

"我遇到过许多这类的空谈家,有时他们会引起我一种类似羡慕的感情。我羡慕什么呢?羡慕那种善于把一切思想矛盾串联起来,并用自己独有的光华去照耀它们的才能。实际上,这是对于思想自由的迫害,而羡慕迫害——这太愚蠢了。但是这个人……"萨姆金对自己的发现感到一种很不愉快的惊奇,但是对于塔吉尔斯基想得越多,就越觉得他喜欢这个饭馆老板的儿子。"喜欢他哪一点呢?第一代知识分子吗?他那喜爱抬杠的怪癖?凶恶的性格?不是。这都不是。"

至于"演给自己看的演员"以及"耍弄自己的游戏"这些话,他没有想起来。

萨姆金一向不习惯于反复思考那些使他心烦的思想,所以很容易就把它们忘掉了。但是对塔吉尔斯基的印象却记得非常牢固,他很高兴地反复检查这一堆混乱的回忆,深信塔吉尔斯基比柳托夫和其他一些喜欢五花八门的闲谈的人,在他心里留下了更多的东西。

四

在最近这几天中,他感到,的确不应该再留在这个城市里了。情况很明显:本地律师界,而且好像还有某些居民,对他的怀疑、仇视越来越厉害了。他们跟他相遇时,一面脱帽致意,一面又觉得他仿佛不配享受这种敬意似的。有一位从前常常到他家里来玩牌的帮办律师,竟冷淡地拒绝了他的邀请。古吉姆在法院的走廊里遇见他的时候,干咳了几声,问道:

"从彼得堡来的那个检察长,您早就认识吗?"

"是的。"

"噢!今天的天气真冷啊!"

"哼,见你的鬼吧,老混蛋,"萨姆金心里骂道,冷笑了一声:"一定是塔吉尔斯基真的把他们搞得很不舒服。"

他根本不把这些人放在眼里，免得过分怨恨他们，但是他们却咄咄逼人地要他明白，他在这个城市里是个多余的人。那些法官更是有意跟他为难，几乎每天都指定他给一些琐碎的刑事案子当辩护人，而把他承办的一些民事案件却拖着不予审理。这一切迫使他不得不挑出一些衣服、家具和无用的书籍去变卖。有一天晚上，他站在堆集在饭厅里的物品中间，双手插进口袋，心里朗诵着：

　　我是神秘世界的上帝，
　　整个世界都在我的幻梦里。

这两行诗又自然而然地引出了另外几行：

　　有什么东西能妨碍
　　我按自己的游戏法则，
　　去建造我如意的
　　大千世界？①

这时候，萨姆金想起了叶洛尼姆·波修的画所表现的世界，随后又想到，费奥多尔·梭罗古勃是个优秀的诗人，然而却是一个"被俘虏的思想家"，他成了人生是空虚的和毫无意义的这种思想的俘虏。

"由于思想上被俘，所以他的才能受到束缚，他总是唱老调，他的诗变成充满理性和逻辑的枯燥的东西。我要把这个评价记录下来。而且应该把陀思妥耶夫斯基的《群魔》和《小鬼》②作一比较。我该动手写一本书了。书名为《生活与思想》。论述思想对生活的迫害的书还无人写过，这将是一本论述生活自由的书。"

---

① 引自梭罗古勃的诗《不是我建造的围墙》。
② 梭罗古勃的作品。

但是萨姆金这时候皱起了眉头,因为想起了伊万·卡拉马佐夫①曾经说过:"应该首先热爱生活,其次才是逻辑。"

"我要再次提醒,人有权为自己而生活,并不像契诃夫之流以及其他文坛的追随者们宣扬的那样,要为未来而生活,"他往书房走的时候,心里这样想着。"赫尔岑在四十年代就嘲笑过那些认为生活是通向未来的阶梯的实证论者。契诃夫和他那美好的生活将要在二三百年后实现的诺言,声名狼藉的高尔基和他那天真的见解,什么'人是为了美好的未来而生活的呀','人这个字听起来多么令人自豪呀',——所有这些人都是奥古斯特·孔德陈腐的实证主义的宣传者。这种理论发展到马克思主义,它那更加荒谬的极端性……"

萨姆金哆嗦了一下,觉得身旁站了一个人。然而这是他自己,映在冰冷的镜面上。两只因为眼镜玻璃而显得模糊的思想家的眼睛聚精会神地看着他。他眯缝起眼睛,它们就显得正常些了。他摘下眼镜,擦着镜片,又想起了那些保证建立"世界和平和人间善意"的人们,后来,无意中记起曾经有人——尼采?——把人类叫作"下贱的多头毒蛇",他坐到桌边,开始把自己的思想写下来。

---

① 陀思妥耶夫斯基《卡拉马佐夫兄弟》一书的主人公之一。

第十章

一

几天之后,他坐在二等车里,钱包里装着三百八十三个卢布,两只随身携带的皮箱,还有一只已当行李托运。他坐在车里想着:

"如果我的钱被偷走,或者我把它丢了,到彼得堡我就要沦为乞丐了。"

他感到心灰意冷:活了差不多四十年了,其中有十年是在做律师工作,可是仅仅攒下了这点钱。更可悲的是,竟不得不卖掉装潢精美的五十本贵重书籍。

他坐的二等车车厢里,乘客并不多,佩利尼科夫熟识的声音,透过火车钢铁的轰隆声,像潺潺的溪水一样传来:

应当彻底恢复世界的清白,
这样才能够生活。

讲师清楚地、铿锵有韵地朗读着诗句,可是一个发怒的旅客用低沉的声音喊道:

"这是怎么的,洒了香水吗?呛得简直喘不过气来啦!"

阵阵火腿、黑鞋油和烤肉的气味交替着在车厢里飘荡,窗外暮色苍茫,雪丘和黑乎乎的树丛掠过车窗向后移去,一些树枝子摇晃着,仿佛要鞭打火车似的,萨姆金背后,有人在咳嗽,拼命地往外咳痰,忧郁地说道:

"印古什人一个被打死,另一个被打伤,其余的三个把受伤的人抬进城去,送进医院,也都失踪了……"

"太太,"佩利尼科夫得意地叫道。"究竟,究竟您怎样来解答这些问题呢?生活的意义是什么呢?是神呢还是人呢?"

萨姆金的对面躺着一个长腿的人,脸朝上,闭着眼睛,留着尖尖的火红色小连鬓胡子,两只手放在后脑勺下面。佩利尼科夫的叫声把他吵醒了,他把双脚放到地板上,坐了起来,两只浅蓝色的眼睛惊慌地看了看萨姆金的脸,就急忙跑到过道里,好像是去援救什么人似的。

"正是在这方面发生了分歧,"佩利尼科夫喊道。"放弃我们以基督教教义为基础的精神文化,以利于接受彻底唯物主义的野蛮文化,我们是放弃还是不放弃呢?"

忽然香水的气味把各种恶臭压了下去,一阵费力的咳嗽和一句说得非常响亮、严厉的话,把佩利尼科夫的讲话压倒了:

"用鞭子抽不行,应该把手砍掉,砍掉手!"

"哼,那麻绳领带也够吓人的了……"

"那么损失呢?谁赔偿我的损失呀?"

佩利尼科夫得意的尖细声调又回荡起来:

"你们都相信知识是可靠的吗?而且这与科学知识有什么关系呢?没有什么科学的伦理学,也不可能有,而全世界正在渴望的伦理学,只能是形而上学创造的那种伦理学,是的,您哪!"

"一片混乱,"萨姆金想,觉得有许多无聊的思想正在毒害他,蛮横地要挤进他的头脑。"一片混乱……"

不久之前,他还很喜欢听听人们乱哄哄的谈话,他相信,喜欢信口开河的火车乘客、饭馆里的食客,能用他们真正的生活真理和知识丰富他的思想,使那些干巴巴的书本语言体系变得有血有肉。但是现在他觉得头脑里塞满了别人的知识,弄得心烦意乱,而且他认为,现在已经到了把耳闻目睹和亲身经历的一切,牢固地组织进自己独特的语言体系里的时候了。但是就像风穿过关得不严的门缝、窗缝吹进屋子里一样,一些已经多余的、不必要的,但又似乎是陌生的东西,拼命在往脑子里钻。他又想起,佩利尼科夫举着绿皮小书遮住他那红润的脸,朗读道:

"我曾在盲人院里看到一些瞎子,看见这些不幸的人向前伸着两只手,却不知道往那里迈步的样子。但是整个人类是否也都是这样的瞎子,是否也都是摸索着在世界上走路呢?"

"我知道,我该往哪儿走,我知道,我想干什么。"萨姆金对自己说。

留着火红小连鬓胡子的那个长腿人出现在过道里,一个裹着灰色披巾的胖女人仿佛在推着他走。

"你明白吗?"她小声地,然而却非常清楚地用低音问道。"就在党的中央。"

"很难相信,"萨姆金的邻座嘟哝说。

"真的,真的!在党中央有一个奸细①。这是事实!"

她用手推开那个长腿的人,往车厢尽头走去,他踉跄了一下,咬住嘴唇,坐到萨姆金对面,茫然地朝他的脸看了片刻。

"他马上要开口说话啦,"萨姆金想,但是这时候列车员走了进来,点上蜡烛,窗外变得一片漆黑,当啷响了一声,准是有人把茶壶掉在地上了。后来车厢里就安静下来,讲师刺耳的声音更加清楚地响起来:

"在这个社会意志咄咄逼人、吵得你耳聋眼花并限制我们的'自我'自由发展的时代,问题已不再是个人意志与社会意志如何和解了,而是还有必要和解吗?"

"借个火用用,"萨姆金的邻座可怜地向列车员请求道;在他笨拙

---

① 指阿泽夫。

地点烟的时候，萨姆金一翻身，脊背朝着他，在铺位上伸直了身子，觉得怒火中烧，真想用手绢去堵住佩利尼科夫的嘴。

二

萨姆金到达彼得堡的时候，正是寒冷、晴朗的早晨。沙皇亚历山大铜像的帽子和粗壮的肩膀上，一层白霜在闪闪发光，海军大楼的塔尖仿佛被烧得通红，直指着惨白的、冬日的太阳。他参观了几天博物馆，晚上坐在剧场里，感到自己独立于这个大城市的芸芸众生之外，颇为悠然自得。绘画、古物，绚烂多彩，巧夺天工，赏心悦目，也使他感到一种愉快的倦意。演员们在舞台上说些有关爱情和人生的耐人寻味的轻松台词。

"应该找工作去，"他一面提醒着自己，一面仍在埃尔米塔日博物馆的无数展览厅里徘徊，观赏各种陈列品，这使他高兴，因为所看到的东西既不会提出问题，也不要求回答，对于它们，你怎么想都可以，或者根本不去想它们。克里姆·伊万诺维奇·萨姆金轻松愉快地思考的不是艺术问题，而是生活，他度过的这段生活，不但毫无损失，反而使他的信心越来越大，认为他的生活道路不仅是正确的，而且是英勇的，但是他不善于，或者是不愿意，也许简直是害怕去揭露许多事实的内在意义，发现它们的共同性。他常有这样的感觉：思想的共同性，甚至思想的相似性，都是对自己的侮辱和贬低，把他的思想降低为千篇一律的东西。他个人的生活实践，现在还不具有独创的形式，但是必然会达到的。他，克里姆·萨姆金，早在童年时代，就是公认的才子，这一点他没有忘记，而且也不能忘记，因为他没有见过比他更伟大的人物。绝大多数人都是不学无术之辈，醉心于吃喝、繁殖后代和积蓄财富之类的庸碌琐事，另外一些人凌驾于这些人之上，或者混迹于这些人之中，因为他们掌握了这种或那种语言体系，就自称是保守派、自由派和社会主义者。他们又分裂成无数的小派别——民粹派，托尔斯泰主义者,无政府主义者,以及其他等等的派别,但是这不仅没有给他们增加光彩,反而使他们变得更加渺小,更加无聊。使自己加入这些人物的任何一派,接受他们的教条,这就要束缚自己的思想自由。萨姆金伫立窗前,吸着烟,感到越来越烦恼,这种情绪急不可待地催他到什么地方去。窗外的雪越下越紧,浅蓝的香烟烟雾在窗玻璃上爬着,呛得眼睛和鼻孔都很不舒服,萨姆金一动不动地站在那里,等待着某种不平凡的、纯属他自己的、别人谁也不知道的新思想的诞生,这种新思想一旦诞生,他就会感到浑身充满了驾驭乱世的力量。

"当然,任何教条都有一定的内容,但是教条主义必然是对思想自由的束缚。柳托夫这个人是反对教条主义的,但是他对生活感到恐怖,终于成了这种恐怖的牺牲品。惟一的一个独立自主的人就是玛琳娜。"

但是他站累了,便坐到圈椅上,然而这种自由的、万能的新思想并没有诞生,而烦恼却有增无减,气得他决定到瓦尔瓦拉那里去。

寒冷,漫天白雪;他坐的马车缓慢地走了很久,耳边响着沉重的、湿漉漉的马蹄声和胶皮车轮碾过木块马路的沙沙声,潮湿的雪花沾在眼镜片和面颊上,但是所有这一切也未能使他的心情平静下来。

"我去干吗呢?愚蠢……"

但是当瓦尔瓦拉从圈椅里站起来,摇晃了一下,赶紧扶住椅背,用微弱的声音惊慌地说出下面这些话的时候,他感到于心有愧了:

"不行,不行,别过来,就坐在那边吧,离我远点儿,我怕传染你。我患了流行性感冒……或诸如此类的病。"

他问了问她的体温,请医生的情况,说了几句在这种场合照例要说的话,安慰一番,仔细观察了瓦尔瓦拉的面容,心里断定:

"是的,她的病很重。"满脸红晕,好像火烤的一样,浅绿色的眼睛令人不舒服地闪着光芒,说话的声音高亢,尖锐刺耳,仿佛很惊慌似的,干咳声中夹杂着哑音。

"我总在喝茶,"她把(脸)藏在火壶后面说道。"让水去沸腾吧,反正不是血。你知道,我是个胆小鬼,一生病,就担心我要死,'我要死'这几个字,多么难听,简直不像俄语。"

"你的身体还不错么,"萨姆金说。

"不,"她反驳道,"我的身体很不好,很久了。一位妇科教授说,我的生命已细若游丝。他还说,那次堕胎不会不留痕迹的。"

"开始翻旧账啦,"萨姆金憎恶地想,也没有请求她的允许,就抽起烟来,瓦尔瓦拉伸过手来,说道:

"也给我一支。"

抽着烟以后,她咳嗽得更频繁了,但是这并没有妨碍她说话。

"他是一只讨厌的、柔软光滑的公猫,高傲而又没有心肝的家伙,"她报复地咒骂了那位妇科教授一阵,但是,大概觉得这样骂还不够,就又补充说:"一个托尔斯泰主义者,道学家,清教徒。有些特殊的人物在利用托尔斯泰的道德思想……信仰邪恶和冷酷的神灵。还有像诺盖采夫那样的骗子。你可千万不要相信诺盖采夫,这是个贪婪的无耻之徒,简直是个坏蛋。"

"我觉得你说得很对,"克里姆同意说;她把头连点了两次。

"很对,很对,我知道……"

看着她那两只手,就越来越令人不舒服了:精心修剪的尖指甲闪耀着粉红色贝壳的光泽,两只手不停地、急躁地乱动着,忽而去拿茶匙、糖夹子,忽而去拿茶杯,忽而又不必要地去整整橘黄色的缎子睡衣,发出窸窣的响声,要不就去摸摸彤红的耳轮和乱蓬蓬的头发。这些动作吸引了萨姆金的全部注意力,他竟没有去看她的脸。

"多么可怕的城市!在莫斯科什么都是那么纯朴……天气也温暖。猎人市场,艺术剧院,麻雀山……可以从远处眺望莫斯科,我不知道能不能站在高处眺望彼得堡,有可能吗?这么一座扁平、巨大的石头城市……你知道吧,斯特拉托诺夫说:'我们政治家,就是要把木头的俄罗斯变成石头的俄罗斯。'"

"她怎么啦,是在说胡话吗?"萨姆金想,环顾了一下这个乱糟糟的、挂着厚重帷幕的小房间；这里的药味非常强烈，连烟味都闻不见了。

"我想，任何地方，都不会像这里似的使人感到如此孤独难忍，"她匆忙地说。"唉，克里姆，孤独是多么折磨人呀！革命加剧了人们的孤独感……许多人因此变成了野兽。那些在战争中进行抢劫的人叫什么啦？……在大战之后？"

"趁火打劫的土匪，"萨姆金提了一句。

"对啦，就是这样的土匪……"

"这你已经说过了，"他提醒说。

"这太可怕啦，克里姆……"她用咝咝的耳语声说。

"她的病情严重，"他担心地想，注视着她那两只手的痉挛动作。"好像要跌倒，或者要淹死了。"他这样比拟，而这个比拟使他更加担心了。瓦尔瓦拉的话也越来越含糊不清：

"你当然知道我曾迷恋过斯特拉托诺夫。"

"不，我不知道，"萨姆金说，但是立刻就意识到，没有必要讲这句话。但是总得说点儿什么吧？

"你这是出于礼貌，"瓦尔瓦拉气喘吁吁地说。"唉，斯特拉托诺夫简直是一头下流、粗暴的畜生……共济会会员。坏蛋……是那些有钱女人的……而你是由于骄傲。你是那么纯洁、高尚。你有勇气……敢于跟生活对抗……"

她忽然沉默不语了。萨姆金站起来，看了她一眼，吓得立刻挺直了身子，她的身影失去了本来的样子，瘫软在圈椅里，脑袋软弱无力地垂到胸前，可以看见一只半闭着的眼睛和奇怪地变得紫黑的面颊，一只手放在膝盖上，另一只奄拉在圈椅的扶手上。

惊骇使萨姆金产生的第一个念头是："赶快走！"第二个念头是："请医生！"

他跑到过道里，找到一个仆役，问他：旅馆里有没有大夫？仆役回答说，正好有一位大夫：今天刚从国外回来的马卡罗夫大夫就住在三十二号房间。

"请他来。"

"大夫老爷出去啦。"

"打电话另请一位,快去!"

一位小脑袋光秃秃的、很有教养的绅士拦住萨姆金,低声建议他叫一辆"救急车"来。

"您必须承认,这很不妥当!或许是什么传染病。"

"是的,当然啦!是的,是的,"萨姆金同意说,又回到瓦尔瓦拉房间里,发现她正坐在地板上,两手撑住地板,背靠在椅座上,头高高地向后仰着。

"我本想站起来,可是摔倒了,"她用微弱的声音说,眼睛里流出了眼泪,嘴唇在哆嗦。萨姆金把她搀起来,扶到床上躺好,自己也坐在旁边,摩挲着她的手掌,竭力不去看她那孩子般动人的、仿佛带着负疚表情的脸。

"我觉得不好受,克里姆,"她声音低微、可怜地说。"我觉得很不好受。喘不过气来。"

"马卡罗夫在这儿呢,"萨姆金说。"你记得马卡罗夫吗?"

她肯定地点了点头。

"记得。美男子。"

他也觉得很不好受,感到屈辱。感到屈辱的原因,是他竟束手无策,帮不了她的忙,也说不出一句安慰她的话。但他毕竟还是说道:

"别丧失勇气。意志的力量比什么药物都更有功效。"

但是瓦尔瓦拉拼命地吸着气,嘟嘟哝哝地说:

"公证人捷林斯基那儿有一份遗嘱。我把全部财产都遗赠给你……你别生气,克里姆。我的朋友,你需要。你是个高尚的人。房产和全部……"

"这些琐事,"他说。"你不要说话,好好休息。"

"你把所有的东西都卖掉。金钱就是自由,亲爱的。钱在钱包里、皮包里、皮箱里都有。啊呀,我的天!……莫非……不,莫非我……熄掉床头上的灯……太刺眼睛。"

她哭起来,呼吸越来越短促,而萨姆金觉得自己的呼吸也很急促、困难,仿佛房间的四壁正在收拢,把空气排挤出去了,只剩下些令人窒息的气味。时间过得那么慢,仿佛是要停下来似的。在令人窒息的气闷、昏暗中,瓦尔瓦拉梦呓般的话语变得越来越艰难,越来越上气不接下气:

"你记得那个音乐家死的情形吗?我们坐在花园里,烟囱顶上冒出一股股银色的烟雾……空气。那只是空气吗?是吗?"

"是的,只是空气,"萨姆金肯定地说,心里却想,也许,我应该说:"不知道。"

"斯特拉托诺夫……坏蛋!打我的肚子……像马车夫那样。"

有人走进房间,萨姆金站起来,从帷幕缝里窥视了一下。

"我是马卡罗夫医生,"这个人穿着一身很时髦的黑衣服,脸刮得光光的,两撇胡子剪得短短的,相貌很像军人,用异常熟悉的声调,生气地对他说。"马卡罗夫,"他又比较温和地重复了一遍,冷笑了一声。

"这是库图佐夫,"萨姆金心里想,默默地用手指着床。"他是冒用马卡罗夫的护照回国的。做地下工作。幸亏我没有跟他寒暄。"

那位很有教养的人站在门口嘟哝道:"救急车马上就来,"并问道:"您是萨姆金夫人的亲属吗?"

"是她的丈夫。"

"请问您住在哪儿?!"

克里姆说出了旅馆的名字。

那人恭恭敬敬地鞠了一躬就走了出去。

"我居然……碰得这样巧!"库图佐夫悄悄地说,从帷幕后面走出来,眯缝着右眼,用手掌摸着下巴颏。"我不能拒绝:真是自作自受。这是尊夫人吗?"他耳语说。"是这样:我不仅护照上的职业是医生,而且在流放期间,确实也曾多少干过这一行。我看:她害的是肺炎,而且是格鲁布性的肺炎,这病可不是闹着玩的。您懂吗?"

于是他凑到克里姆跟前,建议说:

"让我们先说定:最好我们装作并不认识,是不是?"

"是的,"克里姆回答。

"对。有一个马卡罗夫是您的朋友。不过这个姓并不罕见。顺便告诉你:大概他也已经从别的地方越过了国境。好吧,我要走啦。很想跟您谈谈,怎么样?您不反对吧?"

"不。等把她送走以后吧。"

"太好啦。"

库图佐夫走了,可是萨姆金倾听着瓦尔瓦拉咳嗽声里夹杂着的零碎话语,心里想:

"我为什么要答应他呢?"

"他用酒灌我……就像灌一个妓女,"他走到床前时,听见她这么说。

瓦尔瓦拉嘎哑地对他喊道:

"这是谁呀?你?滚开!"

"这是我,克里姆,"他弯着腰对她说道。

但是她已经认不出他来了,两只手总在惊惶不安地摸索着胸膛、睡衣和枕头,鼻子里发出短促的鼾声,重复地叫着:

"滚开。野兽……"

三

又过了五分钟,这期间她已沉默不语了,直到护士抬着担架进来,把她抬了出去,这时她那紫黑的脸上,两只似乎含有恶意的绿色眼睛,闪着令人不快的暗淡光芒。

"她要死啦!"萨姆金断定。"当然,她要死了,"等到只剩下他一个人的时候,他又重说了一遍。令人厌恶的"死"这个字,就像秋天的苍蝇一样，妨碍他的思路，使他心烦。那位有教养的、长着两条小短腿的、圆滚滚的、小脑袋像台球一样光亮的绅士，驱散了他的哀思。这人像小猫似的悄悄走进来，小声说了一段简短的话：

"根据法律，我们必须通知警察局，因为什么事情都可能发生，而且病人留有财物。不过，请原谅，我们经过调查，证实您是她的合法丈夫，似乎一切都没有什么问题。不过为了万无一失，您应当送给派出所副所长五十卢布……免得他们来找麻烦，他们是很喜欢来这一套的。况且都是惊弓之鸟，非常时期……"

萨姆金身上有一张一百卢布的票子，还有二十卢布的零钱。他把那张一百卢布的给了他。

于是这位有教养的绅士就用幸福的细嗓音声明说，这间屋子要消消毒，并建议把瓦尔瓦拉的遗物搬到另外一间屋子里去，如果萨姆金先生愿意住在这里的话，那么旅馆方面是非常欢迎的。

他走了。

"坏蛋，大概是个奸细，"萨姆金厌恶地想，立刻又想到，在人生的悲剧中，穿插些日常生活的情节，不仅是自然的，而且可以暂时中断悲惨事件的发展，使人比较容易地熬过它们带来的灾难。随后他记起，这种想法是他在巴黎报纸的一篇剧评文章中读到的。接着他就陷入了对实际问题的沉思。

"库图佐夫想谈些什么呢？应该不应该跟他谈呢？跟他会面并不是没有危险的。马卡罗夫这家伙是在冒险……"

他打开窗上的通风小窗，嘴里叼着烟，便在屋子里踱起来，发现瓦尔瓦拉的一只金表放在镜台上，他拿起表来，在手掌上掂了掂。表是他送给她的礼物。这在收拾屋子的时候，会被偷走的。他把表放进裤袋里。随后，朝镜子里自己心事重重的样子看了一眼，就打开了手提包。提包里有一个粉盒，一副手套，一个笔记本，一瓶泻盐，一支薄荷绽，一只金手镯，七十三卢布纸币，一大把银币。

"她喜欢银币，"他想起来。"如果她死了，我还没有足够的钱安葬她呢。"

瓦尔瓦拉在遗嘱里把房子赠予他这件事并没有使他十分感动和惊异,因为她没有别的亲属。他,萨姆金,是惟一的继承人,根本用不到什么遗嘱。

他坐下来,把一只四角镶着氧化银的、精致的手提箱放在膝盖上打开。手提箱里有一个化妆匣,化妆匣盖上的袋子里有一只贵重的皮包,皮包里装着些什么文件,在皮包的一格里放着九张一百卢布的纸币,他把这些一百卢布的纸币塞进自己上衣里面的口袋里,把那七十三个卢布放到原来放一百卢布纸币的地方。他机械地做着这一切,并没有考虑:需要还是不需要这样做呢?他边做,边想:

"她交游甚广,但是我仍然是她心目中最卓越的人物。这是她的初恋。有人说:'初恋是毕生难忘的。'说实在的,我跟她断绝关系,并没有充足的理由。我们的关系之所以恶化……是因为周围的一切都恶化了。"

有一分钟之久,他诚实地在检查:过去是否有什么事情可以使瓦尔瓦拉怨恨他呢?但是什么也没有找到。

在他重新点上一支烟的时候,一阵沙沙的响声使他想起了口袋里的纸币。萨姆金四面看了看,周围的一切既肮脏,又不舒服,充满令人窒息的气味。进来了两个侍者和一个女仆,他吩咐他们说:他到三十二号房间的医生那里去,如果医院里有电话来,到那里去找他。

库图佐夫没穿上衣,解开背心,坐在桌前的火壶边,手里拿着报纸,沙发上和地板上也都是报纸,他站起来,用脚踢开报纸,把一只沉重的圈椅轻捷地挪到桌子前边。

"拉走了吗?"他一边问,一边打量着萨姆金的脸。"我正在捧读祖国的报纸呢。满篇都是疯疯癫癫的胡言乱语和自由主义知识分子为搪塞当局而大谈风月的文章。而最重要的问题却是斯托雷平式的农庄和工业界想把外国资本家要买的一切东西赶快卖出去。可是那些外国资本家并没有打瞌睡,甚至正在闯进莫斯科最有根基的工业——

纺织工业。总而言之是个杂技场。您可是显老了,萨姆金。"

"您倒不显老啊,"萨姆金回答。

"政府对我是非常关心的,送我到遥远的北方去休养,整整休息了十四个月。虽说并不十分舒服,不过精神上是非常有益的。后来我就逃往国外。"

库图佐夫说话的声音很低,和往常一样,紫色的眼珠里流露出嘲讽的笑意。剃去胡子的、有点粗野的相貌显得更刺眼,更容易使人记住了。

"看到列宁了吗?"萨姆金给自己斟着茶,问道。

"当然。"

"他怎么样,思想还依然如故?"

"依然如故,甚至更激烈了。一位卓绝的老人。有时候很难同意他的意见,但是你蹦跶一番之后,还是要同意他的说法。他透过现实中只有他能看到的缝隙观察未来。斥责起你们这些知识分子来,劲头十足……"

"为什么要斥责呢?"

"为了孟什维主义和其他各种牌号的自由主义。卢那察尔斯基和波格丹诺夫在这里发表了些荒诞不经的东西吧?"[①]

"我没有看过。"

"伊里奇说,他们是用资产阶级思想来琢磨社会主义,他们认为应该把社会主义加以改善。"

库图佐夫站起来,两只手插进口袋,往门口走去。克里姆发现这个人的身材似乎变得更匀称,更敏捷了。

"瘦了。或者是因为衣服的关系。"

而库图佐夫回到桌子跟前,不像通常那样咄咄逼人,而是有点枯

[①] 指一九〇八年在彼得堡出版的卢那察尔斯基和波格丹诺夫等人的论文集《马克思主义哲学概论》。列宁在《唯物主义与经验批判主义》一书中彻底批判了这些人的观点。

燥地谈起来：

"关于知识分子的道路问题是很清楚的：要么跟资本家走，要么反对资本家，跟工人阶级走。知识分子想在阶级斗争的风浪中脚踩两只船，在进步与反动之间当和事佬，这是徒劳无益的，而且对他们来说，这是个非常危险的角色……也是非常可笑的。伊里奇认为：正是由于知识分子已经感觉到这是徒劳无益的，而且大概已经模糊地意识到这种立场的灾难性后果，所以今日的文坛才充满了垂死的哀号。分析得非常正确。我读过安德烈耶夫、梅列日科夫斯基和其他一些人的作品，天晓得，他们怎么会不感到害臊呢？简直像受惊的孩子一样……"

他弯着腰，目不转睛地看着萨姆金，压低声调问道：

"听我说，您曾是左托娃的法律顾问，那究竟是怎么回事儿？她真是被杀死的吗？"

于是他重复说着克里姆那些简短、谨慎的回答，提出了一连串的问题：

"被什么人打死的？她的外甥是嫌疑犯。动机呢？是个傻瓜。这还不足以构成行凶杀人的理由。她虐待他，啊哈！这很像她的为人。外甥又怎样啦？死在监狱里，嗯……"

"他认为自己有权以法庭检察官的口气来审问我，"萨姆金这样想，并回答说：

"我觉得他是被毒死的……"

"简直是一部刑事犯罪小说。您不喜欢这类作品吗？我很爱看柯南道尔[①]的作品。这是一种逻辑的游戏。虽然并不高明，但是却很有趣。"

说这话的时候，他用手指揉着下巴，直呆呆地盯着萨姆金的脸，那副紧张样子使人觉得，这个人心里想的并不是他正在观察的对象。他

---

① 柯南道尔(1859—1930)，英国作家，《福尔摩斯侦探案》的作者。

的瞳仁变黑了。

"肮脏的勾当,"他小声地说。"如果是被人杀死的,这就是说她妨碍了什么人。傻瓜在这里是个多余的人。资产阶级可不是傻瓜。不过,傻瓜当然也可以起某种机械的作用,傻瓜的用处正在于此。"

萨姆金摘下眼镜,擦着眼镜片,低下头去。

"差不多有两年工夫我跟她非常接近,"他开口说。"我熟悉她,但是并不理解她。您知道,她曾是鞭身教派的舵手吗?"

"什─么?她?"库图佐夫不以为然地挥了挥手,冷笑了一声。"这是外省的胡说八道,造谣。"

及至萨姆金把那次宗教仪式讲给他听了之后,他才大吃一惊,皱起了眉头,连脑袋上的刺猬毛刺般的头发也颤动起来。

"简直是杂技场,"他嘟哝了一句,便用手掌使劲擦着绷紧的脸颊,沉默不语了。

"归根到底,您对她怎么看呢?"萨姆金问道。

"首先,她的虚荣心很强,"库图佐夫过了一会儿才回答。"很有点才智,但是激发她的才智的因素却正是这种虚荣心。身体健壮,因此她有洁癖,这种洁癖可能就是她节欲的原因。她不喜欢孩子。也不愿意生孩子,"他皱着眉头说,又沉默了一会儿。"她很好学,知识渊博。对教派活动很感兴趣,是的,但是我对于这类活动很外行,我觉得一切教派分子,也许除了逍遥派教徒①,也就是无政府主义者,都是些富裕的农民,毫无例外。在他们还是庄稼汉的时候,他们是教派分子,一旦变成商人,立刻就会把他们跟维护教义,也就是维护教权的教会之间的分歧,忘得一干二净。她那位丈夫使她对教会事务发生了兴趣。"

库图佐夫一下子就非常兴奋起来:

"这是一个很有趣的人物!他极端仇视教会和任何政权。读法文

---

① 逍遥派教徒主张废除神甫制,他们到处流浪,不服从任何国家的法律,不承认任何政权,希望出现一个无政府主义的帝国。

版的帕斯卡①和冉森②的著作,不承认人有意志的自由,认为人为自我所做的一切都是彻头彻尾的犯罪,人只有选择犯罪的自由:例如打仗啦,做生意啦,生孩子啦……他认为,上帝的恩惠人是得不到的,所以他主张信仰魔鬼或彻底的无神论。这个人很热情,说起话来激昂慷慨,有一次,他竟说出这样的话来:'如果像教会那样理解上帝,那么上帝就是人的敌人。'"

他吸着一支烟,让火柴一直燃烧到尽头,烧着自己的指头,于是一面在空中摇晃着手,一面说:

"现在我觉得,玛琳娜正是从这些思想发展到加入鞭身教派……"

但是他立刻又否定地摇了摇头,站起身来,在屋子里踱着,继续说下去:

"但是这不对! 鞭身教派只是个杂技团。这后面隐藏着什么别的东西。鞭身教派只不过是伪装而已。她很贪婪,见钱眼开。她丈夫为党的事业捐钱给我却比她慷慨得多。我把他看作候补的革命者。我是有根据的。他对农村问题的看法是正确的,所以社会革命党对他是不合适的。好啦,关于她的事,我就能谈这么多。"

"对她丈夫,您倒谈了很多,"萨姆金指出;库图佐夫无言地耸了耸肩膀,随后脊背靠在墙上,两手插在口袋里,嘴里叼着香烟,被烟呛得直皱眉头,说道:

"她有一个十分荒唐的计划,要攒一笔钱,在西伯利亚的什么地方,建立一种罗伯特·欧文式的东西……法朗吉斯特③一类玩意儿……总而言之,一个杂技场。她是一个有知识的女人。脑子很好,很健全,只是脑子的发育和活动自由却受到为资产阶级利益服务的教条和原则严格的限制。人类正在为一场世界规模的战争、厮杀而积极

---

① 帕斯卡(1623—1662),法国数学家和哲学家。
② 冉森(1585—1638),荷兰神学家。
③ 法国空想社会主义者傅立叶,计划建造一些巨大的建筑物,组成生产和消费的团体——法朗吉,这个团体的成员就叫法朗吉斯特。

地组织起来,正如伊里奇说的那样。土耳其、波斯、中国、印度,到处民族主义高涨,要冲出欧洲资本家铁拳的束缚。欧洲的资本家看到了这种形势对他们的威胁,也在拼命加强自己的力量,依靠那些特别有才能的工人,扩大战争工业技术人员的队伍,把他们培养成高度熟练的工人、工长、低级技术员、工程师、律师、学者,特别是在德国,培养出一批化学家。他们很巧妙地利用人们的私有本能和虚荣心,引诱这些无产者知识分子当小股东,参与对群众的掠夺。当然与东方国家作战的准备,并不排除跟本国无产阶级的斗争,一九〇五到一九〇六年,使资本家们学乖了。资产阶级不是傻瓜,"库图佐夫冷笑着重复说。

他一边说,一边眺望着窗外苍茫的暮色和暮色中点点油黄的灯火。而且好像是在提醒自己似的说道:

"知识分子,特别是我们的知识分子,比欧洲的知识分子更加贫困,他们模糊地预感到未来的悲剧,他们恐惧的并不是无产阶级的暂时失败,而是胜利的灾难,伊里奇是正确的。百倍的正确。工人阶级掌握政权的思想把他们吓坏了。所以他们才逃避到宗教哲学的迷宫中去,信奉鞭身教,过荒淫无耻的生活,与魔鬼为伍。尤其是热衷于各式各样、形形色色的调和主义。可是您知道,萨姆金,在我们这里,不管是专制的政府还是资产阶级,都是同样的平庸无能,这太好了。但是庄稼人太多,这又是麻烦。"他结束了谈话,像工匠那样,冷笑着在鞋底上把烟头捻灭。可是萨姆金却立刻匆忙地点上一支烟,而这种几乎是可笑的匆忙样子是需要找个理由来解释的。

"他又要询问我是怎样看法啦。又要论证工人阶级夺取政权的可能性啦⋯⋯"

萨姆金仔细听着库图佐夫的谈话,并不想反驳他,但是终究还在为自卫而拼凑一些流利的词句。

"一个人有权随意思想,但是教训的权利却需要有使我这个被教训者清楚了解的根据⋯⋯除了占有本能以外,还能有什么东西可以刺激无产阶级的自豪感呢?⋯⋯要历史地思考问题,就只能以资产阶级思想为出发点,因为它是社会主义的祖先……"

他另外还准备了几句话,但是所有这些话都不能使他满意,因为每一句话都会引起徒劳无益的争论。

"他毫不怀疑自己有教训人的权利,可是我不愿意听他的教训。"一种越来越不舒服的惶恐心情控制了萨姆金:他了解,如果争论起来,库图佐夫会很容易地揭露出他对社会政治问题漠不关心的态度。他第一次承认自己对待这类问题的态度是漠不关心的,甚至自己也不相信自己:是这样吗?

于是就修改为:

"暂时的冷淡……"

库图佐夫用手掌摸着脸颊,说道:

"脸皮痒得厉害。从流放地外逃的时候冻坏的。有一位同志两只脚都冻坏了。"

"您知道索莫娃死了吗?"萨姆金忽然想起了这件事。

"是的,我知道,"库图佐夫回答,大声地咳嗽了一阵,又重复道:"我知道,当然……"沉默了几秒钟,又低声地、有点儿冷酷地补充说:"她属于这样的妇女,她们参加革命,是出于对英雄人物的景仰,出于浪漫主义。她的道德修养极高……"

"这是什么意思?"萨姆金问道。

库图佐夫弹了两下手指,仿佛在生什么人的气似的答道:

"她具有万无一失地识别敌人的能力。一个聪明的灵魂。您还记得她吗?一只小猫。娇小、温柔。她强烈地憎恨一切卑鄙的行为。曾经有过这样一件事:有个人,由于在某种纯属个人性质的戏剧性复杂环境中干了一桩很不体面的事,大家决定宽恕他。她却说:'你们没有权利宽恕他。'虽然不很合乎逻辑,但是却很顽强地证明说,不能把这个人当同志看待。大家还是饶恕了他。于是敌人的阵营里就赢得了一个颇不愚蠢的坏蛋。"

"她主张杀死他吗?"萨姆金好奇地问道。

库图佐夫冷笑了一声，但是没有来得及回答，就有人敲门，接着就听到恭敬的语声：

"刚才来电话，说病人……萨姆金夫人病情严重。"

库图佐夫默默地看了克里姆一眼，默默地握了握他的手。

克里姆·伊万诺维奇·萨姆金认为自己应该赶快坐车到医院去，但是走到街上却决定步行前去。

四

全城白雪皑皑，天空一轮满月，月夜的雪变成令人愉快的嫩绿色。到处有看门人在扫雪，一片铁锹的叮当声，扫帚的沙沙声，车夫赶着的爬犁，几乎是无声地从柔软的雪上滑过。商店的橱窗和窗户里灯火辉煌，袭人的寒气和四周的一切，使都市的夜生活变得清新、温柔、灿烂，使人变得心胸广阔。

"他很主观地把索莫娃描写了一番，"萨姆金想，但是一想起塔吉尔斯基讲的故事，也就不再去想柳芭莎了。"库图佐夫变得温和多了。也更有趣了。生活是很善于磨炼人的。我今天的经历多么离奇，"他心里想，而且忍不住地笑了。"我可以卖掉房子，再到国外去，我要写回忆录，或者写长篇小说。"

但是他这时才恍然大悟，他正走向与医院所在的那条街相反的方向，于是放慢了脚步。

"天时已晚，人家未必肯放我……进去看望病人。而且去看她又有什么意义呢？目睹弥留的场面是痛苦的，无益的。"

他又继续往前走，半个钟头以后，他又坐在旅馆自己的房间里，检查着瓦尔瓦拉皮包里的文件。发现了一张德罗诺夫签字的五百卢布的票据，一把开保险箱的钥匙，一张跟一家芬兰纸厂签定的供纸合同草稿，几页从报上剪下来的书评，瓦尔瓦拉作的笔记。后来他下楼到餐厅去吃过晚饭，回到房间，脱衣上床，读起梅列日科夫斯基的《不是和平,而是剑》来。

他很早就醒了,心情非常愉快,揿了揿铃,叫人送咖啡来,但是侍者进来报告说:

"殡仪馆来的人正在等您……"

萨姆金在床上坐了一分钟,倾听自己的心声,对瓦尔瓦拉去世如何反应?竟毫无反应,于是他皱起眉头,对自己很不满意,用责备的口气像问别的什么人似的问道:

"难道我就这样冷酷无情?"

他边穿衣服边想:

"可怜的人儿。竟如此薄命。死得这么快。"

他一面这么想着,一面估量着等待他去处理的各种烦人的琐事究竟有多少,想理出个头绪。忙乱立刻就开始了:进来一个穿黑色长礼服的人,红红的脸颊,留着小胡子,满头黑发往后梳着,这样子使他很像个助祭,可是看他留着小黑胡子的脸,却又像个警察。这个身材高大结实的人,说起话来本应该是低音,但他却用高亢、响亮的男高音说道:

"敝馆得悉尊夫人逝世的噩耗……"

"她什么时候死的?"克里姆问道。

"今晨六时半,所以我立即……"

萨姆金拦住了他的话头,说他今天下午五时就要离开彼得堡,所以殡葬仪式必须尽快结束。

"对于我们殡仪馆来说,您的希望就是法律,"那个人说,恭恭敬敬地鞠着躬,说出了办理葬仪的费用。

"太贵了,"萨姆金心里想,皱着眉头,但是并没有还价,认为这样做有损他的尊严。

"那么说不用神甫送葬了,"殡仪馆代理人说。"悉听尊便,"他又补充了一句。

下午一点多钟,萨姆金没有戴帽子,用手搓着脸颊和耳朵,走在灵车后面。是一个晴朗、干冷的日子,灿烂的雪光耀眼炫目,严寒透骨刺面,令人心烦,想起了瓦尔瓦拉尖鼻子的黑脸,委屈地或者惊异地扬起的眉毛,歪扭的、微微张开的嘴唇。在雪地上走既不舒服又困难,雪塞满了套鞋,披着黑色马衣的马急速地走着,鼻子里喷着热气,身上散发出难闻的汗臭,灵车轮下和四个戴黑大礼帽的人脚下的雪咯吱咯吱响着,四个人都穿着带风帽的长袍子,手里擎着点燃的蜡烛。第五个人,手里举着十字架,走在马匹的前头。风吹下屋顶上的积雪,落在道路上,卷起阵阵透明的白色旋风,在人们的脚下和马蹄下打旋,然后又飞向屋顶。

"一群白痴,"萨姆金狠狠地在心里骂道,他皱紧眉头,环顾四周。灵车正沿着一条空旷的街道前进,几乎连一家商店也没有,稀疏的行人似乎并不注意这个出殡行列,但是萨姆金心里还是在想,他那孤零零的身影一定会使人们感到凄凉。不仅会感到凄凉,或许还会感到非常可笑:几匹瘦骨嶙峋的老马,步态艰难地走在雪地上,几个戴大礼帽的黑色的人拖着他们沉重的影子,在白皑皑的雪地上摇晃,完全是多余的、微弱无力的火焰在蜡烛顶端颤抖,再加上一个戴着眼镜,光着脑袋,头发稀疏、散乱的孤独的人。萨姆金心里明白,所有这一切凑成了一个非常丑陋、阴暗的画面,会像漫画一样引人发笑。他想起了一些特别不愉快的片断:图罗博叶夫的葬仪,柳托夫富有寓意地指着地板的枯黄手指,被炸死的省长。萨姆金感到惆怅,苦闷。所以当一个鲁莽的车夫赶着爬犁追上了他,德罗诺夫从爬犁上跳下来的时候,他简直高兴极了,德罗诺夫走到他面前,说道:

"您走不到墓地,这太远啦!咱们坐爬犁走,到公墓去等候灵车吧。"

他也不管萨姆金是否同意,就拉住他的胳膊,扶他坐到小爬犁上,并且劝他:

"把帽子戴上吧……"

鲁莽的车夫抖动缰绳,枣红马飞速冲进刺骨的寒流中。萨姆金蜷

缩起来,把脸藏到大衣领子里,伤心地想着:

"准会感冒。"

小爬犁飞速地跑到了墓地。德罗诺夫对车夫说:

"你在这儿等着!"又问萨姆金:"冻坏了吧?"于是骂了一句:"这么冷,真见他妈的鬼。"

他把克里姆推上一座小平房的台阶,就像进饭馆一样,非常随便地开开门,一到暖和地方,萨姆金的眼镜立刻就布满了哈气,他摘下了眼镜,才看到诺盖采夫和一位高个子、大鼻子、男人相的戴着海豹皮帽子的女人站在他面前。

"我深表同情,并且非常伤心,"诺盖采夫摇晃着萨姆金的手说道,那位妇人却用低音说道:

"我是奥列霍娃·玛莉雅,是瓦丽雅的好朋友,我们差不多四年没有见面了,九月里才偶然见了一面,现在又来送别她到那一去永不复返的地方。"

她态度庄重地走到屋子的角落里,那里有许多圣像和三盏神灯,她坐到桌边,桌上的火壶正在沸腾,热气滚滚,杯盘在闪闪发光,屋子里充满了灯油、奶油面团和蜂蜜的气味。萨姆金满意地坐到桌边,双手捧住一杯热茶。沙皇亚历山大三世长着连鬓胡子的脸从墙上透过布满哈气的玻璃看着他,沙皇相片下面,挂着一幅小画:仪容端庄的基督正手执长竿,牧放羊群。

"是啊,死神就这样在悄悄地逼近我们,"诺盖采夫一边说,一边背靠在荷兰式壁炉的瓷砖上取暖。

"瓦丽雅实在太可怜啦,"奥列霍娃说着,把一块小糖饼放在蜜碟子里蘸蘸。"简直想不到……"

德罗诺夫正在裤子和上衣口袋里摸索着什么东西,大声说道:

"考虑死,是无益的。考虑生,也是一样。应该简简单单地活下去,别的全是扯淡。"

"万尼亚,你住口吧,"诺盖采夫劝他说。

"这是为什么?"

"你喝多啦,"诺盖采夫解释说。"老兄,在今天这种特殊场合,是不太合适的……"

"得啦,"德罗诺夫说。"有什么特殊的。一个人死了。今天,全城大概要死几百,全俄罗斯要死几十万,全世界要死几百万。谁也不可怜谁……你顶好向守墓人要点伏特加,"他建议说。

"在这儿喝伏特加可太不成体统啦,"奥列霍娃说。

德罗诺夫一边念着一张字条,一边嘟哝了一句:

"在坟地上喝酒的也有么……"

"坟地很远吗?"萨姆金问道。奥列霍娃回答说:

"遗憾得很,非常远,在第六区。您知道坟地的价钱太贵啦!"

萨姆金叹了一口气。他暖和过来了,心情也变得比较温和了,他觉得醉醺醺的德罗诺夫比诺盖采夫和奥列霍娃更加可爱,但是一想到又要踏雪在坟墓和墓碑中穿行,走到很远的地方,去听那种悲伤的挽歌,就觉得非常丧气。这时候屋门开了,有人说道:

"灵车到啦。"

诺盖采夫把萨姆金领到一边,悄悄地对他说:

"马上,您知道……麻烦事就全来了。神甫、叫花子、掘墓人,都要给些酒钱以及其他等等……会使您非常讨厌,您就交给玛莉雅·伊万诺夫娜……哦,五十卢布!她会把这些事料理好……"

真的,坟地离得很远,沿着一条曲曲折折的、雪也没有扫干净的小路,走起来十分困难。石头和青铜墓碑上、坟墓上的积雪,十字架上厚厚的雪帽散发出一种特别刺骨的寒气。越往前走,十字架就越矮小,寒酸,也越来越稀少,最后来到了一块几乎没有十字架的地方,地上并排掘了四个坟坑。第五个坟坑上已经耸起一个长方形的、黄色的冻土块堆起的坟头,有两个女人,一老一少,一动不动地低着头站在那里,像雕像一样。当矮胖的、皮大衣外面套着法衣的神甫匆忙地念起经来,助祭也急忙唱起诗来的时候,两个女人仍然一动也不动,仿佛冻僵

在那里了。萨姆金看着棺材、坟坑和荒凉的旷野,浑身颤抖着想:

"有一天会把我也这样……"

在医院里往外抬棺材的时候,他看了看瓦尔瓦拉的脸,现在这死灰色的、鼻子尖尖的、嘴唇紧闭的脸,似乎又在他眼前浮动了,那两片嘴唇闭得不齐,左边嘴角上有一点缝,露出了一只下门牙的金牙套。瓦尔瓦拉在争吵的时候,总是这样撇着嘴唇叫喊:

"唉,不要说了吧!"

他想象着自己的脸枕在棺材里枕头上的样子:长长的,很不自然,而且没有戴眼镜。

"好像没有戴着眼镜入殓的……"

"是的,这就是我们大家的归宿,"奥列霍娃嘟哝说,诺盖采夫响亮地清了清嗓子,咳嗽了一声,朝四周看了看,从口袋里掏出手绢,把痰吐在里面……

……这一切使他感到非常屈辱,简直想痛哭一场。神甫摇晃着亚麻色的长发,高声朗诵道:

"让她的灵魂安息吧,主啊……"

香炉的细链子哗啷地响了一声,一缕青烟在积雪上缭绕,助祭嘎哑地吼叫道:

"永垂不朽,永垂……"

"是的,也要这样埋葬我,"总是这样的一个念头,总是这样的几个字在死缠着他不放,这些字就像墓地干燥、簌簌有声的严寒一样的冰冷,后来诺盖采夫很有兴致地把冻土块往坟坑里扔了半天,而奥列霍娃只扔了一块,但这是很大的一块。德罗诺夫站在那里,把帽子夹在腋下,双手插进大衣口袋,两只火红的眼睛死盯着自己脚下的泥土。

"喂,好啦,走吧!"他用胳膊肘推了萨姆金一下,说道。他的穿戴比萨姆金阔气,所以走到公墓门口的时候,就有十来个男女老乞丐围住了他。

"滚开!"他大喝一声,坐上爬犁时,还嘟哝说:"我最见不得叫花子。这是生活的丑脸上的疣子。可是生活就是没有这些疣子也已经够丑恶了。对吗？"

萨姆金没有回答。冻了好久的马迎着严寒狂奔而去，以致爬犁和周围的一切都乱跳起来，马蹄下雪块飞溅，严寒刺痛，撕裂着脸颊，外部的寒冷又和内心的寒冷汇合在一起，简直使萨姆金失去了意志力。可是德罗诺夫却把一只手塞到他的肘下，嘟哝说：

"她常抱怨生活太孤独。抱怨生活孤独是最时髦的呐喊。但是她的抱怨是由于痛苦，而不是赶时髦。"

"生活孤独"这几个字也好像在乱跳，分裂成一个个音节。萨姆金觉得有从爬犁上摔出去的危险。他紧紧地靠在德罗诺夫的肩上，满怀感激之情，听到德罗诺夫说道：

"到我家去喝茶吧。"

第十一章

一

他们在一座二层楼房的台阶前停下来,顺着生铁楼梯跑上了第二层。德罗诺夫用自己带的钥匙开开门,把萨姆金推进了一片温暖的黑暗中,帮着他脱掉衣服,说道:

"往左边走,"说着就跑到黑暗中去了。

萨姆金用冻僵的手摘下眼镜,擦了擦眼镜片,四面看了看:一间小屋子,一张椭圆形的桌子,一只长沙发,三只沙发椅,靠墙有半打草莓色的软椅,一只书橱,一架带簧的风琴,墙上是一大幅佛朗茨·史土克①的名画《罪恶》的复制品,画的是一个满脸横肉的裸体女人,被一条像水管那么粗的大蛇缠绕着,蛇头搭在女人的肩上。风琴上面的墙上,挂的是一幅维克托·瓦斯涅佐夫②的《勇士》的大照片。书橱的旁边垂着厚重的帷幕。两个窗户的外面是一堵光秃秃的红砖高墙。屋子里充满浓烈的香水味。

"他结婚啦,"萨姆金机械地想着。

帷幕的铜环刺耳地响起来,一个女人高高地举起一只手,推开帷

---

① 史土克(1863—1928),德国画家。
② 瓦斯涅佐夫(1848—1926),俄国画家。

幕走出来，说道：

"您好。我叫托霞。请您……啊，鬼东西！"

于是她猛地拉了拉帷幕，帷幕的铜环哗啦地响了一声，拉绳飘到空中，绳穗打在她的胸上。

萨姆金走进一间大点的、陈设着硬木家具的屋子，中央是一张大餐桌，桌上的火壶正在哗哗地开着。一个穿黑色连衣裙、戴缎子小帽的干瘦小老太太正在食橱旁边忙活，从食橱里往外拿瓶子。天花板上垂下的三盏带浅蓝色荷叶形灯伞的灯照耀着桌子和屋子。

"彼得罗夫娜，"托霞从她身边走过时说道，她挥了一下手，仿佛要打小老太太似的，但是仅仅用大拇指从肩膀上朝她指了指。小老太太每只手里都拿着一个瓶子，抬起头来，朝她点了点，小老太太的脸像鸟脸，鼻子尖尖的，两只黑黑的圆眼睛，也像鸟的眼睛。

"请坐吧。很冷吧？"

"很冷。"

"请喝杯伏特加吧。"

……托霞的声音低沉、浊重，说话慢吞吞的，不知是对人态度冷淡呢，还是懒得说话。她身材苗条，穿着烫得平平正正、样子时髦的烟灰色连衣裙，一头浓密的黑发，也时髦地梳到耳朵上，使凸出的额角显得格外难看。她脸上的一切也都太显眼：眉毛太浓，眼睛又大又黑，可能是描画过，尖尖的直鼻梁骨大得令人不舒服，小嘴抹得过分鲜艳。

"相貌奇特。远非成功之作。面色忧郁。大概是个颓废派。一定也非常崇拜列昂尼德·安德烈耶夫。三十至三十五岁的年纪，"萨姆金仔细地想着。屋子里很暖和，墓地上的一些胡思乱想都慢慢地消失了。萨姆金急于把它们从记忆里驱逐出去，而且很不愿意回自己住的旅馆去，他害怕回到那里，那些阴森的思想又会以新的力量向他进攻。妇人那低沉的语调在安静的屋子里回荡着，这使他心安，显然她在尽力为他消愁解闷，讲些鸡毛蒜皮的琐事，抱怨房子的窗户正对着院子，窗前就是一堵墙。

"会使人想起列昂尼德·安德烈耶夫的《墙》吗?①"萨姆金问道。

"不。我不喜欢安德烈耶夫,"她手里端着一杯白兰地,回答道。"我总在读老头子们的作品,冈察洛夫啦,屠格涅夫啦,皮谢姆斯基啦……"

"还有陀思妥耶夫斯基,"萨姆金提示说。

"我也不喜欢他,"她说得那么轻率,使萨姆金心里想:"大概是个没有毕业的中学生,一个低级官吏的三小姐,"他这样想,又问道:

"那么高尔基呢?"

"这位,有时,还好,倒还有趣,不过也是太喜欢大喊大叫了。大概也是个很凶狠的人。他不擅长描写女人。看来,他喜欢女人,可是不擅长描写……不过伊万怎么啦?我去看看……"

"身段挺漂亮,"萨姆金心里想,瞅着她轻盈地走了出去。"德罗诺夫有什么使她迷恋的呢?"

过了一分钟她回来了,红艳的脸上带着笑意,但是笑容几乎没有改变脸的样子,只是嘴显得大了点,眉毛扬了起来,眼睛也显得更大了。萨姆金心里想,通常都把这种颜色的眼睛叫做含情脉脉的天鹅绒眼睛,可是她这两只眼睛却坚硬光滑,闪着金属的光泽。

"您瞧,他竟睡着了!"她耸耸肩膀说道。"他本来想换换衣服,可是往卧榻上一倒就睡着了,像猫一样。请您千万别认为他不尊敬您!事情很简单:他打了一通宵的牌,上午十点才回到家里,喝得醉醺醺的,想上床睡觉,但是想起了您,打电话到旅馆去,又到医院去找您,然后才追到公墓去。"

萨姆金客气地请她放心,并且声明他立刻就要回去,但是妇人坐到桌前,依然是那么从容不迫地说道:

"不成,我不放您走,跟我一块儿坐坐,咱们熟识熟识,说不定咱们彼此会相好起来呢。只是请您相信:伊万是很尊敬您的,对您评价很

---

① 在这篇小说中,作者认为:墙是一切黑暗、残暴事物的象征,它阻碍人们去过真正的人的生活。

高。而且您……在出殡之后最初的一段时间里,孤零零的一个人会很痛苦的。"

"最初的一段时间,"克里姆心里想。

"伊万对我说过,您跟您太太早已分居了,但是……人死了……毕竟是伤心的事。"

她沉默了一会儿,又补充说:

"最好不去想那些想也无益的事情,对吗?"

"对,"萨姆金同意说,她却又提议:

"为了使您对我更随便些,我讲讲我的身世:我是个弃儿,在孤儿院里长大的,后来被送进修道院办的学校,在那儿学会了刺绣,(跟一个画家同居了三年,给他当模特儿,后来一个作家把我从他手里夺走,但是过了一年,我就离开了他)到糖果店里去当售货员,伊万就是在那儿认识我的。您看,我并不是什么名门闺秀。现在您该知道怎样对待我了。"

"不很愉快的生活,"萨姆金不知所措地说,她却不同意:

"也不尽然,也有快活的时候。画家是个可爱的人,现在他已经是大名鼎鼎的人物了。那个作家却是个无聊的家伙,死爱面子而又喜欢吃醋。他也成了名人了。他写的全是些无聊的人物,都是些信仰上帝的人们的称心如意的故事。他假装自己也信仰上帝。"

"她说的是谁呢?"萨姆金想,打算问问她,但是没有来得及张口,妇人在用手巾擦着茶杯,折断了杯把,(于是)将杯把扔进铜痰盂里,继续说下去:

"您知道,那次革命使我们看惯了不平凡的事情。当然,革命使我们受了点惊,但是也使我们习惯了每天都在不平凡的事件中度过。而现在竟弄到这步田地,斯托雷平在不停地把人们送上绞架绞死,而大家也很快都变得麻木不仁了。托尔斯泰老头子宣称:'我不能再沉默了,'好像他本来也想沉默不语,可是他的处境却使他非得说话,非得大声疾呼不可……"

"这未必是正确的,"萨姆金说。

"不正确吗?"她问。"哼,有什么办法呢?我理解的就这么简单、粗糙。"

萨姆金一边听,一边在想:对这个女人,对她那不太像是忏悔的自传应当怎么看待呢?

"她干吗要讲这些事情?真是一种奇怪的给客人消愁解闷的办法……"

但是她继续给他消愁解闷:

"您知道吧,如果一个平凡的人一旦察觉了自己的平凡,那他就会变得不可救药了!他就要在您面前装腔作势,自作多情,可是您看着不但不好玩,反而感到非常痛心。您看,我的万涅奇卡①就是个平凡的人,但是这却使他非常伤心,所以他总想……一鸣惊人!什么在赛马场或者牌桌上赢一百万啦,什么刺杀沙皇啦,爆炸杜马啦,什么都行!而且大家都在渴望不平凡的东西。我们女人醉心于涂脂抹粉,袒胸露腿,卖弄色情,至于你们男人,就只好在言谈、报纸和书本中去寻求不平凡的东西了。"

这话听起来很不舒服。她一边说着,一边目不转睛地盯着萨姆金,这使他感到拘束,准备还会听到更不入耳的话。但是她突然变了,换成另一种口气。

"然而我又为什么要在您面前卖弄风骚呢?就是想赶快跟您熟悉起来。伊万在谈到您的时候,可真像是在谈论一位真正不平凡的人物,一位由于智慧超越了自己的时代而历尽人间不幸的人物……他好像就是这样说的……"

"哎呀,这未免……太恭维了,"萨姆金说。

"说您不幸,怎么是恭维呢?"她问道。

萨姆金列举了一些事实,说明某些人物个人的不幸确曾为人类的

---

① 伊万的爱称。

共同幸福做出很大的贡献,他一边说着,一边想:

"一个非常奇怪的女人!思想上颇有独到之处,而同时又是那么粗犷、幼稚……"

"共同幸福,"托霞重复说。"很难理解这是怎么回事儿?我的一个女朋友,在外地工厂的小学里当教员,那里正在流行白喉症,孩子们在大量死亡,可是没有血清。而这儿,城市里,却要多少有多少。"

"这是偶然现象,"萨姆金说。"纯属处置不当……"

他很想把她说的"智慧超越自己时代的不幸"这句话重说一遍,但是没有这样做。

"是啊。这正可以说明许多人的不幸遭遇。但是很奇怪,许多有分量、具有原理意义的思想却被忽略了。"

坐在这间舒适小房间里的桌边,在香喷喷的、温暖如春的寂静中,听着一位美丽女人柔和深沉的絮语,毕竟是非常愉快的。如果她脸上的表情再丰富一些,两只黑眼睛变得更温柔一些,那就更漂亮了。她的手也是很美的,手指很灵巧。

"干惯了包扎糖果匣子的活了,"他心里想,随后又觉得自己对德罗诺夫的态度是不公平的。他坐了半天,倾听她过分坦白地讲述自己的身世,倾听她对于人物、书籍和时局一知半解的议论。

"以后请您常来玩,"她邀请说。"经常有各式各样的人来我们这儿聚会,有些人倒是很有趣的。如果不妨碍他们畅谈自己,他们都是很有趣的……"

当他告辞的时候,托霞用一只很热的手使劲握住他的手,说道:

"如今咱们已经变成老朋友了……"

"您瞧,我也颇有同感,"他回答说,这说的几乎是真心话。

二

这天晚上剩下的时间,他一直在思念这个女人,而在这种思念间断的时候,就又想起了瓦尔瓦拉紫黑的尖脸,两只眼睛紧紧闭住,嘴唇上带着一丝难看的笑意,右边嘴唇没有合拢的地方,露出三颗使人看了很不舒服的白牙和一只镶着金套的门牙。想起了大雪覆盖的公墓的一角,几堆红褐色的土块,刚刚埋上的新坟边的两个木然不动的人影。

"她抱怨生活孤独,"他想着瓦尔瓦拉。"她的智慧并未超出自己的时代。可是这位托霞呢?除了差强人意的生活条件之外,德罗诺夫还能赐予她什么呢?"

他决定明天去感谢德罗诺夫对他的关怀,但是第二天早晨,他正在喝咖啡的时候,德罗诺夫倒来看望他了。

"请你原谅,克里姆·伊万诺维奇,我昨天的态度简直像猪一样,"他摇晃着萨姆金的双手,说道。"我是高兴得喝醉啦,玩牌赢了七千三百卢布,我的牌运很好。"

"爱情上的运气似乎也不错么?"萨姆金亲切地问道,对德罗诺夫用"你"相称没有在意。

"托西卡①有趣吗?"德罗诺夫反问了一句,把身子投进一张沙发椅里,压得椅子咯吱咯吱地响。"很有趣儿,"他自己急忙地回答说。"有个布尔什维克正在培养她,是个痨病鬼,很快就要到阴间去见他的祖先去了,但是一个出色的家伙!你打算在这儿暂住呢,还是要落户?我是来邀你到舍下去的。你一个人待在这间冷屋子里干吗呢?"

德罗诺夫的行动慌慌张张,一点儿也不像萨姆金原先熟悉的那个人了。看来,他失去了些什么东西,但又赢得了些什么东西,总的说来他是赢了。他那长着宽鼻子的扁平脸变得比较丰满和安详,颧骨也不显得那么凸出,两只枣红色的眼睛也不那么不安地乱转,只是几颗金牙倒比先前更亮了。他剃掉了胡子。说起话来比从前更加急促,但是却不那么粗野了。跟从前一样,他谢绝了咖啡,要了白葡萄酒。

---

① 托西卡和托霞以及下文的托西雅都是安托尼娜的小称和爱称。

"兄弟,我知道你对我并无好感,不过这并不妨碍我……"

"我不善于谈论什么好感恶感的问题,"萨姆金打断他的话说。"不过你说得不对。你对我的关怀使我非常感动……"

"好吧,咱们不谈这个啦,"德罗诺夫晃晃手,又继续说下去:"在那里,咱们最后一次会面时,我说过,不相信你。那是说我不相信你的话,当你说的不是你自己的话的时候,我就不相信。我一直还是在原地绕圈子,就像一头用绳子拴在木桩上的小牛犊一样。"

他把满满的一杯酒一饮而尽,迅速用手绢擦擦嘴唇,然后把手绢往空中一扬,又说下去:

"我可以成为富翁。现在是最好的发财时机,昨天的那些愚蠢老爷的管家,像什么弗托洛夫、巴托林之流的人物,现在正大发横财。革命完成了自己的使命:把生活搞了个底儿朝天。现在要安抚和满足人们的要求了,也就是说,要把那些贪婪的人喂饱。喂饱所有的人是不可能的。斯托雷平决定喂饱那些优秀的人物。我是个优秀的人物,因为我聪明。但是我——怎么说呢?我太热衷于追求小道消息,这使我……不能专心致志。这很可能把我毁掉,你明白吗?我想成为富翁,但是并非为了生儿育女,并给他们留下几百万的遗产。绝不是,因为富人的子女全是些白痴。我想发财的目的,是为了叫那些对我发号施令的人看看,我不但不比他们坏,而且比他们更聪明。但是我知道,清清楚楚地知道,商人是靠聪明人活着的,他们财大气粗并非因为自身有力量,全是靠那些为他们效劳的人。我可以出几百万去帮助革命。萨瓦·莫罗佐夫捐了几千,而我伊万·德罗诺夫要捐几十万。"

"你这是幻想,"萨姆金非常好奇地听他讲着,说道。

"没有幻想不行,活不下去。也安排不好生活。关于生活的混乱,人们已经谈论了几千年,今天谈得更凶,但是除了生活是毫无意义之外,什么像样的结论也没有谈出来。是啊,兄弟,生活毫无意义。这是任何聪明人都懂得的。也许,这是些特殊的、畸形的聪明人,就像你……"

"谢谢你的恭维,"萨姆金冷笑着说,更加注意地听着他讲。

"没有什么可谢的。你聪明得有点畸形,我很早以前,从童年时代就看出来了。但是你听我说,克里姆·伊万诺维奇,我……也并不十分认为我必须成为富翁。有时候,甚至经常如此,我一想到自己变成了生着两只小短腿的富翁的样子,简直恶心极了。如果我长得漂亮的话,我早已成了头等坏蛋了。你相信我的话吗?"

"我没有权利不相信,"萨姆金认真地说。

"那么好,请你告诉我:革命究竟是已经结束了呢,还是刚刚开始?"

萨姆金从容不迫地重新打开一盒烟,抽出一支,发现卷得太紧,需要揉一揉,可是把烟在手指头里揉破了,只好再拿一支,但是这一支却跟彼得堡的一切东西一样,是潮湿的。他一边忙着这些事,一边心里想,德罗诺夫的问题可以回答是,也可以回答不是,但是不管怎么回答,德罗诺夫都会要求说明理由。而他,萨姆金,从未想过革命前途的问题,因为他知道革命事实上早已结束,仅仅活在人们的回忆中。而且不是什么愉快的回忆。萨姆金觉得德罗诺夫的问题,比跟库图佐夫的谈话更加使他不安。

"为什么?"

于是他一面把香烟放在滚烫的火壶的壶壁上烘着,一面小心翼翼地讲起来:

"你的问题是一个人想要确定:究竟跟谁走和走多远的问题。"

"太对啦!"德罗诺夫在沙发椅里跳了跳,喊道。"这是成千上万人的切身问题,"他补充了一句,耸耸右肩膀,接着就跳起来,双手撑在桌子上,弯腰冲着萨姆金,仿佛告诉他什么秘密似的,低声说道:"成千上万的知识分子迫不及待地要解决的正是这个问题:是跟着老板走呢,还是跟着工人走?许多人已经做出决定,不过换了个提法:跟上帝走呢,还是跟人类走?明白吗?他们决定:跟上帝走!唾弃人类!跟上帝走当然方便得多,用不着负什么责任。但是,兄弟,这很像是骗局,很像是装模作样。"

他按了一下桌子,挺直了身子,把胳膊一挥,用拳头威吓着,尖声地叫道:

"扎哈林①教授在利瓦吉亚②的行宫里顿足大骂廷臣,因为他们把政躬违和的皇上安置在一间不好的屋子里,这我理解!这就是智慧和知识的权威……"

这一声喊叫把萨姆金的惶惑情绪驱散了,他看着德罗诺夫,微笑着,点点头,心里想:

"不,他依然如故……"

德罗诺夫用手绢擦了擦额角上的汗和涨红的脸颊,坐下来,喝了一杯酒,又小声地,甚至有点忧伤地继续说道:

"你总在冷笑。我明白,你是高高在上,"他一只手在头顶上一挥。"你已经登上了哲学的高峰,而且扬扬得意。可是你回想一下咱们的童年吧:你被捧上了天,我被踩下了地。还记得吗,我由于嫉妒你们,假装在寻找一枚铜币,搅乱你们的游戏?"

"是的,我记得。你干得十分巧妙,非常固执。"

德罗诺夫叹了一口气,摇摇脑袋。

"你们这些书香门第的后代,总是用贵族的态度……对待我这个平民,暴发户。就像美国人对待黑人一样。"

"你太夸张啦。"

"也许。但是童年的印象总是记得非常清楚的。"

德罗诺夫环顾四周,疑问地看着萨姆金,说道:

"你知道吧,克里姆·伊万诺维奇,被欺凌与被侮辱的人数量大得惊人。数量很大,而且还在不断增加。他们已经不再像陀思妥耶夫斯基描写的那样行动了,而似乎是按照(马克思……)而且变得越来越聪明。"

---

① 扎哈林(1829—1897),俄国著名的内科医学家,教授,沙皇的私人医生。
② 在克里米亚,这里设有沙皇的行宫。

"他认为,革命还没有结束呢,"萨姆金心里断定。

"不久之前,我看过一个叫什么洛帕京的人写的长篇小说《鼠疫》,"德罗诺夫口气变得有点无聊地说道。"这本书刚刚出版。书里说,人类是愚蠢的,生活是没意思的,要使生活变得有趣,就必须有上帝,有魔鬼,有不平凡的、未知的和神秘的事物。书里还证明说,天才的学者和他们的发现、发明都是有害的,这些发现和发明戕害人们的想象,僵化人们的灵魂,形成了一个由似乎无所不知、无所不晓的人们构成的自满的部族。书的情节是这样的:一个面目丑陋,然而却很有天才的学者,使鼠疫菌在莫斯科蔓延开来,这个坏主意是一个酒鬼大学生给他出的。莫斯科被封锁隔离,几乎变成了死城。人们无意中得知,这次鼠疫是人工传播的,于是就把学者打死了。你看,兄弟,人们在写些什么样的书啊……一些丑陋不堪的人物。"

"是的,"萨姆金赞同地说。"出版了很多垃圾。"

"垃圾?"德罗诺夫搔了搔额角。"不能这样说,不是垃圾,因为有成千成万的人在读这些书。要知道我作为一名未来的书商,必须研究货色,我留心一切出版物,小说,诗歌和评论,就是说留心人们公开说出的一切情绪和愿望。我已经是公认的书籍专家了,瑟京①正在热情地培养我,一句话,已经很有点名气了!"

他的声音显得非常得意,一只手里拿着空酒杯,另一只手摩挲着枣红色的头发,两条大腿轮流抖动着,好像正在上楼梯似的。

"现在事情变成这样:伊万·卡拉马佐夫的那些可诅咒的问题倒成了真正和永恒智慧的源泉。伊万诺夫-拉祖姆尼克断言,不能用逻辑或伦理的标准来解决这些问题,这就是说:感谢上帝,根本就不能解决。请注意,还感谢上帝!你看过《唯心主义问题》这本书吗?布尔加科夫在这本书里提出这样的问题:人类和人有什么区别?接着就回答说,如果个人的生活是毫无意义的,那么人类的命运也就同样是毫无

---

① 瑟京(1851—1934),帝俄时代著名的出版家。

意义的,说得妙吧?"

"这一年来我很少看书,"萨姆金说。

"列昂尼德·安德烈耶夫,梭罗古勃,列夫·舍斯托夫①,布尔加科夫,梅列日科夫斯基,布柳索夫,他们后面还跟着几十名不大出名的作家,都一致断言,生活是毫无意义的。还有妙的呢。"

他从口袋里掏出一个笔记本,冷笑着,瞪大眼睛,用号叫般的音调,高兴地朗诵道:

"'人类是一条庸俗的、有亿万只脑袋的多头毒蛇,'这是伊万诺夫－拉祖姆尼克说的,请再听梅列日科夫斯基的高论:'绝大多数人从来没像在十九世纪的俄国那样渺小和微不足道。'可是舍斯托夫却说:'个人的悲剧是赋予生存以主观认识的惟一途径。'"

他把笔记本往手掌上拍了一下,塞进了口袋,喝完杯中的残酒,说道:

"这样的名句我记录了有一百五十条之多。人们挤了整整一个世纪的牛奶,请看,这就是奶酪②!我想出版一本书,书名就叫:《我们一个世纪的成就》。再加上一个问号。我的话使你厌烦了吧?好吧,请原谅。"

克里姆·萨姆金觉得有必要由他来作最后的总结。

"你所说的这一切都是很片面的,要知道还有另外一些现象,"他不容反驳地说,但是德罗诺夫挥了一下他的卷毛羊皮帽,打断了他的话:

"你指的是契诃夫和他那二三百年后的人类共同幸福吗?他说这些话完全是出于礼貌,出于怜悯。高尔基?这个人已经完了,况且他并不是哲学家,可是现在需要的是作家大谈哲理。人们都说他是一个狡猾的市侩,虽然他并没有受到什么威胁,却也流亡国外。逃避理想主义和现实主义的斗争。克里姆·伊万诺维奇,希望你晚上到我家去

---

① 舍斯托夫(1866—1938),俄国反动哲学家和文学评论家,十月革命后亡命国外。
② "精华"的意思。

坐坐。我那儿常常有些人来聚会。今天就有。你干吗一个人坐在这儿？啊？"

"我考虑考虑，"萨姆金说。

德罗诺夫已经穿上大衣，正在跺着脚穿套鞋，但是忽然嘟哝说：

"整个这阵喧嚣都是马克思主义者掀起来的。他们制造恐怖，是他们！吹来这么一阵……刺骨的寒风，大家顿觉衣衫单薄。我也是这样。虽然我身上还颇有些膘头，但是仍然感到寒气袭人。我等着你，"他往外走着这样说道。

萨姆金首先感觉到的是，多次体验过的对自己的不满：必须承认德罗诺夫变得更有趣了，更敏锐了，学会了提炼思想的本领，这使他很不舒服。

"这是一种危险的本领，然而为了进行自卫，反击敌对思想的进攻，在一定程度上这种本领又是必要的，"萨姆金想。"很难理解他究竟肯定什么，否定什么。而且他肯定这个，否定那个的理由是什么呢？在他家里聚会的是些什么样的人？那个奇怪的女人对待他们的态度又会是怎样的呢？"

尤其使萨姆金不舒服的是，他确信当前的许多文学作品的主题思想总结的都是他，萨姆金的观感，而他却和往常一样，在总结自己的观感方面，总是落在人家的后头。

"我读书太少。而且不求甚解。"他严厉地责备自己。"我几乎总在独白和对话中生活。"

他又想了一想，发现自己接触的人太少也是原因，于是决定：晚上到德罗诺夫家去。

三

当他到那里的时候，德罗诺夫不在家。托霞斜倚在客厅里的一张宽大的卧榻上，脑袋底下垫着一个白套的枕头，一绺绺的黑发披散在枕头上。

"这太叫人高兴啦,"她说,把一只手伸给萨姆金,她的手臂一直裸露到肩膀,露出了那没有刮过的毛茸茸的胳肢窝。"请您原谅:我刚洗过澡,中了煤气,现在晾晾头发。这位是我的好朋友和老师,叶夫根尼·瓦西里耶维奇·尤林。"

这个人深深地坐在一张大皮椅里,把两条长腿的尖瘦膝盖远远地挺在椅子外头。

"请原谅,我不站起来,"他说着,举起一只手来。萨姆金小心地握了握那干瘦的长手指,看见他那光秃的头顶好像是粘在沙发背上似的,瘦削的灰脸,朝着天花板,也像他萨姆金一样,留着小连鬓胡子,高高的额角下的两只眼睛炯炯有神。

"请坐到卧榻上来吧,"托霞邀请说,挪动着身子。"叶夫根尼·瓦西里耶维奇讲得可有趣啦。"

"我想讲得够多了吧?"尤林问道,咳嗽了一声,往一只铁盖的蓝色小玻璃瓶里吐了一口痰,而在他咳嗽的时候,托霞已经摩挲着萨姆金的手,说道:

"您来得太好啦……不,请您继续讲下去,叶涅奇卡①……"

"就这样,"尤林顺从地开口说。"在我脑子里形成了这样的印象:凡是特别喜欢严肃音乐的工人,对一切生活问题,当然,尤其是对社会经济政策方面的问题,最为敏感。"

他用肺痨病人那种特有的平淡无力的声调说话,他的牙齿暗淡地闪着白光,看得出来,是假牙,特别整齐、洁白。虽然屋子里很温暖,他的脖子上却还围着一条带格的丝围巾。

托霞身上裹着一件绿色的布哈拉式长袍,脚上穿的是黑袜子。萨姆金心想,长袍下面准是只穿了一件内衣,所以她的线条才显得这么清楚。

---

① 叶夫根尼的爱称。

"大概是个很容易上手的女人,"他心里这样断定,仔细打量着她那若有所思、双眉紧锁的脸。"披散着头发,她的脸和她整个的人都显得更漂亮了。好像是画中人。伊斯兰教徒的闺中使女、奴婢……的画像。诸如此类的吧。"

"在工人阶级中,真是藏龙卧虎,人才济济,可是他们全都被白白地埋没了,"尤林枯燥而又凄凉地说。"譬如说……"

走进来两位太太:奥列霍娃和一位中等身材的黑发妇人,很像是一只老鸹,当她用细碎的脚步一跳一跳地跑到托霞跟前的时候,就更像一只小鸟了,她弯下腰,一边吻着托霞,一边哼哼道:

"我的亲爱的,我的美人儿。"

她仿佛胸部被打了一下,挺直了身子,装出一副吃惊的样子,但是装得既不像,又不自然,她大惊小怪地叫道:

"尤林?是您吗?还在这儿?怎么回事?为什么不到克里米亚去呢?您听我说:这是自杀!托霞,这是怎么回事呀?"

托霞很不礼貌地用手绢擦着被吻过的脸,把穿黑袜子的脚放到地板上,站起来,说了声:"认识认识吧:这位是萨姆金,这是普洛特尼科娃和玛尔法·尼古拉耶夫娜。我去穿衣服。"说着就出去了。

奥列霍娃郑重其事地跟托霞问候了之后,同情地看着萨姆金,握了握他的手,就去把尤林从皮椅里扶起来。他默默地接受了她的帮助,于是这个身材高高的、脊背微驼的人便朝风琴走去,他穿着粗呢衣服,然而衣服也遮掩不住他那尖尖的、瘦骨嶙嶙的双肩、两肘和膝盖。普洛特尼科娃急急忙忙地对奥列霍娃讲道:

"维鲁博娃[①]在宫廷里越来越有势力,皇后宠爱她简直到了发疯的地步,甚至于有人在谈论,说她们之间的关系有点儿像……"

她悄悄地说出了究竟是什么关系,然后又惊惶地大叫道:"您想想看,这竟是皇后干的!"她继续说下去:"同时维鲁博娃有一个情夫,一

[①] 皇后宠爱的女官。下文中提到的情夫指冒险家拉斯普京(1872—1916),他本是托博尔斯克省的农民,后混进沙皇宫廷,对沙皇尼古拉二世有很大影响。

个普通的西伯利亚农民,大力士,身材魁梧,她把他的相片藏在《圣经》里,不,您想想看:居然在《圣经》里藏情夫的照片,这像什么话!"

"我的朋友,这是小事一桩,我可以给您讲一段新闻……"

"什么新闻,什么?"

"等德罗诺夫他们来了我再说。"

尤林开始弹风琴,弹了一支庄严、忧伤的曲子。两个女人并肩坐下,默不作声了。奥列霍娃一面听,一面赞赏地摇晃着脑袋,噘着嘴,摩挲着膝盖。普洛特尼科娃在鼻子上扑了点粉,用圆滚滚的鸟似的眼睛朝音乐家的后背看了一会儿,悄悄地说道:

"这对他可能是有害的……这好像是教堂音乐,是吧?"

托霞穿一件浅蓝色的无袖长袍走进来,梳了一条粗辫子,从肩膀上直垂到胸前,脖颈上带着一串珠子项链,现在她很像马科夫斯基[①]的名画《贵族的婚礼》中的新娘。

"弹得好吗?"她问克里姆,他默不作声地低下头。他根本不喜欢簧风琴,而现在看着这个注定不久就要死亡的人挪动着手脚,仿佛是要爬到什么地方去似的,在乐器上奏出浑厚的忧郁音调,不知道为什么使他感到特别不舒服。

"现在他没有力气了,"托霞轻轻地说。"可是就在今年夏天,他在我们的别墅里弹得还那么好,钢琴他弹得更好。"

"您穿无袖长袍很合适。"萨姆金说。

"是的,合适,"托霞点点头,同意说,一面用灵巧的手指编着辫梢。"我喜欢穿无袖长袍,穿着舒服。"

她不作声了,萨姆金透过音乐声听到两位太太在小声争论:

"请相信我的话,敦巴泽是被炸弹炸伤的!"[②]

"不。这是不正确的。"

[①] 马科夫斯基(1846—1920),俄国著名的巡回展览派画家。
[②] 敦巴泽(1851—1916)是俄国陆军少将,雅尔塔的行政长官,一九〇七年二月二十六日被炸,受轻伤。

"真的,真的!把帽檐炸掉啦……而且……"

"'而且'什么,纯属胡说!"

("您的原名是塔季雅娜吗?"萨姆金问道。

"是托西雅。")妇人从他手里接过一支烟,声音很低地回答说:"不过,别人叫我托霞的时候,我就觉得我自己仿佛年轻了。要知道,我已经二十五岁了。"

她点上烟,眼望着尤林的后脑勺,依然声音很低地说道:

"多么庄严的音乐呀!他老是挑选这样的东西。贝多芬的,巴赫的。庄严、雄伟的音乐。他是个非常出色的人。可是已经病入膏肓,不久人世。"

萨姆金朝她的脸上瞥了一眼,她的眉毛严厉地紧皱着,咬住下嘴唇,使人觉得她立刻就会哭出来。萨姆金急忙问:她早就认识尤林了吗?

她巧妙地向空中吐着烟圈,用枯燥的半耳语声说:

"八年啦。他本来是个报务员,学过拉小提琴。是个既温柔又聪明的好人。后来他被捕,坐了九个月的监狱,被流放到阿尔汉格尔斯克。我本来想到他那儿去,但是他逃跑了。不久在下诺夫戈罗德又被捕,直到一九〇五年才获释。一九〇六年年底又被捕。今年春天因病才又获释,是他父亲张罗着办的,叶尼亚也曾帮着奔走。他弟弟原是钳工,后来当水兵,在斯维亚堡牺牲了[①]。他父亲原是个筑路工匠,后来变成了筑路包工把头,很有钱,今年夏天死了。叶尼亚连他的葬礼都没去参加。他被召到这儿来,是为了办理遗产继承事务,但是据叶尼亚说,他们在故意拖延,等待他死去。"

"为什么她这样急于把自己的身世告诉我呢?"萨姆金疑惑地想着。

在风琴的呜咽声中听着这种耳语,使萨姆金很不舒服,他觉得在

[①] 指一九〇六年七月十七日至二十日斯维亚堡要塞的军队反对沙皇的起义。

这混杂的和声中,有一种类似哀怨的幽默,所以当尤林停止弹琴的时候,他轻松地叹了口气,尤林挺直了弯曲的脊背,说道:

"这是梅耶贝尔[①]给埃斯库罗斯[②]的悲剧《复仇女神》写的乐曲。不能在这种木箱子[③]上弹,而且我也忘了一些。可是我们要喝茶了吗?"

"请吧!"托霞站起来说。

男人相的、身躯笨重的奥列霍娃,穿了一件铁锈色的厚毛呢连衣裙,一只手搭在普洛特尼科娃的肩上,用手指头弹着一块衣服上的衬片,愤怒地说:

"在米卡列姆节[④]的时候,周身缠满彩色纸条的鲍里斯·弗拉吉米罗维奇大公在'巴黎咖啡店'里,跟一群妓女坐在一起吃晚饭,妓女们把一只猪形的气球拴在他的耳朵上。您想想看,我的亲爱的,这是皇室的代表呀,啊?这些家伙在怎样给俄罗斯丢脸啊!请注意:这是莫斯科总督赖因博特说的。"

"可怕,真可怕!"普洛特尼科娃用嗡嗡的声音说。"据说,阿列克谢大公为情妇巴列塔挥霍的钱,比对马海战花的钱还要多!"

"可是您以为怎样?就是挥霍了这么多!"

尤林搀着托霞的一只胳膊,向她解释道:

"复仇女神,就是希腊神话中的三位复仇女神,庄严、愤怒的女神。就像玛莉雅·伊万诺夫娜那样。"

"什么,什么?是谁像我一样啊?"奥列霍娃像只受惊的母鸡似的,惶恐地问道。

诺盖采夫从过道里走进来,用手绢擦着连鬓胡子,温柔的眼睛里闪着光芒,一个仪表庄重的、长头发的人紧跟在他身后,这个人身上紧

---

① 梅耶贝尔(1791—1864),作曲家,生于柏林,后移居意大利和巴黎。
② 埃斯库罗斯是古希腊三大悲剧作家之一。
③ 指簧风琴。
④ 复活节大斋期第三周的星期四。

裹着一套黑色的长礼服,胸部扁平,身子不自然地直挺着。诺盖采夫立刻从口袋里掏出一张纸,摇晃着,大声宣布说:

"非常有趣的新闻!"

"我也有一桩新闻!"奥列霍娃急忙喊道。

"您说您有什么新闻吧?"

"不,您先说。"

诺盖采夫把那张纸藏到背后,问道:

"为什么我先说呢?妇女第一么!"

"不行,不行!在这个场合不适用!"

在他们争论的时候,那个穿长礼服的人,腰也没有弯,就把托霞的手举到自己脸前,默默地吻了很久,随后把腿弯成直角,坐到克里姆旁边,并把一只小手掌伸给他,低声自我介绍说:

"安东·克拉斯诺夫。"

萨姆金握着他的手,感到很奇怪:他原以为手指一定很结实,但是一握却是软绵绵的,仿佛没有骨头似的。

德罗诺夫回来了,把一个身材矮小、戴着夹鼻眼镜的圆滚滚的女人让到自己的前头,她满头火红色的鬈发,脸长得很漂亮,像玩偶似的。德罗诺夫倾听了一会儿人们的争论,从口袋里掏出笔记本,不知道为什么朝萨姆金挤了挤眼,高声宣布说:

"注意!"

随后他模仿着助祭的腔调,像唱诗一般开始高声朗诵:

"呜呼,宜受诅咒与鄙视之俄罗斯犹大……"

"对啦,对啦,"诺盖采夫喊道。"我的也是这个!那么您的呢?"他问奥列霍娃。

"哼,也是,"她点点头,不高兴地说。

"注意!"德罗诺夫重复说,又重新朗读起来:

"'……汝灵魂中之一切纯洁、高尚与神圣之道德品质已丧失殆尽,汝残暴乖戾,自绝于人世,自缢于傲慢与淫巧之枯枝。汝已腐透骨髓,更以汝道德宗教腐败之恶臭,毒化我知识界之佳境,实属罪大恶极,应即革除教门。况汝复以尔疯狂之魔力与狂热伤风败俗之才,驱尔愚昧、不幸之同胞于万劫不复之深渊。'"

在德罗诺夫朗读的时候,奥列霍娃和诺盖采夫各自校对着自己的记录稿,他刚刚念完,诺盖采夫就立刻插嘴说:

"这是盖尔莫根大主教声讨托尔斯泰演说的片断,明白吗?怎么样?"

"不学无术,"克拉斯诺夫耸耸肩膀说道:"请注意这里的措词——道德宗教腐败之恶臭?你们想想看,在教会的声讨文告中,能允许出现这样的措词吗?"

火红头发的女人,激动地摇晃着满头鬈发,用仿佛要长时间地、不妥协地论战下去的口气问道:

"那么如果用异端呢?"

"既然说,异端腐败之恶臭又怎能称之谓宗教道德的呢?简直是不学无术。"

群情激愤,大家七嘴八舌地在互相诉说对大主教讲演的愤怒,但是克拉斯诺夫用茶匙敲了敲桌子,等到人们安静下来以后,咳嗽了一声,开口说:

"主教文理不通的粗俗的讲演并不会使我们感到侮辱,也不应为此激动。列夫·托尔斯泰是具有最深刻的社会伦理意义的现象,对这一现象,我们始终还没有做出为大多数思想家所能接受的,客观、正确的评价。"

看来他已经使诺盖采夫和这些女人习惯于听他讲话,他们都老老实实地喝着茶,竭力不使杯盘发出声音。尤林把脑袋靠在沙发背上,仰面看着天花板,只有德罗诺夫坐在托霞身旁,低声说道:

"我明天一定要去莫斯科。你去不去?"

"不去。不想去,"托霞非常响亮地说,仿佛是在平静的溪流中投进了一块石头。

"普列奥布拉仁斯基在他那本受到高度赞扬的《论道德思想家托尔斯泰》小册子里,为这位可敬的名作家的人格和教义下了十一条定义,"克拉斯诺夫说着,陶醉地闭上眼睛,可是萨姆金睨视着他的脸,心里想:

"他故意把身体这样不自然地直挺着,衣服又绷得这么紧,大概因为他全身也都像他那奇怪的手一样,是软绵绵的。"

黑呢子的长礼服和浆得笔挺的、高高的白衬衣领子,使克拉斯诺夫脸上灰溜溜的色调显得特别突出、难看,两腮的胡子都平滑地贴在脸上,无力地向下垂着,上嘴唇上的胡子也是这样,它们在下巴上汇合,构成一个小楔子形,这就使他的脸变成一种奇怪的样子:仿佛整个脸都在向下流似的。前额上清晰地刻着几条纵纹,柔软的长发紧贴在头皮上,所以看上去好像很稠密,但是依然隐约地露出了头皮。上眼皮疲倦地垂下来,把眼睛遮住了,鼻子太长,而且无力地耷拉着,非常难看。

"可能他已经四十多岁了,"萨姆金一面心里盘算,一面听着克拉斯诺夫在一一列举:

"泛神论者,无神论者,纯理性自然神论者,自觉的说谎者,他是俄国的雷南或者施特劳斯[1],当代最伟大的思想家,可怜的辩证法学家,以及其他等等等等,最后,还应该提到,他是既有享乐主义和粗俗的功利主义动机,又有社会主义和共产主义倾向的利己主义的说教者,像古谢夫、科兹洛夫、尤里·尼古拉耶夫[2]等这样一些可敬的教授和思想家都特别坚持最后这一点。"

"全是胡说八道,"尤林很不礼貌地打了个呵欠说。"胡说八道加废话。"他又补充了一句,而托霞也很不客气地问演说家:

"您要喝茶吗?"

---

[1] 雷南是法国历史学家,施特劳斯是德国哲学家和神学家。
[2] 古谢夫、科兹洛夫、尤里·尼古拉耶夫等人都是教授或评论家,都有评论托尔斯泰的专著。

四

立刻大家全都嚷起来了,谁也不听谁的,但是又仿佛是要冲进这无聊演说的缺口,协同一致地要用自己的话去埋葬这篇演说和对它的记忆。火红头发的妇人声明道:

"我怀疑盖尔莫根的演说记录的正确性……"

"来源非常可靠,非常可靠,"奥列霍娃跺着脚喊道。

普洛特尼科娃手里端着茶杯站在那里,对克拉斯诺夫说:

"他还是无政府主义者—共产主义者,这一点您忽略了!然而这是对他的最好的评价。"

诺盖采夫亲切地劝尤林说:

"不—不,您太偏激了!我们先要了解,判断,他是拥护我们呢,还是反对我们?"

"这我们是指谁呀?"尤林问道。而德罗诺夫这时正从橱柜里拿出几瓶酒和几盘菜肴,放在桌子上,弄得杯盘叮当乱响。

"看见了吧,他们总是这样争论不休,"托霞朝萨姆金笑着说。"您不喜欢争论吧?"

"不喜欢,"他说,女人点头表示赞赏:

"这很好。可是叶尼亚却很喜欢争论,尽管这对他非常有害。"

一团浅蓝色的烟雾在桌子上空飘荡。

"明天我要到莫斯科去,"德罗诺夫对萨姆金说。"有什么事要我代你办吗?你自己也要去?明天?那么说,咱们同路啦!"

"应该提出抗议,"火红头发的妇人喊道,而普洛特尼科娃则建议说:

"把盖尔莫根的讲演稿寄到欧洲去……"

"我的亲爱的,"诺盖采夫把一只手捂在心窝上,劝说道。"人们胡写的东西可太多了!哲学家、文学家都在瞎写。果戈理被俄罗斯的三套马车①吓坏了,他大呼……怎么说来的?你要奔向何方以及诸如此类的吧。可是在他那个时代根本没有出现过他说的三套马车。而且除了彼得拉舍夫斯基小组②的那伙人以外,根本没有什么人要奔向什么地方,这伙人也不过是想走十二月党人的老路。而十二月党人又是什么东西呢?要知道,从您的观点来看,他们是封建分子。要知道,他们……是小丑,这当然是咱们之间的私房话啰。"

尤林嘎哑地喊道:

"您自己才是小丑……"

"哦,是啊,在您看来,人不是坏蛋,就是傻瓜,"诺盖采夫用温和的声调说,但是他那两只黄色的眼睛却闪着青光,颧骨上的连鬓胡子都扎煞起来了。德罗诺夫拿着酒瓶子来到他面前,瓶口上扣着一只杯子,叮当地响着。

"走吧,走吧,"他说着,抓住诺盖采夫一只胳膊,拥到客厅里去。他们在这里跟火红头发的妇人和奥列霍娃一起坐下打起牌来,而克拉斯诺夫轻轻地摇晃着脑袋,垂下睫毛,遮住眼睛,对托霞说:

"亲爱的托霞·罗曼诺夫娜,人可以分为世纪的孩子和光明的孩子。第一种人全神贯注在那些看得见的和似乎存在的东西上,至于被内心的光明照耀着的第二种人,却在寻求冥幻中的天国……"

"您看,这就是常来我们家的一伙人,"托霞打断了他的话,给大家往杯子里斟着红葡萄酒说。"有趣吧?"

"是的,很有趣,"萨姆金讨好地回答说,尤林在伸手去接酒杯的时候,含糊不清地嘟哝了(些什么)。

"喂,怎么样?您在读久普列尔的书吗?"克拉斯诺夫问道。托霞皱起眉头,回答说:

---

① 果戈理在《死魂灵》上卷结尾时的一句话:"俄罗斯像一辆三套马车一样飞奔着,奔向光荣的未来。"
② 彼得拉舍夫斯基小组是十九世纪中叶俄国进步知识分子的组织。其领导人之一是彼得拉舍夫斯基(1821—1866)。

"正试着读呢。很难懂。"

"是《神秘主义的哲学》吗?"尤林问道,没有等回答,就又继续说下去:

"别读啦。托霞,纯属荒唐无稽的哲学。"

"那就请摆摆您的道理吧,"克拉斯诺夫建议说,但是托霞严厉地制止说:

"不,请不要争论啦!安东·彼得洛维奇,您最好还是讲讲女王的故事吧。"

克拉斯诺夫驯顺地低头,用手掌擦了擦前额,就开始讲起来:

"话说瑞典女王乌丽里卡-爱列昂诺拉陛下驾崩于郊外古堡中,并且已经入殓。中午时分,女王生前挚友,斯登勃克-菲莫尔伯爵夫人从斯德哥尔摩赶来,侍卫长把她送进灵堂。后来因为很久不见她出来,侍卫长就和几名军官打开了门,你们说,他们看见什么啦?"

客厅里打牌的人们在大声叫喊:

"红桃。"

"方块。"诺盖采夫喊道。

"女王陛下正坐在棺材里,拥抱着伯爵夫人。大惊失色的侍卫人员赶忙把大门关上。家人知道,斯登勃克伯爵夫人也身患重病。所以随后又派了一名急使到古堡来服侍她,原来伯爵夫人恰恰就是在军官们看见已故女王拥抱她的时刻死去的。"

"很清楚!"尤林说。"那些侍卫人员都喝得酩酊大醉啦。"

克拉斯诺夫讲女王轶事时的声音很低,简直像耳语,而且不时吐长气,好像他说话非常困难似的。这种讲话方式给人的印象很深刻,可是听起来很不舒服,萨姆金不满地耸了耸肩膀。随后他想:

"他的手根本不是软绵绵的。"

是的,克拉斯诺夫的手很奇怪,胳膊像蛇一样在不停地敏捷地活动,仿佛从肩膀到指尖都没有骨头似的。尽管手的活动似乎是迟疑不决的、盲目的,但是手指头却能牢靠无误地抓住一切想抓的东西:酒杯、饼干、茶匙。手的这些动作使故事变得更加阴森可怕。克拉斯诺夫没有注意尤林的话,摇晃着杯子,眯起眼睛,瞅着红葡萄酒里的波光,依然那样困难地、低声地说下去:

"后来把这件事记录在案,并由全体目睹者签字。一八一五年我国《历史与统计杂志》上曾经发表过。"

"居然有地方肯登这种无稽之谈,"尤林插嘴说,边咳嗽边喝着酒,可是托霞却冷笑说:

"我倒很爱听这一类的玩意儿。我不喜欢看书,但是听起来却没有够儿。我喜欢听恐怖故事。虽然吓得仿佛皮肤上有蚂蚁在爬似的,可是很舒服。请您再讲点儿什么吧。"

"可以,可以,"克拉斯诺夫同意说。

"差三分,"奥列霍娃生气地用低音说。

"可是您为什么从黑桃皇后出起呢?"诺盖采夫埋怨她说。

"伊万·普拉谢夫,是一位一八三一年参加过镇压波兰叛乱的军官,他有个勤务兵叫伊万·谢列达。这个谢列达由于受了致命的重伤,请求普拉谢夫把三个金币寄给他的家属。军官说,一定替他寄去,并且为了表彰他忠诚服务,还要加寄一些奖金,但是却向谢列达提了一个要求:'等我死的时候,你要从阴间来接我。''遵命,大人。'兵士说完就咽了气。"

"可是我有一张——十,哈哈!"德罗诺夫快乐地喊道。

"三十年后的一个夜晚,普拉谢夫和妻子、女儿,以及女儿的未婚夫同坐在自家的花园里。狗突然叫起来,扑到灌木丛中去。普拉谢夫跟着狗走去,看到谢列达正站在那里给他敬礼。'怎么,谢列达,我的死期到了吗?''是,大人!'"

"真是纪律严明啊!"尤林赞叹说,但是他的挖苦意味的赞语并没有打断那滔滔不绝的语声:

"普拉谢夫举行了忏悔仪式,进过圣餐,料理了一切后事,第二天早晨,他的农奴,厨子的老婆突然扑到他脚下,(厨子)手持尖刀跟踪追

229

来。他没有把刀刺在老婆身上,却戳进了普拉谢夫的肚子,军官大人就这样呜呼哀哉了。"

"人活着也真可怕啊,托霞!"尤林大叫道。

"听起来很可怕,可是活……活起来倒也并不怎么可怕,"她回答说,着手收拾桌上的茶具。

诺盖采夫在客厅里伤心地大发牢骚:

"这不叫玩牌,而是刑事犯罪。叛卖。"

德罗诺夫哈哈大笑,而火红头发的女人发出清脆的笑声,笑得上气不接下气,奥列霍娃却在难过地叹气。

"尤林先生,您总在讽刺挖苦,"克拉斯诺夫说,把洗好的茶杯挪到托霞面前。"显然,您以为我是个白痴了……"

"您的诊断几乎是正确的。"

"您瞧,您已经存心要侮辱我……"

"就是因为我肯定了您的自我鉴定是正确的吗?"尤林问道。

"啊哈,您已经把几乎这两个字也都删去了!"

萨姆金皱起眉头,心里想:

"大概,要争吵了。"

果然,克拉斯诺夫像从咬紧的牙缝往里吸气似的,提高了带咝咝声的嗓门说道。

"像您这样身患危险、不治之症的病人,应该……"

"死掉,"尤林替他说完这句话。"我会死的,请您再稍候数日。不过我的病和我的死都是我个人的事情,纯属个人私事,不会损害任何人。然而您可是个非常有害的……人物,当我一想到,您是教授,正在毒害青年,正在把他们炮制成神甫……"尤林想了想,用幽默、请求的口吻说道:"就非常希望您能先我而死,最好今天就死!现在就……"

"请您杀死我好了,"克拉斯诺夫提议说,仿佛很困难似的挺直了脖子,慢慢地仰起脸。两只细狭的小眼睛闪着天蓝色的光芒。

"我无能为力了,"尤林回答说。

托霞两手端着火壶,低声说道:

"你们怎么啦?疯了吗?我要求立即停止这样的……玩笑。你,叶尼亚,生气对你非常有害,你酒喝得太多。还抽烟。"

萨姆金扶了扶眼镜,惊奇地朝她看了一眼,他绝没想到,这个女人会用这么粗鲁而有权威的口气讲话。更加使他感到惊奇的是,双方竟都很听她的话,克拉斯诺夫甚至还道歉说:

"请原谅……"

"你们最好帮我摆摆桌子,该吃晚饭啦。赌徒们,你们快完了吗?"

她把火壶放在食橱旁边的小桌上,一面摆上餐巾,一面朝着萨姆金说:

"一些人在玩牌,另一些人在玩弄词句,可是您一声不响,像个外国人。可是您的相貌很平常,您准是一位外表冷酷、内心热烈,非常固执的人,对吧?"

"我不知道。我还没有很好地认识我自己,"萨姆金出乎意外地说,而且他觉得说的是实话。

"简直像外国人,"托霞又重说了一遍。"从前,我们的糖果店里,常有些人来喝咖啡、闲谈、说笑,可是有时在一个角落里坐着一个鄙视所有这些人的英国人。"

"我可绝对不是这样的人,"克里姆说,可是她又说道:

"我非常讨厌英国人!那么……自命不凡!"又对着客厅喊叫道:

"赌徒们,你们快完了吗?"

赌徒们都进来了,有的兴高采烈,有的愁眉苦脸。德罗诺夫满面春风,而一本正经地绷着脸的奥列霍娃的眼睛里,也闪着喜悦的光芒,火红头发的女人却神经质地直耸肩膀,诺盖采夫双手插在口袋里,眼望着天花板。晚餐的气氛非常友好,大家同声赞赏鲑鱼和大火鸡的美味,评说着米留金商店和猎人市场的食品花样,除奥列霍娃以外,大家都一致同意,莫斯科人吃得更好,花样更多。克拉斯诺夫坐在诺盖采夫对面,开始谈起人们虽然变得越来越聪明了,但是这也扩大了他们对世俗名利的胃口,增加了他们的苦恼,所以一点也不能帮助他们去探索人生的意义。

"佛教教义的真谛是:人生苦海无边,苦由欲来,多欲则必多苦,而终至于死。这一切告诉人们,追求个人幸福到头来只能是一场空。"

"不,请不要谈论什么死亡吧,"托霞严厉地声明说,德罗诺夫支持她的意见:

"我也反对。见鬼去吧!"

"叶尼亚说得好:死亡是每个人的个人私事。"

"然而,虽说是个人私事,"诺盖采夫又要旧调重弹,但是看到托霞的两只黑眼睛在盯着他,他就改变了口气,匆忙地说道:

"听说了吗,传说社会革命党好像出了什么问题。"

"是他们的头脑出了问题吗?"尤林问道。

"是在党内,是在中央,"德罗诺夫解释说,显然并没有理解问题的挖苦意思,或者是不愿意理解。"这个消息并不新鲜了。"

"据说最近的一些逮捕事件都是内奸造成的……"

克拉斯诺夫报告说,察里津的叛逆僧正伊利奥多尔,应拉斯普京之邀,已经来到彼得堡,维鲁博娃引荐这位僧正谒见了皇后。

"全是些家务事,家庭问题,"诺盖采夫说,但是德罗诺夫却俏皮地说:

"想必贵妇人觉得出家人比烤鲑鱼味道更好……"

"唉,万涅奇卡,"托霞叹了一口气。

萨姆金注视着克拉斯诺夫吃饭的样子,看着他那两只灵活的手,迅速而又准确地攫取着菜肴的最好部分,他心里想道:

"这家伙永远会吃得饱饱的。"

火红头发的妇人晃了晃鬈发,响亮地谈起来。

"在我们这个国度里,事变多得实在可怕!"她开口说,叹着气,瞪着浅蓝色的圆眼睛,这使她的脸变得更像玩偶了。"总是这样,真不知道:到什么时候才有个结局?事变,事变,变个没有完,而且知识分子必须对所有这一切加以考虑。农民暴动,学生造反,恐怖活动,俄日战争,恐怖活动,海军哗变,又是恐怖活动,一月九日,革命,国家杜马,说来说去,还是恐怖活动!最后连门也不敢出了。我简直不明白这是什么意思!最后会是怎么样的结局呢?"

尤林冷笑着对托霞低声说了些什么,她用手指威吓他说:

"不要这样!别胡闹。"

大家都沉默不语。萨姆金以为这个女人在说风凉话儿,但是仔细观察了一下她的脸,发现眼里含泪,嘴唇也在哆嗦。

"喝醉啦,"他心里断定,可是火红头发的妇人更加惶惶不安地带着抗议口气继续说道:

"在法国,英国,知识分子如果不愿意搞政治活动,就可以不搞,而我们则非搞不可!我们每个人都必须考虑国家发生的一切事情。为什么我们就必须考虑呢?"

她低声抽泣起来,奥列霍娃抚摸着她的肩膀,用低音诚恳地劝她:

"不要激动,亲爱的安娜·扎哈罗夫娜,这对您是有害的。"

"多么想过安静、太平的日子啊!"安娜·扎哈罗夫娜用小手绢擦着眼睛,神经质地喊道。

萨姆金挺厌恶地看了她一眼,心里想:"竟然能把非常有价值的思想粗暴地歪曲到这种程度!"

克拉斯诺夫用妥协的口气说:

"我们可以自行选择避恶从善的道路。在列夫·托尔斯泰的混乱思想中,有一条合乎基督教教义的正确道理:必须摒弃自我和世俗的一切罪恶!双手扶犁,义无反顾地去耕耘命中注定分给你的田垅,我们的庄稼人,我们的养育者,驯顺地遵从……"

大家都没有听他的话。奥列霍娃和火红头发的妇人从桌边站起来,跟托霞告别,诺盖采夫也站了起来。德罗诺夫对萨姆金说:

"那么说我们一同去啦?"

第十二章

一

萨姆金徒步走回旅馆,满街月色皎洁,他呼吸着凛冽、清新的空气,不免在内心微笑起来。他很满意。想起了在贺里桑弗大叔家里,大家围坐,饱餐安菲米叶夫娜做的馅饼的情景,想起了在莫斯科起义以前他目睹的一切,今昔对比,他清楚地看到,人们争论的题目和兴趣变化得多么急剧,人们是多么公开地在谈论从前羞于启齿的问题。

"当然,这是另一批人了,"他提醒自己,但是立刻又想:"不过从某一方面来说,他们还是比较有趣的。表现在哪里呢?是他们比较接近于日常生活吗?"

他未能解决这个问题,但是认为自己在这些人当中,能有鹤立鸡群之感,(总归)是很愉快的。只有那个火红头发的蠢玩偶的歇斯底里的行径使他不舒服。

"多蠢的娘儿们。"

总的说来,萨姆金仔细地倾听着自己的心声,认为,他好像从来还没有这样精神振奋和富于自信。他的基本情绪是一种自卫的情绪,他一向很少这样坦白地对自己提出可能贬低自我评价的尖锐问题。但是现在他却问自己:

"难道真的是因为我得到了一笔遗产,成了一个独立的人了吗?暂时的独立的人,"他又补充了一句,想起了他还不清楚遗产究竟有多少。不过这个问题不知道为什么并不要求得到解答,也许是因为脑子里浮出了托霞的影子和她那被无袖长衫衬托起来的诱人的胸部。萨姆金已经到了这样的年龄,这时很多性生活经验丰富的男女的正常生理欲求渐渐变成肉欲上的好奇,他们固执地想要品品,这个男人或女人比起那个男人或女人的味道,究竟有什么不同。在这样的场合,记忆和幻想往往就会结合起来,会像热烈的爱情一样,对某些人产生可怕的作用。不过就是梅萨琳娜①大概也不能长期满足唐璜②的好奇心,同样他也不能长久满足她的好奇心。萨姆金觉得托霞是个有诱惑力的和容易上手的女人。他非常高兴地思念着她,想象着她脱光时的样子,觉得她很像他看到的"祭神仪式"以后的玛琳娜。玛琳娜一直还像一块茧子似的留在他的脑子里,成了他一生中最痛心的一页,夜里常常使他不能入睡。而且,一个时期以来,作为排遣烦恼的方法,他就经常阅读那些去巴黎购买的书籍,把注意力完全集中到色情游戏上面,很容易地就排除了那些琐碎的、毫无结果的和令人烦恼的胡思乱想。

第二天整整一天,萨姆金独自一人,依然在昨天那种兴奋的心情中度过,宽容地思考着德罗诺夫和他的朋友们。暴风雪在窗外疯狂地飞舞、咆哮,把雪卷到窗玻璃上,身材高大、浑身黝黑、留着连鬓胡子,骑在一动也不动的肥壮大马上的沙皇铜像,在迷漫的风雪中忽隐忽现,沙皇勒马仁立,仿佛迷失了道路,不知奔向何方。萨姆金抽着烟,走一会儿、坐一会儿、躺一会儿,又像下棋一样,把自己熟悉的一些人物排列开,竭力寻找他们的相同之处。起初,他先把一些最无聊、最讨厌的人摆在一边。这些人以库图佐夫为首,都是只会用一定的惯用辞藻讲话,事先你就可以知道他们每个人对这个或那个问题会讲些

---

① 古罗马皇帝克劳狄之妻,以淫荡闻名。
② 西班牙传说中的青年贵族,花花公子。

什么。

"这些人已经定型,再也不会有什么发展了。'社会主义教会的神甫',"他这样称呼他们。"他们忘了,社会主义是资产阶级想出来的,是基督教贫乏幻想的产物。他们都是阶级斗争和绝对不可能实现的、野蛮的无产阶级专政学说的传教士。像德国人理解的那种形式的社会主义,我并不反对。在德国,社会主义是资产阶级文化进一步发展的自然趋势。在那里,社会主义从历史发展上是很容易理解的。但是在我们俄国呢?在一个可能出现拉辛、普加乔夫、农民袭击庄园的大破坏、莫斯科起义……的国家里,那简直是发疯。纯属那种一无所有,所以什么也不会损失的野心家们的冒险……"

这个评价是如此尖锐和明确,这使他自己都感到十分惊奇,他从来还没有用这样的态度想过问题,这立即使他感到自己的形象高大了,腰板挺直了。他照了照镜子,看到原来湿润的头发已经晾干了,光滑地贴在脑袋上,显得头发那么少,那么稀疏。他拿起发刷,竭力想把头发弄得蓬松起来,尽管这么一来,头发显得多了些,但是毕竟使他不由得想到:

"很快就要秃顶了。"

这使他很不舒服。

他一只手拿着刷子,用另一只手的手指摩挲着斑白的鬓角,把自己的脸仔细地打量了约两分钟,什么也没有想,倾听着内心的活动。他觉得自己的脸很庄重,很聪明。虽说表情有点冷漠,但是很清秀,有这样脸相的人敢于自由思想并且本能地仇视对独立思想的压制,仇恨一切束缚独立思想的企图。

"知—识—分—子,"他内心暗自这样尊称自己。"一股崭新的历史力量,一股还没有充分认识自己的作用和方向的力量。"随后就用梳子梳下刷子上的落发,揉成一团,放在烟灰缸里,划一根火柴点燃,等到头发毕剥响着烧成灰烬的时候,他长叹了一声。这以后,由于经历了这一段时间,心情稍稍平静下来,于是又重新按人们性格上的共同特征把他们组合起来。他把德罗诺夫和米特罗方诺夫排在一起。随后又把塔吉尔斯基加进他们的行列。想了想,又把第四个——马卡罗夫补到他们一伙,但是立刻就发现,分错了,不合适。

"应该把柳托夫分在他们一伙。还有别尔德尼科夫。是的,正该是别尔德尼科夫这个畜生。"

但是别尔德尼科夫笨重的身躯,在萨姆金的棋局中,却成了一只童话里的大熊,童话里说有几只小兽为了过友好的生活,共同住在马的头骨里,但是大熊来了,问道:"谁住在马的头骨里呀?"等小兽们说出了各自的名字,大熊就说:"我要把你们统统压死。"于是坐到马的头骨上,把马的头骨和里面的居民全都压得粉碎。

一想到别尔德尼科夫华丽而无耻的胡言乱语,他就感到不快和屈辱,回忆遗憾地打乱了棋局,使这盘棋变得索然寡味,而且这些棋子的本身,除了在思想上和语言上具有许多细微的共同之处外,它们最大、最明显的共同特征只不过是都没有明确的目标。

"马卡罗夫和塔吉尔斯基企图在什么东西上扎根呢?他们想干什么?为什么柳托夫捐钱给社会革命党呢?专制政体对他的生活有什么妨碍呢?"

窗外,骑在一动不动的马上,戴着警察帽子,浑身漆黑,留着连鬓胡子的沙皇[1],在迷漫的风雪中跳跃,这位沙皇,不论在哪一方面,都一点儿也不像在枢密院广场上策马飞奔、奔马的蹄子踏在一条毒蛇上的那个沙皇[2]。

萨姆金离开窗户,躺在沙发上,想起女人来了,想到托霞、玛琳娜。

二

这天晚上,在火车的一个单间里,他无所用心地听着伊万·马特

---

[1] 指亚历山大三世。
[2] 指彼得大帝。

维叶维奇·德罗诺夫不间断的、激动的谈话。德罗诺夫坐在他对面,端着一杯白葡萄酒,酒瓶子夹在两膝之间,右手巴掌抚摸着没有刮的下巴和脸颊,萨姆金觉得,甚至透过脚底下铁轮的轰鸣声,也能听到他脸上那些硬胡楂儿的簌簌声。

"你知道吧,是这么回事儿,"德罗诺夫低声匆忙地说道,他那高颧骨的脸皱了起来,眼睛和从前一样,不安地转动着,一会儿窥视窗外不时被火星和灯光划破的黑夜,一会儿看看萨姆金的脸,一会儿又瞅瞅酒杯。"我不想当傻瓜。生活——鬼知道是怎么回事儿,好像忽然衰老了,愁眉苦脸,而与此同时,生活中又出现了某种痉挛现象,你明白吧,那么一种匆忙的,急不可待的情绪……快抢吧,伙计们!当然,在工业和商业部门,这是很自然的,那里,正如马克思主义者教导的,或者是你制造乞丐,或者你自己变成乞丐。不过乞讨这个行当,虽说是我们的民族职业,但是可并不是什么愉快的职业,也不会使你更加感到骄傲。至于'人这个字听起来多么令人自豪呀',真见鬼,人居然也想成为自豪的。哼,你明白吗……"

他脑袋往后一仰,把酒倒在嘴里,下巴和胸前也都洒满了酒,酒杯往小桌子上一放,解着领带,又继续说道:

"兄弟,知识界的情况使我着急。因为我,不管你愿意不愿意,把自己也算作知识分子。可是你知道吧,知识界的分化正在急剧、深刻地进行着。理想主义者、神秘主义者和佛教徒在研究瑜伽派,出版《神智学通报》。突然想起了布拉瓦茨卡娅[①]和安妮·贝桑特[②]……在卡卢加,过去除了卡卢加面团之外就一无所有,可是现在那儿的老百姓却在搞什么通灵术。似乎是在革命以后……"

"早在革命以前这种活动就已经开始了,"萨姆金提醒他说。

"是打防疫针吗?为了防疫吗?"德罗诺夫小心地把酒瓶子放在铺

---

① 布拉瓦茨卡娅(1831—1891),俄国女作家,曾赴西藏和印度旅行,在印度哲学的影响下创立了神智学。
② 安妮·贝桑特(1847—1933),印度社会活动家,神智学团体的领导者。

位角上,问道。

"可能是,"萨姆金同意说。

"是的。这就是说,有人已经有所预见?可是什么人在指挥这些活动呢?"

萨姆金冷笑着,默默地耸了耸肩膀。

"现实主义的文学家们变成了悲观主义者,"德罗诺夫嘟哝着,把潮湿的领带放在膝盖上摩挲平,然后挥舞了一下领带说道:"不久前,我听到对你有这样的评论:你没有俄罗斯人共有的那种探索邻人的灵魂,或者由于他没有灵魂而去掏他的口袋的习惯。这是塔吉尔斯基,安东·尼基福罗夫说的……"

"我很不了解他,"萨姆金赶紧声明说。

"可是依我看,他对你的评价……是很正确的,"德罗诺夫沮丧地,仿佛很委屈地继续说道。"你对人……没有好感。甚至似乎是厌恶的……"

"这是错误的,"萨姆金严厉地说。"就像我不了解他一样,他同样也不了解我。你早就认识他了吗?……"

"已经两年了。是在跑马场上认识的。他丢了钱,或者是被偷去了。他就向我借了一笔钱,结果赢了很多!他要把赢的钱分一半给我。但是我拒绝了,也在他押的那匹马上押了一注,结果我赢的钱比他还多两倍。于是我们就小小地……纵酒狂欢了一番。这样我们成了朋友。"

"他是个什么样的人呢?"萨姆金警惕地问了一句。

"鬼才知道呢!"德罗诺夫若有所思地回答,接着就又兴致勃勃地匆忙谈起来:"他很复杂,好坏兼有。在内务部任职,可能是在警察厅,但是他最不像奸细了。很聪明。最大的特点是聪明。他很苦闷。好像是一个绝望的恋人,可是谁也不知道他为什么苦闷。他正在追求托西卡,但是你知道他是怎么个追法啊!总是跟她说些斗气的话。她非常看不惯他那种样子。总而言之,是个用斜体字印出来的

'人'。我喜欢这种……有缺点的人。如果是完人,那就连鬼也不屑去接近他了。"

"他这是说我呢,"萨姆金心里这样想,嘴里却说:"你的夫人很有趣……"

"大家都称赞她,"德罗诺夫脸皱起来,说道。"不过她可太不像一位妻子。对家务事就像佣人一样漫不经心。塔吉尔斯基早就认识她,就是他介绍我跟她认识的。他说:'你愿意不愿意娶一个漂亮的、但是对自己的命运漠不关心的姑娘?'看来,她已经拒绝了塔吉尔斯基,直到现在他还称她为卧室旅行家。但是我并不吃醋,而她是一个正直的女人。跟她在一起很有意思。而且你明白,完全可以放心:她不会欺骗你,不会出卖你。"

"那么尤林呢?"萨姆金问道。

"是一名布尔什维克小卒。有些小聪明。但是,正如你看到的,是一张出过的牌了。如今他是托西卡的爱的寄托,但是是母性的爱。"

他说话的口气是那么乏味,以致萨姆金觉得:

"他是言不由衷。"

他们沉默了两分钟,后来德罗诺夫说:

"怎么样,睡觉吧?"但是他脱下上衣,扔在铺位上,看着表,又说起来:"现在我要去取一部将令人目瞪口呆的书稿。这是彼佳·司徒卢威和几位同志编写的。据说是一部以'退却'为主题的著作。要知道,他早在一九〇一年就已经号召'退向费希特①',你瞧,就是这样……而与此同时,社会革命党的情况似乎有些不妙。总的来说在土崩瓦解。尤林却断言,所有这一切都是好事!他说把糠秕和各种垃圾都筛掉,剩下的就是最纯、最好的谷粒……嗯,是的……"

"这个看法是正确的,"萨姆金敷衍说。

"我不知道,"德罗诺夫回答了一句,就沉默不语了,但是当他已经

---

① 费希特(1762—1814),德国古典唯心主义哲学家。

换上睡衣坐在铺位上揉着下巴的时候,却忽然又生气地嘟哝道:

"你知道吧,不管怎么说,人们想出来的最妙也最可怕的东西,莫过于阶级斗争的理论和工人阶级专政的思想了。"

萨姆金低下头,隔着眼镜看了他一眼,但是德罗诺夫已经躺下,把毯子盖在身上了。

"生气啦,"萨姆金断定,熄了灯。"他变得有趣了,好像也变聪明了。但是我毕竟还是不应该允许他跟我说话的时候称呼'你'。"

"真滑稽,"德罗诺夫说。

"怎么滑稽?"

"一个德国血统的人,却在培养俄罗斯人的爱国主义精神。"①

沉默了一会儿之后,萨姆金不再抑制自己要打断德罗诺夫话头的愿望,冷淡而又不容反驳地说道:

"司徒卢威对知识分子的贡献是非常大的:他首先向知识分子指出,个人在历史上的作用纯属痴人说梦,自欺欺人之谈……"

"还有呢?"德罗诺夫沉默了一会儿,问道。

"还有他承认每个人都有科学地、冷静地观察各种现象的权利,"萨姆金想说,但是又有点犹豫,最后还是睡眼蒙眬地说:

"很晚啦。我们睡吧……"

但是德罗诺夫却不肯罢休,侧身躺着,手指在昏暗中指画着,提高了嗓门,恶毒地说:

"作为马克思主义者,他否定了个人的作用,可是后来,正如你所了解的那样,他改换门庭,又信奉唯心主义了,可是离开个人主义,就没有唯心主义,而否认个人在生活中的作用的唯心主义,那简直是胡说八道!异想天开……"

萨姆金没有回答他,但是蒙眬中想道:

"哲学方面的书我读得太少了。"

---

① 指司徒卢威,他在转到极端民族主义立场以后,疯狂宣扬对"大俄罗斯"的崇拜。

三

"到莫斯科啦!"德罗诺夫唤醒了他,自己早已打扮好了,一身烟草色毛茸茸的厚衣服,头发梳得光光的,派头十足。

"咱们一点钟到莫斯科饭店去吃早饭,好吗?"他建议道。

"如果来得及我就去,"萨姆金说,心里却决定不去莫斯科饭店吃早饭,就从火车站径直去公证人事务所,了解瓦尔瓦拉遗嘱的内容。可是不愉快的事情正在那里等待他呢:原来房子已经以二万卢布抵押给人了。公证人身躯瘦削、扁平,焦黄的脸,尖下巴上有一撮尖尖的灰白胡子,两只红红的鲈鱼眼睛。他告诉萨姆金,债权人愿意再出一万到一万二千卢布买下这座房子。

"不能再多了吗?"萨姆金问道,暗自盘算着,有了一万二千卢布,他一个人可以非常舒服地过上四年。公证人否定地摇摇脑袋,咂了咂嘴,重复说:

"不能再多了。"

公证人的样子不能使人信任,萨姆金认为,应该跟德罗诺夫商量商量,这个人一定懂得卖房子的奥妙。在瓦尔瓦拉的家里他又遇到了不愉快的事情:给他开大门的是个十多岁的、黝黑的、尖鼻子的小姑娘,不知道为什么她流露着快乐的神情,高兴地喊道:

"瓦尔瓦拉·基里洛夫娜不在家,到彼得堡去了!"

萨姆金觉得她那快乐样子很没有礼貌,就严厉地说道:

"瓦尔瓦拉·基里洛夫娜去世啦!"

"主啊,"小姑娘轻轻地说了一声,但是往后退了一步,问道:"也许,您在撒谎吧?"立刻又尖声地喊道:"费莉查塔·纳扎尔娜!"

那个胸部扁平、薄嘴唇的、熟识的妇人出来了,她头上戴着花边小帽,傲慢地扭着脖子,一声不响地用玻璃眼珠盯住萨姆金的脸,而小姑娘却用手指头指着他,惊慌、匆忙地说道:

"他说瓦尔瓦拉·基里洛夫娜去世啦。"

"我一点儿也不知道,"妇人说,也没有帮着萨姆金脱衣服,可是等他从过道里往室内走去的时候,她拦住了他的去路。

"对不起,这是怎么回事儿……"

"躲开,"萨姆金喊道。"您怎么的,不认识我了吗?"

"认识,不过我不能……"

于是她往旁边退了一步,用呆板的声调命令说:

"安卡,打电话给警察所,请米龙·彼得洛维奇来一趟。"

"您真是个糊涂娘儿们!"萨姆金声明说。"我要把您赶走,"他喊道,但是立刻就对自己的愤怒感到羞愧,而妇人却紧紧跟在他身后,单调而又枯燥得令人心烦地说道:

"如果您有权利,您当然可以把我赶走,但是您没有权利骂人。我是管家,主人把财产托付给我。"

"可是您知道我是谁呀,"萨姆金心平气和地提醒她说。

"我是给瓦尔瓦拉·基里洛夫娜管家的,并没有得到她有关您的指示……"她跟在萨姆金背后,停留在他去的每间屋子的门口,显然,是怕他会拿走,或者把什么东西藏进口袋里去,气得主人真想拿什么东西照她脑袋上敲一下。这种尴尬的情况继续了约二十分钟,萨姆金的神经紧张得简直要爆炸了。他吸着烟,一会儿来回走走,一会儿又坐下来,而且也意识到,自己这些行动只会增强这条两腿梭鱼的疑心。

"如果让她在这儿再待一天,她会把什么都偷光,"他心里盘算着。

一位肥胖的黑胡子巡官终于来了,他一声不响地听完双方的申诉,就用非常威严的低音说道:

"作为一个律师,您应当懂得要提出医生或医院的死亡证书来。"

"证书我已经交给公证人,您可以去那里查对。"

"我没有这个义务,"巡官长长地叹了一口气,说道,睫毛遮住了他那砖色脸上黑黑的大眼睛。

"我可以付些手续费,"萨姆金说,把一张二十五卢布的票子递

243

给他。

"好极啦,"巡官回答说,把大手掌举到长满长毛绒似的头发的脑瓜边,行了一个礼,然后走出去,用手指头向费莉查塔招呼了一下。

萨姆金心情恶劣。在这座房子里生活的不愉快的回忆使他很不舒服。那些堆满了各式各样的旧家具,摆满了各种小玩意儿的房间也使他感到厌恶,这些东西正说明了女主人的美学趣味。瓦尔瓦拉卧室的墙上,挂着他,萨姆金的一张大照片,身穿燕尾服,脑袋像个南瓜,这也使他很不舒服。

"去它的吧,叫这个傻娘儿们偷吧,"他这样决定,于是就动身去跟德罗诺夫会面。

大雪把莫斯科装饰得非常漂亮,屋顶盖上了厚厚的鸭绒被,路灯也戴上了洁白的帽子,到处都闪烁着银色的寒光,城市上空的冰霜也闪着氧化银似的静穆的光芒。雪在人们的脚下窸窣作响,爬犁的滑铁沙沙地低声叫着。

"一座舒适的城市,"萨姆金称赞地想。

德罗诺夫还没有到饭店里来,萨姆金费了很大的劲才在挤满了食客的大厅里找到一张空桌子,这里人声鼎沸,玻璃杯、刀叉和碗盘的叮当声响成一片。萨姆金并非第一次坐在这座莫斯科烹调艺术的宫殿里,他很喜欢到这里来,听听一些颇有身份的人物各种腔调的谈话,他觉得这些人酒足饭饱之后在这里的谈话,大概比在别的任何地方都更加坦率。有一次,他甚至这样想过,这种五花八门的、庞杂的语声,大概很像在喀琅施塔得大教堂里,由著名的神甫约安·谢尔吉耶夫主持的"共同忏悔"仪式。听着个别的语句和零碎的激动言词,萨姆金深信,这里倒比书籍和报刊能更好、更正确地帮助他理解"人们是靠什么生活的"。现在,在他身后,就有一个悦耳的低音用规劝的口气说道:

"我们外省人的日子,比你们莫斯科人过得要安逸些,我们有足够的时间来观察你们,可是我们看到了些什么呢?"

"来来,再吃一块鲟鱼,"一个懒洋洋的、平淡的声音劝那个用低音说话的人。

"我很高兴吃。"

萨姆金前面,一个紧绷在掐腰外衣里的狭长脊背在起伏波动,并用有点儿瓮声瓮气的声调在大声诉苦:

"怎么办哪,彼得·瓦西里耶维奇,我的老兄?春天里贵族联合声明他们反对政治改革,现在,咱们莫斯科的贵族又高唱专制政体神圣不可侵犯,可是我们呢,我们工业界怎么办哪,啊?"

那个用低音说话的人大概已经吃下一块鲟鱼,所以又教训起来了:

"虽然你们的文学趣味在迅速改变,但是终究还可以看出,趣味是很单调的。虽说对易卜生的反民主思想已经厌烦了,他在剧坛上的地位已由汉姆生取代,可是,洋姜并不比萝卜甜。因为汉姆生也是个反民主的作家,是政治的敌人……"

"但是他的作品里的主人公卡连诺①,为了取得在国会里的席位,很轻松地就抛弃了自己的理想,"那个懒洋洋的声音插话说。

"对啦,对啦!就是这么一回事,抛弃了自己的理想。正像咱们这里一样,现在许多非贵族出身的知识分子,为了个人的成功,抛弃了自己的理想,逃避社会活动,不顾父辈的遗言和革命的教训……"

"哼,那算什么遗言和教训呀!现在有了新的遗言:发财吧!这就是革命的遗言……"

"您这是讽刺吗?"

懒洋洋的声音开始生气地说道:

"唉,这有什么讽刺可言呢!大家都要吃饭么。"

"有损于自己做人的尊严……"

"尼丰特·伊万诺维奇,您还在信仰陈腐的教条呢。可是青年人,这帮非贵族出身的知识分子……可没有睡觉!我有个办事员,一九〇

---

① 卡连诺是挪威作家汉姆生(1859—1952)的三部曲(剧本)《国门》《生活的游戏》和《晚霞》的男主人公,一个自负的机会主义者。

六年干了些什么淘气的事儿,被捕了。小伙子很能干,也很聪明,还准备考大学呢。哼,我把他营救出来。可是他,这个狗崽子,却居心不良,竟把我的一个文件偷抄了一份,卖给了希望得到这个文件的人。使我在这件讼案中丧失了七千卢布的酬金。而那件案子本来绝对会胜诉的。"

"那儿的一切都是咱们的,一直到白河边,都是咱们的!"萨姆金旁边的桌子上有人嘎哑地大声叫道,引得萨姆金和另外许多人都把目光转向这个大声喊叫的人。这家伙红脑门、大眼睛,留着稠密的浅色大胡子和两撇生气似的向上翘着的胡髭,这两撇胡髭也没有遮住他那鲜红的厚嘴唇,他拿着叉子,在空中画着花纹。"从比尔斯克往里,直到连绵的群山,都是咱们的!而那儿的居民全是巴什基尔人,野蛮人,废物,不会干活,地里尽是杂草,踏着金子走路的乞丐,他们连金子也懒得弯腰去拾……"

一个耳朵紫红、脖子上挂着一枚勋章的秃头男人和一个大鼻子、身材颀长、像尼姑一样穿一身黑衣的女人在听他讲话。

脖子上挂着勋章的人,一边站起来一边说道:

"所有这一切,我和我的工程师都要去看看,"而那个女人却生气地大声问道:

"去那儿要走很久吗?"

"唉,什么很久呀!坐四昼夜的轮船就到了。我们畅游伏尔加河、卡马河、白河、白河沿岸,风景秀丽,准叫您拍手叫绝,克拉里萨·雅科夫列夫娜,准会叫您不断地拍手叫绝,"他挺直巨大的身躯,神情激动地放开嗓门叫道:

"我又不是国家的敌人,倘若您要兴办这样巨大的事业,我一定把土地廉价卖给您。"那个穿掐腰外衣的人扭过脸来,使萨姆金看到了他的一只深色眼睛、尖鼻子和灰白的小山羊胡,他看了看穿礼服的大胡子正在数碟子里赏给他的结账找回来的银币,就悄悄地对自己的同伴说:

"只留下三枚五戈比银币的小费,公猪!他是乌拉尔哥萨克出身的萨马拉商人,有名的富翁,他在巴什基尔的土地有整个法国那样大。我在下诺夫戈罗德的市集上见过他,很会寻欢作乐!是一头狂暴的野兽、赌鬼、色鬼、酒鬼。"

"这些犸猛也该死绝啦。"

"会死绝的……很快。"

空出来的桌子,立刻就被一位像是军官化装的英俊大学生和一位外表朴实的人占据了,那人留着稀疏的小连鬓胡子,远看很像安东·契诃夫青年时代的画像。大学生把菜单拿在手里,遮住留着两撇金色小胡子的红润的脸,用圆润的声调,仿佛在照着菜单宣读似的说道:

"包里斯,你应该好好读读奥斯卡·王尔德的《社会主义与人的灵魂》①。"

"我已经读过了,"那个外貌朴实的人轻轻地、抱歉似的说道。

"你一定记得他说的'穷人比富人还要自私自利'那句话。"

"这纯属奇谈怪论……"

"奇谈怪论,老兄,这是对当前流行的庸俗之谈的抗议,"大学生威严地说,他环顾左右,眯缝起寒光逼人的灰色眼睛,又补充说:

"不能把奇谈怪论理解为对事实的歪曲,而应该理解为对事实的反映。"

他的谈话妨碍了萨姆金倾听背后的有趣对话,那个穿掐腰外衣的人说得很清楚,但是他那瓮声瓮气的、潺潺流水般的语调常常湮没在不间断的喧闹声中。不过仔细去听,还是可以听到一些。

"我赞赏斯托雷平:他做了一件好事,一件聪明事。喂饱优秀的人物,这已经是欧洲式的政策。要知道我们生活中的一切都是以择优汰劣为基础的,对吧?"

有人嘲笑地喊道:

---

① 指英国作家王尔德(1856—1900)的文章《社会主义制度下人的灵魂》。

"阁下的'钉子'辛迪加已经完蛋啦,连一根钉子也没有剩下!"

"你错了,司切潘·伊万内奇,并没有完蛋,而是扩大啦,现在变成'铁丝'辛迪加了。"

"矿产销售辛迪加,出卖俄罗斯的辛迪加①……"

"看看人家德国吧,彼得·瓦西里伊奇,喂饱了优秀的社会民主党人,把他们安置在国会里:请你们来制定法律吧,孩子们!他们就坐在那里,制定起法律来了,从此天下太平,什么乱子也没有了。"

"还是有罢工!"

"罢工怎么样?疾病表露出来,治起来就方便了。不,亲爱的,全部的奥妙就在于择优汰劣。朱里·凯撒关于肥胖、温饱人的看法是正确的。"

"可是自从他,凯撒,死后,就出现了这种现象:饱汉不知饿汉饥了。"

"可是您想想看,我的老兄,要知道,如果当初能及时把叶梅利扬·普加乔夫俘获过来,叫他当国会议员和大臣,他也会跟格里戈里·波将金②一起,在叶卡捷琳娜女皇陛下身边献媚争宠……"

"您这是在说笑话了!"

"革命使人们学会了异想天开,变得比较坦率了,"萨姆金心里想。

仿佛是在证实他的观察,近处有一个忧郁的声音在发牢骚:

"巴尔干政策使我们付出了不少的人力和物力,可是现在只好承认波斯尼亚和黑塞哥维那③被并吞的既成事实,从而大大增强了奥地利的势力,当然也加强了德国……"

德罗诺夫跑来了,样子很沮丧、狼狈,怒气冲冲,把椅子拖得吱吱乱响。

---

① "矿产销售辛迪加"与"出卖俄罗斯的辛迪加"俄文读音相似,这里一语双关。
② 波将金(1739—1791),叶卡捷琳娜二世的宠臣。
③ 这是现在南斯拉夫境内的两个地区,一九〇八年奥匈帝国并吞了这两个地区,俄国先是反对,后因得不到英、法的支持,在德国的压力下,只好承认这一事实。

"我错过了机会,那本书人家已经在排印啦。我搞到排出的一些校样。错过了机会,真是见鬼!我已经出版了两本文集,可是第三本被人家抢走了。兄弟,现在出版文集很时髦。从布尔什维克,卢那察尔斯基,波格丹诺夫,乔尔诺夫,一直到格林格穆特①,保皇党,都在零售或批发自己的思想货色。是畅销的货色。咱们吃什么呢?"

"包里斯,你设想一下,你在社会主义社会的生活吧,你能做什么呢?"大学生说。"要知道,一个人除了受自我利益的支配之外,绝不会按照别的什么方式行事。"

萨姆金忽然觉得,他很不愿意德罗诺夫听到这些话,于是立刻就开始把自己的事情告诉他。德罗诺夫用手掌摩挲着前额和脑瓜上扎煞着的头发,默默地看着伏特加杯子,听完他的话,点了点头,仿佛要把脑袋上的什么东西甩下来似的。

"卖房子,这很容易,"他说。"目前房子的价钱看涨,买主很多。革命把地主都吓坏啦,他们很多人都搬到莫斯科来住。来,咱们干一杯。你注意到那里坐着一位什么样的大学生吗?这是一种新版本。修订本。不会再为政治问题去坐牢了,如果坐牢的话,那也是为了别的什么事。唉,克里姆·伊万内奇,我真倒霉,"他忽然这样结束了自己断断续续,怒气冲冲的谈话。

不说话不合适,于是萨姆金就问道:

"什么事情使你这么烦恼?"

"因为我总是安排不好自己的生活,"德罗诺夫回答,叹了一口气,又喝了一杯酒。

"你会安排好的……生活似乎变得更广阔,更自由了,"萨姆金不由自主地补充说。

"变得更自由了吗?我不知道。无益的奔忙更多了,也许正是因为这个缘故,看起来仿佛更自由了。"

---

① 格林格穆特(1851—1907),俄国反动政论家。

他开始匆忙地、漫不经心地吃起来,而萨姆金又听起人们的谈话来。大厅里的人渐渐地少了,人们的谈话声更清楚了,有一个人愤怒地喊道:

"在我们俄国只有维特懂得工业的好处。"

"那么农业的好处呢?啊?"

另外一伙人正在争论戏剧问题:

"过时了,奥斯特罗夫斯基的作品和他对莫斯科河对岸商人们的嘲笑已经过时了。这些商人代表的是莫斯科的过去,遥远的过去了!"

"那么外省呢?"

"好,那就叫小剧院到外省去演出吧,而真正的、具有很高文化政治水平的戏剧应该肃清各种流氓习气和虚无主义的流毒,让那样的戏在小剧院演吧!就该这样。那里的人手足够演两台戏用的,您放心吧!"

德罗诺夫喝完汤,用餐巾擦擦嘴唇,然后开口说:

"你老是一言不发。像座铜像一样,庄严地沉默着。你是在遵守'不要把珍珠摆在猪前面,以防它们践踏了它'①这条格言,是吧?"

"我不喜欢说教,也不喜欢说教者。"萨姆金冷淡地说。

"对自己你当然是喜欢的了。我也(不)喜欢说教者。也许甚至有点怕他们,不过,也并非全不喜欢。是的,并非全不喜欢。你别生我的气,如果我说得太粗鲁。我非常羡慕你,羡慕你那沉着的态度。有时我觉得,你简直像少女保护自己的贞操一样在保护你的智慧。绝不使它被玷污。"

他挥了挥手。沉默了一会儿,就若有所思地、越来越有信心地说道:

"生活会强奸它的。来,干一杯!"

萨姆金看了看他,知道德罗诺夫已经吃饱,两只惶惶不安的小眼

---

① 见《新约·马太福音》第七章第六节。

睛正在探视大厅的各个角落,嘴里唠叨说:

"我不喜欢这座财神庙。咱们到你家里去吧,我在那儿看看这些校样,因为还要归还人家呢。"

萨姆金同意了,但是又要了咖啡,他还想再坐一会儿,听一听。在阵阵的喧哗声中,他随时都可以听到些与他的情绪共鸣的东西。而且和往常一样,每当他发现这种共鸣的时候,他就感到越来越刺心的愤恨,觉得有些夸夸其谈的家伙正是盗窃了他的思想,并且抢先把他各方面广博的生活经验变成了一些粗暴地简单化了的思想,而他本人却还没来得及赋予这些思想以非常准确的、光辉灿烂的形式。他怀着这样的愤恨情绪返回家去,路上把他跟费莉查塔令人啼笑皆非的会面告诉了德罗诺夫。德罗诺夫哈哈大笑起来。

"这是一个傻娘儿们!她英国小说看得太多啦,她喜欢看汉弗莱·瓦尔德①的作品,在扮演一个忠仆的角色。我给她取了一个外号,叫白鹭——像吗?英国小说很能增强读者的愚蠢,你不觉得是这样吗?"

"并非所有的英国小说都是这样,"萨姆金纠正了他的说法,而且想起了安菲米叶夫娜。

四

德罗诺夫在过道里脱大衣的时候,眼睛看着费莉查塔一本正经的长脸,笑嘻嘻地、有点儿粗鲁地说道:

"白鹭,你在玩什么把戏呀,啊?"

她也好像是微笑了,嘴唇薄薄的嘴,裂开了灰色的脸颊,显得更大了,音调也比较柔和了。她一面从德罗诺夫肩上脱着大衣,一面开口说:

"伊万·马特维伊奇,我有义务……"

---

① 瓦尔德(1851—1920),英国女作家,写过一些家庭小说。

"谁也没有义务成为笨蛋。烧上火壶,搞两瓶格拉夫牌白葡萄酒来,明白吗?"

"当然明白啦……"

"那就干去吧……"

"无赖,"萨姆金看到德罗诺夫喧宾夺主的样子,心里机械地想。

随后德罗诺夫走进了客厅,在屋子当中站住,四面看了看,一边擦着前额,一边嘟哝说:

"瓦尔瓦拉·基里洛夫娜很喜欢小玩意儿,然而她是一个能干的女人,也十分知道钱的用处。她原可以变得很富有。"

他看了看表,立刻坐在一把转椅上,从旁边口袋里掏出一沓子校样,问道:

"我们来看看写了些什么?"

他坐下来,迅速地,但是轻轻地擦动着鞋底儿,仿佛是在偷偷地往哪里走似的;他那颧骨高高的脸也在活动,眉毛在抖动,噘着嘴唇,胡子扎煞着,两只斜眼睛眯缝起来,迅速地阅读着。萨姆金把脊背靠在壁炉温暖的瓷砖上,抽着烟,等待他说话。

"啊哈,找到啦,"德罗诺夫嘟哝说,立刻清楚地,甚至庄严地朗读道:

"个人的内心生活是人类生活的惟一创造力量,只有它才是进行任何社会建设的惟一可靠基础,而不是什么政治上的独立自在原则。"

德罗诺夫闭上左眼,像挥舞旗帜似的挥着校样,问道:

"这个定义非常直率,是吧?这不仅仅是对马克思主义者的一击……"

"念下去,"萨姆金停止吸烟,建议说,又颇为自豪地提醒自己:

"我一向就反对政治侵入自由思想的领域……"

"这儿有很多地方加了着重点,"德罗诺夫说,把纸片弄得哗哗地响,又开始激动地、尖声地念下去:

"'俄国的知识分子不爱财富。'嘿,真有你的!听见了吗?也许,就像狐狸不喜欢葡萄一样吧？'俄国知识分子首先是不重视精神和文化财富，不重视人类精神的理想力量和创造活动，而这种力量和创造活动却能引导人类去掌握世界并使人变得更富有人性，用科学、艺术、宗教……的珍贵财富去丰富自己的生活。'啊哈，宗教？'以及道德。'哼，当然，还要有道德。为了驯服那些桀骜不驯的人。啊呀，见鬼……"

"蠢货，念得真叫人厌烦，"萨姆金遗憾地想，他很感兴趣，扔掉了熄灭的香烟，急忙又点上一支，而德罗诺夫却又念道：

"'而特别出色的是，俄国知识分子把厌恶精神财富的心理也扩大到物质财富方面，他们本能地意识到物质财富跟全部文化思想的象征性的联系。'象征性的？"德罗诺夫疑问地重复了一遍，闭上眼睛。"象征性的？"他又说了一遍，挥了一下手里的校样。

他的朗读越来越使人生气和不舒服，两只脚不断地搓着地板，时而从椅子上跳起来，摇晃着身躯，那只拿着校样的手僵直地伸出去，又把脸凑到校样跟前，不知道为什么他不愿意，或者没有想到弯回手臂，把它凑到脸跟前。

"有什么使他满意的东西，"萨姆金遗憾地想。"但这是什么东西呢？"

克里姆·伊万诺维奇也怀着愉快的心情听着朗读，但是，他不愿意苟同德罗诺夫对这本书的评价。他倾听着那急促的、有滋味的、尖细的音调读出的颇不寻常的句子，仔细琢磨、玩味着个别词句。但是德罗诺夫自己加的大量注解，越来越经常地打乱了他的朗读，怀疑的惊叹，以及他的面部表情，这一切都使萨姆金觉得很庸俗，很不合时宜，使他非常生气。

"'知识分子所热衷的只是财富的公平分配，并不是财富的本身，他们甚至是痛恨和惧怕财富的。'惧怕吗？哼，这很像是说胡话。现在他们可并不怎么惧怕财富。'他们灵魂中那种对穷人的爱正在变成对贫困的爱。'嗯，我可看不出来。不，这是明显的胡说八道。还有什么？

这儿又加了很多着重点,活见鬼!'可是到了最近的革命年代,俄罗斯富有创造性的天才人物,不知道为什么,都躲开了革命的知识分子,看不惯他们那种高傲和专横霸道的神气……'"

"这很正确,"萨姆金想,他想得那么坚定,甚至于挺直了身子,皱起了眉头:他觉得,自己似乎已经把这几个字说出口来,而且德罗诺夫马上就会问他:

"为什么正确呢?"

德罗诺夫入迷地、匆忙地继续选读着那些加了着重点的段落:

"'知识分子对平均主义的公正性,对社会福利和人民幸福的热爱,使他们变得对真理麻木不仁,丧失了对真理的兴趣。''什么是真理呢?'本丢·彼拉多①先生这样问过。下面还有!'不论我们是怎么样的,我们不仅不能幻想与人民结合,反而应该惧怕人民,比害怕政府的各种惩罚还要厉害,我们应该为这个政府祝福,因为它独自用刺刀挡住人民的暴行,保护了我们……'"

德罗诺夫轻轻地吹了一声口哨,在椅子上摇晃了一下,拿校样拍了拍膝盖,眨着眼睛,茫然若失地嘟哝说:

"这……说得太有劲啦!很勇敢。他们写文章,就像往桶上加铁箍似的,是好样的!他们这是由恐惧而达到了无畏,真的!克里姆·伊万诺维奇,你是怎么看法,啊?兄弟,你看,他们准确地觉察到了某种情绪,是吧?"

他使劲眯缝起眼睛,哈哈大笑起来。萨姆金觉得他的笑声是伪装的,好像是醉汉的笑声。必须回答这个问题,这使萨姆金感到烦恼,可是答案却需要十分谨慎,仔细推敲。

"要认真地评价这本书,首先要通读全书,"他慢条斯理地谈起来,注视着香烟烟缕构成的花纹,费劲地思考着他要说的话。"我觉得这本书太好辩了,超过了应有的限度。书中的一些思想要求……哲学的

---

① 彼拉多是《圣经》中罗马帝国驻犹太的总督,耶稣即由他判决被钉死在十字架上。

平静气氛。不需要这样尖锐的措词……作者……"

"作者们,"德罗诺夫纠正说。"他们一共是七个人。都是非贵族出身的知识分子,就是那伙……啊呀,见鬼!哼……他们可谓登峰造极啦!真是《新语汇》①,啊?"

德罗诺夫又哈哈大笑起来。但是克里姆·伊万诺维奇·萨姆金却要趁他停止朗读的时间,想出几句有分量的、不致引起争论的话说给德罗诺夫听。但是没有想出必要的语句来,也不愿意去想德罗诺夫的问题,不愿意去判断他对待所读过的文章的态度。如果这个坏蛋和无赖现在走掉,陷进地里,从此完全消失,倘有可能,永远消失,那该多好啊。他在这里,妨碍了萨姆金某些重要的、有关自我的思想的成熟。

简直是不能再巧了,费莉查塔正好出现在门口。

"茶烧好啦。端到这儿来吗?"

"去你的吧,白鹭,"德罗诺夫说,也不等到主人邀请,就往饭厅走去。主人生气地看了看他那粗矮的样子,又看了看四周。已经是黄昏时分,室内一片昏暗,香烟的烟缕在昏暗中缭绕徘徊,为自己寻觅栖身之地。暝色赋予了瓦尔瓦拉心爱的旧物以令人神怡的温柔轮廓,角落里还残留下一抹夕照的余晖,映照着那尊镀金的小佛像。他竟成了这尊小佛像的主人,成了这间屋子和这座房子的主人,这使他产生一种非常奇怪的感觉。自己一个人留在这温暖舒适的环境中,任凭思想自由驰骋……

饭厅里点上了灯,把德罗诺夫照得清清楚楚,伊万正把葡萄酒瓶夹在膝间,弯着腰,气喘吁吁地拼命往外拔瓶塞,累得脸都发紫了。

克里姆·伊万诺维奇·萨姆金感到自己的心情有点儿惶惑不安,但是这种不安的心情却变得越来越愉快了。有这么一刹那,他感到委屈,迷惑不解:

"为什么我不能这样简单而又清楚地概括自己的经验呢?"

---

① 本是自由民粹派的文艺政治综合刊物,自一八九七年春天起,成了"合法马克思主义者"的出版物。德罗诺夫在此借这个杂志的名称作为讽喻。

但是在这之后,他很快又自豪地想道:

"在这本书里,有些思想非常接近我的想法,很可能就是我的思维的产物,并由我传播出去的。"

随后他就想起了彼得·司徒卢威:差不多十年前,他曾见过这位不修边幅、枣红头发、说话慌慌张张,但又爱说的马克思主义者,想起了这位与民粹派进行斗争的战士有点驼背的、可笑的瘦长身影。当这个书呆子和他的战友——身材高大,两腿细长,腆着大肚子,长着黑头发,用咕咕的男高音说话的图干-巴拉诺夫斯基①并肩站在一块儿的时候,样子就显得更滑稽了。

"青年的领袖,"萨姆金心里想,他回忆起了这些人物在"自由经济学社"的学术辩论会上发言的情景,年轻的男男女女大学生是那么崇拜他们,那么入迷地听他们发言,他回忆起了,在一些因为喜欢"经济学的独立自在原理"而同情马克思主义的知识分子拥挤的房间里举行的秘密晚会上,听众是那么热情地欢迎和欢送他们。但是一想到竟是库图佐夫第一个指出,马克思主义跟司徒卢威在《退向费希特》那篇文章中已经开始宣扬的"民族自觉"的荒谬理论是水火不相容的,就觉得很不舒服。随后,克里姆·伊万诺维奇·萨姆金就像一个本来可能犯大错误,然而竟幸免了的人一样,怀着对自己十分满意的心情,想道:

"我从来就什么也不宣传,所以也没有改变自己观点的必要。"

而伊万·德罗诺夫又心血来潮,匆忙地寻找起《新语汇》来了,他翻阅着校样,急促地念道:

"'西方资产阶级的道德思想比俄国知识分子要贫乏得多,然而西方资产阶级的思想,却大大超越了他们那易于激动的情绪,而且最主要的是他们过着比较有为的精神生活。'哼,这已经是神甫的腔调啦!'俄罗斯民族精神的诸多特征都表明,我们负有在宗教哲学上作出贡献的使命。'你看,他们可真有一套啊!这已经是夜郎自大了。一定是

---

① 图干-巴拉诺夫斯基(1865—1919),俄国资产阶级经济学家。

别尔佳耶夫①想出来的。"

他喝了一口葡萄酒,咬了一口饼干,好像地板打蜡工人一样,不断地在搓脚,还赞不绝口。

"这本书会轰动一时!可以再版五次,也可能更多。唉,真见鬼……"

这时他的赞赏神情突然消失了,他用手掌摩挲着校样,伤心地叹了口气。

"眼看着让这本书溜掉了。我跟瓦柳(哈)捞到了两本,可是这一本却溜掉了!你拜读过《马克思主义哲学概论》这本书吗?马尔托夫、波特列索夫②、马斯洛夫③的论文集呢?"

他合上右眼,嘴往两边一咧,满面笑容,露出了下颚的两颗和上颚的一颗金牙。

"大家都在简化马克思的理论。简化就是限制,是不是?只有列宁,像固执的阿瓦昆大主教一样,在力排众议。"

最后,他把校样塞到怀里,问道:

"那么你究竟是怎么看呢?这是重大事件,兄弟!阿泽夫和这个,"他用手指朝自己胸前戳了戳,"这都是致命的打击,对吗?"

他在等待回答。

非得说话不可了。

"我已经指出了这本书太喜欢争论和措词的过分尖锐,"萨姆金不容反驳地说起来,在地板上踱着,仿佛在过小河上的独木桥似的。"它会使唯心主义者与……现实主义者过去的争论又死灰复燃。人们对现实主义已经厌烦了。所以现在……"

他挥了挥手,驱散了空中的烟雾,睨视着正在呷酒并且也在斜眼注视着他的德罗诺夫。萨姆金低下头,继续说道:

---

① 别尔佳耶夫(1874—1948),俄国神秘哲学家。
② 波特列索夫(1869—1934),孟什维克的重要分子,曾与托洛茨基一同反对列宁。
③ 马斯洛夫(1867—1946),孟什维克,修正主义者,曾受到列宁的激烈批评。

"是的。在这样严肃的场合,应该特别牢牢地记住,语言具有歪曲思想的狡诈特点。语言正在获得过多的独立性,你可能已经注意到,最近一个时期,人们在大谈大写关于神语的文章,甚至还出现了一个语言拜物教派。语言已经征服了广大的领域,好像语言学已经不受逻辑的约束,仅仅受语音学的制约……譬如像我们的颓废派诗人,巴尔蒙特、别雷……"

"兄弟,你说这些废话干什么?"德罗诺夫惊讶地问道。"好像我是个中学生,或者还要糟糕,是个必须对之保密的人。你要不愿意谈,就干脆说我不愿意谈好啦。"

他说话的口气是清醒的,但是一站起来,就摇晃了一下,急忙一手抓住桌沿,另一只手扶住椅背。自从发生了跟别尔德尼科夫的不愉快的事情以后,萨姆金很怕醉汉。

"你别急嘛,"他尽量温柔地说。"我想提醒你一句,普列汉诺夫已经论证过,社会民主党跟资产阶级在从彼得堡前往莫斯科的旅程中,可以同车直至特维尔……"

"有什么鬼理由要记住这些话呀?"他又从怀(里)掏出校样,在空中挥舞了一下。"这里谈的并不是与资产阶级的暂时联盟问题,而是谈的先前持批评态度的非贵族出身知识分子的全部思想观点,无条件地向资产阶级彻底投降的问题,我的朋友,一个工人出身的社会民主党员,布尔什维克的小卒……杜纳叶夫对这个问题就是这样理解的。他理解得很正确。他说:'资产阶级是如愿以偿了,他们有了一部宪法,但是民主派,劳动知识分子赢得了什么呢? 就是那种为商人当伙计的地位吗?'就是说叫'世上的盐'[①]去当小伙计吗?"

德罗诺夫喊叫着,像马一样跺着脚,摇晃着手里的校样。萨姆金已经很难理解他所说的话的相互关系和他喊叫的意义。克里姆·伊万诺维奇站在桌子的另一边,默不作声,等待发生更坏的事情。但是

---

① 《圣经》里的话,人类的精华之意,见《马太福音》第五章第十三节。

德罗诺夫忽然喊道：

"尽管我要谈的是我自己，但是我仍然要直言不讳，"他立刻又不作声了，好像咬破了舌头似的，眨了眨眼睛，又露出惊奇的神情，用他那本来的声调说道：

"我的话讲得很漂亮，是吧？真见鬼！这是开场白，真的！我的禀性太好发火，是吧？书归正传，现在谈谈我自己。我不是资产者，也不是社会主义者。我是自由职业大军中的一名列兵。是一个必须为了自己的生存而斗争的人，因为一无财产，二无靠山，除了想过好日子的愿望以外，是一无所有。这种愿望就是产生一切才能和行动的基础，不管这些才能和行动将会获得荣誉，还是要受到法律的惩罚。我必须随机应变，八面玲珑，以及其他等等。我跟着什么人走呢？跟着从事体力劳动的无产阶级走吗？我不配，我不能去建立忘我的劳动业绩。我喜欢吃点好的，喝很多酒，喜爱各式各样的娘儿们。跟着财主，跟着资产阶级走吗？不成，这使我感到厌恶。我比任何资产者都聪明。我不会，也不愿意装成一个招人怜爱的人。"他两肩往后一挺，腆出肚子，又补充说：

"和微不足道的人。"

说最后一个字的时候，他有点喘不过气了，咳嗽了一声，迅速地喝下一杯酒，看了看表，热情地提议说：

"克里姆·伊万诺维奇，兄弟，咱们来出版报纸吧！纯粹民主派的报纸，不要什么高深的哲学议论，然而拥护马克思，但是不要列宁，明白吗，啊？知识无产者的机关报，明白吗？咱们左右开弓，既打右派，又打左派，怎么样？"

"需要钱，"萨姆金谨慎地说。

"这是天经地义！正是需要钱。"

"而且需要很大一笔钱。"

"说得妙极啦！正是需要很大一笔钱。唉，我已经误了事了，啊呀，见鬼！必须把校样送回去。我要在你这儿住一夜，行吗？"

"请吧,"萨姆金说。德罗诺夫在过道里,把两只脚穿进沉重的皮套靴的时候,忽然哈哈大笑起来。

"不,你想想,他们号召人往哪儿去呢?你记得在中学里念的祈祷词吗,是怎么说的啦?'为了安慰父母,为了教会和祖国的利益。'"

他摇晃着帽子,用小孩子逗惹同伴的口气说道:

"至于我,是光棍一人,除了自己以外,不关心任何人的利益。您就这样看待我吧……"

他从牙缝里轻轻地吹了声口哨,就走了。

第十三章

一

克里姆·伊万诺维奇·萨姆金就像一只浑身溅满水洼里的雨水的狮子狗,抖了抖身子,从昏暗的过道里走进了温暖明亮的客厅,站在那里,一边掬着香烟,作出了结论:

"坏蛋。流氓和骗子。出版报纸,这就是他能幻想出的全部东西。已经有过这样一份无聊的《一戈比报》。但是他对自己的鉴定还是很不错的,他说,'尽管我要谈的是我自己,但是我仍然要直言不讳。'"

克里姆·伊万诺维奇打了一个响指,觉得使他必须处在紧张的自卫中的一切顾虑,都随着德罗诺夫一同消失了。产生了另外一种情绪,这种情绪不需要去考虑表达他的字句,字句自动地、流畅地涌现出来,虽然有些杂乱无章。

"七名主教联合开除了列夫·托尔斯泰的教籍。七个知识分子谴责、否定了俄罗斯知识分子的传统——对现实生活的批判态度,否定了理性的传统和理性的推动力量。"

这时他不知道为什么忽然想起了一句俗语:"一人耕田,七人吃饭"和童话《七个亲兄弟,都叫谢米昂的故事》。七这个数字引出了几十个琐碎的念头,这些念头像苍蝇一样讨厌,要作很大的努力,才能使思路重新回到《路标》①上来。

"他们想用另一套语言体系来代替这套语言体系,而这另一套语言体系早就限制过我的思想自由。他们希望我不要探索,就去信仰。他们想剥夺我的怀疑权利。"

他静悄悄地在厚厚的地毯上踱着,他的头部不时在由爱神的铜像托在墙上的古色古香的圆镜里闪现。克里姆·伊万诺维奇·萨姆金站在镜子前面,仔细观察自己的面容。这已经成了他的习惯,每逢出现一些重要的、有决定意义的思想,他就想看看自己的脸。他知道,自己的脸——枯燥呆板,缺乏表情,凡是近视眼的人几乎都是这副相貌,但是他日益发现这是一副致力于研究自己的精神生活,致力于自我修养的自由思想家的严肃相貌。他摘下眼镜,前额几乎触着镜子,用手指摩挲摩挲斑白的两鬓,捻了捻连鬓胡子,露了露嘴里被烟草熏黄了的匀细的牙齿。

"他们的思想我都很熟悉,很可能,这些思想都是我的思维的产物,并由我传播的,"克里姆·伊万诺维奇自豪地想。但是他立刻想起了果戈理的《书信集》、康斯坦丁·列昂季叶夫的《政治哲学》、陀思妥耶夫斯基的《日记》、康·波贝多诺斯采夫的《莫斯科文集》、列夫·季霍米罗夫的小册子《为什么我不再做革命者》和其他许多作品。这时,他要去厕所,厕所在过道的尽头,在厨房的那边,紧挨着仆人住的下房。萨姆金在餐厅里寻找蜡烛,没有找到,就捏着一盒火柴往厕所走去。忽然,过道里有个人在活动,呼哧呼哧地喘息着,这非常意外,吓得萨姆金手里的火柴都掉了,他大声喊道:

"你是谁?"

---

① 立宪民主党的政论家们在一九〇九年出版的一种反动的、叛变性的多卷论文集,他们在这些集子中反对唯物主义世界观,攻击一九〇五年的革命,号召俄国知识分子效忠沙皇专制制度,曾经受到列宁的严厉批评。前面德罗诺夫说的就是其中一卷的校样。

一个重浊的声音悄悄地回答他说:

"是我,克里姆·伊万内奇,我,米古拉①。"

划着一根火柴,照亮了一张毛茸茸的脸,一只端着油灯的黑手。

"我在修理灯呢。管道工人把玻璃灯打破了。"

"啊呀,是您啊?我没有认出是您来。"

"我把大胡子剃掉了。"

克里姆·伊万诺维奇·萨姆金在厕所里,惶惶不安地盘算着:

"他是那些疯狂日子和我被迫参与疯狂行动的证人。警察当局总是要看门人给他们当特务,如果把这个人看成例外,那就未免太天真了。他杀死了一名士兵。他可能会敲诈我。"

等到萨姆金再走到过道里的时候,墙上已经点上一盏小灯,而尼古拉正在用笤帚扫地上的白灰,他弯着腰横在过道里,使房主人不得不停下来。

"又回城里来啦?"萨姆金问道。

"是的,又回来啦。克里姆·伊万内奇,乡下的日子很不好过,而且叫人害怕。"

"为什么呢?"

"一九〇五年的乱子使地方长官变得非常凶狠。他们正在大整庄稼人。我的叔伯兄弟被判了四年苦役,我的一位街坊——一个聪明透顶、安分守己的庄稼汉,干脆就被活活地绞死了。为了点儿旧仇宿怨,连老娘儿们都要治罪,了不得啊!那些狗官们简直坏到不能再坏啦……至于那些新地主、独立庄园主和富农都跟警察狼狈为奸。贫农对这些人有这样的说法:'从前他们领着俺们去焚烧庄园,把地主从土地上赶走,可是现在却这样……'"

过道里一股呛人的煤油和石灰尘屑的气味,看门人重浊的声调似乎使沉闷的空气更加浓重了。要走回房间去,就要尼古拉让开路,可

---

① 即原来的看门人尼古拉,因他吐字不清,说成米古拉。

是他却站在过道的中间,一只手拿着笤帚,用另一只手的手指在徒劳地扣衬衣领上的扣子,高悬在他肩头上方的煤油灯,照耀着他那半边瘦骨嶙嶙的脸。因为剃去了大胡子,脸上就失去了从前那种呆板冷漠的表情,两腮和下巴上枣红色的短毛在颤抖,灰色的眼睛从紧皱的眉头下面严厉地看着,他说话的声音虽然很低,但却仿佛是在责备,而且立刻就会大喊大叫似的。

"杀人凶手,"萨姆金提醒自己。

"庄稼人的日子过得就像是亡国奴,俘虏,真的!年轻些的人都远走他乡,虽然现今很难领到身份证。至于那些家庭人口多和有马的人,唉,那就只好在苦水中煎熬了。"

"可能,他认为某些事应该归罪于我,"萨姆金心里估摸着。

"现在那些保留着份地的工厂工人和工匠,都在卖地,他们在毁灭农村,就像砍倒一棵树一样,他们简直就是把土地白送给人家。我的一个邻居,是个纺织工人,一俄亩半的土地只卖了四百八十卢布,把儿子弄得无以为生,小伙子只好去淀粉厂当工人。而我们对面村子里的一个泥瓦匠,一俄亩才卖了四百卢布……"

"您早就回这儿来了吗?"萨姆金问道。

"春天来的。感谢瓦尔瓦拉·基里洛夫娜的在天之灵,她立刻就把我收留下来。在这儿,当然有时候不免听到别人的闲话,这儿的人记性都很好,一九〇五年的事儿还念念不忘。起初我挺害怕,邻居们会不会提起我从前的什么事儿呢,但是没有人提,好像没有什么似的。而这个地段的警察都是新换的,从彼得堡调来的。当然警察要我们看门人去汇报,可是有什么可汇报的呢,老百姓都安分守己地过日子。那个助产妇的儿子不久前回来了,那个大学生,您还记得吗?他坐了九个月的监狱,并把他流放了,后来他母亲把他营救出来。不久前,我在街上遇到了拉甫鲁什卡,那种打扮很可疑,系着领带;说是在什么地方念书。十有八成是在说谎。"

尼古拉压低声音,问道:

"您可知道亚科夫同志的情况？他平安无事吧？"

"我不知道，"萨姆金坚定地回答，向前迈了一步，逼着尼古拉后退，靠在墙上。

"他也许是特务，也许认为我……是自己人，"克里姆·伊万诺维奇想着，点上一支烟，开始在客厅里徘徊，伤感地打量着屋子里的东西。东西很多，仿佛是在商店里。墙上挂一些悦目的、色调鲜艳的小幅油画习作，有一幅画的是一个长着厚嘴唇的、刮得光光的脸在眯缝着眼睛凝视，神气像是在询问什么。一只雅致的小书架上放着十五六本皮面精装的书：米罗波利斯基，科涅夫斯基的作品，布洛克、梭罗古勃、巴尔蒙特、布柳索夫、吉皮乌斯、威里叶·德-利尔·亚丹、波德莱尔、魏伦、理查德·德梅尔等人的诗集，叔本华的《格言集》。

"是的，"克里姆·伊万诺维奇心里回答自己说，"我不能住在莫斯科。"

他又颇为遗憾地叹了一口气，越来越觉得这座房子是很舒适的，可以把生活安排得很不错。在一张宽阔的沙发床上面挂着一幅弗兰茨·史土克的《罪恶》的复制品——一个裸体女人，身上缠着一条毒蛇，萨姆金冷笑了一声，觉得这张可怕的画挂在这张胡乱放着许多软垫的沙发床上是很合适的。想起了不记得是谁说的一句话："女人们只能理解细节。"后来他又想到，瓦尔瓦拉为了装饰自己的家，挥霍了很多钱，但是并不是很成功。小玩意儿、小瓶子、磁人、小盒子一类东西太多了。看，这是传统的七只象，用骨头和乌木雕成的，一只是用黄玉雕成的。萨姆金坐到一张镀金弯腿的小桌子前，把那只黄玉的小象拿到手里，又想起了七位作者的文集《路标》。

"当然，这本勇敢的书会轰动一时。好像夜半的钟声。社会主义者将要愤怒地反击。而且不仅仅是社会主义者。将会'金鼓齐鸣'。在生活的表面上又会泛起十来个水泡。"

这方面的思想使萨姆金愤怒，他使劲把手里那只象放回原处，和另外六只摆在一起，又在屋子里来回踱起来。一种比往常更为尖锐的抗议感情像熟悉的客人一样又出现了:为什么他就不能大享盛名呢?

"已经活了半辈子。为什么我不动手去把玛琳娜被杀的内幕写出来在报刊上发表呢?大概,这也会像波尔塔瓦的克里茨基兄弟的案子、奔萨的将军夫人博尔德列娃的案子、华沙的罗尼克尔伯爵的案子①……一样,轰动一时。'神秘的犯罪是小市民无聊生活辛辣的调味剂。'"他想起了一张报纸上说的这句尖酸刻薄的话。

"报纸?也许,德罗诺夫说得对,需要一种报纸。独立的报纸。我们还没有这种民主力量,它理解自己作为一个独立阶级——一个不受资本家和无产者压迫的独立阶级的意义,理解自己作为科学和艺术力量的集中代表的意义。"

克里姆·伊万诺维奇·萨姆金坐到圈椅的扶手上,几乎说出声来:

"这就是我的思想!"

餐厅里,费莉查塔在灯影中无声地移动着,好像飘浮在空中似的。

"茶烧好啦,"她轻轻地说。萨姆金没有作声,觉得心里有一种陌生的、淡淡的、愉快的激情正在成熟起来。

"人类的思想也和神的思想一样,都是很幼稚的。佩利尼科夫是个糊涂虫。谁也不能使我相信,世界上的人要分为奴隶和主人。主人是从奴隶中产生的。奴隶也和统治者一样在彼此倾轧。智慧和天才是推动世界前进的力量。"

这时,克里姆·萨姆金浮想联翩,非常任性,甚至几乎毫不连贯,每一思想都留下和增强了这样的意识:克里姆·伊万诺维奇·萨姆金比起许多人来,包括《路标》论文集的那几个作者在内,更富有独创性,更聪明。

忽然冒出了另一个念头:

"可能,别兹白多夫也是被杀死的,为了灭口,以防泄露他知道的

---

① 都是些凶杀案,因案情复杂,判决多次反复,曾轰动一时。

某些内情吧？也许,塔吉尔斯基正是去执行这一使命,消灭别兹白多夫的吧？不过如果别兹白多夫的杀人动机仅仅是为了复仇,那么这个案件就失去了神秘性,也不可能引起什么轰动了。如果能够设法证明,别兹白多夫的行动是受人指使……"

"不,必须抛弃把这个案子重新轰动起来的念头,"他这样决定。"应该试着写篇小说。用埃德加·坡的风格。或者柯南道尔的风格。"

愉快激动的心情不但没有消失,反而变得似乎越来越热烈,助长了他的想象,比往常更勇敢,更有生气。萨姆金走进餐厅,喝了一杯茶,考虑着可以在新报纸上发表的小说的提纲。德罗诺夫没有回来。躺在床上,克里姆·伊万诺维奇感到非常满意,认为这一天在他的生活中是十分重要的。

"一个人发现了自我的日子是值得庆贺的,"他对自己说,点起临睡前最后的一支烟。

二

第二天午后德罗诺夫才来,直挺着乱发蓬蓬的脑袋,仿佛担心一动他的颈椎骨立刻就会折断似的。他那乱转的小眼睛,在那张红褐色的浮肿的脸上几乎看不出来了,紫红的耳朵非常滑稽和丑陋地扎煞着。

"脑袋简直要炸了,"他嘎哑地说,接着就像主人似的粗暴地叫起来:

"白鹭,有什么酒吗？快拿来,快拿来！昨晚参加了一个骗子手的命名日宴会,一直喝到今天早晨六点。玩牌输了四十卢布,真倒霉！"

但是,他一连喝了两杯葡萄酒以后,说话就不那么嘎哑了,而且变得正经起来。他说莫斯科的地价正在猛涨,市中心每一平方俄丈涨到三千卢布。有个斯拉夫主义者的后代,同时也是"本城耆老",霍米亚科夫,由于市政当局要展宽人行道,要占用他一小块空地,他居然索价十二万,甚至二十万卢布,当他的要价没有得到满足时,他就用铁栅栏把这块地圈起来,使交通更加拥塞了。

"你看,这就是本城的耆老!"德罗诺夫搓着手,兴奋地并带有教训意味地大声喊道。"府上这块地段,价钱当然没有这样高,"他继续说道。"房子又老又小,租不了多少钱,所以不值几个钱。不过这块地皮可以卖到二万五到三万卢布。有个买主,可在一周内成交。办事要干脆,要像打枪一样。"德罗诺夫说完话,又喝了一杯酒,然后问道:"你看,怎么样?"

"我决心卖掉。"

"这就对啦。知识分子有了房产,就不成其为知识分子,而是房产主了,跟咱们不是一类的人,这自不待言。"

萨姆金皱起眉头,想说点儿什么,但是还没有来得及想好说什么和怎么说,德罗诺夫却又兴高采烈,越来越热情奔放,然而又郑重其事地继续说道:

"那么,咱们立刻就打电话,买主马上会来,公证人是日沃托夫斯基,这家伙是个投机商,要当心!不过,首先我要问你,克里姆·伊万诺维奇,你要这么多钱有什么鬼用场?你需要的不是钱,你需要的是报纸,或者出版社。办报纸,几万卢布不够,要十五万,二十万。我建议:你把这两万卢布交给我,一年之后,我保证给你赚到二十万。我只能口头许诺,可不能提供保证,因为我没有什么可供担保的东西。我可以出期票,可是这玩意儿有什么价值呢?"

"你拿到牌桌上去赌吗?"萨姆金苦笑着问道。

"咱们到交易所去赌,你我合伙去赌。我有一个可靠的帮手,此人神通广大,将来不是苦刑犯,也一定要自杀。他为人正直,然而是个狂人。他可以帮咱们大发横财。"

德罗诺夫一只手扶着桌沿站起身来。他异常激动,两条短腿直哆嗦,扶桌子的那只手也在哆嗦,以至桌上的空杯子碰着酒瓶子叮当乱响。萨姆金把杯子挪开,才使玻璃的叮当声停止了。

"钱会有的。报纸也能办成，"德罗诺夫说。他的脸鼓胀起来，像一只气球涨得通红，眼睛像怕光似的乱眨，好像正在看着异常耀眼的火光。

"办一张最出色的报纸。空前的。咱们把科学和文学巨匠都吸引过来，把列昂尼德·安德烈耶夫拉过来，向知识丛书的现实主义作家们宣战，叫现实主义见鬼去吧！叫政治也跟现实主义一起见鬼去吧。搞了一百年的政治——疲倦了，厌烦了。现在大家需要的是浪漫的、抒情的和神秘的玩意儿，深入探索内心世界的奥秘，探索魔鬼的内脏。今天，智慧的主宰是陀思妥耶夫斯基、安德烈耶夫、柯南道尔。"

萨姆金轻轻地叹了一口气，斟满一杯白葡萄酒，心里想：

"他的精力多么充沛。"

而德罗诺夫急忙抓起酒杯，贪婪地喝下了半杯，湿润的厚嘴唇又哆嗦起来，吐出一连串的字句：

"咱们刊载科学新闻，科学幻想，组织文艺论战，刊登文坛丑闻，开辟刑事犯罪新闻专栏，编排新颖，叫欧洲人做梦也想不到。咱们要用新奇的手法描写犯罪，直取灵魂深处的奥秘……"

他把酒杯端在下巴前，摇晃起右手，用手指去捕捉空气，一会儿握住拳头，一会儿又松开。

"文化和犯罪，你明白吗？"

"这又变成政治了，"萨姆金插话说。

"不对！这将是复仇权利的依据，"德罗诺夫说，甚至还跺了跺脚，但是立刻又像受了惊似的张着嘴，眨着眼睛，沉默了几秒钟，随后就急促地、含糊不清地嘟哝道：

"哼，这以后再谈吧！这只是个计划大纲。你有什么意见，啊？"

萨姆金用手绢擦着眼镜，并不急于回答他的问题。复仇这个词德罗诺夫说得是那么突然，而且跟他所说的一切都毫无关系，因此出现了这样的问题：谁要复仇？向谁？为什么？

"他是个典型的冒险家，精力充沛，厚颜无耻，胆大包天。他这种勇敢当然毫无原则,不讲道德,"萨姆金判断着,使自己警惕起来,之所以要警惕,是因为他已经有点儿喜欢德罗诺夫了。

"总的说来,这是很有趣的。不过我以为,在一个实行代议制的国度里,报纸想不谈政治是不可能的。"

德罗诺夫坐下来,惊异地重复着:

"代议制……"

但是他摇了摇脑袋,立刻又继续说下去:

"这我们可以随心所欲,既可以对议员的发言做客观的报导,也可以加油加醋地、批判地报导,这油醋当然就是政治。道德也是。至于报导文学家们互相残杀、纵狗咬猫的丑闻,大可不必考虑什么道德。让读者来开开心。"

然后,德罗诺夫紧逼着问道:

"你已经承认,这是一个很有道理的、很有趣的计划,可是下一步呢?"

他又粗鲁地补充了一句:

"你同意出钱吗?"

"我必须考虑考虑。"

"欠债?欠谁的债①?你总不会对这笔意外之财那么吝啬吧?"

"真是个无赖!坏蛋,"萨姆金心里想,戴上了眼镜,可是伊万·德罗诺夫却激烈地叫道:

"路标派的作者们说得好:知识分子不爱财,羞于做富翁,兄弟,这是传统!"

他又说了半天,最后劝告萨姆金:把一切他准备留下的东西都挑选出来,放到贮藏室,把一切打算卖掉的东西估估价钱,在报纸上登个出售广告,或者举行一次拍卖。然后他走了,撇下了心情愉快激动的房主人,唤醒了他的幻想愿望。有生以来第一次,克里姆·伊万诺维

---

① 上句中的"必须"在俄文中与"欠债"是同一个词的两个不同的意思。

奇设想自己是一家大报的主笔,一个审查编辑和校正当代思想的一切流派和全部曲折变化的人。一切党派的政治家,一切关心下层人民文化发展的教育家,在矛盾百出的批评中不知所措的文学家,哲学上一知半解,而对现实生活的了解又很可怜的批评家,全都在倾听他那有分量的意见。他是国家精神生活的独裁者之一。他是最伟大、最公正的独裁者,因为他不受任何固定纲领的束缚,拥有最广泛的经验,而且实际上没有任何个人目的。他没有野心。不求闻达,又不爱财。他是正直的、独立的人。

"报馆的实际业务和经营工作可以托付给德罗诺夫。是的,德罗诺夫是个无耻之徒,为人下流,粗鲁,但是他精力充沛,这是最可贵的品质。他具有某种可爱的、跟我类似的特性。这一特性还很原始,有待于进一步发展。我将是他的领导,我要把他培养成一个能够补充我的不足的人。我对他的态度应该稍加改变。"

萨姆金想起了自己从幼年时代就熟悉的伊万·德罗诺夫的情况,得出结论:

"是的,实际上,他是个很独特的人。"

三

第二天上午,德罗诺夫领来一个买主。这是个身材矮小,年龄无法断定的人,头有点儿秃,稀疏的灰发从两鬓梳向头顶,难看的红鼻子上戴着烟色夹鼻眼镜,眼镜里面是浑浊的、表情悲伤的眼睛,小脸上布满红色的纹络,留着法国式尖尖的小连鬓胡子和两撇修成箭形的、很威风的胡髭。深灰色的毛茸茸的衣服巧妙地缩小了他那像西瓜一般滚圆的肚子的真正体积。他浑身显得软绵绵的,活像用各种碎布条、布头做的毛绒玩具,熊或者猴子。

"科济马·伊万诺夫·谢米杜波夫,"他自我介绍说,用滚烫的手指头使劲握住萨姆金的手。萨姆金遇到过这种外貌的人,他们几乎都属于德罗诺夫或塔吉尔斯基这一类型：动作敏捷，甚至显得有点儿匆忙，愉快开朗。而谢米杜波夫却从容不迫，小心翼翼地走着，用疲惫的男高音小声地说话，一个字常常重复好几遍。

"一座房子只有能获得收入时才叫房子，"他用镶着毛边的皮手套在墙上拍打着说。"像这样的房子简直是莫斯科的灾难，"他叹了一口气继续说道，脚下的大毡靴踏得积雪咯吱咯吱地响。"这种房子像霉菌一样遍布整个莫斯科，为了这些房子，就要有电车，要有几千辆马车，还要安装路灯以及其他等等设备，这使莫斯科要付出巨大开支。"

他的声调显得越来越凄切、温柔。

"为了消灭这些破房子，就是请拿破仑再度光临也不妨。"

他又叹了一口气说：

"我们过着微末的生活，我的先生们，微末的生活！"

"说得对，"德罗诺夫称赞说。

谢米杜波夫在院子里来回走着，丈量院子的尺寸，继续说道：

"英国人说，'我的房子，就是我的堡垒'，所以英国人用石头造房子，因此他们性格坚强。可是用木头能造出什么堡垒来呢？我的先生们，你们说，这块地产值多少钱？"

"三万五吗，"德罗诺夫急忙说。

"要价太高了。不值这么多钱。"

"那么您出多少？"

"一万五。"

"您这是开玩笑。"

"那么再见吧，"谢米杜波夫伤心地说，就往大门口走去。德罗诺夫气冲冲地哼了一声，咬牙切齿地说了声："骗——子！"也跟着他走出去，而萨姆金却留在院子里，觉得这个短暂的场面在他心里引起了模糊的怀疑。

黄昏时分，这些怀疑具有了完全现实的性质，成了不应有的、无辜的打击。德罗诺夫进来的时候,萨姆金正坐在桌边,草拟以玛琳娜为主人公的中篇小说的提纲;德罗诺夫把大衣往细高的费莉查塔手里一扔,急忙走进餐厅,帽子也忘了摘,脊背靠在壁炉的瓷砖上,忧伤地咳嗽着,问道:

"你知道,这笔财产已经抵押了两万卢布吗?不知道?那么我给你道喜啦!已经抵押了。"他摘下头上的帽子,把它套在膝盖上,流露出愤懑的神情,惊讶地问道:"瓦尔瓦拉什么时候玩了这抵押的花招呢?"

"她原是个生性轻佻的人,"萨姆金自己也感到非常意外,竟说出这样的话,听见自己说话的火气太大,就提醒自己没有权利对瓦尔瓦拉的行为说三道四。他转而迁怒于德罗诺夫。

"他谈起瓦尔瓦拉来就像谈自己的情妇一样。"

可是德罗诺夫摩挲着帽子,嘟哝道:

"斯特拉托诺夫这头公牛抢劫女人的手法可太妙啦。"

萨姆金从鼻子上扯下眼镜,追问道:

"你是想说……"

"我已经说完了。你知道,他现在正忙着制定法律,热爱祖国。今天,他已经不是往女人怀里、裙子底下伸手了,而是把手直接伸进了祖国的口袋里:正忙于组合银行,忙于伏尔加河客运轮船公司的联合,参与水运建设委员会的工作。是的,没有说的……政治活动家!"

德罗诺夫注视着屋子角落说,两只小斜眼睛不知道在那里寻找什么,他好像在打盹似的。

"这毕竟是个有益的机构——杜马,也就是宪法,它清楚地暴露了那些最显赫的公民的真正意图和行径。至于……像你我这样的无名小卒……"

后来他中断了他的牢骚话,郑重其事地说:"如果瓦尔瓦拉的地皮和房子可以抵押二万卢布,那么它们至少也值四万。这一点必须记住。地价正在迅速上涨。"他开始大肆发挥把地皮和房子再做第二次抵押的复杂计划,但是萨姆金没有留心听他的话,心里想着,他昨天那些美妙的梦想,竟是这么轻易地、可悲地破灭了。也许,伊万跟这个谢米杜波夫在合伙欺骗他吧?这个念头当然不会使他得到安慰,而那个买主的姓使他联想起来:

"又是七①。"

德罗诺夫又坐了五分钟,没有道别就忽然不见了。

"房子应该卖掉,"克里姆·伊万诺维奇提醒自己说,他闭上眼睛,开始轻轻地、模糊不清地用口哨吹奏一支浪漫曲《我没有生气》,心里想着瓦尔瓦拉和斯特拉托诺夫的事:

"下流勾当。"

四

(德罗诺夫)为了卖房子,足足忙了一个多月,在这段时间里,萨姆金办完了确定继承权的手续,取得了所有权,把中篇小说的提纲写好了,甚至还卖掉了一部分他不需要的东西,如瓦尔瓦拉的衣服、家具等。德罗诺夫甚至都跑瘦了。几乎每天来到萨姆金家的时候,他总是喝得醉醺醺的,愤愤不平,怒气冲冲,一面喝着白葡萄酒,一面讲些骇人听闻的诈骗勾当。

"骗子们的竞赛。兄弟,可见莫斯科的骗子那么有名,不是没有原因的。他们用这种白痴式的抵押使瓦尔瓦拉大上其当,让魔鬼把他们的灵魂挖去吧!我并不是个爱挑剔的人,也不是个厉害人,然而,如果我大权在握,一定要把一半的莫斯科人流放到西伯利亚、雅库特、堪察加,总之,流放到偏僻的地方去。叫这些狗崽子在那里狗咬狗,狗吃狗,从那儿连一声哭泣也传不到欧洲去。"

萨姆金几乎是无动于衷地听着这种醉汉的胡言乱语。他深信,伊

---

① 谢米杜波夫这个姓中的"谢米",俄文是"七"的意思。

万对于骗子们的愤慨是有目的的:想使他易于接受德罗诺夫本人的欺骗。所以当德罗诺夫满面通红、满头大汗来到他面前,并兴高采烈地宣布下面的消息时,他大为惊讶:

"成交啦。三万二千卢布。你可以拿到一万二千六百卢布的现款和两张各三千卢布的期票,一张期限是半年,另一张是一年。真不容易,连肉撕下来的。"

他坐到沙发椅上,气喘吁吁地用手绢擦着脸上的汗水。

"真热。三月里就这样热。我把它卖给了那个执有押契的人。本来可以得到四万,甚至四万五,但是请你欣赏欣赏这张押契的副本吧,看这上面玩了多少奇妙的圈套啊。"

他把一张纸扔到桌上,但是喜出望外的萨姆金却用裁纸刀把文件挑起来,又还给他。

"不用了。我不想看。"

德罗诺夫眯缝起眼睛,朝他看了看,低声含糊地说道:

"你这姿态倒蛮漂亮。好吧,随你的便吧。可是为了报答我的奔忙,你肯赏给我一千吗?"

"拿两千也行。"

"看,咱们多够朋友!"德罗诺夫笑道。"怪人,给我一千已经够多啦,因为咱们有交情,我才要了这一千卢布。那么说,咱们一拿到钱就回家去,是吧?我很想念托西卡。你请她给你找一套房子,把家安排好,她喜欢搭窠。可是总搭不好。"

他打了两个喷嚏,就自己问自己:

"伤风了吧?"

显然是几声喷嚏把他刚才的兴奋心情一扫而光,面容立刻变得憔悴无神,他使劲擦了擦宽鼻子,哼了一声,随后就边思考,边评价,继续说下去:

"谢米杜波夫帮了我很大的忙。他住院了,阑尾炎。这家伙躺在病床上等开刀的时候,还大发宏论。"

萨姆金对于谢米杜波夫的宏论并不感兴趣,不过为了表示好感,就问了一句,谢米杜波夫是个什么样的人。

德罗诺夫忽然用手掌抹掉脸上的寂寞表情,露出满脸笑容,几颗金牙也在闪闪发光。

"这个人很有趣。在你们那一行叫什么啦?候补法官,是吗?他刚念完大学,当年就因为盗卖水管而坐上了被告席。剧院广场上堆着一些水管,他看见堆在那里毫无益处,就把这些水管卖给了需要的人。真是一位妙人。判他坐了大概半年牢。出狱以后就赌起牌来。他赌运亨通,但是赌得很规矩。两年前我们认识的,那时我的全部赌本一千三百卢布都输给他了。我当然心灰意冷。但是他说:'从我这儿拿五百,咱们继续赌下去。'我说:'我可没有钱还你。'他说:'干吗要还呀?我打牌是为了消遣。我是个光棍,钱很爱我,前天,我四十二分钟内赢了一万七千卢布。'我于是就拿了他的钱。不但捞回了老本,还赢了六十五卢布。我深表感谢,所以现在我们俩只玩玩普列费兰斯和输赢不大的文特。"

德罗诺夫讲得非常高兴,高颧骨的脸上总是浮着笑容,而萨姆金不得不承认,这笑容使老保姆的孙子那张粗糙的脸变得温柔可爱了。

"咱们真是个丰富多彩的民族,克里姆·伊万诺维奇,是个古里古怪的民族,"德罗诺夫沉默了一会儿,把帽子从膝盖上拿下来,放到桌子上去,碰着了油灯,差点儿把它打翻了。他压低嗓门、若有所思地继续说下去。"在咱们的国家,真有出色的人物,而且这样的人很多,他们全都不知道干什么好。参加革命吗?可是革命轰动一时,大笑一声,也就销声匿迹了。你要说它还会来!我同意。从各种情况看,是会来的。不过庄稼汉把人可吓坏了。革命的组织者,一部分被消灭了,一部分被隐藏到苦刑营中去,而许多人则是自行隐蔽了。"

他看了萨姆金一眼,把话说完:

"其实我对你说这些有什么用呢?你自己全都明白。"

萨姆金默默地点了下头,而伊万沉默了一会儿,仿佛道歉似的说道：

"当然，这个谢米杜波夫是个莫名其妙的人物。鬼知道这样的人有什么用？有时候我问自己：是不是也跟他一样？"

克里姆·伊万诺维奇·萨姆金从内心厌烦地皱起眉头，心里想：

"看来这又是一种忏悔。"

但是德罗诺夫却说：

"托西卡教我要如实地、毫不粉饰地评价自己。"

接着提议说：

"咱们到雅尔饭店去，好吗？"

萨姆金谢绝了。

"那么就去艺术剧院，今天上演《在底层》，怎么样？也不想去？我可是很喜欢这出非常天真的玩意儿。剧中的男爵非常富于启示意义：他到处钻营，可是到头来还是一事无成。好吧，我去了。"

他往外走时不以为然地说：

"你吸那么多的烟，就像用来吓唬敌人似的。像柴火在冒烟。"

克里姆·伊万诺维奇·萨姆金扶了扶眼镜，怀疑地，甚至是愤怒地瞅了客人一眼，等到德罗诺夫走后，就把他跟柳托夫、塔吉尔斯基排在一起。

"一路货色。装腔作势、狡猾的两面派。没有良心的人。惟恐被人看穿，所以装出一副诚恳的样子。总想高攀做朋友。但是只配当奴才。"

对德罗诺夫的牢骚也就到此为止了，他又重温起昨天的美梦。这简直是易如反掌，眼前的桌子上就放着一张信纸，纸上的清秀小字写着：

"要使别兹白多夫与玛琳娜的关系尖锐化，不要把他描写得那么像白痴，他的情绪具有庸俗的革命色彩。发展他的恋爱情节。他的情人要是个狡猾的，对他非常冷酷的姑娘，她之所以对他发生兴趣，就在于他是他富有的舅妈惟一的继承人。要描写鞭身教派的祭神仪式吗?"

那个丰满的裸体女人浮现在他眼前,萨姆金又一次生气地想,大概她当时希望他去占有她。德罗诺夫的情妇在某些方面很像玛琳娜,也是那样丰满、健美。

"'教会我如实地评价自己。'这是什么意思?人总是如实地评价自己的。"

他吸着烟,重又开始读小说的提纲,发现这样写不合适,不能写过多不利于别兹白多夫的罪证,但是一定要让他知道一些玛琳娜的秘密,有这个线索,就可以找到别兹白多夫被杀的原因:他是一个危险的证人,他能供出玛琳娜挡了他们的道的那些人。

从巴黎回来以后,他就不知不觉地开始怀有敌意地回忆玛琳娜,而且这种敌意越来越强烈。

"这个女人给我的生活带来了什么呢?"他常常提出这个问题,而且发现她损害和动摇了他对自己的信念。她那神秘的死亡之所以没有把他牵连进轰动一时的刑事讼案中,仅仅是由于别兹白多夫的死亡。如果必须作为证人出庭,他就可能落个非常悲惨的结局。检察官起诉时很可能揭他的老底,他被逮捕过,坐过牢,还参加过莫斯科的暴动,这一点警察厅当然是知道的。检察长当然也不会放过把一个搞政治活动的知识分子拉进刑事犯罪案件中去的机会,这当然是反动的政治形势和普遍反对左派的怒潮造成的。一想到这些,克里姆·伊万诺维奇·萨姆金就神经质地觉得脊背上阵阵发冷,贪婪地吞吸着使人麻木的、辛辣的烟草的烟雾。

"是的,这个身材高大的女人给我的生活带来了某种神秘的混乱。而且几乎把我彻底毁了。如果能把别尔德尼科夫写进去……是的,把这桩凶杀案写成小说是很有意义的事情。一定要在这样幽静的环境中,在这样舒适、温暖的屋子里写,周围有这些赏心悦目的陈设,要写得十分细致,反复推敲。"

第十四章

一

　　彼得堡并不十分亲热地迎接了他,惨白的太阳犹豫不决地在昏暗的天空中闪耀,从海上吹来任性的、喜怒无常的凉风,昨天白天或者夜里下了一场大雨,像秋天里一样,穿得十分暖和的居民,在潮湿的街道上匆忙地走着,木块铺的马路散发出腐烂的气味,屋宇显得雄伟而寂寞。《新时代报》的语调跟天气完全不合拍,报纸的社论像春天一样喜气洋洋,说银行储蓄存款额大增,接着又讲道,取得土地所有权的农户几乎已经达到六十万。萨姆金看完这些消息,用手指敲了敲桌子,吹了一声口哨。

　　"应该找一套住房。"

　　黄昏以前,他到了德罗诺夫家,在过道里脱大衣的时候,就听见患肺病的尤林的声音:

　　"波斯人把沙赫①'推翻',土耳其人推翻了苏丹②,在德国成立了汉萨同盟——反对'容克地主联盟'的工厂主同盟,德国政府拒绝了英国提出的裁减海军的建议,军国主义正在我们的资产阶级中得势……

---

① 波斯语,即国王。
② 旧时土耳其皇帝的称号。

你以为这些事实彼此是没有联系的吗？有……而且是……很明显的……"

"等等,有人来了。噢,是克里姆·伊万诺维奇！"

萨姆金觉得托霞的叫声中充满喜悦,她的握手也特别有力,尤林和往常一样,半躺在沙发椅上,腿伸在桌子底下,后脑勺靠在椅背上,眼瞅着天花板,托霞坐在他旁边的椅子上,面前放着一个练习本,手里拿着一支铅笔。尤林看也没有看萨姆金,就把一只软弱无力的手伸给他。

"您来得太好啦,咱们一起喝茶,您给我们谈谈莫斯科的情况。要不,叶甫盖尼老是在给我讲课。"

"学则明么。"萨姆金不很俏皮地提醒说。

"说话对他有害……"

"什么都对我有害,"尤林挪动着两条腿,回敬了一句,然而仍旧可以听到他短促、嘎哑的喘息。

"你要到哪儿去？"女人担心地问道,他回答说：

"弹琴去。"

托霞帮着他(站)起来,他就像瞎子一样,小心翼翼地走到客厅去。

"他快死啦,明白吗？"女人悄悄地说,萨姆金默默地耸了耸肩膀,心里想："我打断了他的说教,她很高兴。"

几个没有形成句子的字,在脑子里一闪而过：

"马克思主义……死亡……"

簧风琴在客厅里缓慢而不和谐地奏出一支熟悉的曲调,托霞用铅笔在本子上轻轻地打着拍子,低声问道：

"要我帮您找一套房子吗？"太阳正照着窗外的墙,仿佛把它推远了一些。

"现在马上就可以去看,离这儿不远,在我们住的这条街上,不过……"

她用铅笔朝客厅指了指,那里已经不再弹那支别扭的曲子了,又换了一支不知道是什么人写的教堂合唱曲。

"是的,大概她很容易上手。甚至非常放荡,"萨姆金打量着女人的脸孔和胸部,心里想。

"您在想什么?"

"在听弹琴。"

"他老是弹些沉闷的东西。"

"您多大岁数了?这个问题太不客气了吧?"

"这有什么不客气的呢?二十四岁。不过显得更大些,是吧?"

"我看不出来。"

客厅里奏出忧伤的低音。

"大家都认为我显得更大点儿。这也是理所当然的。十七岁我就生过孩子了。还干了很多活儿。孩子的父亲是个画家,据说,现在简直是名人了,住在国外什么地方,可是那时候,我们过的是只能喝茶和啃点儿面包的生活。这是我的初恋,饥饿的恋爱。"

"好,又是一种忏悔,"萨姆金心里想,同情地摇摇头。

风琴弹出的低音中又加进了中音和高音,奏出了不祥的、带惩戒意味的曲调,琴声像烟云一样飘进了餐厅,而萨姆金吸的香烟冒出的烟味也非常辛辣难闻。总之,一切都使人很不舒服。

"有时候我们就连买糖的钱都没有。但是他虽然穷,却是个好人,一个很快活的人。轻点儿,斯捷潘妮达·彼得洛夫娜。"这后一句是对那个用托盘端着茶具走进来的老太婆说的。

"彼得洛夫娜就等于是我的母亲,她像爱小猫一般爱我。她很聪明,是个革命者,您觉得滑稽吗?然而这是真的:她痛恨财主、沙皇、公爵、神甫。她也是从修道院出来的,本来是见习修士,可是在剃度的前夕由于搞恋爱被赶出了修道院。她到医院里当了一名看护,在俄日战争时当过战地护士,在战场上,因为从燃烧的板棚里救出几名军官,得了一枚奖章。您看,她有多大岁数,有六十吧?可是她才四十三岁。您看,人们是怎样生活的!"

尤林总在重复地弹奏一些同样的和音,由于重复弹奏,这些和音的忧伤情调好像更加强烈,这使萨姆金感到压抑,在他心里引起了疲劳的感觉。而托霞却严厉地责问道:

"噢,克里姆·伊万诺维奇,为什么文学家对于妇女的命运写得这样少,这样糟糕呢?简直读起来都觉得羞愧:老是爱情,爱情……"

"不过,请原谅,爱情……"

"是的,是的,我知道大家都这么说:这是妇女生活的意义!大概,连牛马都不是这样想的。您看,它们一年才恋爱一次。"

她使他感到恼怒,并非因为她的说法,而是因为她毁灭了他对她的幻想,于是他觉得很无聊,想对她说几句带刺的话,给她火上加油。

"'爱情和饥饿统治着世界'①,"他提醒她说。

"不对!我不相信永远会是这样,"妇人说。他注意到,她那重浊的音调变得十分粗鲁,表情呆板的脸显得阴暗了,瞳仁难看地扩大了。

"她生气啦,"他心里断定。

"好,您等着吧,"(她)说,"总有一天人间将不再有饥饿,爱情也会变成一种难得的幸福,不再像现在这样成了恶习。"

"您许诺的未来是多么枯燥无味啊,"他对她可笑的预言评说道。

"将来要有爱情月,每年有一个幸福月。五月,全人类的节日……"

"这是糖果店里的幻想,蛋糕做的,"萨姆金冷笑着说。

托霞挺直了身子,仿佛要大声喊叫似的,但是他又继续说下去:

"您想想看:怀孕的妇女在田地里干活儿,收割庄稼,有多辛苦。"

女人站起来,坐到另外一张椅子上,把脸藏到火壶后面,说道:

"怪事儿!您不喜欢幻想吗?您不相信,我们将来的日子会过得好一点儿吗?"

"就是再坏点儿,然而毕竟是换了个样子啊②,"德罗诺夫出现在

---

① 引自席勒的诗《哲人们》。
② 这是一句乌克兰谚语,原文是乌克兰文。

门口,说道。"这用不着争论,咱们会活到这一天。就是用两条瘸腿轮流走,今天用左腿,明天用右腿,咱们也一定能走到目的地!"

"你就像老鼠一样,"托霞迎接他时说道,然后往客厅走去。"我在过道里偷听了一会儿,听你们在谈什么……同时检查了一下大衣口袋。又把我的手套和铜护手①偷走了。这是第二副了。看你还武装吧。两次都是在国家杜马丢的,大概那儿的存衣室里有人检查口袋,凡是多余的东西一律没收。"

尤林不弹琴了,却不停地咳嗽,托霞严厉地对他说了些什么,他回答说:

"热东西对我是有害的。"

德罗诺夫站在食橱前,一面往外拿酒瓶子,杯子碰得叮当响,一面在讲着十月党人不久前新组成的一个派别。

"这一派的首领是戈洛洛波夫,好像是一部曾经流行一时的小说《窃贼》的作者,这部小说是'中间人'出版社出版的,曾受到托尔斯泰的赞赏。尽管这位戈洛洛波夫曾经当过副省长,但是小说也未必是自传体的。"

萨姆金认为最后两句话说得非常俏皮,于是就笑着斜眼看了看伊万,心里想:

"恶毒的家伙。"

"嗯,是的,"德罗诺夫坐到克里姆对面,继续说下去。"右派正在组织起来,可是左派却在瓦解。社会革命党毁于阿泽夫,社会民主党则派别林立:一个'前进派',列宁又有一个小派别,普列汉诺夫派在出版《社会民主党人日记》,孟什维克取消派在出版《社会民主党人呼声》,还有非派别组织的托洛茨基派。② 这究竟是事故呢,还是混

---

① 拳击时用以保护手指并加强打击力量,用金属制成。
② "前进派"是反布尔什维克组织,由波格丹诺夫·阿列克辛斯基等人领头,于一九〇九年组成,其机关报为《前进报》。《社会民主党人日记》、《社会民主党人呼声》都是报纸,在日内瓦出版。托洛茨基领导的托洛茨基派以"非派别组织"为掩护,积极进行反布尔什维克的活动。

乱呢？"

萨姆金并不留心听他的话,过道里托霞温柔的语声使他更感兴趣。

"我请求你不要再来了！你应该卧床静养。你愿意的话,我明天就把风琴搬到你家里去,好吗？"

"那可好了,"德罗诺夫嘟哝说。

萨姆金越来越清楚地意识到,自己对于这个女人的评价是错误的,于是对她越来越恼恨。

"他快死了,"她说着就坐到桌边斟茶。她的两道浓眉蹙成一线,面色忧郁呆板。"这有多么痛苦：眼看着一个人要死去,而你却一点儿也不能帮助他。"

"帮助他死？"德罗诺夫喝了一口酒,问道。

"别出洋相,伊万。"

"绝不是出洋相,我说的是真话！我最知道你的……脾气。如果我说了算的话,我一定专门为你安排一整套惨剧,战争,地震,饥饿,瘟疫,洪水——快去拯救苍生吧,托霞！"

托霞叹了一口气,低声说道：

"傻瓜。"

"我可不是傻瓜,"德罗诺夫反驳道。"傻瓜的日子很好过,而我却困难重重。"

"你别那么贪心,就会好过啦。"

"多谢,尽管我不会采纳你的建议。"

好像被钉子扎了似的,他在椅子里跳了一下,热情奔放地说道：

"克里姆·伊万诺维奇迫切需要办一份报纸！民—主—主—义的大报。拼了我的命,也要办一份报纸。我劝过谢米杜波夫：给我赢二十万卢布,我使你闻名全球。他嘴里直哼哼,见他的鬼。不过我觉得他已经有点儿动心了。"

"我倒想在报馆里当个校对,或者办事员,"托霞幻想说。

总之相当无聊,完全没有必要留在这间窗户对着光秃的砖墙的屋子里,听德罗诺夫和他太太讲些蠢话,这种难堪的感觉悄悄地折磨着萨姆金。

"为什么我要依赖他们呢?"

过了五分钟,他就准备告辞了。

"那么我们明天去找房子吗?"托霞很有把握地说。

"好吧,"他回答。

二

寓所很快就找到了,这是一座枣红色的、有灰色斑点的三层楼房,在二楼租了三个小房间;萨姆金心里想,这座房子的颜色很像母牛的皮色。大门台阶两旁的墙上,挂着许多铜的和搪瓷的牌子,上面的黑字表明这座房子里住着一些姓氏奇怪的住户:律师亚·阿西克里托夫,助产士英特拉莉加京娜,舞蹈教师沃尔科夫-沃洛维克,调校钢琴和修理木制乐器的技师斯克罗姆内,"费季金娜烹饪技术学校,兼办家庭宴会","三楼六号,打字抄写德·伊利克",二楼一套房子的门上钉着一块铜牌,上面写着"帕维尔·费奥多罗维奇·纳利姆寓此"。

"平民化的住处,"萨姆金看完这些名牌以后,皱起了眉头。

但是房间很豁亮,窗户面街,天花板很高,镶花地板,有煤气的厨房,于是萨姆金也就参加了这座枣红房子的平民集团。

整天忙于安排住所,不知不觉地过了几个星期。克里姆·伊万诺维奇从容不迫地、周密而又郑重地布置着自己这座单身汉的住所:这里应有尽有,但是没有任何多余的东西。彼得堡是一座潮湿的城市,但是这座房子里装着暖气,冬天里新家具大概会干燥,夜晚会发出响声,此外,他也不喜欢新家具的样子。萨姆金为书房选了一张写字台,一个书橱,还有三张沉重的乌木沙发椅,在十九世纪八十年代,这种家具在外省具有自由主义色彩的律师们中间曾经非常流行,长于描写生活细节的彼·德·包布雷金在他的一部长篇小说里,把这种家具称作失望者式。客厅里用的是从莫斯科的旧宅里搬来的家具,在小小的接待室里面摆了一张圆桌,半打维也纳式椅子,挂上了一张不知道什么人用钢笔仿乌敦①风格画的伏尔泰像,还挂上一张马太②的版画,画的是怒气冲冲的萨尔蒂科夫-谢德林,还有一幅加瓦尼③的小版画,画着一个法国律师在演说。他觉得这样布置,独具风格,非常满意。

他一面在阿普拉克辛的木器店和亚历山大市场上寻找家具,一面在寻找一位适当的、自己可以给他当助手的律师。他并不打算去从事实际律师工作,不过他认为有必要使自己这条船跟着在首都生活的大海中比较有经验的航海者前进。他委托伊万·德罗诺夫找一位在民事诉讼方面具有丰富经验,而名气又不太大的律师,而且是非党人士。

"我明白!"德罗诺夫猜出了他的心意。"你不愿意跟自由主义者和其他胆小如鼠的骗子们携手前进。是这样。咱们找一只土拨鼠。这并不是什么珍禽异兽。"

伊万·德罗诺夫像陀螺一般转来转去。萨姆金常想,把这个人物抽得团团转的鞭子,就是渴望办大事、发大财的无耻野心。不过他越是仔细观察这位老保姆的孙子,就越是经常地怀疑,德罗诺夫在一切场合、在对一切人的态度上都是非常虚伪的小人。他毫不掩饰自己的贪婪,因为在这后面隐藏着某种可能是更坏的东西。他联想起对玛琳娜的怀疑,又想起了叶夫诺·阿泽夫。萨姆金抛开这些怀疑,可是同时又不由自主地想去肯定这些怀疑。

生活正在改组。总的趋势是克服混乱,创造法治条件,创造能使被束缚的力量自由发展的条件。对许多人来说,现实生活变得比幻想还要迷人。托霞说德罗诺夫是幻想家。他从前是幻想家,可是现在却变成一个很讲求实际的人了。跟他交游不宜过多。但是德罗诺夫几

---

① 乌敦(1741—1828),法国现实主义雕塑家。
② 马太(1856—1917),俄国著名版画家。
③ 加瓦尼(1804—1866),法国插图画家和石版画家。

乎成了一个不可或缺的人。他无所不知,国家杜马"走廊"里、各党派的内部、内阁各部、各报的编辑部在谈论什么,他都知道,还知道许多宫廷生活的可笑蠢事,他还有时间博览当前的政论文章,一遇到萨姆金,就逼问他:

"看过马尔托夫、波特列索夫写的《社会运动》吗?没有?第二部的第一卷已经出版。你瞧瞧吧,会大笑一场的!"

萨姆金想起自己在莫斯科的时候,也曾经是一位消息灵通人士和预言家,可是非常遗憾,现在这个阵地竟被别人占领了,而且是那么容易地顺手就占领了,占领者对这个阵地根本不予重视。最令人不舒服的却是听德罗诺夫的反对意见,他总是立即就进行反驳,甚至采取十分轻视的态度。

有一次,一向听不得反对意见的诺盖采夫,为了斯托雷平的土地改革问题,和身材细长、颇有学生风度的土地测量员霍佳因采夫争论起来。面红耳赤、满头大汗的诺盖采夫大声喊道:

"您的高论荒谬到可怕的程度!要么庄稼人富裕起来,要么就是咱们'像奥勃里人①一样,绝子断孙,同归于尽'。"

霍佳因采夫露出满口不整齐的大牙,用强有力的、但是枯燥难听的低音建议道:

"您到农村去走走,就会看到,那儿的土豪们怎样在分赃。"

萨姆金发现托霞正在疑问地看着他,就不容反驳地说道:

"可是出现了五十七万九千户新的土地私有者,而且,这些当然都是最优秀的业主。"

"对啦!"诺盖采夫随声附和说。"我们去年的大丰收就是靠他们得来的啊。"

这时候德罗诺夫翻着日记本插进来了,他谁也没看,刺耳地说道:

---

① 传说,奥勃里人由于压迫斯拉夫部族杜列勃人而受到上帝惩罚,被彻底消灭。

"老爷,你是在胡说。本年度斯托雷平式地主的数目已经减少到三十四万二千户!减少的原因,是富有的农民正在收买穷困农户的土地,正在形成一些真正的大地主,这是一!第二:贫农反对独立农户的骚动已经开始,焚毁了很多农庄!这是应该知道的,可敬的先生们。你们这样瞎吵有什么用。顶好还是喝酒吧!上帝的预言并不会每天赐给咱们法国蜜酒啊。"

在伊万刺耳的声音里,萨姆金清清楚楚地听到憎恨和报复的调子。不知道这憎恨是针对什么人的,这使克里姆·萨姆金感到不安。但是他仍然很想到德罗诺夫家去,那里,在一片谣言、笑话和胡言乱语的喧哗声中,他很想占有思想组织者、布道者和预言家的地位。他觉得在青年时代他扮演这个角色是很成功的,所以他一直相信,他生来就是为了扮演这种角色的。他心里想:

"我过分迷恋于观察,因而削弱了从事行动的意志。从普遍和深刻的意义上说,人,作为历史的创造者,他的基本行为的目的是什么呢?那就是自我肯定,捍卫自己创立的思想,获得解释事实意义的自由。"

萨姆金在心里把最后一句话重复了一遍,决定把它写在记录自己的"警句和格言"的本子里。

托霞也吸引他到德罗诺夫家里去,就像吸引他去剧院一样。经过几个星期的仔细观察,他发现她身上惟一使他不愉快的地方,就是她很像玛琳娜,也许仅仅是外貌上的相似,她也是那样高大、健美和苗条。她并不聪明,但是泰然自若。因为有点儿愚蠢,所以很坦白,几乎到了不顾礼貌的程度。如果你不问她什么话,她就可以缄默一个钟头不说话,但是有时候又会带着可爱的天真神情说个没完。她谈起自己的时候,总是很刻薄,就像是在谈论陌生人似的,可是在谈论别人的时候,总是很冷静,眼睛里流露着笑意,这种笑容也丝毫不能使她脸上的表情变得温柔些。克里姆·伊万诺维奇·萨姆金开始想,如果这个女人待在他的寓所里,不但不会显得多余,而且是十分合适的。

她使他的好奇心越来越强烈了：

"奇怪的人。愚蠢,然而似乎并非没有心计。"

由于意识到自己对这个女人的迷恋很容易滋长起来,他就使自己对她的态度表现出讥讽而又带点儿敌意的神气。

三

有一天,黄昏之后,他揿了揿德罗诺夫家的门铃。门并没有像往常开得那么快,锁链没有摘下来,妨碍把门完全打开,可是从门缝里传来托霞生气的问话声：

"谁呀？"

一个留着黑连鬓胡子,面容消瘦,很像个禁欲主义者的人,正在过道里穿大衣,大衣不合身,太瘦。他弯腰扭身,嘴里直哼哼,还小声地骂着。

"让我来帮您穿,"托霞提议说。

"谢谢。行啦,"客人回答说。"真见鬼……再见吧。"

他戴上帽子,仿佛故意把脸遮住,不让萨姆金看见他的面孔。

"我认识这个人,"萨姆金说。

"是吗？"托霞问道。

"他姓波亚尔科夫。"

托霞沉默了一会儿,又问：

"你们是在国外认识的吗？"

"在莫斯科。很久了。"

托霞默默地点了点头。

"伊万认识他吗？"

"不认识,"托霞盯着他的脸,严厉地说。"我也不了解他是什么人。是叶尼亚派他来的。叶卡的病情在恶化。不过也不必让伊万知道,您曾在这儿看到了一位什么波扎尔斯基吧?是不是?"

"波亚尔科夫。"

"伊万不需要知道这件事,您明白吗?"

萨姆金默默地点点头,心里想:

"显然是个地下工作者。可是现在他在这里,在彼得堡能有什么作为呢?总的说来,现在在俄国他能有什么作为呢?"

由于萨姆金对待妇女的态度一向十分简单,结果就演出了这样的一幕:他和托霞一块儿从商店里购买了些餐具,回到家里;天气炎热,托霞半卧在沙发上,闭上眼睛,解开了短衫胸前的几个钮子。克里姆·伊万诺维奇坐到她跟前,把一只手伸进短衫里去。托霞问道:

"那儿有什么东西使您感兴趣啦?"

她问话的口气是那么沉着,那么可笑,以致萨姆金本能地把手缩回来,并且微微地笑了笑,他还很少这样笑过,然后就说:

"我觉得您有演喜剧的天才。"

"就是有这种天才,那也不会在那儿呀,"她回答道。

萨姆金站起来,离开她几步,问道:

"您没有尝试过登台演出吗?"

"倒是邀请过我。我丈夫画布景,演员们常常成群结队到我们家来,我也常到剧院后台去玩。我不喜欢演员,他们都是英雄。不论清醒的时候还是喝醉的时候,都是英雄。我觉得,在了解自己这一点上,就连小孩也比干这一行的人要正确些,可是谁也不能比小孩子把自己幻想得更美好。"

萨姆金听了以后,想了想,说道:

"大概,您是个非常热情的女人。"

"已经被折磨得心灰意冷了。我曾热爱过一个人,可是现在已经是同第三个人同居了。您说:'饥饿与爱情统治着世界。'不对,饥饿也统治着爱情。世界上什么样的爱情小说都有,就是没有描写叫花子的爱情小说……"

"这话太对啦,"萨姆金承认。

他发现,自从那次调戏行为之后,托霞对他的态度并未改变:她依然是那样安详、不慌不忙地关心他的住所的布置。

克里姆·伊万诺维奇·萨姆金明白,托霞对他如此关心,是德罗诺夫叫她这样做的,因而觉得她的照顾是很自然的。

"她喜欢搭窠,"他想起了伊万谈论托霞的一句话。

她给他找来一个女仆,身材短粗,满脸麻子,眼睛很尖,动作敏捷,喜欢清洁,但是活泼得有点儿过火,跟年龄不大相称:她的两鬓已经斑白了。

秋天,克里姆·伊万诺维奇感冒了:体温上升,头疼,咳嗽得十分讨厌,淡淡的寂寞心情使他烦恼。他感到无聊,就问她说:

"您多大岁数啦,阿加菲娅?"

"我的年岁也不算大:三十四岁,"她很高兴地回答。

'这么早就长了白头发了。"

她笑了笑,用舌尖舔舔嘴唇,一句话也没说,但是显然在等待他再提些什么问题。

"您早就认识德罗诺娃吗?"

"很早啦,七八年以前,还是托霞·罗曼诺夫娜跟画家同居的时候呢。我们同住在一座房子里。他们住在顶楼上,我跟父亲住在地下室里。"

她站在那里,肩膀靠在门框上,双手交叉在胸前,睁大眼睛打量着主人。

萨姆金躺在长沙发上,很想详细地问问阿加菲娅关于托霞的事儿,但是他想,这要小心从事,就问起阿加菲娅自己的生活经历。她说,她的父亲当时开啤酒馆,她忽然想起要到厨房去做什么事情,就匆匆忙忙地走了,萨姆金觉得她的逃脱非常可疑。

他病愈后第一次遇到托霞,就感谢她说:

"您给我找了一个非常能干的女仆。"

"甘卡①是个好人,"托霞肯定了他的看法。

对于他提出的"她是什么样的人?"这个问题,托霞兴致勃勃地讲起来:阿加菲娅的父亲本来是个水兵,在"志愿船队"②当过水手长,后来开了一家啤酒馆,开始搞走私活动。贩卖雪茄烟。他的行为使水兵们认为他是社会革命党。有人告发了他,宪兵进行了搜查,发现了雪茄烟,还发现他在银行里有上万的存款。就把老头子逮捕了。

萨姆金发现,她讲得越来越高兴,流露出一种人们在谈到熟人的缺点和愚蠢时经常表现出来的高兴神情。

"我还记得他的样子:胖胖的,没有脖颈,脑袋就长在肩膀上,大红脸,活像半个切开的西瓜,而且像刺了一层花纹似的,满脸黑斑,这是灼伤的,什么东西爆炸的时候,烧掉了他的眉毛。毛茸茸的小胡子,两排大牙,猫眼睛,猿猴般的长手臂,肚子大得出奇,以致两只胳膊都无处安放。所以他总是把胳膊放在背后。为人傲慢,粗鲁……阿加菲娅不跟父亲一起生活,他把她嫁给了一个看门人的头儿,差不多是个老头子了,但是有时候丈夫逼着她到老丈人的啤酒馆里去卖酒。她的生活很不幸,而我在挨饿,她就常拿点东西给我和我丈夫吃,她非常善良!常常跑到我们住的顶楼上来。我们那里有时倒很热闹,有青年画家和大学生,还有叶尼亚·尤林。有时候我俩一谈就是一夜,直到天亮,议论着:为什么世上的一切都这么丑恶?但是我们已经开始懂得一些事情了。

"当甘卡和她的老头子也为了走私而被捕的时候,叶尼亚就要我冒充她的(表妹)去探监,并把一些情报传递给女政治犯。这件事我们干得很出色,一次也没有被发现。过了几个月,她被释放,而父亲已经病死狱中。看门人被判刑。甘卡出狱之后,就参加了一个自学小组,在那儿结识了一个水兵,跟他同居了两年,好像还生了一个孩子,是男孩。一九〇五年底,她的丈夫被枪毙了……入伍以前,他原是杂技团

---

① 阿加菲娅的小名。
② "志愿船队"是俄国政府在一八七八年用民间捐款建立起来的一支商船队。

的演员,灵敏,轻捷,为人热情。是个很有学问的人。像椋鸟一般快活的跳舞专家。他死后,甘卡也患了重病,被送进圣尼古拉医院治疗,这是一座疯人院。"

萨姆金默默地听着她讲,心里却非常反感:不管走到哪儿,都避免不了听这些故事!但是等到托霞讲完,他强使自己笑了笑,说道:

"那么说,伺候我的……在某种意义上说,是一位政治活动家,同时又是一个疯子喽?"

托霞立刻面作愠色,眉毛拧成一线,反驳说:

"您用不着讥笑。她根本不是什么政治活动家,只不过像贫苦阶层所有的正直人一样,是一个革命者罢了。贫苦阶级的人,"她又补了一句。"而且也不是疯子,这……很简单,如果您心爱的人被杀死,您也会受到很大的刺激。"

由于萨姆金没有作声,她就像安慰他似的说道:

"这样您身边的这个人至少不会钉您的梢,不会跑到警察局去告密。"

"这当然是非常可贵的。那我就要去贩私货,或者印假票子了。"克里姆·伊万诺维奇·萨姆金开玩笑说。托霞眉毛向上一挑,看了他一眼。

"您想逗我生气吗?这是很困难的。"

"不,"萨姆金慌忙说。"不,完全不是这个意思。我之所以要开玩笑,是因为您讲了这么多伤心事:逮捕,监狱,枪毙……可是并不伤心。"

她疑问地看了看他,以为他还要说什么,但是见他不再说了,就解释说:

"为什么要伤心呢?甘卡的父亲被逮捕和判刑,是因为盗窃,她一点儿也不知道父亲和男人干的事儿,坐牢对她很有益处。第二个男人被枪毙并非为了抢劫,而是因为参加革命工作。"

她用手绢扇着脸,补充说:

"这样的故事我知道的可不止一个,我很喜欢回忆这些故事。它们——来自另外一种生活。"

萨姆金明白她所说的另外一种生活是什么意思。

"您相信革命还没有结束吗?"萨姆金问道;她用手指吓唬他说:

"您把我当作傻大姐,是吗?我很知道:您不是孟什维克。倒是伊万总在摇摆不定,幻想什么小资产阶级和工人阶级的联盟。如果社会革命党明天又开始搞恐怖活动,那么伊万也会把自己想象成恐怖分子。"

她笑了笑。

"我对您说过,他老是想跳得比自个儿的脑袋还要高。他总是……最新出版的书上说些什么,脑子里就装些什么。"

"她可以很容易就搬到别的男人的住处去,"萨姆金心里想,于是不再去幻想把她搬到自己家里去了。"一个布尔什维克。大概并非党员,是个同情者。伊万知道不知道这一点呢?"

这一发现使他特别不舒服,因为它激起了他对这个女人的兴趣,她好像命中注定要在他的生活中代替玛琳娜似的。

四

晚上,各色人等照例集合到这儿来了,并且照例展开了舌战。奥列霍娃兴高采烈地谈到柯罗连科的《日常现象》,但是霍佳因采夫把眼睛藏在灰色的眼镜片后面,插话说:

"他缄默了三年……"

奥列霍娃激动起来,摇晃着双手,说道:

"您没有权利怀疑柯罗连科的诚意!您没有权利。"

"我也根本没有怀疑,只不过他察觉到自己再不能沉默下去已为时太晚了。而且,就连托尔斯泰也未能长久沉默下去,"(他)拼命用自己的低音喊道。

"而且认为柯罗连科是在模仿托尔斯泰,这完全是错误的,他从来没有模仿过!"

"我没有说他模仿过呀。"

"您没有明说,但是却在暗示!啊,您真够恶毒!柯罗连科在保卫人民方面,并不亚于阁下的托尔斯泰,那样一位……绝妙的老糊涂。那本十恶不赦的《克莱采奏鸣曲》的作者。"

他们争论了很久,直到满面春风的诺盖采夫进来,他高声宣布说:

"诸位!我得到了一份非常惊人的、有趣的文件抄本:莫斯科市行政长官林博特给波格丹诺维奇将军的一封信。"

大家都沉默了,于是他就朗读道:

"我们莫斯科太平无事。对于杜马的选举活动毫无兴趣。就连选举前的集会,立宪民主党也没有举行。有些人试图举行一次集会,主席居然针对一位警察局官员发表了侮辱性言论,因此他就取缔了那次集会,而我则把演说人监禁三个月,以儆效尤。革命党人不久前开了一次代表大会,在会上他们也承认,在莫斯科的工作进行得很糟糕,但是遗憾的是,他们却认为在彼得堡还不错,在切尔尼戈夫、哈尔科夫、基辅等省进行得非常好,而在其余各省则平平常常。现在我主要是在对付一些一般的政治流氓行为,因为革命阵营正在变得庸俗不堪。大学在上课,学生的集会已经失去了魔力:第一次集会,九千学生中,参加者只二千五百人左右,第二次七百人,前天的集会仅一百五十人,而昨天,在三个约定的会场上只有大约一百人。"

"可能是在吹牛,"瘦弱的、尖鼻子的大学生戈沃尔科夫说,但是他忽然跳起来,兴高采烈地喊道:"您等等!这封信我早就知道。信里说的是一九〇七年的事儿。是的,没有错。这封信去年已在流传、阅读了……"

就对这封信争论起来了,香烟和喧嚣的乌烟瘴气立刻变得更加浓重。火壶在桌子上哗哗地开着,一股灰色的热气像灼热的尘埃一样,从火壶盖子下面冒出来。为大家倒茶的是大学生萝萨·格赖曼,她脸色黝黑,两只大眼睛深陷在眼眶里,嘴唇鲜艳,仿佛涂过口红似的。

戈沃尔科夫用手指把几绺黑发拢到脑后,仰起傲慢的黄脸,建议道:

"我们来核对一下事实!"

于是大家核对了一下,结果发现戈沃尔科夫是正确的,但是霍佳因采夫却以令人快慰的口气报告说,在判断国家的治安情况时,有一些更为可靠的事实:监狱经费增加到二千九百万卢布,政府的秘密经费开支也增加了。

"你们看,对于咱们的安宁,不仅过去的林博特关心,现在的斯托雷平也很关心。反动透顶的卡索①被任命为教育大臣……"

但是没有人听他的话。一个有军人风度、穿长礼服的人,有一张保养得很好的柔软的脸,留着两撇浓密的浅色小胡子,用悦耳的上低音,然而又奇怪地,似乎是故意地装成口吃的样子,责备诺盖采夫说:

"您从哪儿弄来这—这—些伪造的—吓—吓唬人的东西,您想吓唬谁呀,为什么?"

"费奥多尔·瓦西里耶维奇,我什么伪造的也没有……谁也不想吓唬……"

"不—不对,您的用意很明显,您就是要吓唬我。"

"我?我的上帝!这太荒唐啦。"

面红耳赤的奥列霍娃挥舞着白手绢,愤怒地对凯莱尔和霍佳因采夫说:

"你们读读托马斯·马萨利克②的著作吧,读读他的《马克思主义的哲学和社会学基础》吧。"

"我读过米留可夫的《论文集》,没有什么可怕的,我照样还活着!我甚至还读了吕班的著作呢!"凯莱尔粗声粗气地说。

"马克思主义并不是社会主义,"奥列霍娃坚持说,摇晃着身子,仿

---

① 卡索(1865—1914),俄国反动政客,一九一〇年九月被任命为教育大臣。
② 马萨利克(1850—1937),捷克斯洛伐克的资产阶级学者和政客。

佛她脚底下的地板在摇动似的。

"不,"费奥多尔·瓦西里耶维奇固执地,然而从容不迫地说,温柔地笑着,用保养得很好的手指头摩挲着小胡子,手指甲像贝壳一样在闪闪发光。"不,您极力在污蔑生活,用胡言乱语来糟—糟—蹋生活。可是,朋友,应该热爱生活,正是要热爱生活,就像热爱一位严厉但是明智的教师一样,是的,是的!归根到底,生活会把一切都变得非常美好。"

"哪有像这样的事儿,"奥列霍娃对他喊道,他却眯缝起两只温柔的,但是有点儿水汪汪的眼睛,朝他看了看,低声说道:

"啊呀,这么善良的女人……说这样愚蠢的话:'哪有像样的事儿!'其实人间一切的事都又像别的什么事。"

于是又提高声调,继续进行说教:

"朋友,您太容易歪曲思想,屈从事实了。应该知道:人们接受或者拒绝这种或那种思想,完全是从理论角度去考虑的,绝不是从这种思想在实际行动中适用或者不适用去考虑的。"

奥列霍娃又参与了凯莱尔和霍佳因采夫的争论,并且力图说服他们:

"马克思也不免要受种族思想的影响,不能摆脱命中注定要受苦的人民的思想影响。他,马克思,是个悲观主义者和复仇主义者。不过我并不否认:他向欧洲人复仇的权利是有充分根据的,非常充分。"

"正确的思想。"

"完全同意,"那位美男子称赞说。他那悦耳的上低音显得越来越自信,空洞的眼睛带着几分笑意,而且他那浓密的小胡子仿佛正在生长,变得越来越浓密了。

"一副幸运儿的相貌,"克里姆·伊万诺维奇·萨姆金心里想。

托霞嘴里叼着香烟,站在门边,仿佛一根女像支柱似的支持着这一片喧哗,或者是在阻拦这片喧哗,不要它冲进邻室,因为那里的人也在喊叫,她皱着眉头,用手驱散面前的烟雾,仔细听着那位美男子从容不迫的、自信的言谈。

克里姆·伊万诺维奇·萨姆金喝着茶,迫不得已地跟萝萨·格赖曼谈论些当前的文学问题,同时听着争论者们的叫嚣,发现他们都在拼命刺伤对方,于是心里就想:

"是什么在联结着他们呢?"

德罗诺夫回来了,腋下和手里全是些纸袋和纸包;背朝着客人,把买来的东西放进食橱的深处去,同时怒气冲冲地宣布道:

"列夫·托尔斯泰从家里逃走了。正在四处寻找,哪儿也没有找到。"

这件事引起了巨大兴趣,使大家都言归于好,而奥列霍娃甚至眼泪汪汪地说道:

"把他折磨得够苦啦!"

大家开始七嘴八舌地向德罗诺夫追问事情的细节,但是他的回答却非常简洁:

"我知道的全都说了……"

德罗诺夫坐到萨姆金身旁,请求道:

"你给我一杯葡萄酒,萝萨!要白的。"

又长长地叹了一口气。

"这个美男子是什么人?"

"谢米亚金,见他的鬼……以后我再告诉你。"

他一面看着格赖曼在使劲往外拔瓶塞,一面嘟哝道:

"我参加了奥捷洛夫的一次内部报告会。在场的人有杜马的议员,报馆的主笔,苏沃林大主教以及其他神职人员。还有从事农产品加工工业的企业家,他们都喜气洋洋。可是小麦的出口价格只有九十一戈比,而一九〇八年曾卖到过一卢布二十戈比。"他从口袋里掏出笔记本,念道:"'在冶金工业中的银行投资,占投资总额四亿三千九百万卢布的三亿八千六百万卢布,在煤炭工业中占投资总额一亿九千九百万卢布的一亿四千九百万卢布。'这应该怎么理解呢?"

"我不是经济学家，"萨姆金回答说，觉得这时的伊万很像塔吉尔斯基当年在普列依斯家的样子。

德罗诺夫把笔记本收起来，喝完葡萄酒，留心去听混乱的谈话。

"他是伟大人物中的最伟大的人物，"诺盖采夫在歇斯底里地喊叫。"最伟大的！我绝不让步，费奥多尔·瓦西里耶维奇，绝不！"

"请您说明……叫我也明白明白，他究竟体现出了什么样的思想力量，这种思想在生活中又引起了些什么样的变化呢？您熟悉居奥①的学说，是吧？"

"是的！托尔斯泰……他一点也不能感动我。是个陌生人。不好吗？你沉默不语……"

"那么这位谢米亚金到底是什么人？"

"是一个贵族的私生子，见他的鬼……在海关工作，五年前得到了一大笔遗产。是庇护文学和艺术的财神爷。正在追求托西卡。也许他会出钱办报。他在剧院里认识了托西卡，以为她是个野妓。诺盖采夫也在海关工作，早就认识他。是诺盖采夫这个骗子把他领到这儿来的。顺便说一声：关于报纸的事，你一个字也不要对诺盖采夫说！"

"可以认为，他正在利用情妇去勾引富翁，"萨姆金想。

"居奥？"戈沃尔科夫粗声粗气地喊道。"现在谁还读居奥的书呀？"

"噢，主啊！"诺盖采夫失望地喊叫道。"这是怎么回事儿？谁都知道：托尔斯泰主义是……"

"托尔斯泰够叫他们吵嚷一阵子的，"德罗诺夫说。

"一伙吵吵闹闹的人，"萨姆金由于不得不说话，就说了一句。

德罗诺夫手里拿着酒杯，就像握着手杖似的，他一边喝酒，一边纠正萨姆金的话：

"你是想说一伙空虚的人。是的，但是正是这伙人——奥列霍娃，

---

① 居奥(1854—1888)，法国实证主义哲学家。

诺盖采夫,在呼风唤雨,制造气候。正因为他们头脑空虚,所以他们就能非常迅速地把一切新鲜玩意儿:思想、纲领、谣言、笑话、胡说等等塞进自己的头脑。他们深信,自己是在'播种理智、善良和永恒真理的种子'。一旦风云突变,他们明天就会扬弃今天感受的欢乐与悲伤……"

"完全跟您一样,"萝萨·格赖曼出人意料地低声说道。

"不,萝佐奇卡,不完全一样,"德罗诺夫严肃地反驳道。

"就是这样,"她坚定地,而且已经是大声地说道。"您也是一个正在想方设法使自己变成能适应已经必须彻底变革的事物的人。你们这儿都是些忙忙碌碌的小资产阶级,你们一辈子都将是这样渺小的人物。我不会正确地表达,但是到了必须放眼世界的时候,而你们却只在谈论一个城市的事儿。"

她说话有些口音,费劲地、缓慢地搭配着词句。她的脸都白了,使她的两只黑眼睛显得更加深陷进眼眶里去,下巴也在哆嗦。她说话声调平淡,就像害肺病的人一样,因此说出的字句就显得更加沉重。谢米亚金跟托霞并肩坐在角落里,他朝萝萨看了一眼,皱皱眉头,小胡子动了动,在托霞的耳边悄悄说了些什么,她生气地皱起眉头,举起手来理了理耳朵上的头发。

奥列霍娃刺耳地追问道:

"放眼世界是什么意思?"

"您不懂吗?"

于是萝萨就列举起来:

"土耳其的革命,波斯解散议会,芬兰废除宪法,奥地利并吞波斯尼亚和黑塞哥维那,日本并吞朝鲜,以及德国人拒绝了英国关于裁减海军的建议,而社会民主党人对此竟毫无反应。看吧,这就是今天的世界!"

"那么您打算叫我怎么处置这个世界呢?"诺盖采夫玩笑地问道。

格赖曼没有理他,继续说下去:

"中国也发生了革命运动。你们大谈托尔斯泰。关于他你们谈了些什么呢?他的妻子不贤惠,孩子没有出息,在他的思想上表现了很多艺术家和思想家之间的矛盾。如此而已。可是托尔斯泰是一位世界性人物,全世界的人都在读他的书,他谴责生活的惨无人道、可耻和虚伪。现在他还没有被埋进土里,而你们已经在急着往他的坟墓上倒垃圾了。真是岂有此理。要知道:托尔斯泰劝说人们去变革世界,可是你们呢?却千方百计使自己脱离生活,寻找高踞于生活之上的地方,置身于生活之外,是的,是的。你们的评论正是要得出这样的结论。"

萨姆金还是在格赖曼刚开始说话的时候就站了起来,走到通往客厅的门边,从这里观察托霞和谢米亚金的活动更方便些,那个美男子扇动着小胡子,好像准备跳跃的猫。托霞侧身冲他站着,在听德罗诺夫对她讲话。萨姆金从人们脸上的表情看出,又要爆发新的争论,他认为,今天他已经听够了,于是偷偷地溜到过道里,穿上衣服,走回家去。

第十五章

一

夜深了。空旷的街道(上空)凝结着寒雾,好像正在犹豫,是变成雪,还是变成雨。路灯浮在浓雾中,画出一个个朦胧的虹霓的光圈,这些光圈仿佛也凝结了。有的地方,在一片漆黑的窗户中,偶尔闪烁着黄色的灯影。

"民主派,"克里姆·伊万诺维奇·萨姆金心里想着,从站在石头房子大门口那个胖得离奇的看门人身边走过。"这些人值得我来领导吗?"萝萨·格赖曼的演说;波亚尔科夫、托霞的态度,这一切都自动地形成了一个不愿看到的整体。萨姆金想起了一位立宪民主党人的话,这是他在国家杜马的存衣室里偶尔听到的:"敌视健全理智的势力有重新集结的征象。"

"是这样,"萨姆金心里想。"可能,库图佐夫正在什么地方活动。如果他不包括在中央委员会的'七人小组'内而在莫斯科被捕的话。这个犹太女人,看起来是危险人物。布尔什维克。谢米亚金是什么货色呢?当然,托霞是会投到他怀抱里去的。只要他招呼她一声就行。不,如果我从事文学创作,可能更为有益。报纸是跑不掉的。等我在文坛成名之后,出版报纸也可以考虑嘛。但是不要德罗诺夫参加。

对,对,不要他……"

这是他的许多决定当中的一个,他就带着这个决定睡去。

第二天早晨,他躺在床上,抽着第一支烟,心里想,德罗诺夫是头有用的畜生。譬如说,他神通广大,能搞到异常味美的烟草。为了祝贺他的新居,德罗诺夫送了一幅克雷莫夫的优秀的风景画,还有一幅无疑是他建议托霞赠送的,茹科夫斯基的习作——几棵松树,雪地上有几片浅蓝色的投影。一幅是美丽的盛夏,一幅是同样美丽的严冬。

阳光透进窗帘,室内空气清新,窗外大概正是晴朗的初冬风光,一定是夜里下过雪。他不想起床。可以听到邻室阿加菲娅轻轻的脚步声。克里姆·伊万诺维奇·萨姆金唤了一声:

"把咖啡端到这儿来。"他心里又想:"是的,德罗诺夫很有用处。就像桑柯·潘萨一样。尽管我并非堂吉诃德。他,伊万,并不蠢。"

德罗诺夫私下曾把安东·谢尔盖耶维奇·普罗佐洛夫律师的情况向他介绍了一番:

"是一颗不很耀眼的明星,而且正在渐渐熄灭。他被许多病折磨着,这些病很快就会把他折磨死。是一个酒色之徒。现在跟他姘居的是第十个女人了。从游艺场搞来的,他曾经怂恿她改行演话剧,但是她对演话剧却毫无天才,所以现在她对他大施报复,说他毁坏了她的前途:如果不是他捣乱的话,她早就会像依维特·吉丽蓓尔一样红极一时了。每年她都把他带到巴黎去,离开巴黎她就无法生活。他的业务弄得一团糟,我预先警告你,他的名声不大好:酬金他是要收的,但是有两次都误了上诉期限,其中有一次不得不赔偿当事人的损失,因为审判会议审理了当事人的索赔申诉之后,认为申诉是无可争议的。"

普罗佐洛夫原来是一个细长腿、鼓着大肚子的家伙,他的肚子从背心和裤子里挺出来,露出了一圈白衬衣。他的脑袋大得跟身体很不相称,所以从侧面看去,就像一个中间有弯的钉子。半秃的黄色脑袋顶上,还有一些过去的赤褐色鬈发的灰白残余。留着连鬓胡子,稀疏的直胡丝儿在下巴上形成了一个尖楔子。满脸皱纹,灰色的肉囊使眼皮下坠,露出两只无精打采的、水蒙蒙的眼睛。夹鼻眼镜在赤红的长鼻梁上颤动,但是普罗佐洛夫还是从眼镜里往外看着。

"这有什么?很好嘛。我很乐意帮助同行,伊万·马特维伊奇详细对我谈过……我将挑那些需要……就是说那些搁置太久的案子……就这样吧。"

他不知所措地,甚至几乎是惊慌地看着萨姆金,用鼻子呼着气,叹惜着,用手绢擦着眼睛。

"我很想介绍您跟我的妻子认识,可是她到诺夫戈罗德去了,那里据说有一座十分出色的教堂。她对艺术着了迷,现在艺术很时髦……青年人都想消遣消遣,他们对示威游行、宪法和革命已经感到厌倦了。"

他胆怯地在沙发里晃动起来,皱了皱鼻子,把夹鼻眼镜从鼻子上甩下来,匆忙地补充说:

"我,当然并不反对……而且'工作娱乐,各有定时'。如今到了娱乐的时候了。这很正常。"

他的身上、衣服上和谈话中,都有一种粗俗邋遢、犹疑不定的神情,他周围的一切,他的书房里,都显得很不舒服也很拥挤,充满了纸张和灰尘的气味。

"我的文书米罗诺夫,虽然是个懒汉,倒是个聪明可爱的小伙子。是的,就是这样。"

他懒洋洋地叹了一口气,看了萨姆金一眼,萨姆金立刻明白,这是在说:

"去吧。我讨厌你啦。"

当萨姆金来了解积案的情况时,一个留着长头发、黝黑的脸上露出客气的笑容、衣着讲究的青年人迎接了他。青年人眯缝起两只黑眼睛,告诉他说,律师身体不舒服,他不能见他,然后指了指两叠装在标着"卷宗"字样的蓝色封套里的文件说:

"这是他请您过目的案件。您不需要我了吧?"

"请便吧。"

小伙子在地板上一碰脚后跟就走了,萨姆金打开《农民伊万·乌霍夫和佩拉格娅·乌霍娃向世袭荣誉公民列瓦绍夫追索致残赔偿案》,便仔细地研究起案情来了。原来,荣誉公民驾着两匹自己的马拉的车,把农民出身的马车夫阿列克谢·乌霍夫的一条腿轧断,折了一根肋骨,脑子受震荡,后因伤重致死。死者的父亲和妻子要求荣誉公民给予五千卢布的赔偿。此案已经地方法院审理,驳斥了原告的申诉,现在提出上诉。萨姆金从警察的案情记录中看出,这个索赔案根本没有胜诉希望。在卷宗背面的收费栏里,他看到普罗佐洛夫已经收了一百四十卢布。

《工厂主凯莱尔破坏合同案……》。

萨姆金背后的门开了,飘进一股强烈的香水气味。随后就有一个中等身材的女人来到他的身边,她全身裹在一团绸缎和花边织成的彩色云雾中,披着一条皮披肩,染成枣红色的头发梳成厚重的发髻,脸色红艳,顽皮地翘起的鼻子,浅蓝色的眼睛里闪着喜悦的火花。她那抹着口红的嘴唇带着笑意,露出细小的老鼠似的牙齿,总之,她的容貌鲜艳夺目。

"叶莲娜·维肯季耶夫娜,"她自我介绍说,伸出一只胖胖的小手,邀请萨姆金去吃早饭。

早餐的花样很多,而且很可口。喝的是加上一半"毕康酒"的伏特加,葡萄酒,克里姆·伊万诺维奇·萨姆金高兴地听到了不少非常有趣的有关上流社会生活的新闻。

第一件新闻是:驻巴黎的美利坚合众国公使向俄国大使涅利多夫声明:鉴于诺斯季茨伯爵夫人出嫁前曾在伦敦某音乐厅的玻璃鱼缸中装上鱼尾巴做裸体表演,巴黎的外交使团认为这位夫人参加使团的社交活动是不能被接受的。

"您明白,这是多么丢人的事吗?诺斯季茨。他好像是大使助理。总之是个大人物。太不像话,请您想想这(对)我们在外国的威望有多大的影响。大使们都娶带鱼尾巴的太太……"

她响亮地大笑起来,笑声"酥脆",使人听着非常悦耳。她接着又说,年轻皇后的歇斯底里症正在发展,脚上也在生疮。

"所有这一切都是她跟维鲁波娃不正常的关系引起的。真不理解这个沉湎于同性恋的女人,"她耸了耸肩膀说道。"宫里还有一个逃亡的修道士拉斯普京。尽管他似乎根本不是什么修道士,而是一个普通的乡村磨坊主。"

她津津有味地,但又带着轻视的口吻说出"宫廷生活"、"我们那些贵族"等等字眼,使人觉得,好像她曾经混迹于这种生活并与这些贵族"周旋"过。她在谈到那些内阁大臣的时候,口气显得特别轻蔑!

"都是些小市民氏族出身的暴发户:谢格洛维托夫[1],卡索……您没见到过这位卡索吧?他的耳朵丑得出奇,像套鞋那么大。而那个也要被邀请入阁的下戈罗德省长赫沃斯托夫[2]竟胖到这种程度,他的小汽车是装了加重弓子板的。"

他们坐在一间有些昏暗的大屋子里,三个窗子正对着一道灰色的高墙,墙上也有几个窗户。从肮脏的玻璃、阳台和一道弯弯曲曲的、直通屋顶的铁扶梯上可以看出,这是几扇厨房的窗户。屋子的一角放着一架钢琴,钢琴上面挂着一幅有两块黄斑的黑底油画,一块画的是半边脸颊和肥大的鼻子,另一块画的是一只张开的手掌。另一个角落里放着一座沉重的黑色食橱,上面镶嵌着贝壳,这个食橱很像是五口棺材接合起来的。

屋子里有些气闷,女人身上浓郁的香水味也不能压倒暖气烘烤过的灰尘气息。

这顿早饭足足吃了约两个钟头。克里姆·伊万诺维奇·萨姆金吃得津津有味,稍稍喝了点酒,心情很好,一边听着女人清脆的语声和不断的笑声,一边讨好地笑着,心里想:

---

[1] 谢格洛维托夫(1861—1918),一九〇六至一九一五年任沙皇政府司法大臣。
[2] 赫沃斯托夫(1872—1918),一九一五至一九一六年任沙皇政府内务大臣。

"一个虽然愚蠢,但是很有趣的女人。"

可是她却兴高采烈地对他大谈诺夫戈罗德涅列基查救世主教堂壁画的美丽动人。

放他走的时候,她说:

"每个周末都有演员、作家到我家来,我们演奏音乐,争论问题,请来玩吧!"

"是的,有必要常到她家来,"萨姆金决定,但是并没有很快就再见到她。普罗佐洛夫经办大量头绪紊乱的案件需要很多时间,衣着讲究的文书对业务很不熟悉,整天游手好闲,一心幻想为《彼得堡报》写通讯。普罗佐洛夫自己也越来越颓唐,一会儿摸摸前额,一会儿揪揪大胡子,记忆在明显地衰退。他们把那个文书辞退了。由德罗诺夫找来一个面色忧郁的小伙子接替他,这个小伙子穿一件黑呢翻领衫,颧骨很高,一嘴外露的牙齿,单是他这副相貌就使萨姆金很不舒服。

二

列夫·托尔斯泰逝世了。阿加菲娅清晨送报给萨姆金时,第一个把这个消息告诉了他:

"列夫·尼古拉耶维奇逝世了。"

她悄悄地说完这句话就往外走去,但是在门口又停下来,补充说:

"您听见家家户户的门都乒乓乱响吗?人们好像有点惊慌失措。"

"您读过托尔斯泰的书吗?"他问。

"读过《波里库什卡》,读过《三兄弟的故事》和《一个人需要很多土地吗?》。昨天还在咱们后门的楼梯上朗读他的书呢。"

跟平常一样,她照例等了一会儿:看老爷是不是还要问她什么。老爷没有问。

他并没有听出公寓里有什么地方的门比往常响得更频繁或者更厉害,也没觉得托尔斯泰的死使他伤心。这天上午法院审理要求赔偿七千三百卢布的案件,他出庭辩护,他觉得,他的诉讼理由被认为正确,仅仅是因为他的对手辩护不力,而法官们也不注意听,匆匆忙忙就作出了判决。

在律师休息室里,人们忧心忡忡地在谈论参加葬仪的方式,要不要派代表团到雅斯纳亚·波良纳①去,或者仅仅送个花圈去。有人很郑重地提请大家注意,现在可不是一九〇五年,现在有个谢格洛维托夫……

克里姆·伊万诺维奇·萨姆金因为案子胜诉,感到很高兴,就打电话给普罗佐洛夫,接电话的是叶莲娜,听完他的报告以后,她问:

"您知道吧,大学里很不平静,学生在闹,要求废除死刑……"

"糊涂娘儿们,"萨姆金心里骂了她一句,立刻挂上了听筒。"她明明知道,警察会偷听电话。"不过毕竟还是把这件新闻告诉了一位面色红润、身穿燕尾服的胖子,而这个胖家伙眯缝起眼睛,仰脸看了看天花板,说道:

"那又怎样呢?这是一个很好的借口。'以死亡战胜死亡'。只是希望他们不要上街……"

又进来两个夹着皮包、身穿燕尾服的人,其中的一个黑头发,高额角,眼睛深深地陷进脑壳里去,一副爱发脾气的面孔,他气愤地说道:

"我认为:只有民族思想得到正确和一致的理解时,才能认识到社会纪律的必要性,才能产生各阶级互相团结的感情。我一向是这样说……而在还不具备这个条件以前,我们的青年……"

"对不起,您听我说!对宪法的各种幻想,就曾经使青年们安静了三四年……"

"可是现在仅仅托尔斯泰的死亡,就足以使青年们又大闹一场。"

面色红润的律师快乐地问道:

"罗曼·奥西波维奇,您在哪儿看到过各阶级的团结呀?"

---

① 托尔斯泰的庄园所在地。

"在法国,我的朋友,在英国。在德国,那里有组织的工人阶级积极参与国务活动。在这些国家,民族思想都居于统治地位……"

"您这是司徒卢威主义!政治上的爱神以及其他等等。纯属浪漫主义的调调……"

萨姆金又听了五分钟的争论,就冒着风和蒙蒙细雨走上街头。他觉得,今天在熟悉的市声中,可以听出一种特殊的、低沉的和惊恐的轰鸣。人们从住宅和商店里,从街角里跳出来,你追我赶,好像都在寻找躲避风雨的地方。他的思想也是急急忙忙的,毫不连贯。想到首都的律师们对他态度冷淡,装出一副使人哭笑不得的客气样子。那个面色忧郁、留着乱蓬蓬的大胡子的老人的形象浮现在灰色潮湿的昏暗中。

"他劝人勿以暴力抵抗邪恶,可是自己却在生命的末日为了逃避妻子和家庭的压迫而出亡。大学生又开始闹学潮啦。"

他雇了一辆马车,躲进马车的皮顶篷里,闭上了眼睛。回到家里,刚刚脱下大衣,德罗诺夫就用手绢擦着淋湿的脸,跑了进来。

"托尔斯泰,真是,啊?"他开始说道。"大学生正蠢蠢欲动,好像工厂里也有秘密集会。真是好把戏!活见鬼……"

他吧咂吧咂嘴唇,又继续说下去:

"我坐车从这儿路过,看见你回家来了。是这么回事:如果出一本关于托尔斯泰的文集,你以为怎样?我有一些文学界的熟人。也许你也可以试试,写点什么东西吧?一个人工作了差不多六十年,赢得了世界声誉,可是灵魂却得不到安宁。好题材!他宣扬:勿以暴力抵抗邪恶,高呼:'我不能沉默',这是什么意思呢,啊?他是想沉默,而又不能吗?但是,为什么不能呢?"

"出文集是个好主意,"萨姆金说,由于无意深入探讨托尔斯泰道德哲学的根源,就郑重其事地谈起了出版文集的计划。

德罗诺夫一声不响地听了五分钟,抚摸着前额和脑袋上的硬头发,然后跳起来,说道:

"我要到国家杜马去。你想去吗?"

"不。"

他从口袋里掏出一张小报,把它塞给萨姆金,说:

"这是列宁的《工人报》,不久前,两三天前才出版的。"

他出去了,但是很快又穿着大衣、戴着帽子走进来,嘟哝道:

"有谣言说:我们正准备并吞波斯。奥地利已经抢走了波斯尼亚、黑塞哥维那,那么我们就占领波斯。如果英国人不跟咱们捣乱的话,我想到波斯去收买地毯。这是一桩清静、安逸的生意。伊万·德罗诺夫的波斯地毯贸易商行。我在地毯上走,你一边走一边说谎,他们也边走边说谎,咱们大家全都边走边说谎①。那张小报你保存好。"

他嘟哝完这些话,就不见人影了,剩下萨姆金一个人在生闷气。

"小丑。狡猾的小丑。说谎专家。"

他已经不是第一次发现,伊万临走的时候总像演员在落幕之前那样,竭力说些特别刺激人的、语意双关的话。

萨姆金站在暖气片附近烤着脊背,打开那张已经读烂了的报纸。报纸也未能熄灭他心头的怒火。他一面看着报纸社论的那些简单、尖刻的词句,一面心里鄙视地抗议道:

"在一个连列夫·托夫斯泰都是孤独和软弱无力的国度里,他们想叫什么人跟着他们走呢……"

三

晚上,他来到普罗佐洛夫家,老头子只穿着睡衣出来见他,脖子上缠着绷带,用一只哆哆嗦嗦的手扶着椅背艰难地挪动着身体,像巴松管似的哼哼着,仿佛喝醉了。

"'瞧,悲伤和疾病光临了,'正如……那位作家,他叫什么啦?在《神学校笔记》一书中说的。对啦,想起来了——波缅洛夫斯基。那么

---

① 俄语"在地毯上走"这个词组,如果改一下读音方法,意思就成了"边说谎",纯属文字游戏。

说我们胜诉了？太高兴啦。非常高兴。"

他慢慢地拉着长声说，摩挲着左边的脖颈，好像要把下颚骨推上去，浑浊的目光在萨姆金周围寻觅着什么，就像没有看见他似的。

"现在我们要办一办这位伯爵夫人的案子了。明天就写上诉状……这个案子我们也会胜诉。哦，请原谅，我必须卧床才行，就请您去会会我的太太吧，她请您去。她那儿有一位……有趣的……时髦人物……艺术呀，哲学呀，以及所有其他等等呀。嗳嗨嗨……"

他挥了一下左手，把右手伸给萨姆金，抓住他的手以后就紧紧握住，说道：

"托尔斯泰，真是，啊？当年……在我的少年和青年时代，车尔尼雪夫斯基、杜勃罗留波夫、涅克拉索夫都比他进步。我们读这些人的著作，就像读教堂神甫的圣书一样虔诚，要知道我是个神学院的学生。却根据他们的语言建立了自己的信仰。托尔斯泰没有人注意。那时候大家都在学习关心人民，而不是关心自己。是他开始提出要关心自己。就从他开始了这种……只围绕着自我打转转的现象。可以编出这样一句双关语的俏皮话：围着小我打转转，看见大我就讨厌……好吧，再见……怎么耳朵痛起来了……请……"

他用手指了指通往客厅的门。萨姆金掀起沉重的绒幕，推开门，客厅里一个人也没有，角落里亮着一盏蓝色灯罩的小灯。萨姆金厌恶地用手绢擦掉手上那种热乎乎的、黏腻的汗湿感觉。

通向餐厅的门半开着，里面，桌子周围坐着三个男人和叶莲娜。在克里姆·伊万诺维奇·萨姆金的一生中，经历了多次意外的际遇，所以已经不使他感到惊奇，但每一次意外的际遇，都使他越来越不舒服，觉得人们的生活范围竟这么有限，这么狭隘，内容又是这么贫乏。

他发现，那个枣红色头发，一张肿胀的、刮得光光的、像淹死鬼一般的青脸和两片厚嘴唇的胖子，原来就是自己从前的老师，斯切潘·安德烈叶维奇·托米林。坐在他对面的，是那位讲师佩利尼科夫，正在幸福地微笑着。

"绝望的呼声,生理学家杜－布亚－雷蒙①的呼声大家都不予理睬了,雷蒙在结束他的《关于我们知识的界限》,也就是《生命永不可知论》的演讲时曾大声疾呼:我们不会认识的!"托米林把装满果酱的调羹擎到光光的下巴边,仿佛不高兴说似的,严厉而又有分量地说道。

"非—常正确,"佩利尼科夫高兴地肯定说,紧接着就响起了匆忙而尖细的童声:

"这样,一部分人的职业兴趣和另一部分人的轻率习惯,就限制了思想自由。"

"正是这样!"佩利尼科夫又肯定说。"就是说,先从这里开头,然后就是政府的政策,当然是专制政府的……"

"噢!"叶莲娜叫道,迎接着萨姆金。"这太妙啦!我来给您介绍:阿尔卡季·科济米奇·佩利尼科夫,尤里·尼古拉耶维奇·特韦尔多赫列博夫。"

"我们认识,"萨姆金走到托米林跟前,说道,斯切潘·托米林并没有站起来,翻起枣红色的瞳仁看着萨姆金,傲慢地慢慢举起一只手来,怀疑地问道:

"我们认识?在什么地方我有幸?……"

他的傲慢样子惹恼了萨姆金,于是他冷淡地提醒了对方几句。

"啊哈!是的,是的,我想起来啦。曾经做过您的家庭教师,还有另外几个孩子。有一个,好像是淹死了,或者是……"

他扭过脸去,不看萨姆金,又舀了一些果酱。克里姆·伊万诺维奇坐在特韦尔多赫列博夫的对面,这是一个身材矮小,像个半大孩子一样的人,生着猴子般表情灵活的小脸,黝黑的小脸上蓄起了深色的短连鬓胡子,两道眉毛惊奇地高高耸起,黑眼睛惊慌不安地闪烁着。

"简直是个玩偶,不是真实的人,"萨姆金心里判断着,怀有敌意地观察

---

① 杜－布亚－雷蒙(1818—1896),德国生理学家。

着托米林。老师的一头硬发大概脱了很多,所以像压发帽似的平滑地贴在头皮上,眼睛下面肿起了两个青囊,刮得光光的脸颊也鼓了起来,他不停地用左手胖乎乎的指头去抚摸脸颊和鼻子,右手不断地把果酱、饼干和糖果送到厚厚的嘴唇边。装果酱的罐子、饼干盘、糖盒,全被拥到他的面前。他的整个形态就像鼓起来的气泡,圆鼓鼓的大肚子与别尔德尼科夫的一样,直顶着桌沿,每逢教师要拿什么东西的时候,就只好从椅子上欠起身来,肚子妨碍了手,使手臂显得短了。尽管他肥胖得这样不正常,不健康,萨姆金仔细观察他,但是在他身上再也找不到他记忆中的那个昏昏沉沉、犹豫迟钝的托米林的痕迹了。现在托米林说话是那么自信,那么神气,再也不是瓦拉甫卡说的那个"莫名其妙的人物"了。他眼睛里的瞳仁已经不再像是贴在白眼珠上,却仿佛深陷进布满粉红色筋络的乳白的眼珠里去,在它的深处浮动,闪着恶意的光芒。

"一脸可厌的凶相,"萨姆金一边听,心里一边思量。

"在我做的《论虚假知识的诱惑力》的报告里,我曾指出,数学家们奇异的、不可思议的数字是虚幻的,不可能使人对宇宙,对我们大地的自然界,对人的肉体生命,产生什么具体、明确的概念,我曾指出数学是二十世纪的玄学,这门科学正走向中世纪的经院哲学,那时候,人们认为魔鬼是具体存在的,它们的数目能在针尖上计算出来。关于知识的可靠性问题,我可以肯定,必须用严格的哲学观点重新提出。应当加以验证:知识是不是魔鬼在我们寻求认识上帝的道路上设下的陷阱呢?"

"请原谅,我打断您这意义深远的演说,"萨姆金冷淡而又客气地说道。"可是,我记得,您曾教导我们,应该把认识理解为一种本能,人生的第三种本能……"

"不错,在我还在学习的时候,我这样教过,可是当我认识到我的错误的时候,就不再那么教了,"托米林一边回答,一边剥开一块糖,也不看学生一眼,可是萨姆金却感到他很想说刺人的话。

"真是无耻之尤!"

于是竭力给自己的声调带上恶毒的口吻说道:

"那么请允许我提一个关于教师的责任问题吧。"

"提得对。就请您向基督和皮浪,向圣奥古斯丁和伏尔泰去提吧……"

"好,反击得好!"佩利尼科夫朝着特韦尔多赫列博夫喊道,而(特韦尔多赫列博夫)立刻就对萨姆金进行攻击,叫道:

"请您回忆一下我们的祖先被逐出天堂的原因吧!回忆一下这个世界的累累苦果吧。您读过罗扎诺夫的作品吗?"

托米林一边嚼着糖,一边不容反驳地说道:

"罗扎诺夫谎话连篇,而且是个色鬼和异教徒,在这里提到他是不合适的。地狱里已经给他准备好地方。"又用凶狠愤怒的眼睛朝萨姆金方面斜看了一眼,傲慢地嘟哝道:

"责任有两种:一是对上帝的责任,一是对魔鬼的责任。把两者混为一谈是有罪的。我若避而不谈,也是不明智的。"

他舐了舐嘴唇,又用手绢擦了擦,对叶莲娜说:

"再回到托尔斯泰的问题上来。我要补充几句:如果能把托尔斯泰公开谈出的自己的思想称为教诲的话,那他一直在教人怎样思考。但是却从不教人怎样生活,就连在他那些所谓的文艺作品中,在那种名曰艺术的语言游戏中,也从来不谈这个问题。高尚的艺术就是生活在肉体与精神的美满统一中的艺术。不能使感情与理智分离,否则你的生活就会变成一连串不可思议的偶然现象,而且你也会毁灭!"

"'一连串不可思议的偶然现象',这是他从列夫·舍斯托夫那里剽窃来的,"萨姆金心里想。

克里姆·伊万诺维奇不记得自己曾像此刻这样激动和愤怒过,托米林吞食糖果的样子也使他愤怒,甚至厌恶。托米林几乎是不间断地,好像是自动地,用胖乎乎的手指把糖果送进大厚嘴唇的嘴里,可能正是这种机械的咀嚼使这位传教师说话模糊不清。他的说教单调无味，萨姆金清楚地感觉到，在这单调无味的声调中流露出对他的鄙视神情。萨姆金对昔日家庭教师的说教根本不感兴趣，但也没有感到不舒服。克里姆·伊万诺维奇已经很熟悉诸如此类的说教，关于知识可靠性的问题，思想向宗教和玄学方面的发展的趋势，凡此种种，现在都是很时髦的玩意儿。但是托米林竟然变得这样明显地不同于他年轻时的样子，这使他感到不快。昔日的家庭教师在打断佩利尼科夫和特韦尔多赫列博夫的一些简短的解释和插话时，毫不理会萨姆金，而且他似乎是故意这样做的。

"他是在报复我吗？为什么呢？"萨姆金想，记起了这个爱吃糖的红毛鬼跪在他母亲面前的样子，就断定："这是不可能的。瓦拉甫卡喜欢嘲笑他……"

"人生在世，必遇患难，如同火星飞腾①，"身材矮小的特韦尔多赫列博夫高兴地大声喊道，他的小脸皱了起来，显得更小了。托米林剥开一块巧克力，一面用手指甲往下剥包糖纸，一面用几句冷冷的话使这个人冷静下来：

"《约伯记》里的记载，我们不应该全都简单地照字面去理解，因为这本书是另一个种族和另一种血统的人写的，这个种族在上帝面前犯了弥天大罪，而且受到宽大的惩罚……"

他站起身来，活像一只木桶，桶上套着一件介乎长礼服和长袍之间的深灰色呢子衣服。他瞪大两眼，看了看挂钟，哼了一声，用手掌抚摸了一下脸颊。

"我该走啦。需要稍微准备一下，九点钟我要在一个人家里演讲人民如何理解命运和教会如何宣传宿命论的问题。"

他吻吻女主人的手，对其余的人则点了点头，就迈着沉重的脚步走了出去；女主人跟在他后面。

---

① 见《圣经·旧约·约伯记》第五章第七节。

"真了不起!"特韦尔多赫列博夫低声说道。

"一位十分聪明的人物,"佩利尼科夫同意地说。

"而且多么渊博啊!"

女主人回来了。

"很独特吧?"她问道,又自己回答说:"很独特。"

但是佩利尼科夫对萨姆金说:

"叶莲娜·维肯季耶夫娜具有善于发现特别有趣人物的惊人才能,并能把他们集合在自己的身边……"

"我很荣幸,自己也忝列此辈之中,"萨姆金愤怒地、毫不掩饰地嘲弄说。叶莲娜看着他,笑了笑。

"噢哟,您这是在嘲弄吗?"

"不开玩笑,说真的,他是个很不平凡的人物,"她用和解的口吻说。"我是两年前在下诺夫戈罗德认识他的,他在那儿是吃不开的。那是一座惟利是图的商业城市,每年都要发疯一个半月①:到处是商人,商人,又肥又大的商人,市集,女人,骇人听闻的狂饮。他在那儿大喝特喝,染上了一种病。我就教他尽量多吃糖果,这可以使他完全把酒戒掉。要知道,他在那里已经沦落到这种地步,为了混顿酒饭,竟在饭馆里大谈哲理……"

萨姆金高兴地听她讲述,她的话使他变得清醒了,他心情安定下来,听完下面这些话之后,甚至轻轻地笑了。

"您设想一下看:这么一个可怕的人走到您面前,问您:想不想听听,我来论证一番上帝的存在?于是为了半瓶伏特加,他就在那里一会儿肯定,一会儿推翻,一会儿又证明。非常好玩。好像还被人打过,扭送到警察局去……但是,现在您看,原来他还……真有点玩意儿!哲学家,是吧?"

"非常独特的人物,"佩利尼科夫忧郁地说,而克里姆·伊万诺维

---

① 指这里每年都要举行的商业工业交易市集。

奇·萨姆金却高兴地瞥了一眼佩利尼科夫和特韦尔多赫列博夫的脸，他们的脸色似乎都很难看。佩利尼科夫噘着嘴，失望地听着，而那个身材短小的家伙耸了耸肩膀，嘟哝道：

"这是考验！我指的是酗酒。俗语说：不犯罪就不会忏悔，不忏悔便不能得救。"

"我丈夫是一位老民粹派，"叶莲娜兴致勃勃地继续说道。"他喜欢这些玩意儿：自修成名的，自学成家的人……自杀致死的人，他好像并不喜欢。他也不喜欢专制制度，这已经像喝茶一样，成了日常习惯了。我了解他：这些从中学和大学教育出来的人都是一个模子刻出来的，他们只会照本本上说的去思想，可是现在这些……闯将却是由于内心的恐怖而在横冲直撞。都是野蛮人……我喜欢野蛮人，跟他们在一起，你不会感到无聊！"

"叶莲娜·维肯季耶夫娜！"特韦尔多赫列博夫从椅子上跳起来，大声叫道。"您，您竟在这杰出人物荟萃的客厅里说出这种话……"

"叶莲娜·维肯季耶夫娜在开玩笑呢！"佩利尼科夫解释道，但是他的话里带着疑问的口气。

"真是个善于体察人意的人，"女人转过身来对萨姆金说道；他站起身来，伸手向她告辞。

"噢哟，不行！我不放您走，我还有事情跟您……"

那两位立刻明白，他们是多余的人了，便亲了亲她的粉红手指上戴着戒指的小胖手，告辞而去。叶莲娜眼中露着笑意，把萨姆金仔细打量了几秒钟，随后装出一副悲伤的怪相，叹了口气，问道：

"我们要谈托尔斯泰吗？"

"这倒不一定，"萨姆金说。

"多谢多谢。关于托尔斯泰，不算在电话里谈的，我已经谈了四次了。亲爱的克里姆·伊万诺维奇，家里没有钱，而且有相当多的小额账款没有付清。是不是可以把您胜诉的那件案子的手续费快点儿要来呢?"

"我尽力去办。"

"好,请您多帮忙吧!就是这点事儿。但是这并不意味着您可以走了。"

她请他到客厅里去,用有弹性的舞步轻盈地走着,她穿着橘黄色的、斗篷似的、肥大的长裙。一边走,一边挥舞着双手去整理衣服,但是看起来,却好像要推开什么东西似的。

"讨人喜欢的女人,"萨姆金心里对自己说,并认为:"她穿这样肥大的长裙,大概是因为身段不好看。"由于她讲了托米林的事情,所以他很感激她,就尽量亲昵地看着她。

客厅里点着一盏装着透花波斯铜灯罩的灯,屋子里的一切都蒙上了一层细小花纹的影子,靠墙的一排小架子上摆着些铜壶、铜杯、铜罐在闪闪发光,这样多的铜器,使萨姆金不由得想到:

"她想独创一格。"

叶莲娜半躺在一幅大油画下面的沙发床上,画面上是连绵不断的黄色沙丘,一队骆驼,两株叶子被风吹得零乱的、枯萎的棕榈树。

"我丈夫病得大概很严重,"叶莲娜说。

萨姆金觉得她的话里并没有悲伤的意味,就问她:这位特韦尔多赫列博夫是怎样的人呢?

"这是……个二流子,"她半躺在沙发床上,举起两手,整理着浓密的长发说。这时萨姆金看到,她的乳房很高。"整天过着逍遥自在的生活。是一位阔佬的大少爷,这位阔佬在国外贩卖什么东西。他的叔父是杜马议员。他跟佩利尼科夫一起过着逍遥自在的生活。佩利尼科夫不久之前才从外省带回来一个右眼有点斜的妻子和二万五千卢布的嫁妆。您常到杜马去吗?"

"去过一次,日内还想再去。"

"我们一起去。那儿非常好玩。很多熟人坐在那儿制定法律,这正是我在吉卜赛人家里和酒店的雅座里看到的那些醉汉。"

她稍稍眯缝起眼睛,问道:

"德罗诺夫当然告诉过您,我原是杂技场的歌女吧?好,就是这样。就凭这个身份,所以我在俄罗斯的优秀人物中交游颇广,"她快活地挤了挤眼睛,说道。"而且,当然,要想穿得漂亮,就要脱得精光。您不觉得这有伤大雅吗?"

"一点儿也不,"萨姆金急忙说道,可是她用手指指着他,警告说:

"不过您可别存什么同情、怜惜之类的念头。也别抱什么风流韵事的奢望,我对爱情已经十分厌倦。对一切的下流玩意儿都感到厌倦。我们就作好朋友,好吗?"

"太好啦。而且十分感谢您这个建议,"萨姆金嘴里这么说着,心里却在想:

"丈夫快死啦,她需要一个能继续丈夫工作的代替者——为她赚钱。"

"好吧,就是这样。我们这是第四次会面,但是……说实话:我很喜欢您。您是一位严肃的人。并不教训人。您不喜欢教训人吧?冲这一点,就可以宽恕您许多罪过。对那些导师我也厌倦了。我三十岁了,也许您以为我少说了两三岁,但是我确实正好三十岁,而且整整受了二十五年的教训。"

萨姆金客气地笑着,听着她那感情冲动的胡扯,而且注意到,每逢这个女人打响指的时候,她那流畅的话语也像小剪刀似的发出咔咔的钢铁声,而碧眼里的快乐火花也闪烁得更亮了。

"她比阿琳娜更有趣,"萨姆金琢磨着。"性格已经相当定型。而且挺聪明。这个女人未必适合做戏剧演员。对她的态度必须十分谨慎。"他这样决定。

但是他几乎每天都到普罗佐洛夫家来,当老头子觉得精神好点的时候,就跟他一起工作,工作后,又一起喝茶或者吃饭。在饭桌上普罗佐洛夫总是有点沉闷地,然而毕竟还是很有趣地讲些七十年代到八十年代的知识分子的生活情况,那个时代的著名人物,他几乎全都认识,谈论这些人物的时候,他总是伤心地摇着脑袋,仿佛是在谈论那些曾为历史上的巴尔①英勇献身的人们。

"纳德松曾经高唱:'请相信,巴尔将要灭亡',但是请看,他并没有灭亡。欧洲的压迫越来越迅速地破坏着我们这个农民国家,是的!您,大概和今天所有的人一样,是马克思主义者了……就连这个坏蛋……斯托雷平……"

"还要茶吗?"叶莲娜问道,她对丈夫感伤的谈话从不插嘴,照例手里拿着一本书,坐在那里,抖动着眉毛,迅速地翻着书页。她读法国长篇小说,读《野蔷薇》和《峡湾》丛书,热爱斯堪的纳维亚半岛的文学。克里姆·伊万诺维奇·萨姆金没有理会,怎么就跟她形成了这种轻松的关系,这既不需要承担任何不愉快的义务,也不用担心这种关系会变得更亲密并具有更严肃的性质。

---

① 巴尔的原意是太阳神、尚武之神,这里是主宰者或统治者的意思。

第十六章

一

在叶莲娜这里,他就忘记了那些在德罗诺夫家里感受到的压抑,在那里,各式各样的谣言、思想和事实,就像无数条雨水汇成的浊流注入阴沟一样,注入了德罗诺夫家,而这些谣言、思想和事实正如它们的传播者一样,使人感到不快和荒诞不经。德罗诺夫的客人越来越多,他们像在火车站上一样忙乱,而且很难理解,他们要上哪儿去和去干什么。

德罗诺夫在奔忙、周旋,感情激动,满头大汗,他还在拼命地筹措出版报纸的资金,托霞笑着说:

"他像在干草堆里找针一样,在寻觅十万卢布!"

但是伊万却乐观地认为,他会找到那根针,而他的乐观情绪却增强了萨姆金的疑心:

"他靠什么生活?"

萨姆金暗自把伊万的好客之家称为"地下饭店"、"免费酒馆",并且觉得那里不是他应该去的地方。他(发现)伊万·德罗诺夫的那伙人都有一个跟伊万共同的特点,他们也都跟伊万一样,在庸人自扰,惶惶不可终日,并且在散布恐怖情绪。他看到,这些人对当前事态发展的进程,比他,萨姆金,了解得更广泛,更清楚,而且不得不屈辱地承认,他们并不尊重他的意见,甚至不注意他的存在。根据人们的倾向,迅速地对他们做出估计、鉴定和评价,已经成了萨姆金的习惯,根据这些人在言谈中表达出的倾向,他把这样的人又分为两派:建设派和破坏派。第一类人以甜言蜜语的诺盖采夫为首,他把右手的指头捏成一撮,在自己面前摇晃着,激动得几乎要流出眼泪来,苦口婆心地劝告说:

"革命时期已经熬过去了,国家已经太平,正在建设,正在繁荣昌盛,日益欧化。斯托雷平有点操之过急,但是由于他的农业改革,我们获得粮食大丰收……"

"并在绞死革命党人和使农民失去土地方面获得丰收,"戈沃尔科夫用重浊的低音安然插话说。

"对极啦!"刚刚被大学开除的包里斯·杰普萨麦斯支持他的意见,大学生满头黑黑的鬈发,宽肩膀,身材匀称,穿着破旧的大学生制服,制服上原来的铜钮扣都换成了黑色和灰色钮扣。

"戈沃尔科夫,您是党员,您的党由于道德上的盲目,已经名誉扫地,永世不得翻身,"①诺盖采夫反唇相讥,继续在鼻子前摇晃着捏在一起的手指头,仿佛是在嗅这些手指头的味道,他又伤感地像唱歌似的说道:

"我们,人民社会党人②,最纯粹的民主主义者,决不会设想,没有农村的参加的文明进步。我们不是瞎子,我们欢迎冶金工业的发展,因为农村需要农业机器。我个人欢迎政府降低关税从国外进口生铁,解决生铁荒……"

破坏派则以塔吉尔斯基为首,他坐在黑暗的角落里,形影模糊,不慌不忙地、甚至有点懒洋洋地反驳说:

"也许,生铁是供应'俄国炮弹制造公司',或者其他这类工厂的

---

① 指阿泽夫的叛变事件。
② 一九〇六年从社会革命党分化出来的小资产阶级政党。

吧？我们不仅缺少生铁和熟铁,而且也缺乏水泥和砖,所以我们需要卖出大量的粮食,以便购买这些东西。"

他眼里含着讽刺的笑意,津津有味地列举着数字,摆出几百万卢布和几千万普特的数字。

"当存在着成千起焚毁农庄事件,以及无地农民袭击单独田庄庄主和其他骚动的时候,侈谈什么天下太平,您不觉得为时尚早吗?"

塔吉尔斯基又恢复了对数字的热爱,从容不迫、态度郑重地列举着:十二月一日在大学里,约两千名大学生举行了集会,警察厅长盖塞派二百五十名警察冲进了大学,在泽林图依和沃洛格达都发生了监狱暴动。

"这还要请您加上孟什维克的两家合法报纸和在此出版的布尔什维克报纸《明星报》。这又是什么意思呢?"

"他们希望社会主义者自相残杀,"霍佳因采夫生气地喊道。

奥列霍娃坐在茶桌边,不住地用手绢擦着冒汗的红脸,她非常欣赏英国"妇女参政运动拥护者"的活动,兴高采烈地在讲她跟潘海尔斯特夫人的会晤,萝萨·格赖曼和托霞默默地听她讲述,谢米亚金坐在托霞身旁,不时看着她的胸部,拧着左边的小胡子,偶尔用贵族的腔调低声插进几句歪诗:

"大家谈了救主耶稣,
聊过烤鹅,
又议了一番政治、诗歌,
然后就去把伏特加大喝。

这好像是契诃夫的诗吧?"

格赖曼生气地说:

"契诃夫没有写过诗。"

"没有写过吗?真可惜。"

这位新生贵族特别使萨姆金气愤,如果克里姆·伊万诺维奇会仇恨人的话,就一定会仇恨这个家伙。他追求托霞的那种顽强、自信的样子也使人气愤。萨姆金清楚地知道,这个肥胖柔软的家伙准能达到自己的目的。但是萨姆金心里并不肯承认这一点,现在他到德罗诺夫家里来的惟一目的,几乎就是要看到这个安详、丰满而又柔软的女人。从来还没有一个女人像她这样使他认为是最合适的同居对象。他觉得她继续在用疑问的眼光看他,对他有所期待。但是,每一次,当他刚说一句他很喜欢她,女人的脸就立刻变得那么无聊,那么死板,冷若冰霜,默不作声了。

　　"您喜欢这位谢米亚金吗?"他问。

　　"不喜欢,"她说,口气很真诚。

　　"他做什么事?"

　　她耸了耸肩膀,说道:

　　"他很有钱。"

　　"除此以外呢?"

　　"那我就不知道了。对啦,他会拉小提琴。"

　　"您听他拉过吗?"

　　"我怎么会听过呢?他又没有在这里拉过。他说他在音乐学院学习过,曾想举行音乐会。"

　　"他正在固执地追求您。"

　　她又耸了耸肩膀。

　　"有钱的人是很无聊的。当一个人什么东西都有了的时候,还有什么别的事儿好干呢?"

　　萨姆金很喜欢她这些天真的问题,而且几乎总会在她的问题后面发现一些更为幼稚的思想。

　　"您喜欢有钱的人吗?"

　　"当然不喜欢。"

　　"为什么?"

"您说要他们干吗呢？他们什么都不需要了,应有尽有,再也没有什么可想的了。"

她皱紧眉头又说道:

"您老是逗弄我,好像逗弄小姑娘似的。"

他开始讲起什么富人能引起穷人也想发财的愿望,但是托霞皱紧眉头,打断了他的话:

"不要再说啦! 不然的话,我就会以为您存心想把我变成个傻瓜。"

不,他并不想这样做,他需要这个女人,而且如果把她变得比本来还蠢的话,这对他并没有什么好处。不久前,他曾有过这样的想法,觉得托霞正在玩一场危险的把戏。

二

他几乎有一个星期没有去德罗诺夫家,也不知道尤林已经死了,只是在街上遇见了送葬的队伍。冬天的葬仪显得特别凄凉,而且他立刻就想起了瓦尔瓦拉出殡的情景:也是这样一个有意为难的寒冷的日子,寒风呼啸,下着刺人的细雪,一些无动于衷的人,也是这样在迎着灵车走来或追过灵车的时候,似乎并没有看见它,匆匆而过,那时也出现过这个悲哀的念头:

"我也要被这样……"

给尤林送葬的有八个人——五男三女:托霞、格赖曼和一位穿着厚棉袄,裹着披肩的短腿老太太。托霞生气地皱紧眉头,昂首走着,看得出,她跟身材矮小的萝萨和老太太一起走,很不方便,她不是冲到前头去,就是落在后面,撞在那些男人身上。男人中,只有一个戴着鬈毛羊皮帽子的人,把他留着大胡子的脸藏在竖起的皮大衣领子里;有三个看来是工人,第五个是上了年纪的、脸刮得光光的、只留两撇灰白小胡子的人,他把毛茸茸的皮帽子扣在后脑勺上,露出高高的额角,走路的时候,多瘢节的手杖在雪地上戳着。萨姆金在路边停了几秒钟,这么一来,托霞就看到了他,她朝他点了点头。如果不走到她跟前去,那就太不礼貌了。

"您看——死了,"她悄悄地说,立刻又大声忧郁地说:

"只活了二十九岁。坐了六年监狱。从十七岁就开始坐牢。有特务来盯梢啦,瞧那鬼鬼祟祟的样子!"

她朝人行道上晃了晃头。

"算了吧,托霞·罗曼诺夫娜,"拿手杖的人嗄哑地说。

萨姆金斜眼朝人行道上看了看,但是不能断定行人中哪个是特务。

"这是死者的母亲吗?"他用眼睛朝一位老太太指了一下,问道。

"是房东太太。他没有什么亲人。除了现在这些人之外。"

她回头看了看送葬的人们,问道:

"为什么您不来玩啦?"

萨姆金说今晚就去看她,便走开了。

"在粗鲁的外表里却是一颗温柔、善良的心。是丹尼娅·库里科娃、柳芭莎·索莫娃、安菲米叶夫娜类型的人。认为自己生来就是为别人服务的,"他心里下着结论,匆匆走去,不由自主地回头看看:有没有什么人盯他的梢?"为什么人服务都行。米特罗方诺夫也是这一类型的人。古代奴隶制精神和基督教的精神还没有完全消失。正如父亲说的,是以撒……"

不得不把托霞也排在这些小人物的行列里,使他感到有点儿遗憾,但是(这)同时也增强了他把她从她无意中堕入的那群人中拯救出来的愿望。他走着,冻得直打寒战,朗诵着涅克拉索夫的诗句:

> 当我用有说服力的热情语言
> 从迷途的黑暗中
> 拯救出一个堕落的灵魂……

"是的,必须跟她彻底地谈谈……"

黄昏时分,他终于还是不大情愿地往德罗诺夫家走去,可能会在这里遇到塔吉尔斯基使他有些忐忑不安。他不能忘怀,那次在德罗诺夫家遇到塔吉尔斯基的难堪场面,不知道为什么自己竟丢脸地惊慌失措起来,有一瞬间,他踌躇不定:去不去跟塔吉尔斯基打招呼呢?但是圆滚滚的、衣着讲究的、红润的脸上露出好心肠的苦笑的塔吉尔斯基却自己走过来了。

"简直是罪孽!"他摇了摇萨姆金的手,用这样不三不四的话问候道,一面朝他的眼镜下面望着。他情绪很好,五分钟内就讲完了他怎么已经被"请求辞去"检察长的职务,现在他成了"自由的孩子"了。

"宪法正在非常成功地促进银行的发展,而我,作为一个经济戏法的爱好者,经常撰写各式各样有关经济前景和可能性的预测报告。银行正在像脓疮似的,也就是像长疖子似的发展起来。"

他那喜悦的脸色,玩笑的腔调,使萨姆金的不安心情有所缓和,但并未丝毫动摇他认为塔吉尔斯基是个神秘的危险人物的看法。

"在玛琳娜的案子上他赢了我,"克里姆·伊万诺维奇忧郁地想道。"赢了我。"

他故意早点儿到德罗诺夫家来,希望能单独见到托霞,但是霍佳因采夫和戈沃尔科夫已经面对面坐在桌边,满屋子都是一片怒吼和尖叫声。

"不要再为那些居心不良的破产者辩护了,"霍佳因采夫胳膊肘放在桌子上,身子靠着桌子震耳欲聋地喊道。"阿泽夫给阁下的党抹了黑,'开端'派①的取消分子阿夫克先季耶夫、布纳科夫、斯乔帕·斯廖托夫把这个党彻底搞垮了,斯廖托夫原是我的朋友,而且流放时在一起住过,是个好小伙子,然而不是政治家,是一位非常天真的幻想家。瞧,叶戈尔·萨佐诺夫已经为领袖们的丑恶行为而羞愧得自杀了。"

---

① "开端"派是社会革命党的一个右翼取消主义派别,主张停止恐怖活动,广泛开展合法活动,参加国家杜马。

土地测量员巧妙地运用着他那怒吼般的声调,说话就像在念书,大学生的反驳和叫喊完全湮没在他的一片低音吼声中。克里姆·伊万诺维奇头一次能够清楚地观察一下这些人的面貌:霍佳因采夫脸形瘦长,满口大牙的嘴非常难看,一脸麻子,脸上稀疏地长了几撮惨白的毛发,一团一团也是这样惨白的乱发遮在他的头盖骨上,头盖骨像个香瓜,高高地朝上鼓起。他自称是一个"设备欠佳"的人,但是两只非常美丽的蓝色大眼睛给他的脸大为增光,眼睛的深处流露出捉摸不定的笑意。戈沃尔科夫中等身材,长得很匀称,黝黑的脸,黑眼睛,留着两撇浓密的胡髭和四四方方的连鬓胡子,他那黝黑的、刮得光光的脸颊总在神经质地哆嗦着,说话嗓门很高,大喊大叫,而且说出的字句好像是咬下来的似的,满头光滑的鬈发,像缎子般在闪闪发光,里面也夹着不少白发。他本来在外省的什么地方当物理教员;他还拥有一家小印刷厂,当地报纸就在那里印刷。一九〇七年底报纸被封闭了。戈沃尔科夫同时被逮捕,但是不久就被释放出来,"褫夺从事教育活动的权利"。他到彼得堡来,要求恢复他的教书权利,却在杜马里面找到了工作,虽然他已中止了请求,但是却抱怨说:

"你们想想看,剥夺一个人干他喜爱的工作的权利,剥夺他生活的意义,这是多么野蛮、荒谬啊!"

他是一个神经质的、爱发脾气的人,他不断从椅子上跳起来喊叫:

"纯属谎言!萨佐诺夫自杀并非因为……"

"我要跟您谈一谈。'"萨姆金悄悄地对托霞说,她盯住他凝视了一下,回答说:

"好吧。让我再听听他们怎么……"

"我了解农村,我了解你们那伙人在杜马选举会议上讲了些什么,"霍佳因采夫震耳地喊道。"您想想看,为什么在你们那里出现了那么多的神甫?啊哈!"

这时候,德罗诺夫和谢米亚金进来了,两人都喝得醉醺醺的,像往常一样,大声喊叫着一些新闻:内务大臣卡索镇压了莫斯科大学的风潮,正在计划从彼得堡大学驱逐四百名大学生,从华沙大学驱逐一百五十名。

霍佳因采夫咬紧长嘴唇,使下巴都朝前翘了起来,灰色的脸皱得简直像个老头子的脸,听完新闻,他大声叹了口气,阴郁地说道:

"万涅奇卡,你高兴得就像一个好久没有救过火的消防队员看到起火一样……真的!"

"住口,你这个莫尔多维亚人!"德罗诺夫喊道。"怎么,意大利土耳其战争,您不高兴吗?哈哈哈!一切都有好处……意大利人会从我们这里购买更多的粮食……"

谢米亚金把一大盒糖放在托霞面前,弯下腰对着女人的脸说了些什么,她否定地摇了摇头。

"不对,请您注意,"霍佳因采夫吼叫道,双手乱晃,像一个落水的人。"统率我们的军队的是波罗的海沿海地区出生的男爵[①]们,伦南坎普夫和施塔克尔贝格之流,而且到处都是这些贝格和坎普夫,数不胜数。中学里是捷克人在统治。法国人掠夺了顿河的煤。现在这伙比萨拉比亚的地主们也来进攻我们了:卡索、普里什克维奇、克鲁舍万、克鲁片斯基和——鬼也数不清他们有多少!而我们俄罗斯人干什么呢?我们打草鞋,啊?"

"您是俄罗斯人吗?"戈沃尔科夫恶毒地问道。

"我?"霍佳因采夫惊讶地看了看他,就对德罗诺夫说:"万尼亚,告诉他,莫尔多维亚人是我的笔名。小孩牙子,"他怨恨地瞅着戈沃尔科夫,继续说下去。"我是俄罗斯人,俄罗斯人,乡村教师的儿子,神甫的孙子。"

萨姆金斜眼注视着谢米亚金和托霞,心里想:

"德罗诺夫准会把她出卖给这个蠢货。"

人们接踵而来,个个都像蜜蜂采来蜜一样,带来一件新闻:有笑

---

① 指帝俄时代住在现爱沙尼亚和拉脱维亚一带的俄籍日耳曼贵族。

话,有事实,也有谣言。刚刚被开除的大学生叶鲁希莫维奇特别擅长讲笑话,他是一个犹太籍世袭兵的孙子,须发丰茂,所以看起来至少也有三十岁了。一头乌黑的,大概是挺硬的头发,两腮刮得发青,在该长胡子的地方也只有一道宽宽的青脸皮,似乎是由两条粗眉毛代替了,从他紧皱的浓眉下透出忧郁的目光,他深深地叹着气,津津有味地吧哒着鲜红的厚(嘴唇),双手藏到背后,毫无笑容,用响亮,但是有点滑稽的悲伤声调讲道:

"有两个人走在涅瓦大街上,一个对另一个说:

"'唉,傻瓜!'

"警察立刻来到他跟前说:

"'跟我到派出所去吧。'

"'我犯了什么法?'

"'侮辱皇帝陛下。'

"'我说老兄,你疯啦?我是在骂我这位朋友啊!'

"'不要违抗命令。谁都知道,当今俄国谁是傻瓜!'"

这个笑话使大家都感到快慰,人们哄堂大笑,纷纷要求:

"快,再讲一个,叶鲁希莫维奇!请您再讲一个!多妙啊,真是才华出众!"

叶鲁希莫维奇用毫无生气的眼睛的呆滞目光看着大家,又讲了一个。

萨姆金觉得所有的笑话都同样地愚蠢。他看到,今天已经不可能跟托霞谈话,决定要走了,但是萝萨·格赖曼的谈话使他发生了兴趣。萝萨刚刚走进来,大概也带来了什么令人怀疑的新闻。她侧身坐在椅子上,一只手扶着椅背,用另一只手的指头威吓着霍佳因采夫和戈沃尔科夫说道:

"你们像一群中学生。你们觉得,你们革命已经成功,已经赢得了你们这个可笑的杜马,并且已经是大人了,已经是欧洲人了,已经可以烧掉教科书,可以忘掉学过的东西了吗?"

"批得好,萝萨!"德罗诺夫使劲地喊道,他弯下腰,在往外拔瓶塞。"狠狠地批,叫他们不要忘乎所以!"

她并不需要鼓励,她那并不十分有力、细声细气,但是非常热烈的语调,像钻头似的钻进了喧闹声中,而霍佳因采夫责难的低声反驳并不能压倒它。

"你们以为:没有把你们绞死,你们就胜利了,是吗?"

"您想说什么呀?"戈沃尔科夫喊叫起来。

谢米亚金看了他一眼,痛苦地皱起他那像只鲜红的大苹果似的脸。

"你们正在回到老民粹派那种自我陶醉的状态中去,"萝萨说。"把俄国臆造为一个独特的、正在按照自己的什么法则生活的国家。"

"啊,这就不对了,"霍佳因采夫露出明显的遗憾神情说道。

"不对吗?不,对的。在一九〇五年以前,甚至可以远溯到十九世纪八十年代,那时你们还是比较关心欧洲和全世界的政治生活的。现在你们对欧洲和自己政府的外交政策已经不感兴趣了。而它却在执行一种犯罪的政策,这种政策的罪恶性就在于它的愚蠢。出兵波斯是什么意思?还有在巴尔干搞的那些见不得人的勾当呢?还有强化反对波兰、芬兰和犹太人的反动民族主义政策是什么意思呢?你们想过这些问题吗?"

萨姆金没有跟任何人告别,就悄悄地溜了。谢米亚金向托霞献殷勤的丑态,他那油晃晃的猫眼睛,以及那个女人全神贯注地倾听他说话的样子,使萨姆金实在看不下去。

"德罗诺夫为向这只猫乞求一笔办报的钱,甘愿把女人转让给他,无耻之尤,"他毅然作出了判断。他不愿承认这个判断竟这样出乎意料地使他感到伤心和愤怒。他立刻就考虑了如何避开这种令人难堪的失败。"而那个犹太女人是对的。应该研究对外政策问题。是的。"

随后他就想,在叶莲娜家里,比在德罗诺夫家要愉快得多,但是跟叶莲娜同居虽然是非常可能,却不会像跟托霞那样舒服。

"她被娇宠惯啦。她的生活必定是异常喧闹、混乱。但是她并不愚蠢。而且跟她一块儿生活会很自由……"

三

时光一天天、一周周、一月月地飞逝，而且仿佛越来越快。形成这种印象，可能是由于普罗佐洛夫的健康情况已经使他完全不能工作，可是他在外省的委托人相当多，所以克里姆·伊万诺维奇常常要去诺夫戈罗德、普斯科夫、沃洛格达等等地方。外省依然是他从前所看到的老样子：依然是那样一些谨小慎微的自由派律师，依然是那样一些枯燥无味的诉讼委托人和笨头笨脑的、恭顺的旅馆仆役，灰色的、枯燥无味的、成了琐碎生活俘虏的居民，而彼得堡高等法院辖区内的马车夫，像到处的马车夫一样，像从前一样，在抱怨燕麦的价钱太贵。

如果除去"俄罗斯人民同盟"的报纸含糊的叫嚣，根本就看不出外省在经历了一九〇五至一九〇七年的各种事变以后，有一点什么变化，虽然可以看出，从那以后，人们更为确信，他们有权大吃大喝。

春天，叶莲娜带着丈夫到国外去了，过了七个星期，萨姆金接到她打来的电报说："安东已逝，葬此。"几天之后她就回来了，头发染得更加漂亮，这跟她身上那件对她来说过分朴素的黑色丧服非常不调和，萨姆金以为，这正是使她生气的原因。但是后来才知道，原来却是因为法国人寿保险公司拒绝支付普罗佐洛夫在保险单上注明由她领取的保险金。

"鬼知道，他们想要什么！"她愤怒地说。"这些亲爱的法国人非常爱钱。我有遗嘱，领事也竭力帮忙，他们就是不肯付钱！"

接着，她又比较缓和地补充说：

"就是说，他们钱还是要付的，不过要扣除五万法郎，可是我想得到全部二十万法郎。"

后来她就幸福地微笑着说：

"我在这儿还可以领到六万卢布。很可以过活啦,是吧?"

随后她就提出要萨姆金接办全部案子,对于普罗佐洛夫的积案,付给她四分之一的酬金。

"四分之一,多吗?"她仔细地观察着他的脸问道。萨姆金本来只拿半数,所以就说,四分之一完全不多。

她笑起来了。

"我只是开开玩笑,我的亲爱的克里姆·伊万诺维奇。我一文都不要。我不是贪婪的人。我曾经劝说安东为了我去保人寿险,这是应该的!不过,既然要出卖自己,那就不能贱卖。对吗?"

"您说的出卖自己是指什么?"他问道,耸耸肩膀,借以表示她的话使他感到愤慨,但是她冷笑着,用双手绕身画了一个圈子,抖了抖裙子,说道:

"就是这个。您又何必这样客气呢,我的亲爱的人,别假装啦,用不着!我很知道自己的价钱。"

是的,跟她在一起既轻松,又简单。但是总的说来,生活又开始不断受到意外事件的惊扰。斯托雷平在基辅被刺身死。在德罗诺夫家里,对是什么人杀死的问题,展开了非常激烈的争论:是密探局呢?还是社会革命党内的恐怖分子呢?激烈的争论却使萨姆金感到惊异:在争论中他竟听不到恐怖行动通常引起的那种喜悦,而且也觉得,所有参加争论的人都很不满意,甚至为这位大臣被处死感到伤心。

塔吉尔斯基的话使这种情绪更明确了;他一面用手指摸索着下巴上刷子似的硬胡子,一面说:

"谁都知道,阿泽夫并不是社会革命党在暗探局里惟一的代表和警察厅在党内的代表。有消息说,那个凶手是一个悔过的奸细,据传,审讯时,他宣称:生活并非毫无意义,但是生活的意义常常被简单地归结为吃煎肉饼,所以我还能再吃一千个煎肉饼,或者由于明天就要把我绞死,因而不能再吃煎肉饼了,这并不重要。因为萨索诺夫和卡利亚耶夫之流并没有说过这样的话,我就冒昧地认为博格罗夫①先生的行为是警察机构的一件小小的事故。"

他的简单扼要的发言,说得十分镇定而又含有蔑视意味,使大家的情绪冷却下来,而诺盖采夫却高兴地作了如下声明,尽管萨姆金总觉得他的高兴中带有虚伪的调子:

"完全正确!这显然是部门内部狗咬狗的勾当!正在崩溃,是的。要知道,洛普欣②的行为,也并不十分……值得称赞!"

他说完之后,突然不好意思起来,立刻就大声喊道:

"现在请听听玛莉雅·伊万诺夫娜讲她收集到的关于拉斯普京的消息吧。"

奥列霍娃立刻就像目睹者那样,一五一十地开始讲述这个西伯利亚庄稼汉如何花天酒地,如何吹嘘他跟皇室的亲密关系和他对皇后的巨大影响。

"所有这一切都不大像一个在正常发挥作用的国家,是不是?"塔吉尔斯基一手端着茶杯,一手拿着饼干,走到萨姆金跟前问道。

"是啊,简直是荒唐,"萨姆金回答说。

"不过,咱们正在扩充陆军,重建海军。看,那个青年人在朗诵打油诗呢,听见了吗?"

一个面色苍白、黑头发的青年,穿一身黑衣,系着仿佛用金线织锦缎做的领带,皱起高高的前额,紧张地朗诵道:

> 我们躲进修道院和酒馆,
> 我们去为祖国服务,
> 在书本的谎言中寻求安慰,
> 都是为了逃避生活的恐怖。

---

① 博格罗夫(1887—1911),社会革命党员,后为密探局特务,刺杀斯托雷平的凶手。
② 洛普欣(1864—1927),内务部的高级官员,警察厅长,就是他泄露出阿泽夫事件的内幕。

"大概是彼尔姆省长,或者是皇室土地总管的儿子,姓的是一个特别长的波兰姓。总之,是一位大官僚的儿子。曾经两度企图自杀。我和您注定要在生活中代替这类人了。"

"并不是一个使人高兴的远景,"萨姆金审慎地说。

"真的吗?您知道,我可是很想当大臣呢。维特的官运好像从扳道岔一类的职务开始的……"

诗人半闭着眼睛,两腿摇晃着,右手插在口袋里,左手好像在空中捕捉什么,继续朗诵道:

那里也找不到栖身之地,
我们就躲进空话的烟雾里……

"糊涂虫,"塔吉尔斯基叹了一口气,走开了。

他的态度继续使人不安,这种态度里甚至有某种恶意地伤害萨姆金自尊心的东西。在那里,在外省,他曾经违反克里姆·伊万诺维奇的心意,确立了一种显然在这里不想再维持下去的关系。为什么他不想维持下去呢?

"在那儿他忏悔,大肆卖弄自由主义,可是在这里,他仅仅满足于在德罗诺夫家跟我的几次会面,没有到我家去过,也没有表示要去的愿望。就算是我没有邀请他吧。但是毕竟……在神秘的谋杀玛琳娜的凶案中,那些不明不白的东西特别使萨姆金担心。在这里,他好像有意逃避跟我说话。"

四

萨姆金在叶莲娜家里迎接一九一二年的新年。

来了不下五十个人。有女演员,律师,青年文学家,两个工兵营的军官,一个脖颈上挂着勋章的小老头和他的柔软、红艳、吸纳一酥油饼似的年轻妻子,大多数是些青年人,大学生,还有几个身材矮小、衣着漂亮的小伙子。三间屋子里是那么拥挤,热闹,就像剧院幕间休息时的休息室一样,但是有时候,经过打扮得像山雉一样花哨、鲜艳的女主人一再央求,经过多次叫嚷:"注意!肃静!安静!现在请让艺术家讲话!"大家才勉强地闭上嘴,于是演员和演说家们就出场了。

瘦小的女演员克拉斯诺哈特金娜,全身裹着紫红色的缎子,两只穿着红色便鞋的羊蹄似的小脚滑稽地从衣服下面露出来,她的黑眼睛仰望着天花板,瞎子似的两手在空中摸索着,伤感地朗诵道:

我们是一群被捕获的野兽,
声嘶力竭地大声怒吼。

大家给她鼓掌,表示感谢,她高兴地同意跟叶鲁希莫维奇一起唱一段二重唱,叶鲁希莫维奇唱的是悦耳的柔和的上低音,在歌唱中,他跟克拉斯诺哈特金娜同声绝望地哀求道:

噢,黑夜啊!赶快用你那
透明的帷幕遮盖住,
用那可以令人忘却的药酒
医治我的烦恼的灵魂,
就像母亲爱抚孩子似的,使我安神!

又是一片掌声,但是也响起了抗议声:
"诸—位—先生!为什么要这么多哀愁呀?"
"说得对!"伴奏人喊道,他还年轻,但是头却已经秃得十分厉害,穿着燕尾服,领带别针上镶了一颗大的绿宝石,衬衣袖扣也是绿宝石的。

"抛开悲伤!"

戴勋章的小老头捻着尖尖的灰白小连鬓胡子,庄严地对青年们说:

"我们是在迎接一九一二年,战胜拿破仑和欧洲联军的一百周年,迎接议会政治的第七个年头的到来,不是吗?我们向前迈出了伟大的一步,而现在……"

"说得好!"

"快乐一点儿,孩子们。"

"来个大合唱!"

"我们跟法国的友好关系使我们不便隆重纪念这个光辉的日子,"小老头还在固执地说,但是青年人挤了一阵子,密集在一起,轰然一声唱起来:

> 我们从遥远的国度……

叶鲁希莫维奇呆板的脸上毫无表情,他清楚地接唱道:

> 为了光荣的劳动,
> 为了欢乐的自由
> 集合到这里……

"够啦!"一个尖鼻子上戴着夹鼻眼镜、火红头发的小伙子,跳到合唱队的前面,喊道。"别这文理不通的歌曲啦!我们从哪个遥远的国度集合到这里来的?我们都是俄国人,而且是在我们俄国的首都。"

"正——确!"

"伴奏,奏《疾如波浪》!"

"请奏《波浪》!"

戴绿色宝石的那个人,脑袋和双手一晃,敲动琴键,可是(叶鲁希

莫维奇)却独唱起来,所以萨姆金心想,他是不是有意嘲弄大家,才唱出这样悲伤的词句:

> 随着时光的流逝,
> 我们离坟墓也越来越近!

"喂,你们听,"有人在邻室喊道,"竟用这样的悲歌来迎接新年……"

"正如尼古拉二世皇帝说的:'真是异想天开'①,"有些人支持他的意见说。

但是(叶鲁希莫维奇)仍然毫不在意地唱道:

> 在你死后,把你埋葬,就像你不曾活在这个世界上,
> 你将烂掉——永不复起……

"够啦!"有几个人同声高喊,妇女的声音显得特别刺耳,那个火红头发、穿着一件后腰上有带子、式样奇特的土黄色长礼服的小伙子又跳了出来。他像竿头的风信鸡一样旋转着,身子像杂技演员那样灵活,挥舞着双手,愤怒地说道:

"听起来都不能不脸红!三代青年都唱这支愚蠢平庸的歌曲。为什么这些古怪的青年人,在积极参加民主政治运动的过程中,除了被殴打的人唱的那支《皮鞭之歌》外,连一支战斗的歌曲也没创作出来呢?"

"说得好!"

"说得妙!"

"说得对!"伴奏者大为高兴地附和说。

---

① 沙皇尼古拉二世在内政部关于科学院选举高尔基为名誉院士的报告上的批示。

"说得好!"

大家都给发言人鼓掌,掌声妨碍了他的发言,但是他仍然透过像鱼跃击水似的噼啪掌声在叫嚷。

而叶鲁希莫维奇叫得更响:

"阿利亚比耶夫,你最好是扮演鲁日·德·李尔①的角色,用不到在《讽刺杂志》上引逗人们发笑了……"

"不要争论不休啦!"

"悲观主义和青年能扯到一起吗?"

"能!"有人回答他。"大多数自杀者都是青年……"

"够啦!"

"我们来合唱'我们要弃绝旧世界'②吧。"

"你去吧,糊涂虫,去弃绝吧,"(叶鲁希莫维奇)唠叨说,他满脸大汗,两只黄铜色的眼睛牢牢地盯住萨姆金,好像要把他推开似的。

只得跟这个人应酬几句。

"您的歌声使人听着很舒服,"萨姆金说。

"不过脾气却使人很不舒服,"大学生回答说。

"真的吗?"

"真的。"

"既粗鲁又愚蠢,"萨姆金心里断定,就不想再谈下去了。

《马赛曲》没有唱成,唱了这么两句,大家也就满意了:

勇士伤心的眼泪
洒满他的天鹅绒长袍。

---

① 鲁日·德·李尔(1760—1836),法国诗人和作曲家,《马赛曲》的歌词和曲谱都是他写的。
② 这是俄国革命民粹派拉夫罗夫(1823—1900)写的《新歌》的第一行。这首歌用《马赛曲》的曲调演唱,所以也称《俄国马赛曲》,在十九世纪末曾广为流行。

在原来普罗佐洛夫的文书工作的屋子里摆了餐台,客人们喜气洋洋地从那里走出来,嚼完嘴里的菜肴,舐舐嘴唇,又兴致勃勃地展开了舌战。

立刻喧声大作,形成了几个喧哗中心,说话声从那里迸发出来,就像火堆里爆出来的火星。隔壁屋子里有人几乎是歇斯底里地在喊叫:

"打倒精神贫乏的宣传者,打倒限制自由者和纯理性主义狂热的信徒!"

一位著名的律师兼诗人正站在钢琴旁边大发宏论,他身材高高的,很有贵族的高雅风度,满头灰白的鬈发,脸上流露出腻烦、厌倦生活的表情。

"十九世纪是个悲观主义的世纪,在文学和哲学领域中,从来还没有像在这个世纪出现过这么多的悲观主义者。谁也不曾提出这个问题:产生这种现象的根源究竟何在呢?而根源却是非常清楚的:就是唯物主义!是的,正是唯物主义!物质文明不能创造幸福,不能创造。精神是不能用物质东西的数量来满足的,即使这些东西是非常美好的。这就是马克思的学说面临的不可逾越的障碍。"

(叶鲁希莫维奇)用乌克兰语讲了一个过度文雅和谦虚过分相遇的笑话。过度文雅是一个自由主义思想的、很有教养的人,而谦虚过分呢,叶鲁希莫维奇说,这是一个国家的历史。这历史是一位中年的贵妇人,职业是罗曼诺夫家族的姑母,喜欢吃吃喝喝,但却是一位非常贞节的寡妇。文雅和谦虚之间的关系总是热烈不起来,问题就在于男方的无能和女方缺乏主动性。结果是来了个相当鲁莽的第三者,他强奸了这位姑母并使她怀了孕,这时姑母觉得自己已经实现了自然界的法则,就对所有多余的人说:

"滚蛋吧,傻瓜们!"

文学家奥尔洛夫,坐在克里姆·伊万诺维奇旁边的椅子上摇来摇去。他身材瘦长,头发乱得出奇,在《市场报》的调查表里,自称是"民粹主义最后的一个古典作家"。他一边用手掌摩挲着膝盖,挥动着香

烟,一边用有点嘎哑的低音,对那个穿得很朴素、面貌丑陋、专演丑角的青年女演员讲道:

"用罂粟花籽可以喂养出傻瓜。乡下女人根本没有工夫照料孩子,没有工夫喂奶。她就嚼些罂粟籽,做成奶头,塞到孩子嘴里,孩子呱一会儿就睡着了。是的。罂粟花籽是一种催眠剂,鸦片和吗啡就是用它制成的。是麻醉品。"

"您什么都知道,全知道!"女人叹息着,称赞说。

"不这样怎么行呢?看,他们在那里大谈其马克思主义,可是您要问他们,农村妇女是怎样生活的啊?他们一无所知。全是些书呆子。伪君子。"

萨姆金背后的书呆子们不仅在寻求,而且已经发现了,在詹姆斯①的《丰富的宗教经验》和久普列尔的《神秘的哲学》之间的共同之处。那位著名的律师在钢琴旁边怒气冲冲地说:

"对不起,请听我说!英国人臆造了一个莎士比亚,我们呢,就是这位列昂尼德·安德烈耶夫。"

隔壁屋子里有一个人高兴地保证说:

"您等着瞧吧!意大利人将把土耳其人打得落花流水,成为我们在黑海的邻居,他们将开放达达尼尔海峡……"

"然后咱们再痛打他们……"

"您以为不可能吗?完全可能!"

叶莲娜走到萨姆金跟前,微笑着悄悄地问道:

"您不觉得无聊吗?"

"一点也不。"

"您说的是真心话吗?"

"完全是。"

她用手指头朝他恐吓了一下,然后看了看表,说道:

---

① 詹姆斯(1842—1910),美国唯心主义哲学家。

"该吃饭啦。"

那位律师兼诗人灵巧地挽住她的手臂,又回过头去意味深长地对一个人说道:

"俄日战争末期和一九〇五到一九〇七年间的许多事变告诉我们,我们正生活在火山口上,是的,是的,在火山口上!"

晚餐桌子从整个餐厅一直摆到客厅,此外,还在靠墙的地方摆了一些小桌子,每张小桌上都有四份餐具。阴冷的电灯光被预先用红色和橘黄色彩纸罩住,变得柔和多了,所以桌子上的玻璃器皿和银制刀叉闪烁着温和的光泽,而人们的面貌也显得柔和年轻了。两个穿燕尾服的上年纪男仆和一个鹰钩鼻子很像茨冈人的女仆在奔忙伺候。叶莲娜·普罗佐洛娃站在椅子上,兴高采烈地宣布说:

"太太们选择座位和伴侣。"

"这不公道!每位太太非得选两位男伴不可,而且,可能两个都有余。"

"多余的怎么办?"

"有地方。"

"放到桌子底下吗?"

"仆人太少,我号召大家自己动手,"叶莲娜喊道,萨姆金心里却在想:

"妇女们并不尊重她:一个歌女,老头子的情妇。但是她却应付自如。"

刀叉的铿锵声,玻璃器皿的叮当声,仿佛使人们的话语显得更加生动和尖锐。阿利亚比耶夫摇晃着火红头发的脑袋,发表演说:

"我们承认,议会制度并不是完美无缺的。但是,德国的例子,工人阶级代表的数目在议会里的增多,无可争辩地向我们证明,这种制度是有发展前途的。"

"这是用不着争论的,"有人喊道。

"德国将成为世界上第一个社会主义国家。"

红色的火星在阿利亚比耶夫的夹鼻眼镜玻璃里闪烁。

"议会制度使青年人不必从事政治活动。政治使浮士德式的人都变成堂吉诃德,但是从本质上说,人就是浮士德。"

"说得对,"坐在萨姆金对面的音乐伴奏者说,他正在细心地往一块火腿上涂抹什么东西,说完了,还赞赏地接连点了几次梳得光光的脑袋,红润的脸上浮着笑意。

音乐伴奏者的左边坐着"最后的古典作家"和演丑角的女演员,右边是又胖又大的诗人①。萨姆金想起来,这个笨重的小伙子,还是在一九〇五年以前,就曾经在一首十四行诗中赞颂过在他以前还从来没有人赞颂过的、加略人犹大的人所共知的罪行。记忆又机械地提示了阿泽夫的犹大式的叛卖行为和其他一些政治叛卖行为。又同样机械地想到,在二十世纪,犹大倒经常变成了诗歌和散文里的英雄,成了人们经常为之辩解和开脱的英雄。

"托尔·盖德贝尔、列昂尼德·安德烈耶夫、戈洛瓦诺夫,还有一个瑞典女作家和德国人德莱赛②,"他这样想着,因为听那些争论实在无聊。他一边想着,一边仔细观察着人们。

火红头发的阿利亚比耶夫坐在诗人的旁边,神经质地颤抖着,用叉子叉着鲑鱼,好像要从桌边跳起来似的,他总在碰一位好像缝在一件紫色绸衣里的仪态庄重的太太。她劝告自己的邻座说:

"别碰我,米佳!"

萨姆金的邻座吧咂着嘴唇,若有所思地对着他的耳朵说:

"我们一代人的思想还是比较一致的……现在的人却变得……五花八门了。也许,思想更自由了,啊?来,喝杯英国烧酒……"

他们喝了一杯烧酒,又喝了一杯什么奎宁酒,而秃头顶的邻座,也是一位律师,黑眉毛,像演员一样,脸刮得光光的,冷漠无情,用教训的口气说:

---

① 指罗斯拉夫列夫。
② 都是以《圣经》中的犹大为题材的作家。

"害糖尿症的人喝白兰地有好处,如果肠道有毛病,就喝黑醋栗酒。"

叶鲁希莫维奇在朗诵诗,他的声调悲怆得有点儿好笑,当他叹息着念出:

伟哉,吾皇陛下,
您的愚蠢无限大!

的时候,桌上有一半人都快活地哈哈大笑起来。

"这些人很容易满足,"萨姆金想。

"安静点儿!"有人喊道。

壁炉上方的挂钟从容不迫地敲了起来,悲伤地葬送逝去的一年。大家都尽量不出声地站起来。当这十二下单调的钟声响着的时候,萨姆金心里自责道:

"又虚度了一年……"

大家开始人大喊乌拉,响起了碰杯声,人们仿佛真地经历了苦痛的一刻,激动地互相祝贺起新年来,同声高喊:

"请讲话,诸位先生,我们要求普拉东·亚历山德罗维奇……讲话!"

这位著名律师推辞了半天,不愿意用自己那演说家的天才来使大家高兴一番,但是他最后还是站了起来,用左手理了理斑白的乱发,一只手按在背心上对着心口的地方,高高地举起端着酒杯的右手,用拉丁语讲出头一句话,这句话淹没在还没有静止下来的喧哗声中。

"……马克·奥理略①说过。塞涅卡②也说过同样的话,不过措词不同,而且他俩又都是在重复芝诺③的话。"

---

① 马克·奥理略(121—180),古罗马皇帝,是斯多噶派最后一位大哲学家。
② 塞涅卡是古罗马斯多噶派哲学家。
③ 芝诺是古希腊哲学家,斯多噶派哲学的奠基人。

"那么你何不就从芝诺开始讲呢,"(叶鲁希莫维奇)嘟哝道。

普拉东·亚历山德罗维奇的两只女人般的、美丽的大眼睛非常富于表情,他也像轻松、灵活地运用舌头一样运用着眼睛。当他沉默的时候,眼睛就给他那保养得很好的脸蒙上一层失望的表情,而当他看女人的时候,眼睛却睁得大大的,就像一个灵魂被难言之隐折磨得疲惫不堪的人正在祈求援助似的。他是一位有名的女人的庇护神和家庭幸福的破坏者,当他谈起女人的时候,脸色忧郁,蓝色的瞳仁变黑了,目光中流露出某种不祥的神情。现在,他正在(讲)哲学道德家的事儿,他那眯缝着的眼睛里露出傲慢的笑意,这使他那涨红的脸显得更加神采奕奕。

"我请求大家宽恕我远离本题来谈论古代世界的哲学问题。我这样做,是为了提请诸位注意斯多噶派哲学家对基督教道德形成的影响。"

这段谈论哲学的开场白,大有发展成为长篇大论的趋势,萨姆金觉得很无聊,观察演说家面部表情的变化,也有点令人不舒服。他把自己的注意力转向妇女,她们共有十五位,好像都已经入迷了,已经被这位雄辩的普拉东的声调和意味深长的微笑弄得神魂颠倒。

全都被迷住了,只有叶莲娜例外。她那火红的头发梳得式样新奇,尖利灵活的眼睛,鲜艳的服饰,使她显得非常突出,简直是鹤立鸡群。她无声地弹着手指头,微笑着,不断地挤眉弄眼,悄悄地对一个蓄连鬓胡子的大胖子说些什么,而他一面听,一面竭力抑制着不笑出声来,结果两腮鼓起,脸涨得通红,用餐巾掩住藏在大胡子里的嘴。他那几乎完全光秃的脑袋在闪闪发光,好像笑声正从头骨和头皮里冒出来。

"她不赶时髦。对人也并不重视,"萨姆金赞赏地想。

"这样,我们终于看到,这些自古以来就想限制精神发展自由的企图把我们引向社会主义,使我们面临等同思想的可怕统治。诸位先生!我们这里所有的人——感谢上帝!——都互不相同。我深信,你们谁也不愿意变成我的复制品,正如我不愿意变成你们任何一个人的复制品一样,即使这个人是一位天才也罢。我们大家就像鲜花、金属、矿物一样,像自然界的一切东西一样,各有特点,我们谁都有自己朴素的特点,谁都很重视自己独特的个性。我的新年献词就是:为个性的多样化,为精神的自由发展,干杯!"

"阿门,"叶鲁希莫维奇用沉厚的低音说,但是他这种讽刺的喊声被那虽然不很一致,但是却十分响亮的乌拉声淹没了。律师干了一杯酒,挑衅地看着叶鲁希莫维奇,但是那个人正在全神贯注地往香槟酒杯子里斟红葡萄酒。阿利亚比耶夫跳起来,急速而又响亮地说道:

"我祝贺尊敬的导师和同行的美妙演讲,但是,在祝贺的同时,我必须说……"

究竟他必须说什么和对谁说,到了也未见分晓[①],因为大家都已经有点醉了,而且七嘴八舌都要说话。

"科米萨尔热夫斯卡娅[②]被吹捧得太过分了……"

"我的天!您说的话真可怕……过去大家不理解她,而且我看到现在也还没有理解她……"

"若列士相信,德国工人是不会允许发动战争的……"

"可是工人相信吗?"

"科米萨尔热夫斯卡娅是一位擅长演浪漫主义戏剧的演员,她还没能充分发挥自己的才能就死了,因为她不得不把自己的才华浪费在现实主义的戏剧上。现实主义正在毁灭我们的艺术。"

"啊,说得对!这是国家的不幸……"

叶鲁希莫维奇用叉子往空中比画着,愁眉苦脸地说道:

"在宏观宇宙中有彗星,在微观世界中有病菌,微生物,我们人类

[①] 此处是文字游戏,上段末句"我必须说"中的"必须",在俄文中也可理解为"欠某人钱物"。

[②] 科米萨尔热夫斯卡娅(1864—1910),俄国杰出的女演员,曾扮演奥斯特洛夫斯基、契诃夫和高尔基许多剧作中的角色,在俄国进步知识分子中享有盛名。

还怎么活下去呀？啊？请问，我们怎么活下去呀？"

"这是打诨！"阿利亚比耶夫对他喊道，可是叶鲁希莫维奇环顾四周问道：

"是吗？"

戴勋章的小老头插嘴了，几乎是用命令的口吻喊道：

"这是对的，对的！各种疾病越来越多，是的，是的！我们财政部去年一年就死了……"

他的太太提醒他说：

"那都是些老头子……"

但立刻又改口说：

"都比你岁数大得多。"

一个淡黄头发的青年，像只受伤的兔子似的叫道：

"我的天！我们的思想多么贫乏……我们的雄鹰在哪儿呢？"

有个人从帷幕里探出头来，不服气地反驳说：

"那么——梅列日科夫斯基呢？列夫·舍斯托夫呢？瓦西里·瓦西里耶维奇·罗扎诺夫呢？"

"嗯，是的，"萨姆金的邻座睡意蒙眬地、慢吞吞地嘟哝道。"个人。历史的原动力。"

"英国人有莎士比亚、拜伦、雪莱，最后是吉卜林，而我们有的是列昂尼德·安德烈耶夫和流浪汉的赞歌①，"著名律师庄严地说。

"但这是受了陀思妥耶夫斯基的影响，受了他的《被欺凌与被侮辱的》的影响……"

"我们的文学家都不爱自己的祖国，都憎恨俄罗斯……"

一个像哭诉般刺耳的声音渐渐冲破了喧哗并把喧哗声压了下去，这是从桌子的一头发出来的，这个人摇晃着身子，站在女主人旁边，他形容憔悴，穿着燕尾服，秃脑袋像只鸡蛋，大鼻子，灰色的小连鬓胡子，

---

① 指高尔基的某些作品。

一只手在女主人染过的头发顶上摇晃着,另一只手挥舞着餐巾,叫喊道:

"在欧洲面前丢尽了脸!一个坏蛋,流浪汉和骗子拉斯普京在到处夸耀皇后写给他的信,她在信中写道,只有她的头靠在他的肩上的时候,她才感到人生的乐趣。这是俄国的皇后,啊?这个无赖竟把皇室称作我的家室,啊?"

"对于拉斯普京有各种各样的议论……"

"并不单单是俄国的皇帝宠幸小丑、怪人、傻头傻脑的人……"

"不,您等等!宫廷近臣都在巴结他,各部大臣都听他吩咐,是不是?"

他的叫声是那么愤怒、悲惨,好像拉斯普京侮辱了他本人,抢了他的位子似的。已经有人在嘘他,有个人大喊:

"叫拉斯普京见鬼去吧……"

可是他还是在尖声喊叫、哭号。萨姆金觉得有一只手触了一下他的肩头。原来是叶莲娜。

"亲爱的克里姆·伊万诺维奇,请您说几句吧。他们对您不大熟悉,会听您的话的。应该中止这种混乱状态。桌子搬走以后,我们开始跳舞……您说几句,好吧?请!"

萨姆金不知不觉地比往常多喝了几杯。头脑里愉快地轰轰响着,更使他感到高兴的是,他意识到这些人中,没有一个说的超出了他能说的范围,没有一个人说的话是他不熟悉的,没有考虑过的。他的学识更渊博。他更有力量。对他们发表一通演说,并不需要什么特别的勇气。烟草的灰蓝色云雾在桌子上空飘绕,各式各样的嘴脸在烟雾中浮动,浑浊的眼睛在烟雾中闪烁,周围的一切都笼罩在烟雾里,轻飘飘的,如在梦境。他站起来,用叉子敲了敲酒杯,没有等到人们稍微安静一点儿,就像在法庭上发言一样,枯燥、一本正经地谈起来。

"诸位先生!今天晚上,这里发表了很多高论,但是最重要的是关于浮士德和堂吉诃德的议论。这是我们早已熟悉的课题,是屠格涅夫探讨过的课题。但是这里的提法不同了,而且早就应该这样提了。是的,我们正被培养成堂吉诃德。从童年时代起,家庭、学校和书刊就向我们灌输:为社会、为人民、为国家、为法制思想和正义而服务牺牲是不可避免的。非常明确地给我们指出了惟一的前途,这就是《圣经》中的少年以撒的前途,作父辈们的上帝的牺牲品,作他们的传统的牺牲品……"

克里姆·伊万诺维奇·萨姆金觉得,喧闹声渐趋平静,情绪就振奋起来,于是压低了声调,因为他知道,他那微弱的嗓音大声讲话时就变得枯燥、嘶哑。他透过烟幕看见一双双的眼睛在紧盯着他,正在打量他。他觉得勇气倍增,并且生平第一次尝到有勇气的愉快滋味。

"你们知道,用绵羊代替了以撒。在我们时代,绵羊不再用来做奉献给上帝的牺牲,而是从它们身上剪羊毛,或者用它们的皮缝皮袄。现在,在旧的偶像中又加进了一个新偶像——工人阶级,因此,人类不能免于牺牲的信仰还会继续存在。我并不想提出和解答这个问题:即我们能否像列宁所教导的那样,通过无产阶级专政来实现社会主义。对这个问题我是门外汉,因为我不是堂吉诃德,不过,我充分理解尊敬的、最有天才的普拉东·亚历山德罗维奇的思想和感情,理解他在关于等同思想的可怕统治的那番议论中所表达的感情。我要说的是,我们的智慧,本来具有皮浪主义的功能,批判地研究世界的浮士德的功能,却被强行转变为信仰功能。但是信仰脱离了逻辑,失去感情的支持,就会导致人的思想分裂,内心的分裂。正是从这里,从这种分裂中产生了我国知识分子特有的那些品质,例如:动摇性、原则性不强、众说纷纭、朝三暮四,等等。"

克里姆·伊万诺维奇·萨姆金深信,他说的全是非常独特的、彻头彻尾由他自己思考出来的,在他毕生的清醒生活中,由他那顽强的智慧孕育成熟的真知灼见。他觉得,他把"头脑冷静的观察和心灵忧伤的感受"成果阐述得非常美妙,光彩夺目。他过分陶醉于自己的勇气,就失去了平日言谈中那种持论谨慎的态度,同时还感到一种对什么人进行报复的快意。

"由于这种基本准则的动摇,我们就不得不面对这样的一些事实:彼得·司徒卢威的马克思主义可以变成新斯拉夫主义的爱国主义,他的《批判书》可以变成《路标》文集,社会民主党分裂成两个敌对的派别,恐怖主义者的党中央委员会里有奸细,而且到处是政治奸细,到处是变节行为……"

他不能再讲下去了,听众已经厌倦,而且已经越来越频繁地传来醉汉的喊声:

"您那堂吉诃德和浮士德,就是陀思妥耶夫斯基的上帝和魔鬼……"

"正确。"

"七十年代大家都承认个人是历史的动力……"

"可是当五十多名个人被绞死以后……"

"您说得多庸俗!"

"为什么庸俗?"

"二十年后又开始宣传,没有个性的群众意志,才是我们的救主……"

"正确!"

"对不起:什么正确?"

"先生们!我们应该感谢演说家……"

女主人带头,十五六名男女一同向萨姆金鼓掌致意,他鞠了一躬,觉得有点飘飘然,掌声正在把他浮在空中摇晃。

那位著名律师使劲握着他的手,亲热地说:

"非常佩服。这样成熟的思想……"

穿燕尾服的大鼻子家伙几乎是歇斯底里地对伴奏人喊道:

"您足足喊了五十次正确了,可是究竟什么是正确的呢?"

萨姆金清楚记得的最后一件事是:醉醺醺的叶莲娜走到他跟前,挽着他的手,说道:

"我对政治是一窍不通,但是您,亲爱的,给他们上了很好的一课……至于那位普拉东,您可别相信他。他是一个蠢货,但是是个狡猾的蠢货。而且是个花言巧语的家伙。走吧,现在我要给大家开开心了。"

她站到钢琴边,伴奏人弹了一支热情的曲子,而她唱得更加热情奔放,她边唱边作,挤眉弄眼,弯腰踢腿,卖弄风骚,活像只小猫,两只小脚在鲜艳的裙子底下蹦跳。

> 是的,我很会生活!
> 火热的青春,你在哪儿?
> 我那雪白的手臂呢?
> 我那玲珑的小脚呢?

"好—哇!"听众大声喝彩,压倒了欢快、清脆的歌声:

> 噼噼啪啪!响起了
> 卡德利尔舞的序曲。
> 噼噼啪啪!忽然使我
> 全身燃起了热情之火!

"妙极—啦!"有人哭号似的喊道。

> 噼噼啪啪!我的生命呀!
> 噼噼啪啪!有的人呀
> 我多少了解一点儿,
> 是的,我多少知道一点儿!

戴勋章的小老头儿下流地嘿嘿笑着,嘟哝说:

351

"一朵永不凋谢的花！啊,我的上帝……"

> 我多么快活
> 用鞋尖儿
> 把漂亮的花花公子
> 鼻子上的眼镜踢落——

于是她一下子把腿踢到和肩膀一般高。

萨姆金在这特别令人激动的小曲的余韵中走回家去,一直睡到午后才醒来,立刻就想起了这支小曲。

五

过了一天,在普罗佐洛夫平日接待当事人和萨姆金工作的那间屋子里,叶莲娜手里捏着香烟,仰卧在皮沙发上,对他讲道:

"您(在)新年晚会上讲得太好啦。您……独树一帜。而且非常勇敢。"

他走到她面前,坐在沙发上,极其温柔地说道:

"贝朗瑞的诗您唱得真妙啊!"

"是吗？您喜欢,那我太高兴啦。"

她躺得更为舒服些,挤了挤眼,打了一个响指,说道:

"这几乎就是我的祈祷词了。拉丁语这该怎么说？克列多—克维阿—阿布苏尔杜姆①,是吧？安东最不喜欢听这支歌。他是个道学先生,可怜的人……"

随后就发生了萨姆金几分钟之前绝没有想到,而且也不希望发生的事情。妇人默不作声地闭着眼睛躺了一会儿,叹了口气,微微地睁

---

① 不正确的拉丁语译音,意思是"正因为这是荒谬的,所以我才相信"。

开眼睛,低语道:

"让我们把事情看得简单些。这并不会使我们彼此承担任何义务,也不会感到任何束缚,对吗?高兴哪,我们就旧梦重温,不高兴哪,我们就把它忘掉,好吗?"

"好极啦,"萨姆金赶忙同意说。

"亲亲我,"她命令说。

她的爽快劲儿使克里姆·伊万诺维奇非常高兴,使他更为看重这个女人。

"是的,比阿琳娜强百倍。多痛快,毫不矫揉造作。没有一点儿歇斯底里……"

第十七章

一

开始,一想到跟她的风流韵事长久不了,他还有点儿伤心,感到遗憾,但是这些感情很快就消失了,可是对恬静、健美的托霞的思念不但不肯消失,反而好像更强烈了。但是始终没有得到跟托霞说明心事的机会,不知道为什么她变得更沉默寡言,更孤僻了。萨姆金注意到,她已经不再用询问的眼神看他了,而且似乎有意回避跟他单独在一起。他深信她正在考虑从伊万·德罗诺夫家搬到他,克里姆·萨姆金家里来的问题,所以也不急于去听她那决定性的答复了。他还深信,她的答复,一定正是他所期待的。

"一个诚实的女人,"他想。

他看不出,有什么理由可以改变他对托霞那种简单、明确的想法:这个女人似乎是欠了德罗诺夫的情,所以感恩地在为他效劳,虽然她看出了德罗诺夫的全部缺点,而且也明白,跟他一起生活前途毫无保障,但是另换个丈夫她觉得不好意思,很难办。

"在安菲米叶夫娜的晚年,瓦尔瓦拉对她很不好,但是安菲米叶夫娜终究没有离开她跑到别处去,"他提醒自己,又想到托霞可以学会使用列明顿式打字机。

谢米亚金使他不能安心,但是他完全相信,德罗诺夫是不会妨碍他的,至于托霞热衷政治,也没有什么可怕的。

"这是由于无聊。由于心地善良。而且这已经很不合时宜了。"

所以当喝得半醉的德罗诺夫夜晚来到他家,神情痴呆地摇着脑袋,嘎哑地嘟嘟哝哝地说出下面的话时,他感到特别吃惊!

"托西卡出走了。明白吗?"

萨姆金哆嗦了一下,感到怒火中烧。他正坐在桌旁阅读一宗错综复杂的案件:是戈特利布·昆斯列尔控告费奥多尔·佩特林,追索违约金一万五千卢布一案,明天就要出庭,如果这个案子胜诉的话,可以得到一笔很可观的酬金。他隔着眼镜朝伊万看了一眼之后,怒气冲冲地、颇有把握地问道:

"到谢米亚金那里去了,是吧?"

德罗诺夫把一张沙发椅子放在面前,一只手扶住椅背,默默地用另一只手把一个揉皱的信封扔在桌子上,萨姆金用剪子尖夹住信封,厌恶地拿到手里。信封是潮湿的。

"外面很潮湿吗?"

"下雨啦,他妈的……下雨啦,"德罗诺夫嘟哝道,不停地摇着脑袋,满面愁容。

"伊万,我要离开你了,"萨姆金读着字写得很大的信,每个字母都像是数字。"我讨厌你那群狐朋狗友以及那些胡言乱语和无益的奔忙。我不明白,这一切对你有什么用,究竟你为什么要这样做?全是骗子、懒汉,而且这些人越来越多。你知道,我对你很好,很温存,总是赤诚相见,但是我发现,你已经不需要我了,而且你一点儿也不尊重我。你眼看着谢米亚金在追求我,而他是个坏蛋,不管这个坏蛋怎么对待我,你却全不在意,这使我非常伤心。当然,我自己满可以抽他几个耳光,但是我不了解你跟他在事务上的关系,我一向不愿意过问你的事务,但是我不喜欢这些事务。你喝酒越来越多。你是一个好人,我知道,你本质上是个好人,但是我必须给你那些客人弄吃弄喝,而且这一切就是我的生活的全部意义,这使我感到可耻。我想,也许我还可以干点别的什么事儿,我要过严肃的生活。别了,伊万。别生气。托霞。"

萨姆金看完信,就把它扔到一边,轻蔑地打量了德罗诺夫几秒钟。伊万的样子也仿佛受了潮似的变软了,他一直还扶着沙发椅背,鼻子里哼哼着,在眨眼、叹气。

"傻瓜。看样子要痛哭一场,"萨姆金心里这样想,但是嘴里却用法官的口吻说道:

"她是正确的。你把家变成了酒馆、火车站。最低能的饶舌人的俱乐部。你以为,这就是政治沙龙了。她是正确的……"

"有谁不是坏蛋呢?"德罗诺夫把椅子搬起来,用椅子腿往地板上一撞,突然用异乎寻常的声调问道。"开头她也喜欢这样。来一些各种不同的人,无所不谈……"

"但是什么也不懂,"萨姆金插嘴说。

"兄弟,你这可是胡说,"伊万反驳道,他似乎清醒了一点儿。"你说错了,"他改正说。"天生万物,都懂得它们必须懂得的。蟑螂、老鼠……苍蝇都懂得,狗和牛也懂得。人们是什么都懂得的。给我点什么喝吧,"他请求说,但是看到主人并不急于去满足他的要求,也就不再提了,继续说下去:

"托西卡什么都懂得。"

"对你来说,她是个多么好的女人,"萨姆金·克里姆·伊万诺维奇存心报复地说。

"这我知道,"德罗诺夫擦着额角,同意说。"她,兄弟……是的。她就像是我的母亲。可笑吗?不,一点也不可笑。真是这样,"他嘟哝说,接着更清醒地说:"她非常尊敬你,期待着你……会说些什么,解释些什么。后来她听说,你在新年晚会上发表了一篇演说……"

德罗诺夫沉默了,摸索着胸襟,仿佛是在检查口袋里的财物是否还在。

"那后来怎样了?"萨姆金低声问道。

"什么怎样?"

"演说怎样?"

"噢,是的!她非常伤心。她总在问我:难道他不是布尔什维克吗?"

"你一定对她把我描绘成布尔什维克,是吗?"

德罗诺夫点了点头,从口袋里掏出一个小本子。

"别人告诉她的演讲词一定是被歪曲得不像样了,"萨姆金说。

"我不知道。"

德罗诺夫把小本子往手掌上一拍,又说道:

"看我在银行已经存了四万二千卢布。有一万七千是打牌赢来的,九千是在供应军队用来做皮带的皮革生意中投机赚来的,其余一万四千是零星积攒起来的。谢米亚金答应出二万五。太少,但是不论怎么说……谢米杜波夫会出些钱的。报纸可以办成。就是把灵魂出卖给魔鬼,报纸也要办起来!叶鲁希莫维奇是位小品文作家。他可以把所有的多罗舍维奇①们都赶进棺材里去。他是个十分恶毒的人。报纸一定办得成,萨姆金。可是,托西卡……唉,妈的……走,咱们找个地方吃晚饭去,好吗?"

萨姆金拒绝去吃晚饭,但是怀着一线希望问了一句:

"也许,她还会回来吧?"

"不会的,我不抱任何希望。因为我知道她上哪儿去了……是萝萨派她去的,"德罗诺夫嘟哝道,把小本子塞进口袋里去。

他走了,闹得萨姆金无心再去阅读昆斯列尔和佩特林的案情了。克里姆·伊万诺维奇点上一支烟,生气地用手指敲着厚厚的"卷宗",闭上眼睛,想更形象地看到托霞的苗条身段,高耸的乳房,沉着而又自信的动作,以及虽然不太生动、然而却很漂亮的面孔,专注的、带着疑问神情的眼睛。他想起了,那次他把一只手放在她的乳房上时,她那

---

① 多罗舍维奇(1864—1922),俄国新闻记者、作家和剧评家。

沉着而又可笑的问话:"那儿有什么使您感兴趣的呢?"这简直使他完全丧失了勇气。想起了另外一次,她自己突然抓住他的一只手,看了看他的手掌,说道:

"您会长寿的,您的寿纹很长。"

"她不像玛琳娜那么有趣,但是却几乎跟玛琳娜一样漂亮。那个犹太女人一定想让她加入布尔什维克的行列,布尔什维克必然会使她走上坐牢和流放的道路。好像是,叶夫盖尼·李嘉图说过,如果一个漂亮女人不蠢的话,她决不会信仰社会主义。托霞很蠢。"

但是这个想法并没有使他安下心来。

"毕竟我也是个堂吉诃德,幻想家,喜欢对生活胡思乱想。然而对生活绝不能胡思乱想,绝对不能,"他一边说服自己,一边又继续想着,如果能跟托霞一起生活,那会是多么安逸、舒适。

二

克里姆·伊万诺维奇·萨姆金的想象力并不丰富,不过由于他了解这个缺点,反倒把它看成是自己的优点了。自从他在新年晚会上发表演说以后,就认为自己应当阅读社会主义者的报纸,虽然有点勉强,然而还是比较经常地阅读这些报纸:《我们的霞光报》,《生活事业报》,《明星报》,《真理报》。头两种报纸那种艰涩笨拙的语言和跟后两种报纸肤浅而又烦琐的争论使他非常恼怒,萨姆金觉得这些报纸都软弱无力,不会对读者产生应有的影响,它们那些文章的形式,损害了争论的思想实质,把材料弄得支离破碎,文章里没有真正的愤怒,有的却是对旧日志同道合的伙伴的琐碎的个人仇恨。总之,这些报纸所代表的一群知识分子虽然懂得,一个文盲的农民国家需要的是改革,而不是革命,不是像丹尼尔·莫尔多夫采夫[①]和一些人民爱好者(青年时

---

① 莫尔多夫采夫(1830—1905),俄国作家和历史学家。

代他曾读过这些人的书)所描写的那样,一切"俄国人民的政治运动"只能是"残酷无情的暴动"式的革命,他们了解这一点,但是却不能简单明了和令人信服地说出来。

克里姆·伊万诺维奇·萨姆金深信,这些无聊的报纸所说的一切,他都能说得更动人、更鲜明、更尖锐。

布尔什维克的报纸使他特别气愤,不但使他气愤,而且使他产生一种对立情绪。他觉得这些报纸显然是企图使他自我否定,(使他相信)他的一切评价,全部思想修养都是错误的。这些报纸极尽冷嘲热讽之能事,语言粗暴,思想偏激,令人愤慨。它们的材料都是用社会哲学的观点阐明的,而且是一种他无力加以反驳的"语言体系"。

克里姆·伊万诺维奇一贯思想狭隘,但还是很善于思考的,所以懂得,他能拿出来反对这种语言体系的,只有一句话:

"我不需要它!"

每当他想到布尔什维克的时候,布尔什维主义的化身,粗壮、沉着的司切潘·库图佐夫立即就浮现在他眼前。这种学说的创始人就生活在国外,但是萨姆金一直却还把这种学说称为幻想的语言体系,至于弗拉基米尔·列宁,在他想象中,只不过是一个知识分子,书呆子,一个由于被剥夺了在祖国居住的权利而心怀不满的人,与其说他是个真实的人,还不如说是一种呼声。

"大概,是一种歇斯底里的,类似迦尔洵或者格列布·乌斯宾斯基的呼声。当然是个堂吉诃德。"

库图佐夫是一位现实的早已熟识的知名人物。他就在附近的什么地方,作为一个组织者在进行活动。每一次与他会面,都给萨姆金留下这样的印象:这个人越来越意识到自己的作用,越来越深信自己有权教训别人和采取行动。

最近的一次会面,更加深了这种印象。

在叶莲娜家发表演讲以后,过了两天,她亲昵地、笑嘻嘻地说道:

"您知道吧,克里姆·伊万诺维奇,您的演说很成功。我对于政治,大概不比火鸡了解得更多,至于堂吉诃德,我是从一本大厚书的滑稽插图上认识的。我觉得浮士德是一个歌剧里的蠢人,但是我也很喜欢您的演说。"

她微微一笑,想了想,下结论说:

"很像是一个在城市里住了些日子的乡下佬,在(指教)乡下人应该怎样思想。这样说您不感到委屈吗?"

"完全相反:非常荣幸,"萨姆金回答说。

"在我们的别墅里,曾经来过一个这样的乡下佬,他挺滑稽地说:'城里的人都在弹琴,每个人都在弹自己的调儿。'"

随后又告诉他:

"拉普捷夫-波卡季洛夫邀请您去呢,——您知道这是什么人吗?他是个小傻瓜,但很有趣!是个贵族,房产主,富翁,大概还当过这儿的市长。他喜欢杂耍场唱流行小曲的歌女,特别是法国歌女,像奥苔罗,福歇尔,伊维特·吉尔贝尔,所有著名的歌女,他都认识。他有一座挺有趣的房子,餐厅的天花板像只水槽,上面画了许多图案,他把这种建筑形式称为'古代贵族风格'。他有许多瓷器,摆满了整整一间屋子,有些非常可爱。"

"我对他有什么用呢?"萨姆金冷笑着问道;妇人回答说:

"他喜爱新奇的人物。我们去吧?我们是老相识了,所以也邀请了我,"她挤了挤眼睛,补充说。

于是克里姆·伊万诺维奇·萨姆金来到一间大屋子里,椭圆形的天花板上,绘满了五彩斑斓的古色古香的俄罗斯图案花纹。

在屋子的一角,桌边坐着两个人:一位是有名的教授,他的姓很像希腊人的姓,萨姆金听过他讲课,但是,他那难记的姓却想不起来了;教授的旁边是一个身材细长、留着连鬓胡子、面貌枯燥无味的人,样子很像漫画家笔下的英国人。一个身材矮小、不修边幅的人,一只手扶着桌子,另一只手揪着上衣扣子站在那里,他一边咳嗽,一边用软弱无力的音调说:

"这样,我们就可以看到……"

他脸色灰暗,皱皱巴巴,仿佛受了惊似的,说话的口气,好像是在抱怨什么人似的。

萨姆金知道,有些工业家,特别是莫斯科人,对于杜马的贵族政治批评得很厉害,在柯诺瓦洛夫家和里亚布申斯基家组织过几次关于经济问题和外交问题的座谈会,彼得·司徒卢威和另外一位虽然没有什么名气,但却是孟什维克的大人物出席做了报告。在这间屋子里看不到商人和工厂主似的人物。这里有很多知识分子,其中有不少是认识的或者见过相片的:一些名气不大的教授,文学家,列昂尼德·安德烈耶夫正在捻着小连鬓胡子,面容秀丽、苍白,满头浓密的黑发,还有忧郁的"民粹主义最后的一个古典作家",《现代世界》杂志的主编,诺盖采夫,奥列霍娃,(叶鲁希莫维奇),塔吉尔斯基,霍佳因采夫,阿利亚比耶夫,还有几位衣着华丽的太太,她们的发型都很别致,有一位太太的头发紧贴在耳朵和脸颊上,脸显得又尖又窄,十分难看。她们都已徐娘半老,年纪在三十开外,而一位戴眼镜的白发小老太太,总是发脾气似的噘着嘴,手里拿着一个笔记本,她拿笔记本当扇子,扇着她的小黑脸。叶莲娜不知道跑到什么地方去了。

在屋子尽头靠墙地方挤了一群人,像是工厂的工人,大都是留着大胡子的中年人,其中有一个身材高高的,阔肩膀,简直像个少年,颧骨高高的、富于表情的脸上连一点胡子影也看不出来,另外一个比较矮,只到他的肩膀,一头火红的鬈发。

"我国的工业正在迅速发展。大资产阶级办起了自己的报纸:这儿出版的是《语言报》,莫斯科出版的是《俄罗斯晨报》。莫斯科的工业家,以财政大臣为首,要求修改跟外国人签订的商务条约,首先是跟德国人订的条约,"那个仿佛受惊的人发牢骚说,他咳嗽得越来越厉害了。

大家都很注意地听他讲话。这间至少有五十个人在呼吸的屋子充满热腾腾的闷气。当库图佐夫熟悉的声调在寂静中响起来的时候,

萨姆金不由自主地弯下了腰,低下了头。库图佐夫说:

"此外还应该提到:杜马支持政府扩充海陆军的措施。"

随后库图佐夫就从工人群里走出来说:

"由于尊敬的发言人的讲话是那么从容不迫,而且看来还拥有大量的事实,可是这些事实都是众所周知的,而我在这儿只能再待五分钟,马上就得离开,因此我要求允许我先说几句。"

萨姆金回头朝他看了看,只见库图佐夫穿一件瑞典式的皮上衣,很像铁路工人,又蓄上了大胡子,肩膀好像变得更窄了,但是身材却显得高了。不过面貌一点儿也没有改变,依然是那样大睁着的灰色眼睛,眼睛里依然闪着熟悉的冷笑。

"还是从前的样子。真叫人纳闷,侦探竟不能捉到他。"

随后他就发现,从外表,从衣服上看,库图佐夫在他周围那一群人中并不引人注目。

库图佐夫正吸着烟,他的大胡子在冒烟,说话的词句非常响亮清楚。

"还有另一类的事实,也颇有趣,"他在得到许可之后说道。"政府在组织巴尔干同盟方面扮演了什么角色?意土战争之后,接着就爆发了很可能是以彻底消灭土耳其为目的的巴尔干战争,政府跟这场战争有什么关系?资产阶级是不是企图把一场新战争强加给我们?跟谁打仗?为什么要打仗?这才是知识分子应该好好思考的事实和问题。"

萨姆金坐在一扇几乎看不出来的门边,因为门上的油漆和彩画也跟墙上和天花板上一样,门关得不严,门内有人在咕哩咕噜地说:

"我劝他说:'我的朋友,这些事儿要么就弄个彻底,要么根本不去理它,睁一眼闭一眼地混吧。'他反驳说:'但是这怎么行,我是总理大臣呀!'我说:'那你就把两只眼睛全都闭上!'"

"噢唷,太有趣啦!"叶莲娜喊道。

门内的快活的谈话妨碍萨姆金去听库图佐夫的发言,但是他终究还是听到了一些片段。

"俄国知识分子的根本特征之一,就是思想总是赶不上时代。当法国工人已经在十九世纪三十年代和七十年代显示了无产阶级的觉悟力量之后,我们却还在喋喋不休地谈论和描写什么农民的劳动是如何健美,工厂的劳动又如何妨碍理性的发展,"库图佐夫说,而从门内却传来叶莲娜的快乐声调:

"我在一个女朋友家看见过他没穿裤子……"

"显然,那时候他就准备在朱庇特·罗曼诺夫①御前露面。"

"就在不久以前,我们的合法马克思主义者,接着是孟什维克,还认为他们应该学习法国律师,把白里安、米利埃兰、威威安尼之流,以及其他许多与小资产阶级出身的花花公子们臭味相投的人们,奉为最迷人的学习榜样,而这些家伙用社会主义把大资产阶级恐吓了一顿之后,正在叛变无产阶级,去当资本家的卫士……"

萨姆金心里想:一个留着大胡子的人不应该用这种腔调说话。

"诬蔑!"有人喊叫,紧跟着他又有两三个人重复喊叫这两个字,有几个人从座位上跳起来,朝库图佐夫那边挥手叫嚷。

"不许您……"

"说谎!"

"那么《路标》呢?《路标》是什么呢?"

"啊哈!"

"那么把民主派说成是'未来的无赖'又怎么解释呢?"

"说成是匈奴人,吓得那些'思想和信仰的护卫者们'都必须逃避到山洞和墓穴里去。"

"俄国没有墓穴!"

"不对!基辅大寺院就有墓穴……"

"在敖德萨也有墓穴。"

---

① 指尼古拉二世。

"俄国知识分子中没有叛徒。"

"要多少有多少!"

"请您从列夫·季霍米罗夫开始数起……"

"知识分子的英勇生活已经由历史证明……"

"对不起!他并没有把全体知识分子一概而论……"

库图佐夫哈哈大笑,笑得大胡子都在颤动,他也大声叫喊起来:

"对不起,我还没有说完……"

"不用说啦。"

"我们知道你们这些伪装的人物!"

叶莲娜从小门里走出来,问道:

"出了什么事啦?"

一个脸蛋红扑扑的、生着两只幸运儿的快乐眼睛的、圆滚滚的小个子,像皮球似的,跳跳蹦蹦地跟在她身后走出来。

库图佐夫挥了一下手,就往厚墙上的圆拱形门口走去,后面还跟了几个人,可是喊叫声却变得越来越高亢、激烈、难听,塔吉尔斯基的熟悉而又响亮的声调固执地透过喧闹声不断地传来。

萨姆金觉得库图佐夫的发言也刺伤了自己,甚至有一种压迫感。由于意识到自己没有勇气去跟库图佐夫争论,所以这种压迫感就更强烈。这个人未必能够理解浮士德与堂吉诃德之间根本没有调和的余地。

"布尔什维克。布尔什维克党人并不是民主主义者,绝对不是!"

叶莲娜眯缝起眼睛,看了看天花板,又看了看这伙人,问道:

"很像个蘑菇馅的包子①,对吧?"

萨姆金默默地对她微笑着,细心在倾听塔吉尔斯基惹人生气的语声:

"对一切生活现象的评价都是由知识分子作出的,对于知识分子

---

① 意思是说很像大杂烩,因为俄国的蘑菇馅包子并不仅以蘑菇作馅,还掺有别的东西。

本身的作用和它的社会贡献的崇高评价,当然也还是要由它自己作出来。但是,我们知识分子都知道,人总是不好意思讲自己的坏话的。"

立刻爆发了一阵喊叫:

"不对!"

"这是托尔斯泰主义!"

"简直是蛊惑人心的胡说!"

但是塔吉尔斯基的声音是很难压倒的,它就像刺耳的哨声一样穿透了喧哗。

"请诸位放心!我并不打算抹杀任何人的贡献,至于我自己,是什么贡献也还没有。我仅仅是要说出我想说的话:第一代知识分子,跟农民和工人比起来,就显得暧昧、多变和动摇不定……"

"多么新奇的发现呀!"

"请不要白白浪费您的讽刺吧,我们的讽刺并不多,"塔吉尔斯基继续说下去,强使人们听他的话。"我知道,我们俄国和法国一样,都有大量的血统知识分子。他们的祖父是神甫,小商人,小酒馆的老板,包工头,总而言之都是小市民阶层的人物,但是他们的父辈就到民间去了,曾在一百九十三人案①中受审,几百人被关进监狱,流放西伯利亚,我们在社会革命党人、孟什维克,当然,特别是在担任公职的知识分子中,可以发现更多的他们的后代,这些担任公职的知识分子都在这样或那样地为巩固这个仍然还是专制政体的国家机构效犬马之劳,这个国家正准备明年庆祝它创建的三百周年。"

"赶快收场吧!"有人命令说,而塔吉尔斯基却问道:

"您是命令我赶快收场呢,还是命令专制政体赶快收场呢?"

有三个人哈哈大笑起来。

圆滚滚的拉普捷夫-波卡季洛夫站在叶莲娜背后,抽着一种非常香冽的香烟,他(从)嘴里拔出琥珀烟嘴来,把头低到女人的肩膀上,悄

---

① 指一八二〇年谢苗诺夫斯基团暴动事件。

悄地说：

"如果明天不传我到宪兵队去，那才奇怪哩。"

"您别瞎胡闹啦，老爷子，"叶莲娜回答。"我真没有想到，今天您府上竟这样乌烟瘴气。"

萨姆金看不到的塔吉尔斯基又说下去：

"那位刚才没有把话说完的大胡子，是一个新型的俄国知识分子……"

"有过，从前我们也有过这样的人物！"

"我没有遇见过。布尔什维主义有其独具的特征。"

"什么样的特征？很想领教领教。"

"请您读读《真理报》就明白了，"塔吉尔斯基建议说。

这时突然有二十来个人同时嚷起来，萨姆金听出了阿利亚比耶夫歇斯底里的喊声：

"无知者的建议！在柏格森①开创了哲学史上的新纪元的时代……"

"米佳发脾气啦！"叶莲娜冷笑着对拉普捷夫说。他也冷笑一声说道：

"米佳把民主派看成他的私敌。我们这些老贵族，比起现在的青年人来，倒更有耐心……"

诺盖采夫就在他身旁什么地方大发牢骚说：

"这算怎么回事儿？自己的智慧不够用，想靠一个德国籍的犹太人的智慧活下去吗？我的天！……"

戴眼镜的小老太婆气势汹汹地挥舞着笔记本，用男人的低沉声音对塔吉尔斯基喊道：

"您的那位伪装成工人的朋友，企图描绘那种根本不存在的东西，冒险家的幻想。我敢肯定地说：关于阶级的学说纯属虚构，根本没有

---

① 柏格森(1859—1941)，法国唯心主义哲学家，直觉主义的代表人物。

什么阶级,只有被唯物主义和无神论,被魔鬼的科学、虚荣心和名利毒害了的芸芸众生。"

"好!说得对,"诺盖采夫叫嚷道。"老拉法格夫妇,就是马克思的女儿和女婿,都是自杀身死的①,看,这就是唯物主义!"

塔吉尔斯基的尖细声调终究还是穿透并渗进了喧闹的人声:

"我的问题是向昨天的知识分子提出的问题:国家正处在危险状态中。连拿金矿对工人的大屠杀掀起了新的政治罢工浪潮……"

"这是经济罢工。"

"不对。参加经济罢工的不过十五万人,而参加政治罢工的却超过了五十万……"

塔吉尔斯基预言存在跟德国打仗的危险性,人们反驳他说:"德国国会议员多数是社会党人,议长是谢德曼②,他们不会允许资产阶级去打仗。"

"如果法国人先动手呢?"

"请回忆一下柏林工人抗议阿加迪尔事件③的示威游行……"

"法国人绝不会先动手!"

"他们准备了四十年,会不先动手?您这是开玩笑!"

"遵守秩序,诸位!我请大家遵守秩序,"教授徒劳地用铅笔敲着桌子喊道,紧跟着有个像要淹死的人刺耳地喊叫和哭号起来:

"今天在这里没有一个人提到过'祖国'这两个神圣的字!这是多么可怕啊,诸位!这种忘记祖国的行为使我们自己置身于祖国之外,自绝于我们祖先的国家。"

---

① 拉法格(1842—1911),法国政论家,革命者,巴黎公社的参加者。到七十岁的高龄时,他和自己的妻子,马克思的女儿劳拉,感到健康状况已经不允许他们积极进行革命活动,即相约自杀而死。
② 谢德曼(1865—1939),德国社会民主党右翼机会主义分子领导人之一,议会副议长,与该党整个右翼一起投票赞成为加大军事开支增税。
③ 北非摩洛哥的一个港口。第一次世界大战前被法国占领,曾引起法德两国的冲突,德国于一九一一年七月一日派军舰到阿加迪尔示威,使法德关系非常紧张,柏林工人因反对德国军舰的行动,曾举行抗议示威游行。

"并不是所有的祖先都能引起后代的热爱。"

"难道我们不是踏着祖先的足迹走到今天所在的地方吗?"

但是发言人大概是被自己歇斯底里的喊叫声震聋了,根本没有听见这些反驳的话。

"诸位,"他高声吼叫,"咱们应该给予……"

很明显,人们已经疲倦了。他们分成小伙在低声交谈,萨姆金背后的低声交谈正在热烈进行:

"法国的历史差不多有一百年是律师们创造的……"

"诸位!我们应该给予立宪民主党以应有的赞赏,因为这个党懂得祖国是什么,他们心里有祖国,热爱祖国。"

"米留可夫分子已经不是民主主义者啦!"有人喊叫,立刻有人反驳他:

"然而还不是资产阶级!"

"会变成资产阶级的!"

"这可是太无聊啦,"叶莲娜愁眉苦脸地说道,拉普捷夫立刻附和她说:

"早就无聊得很啦!"

屋子里很气闷,虽然人数明显地减少了,但是他们争论得却越来越激烈了。萨姆金不愿意跟塔吉尔斯基碰面,就逐渐往门边移去,走到街上,他才深深地舒了一口气。

刚刚下过一阵大雨,凉风带来秋意,追逐着天空的乌云,一钩残月,在乌云中时隐时现,顷刻间照耀着马路,鹅卵石闪出油亮的光芒,窗上的玻璃像锡制的似的,只映出暗淡的光泽,周围的一切仿佛都在挤眉弄眼。有两个人追过萨姆金,走到前头去,其中一个走路的样子好像带着轭套似的,肩膀上套着的一只大低音喇叭在闪闪发光,另一个弯着腰,两手插在口袋里,腋下夹着一个黑色小匣子,撞了萨姆金一下,嘟哝了一声:

"请原谅!"他接着对他的同伴说:"什么他妈的事情也不会发生!

咱们一辈子就这样吹吹拉拉,吃吃喝喝,睡睡大觉,最后死掉……"

"走着瞧吧,"扛喇叭的人大声说道。

"是的,是要发生什么事情的,"萨姆金心里想。"打仗?未必会。不过最好是打仗。那样可以使人心一致。扩大杜马的权利。"

和往日一样,每当不情愿地参加一次集会之后,他就觉得自己仿佛被人们的谈话和无奇不有的矛盾弄得疲惫不堪。而且和往日一样,他从拉普捷夫家的集会中带回来的仍然是通常对人们的轻蔑。

"既不是浮士德,也不是堂吉诃德,"他心里想着,放慢了脚步,掏着烟,掂量着塔吉尔斯基对库图佐夫的评语:"新型的俄国知识分子?"

这一思路使他非常不安,他不得不强使自己不再去想库图佐夫。

他停下来,点着烟,缓步继续走去,自己劝说自己说:

"也许,能把堂吉诃德和浮士德和谐地集于一身的人就是这样的人物。塔吉尔斯基……这个……伪君子想干什么?他说那些话可能意在煽动。想看看究竟有多少人信仰布尔什维主义。那些工人——如果这的确是工人的话——并没有表态。也许,他们是……这个包子馅里仅有的一些布尔什维克……叶莲娜说话挺俏皮。"

接着,他几乎是愤怒地想道:

"一些灰色的渺小人物。然而,看来时局正在酝酿着巨变,对此他需要进行反抗。之所以要进行反抗,是因为这些事变有使个人受到奴役,受到更为痛苦的奴役的危险。是的,是的,各种思想都有发表的权利。任何人都有不受时代和环境约束的自由思考的绝对权利,"这一点,克里姆·伊万诺维奇·萨姆金记得非常牢固。他可以同样有力地、流畅地重述任何一种思想,重述任何人讲的每一句话,但是他觉得,这些思想汇成的洪流必须纳入统一的形式,纳入堤岸,引进河床。他看到,每个浮游在生活表面的人,手里都抓住一根救命的稻草,还发现,那种无用的暴风骤雨般的空话加深了他一贯近乎蔑视的对人的态度,使这种态度达到了残酷无情的程度。他害怕在大规模的集会上发言,因为他发现:有许多人都比他更精于辩论艺术,他们掌握更多的事实,读过更多的书。有些比他更有才华的人。是的,遗憾得很,有这样的人。于是克里姆·伊万诺维奇·萨姆金想起了那个驼背的小姑娘,她勇敢地深信自己有权大声呵斥那些成年人:

"喂,你们捣什么乱呀?这可不是你们家的孩子呀!"

又滴滴嗒嗒地下起雨来了。萨姆金雇了一辆马车,躲进马车的皮篷里。马缓缓地跑着,它的身躯难看地跳动着,有一片松开的铁皮在咔咔地响,雨点愤怒地敲打着萨姆金头顶上的皮篷。

"多么无聊的生活呀!"克里姆·伊万诺维奇牢骚满腹地默想着。

三

但是他这种情绪并未持续很久。叶莲娜在各方面都是一个非常有趣的女人,完全超出他的想象。她的爱情技术十分高超,很容易激起他的性欲,让他尝到那种甜蜜的、从未体验过的强烈的痉挛,他已经到了必须由女的首先挑逗的年纪,所以非常感激女人的色情风骚。

"我喜欢疯狂的恋爱,"在一次使萨姆金大为赞赏的交锋之后,她这样说。"我的朋友,在爱情中要发挥精湛的艺术,不能像畜生或者近卫军军官那样。"

她对"上流社会"的大人物、近卫军军官、大官僚和银行家们风流生活的丰富知识使她显得更加有趣。她知道数不尽的逸事、笑话和奇谈,当她津津有味地讲述这些事的时候,总流露出一个洗手不干了的富家婢女谈论从前主人的嘲笑神情,这个婢女自己已经发了财,正在回忆那些傻瓜的蠢事。

因为她喜欢读书,而且已经读了很多书,所以她能拿活人跟死人,拿真人跟虚构的人物进行对比。

"唉,如果我能写一本书,把我知道的你们男人的全部事情都记录下来,那就太妙啦,"她一边说,一边打着响指,眼睛里闪耀着绿色的火花。她动作敏捷,总是生气勃勃,把自己少女般的体型裹在鲜艳的中国绸缎里,像个柔软的小皮球,无声地从这间屋子滚到那间屋子,嘴里哼着法国小调儿,摆布着那些镀金的黄铜和青铜玩物,像喜鹊一样喳喳地叫着。她像喜鹊一样喜欢闪光的东西,而且她本人也是浑身闪光,灿烂夺目。

她对这些玩物都十分珍视,很有感情,亲热地用手指抚摸着,拿给萨姆金看:

"你瞧,这玩意儿做得多么精致!"

"太好啦,"克里姆·伊万诺维奇一边赞同地说,一边透过眼镜欣赏着一尊丑陋的中国小神像,心里怀疑,她是在考验他的鉴赏能力,研究他的爱好。

跑累了,她就叼着烟卷,躺在小沙发床上,非常有趣地讲起笑话,声调娓娓动听,变化多端,还不断地做些一闪而过的怪相。

"贵夫人带着几位客人回到家里,就对女仆大发脾气:'你干吗把客厅里的家具和陈设摆得这么难看、无聊?''这不是我的主意,太太,这是小姐吩咐我这么摆的。'这时可爱的妈妈就对客人说:'我女儿的想象力简直太惊人了。'"

萨姆金讨好地笑了笑,觉得这一类笑话都平庸无味,全是从幽默杂志上拣来的,立刻就把它们忘掉了。不过他也常常听到另一类的笑话:

"有一次,大家在'大熊饭店'的雅座里寻欢作乐,一位县首席贵族说,他(赞成)把土地完全交给农民。'应该无偿地赠送给他们!''可是您有土地吗?''哼,怎么没有呢?不过已经抵押出去,而且经过转押啦,所以银行正在拍卖这些土地。而我却可以因此在杜马得到升官的机会,我是个很不坏的演说家。'好笑吧?"

"好笑,"克里姆·伊万诺维奇同意说。

"你知道吧,大臣戈列梅金曾对苏沃林说:'农民焚烧庄园不是坏事。应该使贵族们清醒清醒,使他们别再追求什么自由主义啦。'"

萨姆金并不关心她从哪里知道大臣的意见,只是问道:

"这是什么时候讲的?"

"一九〇五年讲的。那一年,大家都拼命地饮酒作乐。而苏沃林老头子是个很可爱的聪明人。非常卓越的戏剧家。但是他不喜欢演员。他身上有一股子农民的严峻味道,他把男女演员都看成是逍遥自在的半吊子。'演员没有自己的祈祷辞,可是每个人都应该有自己的祈祷辞,'他就是这样说的。那时我常常见到他,希望加入他的剧团。但是他说:'不行啊,叶莲娜,您是演小歌剧、演轻松喜剧的人才,可是我不喜欢小歌剧,我的剧团里也不演轻松喜剧。'他是个怪人。不过,所有的俄国人都是怪人,很难理解他们究竟想要什么:是共和国,还是大洪水?"

萨姆金一面听着这一类的故事和议论,一面若有所思地默默抽着烟,心里想着,所有这一切都跟这个昔日卖笑的娇小女人很不相称,既然跟她不相称,也就有点儿妨碍他。不过他越来越深信无疑,在他曾经交往过的所有女人中,这个女人最使他感到轻松、舒适。所以他失去了托霞,就不能算是输了很多。

叶莲娜对自己的经历讲得很简短,而且不时作长时间的停顿:她的外祖母伊冯娜·丹热罗本来是马戏团的演员,因为跌坏了一条腿,后来就跟坦波夫的一个地主同居,生了一个女儿,地主死后,外祖母就在坦波夫城里开了一家时装店。母亲在中学里读书,刚毕业,外祖母就去世了,是被救火车压死的。母亲在学校里教法文和德文,把她送进了芭蕾舞学校,她从芭蕾舞学校出来就落到财政部的一个司长,叫什么瓦西里·伊万诺维奇·兰宁的小老头子手里。

"在他之后,我照样厮混下去!"她简单地把话结束了。

"那么母亲呢?"萨姆金问道。

"她有肺病,死在克里米亚。父亲是个物理教员,在我五岁或者六岁时候就离弃了她。"

萨姆金觉得,叶莲娜现在的生活是洁身自好的,虽然跟一些老相识还有来往,但是已经不再去和他们花天酒地鬼混了,而且从他所见到的拉普捷夫对她的态度来看,那些酒色之徒对她还是很友好的。

他跟她一块儿到杜马去的那天,议会正在就连拿金矿屠杀工人事件进行质询。

"在大臣席上左首最边上的一个是总理大臣马卡罗夫,你认识吗?"叶莲娜悄悄地说。"不,你想想看,"她继续悄悄地说下去,"我曾在我的一个法国女友家里看见过这家伙连裤子都没有穿的丑相,可是现在却委以治理俄国的重任……这才是真正的笑话!"

她的窃窃私语使萨姆金十分懊恼,这妨碍了他把巴黎议会开会的情景跟眼前的场面进行对比。在巴黎,坐在议会里的大多数人都是身广体胖,短粗矮壮,他们都像在自己家里一样安逸、随便,都深信自己是法兰西人民意志的化身。在这些人中有不少律师、法学专家,而且律师占主导地位,领导着他们。这些人居住的土地并不在他们脚下摇晃。他们代表久已组成的政党,而每个政党都有自己的历史,自己的传统。

这时萨姆金想起了那里的会议上喊出的一个词儿——祖国。

"那些人从一七八九年就有了自己的祖国。他们在斗争中赢得了祖国。"

"这个人,马尔科夫最会说笑话,"叶莲娜悄悄地说。"可是你瞧,马尔科夫那副嘴脸多么叫人讨厌。还有这个低能儿、小丑普里什克维奇。他在那儿扭来扭去,好像屁股下面着了火似的。很不像样的会议,是吧?"

"是的,"萨姆金同意地说,仔细打量着那些想要成为法律制定者的人物,心里想着:

"像诺盖采夫这样的人能给我什么呢?"

诺盖采夫在沙发椅里面扭动着,他旁边坐的是一位身体肥胖、穿一件长袍子、留着火红色大胡子、秃头顶的人。萨姆金觉得,这个人的脖颈比脑袋还要粗,脑袋不是长在脖子上,而是放在脖颈里面,摇摇晃晃,活像一个放在有人摇晃着的盘子里的西瓜。这个人的祖国,大概仅仅限于他那一个县或者一个省。马尔科夫很像个外省的助祭,他的颧骨长得不像俄罗斯人的,而像是莫尔多瓦人的。罗江科①像个旅馆里的茶房头儿。大多数人好像没有脸,大概也不会说话。这些人坐满了半圆形的会场,穿着形形色色的衣服,他们的动作都非常神经质,就像是教师不在教室里的小学生。他们交头接耳,这个探过身子,那个弯过腰,在沙发椅里跳起又坐下。看,米留可夫教授转过身来,面向坐在他身后的一位议员,教授的小脑袋圆圆的,布满了银丝,婴儿般红扑扑的小脸,满嘴亮晶晶的尖利的牙齿。他微笑着,仿佛要咬人似的。这个人懂得祖国意义。这是个了不起的人物。在这群交头接耳、四面张望、属于不同民族的人物当中,他简直是鹤立鸡群,这伙人正在听他们的一位同僚挥舞着手读一个什么文件,并用它遮住自己的脸。他们前面的阁员席上,大臣们的绣金礼服在闪闪发光,司法大臣灰白的小连鬓胡子在制服上面不停地颤抖,大概是因为他正在大笑。

　　克里姆·伊万诺维奇·萨姆金没有那么大的野心,设想自己是一名议员,或者简直是一位党的领袖,但是他想起了柳托夫评论他的话,于是完全不必费力去设想,就非常清楚地看到自己坐在政府大臣的席位上了。

　　现在终于响起了这样一句话:"过去这样,将来仍然是这样。"这句话在左派的议席上引起了一阵愤怒、忧郁的喧哗,而保皇党却报以热烈的掌声。那个穿长袍的人拍掌拍得特别响,他站在那里,尽情地挥舞着双手,摇晃着小脑袋,仿佛是想把它从那粗得出奇的脖子上摔下来似的。诺盖采夫坐在那里,把脑袋缩进肩膀里,拱起脊背,两只手撑在座前的托架上,好像准备跳跃似的。仿佛有人摇晃了一下会场,里面所有的人就都动起来了。上面这句话是一位面貌像头等旅馆里老练持重的茶房一样的大臣说的,他紧皱着眉头,用预言家的腔调说出了这句话。

---

① 罗江科(1859—1924),俄国反动政客,十月党领袖之一,二月革命时,是国家杜马临时委员会的领导人。十月革命后,成为苏维埃政权的敌人。

"唉,信口开河的家伙!他这是从列昂尼德·安德烈耶夫的书里抄来的,"叶莲娜悄悄地说,不知道什么使她这么高兴,甚至还用胳膊肘顶了萨姆金的肋部一下。

萨姆金记起了他在迎接新年的晚会上体验到的那种勇敢引起的快感,心想,大概这位大臣现在也正体验到这种快感。接着又想起了镇压巴黎公社的凶手加里夫将军走进议会时,人们高呼:"刽子手!"他跺了跺脚,说道:"刽子手吗? 就在这儿!"这一下,大家叫喊得就更厉害了!

"你要是知道,这位马卡罗夫是个什么样的傻瓜,那就好啦,"叶莲娜像只黄蜂一样,对着他的耳朵嗡嗡地叫着。"瞧那个弯下腰对纳博科夫说话的是舒拉·普罗托波波夫,一个挺滑稽的家伙。纳博科夫很文雅。可是总的说来,他们都是那么蠢笨,那么灰溜溜的……"

克里姆·伊万诺维奇同意地点了点头。是的,完全不需要特殊的勇气,就可以用断然的口气,用驼背小姑娘那种腔调跟这帮人说话。一些已经快要忘却的往事,仿佛正在往哪里坠落,一件跟一件地在他眼前闪过:警察把莫斯科的大学生赶进练马场,庄稼汉和村妇在砸"粮栈"门上的锁;啊,这是人们在把大钟吊上钟楼的情景;莫斯科的数万居民高呼万岁,迎接穿蓝灰色制服的沙皇,在下诺夫戈罗德也是这样迎接他的,成千的各阶层的人跪在冬宫的前面,高唱《上帝保佑沙皇》,大呼万岁。可是这个沙皇,大家都认为是个最微不足道的、昏庸的、意志薄弱的人,据说,这个人似乎是由他的德国籍皇后和一个大骗子,西伯利亚的庄稼佬,很可能还是个刑事犯的后代操纵着。最后,是数万莫斯科人,打着红旗,跟在革命家尼古拉·鲍曼撒满鲜花的红色棺材后面游行,事后,他们就遭到了枪杀。

"现在这里汇集了那些跪在冬宫前面的人的代表、那些被枪杀的人的代表,还有那些下命令开枪的人也都到这儿来了。而大多数人也都和他们这位沙皇一样昏庸无能和意志薄弱。人们只有在前陆军中尉拿破仑那样一位勇士的领导下,才能成为创造历史的力量。是的,过去这样,将来仍然是这样。"

叶莲娜一直在窃窃私语,说出一些议员的名字,描述他们的性格,克里姆·伊万诺维奇·萨姆金把脑袋凑到她面前,耳朵对着她,装作倾听的样子,可是心里却在迅速地想着:

"……需要勇气和一个简单明了的口号:法兰西,祖国。只有资产阶级懂得这个口号的涵义,他们世代相传,不断地发展自己祖国的工业、商业,支配着祖国的经济,强迫非洲人、印度人和中国人为自己祖国劳动。每一个英国人都有五个印度人为他们劳动。而在这个不断演出父与子思想分歧悲剧的国度里,在这个几乎以十年为期,把知识分子划分为六十年代的、七十年代的、民粹派、民意派、马克思主义者、托尔斯泰主义者、神秘主义者……的国度里,俄罗斯,祖国——这个口号有用吗?"

克里姆·伊万诺维奇仿佛觉得,在他体内什么地方,有一个妨碍他轻松呼吸的脓疮破裂了。他怀着这种轻松和勇敢的心情走出了国家杜马,几天之后,他依然怀着这种心情,在一位著名律师的客厅里说道:

"再过几个月,罗曼诺夫家族就要隆重举行他们统治俄国三百周年的庆祝大典。国家杜马为这次庆祝大典拨了五十万卢布。我们知识分子应该怎样看待这次庆典呢?我们是否应该借此回忆一下,在这三百年中发生了些什么事情呢?"

他竭力把话说得不十分响亮,因为他知道,随着年龄的增长,他那枯燥的声音,只要调子稍高一点,就会变得非常难听、刺耳。他尽力保持冷静,不使自己冲动,而且每逢说到他认为是特别重要的关键问题时,就压低声调,他发现,这个办法能使听众的注意力更加集中。讲话时,他摘掉了眼镜,认为近视眼的目光和表情可以增强他讲话的分量。

他简短扼要地讲了一下罗曼诺夫家族的系谱,指出这个俄国家族的最后一名成员就是彼得大帝的女儿伊丽莎白,她死后,德国人戈尔施泰因-戈托尔普斯基大公篡夺了俄罗斯帝国的王位。他深信,对某些听众来说,这一历史事实无疑将是新闻,而且他看到,自己并没有估计错,果然使一些听众大吃一惊。对他们的无知,萨姆金先生报以轻视的微笑之后,开始讲得更勇敢了。他列举了从拉辛到普加乔夫的一切人民起义,也没有忘记康得拉特·布拉文的暴动,尽管对这次暴动,他仅仅知道有一个名叫布拉文的顿河哥萨克发动过一次叛乱,至于这个顿河哥萨克的斗争目的是什么,以及他所组织的暴动的形式,他知道的也并不比大家更多一点。

"少年米哈伊尔·罗曼诺夫①之所以被贵族们选为沙皇,是因为他愚蠢无知,"萨姆金不容反驳地对听众说。"这个家族中惟一英明的沙皇就是彼得大帝,他显得那么突出,黎民百姓竟把这位天命的皇帝看成是反对基督的异教徒,魔鬼的奴才,有些贵族甚至怀疑他是曾与皇太后私通的尼康大主教的儿子。"他简短地把几位女皇②、亚历山大一世、尼古拉一世和另外两位亚历山大③的政绩描绘了一番之后,说道:"今天的沙皇,尼古拉二世,仅仅在愚蠢无知这一点上继承了米哈伊尔·罗曼诺夫的血统。"

这时他停顿了一下,喝了一口茶,用小手指头的指甲搔了搔右鬓,深深地叹了一口气,继续说下去:

"现在,俄罗斯,我们的祖国即将庆祝这些实在不敢恭维的人物统治国家的三百周年了。我们这位立宪沙皇登基那天就发生了霍登惨案,接着又发生了一九〇五年一月九日的血的星期日,以及不久之前连拿金矿屠杀工人的惨案。"

"您忘记对莫斯科的战争了,"一个看不见的人在黑暗的角落里喊道。

"不,我并没有忘记,"萨姆金反驳说。"我全都记得,但是我仅仅想谈专制王朝所干的那些特别令人心寒的暴行。"

---

① 罗曼诺夫皇朝的第一代沙皇。
② 指伊丽莎白、叶卡捷琳娜等女皇。
③ 指亚历山大二世和三世。

"再也没有比这更令人心寒的了!"

"一九〇五年莫斯科事变的情况,我非常熟悉,但是对这个问题,我有自己的看法,如果现在来谈这些看法,就会使我们远离我今天要谈的题目。"

"请不要乱插话,"一位身材高大、留着窄长的连鬓胡子和两撇卷成圆圈的胡髭的人,忧郁而又严厉地说道。他坐在萨姆金的对面,正在徒劳地用茶匙捞茶杯里早已冷了的水中的一片茶叶。

克里姆·伊万诺维奇·萨姆金继续讲下去。他以提问的形式表示了自己的担心:在三百年大庆的那天,沙皇的顺民们(会不会)又像在一九〇四年那样,聚集到皇宫的广场上,对着皇宫跪拜呢。

"我们俄国人,不仅喜欢跪拜沙皇和省长,而且还喜欢跪拜老师呢。大家还记得吧:

'老师!请准许我为你的盛名
恭恭敬敬地屈膝膜拜。'"[1]

"您的引证是错误的,"角落里有人兴高采烈地插嘴说。

"看到我们这么容易屈膝,日本首先就利用了我们这一嗜好,紧跟着就是德国人,强迫我们跟他们签订了仅仅对他们有利的通商条约。这项条约到一九一四年期满。政府正在扩充陆军,加强海军,鼓励发展军火工业。这很有先见之明。历次巴尔干战争,我们没有一次不曾参加……

"我觉得,我们的专制政府,在举行三百周年庆典的时候,很有可能把战争作为赏赐给我们的礼品。"

"可是哪怕是微不足道的胜利,也会给我们带来巨大的灾难,"角落里那个人毫不客气地打断了萨姆金的讲话,大声喊道,使萨姆金不

---

[1] 引自涅克拉索夫的诗《熊猎》。

得不说：

"我说完了。"

客人都默不作声,等着听主人说些什么。像火鸡一样威风的主人站了起来,摇了摇长着演员似的斑白鬈发的脑袋,用左手的手掌摩挲了一下刮得发青的光光的脸颊,一面用手指往烟灰缸里弹着烟灰,一面用悦耳的男高音开口说：

"是一篇非常有趣的演说。我只能指出一个缺点,就是历史讲得稍多了一点儿。啊,先生们,历史,"他倦怠地低声叹了一口气。"谁知道历史是怎么回事儿呢？历史还没有写出来,没有！现在人们把历史当小说写了,以供那些正在寻找生活的意义而又找不到的人们消愁解闷。我指的不是生活的暂时意义,也不是指庄严的明天昭示我们的生活意义,而是指以其肉体挤满了我们的星球的全人类的生活意义。人们现在写的历史,都是为了辩护,为了颂扬一个民族、一个种族或一个帝国的业绩。归根结底,历史就是我们祖先的不幸、灾难,以及被迫犯下的罪行的流水账。如果我们细心阅读历史,就会发现它比《圣经》更有说服力地告诉我们一个道理:让我们互相宽恕吧。"

他疲惫地闭上了眼睛,摇了摇脑袋,用手做了一个很漂亮的动作,像扔一张玩过的牌一样把香烟扔进了烟灰缸,深深地叹了口气,然后有力地仰起漂亮的脑袋,又继续说下去：

"这个世界的伟人们的生活史才是真正的历史,凡是不愿意受那些认为全人类幸福可能实现的幻觉和空想迷惑的人,都应该知道这些史实。我们可知道世界上的伟人中,有哪一位的生活是幸福的吗？没有,我们不知道……我敢断言:我们不知道,也不可能知道,因为就连我们认为最普通的幸福,任何一个伟人也都没有享受过。"

他立刻变得满面忧伤,圆润的声调里也流露着悲痛意味。他用一种天才演员那种训练有素的细腻技巧玩弄着声调和言词,抑扬顿挫,富有强烈的歌唱性,令人惊叹不止,他又非常巧妙地使这些话语充满了讽刺和悲哀、幽怨和对生活绝望的伤感情绪。他怀着虔敬和崇拜的感情说出了这些名人的名字——列奥纳多·达·芬奇,斯威夫特,魏伦,福楼拜,莎士比亚,拜伦,普希金,莱蒙托夫,以及其他无数的名字,并把他们都称为伟大的殉道者:

"他们就是我们教会——唯智主义者教会里伟大的殉道者,这是基督教会既未见过,也从未出现过的伟大殉道者……"

"诸位!"他大声喊道,声调中充满了悲哀与喜悦巧妙糅合在一起的感情。"如果说连我们的诸神都是非常不幸的,如果连我们信仰的宗教大都是由受苦受难的始祖创立的,如狄俄尼索斯①,释迦牟尼,耶稣,那么我们这些人对生活还能有什么要求呢?"

他不作声了,摇晃着脑袋,抚摸着宽宽的前额,右手缓缓地垂下去,坐到椅子上,他的整个身躯都仿佛在融化。大家都一致给他鼓掌,可是角落里的那个人却说:

"阿门! 不过叫它,叫真理去见鬼吧,我反正是要活下去的。我将不顾一切真理而生活下去……"

"您照例是要说些挖苦话,哈尔拉莫夫,"主人悲伤地,然而似乎有点生气地说。"您是一位生不逢时的虚无主义者,如此而已,"他补充了一句,就邀请大家去吃晚饭,但是叶莲娜谢绝了。萨姆金也跟着出来,陪送她回家。天时已晚,街上空荡荡的,城市低沉地唠叨着,渐渐地睡去。白昼晒了一天的屋宇正在渐渐变凉,从每一家大门里都喷散出难闻的臭气。一条街上,月亮只照着左边楼房的上层,而在另一条街上却只照着石子马路,这种情景使萨姆金很生气。

"有机会你听听他朗诵哈姆雷特或者安东尼的独白吧。真是第一流的演员。据说,苏沃林曾不惜以任何代价邀他参加自己的剧团。"

萨姆金对自己很不满意,觉得这个美男子抹杀了他的演说,就像用一块破布片抹掉了教室黑板上的粉笔字一样。看来叶莲娜也意识到了这一点,所以她才这么说话,仿佛是在安慰他这个受了委屈的人。

---

① 希腊神话中的酒神。

"糊涂娘儿们,"他心里骂她,可是嘴里却问道:"他常常这样表演悲观主义吗?"

她很高兴地回答说:

"不,一般说来他是个快活的人,不过在家里总保持这种派头。他已经结婚,但夫妻关系不太好。妻子非常有钱,是个大工厂主的女儿。据说,她不给他钱,而他又很懒,难得干点正经事,总在写诗、写文章,发表在《新时代》上。"

萨姆金已经不听她的话,心里想着,如果是在法国,像他这样的人就不会去写这种无人欣赏的诗了,而是坐在议会里……

"我们都很懒散,也没有好奇心,"他记起了这两句诗,立刻心里又想:"他没有引用别人的话。这是自信的标志。表演悲观主义,这是雕虫小技。但是他很能把话讲得非常漂亮。我应当把自己掌握好,"克里姆·伊万诺维奇·萨姆金这样决定,觉得时间从他身边飞快滑过,仿佛他内心的一切也都被带着往山下滚去。时局变化迅速,但是克里姆·伊万诺维奇变成名人的进程却缓慢得要命,简直太不相称。许多律师界的代表人物都很客气地跟他寒暄,请他参加各式各样的集会,在他发言的时候,大家都注意倾听,这都是事实,可是这并不能使他满足。他很善于发挥别人的思想,用许多常常是颇为新奇的引证使这些思想显得更有分量,他的记忆丰富,简直是取之不尽,用之不竭。可是他觉得,他的知识没有形成完整的体系,没有融会在某种统一的思想中。很久以来,他就惯于认为,思想是无数事实的一种组织形式,是智慧机械活动的结果,而且深信,人之本性寓于一种神秘的特质,就是这种特质创造了那些禀赋异常的人物,如约纳坦·斯威夫特神甫、拜伦勋爵、克鲁泡特金公爵以及其他诸如此类的人物。这种特质深藏于人的情操之中,它保证一个人的思想的绝对自由,绝对独立,不受历史、时代和阶级的压制。克里姆·伊万诺维奇·萨姆金懂得,这已经是一种思想,虽说不是什么新思想,然而却是他个人的、自己想出来的、自己孕育出来的思想。但是他毕竟还有点自知之明,他明白:拥有这种思想毫无用处。这种思想也不过是智慧的肤浅而机械的活动的结果，甚至都不能把各种事实组成完整的语言体系，就连一些庸才都能轻而易举地做到这一点。他也跟他从传记中读到的一切天才人物一样，不满意生活，不满意世人，而且觉得心里像长了脓疮一样，正在形成一种对自己强烈的不满情绪。这种情绪提出了一个使他非常不安的问题：

"难道说，我的情感就这样贫乏，我这一生就这样下去了吗？"

他想起了，童年时代，人们对他的评价是多么高，在青年时代以及与瓦尔瓦拉共同生活的初期，又是多么引人注目。这使他的心情稍稍安静了一点儿。

第十八章

一

叶莲娜跟着一些朋友乘轮船遨游伏尔加河去了,然后她就到基斯洛沃茨克去,并且在那里等候他。是的,他也需要用矿泉水治疗,需要休息,他感到疲倦了。但是他无意使自己跟这位交游甚广的阔太太的关系搞得太引人注目,这对他不利。她过去的历史还没有被人们忘记,而且她一点儿也不关心使人们忘记那段历史。于是萨姆金就多次打电报推迟自己的到达日期,一直等到叶莲娜经敖德萨前往亚历山大港,然后从那里经马赛去巴黎度过秋季。这时候他才动身去基斯洛沃茨克,在那里住了五个星期,又从容不迫地经梯弗里斯、巴库,渡过里海到阿斯特拉罕,然后再(沿着)伏尔加河上溯到下诺夫戈罗德,参观了市集,看了整顿市容准备庆祝专制王朝建立三百周年大典的情况,怀着同样的目的游览了科斯特罗马。这次旅行的一切都使他非常愉快。回来之后,他努力工作,经常到外省去,而从普罗佐洛夫手里接下来的案件始终还没办完,但是他已经有了自己的当事人,甚至还找了一个助手——伊万·哈尔拉莫夫,这个人有许多怪癖:他几乎总在不断地吹口哨,常常用很亲热的声调悄悄地对自己说:

"万尼亚,你看不出上诉理由在什么地方吗?"

他宽肩膀,大脑袋,满头黑发向脑后梳去,梳得那么平整,就像是贴在头上似的,露出高高的前额,浓重的眉毛,两只像樱桃一般圆圆的、深嵌在眼眶里的黑眼睛。面容瘦削,满脸灰气,左颊上有一颗毛茸茸的黑痣,足有二十戈比的银币那么大,软骨质的鼻子向下弯成钩形,两片鲜艳的厚嘴唇。

他还有一个怪癖,就是对反革命文学非常感兴趣,他读过许多各种各样的小册子、长篇小说,而且不知道为什么总在顽固地劝诱他的大律师:

"克里姆·伊万诺维奇,洛帕京的长篇小说《鼠疫》是当代最引人注目的作品。您用不到全看,只消看我画出的几页,您就可以大笑一番!"

萨姆金想了解一下这个人,就读了下去:

"那些对普列斯尼亚起义记忆犹新的工厂老工人,组织了类似军事法庭的玩意儿,把所有穿官服的人都枪毙了。"

"您听着,哈尔拉莫夫,这全是谎话呀!"萨姆金对着助手正在吹着口哨工作的那间屋子喊道。

"洛帕京的作品就是这样,全是谎话。"

"那您为什么还喜欢这样的书呢?"

"为了学习,"哈尔拉莫夫回答说。"您看过罗季奥诺夫的《我们的罪行》、梅列日科夫斯基的《患病的俄国》、洛科季的《为民族主义辩护》和斯托雷平的《演讲集》吗?……"

哈尔拉莫夫仿佛在炫耀自己的博学,一连说出了几十本书。萨姆金躺着,一边抽烟一边听他讲,心想,空虚而又渺小的人总要标新立异,以引起人们的注意,博得人们仁慈的关注。

"这就是米哈伊洛夫斯基·尼古拉·康斯坦丁诺维奇说的仁慈的关注。"

萨姆金没有着手写他的中篇小说,却写了整整十七张大稿纸有关玛琳娜和别兹白多夫的事实记录和个性分析,并决定把别尔德尼科夫写成谋杀案的组织者,别兹白多夫是杀人凶手,神秘人物克莱顿在幕后操纵他们,接着就开始描写城市风光,但是结果却写成了颇似布罗克豪斯百科辞典里那种千篇一律的枯燥乏味的文章。

德罗诺夫偶尔来访,几乎总是喝得醉醺醺的,神情激动,衣服穿得邋里邋遢,眼睛猩红,眼皮肿胀。

"托西卡被流放到布依去了,在科斯特罗马省,"他讲道。"从前好像没有往那里流放过犯人,鬼知道那是个什么城市,总共只有二千三百名居民。她一个人在那儿,还有一个波兰人在那儿落了户,变成了平民,以养蜂为业。她还好,并不苦恼,要我给她寄书。我把所有的新书全都给她寄去了,可是没能使她满意!她写信来说:'你是要嘲笑我吗?'原来是这样……看来,她是相当认真地投身于政治了……"

他已经不再提出版报纸的事情了,当萨姆金问起的时候,他嘟嘟哝哝地回答说:

"现在还谈什么报纸呀,见它的鬼吧!兄弟,我拿钱去做投机生意,结果全赔光了。"

"大概是说谎,"萨姆金心里想,又问道:

"是打牌输掉了吧?"

"我买进了水泥,砖……建筑材料销路很好……指望能卖个大价钱。在水泥生意中上了大当……"

在他讲述托霞的遭遇的时候,萨姆金注意到,阿加菲娅在餐厅里不再把茶具弄得叮当乱响,德罗诺夫走了以后,萨姆金问这位麻脸妇人:

"您听到他讲的托霞的遭遇吗?"

"听到啦。"

主人看着她的脸,等她再说下去。而她在理解了他的心意之后,就爽快地说道:

"那有什么,只要你不泄气,到处都可以生活……我有个同乡被流放的时候,斗大的字只识几个,可是回来以后,竟在报刊上发表起文章来了……"

"这可不像安菲米叶夫娜,"萨姆金心里想。

作为"一个女仆",她的工作是无可非议的:饭菜烧得很好吃,屋子收拾得干干净净,整整齐齐,她自己也处世有方,不让主人找到半点儿毛病。总而言之,找不到任何借口可以用另一个女人来替换她,可是萨姆金却是很想这么做的,因为他感到自己家里有了一个陌生人,一个非常陌生的、并不蠢笨的、而且能够独立评价事实和言论的人。

二

有一天晚上,德罗诺夫领着塔吉尔斯基来了,两人都喝得醉醺醺的。萨姆金有半年没见过塔吉尔斯基了,他突然光临使他感到惊讶,心里挺不舒服,但是,仔细把他打量了一番之后,觉得有一股幸灾乐祸的好奇心涌上心头:塔吉尔斯基潦倒、颓唐,几乎变得认不出来了。他那圆滚滚的结实身躯失去了原先的弹性和敏捷,本来剪裁精致的灰色衣服显得肥大了,动作中显露出从前没有见过的笨拙样子,圆脸也变得瘦削了,浮肿起来,眼睛大睁着,带着乞怜的表情,萨姆金对这双眼睛感到非常陌生。本来他从前的外貌就有点儿像德罗诺夫,也是那样圆滚滚的、结结实实的,声音洪亮,不过从前这种相似只是突出了德罗诺夫的丑陋,可是现在德罗诺夫却显得顺眼多了。

塔吉尔斯基醉醺醺地吧嗒着嘴唇,说话的时候,每个词之间都要莫名其妙地顿一顿:

"基辅正准备认真审理犹太人喝基督教徒血的案件[①],"塔吉尔斯基用两只手掌拍着膝盖哈哈大笑起来。"在罗曼诺夫王朝三百年大典的前夜,这种作法是很合时宜的。萨姆金,您是反犹太主义者吗?那

---

① 指发生在基辅的反犹太人案件,案情复杂,又被沙皇政府、沙文主义者所利用,所以轰动一时。俄国各界进步人士都起而反对,以高尔基和柯罗连科为首的彼得堡知识界曾发表宣言。

就要这么安排一下,您声明您是亲犹太主义者,明白吗？德罗诺夫是反犹太主义者,您是亲犹太主义者。而我呢,既不亲,也不反,或者是看形势变化,见机行事。"

"他认为这种搞法,其目的就是要在社会上再造成一条裂痕,"德罗诺夫在椅子里摇晃着解释说。

"正是这样!"塔吉尔斯基高声喊道。"分裂社会,涣散人心。其实这么说也很愚蠢,因为根本就没有构成什么社会。涣散什么人呢？"

"没有什么酒喝吗？"德罗诺夫问道,主人肯定而且严厉地回答说:"什么也没有!"这时候,德罗诺夫却说:"马上就会有!……"就跑到厨房里去了。

萨姆金没有来得及阻止他这种自作主张的行径,况且这也不是什么新鲜事儿。伊万已经不是头一次派阿加菲娅去买他喜欢的酒了。

塔吉尔斯基吧咂着嘴唇,眯缝起眼睛,鼓起松懈的脸颊做着怪相,嘟嘟哝哝地说:

"什么社会、人民,纯属虚构！在我们俄国,一切都是虚构的。您可知道有另外哪一个国家,内阁大臣们可以对议会,也就是对人民的代议机关怠工吗,啊？在我们这里,他们却正在怠工。大臣们已经有好几个月不到议会去了。官僚们这种蛮横无理的行径竟没有引起公愤。没有人愤怒。您也没有愤怒,要知道,您可是……"

塔吉尔斯基刺耳地尖声哈哈大笑起来,用手指指着萨姆金；接着就气喘吁吁地继续说道:

"您知道吗,我原以为您是个聪明人,才把自己隐蔽起来。但是您并不聪明,而且很怕暴露这一点,所以您才把自己隐蔽在缄口不言中。现在我可看透了,您是什么样的人啦……"

"恭喜您的新发现,"萨姆金说,这些醉话并没有使他十分着恼。

"您别生气,我也是一个傻瓜。在左托娃那个案子中,我本来可以一举就飞黄腾达的。"

"用什么办法？"萨姆金不由自主地凑到他跟前,甚至把嗓音都压低了问道。

"是可以升官的。还能大捞一笔钱,"塔吉尔斯基梦呓似的说。

"您查清是谁杀的了吗?"

塔吉尔斯基坐在沙发椅里,双手按着扶手,朝前躬着腰,仿佛要站起来似的;他舔舔嘴唇,用蒙眬的醉眼瞅着萨姆金的脸,嘟哝说:

"我知道,"他晃了晃脑袋说。"这很简单。行凶的目的不是抢劫。那么还有什么原因呢?争风吃醋吗?也不是。还有什么呢?只有事业上的竞争了。那就应当查寻竞争的对手。明白了吗?"

"明白,但是究竟是谁呢?"

萨姆金急于听到这个名字,心想,塔吉尔斯基当着德罗诺夫的面是不会谈这个问题的。

"真正的凶手,大概是别兹白多夫,他得到保证,不受任何处分,教唆犯是一伙坏蛋,然而都是些非常显要的人物。"

"你又在谈你那个案子吗?"德罗诺夫走进来时(说),叹了一口气,坐到主人身旁,擦着前额。"那个案子是他心上的一根刺,"他用手指头戳着塔吉尔斯基的肩膀说,塔吉尔斯基继续说下去:

"检察官买下了别兹白多夫的房子。价钱便宜得令人可疑。在外乌拉尔什么地方的矿田租给了或者是卖给了波波夫工程师,但是这家伙只是顶名而已。"

别尔德尼科夫柔软的身影出现在克里姆·伊万诺维奇的脑海里,响起了他那油腻的、仿佛是喷溅出来的笑声:

"噗—噗—噗—噗。"

想到这个人那是很自然的,但是使萨姆金感到惊讶的是:别尔德尼科夫竟然成了那么遥远的过去的人物,自己竟是那么心平气和地、无动于衷地回忆起他。萨姆金想了想,不禁冷冷一笑,就把往事抛得更远一点儿:

"有关玛琳娜的这段历史,根本不具有我一贯赋予它的那么大的意义。"

"算了吧,"德罗诺夫不在乎地挥了一下手说道。"谁喜欢听你说这些呢?一个孤独有钱的寡妇,正是因为有钱才被人宰了,一笔绝户财产归了国库,国库把财产拍卖了就完事大吉,见鬼去吧!"

"德罗诺夫,你是个笨蛋,"塔吉尔斯基似乎清醒了一些,反驳他说,接着用手掌拍着椅子扶手,继续说道:"如果把谋杀左托娃的案件,也跟基辅中世纪式的审理那件犹太人杀害小偷尤辛斯基(肯定是女贼车别丽亚克杀的)的案件同样放在法庭上公开审判,而且先把那位省长的妹夫,即检察长,作为证人传到法庭上来,我敢担保,这个证人一定会变成被告……"

"神话,"德罗诺夫含糊不清地说,用期待的眼神看着通向餐厅的门。"幻想,"他又补充一句。

"……这个案子绝不应当由于嫌疑犯死亡就宣告中止侦讯,这是非法的,因为在侦讯过程中发现,有些证据清楚地说明,案中有些人比别兹白多夫涉嫌更重……"

"你见鬼去吧!"德罗诺夫跳起来,大声喊道。"我听烦啦……像只鹅一样!老是嘎嘎叫……咱们想打仗,这才是犯罪呢,是的!伊兹沃利斯基[①]在一九〇八年就对苏沃林说过,我们必需打一次胜仗,跟哪个国家打都一样,现在,这已经是大多数大臣、保皇党徒以及其他等等……虚无主义者们的共同信念了。"

他用小步急速地在房间里来回踱着,不时向餐厅窥视着,生气地打着响鼻,两手摩挲着屁股,说道:

"我们正在准备后方,妈的……为什么要大搞三百年纪念?这是为了叫那些忠顺的臣民,狗崽子们不要忘掉沙皇们的伟大业绩。在基辅将要举行全俄工商博览会。"

"战争吗?这好极啦,"塔吉尔斯基懒洋洋地说。"需要来一次天翻地覆大灾大难。战争或者革命……"

---

① 伊兹沃利斯基(1856—1919),一九〇六到一九一〇年间任俄国外交大臣,后任驻法国大使。

"算啦,你不要预言什么革命吧!俗话说,'口头说说成不了事实',这是不正确的。如果言之有据,那就会'成为'事实。是的……好啦,尊敬的主人,请我们喝酒吧……"

"我喝茶,"塔吉尔斯基说。

"也有茶,请吧!"

塔吉尔斯基在沙发椅里动了动,但是没有站起来,而德罗诺夫却挽着主人的胳膊,把他挽进了餐厅,这里,桌子上空的灯照耀着擦得净光的、沸腾的火壶,两瓶金黄色的葡萄酒,一些玻璃的和磁的餐具。

"请你原谅,我把他带来,还有这些喧宾夺主的事,"德罗诺夫一边斟酒,一边悄悄地说。

"用不着道歉了。"克里姆·伊万诺维奇大度地说。

"你已经变成大人物,变成名人啦,"德罗诺夫叹了一口气。"显然……已经找到了自己的道路。可是我一直还在自己的绞索里晃来晃去。暂时绞索还很松,我还能喘气。然而令人心焦。'你往上爬,魔向下拉。'托西卡连信也不回,这是怎么回事?该不会是逃走了吧?不会是死了吧?"

萨姆金一边心不在焉地听着他的谈话,一边心里想:如果能看到别尔德尼科夫作为杀人教唆犯坐在被告席上,那当然是再好也没有了!又想到这两位客人,竟是这么经不起生活的冲击,这么容易受事实和思想的影响。而他比起他们俩以及所有那些反常地和病态地接受思想和事实的人来,真是高明和独立得多了。

"'生活就像病痛一样在折磨我们,'——这话是谁说的啊?"

德罗诺夫朝隔壁的屋子看了看,笑着说:

"睡着了。他不会有好下场,大概会变成酒鬼。办那个杀人案子毁了自己的前途。"

"毁了?"

"是啊。甚至还认为有渎职之嫌,要请他吃官司呢。在银行方面的事情也失败了:因为得罪了什么人。而我很为他惋惜,多聪明的人!

现在经常到我家去解脱灵魂。在别的国家,人们是不是也解脱灵魂呢?"

"我不知道。"

"大概,只有咱们俄国人这样干。妙极啦,'解脱灵魂',就像把一个爱闹事的家伙送进警察局。或者是把一个病人送到医院里去。简直是可笑得很。一个人把灵魂解脱到什么地方去了,没有灵魂地活着。避开它的烦扰。"

德罗诺夫好像是用两种声调在谈话,既有愤怒,又有幽怨,他用手指甲掐着剪得短短的硬胡髭,用手指头揪揪耳朵,视线茫然若失地在桌子上滑来滑去,打量着杯子里的葡萄酒。

"昨天我听了一个论述未来战争原因的报告。报告人是个没有什么名气的人物,他满嘴大牙,是匆匆忙忙安上的,安得歪歪扭扭。报告的目的……很不明确。内容倒很充实,意思好像是说:我把事实给你们摆出来,至于结论,请你们自己去做。讲到了咱们对波斯、巴尔干,对达达尼尔海峡、波斯湾等地的政策,讲到蒙古问题。依我看,这些事实提出了这样的结论:如果咱们不愿意当欧洲的殖民地,就必须加紧开拓边疆,就是说要执行殖民政策。是的,妈的……"

他一只手把酒杯举在面前,另一只手驱赶着萨姆金的香烟冒出的烟,沉默了片刻,叹了口气,把杯中酒一饮而尽。

"情绪低落、愤世嫉俗的古尔科①也在那儿预言大难即将临头,他说话的神气,就像他是拿破仑的接班人似的。自从发生了利德瓦尔事件和偷窃燕麦事件之后,古尔科的日子当然很不好过。那个白痴,十月党人斯特拉托诺夫,也随声附和地要求:给我们一位强有力的人物吧!诺盖采夫突然宣称他又是保皇党了。这叫做:节前才信神。坏蛋一个。"

---

① 古尔科(1863—1927),自一九〇六年起为内政部副大臣,同年与彼得堡"利德瓦尔公司"签订向缺粮省份供应谷物的合同,并预付给利德瓦尔八十万卢布的定金。结果合同未执行,古尔科受到法院审判。

他把酒斟在杯子外面,骂了一句粗话,更加激愤地继续说下去:

"他发表了冗长的演说,说什么贵族阶级是上帝创造的,上帝挑选了一些最虔诚的人,把自己的智慧赋予他们。至于社会主义,那是资产阶级和小商贩捏造出来恐吓和欺骗那些劳动贵族的,因此,社会主义是谎言。有几个立宪民主党人参加了聚会,一位是大臣的兄弟,马克拉科夫,外表很像一只阉猫,还有申加廖夫和纳博科夫。古奇科夫[①]也在那儿。简直无聊得很。后来约有二十人吃晚饭去了,而吃过晚饭之后,就爆发了一场文学家的战斗,猫皮贩子库普林跟列昂尼德·安德烈耶夫打起来了,穆伊热利[②]大哭一场,简直是乱七八糟……"

他又沉默了一会儿,接着突然从椅子上跳起来,尖声叫道:

"你一直沉默不语……真理的砥柱!喂,你干吗老是不作声……唉,萨姆金……见你的鬼去吧……"

"你清醒清醒吧!你喝醉啦,"克里姆·伊万诺维奇严厉地说。

"滚你的吧,"德罗诺夫重复说,摇摇晃晃地用脚踢开椅子。"是的,我喝醉啦……而你是清醒的……好,你就清醒去吧……见你的鬼。"

他扶着椅子背,凑合着走到隔壁屋子里去,在那里揪拉着塔吉尔斯基大声喊道:

"咱们走啦……喂!醒醒……咱们走啦!"

萨姆金使劲咬住牙关,坐在桌子旁边,等待着两个醉汉离去,等到他们像两条狗一样呜呜地叫着刚一出去,他就揿铃叫阿加菲娅来,并且吩咐说:

"倘若德罗诺夫下次再来,请您告诉他,我不愿意见他。"

妇人那仿佛被鸟啄过的脸好像涨红了,生天花几乎掉光了的眉毛

---

① 古奇科夫(1862—1936),"十月十七日联盟"党创始人之一,杜马议员,大资产阶级的政治领袖。
② 穆伊热利(1880—1924),俄国作家。他的作品表现了二十世纪初俄国农民的痛苦生活。

哆嗦了一下,眼睛睁得大大的,但是嘴唇却闭得紧紧的。

"她不满意。她在抗议,"萨姆金·克里姆·伊万诺维奇明白了,就严厉地问道:

"您听清楚我说的话了吗?"

"当然,听见啦。"

"应该回答:知道了,或者遵命。"

"知道了,"阿加菲娅过了一会儿才回答说,然后走了出去。

"是的,应该辞退她,"克里姆·伊万诺维奇·萨姆金这样决定。"大概明天这个坏蛋就会来道歉。作为桑柯,他的放肆已经到了令人不能容忍的程度。"

三

但是德罗诺夫并没有来,足足过了一个多月,萨姆金才在"维也纳"饭店遇见了他。这家饭店在各报大登广告,向公众吹嘘说,剧院散场后,可以在"维也纳"见到所有文坛名流。萨姆金早就想到这家别开生面的饭店去看看,因为这里给你看的不是歌女、舞蹈家、说书艺人和魔术演员,而是些文学家。

他坐在烟雾弥漫的大厅角落里,一棵枯萎的棕榈树下的小桌旁。他坐在那里,在扇形的大叶子的掩映下,观察着大厅里的情景。观察是很困难的,桌子上空缭绕着一层灰蓝色的烟雾,使人们的面貌变得模糊不清,这些人的脸仿佛在烟雾中浮动、融化,眼睛都显得暗淡无神。但是喧闹的人声却听得很清楚,而那些响亮的、有意给大家听的话语则听得更清楚,听着这些话,萨姆金想起了巴尔扎克在长篇小说《驴皮记》里描写银行家举行晚宴的篇章。

"诸位! 这里是异端邪说当道……"

"我提议,为列夫·托尔斯泰干杯。"

"他死啦。"

"以死制死嘛。"

"我认为,库普林比咱们那位亲爱的……更有天才。"

"算啦吧!他的死什么也没有制止。"

"可是你不要夸耀你的不学无术啦:制止就是战胜,杀死!"

"是这个意思吗?真是谢天谢地!而我本来还不相信你是个笨蛋呢。"

"把异教徒革除教门,打出教门!"

"好!那么就为我们亲爱的列昂尼德干杯……"

"打倒干杯!"

"诸位!光明的孩子们的绝顶智慧,永远是反对世纪儿们的智慧的。我们是光明的孩子。"

"打倒绝顶智慧!"

"绝顶智慧就是寻欢作乐!"

"让我们来寻欢作乐吧!"

"我们歌颂那些值得歌颂的人……"

"我提议为亚历山大·布洛克干一杯!"

"为什—么呀?叫他自己去喝吧。"

"对不起!科学……"

"科学只有成为技术的时候才是有益的。"

"正确!科学家都是空想家……"

"神秘论和原子论有什么区别?只不过把神秘换成原子而已!"

"我们中学里的物理教师都不能证明,在真空中重量不同的物体以等速降落这一原理。"

"那么医学的无能呢?"

"诸位先生!我们都是被从天堂驱逐到尘世的堕落天使。"

"废话!滚开!"

"让我讲几句!我讲点有关爱情的……"

"是爱爸爸呢,还是爱妈妈?"

"爱别人不超过三十岁的妈妈。"

一阵热情的低音像流水似的响起来：

"贝利斯案也像德莱福斯案①一样……"

"打倒基辅政策,我们自家的已经吃不消啦。"

"请散播朴素、永恒的理智吧！"

"但是请问！为什么还要革命呢？"

"为了使卡里班②变得有点人性……"

"千百万人是没有理智的。"

"对呀！"

"钱,五分钱……都是理智的。"

"我说的不是钱,说的是人。"

"注意！"

"对呀,还有许许多多是超理智的。"

"伟大者必疯狂。"

"好—哇！"

"像上帝那样疯狂。"

"是啊！伟大者必疯狂,就像上帝那样。伟大者正在沉醉。什么是理智的呢？现实,是吗？"

"哈哈哈！叫现实见鬼去吧。"

"现实也是疯狂的。现实是人为的假相。"

"是大臣们在杜马里炮制出来的。"

"不要触动大臣们。"

"还是请您先使卡里班有点人性吧。"

"大臣们是一触即溃的。"

"德国正在变成社会主义国家。"

---

① 贝利斯案即前注中说的沙皇政府在基辅搞的反犹太人案件。德莱福斯案是一八九四年法国反动军人诬陷犹太籍军官德莱福斯的案件。
② 莎士比亚剧作《暴风雨》中的人物,一切野蛮、粗俗的原始本能的化身。

"主啊！不要让我们饮这杯苦酒吧。"

"不要拿这个开玩笑！"

"我们并不是在开玩笑，我们是在祈祷。"

"我们在哭泣……"

"打倒政治！"

"诸位！如果……"

"生活一天比一天昂贵……"

"而且越来越人心惶惶……"

"请您把群众消灭吧！把这个没有个性的、可怕的怪物消灭……"

"消灭卡里班！"

"可是我认为，科米萨尔热夫斯卡娅很有天才……"

"听着，我要的是烤鹅，烤—鹅！嘎—嘎—嘎，明白了吗？"

"诸位，《我丢了个小金环》，这是现在最流行的悲伤歌曲。有这样的小金环，把我这个人和一连串像我这样的人联结在一起……"

"应该提出增加稿费的问题……"

"等等！什么都听不清，这些人像在赶集似的大喊大叫。"

"我丢了个小金环，我看不见跟我一样的人……"

萨姆金的邻桌上有一位打扮得妖里妖气的太太正在音韵铿锵地朗诵：

> 我们是一群被捕获的野兽，
> 我们拼命地嘶叫，
> 笼门关得紧紧的……

"不……要朗诵啦，"一个头发散乱、脸色绯红、喝得醉醺醺的黑眼睛青年央求她说，他一边央求，一边抚摸着她的手。"不要朗诵诗了！我们还是说点简单、诚实的话吧。"

一个高个秃顶的人派头十足地走到那位太太跟前，他弯下腰，漂

亮的大胡子触到她裸露的肩膀上,女人往后一闪,秃顶的人响亮地说:

"波格丹诺维奇将军给雅尔塔城防司令敦巴泽写了一封密信,叫他就地把拉斯普京溺死海中。这是事实。"

"你从哪儿知道的?"女人问道,把你字说得特别重。

"从将军夫人那儿……"

"你又上那个鬼地方去啦?"

"但是,亲爱的……"

青年人站起来,跟跟跄跄地朝萨姆金的桌子走来,乱蓬蓬的头发挂在棕榈叶子上,他却对萨姆金傻笑道:

"对不起。"

然后皱起眉头大声说道:

"他的利剑无用武之地。诗人在世界上没有什么事儿可干……您明白吗?"

他用湿润的眼睛看着萨姆金的脸,泪珠从眼睛里流到绯红的脸颊上,他要点燃一支烟,但是把烟弄断了,于是一边打量着折断的烟,一边嘟哝道:

"他的剑。利剑,皮球。用皮球,用利剑。我们用利剑刺杀。语言正在毁灭思想。这是丘特切夫说的。应该消灭、根除思想……进入无思的境界……"

德罗诺夫走到棕榈树后面的一张桌子边,背着萨姆金坐下来,面对着萨姆金坐的那个人头发蓬松、火红的胡子、长长的胳膊、说话细声细气。

"来一瓶马尔戈,我的亲爱的,"他吩咐一个侍者,又问德罗诺夫:"您呢?"

"'格拉夫'牌白葡萄酒。"

"就这样吧,快一点儿!"

接着又转向德罗诺夫:

"我的亲爱的,这对中学生讲是可以的。他把时间作为劳动报酬的尺度,是这样吧?但是,我收集有关十八世纪音乐家的资料已经两年多了,而一个做家具的木匠在这段时间里使用机器,做出了一万六千把椅子。即使木匠做一把椅子只挣十戈比工钱,他也发大财了,可是我呢?我只不过是一名给报馆写写书评的叫花子。我需要到国外去,可是没有钱。就连书我都买不起……就是这样,我的亲爱的……"

"但是工人的问题必须解决,"德罗诺夫忧郁地说。

"必须吗?那就请您去解决吧,"火红胡子的人建议说。"请您喝上几杯酒就去解决。亲爱的,解决问题,一定要喝得醉醺醺的……或者闭上眼睛……"

德罗诺夫在椅子上转了一下身,向四周看看,萨姆金的眼镜落在他的视野里,他站起来,把手伸给老朋友,流露出十分高兴的神情,亲热地说道:

"啊呀呀!你也到这里来了吗?"

萨姆金默默地把手伸给他,德罗诺夫把自己的椅子转过来,坐下,问道:

"关于塔吉尔斯基的消息,你看到了吗?前天《交易所日报》上登载的,他自杀啦。"

"死了吗?"

"哼,当然死啦!真可惜,他是个不讨人喜欢的人,然而聪明。聪明人总是不讨人喜欢的。"

萨姆金诚实地倾听了一下自己内心的反应:塔吉尔斯基的自杀会在他的心里激起什么样的感情,引起什么样的(思想)呢?

他只发觉一种感情:一个使他不愉快的人,从某种意义上说,甚至是个危险的人从此永远消失了。这绝不是坏事儿。而德罗诺夫更加使他的情绪昂扬起来,德罗诺夫带几分冷笑,低声说道:

"你也不大讨人喜欢,可是很聪明。"

"我不应该生他的气,"萨姆金心里想,一边打量着德罗诺夫。"他是个鲁莽的家伙,然而却很直爽。由于他太直爽,以至在某种程度上变成鲁莽无礼。而且他那天喝醉啦……那么……"

一个胖子走到火红胡子的人面前,把他领走了。醉醺醺的青年也不见了,一个身材瘦长的人走到太太跟前,这个人大鼻子,面色苍白,戴着夹鼻眼镜,留着透明的、很难说是什么颜色的小连鬓胡子,他推扶着一个梳着金黄色粗辫子、脸色红艳的姑娘的肩膀说道:

"亲爱的,请允许我给你介绍这位女士。她急得像火烧一样,幻想着登上艺术舞台……"

他的话湮没在不知是谁的叫嚣声中:

"'在时间的长河中,我是微不足道的,但是我之为我却是永恒的',这是优秀的诗人巴拉滕斯基①说的,您是不了解这位诗人的。他比他以前的任何人都更深刻地感觉到死亡的悲剧性诗意。"

这时德罗诺夫已经开始执行桑柯的职务,向他报告众人的姓名和职衔。

"这儿大多数人都是安德烈·别雷在报刊上称之为'辎重队的恶棍'一流的人物。但是今天正是他们在文坛上呼风唤雨。兄弟,他们就在这里制造名声。"

德罗诺夫漫不经心地、不高兴地说道,仿佛只是因为无聊,而且在他的话音里也听不出有怨恨这些喝得半醉的、吵吵闹闹的人的情绪。他并不用自己的话,而是引用文学家们自己在书评、打油诗、俏皮话和趣闻轶事中互相攻击的话来评介他们。

萨姆金幸灾乐祸地听着这些评介,其中有的他已经很熟悉了,看到人们越是这么无聊和渺小,他就越高兴。

"战争一爆发,他们就要大显身手了!"德罗诺夫忧郁地说道。

"为什么你认定战争是不可避免的呢?"萨姆金沉默了一会儿,问道。

---

① 巴拉滕斯基(1800—1844),与普希金同时代的俄国诗人。

德罗诺夫看了他一眼,耸了耸肩膀。

"你以为,德国的社会民主党人会阻止战争吗?当然,他们是一股力量。但是要知道,想打仗的并非只有德国人……还有法国人和我们……民主派,"他笑嘻嘻地说。

"还记得我们俩曾经谈论过民主派的问题吗?"

"记得。"

他从椅子上欠起身来,往四周看了看,愤怒地说道:

"他们就像泥塘里的青蛙一样呱呱乱叫。你注意到了吧,已经有多少年了,文学界谈话的主题总是死吗?"

萨姆金低下头,说道:

"这是个很严肃的主题。"

德罗诺夫难看的脸上露出了尖酸的怪相,显得更丑陋了。

"哼,哪里谈得上什么严肃呀!完全是骗局。死亡并不要你承担任何责任,你照样可以想怎么生活就怎么生活!但是现实生活却是一位厉害的太太,她会不客气地责问:你们这些狗崽子们,是不是该好好想想,你们是在怎么生活呀?这就是问题的关键。"

"你居然是一位道德家,真可笑,"萨姆金不怀好意地说。

"这就是说,狗头上不得贡了?"德罗诺夫一点也不生气地问道,并且苦笑了一声。"唉,你这个……贵族老爷哟!不,这种玩弄死亡的把戏使我恼怒。说实在的,这是非常恶劣的把戏。律师出身的诗人安德列耶夫斯基,不久前朗诵了他的《论死亡的书》的一些片断,你想想看,他写了整整的一本书!好像再也没有什么事情好做了。他描述了他看到的一切葬仪。那位去世的大臣斯托雷平的'遗弟'[①],听了朗诵以后说:纯属庸俗的胡言乱语。克里姆·伊万诺夫,如果发生战争,你打算作什么?"他忽然问道,同时有两三秒钟他的脸又难看地鼓起来,两眼发直,全身紧张,呆若木鸡。

[①] 指斯托雷平的弟弟阿·阿·斯托雷平(1863—1925),反动政论家,在其兄被暗杀后,得此外号。

"我要做正直的人们将要做的事情,"萨姆金沉着地回答说。

"是的……当然,"德罗诺夫含糊其辞地哼哼道,但是立刻就坚决有力地继续说:"这不是答案!鬼知道正直的人们是些什么货色?我是正直的人吗?啊,你说说看!"

"当然是啦!"萨姆金用安慰的口气说,他很不满意话题的转变,德罗诺夫妨碍他去听那些醉汉的话语,也使他心烦;醉汉虽然已经不多了,但是他们吵闹得却更厉害了,一个尖锐的声音压倒了喧哗,喊道:

"还记得梅列日科夫斯基的预言吗?

> 我们的话无人知晓。
> 我们注定要死,
> 春信何早
> 春来何迟。"

"听,你听见了吗?"德罗诺夫问道。

"听见了。不过,这是诗,而诗的意义是受韵律支配的。我该回家啦……"

德罗诺夫也默默地站起来,低着头站在那里,把火柴盒在桌上移来移去,然后说道:

"我还要再坐一会儿。"

"卡里班微缩的化身,"萨姆金在人行道上走着,心里想。"一个暴发户。他无所适从,所以他就故弄玄虚。他本应扮演管道钳工的角色。修理抽水马桶。充其量在杂货店里当个小伙计。可是他却想玩弄政治。"

下了一阵暴雨,呼吸着清新的空气,令人神爽,暴雨仿佛冲走了那种不寻常的、然而却是这个城市特有的腐朽气味。皓月当空,广场上的石块像缎子似的在闪闪发光,石缝中的水流,像无数的玻璃蚯蚓,在蜿蜒蠕动。

"月亮像浅蓝色的银盘,"萨姆金想起了这句诗,放慢脚步,宽容地看了看头戴金盔、骑在马上的沙皇铜像①。

"这并不是国王与贵族的斗争史上最坏的一章。国王与贵族,"他重复着这几个字,寻思着某种类似的情形。"他消灭了最优秀的贵族,取得了王位。统治了三十年。掌握着普希金的命运。"

一个钟头的时间里,听了那么多的蠢话,他觉得自己成了最聪明的人,心情非常舒畅。人们在饭店里大喊大叫的那些被撕得支离破碎的思想他都非常熟悉,而且他觉得自己处在所有这些思想的中心,是它们的主宰。他觉得这些人的愚蠢和庸俗把自己抬高了,使他有权利不去考虑人们的命运。他越来越高兴去参加各种集会,可是避免争论,不卷入分歧的意见,只发表一些简短持重的言论,指出:既然我们承认人人都有言论自由的权利,那么这种自由也要求人人都有义务去尊重对方的意见。

"就对现实生活的关系而论,我们每个人都是原告,每人都在保卫自'我'的利益,使之免受外力的损害。在争取物质利益的斗争中,人们有时会变成互相争夺的敌人,但是要知道,生活并不能全部归结为刑事和民事诉讼,生存竞争的理论不应当抹杀,而且也不能抹杀精神的最高利益,也不能熄灭个人认识自我的神圣愿望。"

他把这种思想用各种不同的形式加以变奏,用许多引证加以装饰,巧妙地用言词来掩盖这种思想的陈腐和无用,他发现大家都倾心听他讲,对他很尊敬。他"对自己是诚实的",很明白他为这种倾心所付的代价是很低的,只有一个小铜钱,因此他对人的态度就更加傲慢,带有像成年人跟一伙少年谈话时自然而然的那种宽宏大量的神情。总之,他生活得颇为安逸、舒适,一切在不同程度上使人们感到不安的事物,对他却都成了提高和扩大个人声望的手段。

---

① 指尼古拉一世的铜像。

四

一月底叶莲娜回来了,第一次见面的时候,她毫不掩饰自己的惊奇,对他说:

"你简直想不到,没有你我竟那么寂寞!真的,真的。你是我的既有咸味……又有酸味,鲜美可口的人儿,"她边吻他边说。"你惯于忍受人间一切的愚蠢,而且很会不妨碍别人,我最讨厌别人干涉我的行动。"

"精明的女人,"克里姆·伊万诺维奇警惕地,而且并非是初次提醒自己;他并不特别喜欢她的恭维话,但是他很高兴看到叶莲娜。她的服饰照例是很艳丽的,穿着一种柔软的毛料衣服,身段像小猫一样伶俐。她嘴里叼着香烟,半躺在沙发上,弹着右手的指头,兴致勃勃地谈着:

"巴黎对我们俄国人很感兴趣,但是不赞成我们的一些做法!不喜欢基辅愚蠢的审讯犹太人案件。科科夫佐夫在柏林说,国家杜马和报纸根本不能代表民意,巴黎的大多数人都在指责大臣们对杜马的态度。我在那儿跟一些政界人物混在一起,我的一个很要好的女友嫁给了一位律师,他是国会议员,狂热的爱国主义者,非常憎恨德国人。他很胖,非常容易生气,只要他脸一红,你瞧吧,立刻就气得暴跳如雷。我那位女友是科斯特罗马人,也是那样一个粗胖的娘儿们,说起法国话来就像绵羊叫,逗得她丈夫发疯似的狂笑不止。他向我诉苦,说俄国话既难说,又难听。于是就大声说起来:血液,屋顶,母牛,圆的,圆圈,美丽,温柔,老鼠,坚固①。他精通俄语。关于我们的国家杜马里只有十三名——鬼的一打——社会主义者,而且就连这几个也还意见不合,其余的不是流放西伯利亚,就是流亡国外,这一点他很欣赏。"

---

① 这些字俄文都是以 KP 二字母起头的,法国人认为是难说难听的字。

"他们谈论战争吗?"萨姆金问道。

"法国人总在谈论战争,"她很有把握地回答说,嬉笑着把自己的手指头跟萨姆金的干枯手指头交叉在一起,解释道:"那里的律师太多啦,在我们这里,你们律师的职业不过是攻击和防守。可是法国律师不同,除了一般的诉讼当事人以外,他们还有美丽的法兰西,祖国……"

"不要拿祖国开玩笑,"萨姆金用教训的口吻说。

她摇晃着他的一只手,仿佛是在掂量手的分量似的,继续说道:

"大概有这样一些人,认为非得保卫点什么东西不成。在搬到这座房子来之前,我们两口子住在蓄水池街的一座房子里,那儿还住着一位伯爵夫人或者是公爵夫人,我不记得她姓什么了,仿佛是姓迈恩多夫,或者迈恩贝格,总之,是迈恩什么吧。而这位伯爵夫人就保卫她的爱犬在正门楼梯上拉屎撒尿的权利……"

克里姆·伊万诺维奇·萨姆金非常高兴地听她快活的胡扯,但是他不喜欢寓意明显的笑话。因此,他就使女人从语言转入行动,这总是使她和他同样都感到非常愉快。

他意识到,某些新的重大事变正在日益逼近。他注意到这一事实,彼得堡和莫斯科庆祝王朝建立三百周年的活动都非常简单,曾经特别积极参与过一六一三年历史事件[①]的省份,如亚罗斯拉夫尔、科斯特罗马、下诺夫戈罗德,也都举行了庆典。但是(就是)这些省的庆祝仪式也搞得非常勉强,敷衍了事,尽管有保皇党的"俄罗斯人同盟"和"米哈伊尔大天使同盟"的威逼,也仅限于举行祈祷和游行而已,谁都明白,这些同盟都由警察局、教会操纵,有些地方则是市长,操纵的大多数都是大商人阶级的代表人物,而不是工业资产阶级的代表人物。可以认为,"人民"对尼古拉二世的昏庸无能作了正确的评价,而且没有忘记在他治下发生的许多重大事件——霍登惨案、一月九日血案、

[①] 指打败波兰贵族侵略军,解放莫斯科,建立罗曼诺夫王朝等历史事件。

对莫斯科的战争、连拿金矿屠杀工人的事件,以及无数大规模屠杀农民和工人的事件。欧洲各国的帝王,罗曼诺夫家族的亲戚,对这次庆典的态度也很审慎,大概是考虑到沙皇和代表大资产阶级利益的杜马之间的关系。总之很清楚,专制政体不仅在政治和道德上,而且连生理上也都已腐朽不堪,皇太子正患着不可救药的退化症。而且,显然将要爆发战争,这场战争将彻底消灭沙皇制度,代之以共和国。

克里姆·伊万诺维奇·萨姆金还不够实际,所以还不能清楚地设想自己的未来。他也不打算这样做。但是他已经不止一次对自己提出这个问题:是不是到了加入政党的时刻?但是现有政党中,他找不到一个是组织坚强,能够保证他得到应得的地位。这种保证虽然不可能,但是却很可能由于某种行动,诸如立宪民主党人去维堡的一类丑事,而玷污了自己的名声。

他仔细地注视着杜马的活动,常到杜马去旁听,他觉得,一切政党都在进行改组,而总的趋势是向左转。立宪民主党代表会议要求:选举法民主化,改组国务会议,实行责任内阁制。"十月党人"分裂为"左派"、"地方自治派"和"右派"。"十月党人"古奇科夫公开指责,"政府正在把国家导向崩溃"。店员代表大会,教员代表的十日大会,市政工作人员代表大会和农业代表大会——这些会议的意义也是不能低估的。德罗诺夫兴高采烈地叫道:

"民主派正跃跃欲试!"

他越来越阔气了,这从他穿的衣服时髦多变和质地优良,从他那发福的市侩样子,从他的谈吐,都可以清楚地看出来。

"原来塔吉尔斯基还有一个老婆,而且是个什么样的老婆呀!"他闭上一只眼睛,长长地吹了一声口哨。"摩登得很,没有一个自然的动作,用垂死的人的声调说话。我见到她是由于一则出卖书籍的广告。兄弟,都是些善本书。全都是咱们俄国的古典作品,席勒式或者施奈尔式的装帧,鬼知道究竟是什么式的!她勒索了我七百卢布。我对她说,我认识她的亡夫,可是她只问了一句:'是吗?'再就一个字也没提到他,臭娘儿们!"

"你该结婚啦,"萨姆金劝他说。

德罗诺夫吃了一惊,问道:

"这怎么行呢?那么托西卡呢?兄弟,我要把她救出来,很快。他们已经满应满许地答应我放她出来。"

"她会跑到布尔什维克那里去的,"萨姆金并不相信他的话,逗弄他说。德罗诺夫疑问地看着他,沉默了一会儿,突然说:

"那又有什么了不起呢?我也跟她一起去。我们将出版文学书籍。大部头的文学书籍。"

他不久以前学会了抽烟,这很不适合他的体型——矮矮的、圆滚滚的,嘴里叼着一支烟,简直像只火壶。就在这时,他正笨拙地在点燃一支烟,皱起眉头,继续说道:

"你听我说,我认为我们的工人是会跟着列宁走的,他令人入迷地、清楚地论证了无产阶级专政的必要性……"

萨姆金一直审慎地不对尖锐的问题表示意见,但是不知道伊万的哪句话惹恼了他,他再也按捺不住了,就傲慢地说:

"必要性的对立面就是不可能性,这对培养健全的理智是非常有益处的……"

德罗诺夫又疑问地用两只焦虑不安的眼睛盯着他,萨姆金连自己都感到意外地把刚才说出的思想又补充了一下:

"列宁正在使自己那一派注定只能秘密存在下去。"

"唔,唔,"德罗诺夫唔唔了两声,吸了一口烟,呛得咳嗽起来,喉咙里发出嘶嘶的哨音。

克里姆·伊万诺维奇·萨姆金很少想起工人阶级,就像他很少想起俄罗斯帝国统治下的各个少数民族的生活一样,这些少数民族偶尔使人想到它们,常常是由于发生了诸如"安集延起义"[①]之类的事件。

[①] 安集延(现乌兹别克共和国的城市)是当时俄国边防军驻地,起义是指一八九八年乌兹别克和吉尔吉斯族农民反对沙皇压迫的起义。

对于工人问题他当然想得比较多,每当他们遭到屠杀的时候,总要想起来。但是这些念头都具有昙花一现的特点,它们在脑子里一闪而过,并未促使他去考虑对这种建筑在压迫和屠杀人民基础上的生活应负什么责任。但是自从德国的社会民主党在国会取得多数,谢德曼登上议长宝座之后,克里姆·伊万诺维奇·萨姆金才想起了,他是生活在可以产生像若列士、万德威尔德①、勃兰丁②、巴布洛·伊格列西阿斯③、尤金·德布斯④、倍倍尔以及其他诸如此类的人物的时代,这些人已经名列史册。想到这一切,他并没有产生要把自己的名字列入这些人的行列的愿望,但是感觉到,在谈论工人阶级的时候需要特别谨慎,像古老的谚语说的那样:"不要往水井里吐痰——口渴的时候要饮用的。"他明白,在这条谚语中漏掉了"自己"两个字,而且并不禁止往别人饮水的井里吐痰。他对德罗诺夫说了列宁正在使革命的无产阶级注定只能进行非法活动之后,似乎曾暗示过自己的希望,为此他责备自己说话太不谨慎。

---

① 万德威尔德(1866—1938),比利时工人党的领袖,第二国际的首脑之一。
② 勃兰丁(1860—1925),瑞典社会民主党的领袖,第二国际首脑之一。
③ 巴布洛·伊格列西阿斯(1850—1925),西班牙社会主义工人党的创始人之一。
④ 尤金·德布斯(1855—1926),美国著名的工人运动领袖。

第十九章

一

到一九一四年夏初,克里姆·伊万诺维奇·萨姆金在那些对日益汹涌澎湃的现实生活激流持严厉批判态度的人们中,已经颇有点名气了。大家一致认为他:

"是个聪明人。"

他明白,在这些人的批判中,还隐藏着一种愿望,就是要限制或粉碎那些要把现实生活的脖子扭向右或左的各种企图,因为如果脖子扭得太快了,就会把他们这些批评家抛在一边,使他们陷于空虚,那里既没有任何希望,也不存在任何幻想。他交往的人,都是些自命不凡、但生意清淡的律师,被工作累得疲惫不堪的愤怒的中学教师,脑满肠肥,然而生活极端无聊,诸如谢米亚金之流的唯美主义者,读了点法国大革命史、罗兰夫人的笔记,巧妙地把政治和卖弄风骚混为一谈的女人,还没有引起有名望的看家狗——批评家们汪汪叫过、还没有被他们咬过,但是对艺术的社会责任问题所持的态度已经相当狂妄的青年文学家,一些所谓的"名士派"的代表人物,还有一些隶属于这个或那个政党,但是看来又不相信党的纲领能够满足他们那些五花八门的愿望,因而沉默不语的杜马议员。议员中有个大脑门、身材瘦弱、一副苦修僧面孔的人，非常明确地表示了自己对待政治的态度，他说：

"就其原始的形式来说，政治是忽视生活的根本问题的。政治的基础是统计学，但是统计学是不能影响诸如两性的关系问题；离婚父母的子女的地位和教养问题，以及一般的家庭生活问题的。"

但是他们几乎全都一开口就是："我们，民主主义者……我们，俄国民主主义者……"

"非贵族出身的知识分子堕落了，"萨姆金心里想。"这种人与贵族为伍显得很出色，但是跟商人在一起就不行了。要达到与贵族的平等，必须有地产。达到与资产阶级的平等那就容易得多了。"

这些人很多都患神经衰弱症，他们读过弗洛伊德的书，深信已经"认识了自我"，坚信自己是出类拔萃的人物。这些人都想高踞于现实生活之上，他们几乎都是无党派人士，因为他们害怕党和党纲的纪律会对他们个人"精神本质"的独创性产生有害的影响。这些人关于他们对社会的意义的自我评价由阿利亚比耶夫表达出来：

"我们是国家最后的预备队，"他这样说了，谁也没有表示反对。

在一次这些人的集会上，萨姆金想起了他在青年时代曾经搜集过一些违禁的警句、漫画和被检查官查禁的论文，他有一张校样，上面把"同部族的人们"几个字简化排成了"同部人们"，但是细心的或者是有意要挖苦一下的检查官，把这几个字画掉，改为"黄口小儿"①。他开始发觉，自己喜爱笑料的嗜好正在发展，而且越来越愿意为这些笑料添油加醋。

一些暴露人们是多么渺小可怜的场面并没有使克里姆·伊万诺维奇·萨姆金伤心，但也没有使他感到高兴，他早已使自己相信，这完全是正常的。就是七月里发生的事件也没有使他感到伤心，那一天，人山人海的游行队伍，沿着涅瓦大街涌向冬宫，向皇帝陛下表示自己的忠诚，赞颂皇帝陛下冷漠无情的勇敢，在他的整个统治期间，陛下就

---

① 这里是文字游戏。"同部族的人们"俄文为 соплеменники，排字工简排为 соплеки（同部人们），检查官把 е 改为 я，就成了另一个字 сопляки（黄口小儿）。

这样勇敢大度地浪费自己臣民的鲜血。千千万万人踏在涅瓦大街的木板马路上,沉重、零乱的脚步声形成了一片独特的、无节奏的声响,仿佛是在往马路的木块上打桩似的。木板马路在低沉地轰鸣,在人们光着脑袋的上空回响着南腔北调的吼声。

"主啊,救救你的子民……"

"乌—拉—啊—乌!"

"胜利属于我们的圣君……"

"乌—拉—啊—乌!"

昂首阔步走在游行队伍前头的,是容光焕发的、熟悉的杜马议员,穿着绣金制服的人,穿着红色军裤的将军,披长发的神甫,穿钉着镀金钮扣白上衣的大学生,穿制服的大学生,衣饰华丽的妇女,几个像橡皮人一样跳跳蹦蹦的胖子,在他们旁边,是一些衣着寒酸、拄着手杖、步履蹒跚的老人,蒙着鲜艳头巾的妇女,她们有许多人在画十字,但是大多数张着嘴,越过前面人的脑袋朝什么地方观望着,空中荡漾着他们的呼号和叫嚷声。街道两旁房子的窗户里和阳台上都是妇女和儿童,他们也在喊叫、挥手,但是大多数好像是在照相。

"走向死亡的我们向你致敬。"①萨姆金心里想,可是又疑惑起来:"不,这不是那种情况。"

"看,这就是沙皇和人民的团结,"他身后有个什么人说。

"也未必是这样……不过很明显,这是自发行动……"

叶莲娜低声说了些什么,但是他并没有注意听她说话,只听到这么一句:"每人都习惯于保卫点什么东西,"他斜眼朝她看了一眼。她正挽着他的手站在那里,涂脂抹粉的脸上流露着不安的神情,蒙上一层悲哀的阴影,人群扬起的灰色烟尘,像透明的云彩似的在他们头顶上飘荡,她脸上仿佛也落了一层烟尘。

"唉,我后悔没有去巴黎,"她叹息说。"这里现在鬼知道要出什么

---

① 原文是拉丁文。

事儿……"

"这也许可以起一种有益于健康的震撼作用,"萨姆金不容反驳地说。"你知道吧,就像饱和了的盐溶液一样;如果不震动摇晃它,盐是不会结晶的……"

"不,我不是盐,也不愿意别人来摇晃我,"她恨恨地说。

萨姆金默不作声,注视着队伍里的熟人:诺盖采夫穿着一件丝绸上衣,脸上闪耀着喜悦和汗珠,几乎是奔跑着推挤着前面的人,身材细长的叶罗尼莫夫迟疑地迈着脚步,用左手的指头捏着耳朵,低着脑袋,佩利尼科夫挽着一位身材高大的太太往前走着,这位太太穿一身白衣服,戴一顶古怪的小帽儿,斯特拉托诺夫拿着一根粗手杖,昂首阔步地走着,跟他并肩走的是哆哆嗦嗦的、秃脑袋、奓拉着小连鬓胡子的普里什克维奇,大胖脸的马尔科夫也挤在人群里,活像个穿着节日服装的屠宰场的屠夫。队伍里一群群的工人非常显眼。

"他们倒是不念旧恶的,"萨姆金心里想,随后他挖苦地问什么人说:"无产阶级没有祖国?"

三十来名泥瓦工人走了过去,这伙人正在萨姆金住的那条街上,差不多正对着他住所的窗户,建筑一座五层楼的房子,他们都像布柳索夫所描写的那样"带着白围裙"。他是从工头,一个秃顶的小瘦老头儿的身影上认出他们的,小老头儿生着一张猴子般的小毛脸,说起话来凄厉刺耳,就像个受苦受难的人一样。

"一群混饭吃的家伙,"他经常这样大声吼叫、骂人,附近居民曾为此控告他,警察局把他传去,但是在那里拘留了三天,第四天一清早,他又在刺耳地吼叫:"一群混饭吃的家伙,鬼儿子们……"照样又是一片不堪入耳的咒骂声。

走在小老头儿身后的也是一个很显眼的泥瓦匠,他高个子,宽肩膀,一头金黄色的鬈发,修整得很好的连鬓胡子,红润的脸上和透明的蓝眼睛里露出愉快和蔼的笑容,他干活的位置离萨姆金的窗户最近,所以萨姆金可以经常欣赏到他那漂亮的身影。

一些穿一色烟灰色制服的男孩子和女孩子小步快走着,大概是孤儿院来的,跟在他们后面的是些邮递员、车站上的搬运工人、什么医院里的女护士、海关的官员、徒手的士兵,而且人群越向前移动,就越能清楚地看到,在游行群众的尾部,那种把自发力量组织起来的因素已经在发生作用。一队骑警充分显示了这种作用。

"我们到'大熊饭店'去吧,"叶莲娜央求道。"虽然我已经吞足了尘土,但是我仍然很想吃东西。"

二

"大熊饭店"里人声鼎沸,乌拉声、碰杯声、玻璃杯的叮当声、拔瓶塞的毕剥声,响成一片,仿佛这些人是聚集在火车站上欢送什么人似的。萨姆金侧耳倾听了一会儿急促的喧闹声,赶快摘下了眼镜,一边擦着,把脑袋低垂到桌子上。

"这声音很熟悉,"叶莲娜打了一个响指说道。

这清澈的、甜滋滋的细嗓音萨姆金也很熟悉,这是扎哈尔·彼得罗维奇·别尔德尼科夫的声音在刺着他的耳膜:

"我们打仗是非常讲人道的,我们用给予实惠的办法取胜。我们已经用砂糖和棉布征服了整个中亚细亚……"

萨姆金紧皱眉头,透过眼镜朝角落里窥视了一眼,那里,令人难忘的、皮球一般别尔德尼科夫的身影,仿佛要钻进天花板去似的高耸在月桂和棕榈树间,赤红的胖脸容光焕发,两只锐利的小眼睛炯炯有神,他右手端着酒杯,用左手掌拍着自己的胸膛,发出的声音很柔和,就像拍在面团上一样。

"德国人用铁、用钢打仗——用机器打仗,而主要的是用智慧!用智一慧!"

"我想起来啦,这是别尔德尼科夫。一个市侩,少有的浪荡鬼……"

萨姆金并没有听她的话,却在倾听邻座的两个人小声的对话;一个瘦瘦的,秃头顶,留着两撇长胡子,镶着金牙,另一个在肥大的鼻子上戴一副蓝眼镜,灰白的连鬓胡子,高高的前额。

"扎哈尔已经钻进绞索了,"镶金牙的人说。

"他会挣脱的。他有有势力的人情关系。"

"哼,关系有什么用!咱们的内阁大臣们每星期都更换一次。而在杜马里大肆活动的正是那些心怀妒嫉的人。"

"不要紧。战争是不会摧毁商业的。"

两人都不作声了,可是在别尔德尼科夫附近有人愤怒地喊道:

"请满足庄稼人的需要吧!"

"您的意思是:暂时按兵不动?"镶金牙的人悄悄地问道,老头子看着表,用更低的声音回答说:

"不用焦急。米佳马上就到,咱们听听他探听到什么消息。"

"为什么你这样心神不定呀?"叶莲娜生气地问道。

"我在听他们说话呢,"萨姆金解释说,这时又听见:

"我们的人道主义的、激进的知识分子,毕生都企图跑到历史的前头去,"别尔德尼科夫恶毒地喊叫道。"他们不向卡尔·马克思学习创造历史的方法,却去请教叶梅利卡·普加乔夫……"

"解散杜马!……"有人大声喊叫。

"都喝醉啦,"叶莲娜断定。"不,我不能在这儿待下去了,真闷人!我想到空旷的地方去,到岛上去走走。"她任性地说。

萨姆金也想离开这里,免得跟别尔德尼科夫会面,但是叶莲娜妨碍了他。他还没来得及对她讲清楚不能陪她到岛上去玩的原因,这时一个满头浅色鬈发、脸颊红润的青年匆匆忙忙地走到邻座前,悄悄地说了些什么。

"您瞧人家扎哈尔吧,"老头子称赞说。"您还说什么绞索呢,而他却已经抢到咱们前头去啦……"

镶金牙的人立刻面色惨白，缩起脖子，两手一摊。

"真想不到……"

"是啊，这是一个打击！他三十万到手啦，绝不会少于这个数……"

"不过，对不起，米龙·瓦西里耶夫，谁能告诉他呢……"

"他到处都有耳目……"

镶金牙的人从椅子上跳起来，喊叫道：

"是你告诉他的，坏蛋！是你！"

他大声、恶毒地骂起来，他这一骂，大厅里倒变得安静了。

"咱们走吧，"叶莲娜很不耐烦地说。

他们在街上分了手。萨姆金步行回家。一辆辆快马车飞驰而过，车上坐的是些军官，他们坐在车里的姿势仿佛都跟他最初看到的那个军官坐的姿势完全一样：骄傲地仰着脑袋，腰刀夹在两膝中间，两手撑在刀柄上。

"别尔德尼科夫，"萨姆金一边想，一边把几个否定的字眼加在这个人身上："坏蛋，刑事犯罪型的人物……"

他发现，自己只是在机械地骂这个胖家伙，不过是礼尚往来，以怨报怨而已。然而他并不痛恨别尔德尼科夫，只有一点儿轻微的厌恶感情。

"这是很久以前的事了。而且很像一个笑话。"

军乐队的喇叭声在伊萨基耶夫广场方面呜哇地悲鸣，一群一群的人都急急忙忙地往那里走去，一队骑马的宪兵飞驰而过。到处是穿白制服的警察，在喀山大教堂前聚集了一群忠顺的臣民。萨姆金走到一伙人跟前，想听听他们在说些什么，但是一个警官虽然是很有礼貌，然而却非常坚定地劝告说：

"散开，诸位先生！"

"您好，"谢米亚金招呼说，用手碰了碰萨姆金的肘部和自己头上戴的巴拿马草帽边。"怎么样，我们还是离开这个引起不愉快的回忆的鬼地方①吧？您看，这就是战争……"

"我不需要战争，"萨姆金冷淡地说。

"真的吗？不，我认为战争是很合时宜的，很有益处的，战争可以使人民表现出自己的个性，把他们团结起来……"

谢米亚金说话的声调甜脆、响亮，身上散发出浓烈的香水气味，所以他说的话也仿佛都洒过香水似的。在街上，他显得比在屋子里更漂亮了，不过也显得更轻浮了，他那浅紫色的服装、皱得非常厉害的华贵的巴拿马草帽、象牙柄的手杖、手上戴的镶黑宝石的指环，都显得过分豪华了。

"战争将要消灭等级的差别，"他说。"人们还没有足够的智慧和英勇的精神去过和平生活，但是在敌人面前，必定会产生一种友爱的、亲如兄弟的感情，会意识到，在与命运的搏斗中，为了战胜它，就必须团结起来。"

铁栏杆里面的一座尘土迷漫的小花园里，一群男女孩子扛着小铁锹和棍子，正在操练，一个十来岁的小音乐家吹着口琴，走在他们前头，走在队列旁边的是一位戴眼镜、穿花条裙子的妇人。

"谢廖扎，走齐！"她喊叫。"一，二，一，二！"

"德国的社会党人是我们的老师，"谢米亚金柔声细语地说。"去年他们就已经投票赞成专为扩军增征的新税了……"

一群群手捧圣像和沙皇、皇后、皇太子画像的人，像烟筒里冒出的烟似的，从胡同里冲出来，随后又冲出一名骑马的、留着黑色连鬓胡子的警官，他一面策马在人群中乱冲，一面挥舞着鞭子喊叫：

"告诉你们说：不准去！回——去！向后转！"

"俄罗斯动起来了，"被一些穿西服上衣和布衬衫的人挤到墙边上的谢米亚金喋喋不休地说，人群中有个白胡子、宽肩膀、拿着一根粗手杖的人打量着萨姆金，满腹牢骚地说道：

---

① 大概是指一九〇一年三月四日大学生在喀山大教堂前的示威游行和沙皇政府的镇压。

"一个说这样,一个说那样,简直什么也弄不明白!可是时间过去了!"

"你们打算到哪里去?"谢米亚金问道。

"正是不知道该往哪里去呢。"

"你们是干什么的?"

"干什么的都有。"

"城市车辆场的,就是说,运输队的。"

"修路工人。"

"先生,究竟为什么要打仗呀?"拿手杖的老头子问萨姆金。

"皇上在宣战书里已经说啦。"

萨姆金趁着人行道上拥挤的机会,躲开了谢米亚金,突然附近什么地方响起了咚咚的鼓声和刺耳的笛子声,身材高大的近卫军步兵高举着团旗,踏着鹅卵石的马路,列队走过去,他们像活塞排出蒸气一样,把市民都挤出了街道。

"这是普列奥布拉仁斯基团的,"有个人恭敬地说,另一个却说:

"谢苗诺夫团的。"

"弟兄们!向正教……主耶稣虔诚的战士致敬,乌—拉!"

响应这一号召的不超过十来个人。一位穿灰罩衣、袖子上戴"红十字"袖章的女人,推开萨姆金,赶到他的前头去,大声地说道:

"步兵里尽是犹太人,鞑靼人……"

萨姆金旁边一个短腿的、系着白色围裙、戴草帽的人紧跟着就对女人喊道:

"糊涂娘儿们,近卫军的士兵都是受过洗的!"

"你自个儿才是糊涂虫呢,"女人扭过面粉一般的白脸来回敬他说。"是你给他们举行洗礼的吗?"

"你等等,等等!你竟敢……"

萨姆金拐进一条胡同,摘掉帽子,用手绢擦着汗湿的两鬓,心想:

"无知之徒……为了这些人……"

思想没有发展到终点,忧郁的愤怒妨碍了他的思路。

三

他想起了三个星期前,警察在他住的那条街道上进行准备的情形,因为前来访问的法兰西共和国总统要从这里经过。整条街上的看门人都被传到警察局去过,然后,警察挨家挨户检查了两天,搜查了三座房子,在一座房子里逮捕了一名大学生,警察大白天就从修理木制乐器的作坊里,把阿加菲娅的朋友别尼科夫斯基捉走了,这个人秃头顶,脸刮得光光的,年龄很难确定,颇像天主教的神甫。一大清早就把围绕建筑工地的栅栏油漆成蓝色,然后又用水冲洗了街道,把几十个穿得很讲究,多数都是留着大胡子的庄重的人布置在街道上。这些人中有几个年轻人,他们开始恶作剧:拦住过往行人,逼着他们退靠到油漆未干的栅栏上,于是行人背部或侧身的衣服都沾满了油漆。

将近中午时分,街那头突然响起一声惊人的哨声,一辆亮晶晶的小汽车,仿佛在哨声的指挥下,飞驰而过,车里坐着一个头上戴着大礼帽的胖子,他对面坐着两名穿绣金制服的军人,还有一名坐在司机旁边。一部分密探化装成行人,一部分装作看热闹的人,监视着拥在临街楼房窗户里的群众,而克里姆·伊万诺维奇·萨姆金隔着窗棂往外望着,心里想,这位肥胖的普恩加莱[①]先生应该早一年,在庆祝罗曼诺夫王朝建立三百周年的时候进行这次访问。

阿加菲娅在隔壁房间里,当他穿着睡衣和拖鞋走进去的时候,她把两只光到肘部的胳膊交叉放在胸前,快活地笑着迎接他。

"您是因为看到了法兰西共和国的头头而高兴吗?"

"可是根本看不见他的头啊,看到的全是肚子,从大礼帽到皮靴都是肚子,"妇人回答说。"真滑稽,沙皇穿便服,活像个买卖人,"她说

---

① 普恩加莱(1860—1934),一九一三年至一九二〇年的法国总统。

道。"脑袋上还套着个黑桶子,为了显得威风些,应该戴顶别的什么帽子才好,哪怕戴顶大主教们的法冠呢,不然的话,就连咱们的警察局局长穿得也比他漂亮呀。"

萨姆金向来不大允许自己跟她多说话,但是这个麻脸女人却变得越来越放肆,越讨厌。但是她干活儿一直是那样无可非议,叫他找不到辞退的理由。他本来期望在厨房里突然碰上个男人,但是除了别尼科夫斯基以外,再也没有见过别的男人,虽然肯定有别的男人来过:因为阿加菲娅不吸烟,别尼科夫斯基也不吸烟,但是厨房里却总有一股烟草味儿。

过了两天,叶莲娜给他看一张画得很粗糙的钢笔漫画:在一个用马刀和刺刀构成的方块里,中央是一颗炸弹,炸弹上画着普恩加莱的脸,方块顶端的两角上,一边是一枚尼古拉·罗曼诺夫的像已经模糊不清的金卢布,另一边是英国国王的猪头,下面两角是比利时和罗马尼亚的国王,题词是:《方块当中的一点》,按法语读音就是"普恩加莱"。

"是哈尔拉莫夫拿来给我看的,"她说。"他总有些挺有意思的玩意儿。"

"年轻的时候,我也喜欢搜集这一类玩意儿……钢笔和铅笔的游戏之作,"萨姆金不以为然地说,但是还有一句话他没有说出来:现在这种恶作剧在他心里只会引起一种几乎是敌视作者的感情。哈尔拉莫夫对市民的保守主义和反革命情绪的各种表现,特别感兴趣,这也渐渐地在他心里引起了同样的感情。哈尔拉莫夫轻轻吹的口哨和低声的自言自语,甚至于他那一头像铸铁似的、漆黑光滑的头发,以及他全身的一切,都引起了一些奇怪的、简直有点荒唐的猜疑:他很怀疑哈尔拉莫夫的头发是染过的,怀疑他冒用别人的身份证,其实却是个社会革命党,恐怖主义分子,最高纲领主义者,逃亡的流放犯。但是叶莲娜知道,哈尔拉莫夫是普罗佐洛夫的表侄,他父亲是兽医,住在库尔斯克,母亲于一九○七年被捕,死在狱中。

在萨姆索诺夫将军①的军队溃败的前几天,哈尔拉莫夫给萨姆金看了一张用卷烟纸印的传单。

"您有兴趣看看吗?"

萨姆金读了用列明顿打字机打印的传单:

> 朋友们,我们要抛弃马克思主义,
> 抛弃这伟大、神圣的教义。
> 沙文主义的神像我们更尊崇
> 我们不需要阶级斗争!
>
> 起来,起来,爱国的社会民主党人,
> 向外国鬼子冲去,
> 痛击德国的无产阶级!(重唱)
>
> 我们要去找咱们的新弟兄,
> 我们要加入古奇科夫的委员会。②
> 人们的呻吟与咒骂与我们无关,
> 马克思的伟大遗训与我们何干?
>
> 起来,起来,爱国的社会民主党人,
> 向外国鬼子冲去,
> 痛击德国的无产阶级!
>
> 格奥尔吉·普列汉诺夫在大声呼号,

---

① 萨姆索诺夫率领的俄军,于第一次世界大战初期在东普鲁士之役中溃败。
② 大战时期,俄国资产阶级为诱使工人接受他们的影响和领导,组织了军事工业委员会,吸收工人参加。古奇科夫是委员会的主席。

谢德曼、万德威尔德和盖德①也这样喊叫，
布利扬诺夫在国家杜马
在讲台上重复着他们的滥调。

起来，起来，爱国的社会民主党人，
向外国鬼子冲去，
痛击德国的无产阶级！

让我们扔掉自由的红旗，
勇敢地举起三色国旗，
把咱们无产阶级的队伍，
派去进攻德国的工人阶级。②

"不好，"萨姆金评价说。
"简直不能再坏了！"哈尔拉莫夫回答说。
"粗糙，"萨姆金补充说。
"原始，"哈尔拉莫夫耸耸肩膀，仿佛道歉似的解释道。
"他是在嘲弄吗？"克里姆·伊万诺维奇问自己，而且头一次注意到，哈尔拉莫夫的下嘴唇比上嘴唇厚，这给他脸上平添了一种厌恶的表情，他的眼睛发呆，总是很不礼貌地死盯着人看。立刻又想起了，哈尔拉莫夫说话总是模棱两可，语义双关。

关于德国大使馆被捣毁的消息，他是这样讲的：

"人们捣毁了这座样子难看的石头房子。他们完全可能把邻近的一些房子也捣毁。如果警察当局允许的话，就是冬宫他们也会搞个底

---

① 盖德（1845—1922），法国社会主义者，工党创始人之一，起初是第二国际的中派人物，第一次世界大战时变成社会沙文主义者。
② 这是无产阶级诗人洛吉诺夫（1891—1942）写的一首讽刺诗《社会沙文主义者的马赛曲》。

朝天。我认识的一位警察局副局长对我发牢骚说：'战争才刚刚开始，人们就在谈论盗窃问题了：方才拘留了一个人，他正在向群众宣传，说他们捣毁房屋是得到当局的允许的，因为房主是一个军需官，他偷盗了四万双军用皮靴，并且卖给了德国人。'还有，大使馆屋顶上的那些铜像被拆下来以后，有个小老头儿就鼓动说：'最好把阿尼奇科夫桥上那些赤裸裸的小伙子的铜像也拆掉。'"

萨姆金冷漠地问道：

"您不认为这是人民义愤的表现吗？"

"我没有看出有什么义愤，"哈尔拉莫夫遗憾地回答，已经毫不掩饰地在嘲弄了，又补充说："只不过是在官方的允许下，人们借此寻欢取乐而已。"

"这种看法，当然，是不正确的，过分夸张了！"萨姆金声明说，可是哈尔拉莫夫又补充说：

"新闻记者们在大发脾气：禁止他们公开说出自己的感受，使他们丧失了说话的本能，就连一向善良可靠的媒婆《语言报》也被封了。"

萨姆金认为事实非常明显，爱国热情正席卷全国，在与日本人开战之初，他根本没有看到过这番景象。现在，自由资产阶级一致接受了"沙皇和人民团结一致"的口号。国家杜马庄严地宣布，勾销它与政府的全部分歧，大学生举行爱国示威游行，从各省给沙皇拍来成百封的电报，表示他们已做好投身战斗的准备并满怀必胜的信心；报纸在揭露"条顿人的兽行"，文学家们用散文和诗歌宣告德国人注定要灭亡，并且到处在传诵顿河哥萨克科济马·克留奇科夫英勇杀敌的故事，说他一个人用长矛和马刀刺杀了十一个德国骑兵。

"为了用战士的英雄气概来鼓舞不穿军装的人们，大概多说了十个。"哈尔拉莫夫说。

"他正在扮演怀疑派的角色，因为他想突出自己，"萨姆金断定。可是叶莲娜越来越经常提到哈尔拉莫夫，这使他很不舒服：

"他很有趣。很好玩。是个怪人。"

"我们俄国的怪人实在太多,简直叫人讨厌了,"萨姆金提醒她说,可是几天以后,却又听见她说:

"很有才华!昨天他给我朗诵了一篇类似小歌剧的作品,非常好玩!其中有一段笃信宗教的银行家们的合唱,他们令人发笑地唱道:

'噢,吞食邻人的骨头
这是多大的福气!'"

"在这样的日子里,还这么不严肃,恐怕有点不合时宜吧,"萨姆金说,可是她却坚决地反驳说:

"你错了,正是因为在这样的日子里,所以要比平常过得更快活!顺便问问你:交易所的那一套你懂得一点儿吗?星期四我赢了八千卢布,但是人们警告我,说这风险太大,最好是买黄金,或者黄金制品……"

"是的,当然买黄金,"克里姆·伊万诺维奇无所谓地赞同说。

他不关心这个女人的行动,她对哈尔拉莫夫的赞赏也并未引起他的妒嫉。他正在专心致志地考虑一个问题:战争对他展示了什么样的远景和前途呢?战争卷进了这么多的人,这当然不会持续很久,经济资源也不允许打上几年。无疑,协约国必将战胜德奥联盟,俄国将在地中海得到出海口,加强它在巴尔干的地位。这一切都将如愿以偿,可是他个人将赢得什么呢?他坚定地下了最大的决心,要把自己摆在显要的地位上。早就应该这样做了。

"我必须这样做,这完全是为了尊重我的生活经验。这是一种我无权对世界、对人们隐瞒的财富。"

但是这样表达并未使他满意。他意识到,他并非企图对人们隐瞒,而是企图对自己隐瞒某种困扰了他一生的东西,他不认为自己是个爱慕虚荣的人,而且也不认为自己必须为别人服务,他不是厌世主义者,但是他觉得大多数人实在太渺小,而对某些人,则从生理上就感到厌恶。萨姆索诺夫的军队在东普鲁士溃败的不祥消息慢慢地传开了,他又转而责备自己的决心下得太匆忙。可是过了几天,叶莲娜打着响指给他看一张照片:

"你瞧,多么罕见的景象!"

照片很模糊,费了很大的劲才能辨认出,照的是一段街道:两座石头小房子,窗框已毁坏,玻璃也都碎了,房前石头台阶上伸出两条人腿,满街都扔满了破损的家具,一架没有盖子的钢琴倒在那里,一棵砍倒的枫树或者是栗树横在街上,树前是一堆篝火,火中露出钢琴盖子,火堆的前面,一把伏尔泰式的大沙发椅上坐着一个俄国士兵,两只脚踏在一架打字机上,步枪夹在两腿中间,凝视着火光。照片的背景上,还可以隐约地看到有两个士兵正在卸下或套上一匹轮廓模糊的马。

"可以题名为:胜利者,对吗?"叶莲娜问道,萨姆金生气地说:

"我认为这一片……混乱的景象是为了照相故意布置的。是些什么准尉呀或者战地记者之流的人干的,"萨姆金说。叶莲娜反驳道:

"不对,这是马利诺夫斯基医生拍摄的。他另外还有个姓——波格丹诺夫。他从未开业行医,可是,你知道,他是个非常有学问的人。在我和我丈夫刚结婚的那年,他在我们家做过几次报告。生性质朴,对什么事都漫不经心。"

她晃了一下肩膀和胸部,打了一个响指,满意地说道:

"你知道,战争是非常有趣的,非常引人入胜!早晨,你一睁眼就要想:这回谁败谁胜啦?盼着送报纸来,就像在盼一个有趣的朋友一样。"

"对那些正在挨打的人来说,可未必是有趣的,"萨姆金不容反驳地说,而叶莲娜却带有哲学意味地反驳说:

"那就好好安排一下,不要再打仗了。"

可是过了几天,她惊讶地告诉他说:

"你想得到吗,哈尔拉莫夫竟自愿上前线去!"

不理解：为什么在她惊讶的语调中还带有喜悦的意味呢？

他问道：

"为什么这使你高兴呢？"

他得到的答案是：

"你忘记了，我一半是法国人啦。"

这个消息使萨姆金很不痛快：因为他刚刚决定派哈尔拉莫夫到诺夫戈罗德省的一个县里去，办理沙土村农民非法占有女地主列瓦绍娃的耕地和草场的案子。女地主已经去世，她的继承人，国家杜马议员诺盖采夫，发现了一张旧地产图，就委托普罗佐洛夫对村社起诉。普罗佐洛夫在地方法院起诉后胜诉了。但是高等法院批驳了地方法院的判决，同时修道院根据列瓦绍娃的赠予契约进行（起诉），认为这块有争议土地的部分产权属于修道院，而且农民已连续三年向修道院租佃了这部分土地。

使案情更加混乱的是，农民阿尼西姆•弗罗连科夫声称，修道院没有提出异议的草场，诺盖采夫在地方法院判决后就卖给他了，而修道院则以草场出产的干草做价，偿付弗罗连科夫签署的期票。克里姆•伊万诺维奇•萨姆金早就了解，这是一件暧昧的案子，而普罗佐洛夫接受这个案子后，做法也很不妥当，几天前诺盖采夫到他家里来过，终于使他相信这个讼案必须中止。诺盖采夫神情紧张，而且毫不掩饰。

"我承认，我的亲爱的，我干得太鲁莽。我这个人缺乏事务经验，（对）法律更是一窍不通。突然来了一笔意外的遗产，您知道，我并不富裕，而且有家室之累！既有家室，就得养活……那张图使我鬼迷心窍。现在我才明白，那张图只不过是……这么说吧，一种设想而已。"

不知道为什么他浑身上下都显得那么干净、平整，衣着朴素，扣子都扣得整整齐齐，仿佛一个钟头之前才从澡堂子里出来似的。他一边说话，一边摩挲着胡子、大腿和厚上衣的翻领，善良的脸上露出一副尴尬而又可怜的表情，可是眼睛里面却闪耀着狡狯的微笑。

萨姆金生气地问:他希望怎么办?

"希望和解!"诺盖采夫坚定地、有点儿刺耳地声明说,而且涨得满脸通红。"您知道吧,一位杜马议员,在这样的日子里,正当……去跟庄稼人打官司是很不合时宜,很不妥当的,您明白吗?我恳切地请求您:到庄稼人那儿去走一趟,向他们提个和解的方案。不然的话,您知道吧,如果让报馆知道了,它们就会兴风作浪。要这样悄悄地,和平地……"

"这个主意倒不坏,"萨姆金心里琢磨。"这是我从普罗佐洛夫手里接过来的最后一个案子。"

他想到,只要这个案子一结束,他再也用不着经常跟叶莲娜见面了,心里就非常高兴,因为叶莲娜对他那股亲昵劲儿已经有点儿使他感到厌烦了,而且有时候,她对他的态度太不客气、太放肆,这也使他很不愉快。

第二十章

一

现在他正坐着一辆松松垮垮的四轮马车,颠簸在从博罗维奇去乌斯丘日纳的崎岖不平的驿道上。有时透过迷雾,阵阵冰凉的细雨洒到膝盖上,马车的皮篷子也在颠动,直碰脑袋,萨姆金向前弓着身子,撑开雨伞,车子摇晃的时候,雨伞的顶头就戳在赶车老头子的背上,于是老头子就嘎哑地吆喝几声:

"哦—噢,快跑,快跑!"

其实,这是一匹好马,跑得挺欢,根本用不着吆喝,让它来拉这样一辆破马车,显得非常荒唐。

路边的树木在雾里浮动,被秋风吹得光秃秃的黑树枝在摇曳,白胸脯的喜鹊在空中匆忙地飞翔,喳喳地叫着,阵阵沼泽的腐烂气味迎送着辚辚的马车,湿气浸透到皮肤里,引起一股难耐的悲伤和离奇的思绪。诺盖采夫、弗罗连科夫之流和沙土村农民们的争讼,比起正在法兰西北部演出的那出使"世界的雅典"巴黎受到毁灭威胁的悲剧,该是多么渺小无聊!如果德国人战胜,法国人不但又要遭受经济上的掠夺,还要在一个远不如他们那么优秀的民族面前屈膝。是的,这是一个打击,这将影响整个欧洲的命运,而且当然也将影响整个人类的命运。很可能,德国人不必经历革命,就能产生他们的拿破仑,开始征服整个欧洲的业绩。而与此同时,日本则开始征服亚洲。人类的未来就要受到种族冲突和战争的严重威胁。如果一想到,所有这一切都发生在湮没在渺无边际的宇宙中,湮没在数以千计的巨大星座和数以百万计的星体当中的一个小星球上,而地球跟那些星球比起来,也许只不过是一粒微尘而已,可是人类就生活在这个星球上,而一个人从生到死,却仅仅享有五六十年的时间……

萨姆金的脑子里并不经常出现这类思想,这类思想的出现,总是因为读了那种以宇宙中人的"厌世"为题材的书,因为读了书中某一主人公的惯用辞藻,这个主人公由于只有他的创造者才清楚的原因,总是像悲观主义者那样思考问题。克里姆·伊万诺维奇·萨姆金不喜欢这些思想,而且警惕自己不去探索这些思想,因为他感觉到这些思想完全可能像任何纲领性思维俘虏人们一样,把他也俘虏了。但是他却把这些思想贮存备用,认为它们具有一种异常宝贵的特质——可以使人远离现实,高踞于现实之上。他清楚地看到,当人们在谈论"相对论",谈论太阳内部的温度,谈论银河的形状究竟是无穷的螺旋形还是弧形,地球究竟是在燃烧还是在冷却之类的问题时,彼此好像都显得更加聪明了。他在一瞬间,不知不觉地用这样的话一劳永逸地规定了这些华而不实的(思想)的价值:

"可以假定,一切正是这样,然而也可能不是这样。但是不解决这些问题,照样也可以生活下去。"

这几个小时,在迷雾限制得十分狭小的空间中,在马车叮当吱呀的铁器声的伴奏中,萨姆金第一次,而且是十分高兴地想到,人的生活是非常神秘的,神秘到荒唐的程度。黄昏时分,他已疲惫不堪,而且心情忧郁,这时马车驶进一座人烟稠密的小镇,小镇蜷伏在地上,仿佛是被十五座像钉子似的教堂的钟楼钉在地上一样。沉默寡言的车夫坚定地把马车赶过一些小铁匠铺,黑洞洞的铁匠铺里,炉火熊熊,锤声叮当,灰色的河岸上也是一片工作繁忙的喧嚣,锯木声,斧头的劈砍声,

什么东西嘎吱嘎吱的轧轧声,以及一阵节奏短促的歌声:

> 哎哟,伙计们,使劲拉!
> 哎哟,绿色的船儿自己走啦!
> 拉呀,拉呀,
> 拉呀,哎哟咳!

"走啦,走啦,走啦!船儿跑起来啦,嘿,鬼东西!"

在苍茫的暮色中,有二十来个人,正在从岸上把一条新造的黄色木船"季赫文卡"①拖下水去。

"依然是古老的原始生活,"萨姆金心里想。"我们已经落在欧洲后面。正在妨碍欧洲的生存。我们庞大的人口使欧洲害怕,我们的富饶资源又使它嫉妒。"

他想起了那个坐在沙发椅上、两脚放在打字机上的士兵。

"野蛮人。野蛮人。"

"到旅馆去,"被喧闹声振奋起来的萨姆金说。车夫沉着地回答说:

"为什么?我知道应该赶到哪儿去!"

他把马车赶到一座二层楼房的台阶前停下来,这座楼房有五个临街的窗户,窗框周围都装饰着精致的雕刻,蓝色的百叶窗上画着花卉,好像糊上了一层花纸似的。一个身材高大、留着大胡子的人走到台阶上来,他一边行礼,一边亲热地说:

"欢迎光临!您大概累了吧?奥莉卡!快点儿……"

那个人不见了,奥莉卡走了进来,是一个身材高高的苗条姑娘,梳着一条粗辫子,她的脸是那么红润,以致丰满的嘴唇几乎都分辨不出来了。原来她也是个不爱说话的姑娘,萨姆金问她:"这是谁的家?"她

---

① 季赫文卡河上的一种木船。

回答说：

"主人的。"

克里姆·伊万诺维奇·萨姆金坐在一间明亮干净屋子里的桌子旁边，屋子里摆着几把曲背弯腿的"维也纳式"椅子，糊着浅蓝色的花壁纸，上面的花纹很像是黄蘑菇。靠一面墙放着一只摆食器的玻璃橱，上面一格摆满了茶具，其中有一只玻璃瓶子，瓶子里有一座用彩色细木条精制的小教堂。后面的橱壁上挂着几只糖制的复活节彩蛋和一只木雕的、系着绿彩带的红色大彩蛋。其余的两格摆着些匣子、盒子、盘子、碟子、空瓶子，有一只瓶子的样子像只熊。另外一面墙上贴着两幅石印彩画，一幅是《神圣家族》，另一幅是沙皇尼古拉二世和皇后、皇太子以及几位公主，这张画是为了纪念罗曼诺夫王朝建立三百年印制的。在这两幅画中间，是一架样子像棺材的红木老式英国大座钟，钟摆在默默地摆动。在正面的墙边供着五尊圣像，其中两尊穿着银袍，镶在雕着葡萄的神龛里。桌上的火壶已经滚开了，但是却没有人来倒茶，整个房子里是一片寂静，仿佛全都入睡了。

萨姆金迷惑不解：这并不是旅馆，这是什么意思呢？

但是那位身材高大、留着非常漂亮的浅色浓密大胡子的人又出现了，他的胡子恐怕连瓦拉甫卡都要羡慕。

"请喝茶吧，"他用响亮的声调邀请说，自己坐到桌子那边，对着火壶。

"请原谅，我不明白：为什么把我送到您府上来了？"萨姆金问道。

"正应该送到这儿来，是根据一份加急电报这样做的，"美男子安慰他说。"诺盖采夫先生发来急电，要我派车去接您，并尽力帮助您。俺们这个小地方很偏僻。好马都被送到战场上去了。您就叫我阿尼西姆·叶菲莫夫·弗罗连科夫吧，这样好说话。"

他说话轻松流利，声调像女中音，不过这跟他那健美匀称的身材和漂亮的容貌是很相称的。诺盖采夫的干预引起了萨姆金的疑心，但是弗罗连科夫消除了他的疑心。

"我是造船的,制造莫克尚式、季赫文卡式等各种内河小船。我要请您特别原谅:我的妻子回娘家去了,恰好是沙土村,就是明天我们要去的那个村子。她是续弦,春天才结的婚。跟我母亲,也就是说,跟婆婆一块儿去的。我有一个儿子被征去打仗,在军队里当文书,另一个儿子在家帮我做些事。女婿是位退职的教员,后来经营专卖酒店,他也被征去打仗,女儿也跟着一块儿去了,在红十字会当战地护士。政府把专卖酒店都封了。可是人家说国库每年从这项专卖事业中得到十五亿卢布的收入,是吗?"

"好像是十亿……"

"这也很可观……战争,大概要花很多钱吧?"

因为萨姆金没有答话,他就又继续说下去:

"这很好,大家都同意中止这场糊涂官司,这场官司已经把沙土村的庄稼人弄得倾家荡产。沙土村的村长正在这儿蹲监狱呢,镇长要关他一个月,因为老头子办事不力。请您阁下放心好啦,我在沙土村也是个有头有脸的人。"

"一个令人愉快的人,"萨姆金心里想。"而且,看得出,并不蠢……"

"俺们大老粗不懂政策。这是怎么回事儿呢:打仗要增加开销,可是还要把收入减少?您知道,没有酒,活儿简直干不好!那时候,工人干得有点儿累啦,你答应赏他们一桶酒,马上劲儿就来啦。等我们打胜了仗,一切损失都要他们赔偿。就是要快点儿!三下五除二,痛打一顿,然后就提出要求:赔偿全部损失,否则,就再打他们一顿。"

萨姆金提了一下萨姆索诺夫军团的溃败。

"是啊,这一着失算了。不过,不要紧,咱们的人多得很。"他想了想,挤了挤眼,又说道:"当然,也不必太性急。战争也有自己的特点。事情总是这样:有一利必有一弊。"

"那么依您看有什么利呢?"萨姆金问道。

"这有点儿不好说!但是又有什么不好说呢? 咱们的人实在是太

多,而土地却太少。靠这点儿地是吃不饱的。农民又不愿自动到西伯利亚去,而强迫移民,政府……又好像没有勇气,对吗?请您多原谅!我是怎么想,就怎么说。"

"请说吧,"萨姆金兴致勃勃地鼓励他说。"越坦率越好。"

"而且只有咱们俩,"弗罗连科夫满面笑容地继续说下去。"说完也只有咱俩知道,是这样吧?"

"当然,"萨姆金同意说,心想:"是个非常聪明的人。"

这个人的整个相貌他都很喜爱。透明的浅蓝色眼睛,满面温柔的笑容,光洁红润的脸皮。四条浅浅的皱纹均匀地散布在前额上,简直像乐谱上的线条。

"这就是所谓的面貌开朗,"他这样断定。

他也喜欢这个人丰美的大胡子,在浅蓝色的布衬衣衬托下,显得更加好看,喜欢这个人不是把茶倒在茶碟里,而是直接从杯子里喝茶。克里姆·伊万诺维奇·萨姆金欣赏着这个人,觉得脑海里新的思想浪花很容易就飞溅出来了:

"一个农民贵族。古代水上强盗和新土地发现者的后裔。萨德科、瓦西里·布斯拉耶夫、杰日尼奥夫①式的人物。条顿人企图奴役和消灭的那个民族的一员……"

"我要说的是,农民迫于生活贫困起而暴动。为此就用鞭子抽他们,枪毙他们,把他们赶进监狱。干这个倒很有勇气。可是把多余的人迁移到西伯利亚或亚洲去,却没有勇气了!这简直无法理解!怎么能这样呢?鞭打他们,毫不怜悯,迁移出去,倒舍不得了?依我这个乡下佬看,这是政策在胡闹。政策在瞎搞啊。您说呢?"

(弗罗连科夫的)眼睛好像变得细小了,颜色也变深了。

"您的强迫移民的想法是非常新颖的,"克里姆·伊万诺维奇说,急于想要听他再说下去。

---

① 杰日尼奥夫是俄国十七世纪杰出的航海家。

"一九〇五年的经验也使庄稼人学会了思考问题,"弗罗连科夫面带微笑,用教训的口吻说。"学会了思考问题,可是找不到一个可以谈谈的人,所以像您这样一位客人的光临,我觉得简直跟过节一样高兴。俺们这个小镇,自古以来就是工业市镇:俺们造船,在沼泽地里挖铁矿,打制铁钉和各种小铁器,俺们这里的木匠是非常有名的,"他沉默了一会儿,叹了一口气,用双手抖了一下大胡子,仿佛要把胡子从脸上拔下来似的,接着又补充说:"不过总的说来,生活还是很有意思的。可是这个地方很偏僻,到处是沼泽、湖泊、小河,有几条是莫洛加河的支流——恰戈多夏河、科夫扎河和佩西河,还有一些森林,所有这一切,当然,可以赖以糊口。但是人太多,哪里都很拥挤,不管是在教堂里还是在澡堂子里都是一样。说句知心话,这儿的人是非常野蛮的。特别是青年人。听说,外国都把多余的青年人送到黑人、印度人那儿去,送到美洲去,可是在咱们这里,青年人都挤在家里……现在把他们都弄到战场上去了,显得安静一点儿了……"

"怎么,这里闹过罢工吗?"萨姆金问道。

"没有,现在俺们这儿没有罢工,可是酗酒、打架,这对工作非常不利!"

弗罗连科夫睁大亮晶晶的眼睛,看了看钟,站起来说道:

"请原谅!您一路劳累,需要休息,隔壁房间里一切都准备好啦。如果您要什么的话,就召唤奥莉卡。"

然后,他满面笑容,露出了整齐的黄牙齿,说道:

"有一位传道士到俺们这儿来了,叫什么杰米德兄弟,听说过这个人吗?都说他很了不起。我要去听听。"

萨姆金觉得自己已经休息过来,就问道:

"我可以去吗?"

"当然可以,非常欢迎!"弗罗连科夫高兴地回答说。"离这儿很近,简直就在隔壁!"

二

过了几分钟,萨姆金来到一间聚集了几十个人的屋子里,有三十来个人坐在椅子上、长凳子上和三个窗台上,其余的人都肩挨肩非常拥挤地站着,弗罗连科夫一面困难地往前挤着,一面像个很有权势的人似的严厉地小声吩咐说:

"躲开点儿!让开路……"

这间屋子大概是做什么办公室用的,天花板上挂着两盏灯,照耀着众人的脑袋,墙上挂着些镶在镜框里的(文件),后墙上挂着一张沙皇像。

弗罗连科夫把萨姆金领到第一排,对一位秃顶小老头儿耳语了几句,小老头儿立即驯顺地把椅子让出来。萨姆金坐下来,擦了擦满是哈气的眼镜,刚一戴上,立刻就把头低下来。原来传道士竟是吉奥米多夫,头发已经灰白,穿了一件敞领的白衬衣,胸前绣着一个黑十字架,他被一张小桌子紧紧挤在墙边,双手撑在桌子上,弯着腰,仿佛想从桌子上跳过来似的。他颈上带一个挂在银项链上有三俄寸长的镀金或是铜的大十字架,在桌子上空来回摆动,直碰他那狭长的灰白连鬓胡子,这胡子长得比从前更长了。

他正在用嘎哑的、平淡的声调悲伤地说:

"耶稣基督的子民们,赐予和平、爱好和平、为了我们被本丢·彼拉多处死的受苦受难、埋葬后又复活了的我们的王和上帝的子民们……"

洁白的衬衣使那枯瘦的脸上的泥土色皮肤和稀疏的灰白胡髭衬托着的没有牙齿的嘴的黑圆洞显得格外分明。传道士的两只浅蓝色的眼睛失去了从前的明朗神韵,而且显得很小,仿佛是半大孩子的眼睛,不过这可能是由于眼睛深陷进眼眶里的缘故。

"他会认出我来吗?"萨姆金心里盘算着,很不愿意吉奥米多夫认出他来，接着就想，这个人大概是有意把自己打扮成圣像上画的瓦西里的样子。

"我们，基督的奴仆，迷失在尘世的俗事中，抛弃、背离了基督。是什么东西使我们误入歧途的呢？"

吉奥米多夫挺直了身子，挥舞着双手，开始讲起："尘世可悲的诱惑"，"理性的高傲"，"科学的空想"，以及肉欲战胜精神的可耻而致命的胜利。他的演说中加进了许多经文、赞美诗、教会文献的引文，但是经常出现一些不和谐的世俗说教者讲教会哲学的语句：

"理性阉割了对邻人的爱……"

"语言是不是认为自己的回声就是真理呢？"

萨姆金认为，吉奥米多夫的讲道，像检察官在法庭审判轻微刑事犯罪案件时例行的职业起诉演说一样，毫无热情。

"毕竟他还是相信自己的。相信自己的上帝的，"萨姆金想道。

屋子里充满了难闻的、潮湿的酸味。萨姆金身旁坐着一个半闭着眼睛、身广体胖、穿件掐腰长袍的红脸大汉，只要传道士大声说一句话，他几乎都要轻轻地哼哼一下，并且已经低声嘟哝过两次：

"那么请你说说……"

吉奥米多夫开始生气地尖声叫嚷：

"德国人被认为是世界上最有学问的民族，最有发明才能的人，他们发明了抽水马桶。都是基督教徒。可是现在他们向我们宣战啦。为了什么呢？谁也不知道。我们俄国人向来只为保卫人民才打仗。我们只有一个彼得大帝曾经为了扩张领土跟基督教徒打过仗。但是这位沙皇是上帝的敌人，人民也都认为他是反对基督的。我们的历代沙皇向来只跟异教徒，伊斯兰教徒——鞑靼人，土耳其人……打仗。"

从昏暗的角落里传来一个响亮快乐的声音：

"也跟人民打……"

听众们默默地活动起来。好像期待还会发生什么事情似的，果然等到了：一个忧郁的声音说道：

"然而土耳其人也希望过太平日子啊。"

又有第三个人提醒说：

"可是跟日本人打仗又是为什么呢？"

萨姆金邻座的大胖子站了起来，摇晃着手，用粗重嘎哑的声调说道：

"肃静，乡亲们！"

但是角落里已经有几个人在喊叫：

"哼，那怎么样？哼，说啦！说的是实话……"

"这是铁匠们在叫喊，钉子匠，"弗罗连科夫来到萨姆金背后，告诉他说。"也许，您想走了吧？"

"是的，是想走……"

"这位长老讲得太枯燥，"大胖子毫不客气地说，然后又转向吉奥米多夫，他站在那里，两手撑在桌子上，摇晃着身子，等待喧闹声平息下去。"尊敬的先生，一九〇三年我在普斯科夫听你传过道，那时候你讲得可真够恶毒啊！"

吉奥米多夫斜眼看了看他，晃了晃大胡子，就转向他周围的几个妇女，一个瘦长的女人大声央求道：

"神甫，请你告诉俺们，爬到沙皇身边的那个机灵的庄稼汉是什么样的人？"

角落里有人气冲冲地喊道：

"别来教训我们这些傻瓜啦，顶好到战场上去，在枪林弹雨中，奉劝他们不要互相残杀……"

"说得对！"

"把所有的好马都牵走了……"

萨姆金急于要离开这里，他觉得吉奥米多夫正在仔细打量他，马上就会认出他来。但是没有走脱，几个留胡子的彪形大汉围住了弗罗连科夫，而吉奥米多夫一面挥舞着左手紧握着的稿纸，一面把右手伸给他，喃喃地说：

435

"你好,克里姆。你是克里姆,你还是原来那个人吗?每个男人都是原来那个男人,每个女人也都是原来那个女人。不,你骗不了我……骗不了!"

有人大声喊道:

"他是照本讲道的,你们瞧啊!看那稿子啊……唉,你这个草包道人!"

弗罗连科夫满面笑容,对萨姆金说:

"让我来介绍:这是我们的镇长,畜牧家,养鹅家——杰尼索夫·瓦西里·彼得罗夫。"

他们三个人一同走到台阶上,外面冷月皎洁、令人神爽,月光洒在油晃晃的污泥的天鹅绒般的表层上,洒在无数水洼的毛玻璃似的水面上,洒在两层砖砌楼房的棱线上和油彩鲜艳的教堂上。杰尼索夫用宽大柔软的热手掌紧握着萨姆金的手,问道:

"到我家去吃晚饭,您同意不同意?"

"随便谈谈,"弗罗连科夫撺掇说。

萨姆金同意了,杰尼索夫就挽着他的胳膊,把自己的粗胳膊架在他的腋下,说了一句:

"要结冰了!"就几乎不沾地似的把客人搀过了街道。

在街上,杰尼索夫显得更加魁梧,以至萨姆金心里想道:

"他一个可以劈成我这样的两个。"

弗罗连科夫的鞋底在污泥里呱唧呱唧直响,他嘴里唠叨着:

"那些钉子匠又在兴风作浪了!你打算拿他们怎么办?"

"咱们有办法对付,"镇长很有把握地保证说。

三

后来,镇长在一间堆满大箱子和瓷器橱柜的半昏暗的屋子里坐了十来分钟。杰尼索夫朝这间屋子里看了看,哼了一声,就不见了,而弗

罗连科夫亲热地望着从京城来的贵客,说道:

"说起来,这也是许多人的谋生之道。我们的传道者实在太多:伊万努什卡·丘里科夫兄弟,喀琅施塔得的约安神甫……"

他想到第三个人之后,就小心地补充说:

"还有列夫·托尔斯泰。现在大家都在说,拉斯普京·格利戈里,这个西伯利亚的庄稼汉,好像有很大的势力,您没听说过吗?"

"拉斯普京的作用被过分地夸大了,"萨姆金说,他的话使这位美男子大为高兴。

"俺们这儿也是这么想——全是胡说!咱们俄国人很喜欢夸大事实。譬如说,像那些钉子匠:他们抱怨生活困难,可是他们挣的钱却比木匠多。而木匠呢,又拿他们来比,说什么铁匠的生活比俺们好。他们正在组织秘密团体……您知道,工人实在难对付。应该不管什么活儿都定个统一的价钱……"

杰尼索夫站在门口,把门堵得严严的,邀请说:

"请到这边来吧!"

他们移到一个大房间里,放在桌子上许多盘盘碟碟和酒瓶中间的两盏酒精灯的白光照耀着这间屋子。杰尼索夫攀着萨姆金的肩膀,把他推到一个穿着红色带黑结的连衣裙的矮胖妇人面前。

"这是我的妻子,玛丽亚·尼康诺罗夫娜,这是女儿索菲亚。"

女儿比母亲能高一头,肩膀也比母亲宽,梳一条粗辫子,两颊红润,是个漂亮姑娘,她那两只温柔的大眼睛使萨姆金想起了女仆萨莎。

"这是我的教女,"弗罗连科夫声明说,然后又对着杰尼索夫的妻子说:"好吧,亲家母,下命令吧!"

主人让萨姆金坐在索菲亚的旁边,她立刻就问他:

"您喜欢那位长老吗?"

"我可不崇拜这一行的人。"

"我也一样。他讲得很糟糕。他讲的'和平赐主'听起来倒像是基督消灭了和平。我们俄文有些动词是非常狡猾的：赐予、消灭①……"

"不，等等，"父亲对她说。"我们先干一杯……"

但是她并没有等，继续用响亮甜润的声音说下去：

"啊，在彼得堡人们说话多好听呀！即使你不能完全听懂，那听着也很舒服。"

她的父母和教父都举着杯子，自豪地看着客人，不过时间并不长。杰尼索夫就坚定地宣布说：

"来，感谢上帝，我们先用草浸酒垫垫底儿吧！"

草浸酒原来是一种非常烈性的酒，把萨姆金呛得气都喘不上来，眼前突然一片漆黑。原来这种草浸酒必须用醋浸辣椒下酒。然后，"为了压一压"再喝一杯加了"里加香液"的普通伏特加，并且必须用梭洛维茨青鱼来下酒。

"这是最美味的青鱼，世界第一，"杰尼索夫解释说。"德国人有一种俾士麦小青鱼，哼，跟我们的青鱼一比，那简直比树皮还难吃！现在可一定要用英国烧酒来解解这种味道了。"

大家都喝了一杯英国烧酒。桌子上摆上了一盆鹅杂碎汤，弗罗连科夫高兴地摇晃起身子，用手掌擦着膝盖说道：

"这是我最喜欢吃的汤！"

杰尼索夫解释说：

"我们这儿，还是自古流传下来的习惯，晚饭也和正餐一样丰富。吃饭不是为了饱肚子，而是为了享受。"

萨姆金喝下三大杯酒之后，一股悠悠的闲愁涌上心头，很想说几句不平凡的话，但是脑子里却浮出了这样奇怪的、不着边际的字句：

"是的，就是它……"

---

① 俄文的"赐予"和"消灭"二词发音近似，如果说"赐予和平"，可能被误解为"消灭和平"，这里是文字游戏。

姑娘索菲亚总在打搅他,问他:

"您读过梅列日科夫斯基写儒略皇帝的小说①吗?那么金斯莱②的《希帕蒂亚》呢?我非常喜欢读历史小说《宾·胡尔》③、《你往何处去》④和《庞培的末日》⑤……"

谈话并未妨碍她吃东西,因此萨姆金想,如果她读书也像吃东西这么轻松,有这么好胃口的话,她的确能读很多书。她的妈妈在专心致志地吃着,显然,此刻她的兴趣,她的思想绝不会超出盘子的范围。弗罗连科夫和杰尼索夫很快就吃饱了,他们不断地喝酒,互相交谈着,而且总是这样:杰尼索夫老在发牢骚,弗罗连科夫就安慰他。

"大兵会把什么都吃光。"

"不会给大兵吃鹅肉的。"

"吃鹅肉的肚子也找得到。"

屋子里充满了温柔、芳香的暖气,蜂蜜的清香闻起来非常舒服,很想使全身的皮肤都浸在这温暖的气息中,吸进这种气息。克里姆·伊万诺维奇·萨姆金看看身边这几个膀大腰圆的人物,想起了不知道是什么人写的颂歌:

"我们俄罗斯是个有无穷力量的国家……""不,主宰祖国命运的不是我们这些书呆子,幻想家,沉湎于华丽辞藻的人们,而是另外一种看不见的力量,感情和智慧都很普通的人们的力量……"

杰尼索娃小姐非常关心地问道:

"您知道哪儿有卖翻印的《三勇士》这张画的吗?"

萨姆金没有来得及回答,姑娘的父亲抢着对他说:

"我们正在抱怨这场战争呢,诉苦呢。战争把我们的事业全毁了。

---

① 指历史小说《叛教者儒略》。
② 金斯莱(1819—1875),英国作家。
③ 英国作家沃尔斯的作品。
④ 波兰作家显克微支的作品。
⑤ 英国作家布尔维-李顿的作品。

我本来有一项合同,卖给德国人一万只鹅,十二月交货……"

"把我的马也都征用了。没有法子去运木材,可是我有几批期货要做,您看,事情有多糟糕,"弗罗连科夫快乐地笑着说道。

"我们都是上帝不喜欢的人,"杰尼索夫深深地吸了一口气。"你往山上爬,魔鬼往下拉。简直弄不明白,为啥要打这场仗?"

"这是很难弄明白的,"弗罗连科夫同意地说。"德国人想干什么?往哪儿乱钻?应该知道,我们会狠揍他们的。本来买卖做得很好嘛。他们德国人在我们这里要多自由有多自由!又是当将军,又是当总管,又是开面包房,真是想干啥就干啥,想怎么生活就怎么生活。请您告诉俺们:究竟为啥要打仗?是他们的国王不喜欢咱们的沙皇呢,还是别的什么原因呢?"

"可以吸烟吗?"萨姆金问女主人,女儿简直像受了委屈似的替母亲回答说:

"请吧,我们可不是顽固守旧的人。"

"是文明人,"弗罗连科夫笑嘻嘻地说。"年轻的时候我也吸烟,可是后来牙齿总闹病,就戒掉了。"

杰尼索夫太太的圆脸也是红红的,脸上灵活地闪耀着两只尖锐的、什么都看得清清楚楚的、像冰一样的蓝色小眼睛。她那两只短短的胳膊准确而迅速地在桌子上活动着,仿佛有很大的伸缩性,像橡皮的一样,可以伸得跟桌子一般长。

"请吃吧,"她低声奉劝客人。"吃吧,请不要客气呀!"

萨姆金点上一支烟,开始解释打仗的原因。他还不曾很好地考虑过这些原因,但是却信口谈起来。

"德国人早就垂涎我们幅员辽阔、资源富饶的国土……"

"这算什么辽阔呀?除了沼泽就是森林,"杰尼索夫响亮地哼了一声,插嘴说,亲家公也高兴地支持他说:

"至于资源,咱们自己还需要呢。"

萨姆金没有理睬这些话,开始谈起日耳曼人对斯拉夫人的态度,说着,他突然发觉,心里迅速燃起了仇恨德国人的怒火。他从来没有体验过这样的感情,它竟深藏在内心深处,慢慢地在燃烧,现在突然炽烈地燃烧起来,这甚至使他感到有点不好意思。

"他们的学者、历史家们不断地宣称,斯拉夫人是供德国人使用的肥料,说粗鲁点儿,就是大粪,因此可以像美国人对待黑人那样对待我们俄国人……"

"你听听!"弗罗连科夫惊讶地叫道,并用胳膊肘捅了捅亲家公。杰尼索夫哼哼了一声,嘟哝说:

"可是要知道,他们这些学者……"

"不!我感到很气愤!我不能同意。"

克里姆·伊万诺维奇·萨姆金一边说,一边听着自己的话,深信他是相信自己所说的话的,在说话间歇的时候,他匆匆地想道:

"必须有所信仰的时代来到了,我也要顺从这种必然性吗?不,不能这样说,不能用这样的语言,而要用一种毫不含糊的、绝不会引起异议的语言,这就是国家,祖国……祖国在危险中。"

透过自己的话声和思想,他听见杰尼索夫在固执地唠叨:"德国人在做生意的时候,并没露出什么仇恨样子,他们做买卖是很规矩的。"

"哎呀,你哟,亲家公,你简直太不懂事了!"弗罗连科夫一面往杯子里斟蜜味的浅黄色露酒,一面驳斥他说。"开口闭口离不了做买卖!你会把整个城市都卖掉……"

"城市是卖不掉的,"杰尼索夫忧郁地回答说,而他的女儿却在向萨姆金证明,亨利克·显克微支的作品比起大仲马来,更富于历史的真实性。

喝了两杯金黄色的露酒以后,克里姆·伊万诺维奇觉得舌头发木,两条腿也不听话了,一动也不能动了。

"我怎么起身走呢?"他一边思量,一边听着那絮絮不休的细语声:

"仲马完全不注意描写风景……"

杰尼索夫嘶哑地喊道:

"说过啦:'不要杀人!'"

"谁说的呢?"弗罗连科夫高兴地问道。"要知道,这是关键,谁说的?"

"上帝说的!"

"上帝说过各种不同的话。他曾经对约书亚说过另一番话:'打杀吧,我叫日头在当空停住①。'"

"上帝根本没有说过这样的话!"

"我叫日头停住,好让你看清楚要打的人!"

"教父,您说得驴唇不对马嘴,"索菲亚开导他说。以后,萨姆金觉得一切都变得模糊了,融化、消失了。

四

克里姆·伊万诺维奇·萨姆金被肚子里一阵绞痛惊醒,才恢复了知觉,他觉得仿佛有一块碎玻璃片在肠子里移动。他躺在非常柔软的、热乎乎的鸭绒褥子上,深深地陷在里面,就像是陷在面团里一样,窗外阳光灿烂,照耀着结满白霜的树木,屋子里是一片深沉的寂静,除去肚子疼的咕噜声以外,别的什么声息也没有了。萨姆金呻吟起来,除掉疼痛之外,他还感到非常难为情。这时,墙上的壁纸突然裂开了,一方块壁纸往旁边挪去,露出一道门,杰尼索夫钻进屋子里来,说道:

"啊哈!"他用这句话揭开了新的一天。他把客人领到厕所里去,这厕所可称为有卫生设备的厕所,因为是用水箱放水冲刷恭桶的。这套设备的旁边,就是一只相当文明的浴盆,盆里的水早已周到地烧热了。

这个身广体胖的笨重的人,动作却非常敏捷,很快就把浴盆注满了水,拿来浴巾、毛巾、内衣,一面走一面报告说:

---

① 见《圣经·旧约·约书亚记》第十章第十三节。

"感谢上帝,气温猛降了十一度!"

他甚至还在尽力安慰感到难为情的客人:

"这是蜜酒发生了作用。不管你吃下多少东西,它都能像扫帚一样给你洗刷干净。德国人只要喝过四杯蜜酒就都变成傻瓜啦。一般说来,蜜酒可以使人老实听话。这是我太太的祖传秘方,这在她们家族里已经世代相传了一百年了,也可能还要久些。除了酒的度数之外,连我都不知道其中的奥妙,而酒的度数并不很高,不过六十五至七十度的样子。"

等到萨姆金出来喝茶的时候,火壶旁边只坐着镇长一人,穿着蓝衬衣,枣红色毛背心,肥大的黑呢裤子,脚上是一双带毛的皮拖鞋。稀疏的灰色胡子并未使他那油晃晃的红脸显得更漂亮,疙疙瘩瘩的脑瓜上的头发也是灰色的,也很稀薄。肿胀的黄色小眼睛闪着和蔼可亲的光芒。

"您的家人还在睡吗?"萨姆金问道。

"我家的人吗?早都起来了,要知道现在已经不早了,快十一点啦。女儿排戏去啦,这里有个业余剧团,警察局局长的太太主办的。我老伴儿在家里,大概在内室。"

"我真不知道,我这样泻肚,怎么能到那个村子去,"萨姆金伤心地说。

"根本用不着去啦!亲家公想得很周到:您一路上已经很累了,哪儿还有精力再到哪里去呢?他已经差一匹马接全权代表去了,傍晚就到。倘若您自己去,那要早上六点钟就动身。您愿意怎样呢:是留在我家,还是回到弗罗连科夫家去呢?"

萨姆金的肚子情况不容许他再折腾了,于是就说,他宁愿留在这儿。

"欢迎,欢迎!我感到非常荣幸,"杰尼索夫兴高采烈地喊道,甚至还从椅子上站起来,朝客人鞠了一躬。接着就说:

"俺们这儿有些人不了解战争的原因。当然像您昨天晚上说的德国人不喜欢俄国人,可是那是些什么样的德国人呢?而商人,特别是做批发生意的大商人……要知道,他用不着喜欢什么人,请您原谅俺们的看法,商人总是喜欢做买卖,开工厂的总是喜欢搞生产。亲家公弗罗连科夫就喜欢造船,他有个想法,要造一只在浅水航行的平底船,这种船能在水面上滑行,不用沉在水中,您明白吗?人人都应该热爱自己的事业……是的。就拿我来说吧,我是卖鹅的。我的鹅都养在明斯克人和立陶宛人那里,这些地方都离德国人很近。"

他说话的时候,经常停顿,停顿的时候就鼓起两腮,噘起嘴,发出咝咝的声音,吐一口长气。

"胃里灼热,不舒服,"他解释自己嘴里发生咝咝声音的原因。他那粗重、平庸的声音使人听着十分紧张,仿佛镇长并不重视说话的内容,只注意说话的声音要强而有力。"俺们这儿的人都说,沙皇陛下之所以要打德国人,是因为他们在土耳其战争中曾经跟我们捣乱,所以要报仇。据说那时候,皇上的爷爷曾经伸出手去,要抢占君士坦丁堡,但是德国人不答应。而英国人那时候也跟德国人串通一气,可是如今他们也反对德国人啦,并且对沙皇说:你占领君士坦丁堡吧,我们不反对,只要你打德国人就行。法国人也是这样,法国人说得更干脆:你愿意占领什么地方就占领什么地方,只要能打退德国人就行……"

听杰尼索夫说话非常无聊,克里姆·伊万诺维奇·萨姆金疲惫不堪,不耐烦地在期待着有点什么事情,可以打断这令人心烦的、沉闷的谈话。整座房子里是一片浓郁、温暖的寂静,只有一次从什么地方传来一阵口齿伶俐的妇女的说话声:

"去,告诉他这个狗崽子……"

"这是我太太在战斗呢,"杰尼索夫解释说。"工人真难对付,简直毫无办法!"

他深深地叹了一口气,又补充说:

"我父亲在世时曾经教训我说:'要使工人走过你面前时,就像修道士走过修道院院长面前那样规矩。'嗯,是的……可是现在的工人跟强盗一样,不是砸,就是摔,除此以外就是吃饭和睡觉。"

这时候萨姆金突然想起来,他有一个很好的躲开主人的借口,就对主人说,在那些全权代表来到以前,他必须阅读一下有关此案的材料。

"请便,请便,"杰尼索夫连忙说。"亲家公已经把您的皮包送过来了……"

"考虑得很周到,"萨姆金心里想,观察着这间明亮的屋子,有两个对着院子和街道的窗户,屋角里有一棵大橡皮树,墙上挂着一幅《田野》画报附赠的雅各比①的画,画的是叶卡捷琳娜二世女皇和瑞典王子。这幅画下面,摆着一张宽大的绿色沙发,窗上挂着几个鸟笼子,一个笼子里是只红胸脯的、高傲的灰雀在转来转去,另一个笼子里,一只很规矩的灰色小鸟忧郁地蹲在横木架上。

"大概是夜莺,"萨姆金断定。

他坐到沙发上,点着一支烟,眯缝着眼沉思起来。但是肚子里直翻腾,妨碍他的思路,思想懒洋洋地给自己套上一些模糊的字句:

"是的,就是他们……"

脑海里涌现出二十来个他曾经去过的县城。这样的城镇有几百个。像杰尼索夫和弗罗连科夫这样的人大概有几十万。他们构成了外省城镇居民的大多数。这些人没有知识,但是聪明能干……手工业、小商业都掌握在他们手里,农村靠他们供应货物。

"他们的人数当然要比产业工人多得多。这应该准确地了解一下,"克里姆·伊万诺维奇决定,忧心忡忡地倾听着肚子里咕噜咕噜的响声。每隔半个钟头就要跑一趟厕所,实在是有伤大雅,把些重要的思路都打断了。但是等到回到沙发上的时候思想也跟着就回来了。

他认为,中学,特别是大学,会消灭这些人的独特性,要知道,实质上正是这种语言、思想和生活方式的独特性,以及一切还保留着历史

---

① 雅各比(1834—1902),俄国画家。

陈迹的事物，显示出民族的真正面貌。

"我们的文学在描写消极的特征和现象时忽略了这些人物。这是批判主义和道德说教艺术的主要罪恶。我们的艺术是彻头彻尾的道德说教。"

圆滚滚的女主人端着一个托盘走进来，用跟她那油炸酥饼一样松软的身躯完全不相称的、模糊而带嘶音的枯燥声音说：

"请您喝下这盘汤，肚子就好了！"

他喝下去，过了十分钟，已经觉得心里不那么慌了，肚子里仿佛涂了一层油似的。

五

当快乐的、红光满面的弗罗连科夫领着三个庄稼汉来到的时候，已经是黄昏了；有一个庄稼汉也是高个子，宽脑门，红头发，装着一条木腿，毛茸茸的手里拄着一根棍子，大鼻子的脸上蓄着一圈剪得整整齐齐的大胡子，两只眼睛隐藏在浓密的眉毛下面，他那健壮的身躯上穿了一件蓝色长外衣；第二个人稍矮一点，秃头，灰白的连鬓胡子，翘鼻子，穿着短棉袄，脚上穿着一种硬皮子的长筒靴，好像是用薄铁皮做的。

"这样的人很多，"萨姆金一面心里盘算，一面仔细打量着第三个庄稼人。

第三个人穿一件女短上衣，腰间扎着一条拧成绳子似的披肩，脚上是一双灰毡靴。乍一看，他似乎比他的两个同伴矮些，然而这是因为他的两肩非常宽的缘故。他满头都是灰白的鬈发，脸上也生满了同样的鬈毛，从连鬓胡子里翘出了一只像啄木鸟的嘴似的、又大又直的鼻子，两只黑眼睛炯炯有神。这个人，从脑袋上开始，那种乱蓬蓬的样子就使人吃惊，破短上衣里露出了几团棉花，肚子上是披肩的穗子，好像曾经有人打算把他再削削，刨刨，使他的体形不要那么宽大，不要那么多的棱角,但是没有完成,因此他周身全是斧痕和刨起的刨花。

"好啦,现在俺们都到啦,"弗罗连科夫报告说。"他们这几位就是全权代表……"

头发乱蓬蓬的庄稼汉的黑眼睛迅速地在萨姆金的脸上扫了一下,发现他的眼睛之后,就使人很不舒服地直盯着它们,仿佛粘上了似的。

"这是俄日战争的英雄杜多罗夫·斯捷潘,这是我们的圣人叶格列夫·米哈伊洛·斯捷潘诺夫……"

"我是洛夫佐夫·马克西姆,"头发乱蓬蓬的庄稼汉响亮地说。"他们二位原是全权顶着打官司的,我是村社派来进行和解谈判的。"

他轻视地朝着同伴挥了一下手:那两个就像警卫似的站在门两旁。

"请坐吧,"杰尼索夫挺不高兴地对他们说,那两个就听话地坐下来,可是洛夫佐夫却向前迈了两步,两脚在地板上踏了踏,仿佛在试验地板是否坚固,又继续说道:

"咱们不拖延时间,不要花招,我要求立即……"

"你先等等,忙什么?"弗罗连科夫叫道。

"我要求您立即宣布您的条件是什么?"

"啊呀,你呀,我的上帝!"弗罗连科夫喊道。

"阿尼西姆,你又不是钓上来的梭鱼,不要这么乱蹦乱跳!应该学你亲家公的样儿,老实坐在那里,像座铁铸的墓碑一样。"

"你可不要存心找茬儿啊,洛夫佐夫!"镇长阴沉地劝他说。

"这怎么是存心找茬儿呢?俺只不过是要向律师老爷说明,是为啥派俺来的……"

洛夫佐夫因为喊得调子太高,嗓子倒了,发出呼噜呼噜的声音。这个庄稼汉把两只手掌插到扎在腰上的披肩里,两个胳膊肘向两旁扎煞起来,站在那里很像字母"Ф"。脸上的胡子难看地颤动着,好像正在往长里长,他那牢牢钉住的目光使萨姆金非常生气。

"我的委托人建议:撤销他对沙土村村社农民的起诉,同时村社也要撤销对他,诺盖采夫的反诉。"

"这就是全部条件?"洛夫佐夫问道。

"是的。全部条件。"

"太便宜啦。那么俺们的损失怎么办呢?谁来赔偿俺们的损失呢?"

"您指的是什么损失?"萨姆金问道,并且立刻就得到了详细的答复:

"损失就是指花掉的钱。在您前头的那位律师把这个案子拖了三年多,那个也是把无耻的眼睛藏在眼镜里……"

"你瞧,他是怎么说话的,这个捣蛋鬼!"弗罗连科夫快乐地说道。

"他从俺们手里拿去了一千一百六十卢布,这是一!其中九百五十卢布俺们手里有他开的收据。"

"他死啦,"萨姆金提醒他说。

"那俺们就告他的继承人,"头发乱蓬蓬的庄稼汉说。"俺们要得到四年的使用草场的费用,这是二。草地租赁人,喏,就是他!"

洛夫佐夫朝弗罗连科夫那方面点了点头,那位快乐的美男子把大拇指夹在食指和中指之间,朝他伸去,做了一个威胁的手势,但是洛夫佐夫仅仅摇了摇脑袋,继续迅速而又沉着地讲下去:

"俺们啥都算好啦。"

"我也啥都算好啦,"弗罗连科夫说。

"俺们希望从诺盖采夫先生那里拿到五百卢布,因为我们打这场官司花了很多钱,因为他违法起诉,因为他和修道士们同谋,捏造假文书……"

"所有这一切,你们的全部要求……都太天真啦,本身没有任何根据,"萨姆金打断他的话,觉得心中被两只黑眼睛、固执的、凝视的眼神激起的愤怒实在按捺不住了。"诺盖采夫愿意把案子撤销,并准备给你们二百卢布。但是你们应该知道:他完全可以不给……"

"他会给的!"洛夫佐夫沉着地反驳说。"就是弗罗连科夫也会给钱的。"

"是真的吗?"弗罗连科夫玩笑地问道。

"你一定会付,阿尼西姆!一千九百三十卢布。虽说你是伙同警察一起把俺们的干草抢走的,可是毕竟还是偷盗的……"

"你们大家听听,他说的啥话,"弗罗连科夫抱怨说。"唉,你哟,马克西姆,你啥时候才能安静下来呀,疯蟑螂?……"

萨姆金怒气冲冲地说,现在问题仅限于中止诺盖采夫所提出的诉讼和付给他们二百卢布,说完他就站起来了。

"除此以外,我不能再多说什么,而且也不想再说什么,"他断然声明说。

"可是你们俩为啥不作声啊?"弗罗连科夫朝着瘸子和叶格列夫厉声喊道。

"俺们有啥办法?俺们只不过是当见证人来的,"叶格列夫低声回答说,而杜多罗夫又补充说:

"因为不相信俺们俩,所以才派马克西姆来的。"

"派俺来是因为你们是胆小鬼,俺是谁也不怕,俺已经担惊受怕惯啦,"洛夫佐夫说。

杰尼索夫也想站起来,但是最后只是挥了一下手,说道:

"到厨房里去吧,叶格列夫,喝茶去吧。"

但是洛夫佐夫转过身去,背朝着这几位庄重的人物说:

"你们办不到吗?俺明白:你们是对立的一方。俺们会请自己的律师来跟你们干的。"

他们走了出去。弗罗连科夫随后把门紧紧关上,然后对萨姆金说:

"您看,是不是……"

但是杰尼索夫阴沉地打断了他的话。

"亲家公,你真不该把他们领到我这儿来。我对这件事毫无兴趣。现在人们会说,我也去插手这场荒唐的官司了……"

449

"难道说你真没有插手吗?"弗罗连科夫笑嘻嘻地问道。"克里姆·伊万内奇,您看到了,这是个多么古怪的庄稼汉了吧?他一无所有,他什么也不感到可惜,到处捣乱!而且几乎每个村子里都有一两个这号毫无心肝的人物。这家伙甚至还蹲过监狱,充军发配过,眼下还在警察监视下住在家乡,不许远离。但是他根本不会过日子,只会捣乱。这号人把农村祸害苦啦。"

"这都是一九〇五年犯下的罪……莫斯科的流毒遍及全国,"杰尼索夫忧郁地插嘴说。

"对极啦!"弗罗连科夫同意说。"莫斯科对我们,对俄罗斯犯下了很多罪……真的,是这样!"

"最好去听听他在那儿讲些什么,"杰尼索夫一面建议,一面费劲地站起来,小心翼翼地从屋子里走出去,临走还唠叨抱怨说:

"阿尼西姆,毕竟你不该把他们带到我家里来……"

"哼,没关系,委屈一点儿吧,"美男子对着他的背影嘟哝说,然后就坐到萨姆金旁边的沙发上。"嗯,是啊。莫斯科……一九〇六年一个名叫波斯尼科夫·谢尔盖的本地庄稼汉从莫斯科回到村子里来,他在那里当了三年看门人,在这以前本来是个很安分的老实庄稼人……可是他却在我们这儿大肆活动起来,结果被逮捕了,押送到诺夫戈罗德,就在那儿被绞死了。这个案子办得很匆忙:头天下午一点钟判决的,第二天一早就执行了。我在他的案子里是证人:审判时,我感到非常惊讶!他头发乱蓬蓬地站在那儿,对法官们说话的口气就像他有多了不起的权势似的。"

弗罗连科夫温和地讲着,双手悠闲地摩挲着大胡子,把它披散在背心上,红扑扑的脸上露出善意的微笑。

"他就像教训青年人似的教训我,"萨姆金也善意地想。

"当然是莫斯科的功劳。它闹出了一个杜马。杜马,当然……可以带来好处。可是事在人为。我们把诺盖采夫送进了杜马。一九〇五年庄稼人曾经搞了他一家伙,把他吓坏了,就把土地卖给了杰尼索夫,我买了他一片小树林。可是现在,诺盖采夫又想当地主……就闹出事情来了。他是个温顺、聪明的人,托尔斯泰伯爵的信徒,但是他太贪心。贪心到使我们简直觉得可笑。他贪心,然而很笨。"

门轻轻地开了,镇长探头看了一下,用手指打了个招呼,弗罗连科夫站了起来,笑嘻嘻地朝萨姆金挤了挤眼。

"请咱们去哪。走吧。"

他们走到过道里,停在角落里一个大柜橱旁边,墙上高处有一个方窗,光亮透过窗户照在橱门上,可以清楚地听到洛夫佐夫说话的声音:

"叶格列夫,你的年纪整整比我大十岁,可是好像比我蠢得多。也许,你是为了过舒服日子,故意装傻吧,啊?"

"算了吧,马克西姆,你这些话俺们早就知道啦……"

"难道说庄稼人可以信任他们吗?你看见他们啥时候关心过咱们呢?他们只关心一件事,就是剥庄稼人的皮。庄稼人得到过啥好处呢?咱们从他们那里得不到好处,只是白费力气。"

萨姆金懂得,在窗下窃听别人的谈话是很不体面的事情,但是弗罗连科夫宽大的脊背把他紧紧地挤在墙壁和柜橱之间的死角里。可以听到屋里人从茶碟里喝茶的声音,在砖上铦刀的声音,一个老太婆的声音在里面唠叨说:

"喝吧,喝吧,你这个贫嘴!当心又把你送到警察局去。"

厨房里呛人的浓厚油腻气味从窗户里飘过来。

"就像孩子们在学校里唱的那样,'为了教会和祖国的光荣'你杜多罗夫锯掉了一条腿。如今庄稼人的脑袋、胳膊和大腿又在分家啦,可是为了啥呢?为了谁的好处他们挑起这场战争呢?为了你吗,为了你杜多罗夫吗?"

"听见了吧,这狗东西!"弗罗连科夫快乐地悄悄说道。克里姆·伊万诺维奇·萨姆金从他背后溜了出来,走回屋子的时候,心里想道:

"是啊,一个有害的庄稼佬。特别是在重新提出这样的问题的日子里：'斯拉夫的溪流是不是都流进了俄罗斯的海洋，俄罗斯的海洋会不会干涸……'"

杰尼索夫站在屋子中间，眼瞅着地板，双手放在肚子上，慢慢地转动着两个大拇指；他朝客人看了一眼，摇了摇脑袋。

"对牛弹琴，跟马克西姆卡是什么也谈不成的！"

"我想到沙土村去走一趟，直接跟农民们谈一谈，"萨姆金声称，杰尼索夫的兴头来了，把两手分开，摩挲着屁股，很有把握地说道：

"同样是对牛弹琴。庄稼人懂什么法律呀，他们已经过惯了没有法律的日子。而且诺盖采夫根本就不应该麻烦您来这一趟，真的，很不应该！您自个儿想想，什么叫和解？就是吃亏赔账。克里姆·伊万诺维奇，请您把这件事交给我和亲家公来办吧，我们会找到和解的办法的。"

弗罗连科夫走了进来，笑嘻嘻地说道：

"这些家伙吵起来了。一瓶酒喝下去，话匣子就打开了。"

"现在酒也是一个问题：由于禁止卖酒，所以到处都在烧私酒、喝酒精，"杰尼索夫生气地说。弗罗连科夫快活地，但是带着几分妒意补充说：

"而修道院在偷偷地卖伏特加，五卢布一瓶。"

"喝茶，喝茶！"打扮得花枝招展的索菲亚邀请说，她挽着萨姆金的手臂，就开始很关心地问道：

"有人说知识分子转向宗教思想，可以把他们从黑格尔和马克思的哲学迷雾中解救出来，使他们变得更有爱国思想，并且说所有这一切都要归功于梅列日科夫斯基，您同意这种说法吗？"

"连她问的是什么都听不懂！"杰尼索夫用巴掌拍拍女儿的背，大声称赞说。弗罗连科夫用响亮的笑声支持他的赞语，并且补充说：

"有时候青年们凑在一起，就开始卖弄自己的学问！你坐在一边听着，讲得真不错！所有的话都是俄国话，可是什么意思呢？一点也不懂！"

克里姆·伊万诺维奇·萨姆金看到,姑娘对两位父亲——生父和教父的赞美并非完全无动于衷,她那粉红色的脸上泛出得意的红晕,两只圆圆的小眼睛甜蜜地眯缝着。他不喜欢那些总爱问这问那的人。他也不喜欢这个像鸭绒枕头一样柔软艳丽的姑娘,所以他很满意,两位父亲的插话使他不必回答这个问题,使索菲亚忘掉这个问题,又提出了另外一个:

"您认识佩利尼科夫教授吗?认识?是一位非常俏皮、非常有天才的人,是不是?秋天他曾到这儿来打过猎……我们这儿的湖上有很多雁……"

"嗯,是的,雁,"杰尼索夫怀疑地插了一句。女儿仍旧讲下去:

"他们来了三个人:一个是诗人,大块头,很喜欢吃,另一个不知道是干什么的。"

"知道,"弗罗连科夫说。"是一个贬职的什么官儿。姓塔吉尔斯基。"

"大概是个同姓的人,"萨姆金心里想,不过终于还是问道:"这个人什么样子?"

"是个叫人很不舒服的人,"姑娘皱了皱鼻梁,说道。萨姆金不由自主地、肯定地点点头。

"身材矮小,病恹恹的。头发已经白了。不爱说话,"弗罗连科夫补充教女的话说。

姑娘又开始提出一些聪明的问题,萨姆金已经对她非常厌烦,就发表了一篇简短的演说:

"您的兴趣颇为广泛,"他开口说,语气竭力讲得柔和。"不过我觉得,当前,我们每个人的兴趣都应该集中在战争上。我们的仗打得不很顺利。我们的军需大臣拼命在报纸上大吹战备搞得如何如何好,结果,满不是那么回事儿。从这里应该得出结论,陆军大臣对他负责的事务的情况很不了解。对于交通大臣也可以这样说。"

他指出了铁路建设与国防需要缺乏全面考虑之后,也很有分寸地谈了谈财政部的活动情况。

"我们已经债台高筑,靠向法国银行家借债过日子,已经欠了将近二百亿法郎的债。"

他讲这些话,开始只不过要堵住这位有学问的姑娘的嘴,但是他很快就证实,自己的演说非常成功。弗罗连科夫和杰尼索夫聚精会神的样子使他对此深信不疑:两亲家一动不动地坐在那里,专心致志到这样程度:弗罗连科夫一只手里擎着舀满了蜂蜜的茶匙,另一只手端着杯子,却迟迟不把茶匙送进嘴去,蜂蜜融化了,滴到桌布上,当一声不响的妻子悄悄对他说了句什么话,他不但没有回答,反而怒气冲冲地朝她龇了龇牙。杰尼索夫靠在椅子背上坐着,大瞪着两眼,把一只沉重的手放在女儿的圆肩膀上,一边叹气,一边哼哧着。这个偏僻的沼泽小镇上的两位显赫人物竟听得这么入神,鼓舞着他滔滔不绝地讲了下去,使克里姆·伊万诺维奇产生了某种希望,他观察着他们,同时提醒自己:像这样的人有几百万,于是就讲得更加勇敢和坚定。

"还必须补充一点,某些古怪、丑恶的事情,在俄国是可能发生的,而在欧洲则是完全不可能的。我指的是拉斯普京。一切有关他对皇后和沙皇影响的流言,其中大概有一半,有半数是捏造和谎言。但是一个不学无术、出卖灵魂的可疑人物……正在沙皇的家族中起着某种作用,这毕竟是个事实。你们昨天听过的那个传道士,青年时代我就认识他,那时候他是个木匠。这是个可怜的……人,这么说吧,一个想入非非的人。但是却是一个正直的、笃信上帝、爱护他人的人。可是,拉斯普京,从各个方面看不是这样的人。"

弗罗连科夫再也沉默不下去了,他把茶匙放进茶杯里,用手抓住下巴上的大胡子,晃了晃身子,坐的椅子咯吱咯吱响起来。

"听听,听听真理的声音吧!……"

"那么该怎么办呢?"杰尼索夫伤心地问道。"啊,主啊……"

"应当扩大自己关心生活的圈子,"克里姆·伊万诺维奇不容反驳地劝告说。"你们,各省、县、村、镇的居民们,你们是真正的俄罗斯……是俄罗斯的真正主人,你们是力量,你们有几百万人。你们不是百万富翁,不是官僚,可是正应该由你们来管理国家,你们,民主派……你们不应该把诺盖采夫这样的人送进杜马去,你们自己应该去参加杜马。"

"可是事业呢?事业怎么办呢?"弗罗连科夫用沮丧的声调问道。

"各种事业都困难重重!"杰尼索夫忧郁地牢骚起来。"这场战争……弄得人心惶惶!事业是需要安定的。"

"是啊,就说厨房里的那几个庄稼佬,"弗罗连科夫想起来了。

"你叫他们滚他妈的蛋吧,"杰尼索夫阴沉地咆哮道。"叫他们到客栈去住。明天,告诉他们,明天再谈!克里姆·伊万诺维奇,您把这一切都交给我们办吧。我们把结果告诉诺盖采夫……我们给他写信。小事一段。您放心好啦。对庄稼人我们了解得还是很透彻的!"

弗罗连科夫派妻子去告诉庄稼人,自己也站起来,向隔壁屋子走去,唤了一声:

"亲家公,这儿来!"

姑娘索菲亚抓住二位父亲出去的机会,立刻就问道:

"您读过罗季奥诺夫的《我们的罪行》吗?"

"没有,"萨姆金冷淡地说。

她觉得很热。屋子里很暖和,再加上喝茶,热得她满脸通红,她用绣花手绢不停地扇着胖胖的小脸儿,软胖的小手在萨姆金眼前闪来闪去。

"丫头胚子,"他心里想,可是姑娘却兴头十足地、匆忙地说道:

"这本书妙极啦。作者是博罗维奇的地方长官。他把自己的子民描写得那么可怕,佩利尼科夫教授——他也是博罗维奇人——评论说,'这一切都是真实的,但是罗季奥诺夫已经在想恢复农奴制了。'请您说说:难道农奴制已经不能再恢复了吗?"

"那么说,您希望恢复农奴制啰?"

"我不懂政治,也不喜欢政治。如果庄稼人是这种样子的话,那就得有对付他们的办法……"

弗罗连科夫从门口探头进来,问道:

"您玩斯土考尔卡①吗?"

"不会。"

"会玩兰姆斯②吗?"

"好像还可以玩。"

"那就请来玩一会儿吧!咱们玩到吃晚饭,玩玩吧。"

克里姆·伊万诺维奇很满意自己的演说,越来越喜欢这两位亲家,他很高兴地坐下来打牌,手气很好,赢了八十三个卢布,等他把钱装起来的时候,脑子里甚至闪过一个怀疑的念头:

"好像是在贿赂我似的。可是为什么呢?我有时候对人很不公正。"

后来大家就吃晚饭,又是大吃大喝。萨姆金都不记得自己是怎么去睡的,第二天将近中午的时候,才被杰尼索夫叫醒。

"该起来啦,不然您就赶不上火车啦,"他提醒说。"要不然您在我们这儿再住一天?您这个人很合我们的心意!我们再邀几个人,五六个,十来个人一起吃晚饭,谈谈,好吗?"

萨姆金说,他也很高兴结识他们这样可敬的人,但是不能再耽搁了,因为还要到里加去。

"全是为了打仗的事吗?唉,战争,战争……"

---

① ② 均为纸牌的玩法。

第二十一章

一

他坐在一辆舒适的、有柔软弹簧的四轮马车上,摇晃了三个钟头,到了博罗维奇,正好赶上一列火车,但是在诺夫戈罗德,又遇上了他曾亲历过、但是更为惊险的事件。

在挤满了军官的食堂里,一个侍者——身材矮小、脸刮得很光、面貌像天主教修士的小老头给萨姆金在角落里一张被一棵桂树遮住的桌子上找了一个座位,桌面有三分之二的地方堆满了一摞摞的盘子,他把一套餐具摆在空地方上,一面摆,一面说,到里加去的火车误点了,而且不知道什么时候会到达,车站已经被几列急于开往前线去的西伯利亚兵车堵塞,两列开往彼得堡的运伤兵的列车也被阻拦在这儿。

"而且还有从波兰逃来的难民在乱闯……"

"他知道,他是在跟地方与城市自治联合会①的成员谈话,"萨姆金看出了这一点,就问道:

"很乱吗?"

---

① 全名是"全俄地方与城市自治会联合会",这是第一次世界大战期间,俄国贵族和资产阶级建立的一个反动组织。

457

"自己把自己闹昏了,看着都难过,"小老头说。

惯常的刀叉声中增加了新的音响,加进了马刀鞘威武的响声。窗外的站台上,军乐团的铜管乐队正在呜咽和哀鸣,往返调车的机车刺耳的汽笛声和搬道工尖厉的哨声不时惊破乐队演奏的音乐,附近什么地方,传来士兵的歌声。身上紧紧系着武装带的军官们,态度非常豪放,说话吵吵嚷嚷。有很多女人和鲜花,不时发出开香槟酒瓶子时那种射击般的响声,食堂中央一张大桌子旁边站着一位穿燕尾服的人,留着两绺长胡子,高额秃顶,他把酒杯几乎举到脑袋顶上,在说些什么。萨姆金仅能听到个别的字句:

"我们的错误……不应该……那我们在一八七一年就可以……不要那一批小国而把德国拿到手。"①

"放心吧,老人家!"一个清脆的、年轻的声音喊道。"我们一定叫普鲁士人回到原始状态中去。为我们的军队干杯,乌—拉!"

虽然很不整齐,但是大家都高兴地大喊乌拉。有人提议说:

"为沙皇陛下的健康……"

"算了吧!"

"为—什—么?"

"谁敢说这话?"

"酒馆里面不是向陛下致敬的地方!"

"对极啦!"

"不,对不起……"

一个矮小瘦弱的军官傻笑着,走到桂树跟前,动手折一根桂树枝。他浑身上下都是崭新的,皮带、扣环都闪闪发光。两只大眼睛炯炯有神。黝黑的、尖鼻子的脸上留着黑黑的小连鬓胡子,(这使萨姆金不由自主地想):

---

① 这是当时俄国资产阶级报刊中极为流行的思想:即在一八七〇至一八七一年的普法战争中,俄国如果支持法国,法胜德败,就不会出现今天这种局面了。

"达第安。"①

这个军官已经喝得烂醉,身子摇摇晃晃,两手已经不听使唤,树枝没有折下来,这时他就从刀鞘里往外拔马刀。萨姆金从座位上站起来,心想如果军官要动手锯或砍那棵桂树……萨姆金急忙离开桌子,站到窗户旁边去。

小老头侍者跑过来说:

"让我来,我拿小刀儿……"

军官笑嘻嘻地瞥了他一眼,咕噜道:

"滚开!"他把刀往上一举,往后踉跄了一下,朝桂树砍去,削下了几片叶子,马刀砍到桌上的盘子上去。

克里姆·伊万诺维奇的旁边什么东西突然响了一声,接着是一阵喧闹,他朝窗子看了看,和他仅隔着两层玻璃,有两张满脸胡子、露着牙齿的狰狞可怕的鬼脸。军官的马刀并没有使他害怕,但是这两张狰狞可怕的面孔却吓得他哆嗦了一下。而且立刻就不只是两张了,而是五张、十张,数不清了。这些鬼脸龇牙露齿,正以令人难于相信的速度在增加。有两张脸正在指手画脚地讲些什么,引得一群人发出了听不见的笑声,这群灰色的、像鹅卵石似的形象模糊的人紧紧地挤在一起。他们越来越挤近窗户,很可能挤碎玻璃,冲进食堂。

有那么一刹那,萨姆金觉得自己快要昏厥过去了。他甚至觉得,听见了一阵阴森可怖的狂笑,觉得笑声压倒了军乐队铜喇叭的呜咽声,机车的汽笛声和搬道工的哨子声。

两个魁梧的宪兵把砍树的人带走了,一位肥胖的军官陪着他们;小老头一边收拾破碎的盘子,一边唠叨说:

"天天都有这种事。今天这已经是第二起啦,那一位也被押到卫戍司令部去了,这家伙钻进了女厕所,把他那玩意儿掏出来给太太小姐们看。"

---

① 法国作家大仲马的小说《三个火枪手》里的人物。

"给我一杯咖啡,咖啡,"萨姆金对小老头说,一面斜眼瞅着窗户,一面用手绢擦着脸上和脖子上的汗水。

大桌子周围的军人和文职人员,男的女的,手里都端着酒杯站在那里,拼命大声唱起《上帝保佑沙皇》,他们喊得震耳欲聋,大概自己听不出,他们唱得既不正确,而且虚伪。疯狂的歌声在唱到"强大的国家"时突然中断了,有人刺耳地喊道:

"您怎么竟敢怀疑皇上军队的威力呢?"

"应该挂上窗帘,"老头子端来咖啡的时候,萨姆金对他说。

"窗帘子都拿去给后方医院了。当然应该挂上。不给士兵喝伏特加,可是军官们,您看看……他们不仅喝香槟酒,还喝更厉害的酒……"

萨姆金斜眼朝窗外看看。站台上的士兵渐渐稀少了,但是仍有三名士兵紧靠窗玻璃站着,现在他们那轮廓模糊不清的脸上,神情是呆板的,但是仍然残留着刚才使他们的脸相变得非常难看的无声狂笑的可怕神情。

"他们是为了保卫祖国被征召入伍的,"萨姆金心里想。"他们对祖国是怎样想的呢?"

这个有趣的问题立刻以空前尖锐的形式摆在他面前,要他回答,克里姆·伊万诺维奇也就匆忙地找到了答案:

"普通人根本没有祖国这个概念。他们总是说:'俺们不是俄罗斯人,俺们是萨马拉人。'祖国,这是个精神力量的概念。如果不了解祖国的历史,就不会有祖国这个概念。"

食堂里的人渐渐稀少了,妇女们一个跟一个地走了,但是喧哗声却越来越大。喧哗声集中在离萨姆金很远的一个角落里,那里集聚了几个衣冠楚楚的文职人员,三名军官和一位身材高高的、穿军需官制服的、秃顶的人,他嘴里叼着香烟,左颊上贴着十字形的黑膏药。

"我们原本应该学习,学习,而不该打仗,"他用嗡嗡的低音说道。"我们只会跟土耳其人打仗,就连土耳其人列强也不肯让我们打……"

"俾士麦说过……"

"说过就死了。"

"我们大家都要死……"

"历史是知识分子文化活动的结果。这当然是无可争辩的。关于阶级在历史中的作用的学说呢？这是一种对社会矛盾进行理论解释的失败尝试。写历史的既不是资产阶级，也不是无产阶级，而是某个第三者。"

"一个穿灰衣服的人①？"记忆不合时宜地提示说。

他瞅着被限制在杯子边沿中的黑黑的咖啡，急于要熄灭这个问题，同时又从喧哗声中谛听到各式各样的话语。

"我认为祖国就是这样一种东西，没有它我就不能美满地生活。"

"诸位！请允许我提醒你们：这儿可不是进行政治争论的地方，"有人权威地喊道。

"也不是自我争论的地方。"萨姆金心里补充说，内心仍在机械地继续争论。"巴黎的生活比彼得堡更有趣，更舒服……这并不正确。"

"我们在波兰打了败仗，是因为犹太人出卖了我们。报纸上虽然还没有披露过，但是大家已经在纷纷议论了。"

"报纸全都掌握在犹太人手里……"

"这个被上帝剥夺了祖国的种族的叛卖勾当已经铁定无疑，"一个秃脑袋尖得像鸡蛋、红扑扑的脸上留着稀疏的灰色小连鬓胡子的人刺耳地尖声喊道。

"活见鬼！但是请问：我，作为一个地主，难道没有权利谈论我的经济利益吗？"

"是没有权利。战争时期，公民的一切权利都由皇帝陛下依法剥夺。"

响起了刺耳的铃声和喊叫声：

---

① 安德烈耶夫《人的一生》中的人物，象征人的不幸遭遇和命运。

"去里加的火车进站啦……"

桌椅在地板上的挪动声、杯盘的叮当声乱成一片,有人歇斯底里地喊道:

"诸位!在这决定性的时刻……"

"活见鬼,为什么是决定性的时刻?"

二

十分钟以后,萨姆金已经坐在一节二等车里面。车厢破旧不堪,吱吱嘎嘎地乱响,而且跳动得那么厉害,仿佛要从铁轨上跳出去似的。车厢的响声和震动在萨姆金心里引起了一种印象,觉得这节挤满了人的车厢是轻飘飘的,很不牢靠。车厢里的三盏灯——两个门口各有一盏,另一盏在车当中——暗淡地照着座位上的乘客,每排座位上坐三个人,乘客们在摇晃着,使人觉得这是他们在摇动车厢。坐在旁边的一个大块头的胖女人总在碰萨姆金,压到他肩膀上,她穿着枣红色的皮上衣,胸前有一个红十字,头上戴着一顶枣红色船形帽;她双手扶着一只放在膝盖上的手提包,脑袋在座位的靠背上滚来滚去,鼻子里发出鼾声,她睡着了,肥胖的身躯在哆哆嗦嗦地摇晃着,车厢急剧的跳动把她惊醒,她一边苏醒着,一边抱怨地低声嘟哝着:

"啊呀,我的天,对不起……"

靠窗坐着一个穿掐腰长袍戴缎帽的人,他正在吸烟,白连鬓胡子里直往外冒烟,他用鼓鼓的眼睛瞅着坐在他对面的那个人,这个人的尊容很像丹麦狗的高贵嘴脸——下颚过分突出,前额却移到后脑勺上去了,这个人旁边还有两个人在打盹,一个人寂然无声,另一个却在惋惜地吧咂嘴,而且很生气。车里昏暗的灯光使所有的人都变得很丑陋,这跟萨姆金的情绪颇为一致,他觉得自己很疲劳,狼狈,心神不安,正在堕入叶洛尼姆·波修的荒唐意境中去。他忧伤地想起了那个被十来座教堂钉在地上的小镇,想起了杰尼索夫温暖、热情的家宅和聪明的美男子弗罗连科夫。

那个生着一张狗脸,裹着花格毛毯的人低声说道:

"你明白吗,当家人就应该了解自己的家业,可是他呢,不学无术,什么也不懂。皇家步兵营房举行奠基典礼时,他当然参加了。他说:'真是怪事:把各种破烂堆在一块儿,浇上些什么东西,就能变得结实坚固了。'"

"等等,你等等,"白胡子的人高兴地用低音小声喊道。"这太妙啦,这就是他对国家的概念!"

"哼,他可未必会说俏皮话!"

"这是在谈论沙皇,"萨姆金断定,闭上了眼睛。在完全的黑暗中,各种声音似乎变得更加清晰了。能够听到在他前面靠门第二排的座位上,正有一个微弱的声音,像潺潺的流水似的在低语,虽然时而被小声的干咳打断,但仍清晰可辨。

"我们俄国差不多已经是殖民地啦。我们的冶金工业有百分之六十七掌握在法国人手里,造船业中,法国人的资本占百分之七十七。我们的全部银行资本是五亿八千五百万卢布,其中四亿三千四百万卢布是外国资本;在后面这个数目中,有二亿三千三百万卢布是法国资本。"

"大概是一个穷小子,"萨姆金心里想。"又一个塔吉尔斯基式的数字狂。"

"我们之所以参战,是因为普恩加莱想报(一八)七一年的仇①,想收复四十三年前被德国人割去的那片矿区。我们的军队扮演的是雇佣军的角色……"

一个愤怒的声音打断了这低声的谈话:

"啊,问题就在这里!您是在阐明无政府主义者列宁的观点,是吧?您就是所谓的布尔什维克吧?"

---

① 指一八七〇至一八七一年的普法战争。

"不,我不是布尔什维克。"

"噢,够啦!我懂……"

"但是列宁是个善于统计的人……"

"你等等,伊戈尔,"第三个人插嘴说,而第四个人却用低音说道:

"咱们有足够时间来争论。"

"照您说,列宁是这样?"

"我们的统计搞得一塌糊涂,"白胡子的人点点头说。

"我们的基本工业——纺织业,全都掌握在我们自己手里!"

"也就是说掌握在弗托罗夫和里亚布申斯基①一类人的手里。"

"哼,难道还会是别的样子吗?"

那个微弱的声调又透过热烈的谈话声传过来,开头有点模糊,随后萨姆金就听清了:

"如果撇开无产阶级专政的奇妙思想,我们的大臣们是可以从列宁那儿学到很多东西的,他是一个博学多才的经济学家……是的,依我看,就是工人阶级专政……"

火车头尖厉地叫了一声,立刻好像撞到什么东西上似的,车厢轰隆乱响,有什么东西像枪响一样破裂了,制动器吱嘎吱嘎地响起来,那个穿有红十字皮上衣的女人跳了起来,手提包碰在萨姆金的肩上,他喊叫道:

"噢唷,我的天,我的天,这是怎么回事,怎么回事?"

所有的乘客都醒过来了,跳了起来,你推我挤往车门奔去。

"出轨啦!"萨姆金说,紧紧靠在座位的靠背上,他被火车的震荡、响声和人们的惊慌弄得全身软弱无力。有人已经在安慰那些激动的乘客。

"在列车就要进站的时候突然发生不准进站的信号。火车司机是个好样的……"

---

① 这两个人都是十月革命前俄国的大资本家。

"您听见了吧?"那位太太责备萨姆金说。"而您却大喊什么:出轨啦!"

"我没有喊。"

"怎么会这样?我听见您喊啦!您是地方与城市自治联合会的成员吗?"

她立刻就愤怒地谈起,地方与城市自治联合会是个不知道自己为什么要存在,应该干什么和拥有什么权利的团体。

萨姆金生气地声称,批评联合会为时尚早,它刚刚才开始工作,但是妇人坚定地反驳说:

"你们已经在妨碍我们'红十字会'的工作了,妨碍兵站……"

但是那个生了一张狗脸的人漫不经心地插嘴说:

"各地的地方和城市联合会很知道它们想要干什么,他们是米留可夫的后备军,他们就是这么一批人。只要杜马一解散,它们就会以政党的形式出现,没有错!"

萨姆金很不高兴地用感叹词、耸肩膀和提出问题来反驳他们。他自己也还不很了解联合会的目的,不过他很喜欢有可能把参加杜马的各党派以外的民主力量广泛联合起来的这种主张。他那放纵惯了的和好献殷勤的记忆立刻违反他的意志,讽刺地给他提示:"把各种破烂堆在一块儿,浇上些什么东西,就能变得结实坚固了。"……但是一个使他感到不愉快的、甚至烦恼的印象妨碍他继续考虑和争辩有关这个团体的问题:他深信,五分钟以前,确实是塔吉尔斯基从他身旁走了过去。是的,这毫无疑问地是塔吉尔斯基,不过身材显得瘦小了。他走得很慢,眼看着脚底下,过往的人撞他一下,他的身子晃了晃,靠到车厢的墙壁上,低着头站在那里,几秒钟都没有动,刮得光光的宽下巴几乎贴到胸上。

火车依然停着,激动的语声听起来更清晰了,几乎都在生气发怒;塔吉尔斯基像潺潺的溪流似的、从容不迫的谈话也听得更清楚了:

"如果我没有记错的话,俄国的国家资产共计是一千二百亿卢布。"

其中包括乌拉尔那些破旧不堪的工厂以及这样一些古董:例如,还在叶卡捷琳堡铁路工厂里使用的、一八四五(年)的钻床和一八三七(年)的汽锤……"

"这是官办的官僚企业……"

"在我们的纺织业中,还保留着一些七十年代的机器。国家资产中还包括农民使用的木制农具——木犁、木耙……"

"总在算啊,算啊……算了一辈子账,多么奇怪的生活目的,"克里姆·伊万诺维奇愤怒地想,就不再去听塔吉尔斯基那些枯燥无味的、像撒下来的沙粒似的沙沙的语声。正巧这时候火车头短暂地鸣了一声汽笛,往前一冲,拖着列车缓缓向前走了一分钟,又停了下来,在一些车厢中间,在一片轰轰隆隆、咯咯吱吱和尖厉哨子的混声中,响起了一阵号兵凄厉的喇叭声,他吹了一个什么信号,传来一声拼命的喊叫:

"立正!"

又一次使他想起了那个驼背小姑娘生气的、尖细的声音:

"喂,你们捣什么乱呀!这可不是你们家的孩子!"

这时候火车头又叫了一声,好像发脾气似的使劲拉了一下车厢,那位穿皮上衣的太太一把抓住萨姆金的膝盖,而白胡子乘客则抓住了他的肩膀。

"啊呀,我的天……请原谅。真可怕,我们的火车司机就这样开车呀,"她说道,想了想,又解释说:"好像是在一条乡间的小道上开车似的。"

"再过两分钟列车就开啦,"一个列车员走过车厢的时候报告说。

克里姆·伊万诺维奇·萨姆金还从来没有感到过几分钟的时间竟长得这么难熬。后来他还常常想起这个令人心惊胆战的不眠之夜,他觉得正是从那一夜起才最终地决定了他对生活、对人们的态度。

火车头猛地一冲,列车开动起来了,这使他不由地想到火车司机:

"把几百人的生命托付给一个半文盲的、不管什么样的钳工。他载着这些人走上几百俄里。他可能发疯,跳车,逃走,或者死于心脏麻痪。也可能,由于他对人的憎恨,而不惜牺牲自己的性命,使列车出轨。他对我……对人们所负的责任是微不足道的。一九〇五年,尼古拉耶夫铁路的一个火车司机,曾当着清剿队的面把一些革命的工人运跑了……"

"人的统治权,就是个人的统治权,这是永恒的。归根结底,毕竟还是某些个人左右世界。群众正是为了某些个人的利益在互相残杀。世界就是这样。'过去是这样,将来也还是这样。'"

"我应该使我的记忆从书本的……尘土中解脱出来。这些尘土只有在我的智慧光芒照耀下才显得光彩夺目。当然,并非全部都是这样的。其中有一些真正美丽的颗粒。语言的音乐远比用七个音符以各种方式谱成声音的音乐有价值得多,声音的音乐只能机械地影响我的感情。而语言首先是人的自卫武器,是盔甲、刀剑。多余的话语妨碍思维活动的进行,成了它的累赘。别人的语言窒息我的思想,歪曲我的感情。"

这些思想里并没有什么新东西,但是它们却比从前任何时候都显得更紧凑,更自信。

三

黎明时分,列车徐徐驶进了大雪纷飞、狂风怒吼、充满士兵的混乱城市。士兵们有的聚集在车站上,有的被风吹着在街上走,有的成群结队,有的单独走着,有的骑马或坐在绿色的、拉着大炮的车上;在寒冷迷漫的风雪中,到处是徒手的和肩上背着步枪或者弯着腰、背着口袋的灰色人形。大雪从马路上向他们迎面扑去,从屋顶上撒到他们的头上,旋风在十字路口上盘旋呼啸。

克里姆·伊万诺维奇·萨姆金穿得很暖和,很舒服,英姿焕发,正是一位应召参与历史事件的人物应有的样子。一个浑身是雪、相貌非凡、穿着带风帽的蓝外套、戴一顶芬兰式皮帽,留着两撇胡子,很像一位历史名将的肖像的马车夫,带着拉脱维亚口音,漠不关心地告诉萨姆金说,所有旅馆都已客满了。

他那两撇白胡子朝上翘起,直到耳朵边,他的身材高大肥壮,马车也很大,可是那匹马却又小又瘦,像小老太太似的,用小步跑着。车夫厉声吆喝:

"噢哟,噢哟!"人们大骂这个车夫,一名士兵甚至用枪托朝马的肋部戳了一下。

在三家旅馆里的确没有找到住处,第四家旅馆宣称,他们这儿每一个房间要住两位客人。分配给萨姆金的房间里,到处乱扔着军装,桌子上放着一把马刀和一个望远镜,沙发椅上放着一支拴在皮带上的手枪,帷幕后面有人像拉锯似的在打呼噜。萨姆金站在一面模糊的镜子前,整理整理压皱的制服和散乱的头发,觉得自己的仪容威严,于是就下楼到餐厅里去喝咖啡。立刻就有一个身材高大、下巴颏绑着绷带的人来到他的面前,口齿不清地问道:他是不是来搬迁一座什么工厂的?跟端咖啡的侍者一起来的,是一个红头发的人,他毫不客气地坐到桌边,若有所思地打量着自己的手指甲,用单调的声音问道:

"您的糖打算怎么办呢?噢,对不起,这不是您。我是说,您不是那个人……您来此有何公干啊?啊哈!撤退难民的。好极啦,我也是为此而来的。从奥廖尔派来的。要把难民撤退到我们那一带去,一般地说,要撤到咱们的中部地区去。可是他们不拨给车厢,如果步行,我担心他们会像鹅一样的冻死。您看,咱们怎么办?"

从他说话的神气可以清楚地看出:他根本是言不由衷。萨姆金仔细观察了一番他那右眉上有一颗痣子的圆脸,心里想,在歌剧《鲍里斯·戈都诺夫》里演德米特里的那个演员,正是要这样的脸型。

萨姆金发现,只有他是一个人孤零零地坐在一张桌子边,其余的人都是三三两两地伏在桌子上伸长了脖子,在窃窃私语。从台球房里传出了台球的撞击声,房门口的一张圆桌子上,有五名军人在吃早饭,他们旁若无人似的在哈哈大笑,笑声是由一个大黑胡子、戴着缎子小

帽的肥胖军需官引起的,他正在讲什么事情,他那重浊的低音形成一片嗡嗡声,只能听出几个经常重复的字:

"我说,大人……"

"一片混乱,"那个脸上长瘊子的人说道。"大家都在失去什么,寻找什么。一车麻布从亚罗斯拉夫尔运到奥廖尔,立刻就发到这儿来,可是到了这儿马上就不见了。"

"还有肥皂,"有人在萨姆金背后说。

"什么?"萨姆金邻座的人隔着他的肩膀窥视着,不客气地问道。

"肥皂也被偷走了。"

"为什么偷走了?"

"您问,人们为什么要偷东西吗?显然是因为非常好玩……"

"您为什么想是被偷走了呢?"

"阁下打算叫我怎么想呢?"

克里姆·伊万诺维奇·萨姆金已经被这个不眠之夜的种种印象弄得疲惫不堪。他漠不关心地听着人们的低声谈话,凝视着窗外。窗外,大雪纷飞,一些模糊的灰色人影在漫天的大雪中时隐时现,而且他觉得有些满脸胡子、露着牙齿、无声地笑着的面孔,好像立刻就要靠到窗玻璃上来。

"喂,"他招呼侍者说。"能给我弄一杯伏特加来吗?"

"不用啦,你去拿两个杯子来就行啦,"那个脸上长瘊子的人说,从怀里掏出一个扁平的军用水壶。"白兰地。马尔泰尔牌。他们只能给您喝变质酒精。"

"谢谢,不过……"

"哼,那有什么关系?咱们是在打仗嘛。"

然后,他往杯子里斟着白兰地,自我介绍说:

"雅科夫·彼得罗维奇·帕利采夫。"他那双很难说是什么颜色的浑浊眼睛,用咄咄逼人的有力眼神看了萨姆金一眼,一仰脑袋,就把白兰地倒进嘴里,又往嘴里塞了一块砂糖,病态地皱了皱肥大的鼻子。

帕利采夫的不客气样子，随随便便的谈话和浑浊眼睛的冷漠眼神，都引起了萨姆金的好奇心；一边听着他那单调乏味的语调，一边心里判断着：

"他大概有四十岁。很不得志。大概'什么都无所谓了，什么都早已厌倦了'①。"

"这儿有很多投机商人和骗子，"他一面点着一支带着特别长的烟嘴的香烟，一面说道。"有些跟您一样，也穿着地方与城市自治联合会的制服。我还没有来得及作制服。坐在您后面的那个人，伊萨克松，开了一个伊萨克松和贝尔曼技术设备事务所，经营机器、车床、电气装备以及诸如此类的玩意儿的进口业务。两个人都是骗子，正在受审判。"

他又掏出军用水壶来，往杯子里斟白兰地。萨姆金道过谢，喝了下去，觉得白兰地有点儿类似香水的味道。帕利采夫一面用手掌摩挲着剪得短短的、像羊羔皮一样的红色卷发，一面警告说：

"伊萨克松当然会提出来为您效力，这就是说要欺骗您。他已经骗了我两千卢布。"

"他们怎么个干法呢？"萨姆金问道。

"他们有办法。您打牌吗？不打。这很好。昨天就有一个笨蛋输了三车厢的木板：原本是运来赠送'红十字会'作棺材用的，可是他却全输掉了……"

餐厅里一直在回荡着压抑的、忧心忡忡的低语声，台球房里传出球的撞击声，小卖部里碗碟急促地叮当响着，突然，一声响亮、欢乐的男高音把这一片喧哗扫荡一空：

"乌—拉！

'哎，勇敢的布祖卢克人

---

① 梅列日科夫斯基的诗句。

记得那至理名言……'"

有十来个人,用舞曲的调子整齐地伴唱道:

我们的俄罗斯母亲
是世界万国之尊!

在一片哨声和人的吼叫声中,从台球房里传出鞋后跟踏着镶花地板格登格登的响声。

"一定是报纸来啦,"帕利采夫嘟哝了一句,就站起来,匆匆忙忙地走了。萨姆金发现,这种匆忙的神情,跟这个人的粗矮笨重的身影和态度很不相称。克里姆·伊万诺维奇暗暗责备自己,没有及时询问帕利采夫,难民都安置在哪里,撤退难民的方式和技术问题,错过了向他全面了解进行这项工作的方法。他想在还没有见到本地的地方与城市自治联合会的代表之前,就先了解清楚这一切,这样在见到他们时,就显得他是一个了解情况的人,用不着像他那样的人的帮助就能独立进行工作。他又坐了十来分钟,听着台球房里狂热的歌声,快活的口哨不时打断歌声,爆发出阵阵狂笑,跳舞的脚步踏得地板咚咚乱响,他觉得再一个人孤独地坐下去很尴尬,仿佛是在对英雄们的寻欢作乐示威似的。他想朝里面看看,但是房门被堵得严严的,餐厅里所有的人几乎都挤到门边来了。

他站起来,向自己的房间走去,但是在前厅里,一个敞着怀穿皮大衣的奇怪人物拦住了他,这个人手里拿着卷毛皮帽,疙疙瘩瘩的大脸上,两只圆圆的鼓出的眼睛拼命地大瞪着,脑袋上是一团团斑白的、像羊毛似的头发,大脑袋直接长在肩膀上,根本看不见脖子,好像是个驼背的家伙。

"请原谅,"他悄悄地、匆忙地、有点嗄哑地说道。"我叫马克·伊萨克松,是的!在本城是很有点名气的。我要提醒您注意,刚才和您谈话的那个人是个骗子,真的。他是本城的理发匠,雅什卡·帕利采夫,真的。是个赌棍,流氓。总之,是个坏蛋,真的!您新来乍到……我认为有责任……这是我的名片。请原谅……"

他转过身去,背着萨姆金,嗄哑地问了一声,要不就是告诉什么人说:

"好啦。"

萨姆金看了看明信片上的几个熟悉的字:"马·伊萨克松及克·贝尔曼技术设备事务所"。

"这是个一目了然的骗子,"克里姆·伊万诺维奇心里想。过了几分钟,他就坐进一辆篷上落满了雪的马车里。暴风雪依然是那样猛烈,雪阵显得更加浓重,也可能是因为白昼变得明亮的缘故。一队队士兵连续不断地在迷漫的风雪中走过去,刺刀像梳齿似的梳理着迷漫的风雪。雪片从屋顶上扑到士兵的身上,扑到他们脚下,从两侧卷到他们身上,(但是士兵们)踏平雪堆,在两排石头房子中间的深沟中行进,他们无声地走着,连脚步声也听不到。房子的无数窗户都被大雪封死了。这数千灰色人影无声的运动给人一种恐怖、压抑的感觉,士兵的肩上和背上都好像长满了白毛,暴风雪似乎在竭力抹去他们脸上的红晕。萨姆金觉得,他还从来没有听到风这样凶恶、持久地呼啸和怒号过。

四

后来,克里姆·伊万诺维奇在一间温暖的、陈设十分讲究的办公室里坐了一个多钟头,倾听一位身材高大松软的人大发牢骚,这个人双下巴,面貌慈祥,像个年迈的奶妈。这张光光的、保养得很好的脸上紧绷着一层光滑的、像羔羊皮似的皮肤,在长胡子的地方,则是浅蓝色的,整个脸都透出粉红色的血晕,一张鼓起的小嘴儿,上嘴唇任性地朝着软绵绵的小鼻子翘上去,温柔的蓝色小眼睛和一头灰白的鬈发,这人的整个面貌给人一种非常明确的印象——他是个女扮男装的老妇人。

他绝望地把双手在桌子上空摊开,虽然是很委屈地,然而却是很温顺地用抒情女高音说道:

"我们联合会的所有会员都在前方,至于我本人由于担任俄罗斯亚洲银行本市分行经理的职务,所以不能离开城市,而且我的健康状况也不容许我离开。这些难民都集中在四十俄里外的一些空别墅里,而这些别墅已被'红十字会'租去安置伤兵,所以'红十字会'要求我们立即腾出这些别墅来。"

他谈起话来十分流利、沉着,一眼看得出来,他是很喜欢说话的。

"简直不能理解,是谁把难民遣送到这儿来的?而且他们,您知道吧,全是些犹太人,都是穷鬼,又都非常神经质,经常大吵大闹。他们带着一大堆孩子,孩子们正在死去,天气寒冷,又没有吃的!此外还有一批木匠,他们本来是预约到布列斯特-立陶夫斯克去做包工活的,可是又被从那儿赶出来了,他们的包工头一点钱也没有付给他们,就潜逃了,所以现在他们也在闹事,他们要钱,要面包,他们在那里砍伐树木来烧炉子,拆了一些别墅的附属建筑的木料,做成棺材去卖,难民的死亡率是很高的!总而言之,他们是为所欲为。而拉脱维亚人是些铁石心肠的人,这些砍树、拆房子的胡作非为……当然也就不会使拉脱维亚人感到难过!所以,尊敬的克里姆·伊万诺维奇,请您去解开……这个……戈耳迪之结①吧!主要的是那伙木匠!他们那儿有那么个代表,一个十分讨厌的小伙子,不过他了解这件事的全部根由。我打电话叫他接您。他姓洛谢夫。"

发完这些牢骚之后,他就兴致勃勃地谈起商品缺乏、物价高涨和卢布贬值。

---

① "戈耳迪之结"出于希腊故事:传说佛律癸亚国王戈耳迪结了一个十分复杂的绳结。术士预言:能解开这个结子的人将成为整个亚洲的统治者。后来这个绳结为马其顿王亚历山大用剑斩断。意即复杂的、不好解决的问题。

"刚开始打仗的时候一卢布纸币可以兑换八十戈比金卢布,现在已经跌到六十二戈比了,而且有跌到五十戈比的趋势。当然,'因祸可以得福',贬值的卢布也可以起良好的作用……不过毕竟,您知道吧……我们政府的财政政策……说实在并不高明。私人银行的作用被限制得太严了。"

他本来正在把说话声调逐渐压低下去,却突然高声喊道:

"我们确实见过面啊!您记得吗?在外省,是在下诺夫戈罗德,或者是在萨马拉?那时候我留着大胡子,对教派问题很有兴趣……"

"科尔米利岑!"克里姆·萨姆金想了起来,不禁叫道,他还记起来,那时候他就觉得这个人很像女人。

"正是!"银行家高兴地笑着,肯定说。"不过那是我的化名。"

对萨姆金来说,这并不是一次使他高兴的会晤,而且他根本也没有经历过使他高兴的会晤。然而在这一瞬间,他清清楚楚地感觉到,每逢他遇到一些人,由于他们是那么轻易地改变了自己的立场和惯用辞藻,竟会在他心里引起一种类似羡慕和委屈的心情,这完全是他自己的错误。

"这些人妄自菲薄,缺乏自信。这根本不应该使我感到烦恼。正相反:我应该为自己的坚定不移而自豪,"他坐在去华沙的火车里这样想着。

暴风雪仍在肆虐,使人觉得这是它在拉曳和摇动火车,要把火车从轨道上刮下来。火车头很费力地鸣了一声汽笛,小心翼翼地把列车拖到一个避暑村庄小站的站台上。萨姆金走出列车,卷进了风雪滚滚的寒流中,风雪立刻使他的眼镜结了一层冰,使他不得不摘下来。

"立一正!"一位身材高大的军人吼叫了一声,他一手敬礼,一手扶着马刀,但是立刻又惊慌地喊道:

"稍息!"

他身后站着三十来名扛着木锨的步兵,一个列车员跑过去,命令说:

"上车,上车!紧接邮务车的那节车厢!快!"

"跑步—走!"

士兵们消失了,站台上只剩下戴着红制帽的站长的身影和魁梧的大胡子宪兵,一些笨重的袋子从行李车上胡乱地卸下来,这一切都完成得十分迅速,风雪推动了一下火车,列车的挂钩哗哗啦啦地响了一阵,铁轨也隆隆地响起来。萨姆金站在那里,用一只戴手套的手挡着扑往脸上的雪,等候那个青年人,他觉得时间爬得出奇的慢,甚至爬都没有爬,只是在原地打转儿。而且他想到,自己到这里来干什么,并没有明确的概念。这时,站长走过来,嘎哑地问道:

"您是联合会派来办理难民事务的吗?那么请吧!他们就住在这儿,车站后面,那座灰房子就是。"

"应该有一位姓洛谢夫的来接我。"

"大概是洛克捷夫。米哈伊尔·伊万诺夫·洛克捷夫,"站长大声说道,一动不动站在那里的宪兵无声地跨着大步走到萨姆金面前。

"洛克捷夫临时出差去啦。灰房子里有几个俄国人,"宪兵报告说,又朝那些盖了一层雪的袋子挥了一下手,问道:"这是阁下带来的烤面包吗?"

"不是。您能领我去吗?"

"请吧,"宪兵同意说,接着又埋怨道:"给一千三百人只送来四口袋面包,总共不超过十普特。这些官老爷……难民已经三天三夜没有面包了。"

他们穿过车站,走进厚厚的积雪。

"洛克捷夫,"萨姆金心里想,又想起了那个讨厌的,他总爱批评他的小伙子——米沙。"看来,我已经认识全国一半的人了。"

出现了一个非常奇怪的、简直令人恼恨的念头:在他经过的道路上,到处都布置了他认识的人,布置这些人的目的仿佛是为了监视他的去向。风把屋顶上的一堆雪吹下来,落到宪兵的头上,落到克里姆·伊万诺维奇的领子里,填满了套靴,一座两层木结构的楼房的正面冒出了白烟,从楼里传出了哭号声和咯吱咯吱的响声。

"这儿住着些波兰人和犹太人,"宪兵愤愤地说。"犹太人中死了个什么人。一直在哭丧,您听见吗?"

屋子里,除了萨姆金走进来时经过的那个门以外,还有两个门,第一道门外是一个通往二楼的宽楼梯。从那两个门里蹦出一群好像被烧着似的半大孩子、姑娘和小伙子,几个大胡子、干瘦的老头子推开孩子们,庄重地从楼梯上走下来,他们穿着长袍,戴着小圆帽和皱巴巴的无檐大绒帽,两腮的连鬓胡子上有一绺一绺灰白的鬈发,还有几个穿式样过时的破大衣和斗篷的老太婆,他们一面嘟哝、叫喊、呻吟,一面行礼,挥舞着双手。在一片波兰语和犹太语歇斯底里的混乱声中,萨姆金听出了一些俄语:

"这些孩子怎么办呀?……"

"我们要死啦。"

"给我们一点儿面包吧!"

"那个米沙到哪儿去了,他懂得……"

一个青年人的声音从楼梯上清脆地喊道:

"您戴着眼镜,就是为了啥也不看见。"

人们挤在一起,成了一个多头的躯体,越来越逼近萨姆金,这些人身上发出了浓烈刺鼻的咸鱼和孩子尿布的气味,他们大声喊叫:

"为什么不许我们进城!"

"难道打仗是我们的过错吗?"

"我们遭到抢劫。"

"这儿什么也买不到……"

"我们都是穷人。"

"在那里对我们说得倒好,你们去吧,一切都会有……"

"拳打脚踢地赶着我们走……"

"你们一边教训要宣扬理智、慈悲,一边又制造战争,"那个青年的声音在楼梯上喊叫,从房子的深处传出一阵缓慢悲伤的歌声,在楼梯和人们的头顶回荡,就像是乡村妇女哭丧的哀号。

"唉,您看看,这……鬼知道这是怎么回事儿!"克里姆·伊万诺维奇朝宪兵嘟哝道。

"疯人院,"宪兵阴郁地回答,又责备说:"你们联合会组织得太糟糕。"

"但是洛克捷夫这个蠢货跑到哪儿去啦?他应该迎接我,说明情况。"

宪兵沉默了一会儿,悄悄地说道:

"根据普斯科夫宪兵队的要求,洛克捷夫被送到他们那儿去啦。"

透过疯狂的喧嚣妇女的愤怒哭号,非常顽固地传来一个重浊的、但是十分清晰的低音:

"现在已经是第七个人正死于这种可怕的愚蠢……"

说话的人是一个留着尖尖的大胡子的高个子老人,大胡子从皮包骨的黑脸上垂下来,两只圆圆的黑眼睛炯炯有神,尖鼻子在不停地抖动。

"我们请求:准许我们这里手中还有点儿钱的人坐火车到奥廖尔,到乌克兰去。在这儿他们抢劫我们,可是我们早就一无所有了。"

他身旁出现了一个小老头儿,身上披着一条红毯子,一只手在胸口揪着毯子,另一只手高举起来,但是这只手又软弱无力地垂下了。他那满面皱纹的、被眼泪浸湿的脸上,两只像烟熏过的、浑浊的眼睛怨恨地眨个不停,眼皮却是通红的,好像被火烧过似的。

萨姆金竭力想不去看他,但是还盯着他,并且期待着小老头儿会说出什么不平常的话来,但是他只是断断续续地、轻轻地像唱歌似的嘟哝着一些犹太话,通红的眼皮轻轻地哆嗦着。还有几个眼睛里同样也流露着怨恨的老头子和老太婆。一个身材矮小的妇人,她一只手在把黑发网套到乱蓬蓬的红头发上,另一只手在萨姆金面前挥舞着,喊叫道:

"孩子们为啥受苦呀?为啥—呀?"

老头子抓住她的手,甩到一边,说道:

"要让孩子们忘掉这样的日子……别说啦!"他朝妇人喝了一声,她便双手掩面,尖声哭啼起来。许多人都哭了。楼梯上也有人在喊叫,挥舞拳头,楼梯的木栏杆咯吱咯吱响起来,有人失足顺着楼梯滑下来,鞋后跟和鞋底子碰得楼梯的阶磴呼呼乱响,好像枪响一样。萨姆金觉得孩子们的眼睛和脸上的表情特别愤怒,他们一个哭的也没有,就连小孩子都不哭,只有怀抱的婴儿在啼哭。

"现在能做点什么呢?"萨姆金问道。宪兵斜眼朝他看了看,回答说:

"把他们送到奥廖尔去,那儿会处置的。这些还是比较有办法的,他们每天还有饭吃,可是您再看另外一些别墅里住的……"

"这些不幸的人,"萨姆金嘟哝说。

"尽是私贩子和特务……"

喊叫和哭泣使萨姆金心情烦躁,越来越难闻的气味使他喘不过气来,但是特别使他痛苦的是,脚冻得难过,脚趾头就像被烧热的钳子夹着似的。

他把这种情况告诉了宪兵,宪兵就提议说:

"请到院子里去吧,面包房里住着些俄国木匠,他们那儿很暖和。"

"没有旅馆吗?"

"旅馆都被征用安置伤兵了。"

第二十二章

一

宽大的面包房里充满了使人舒服的、有点酸味的热气。从三个落满了雪的方窗户里,稍稍透进一些光亮,照耀着低矮的天花板,在浅灰色的昏暗中,萨姆金觉得面包房里同样也挤满了人。但是总共只有二十来个,五个人坐在一张大工作案子的周围打牌,七个人围着看,有两个乱发蓬松的脑袋在低矮的炉子边上晃动,角落里一个看不见的人用男高音低声唱着悲歌,手风琴在给他伴奏,一个大块头鬈发的人躺在和面槽子上,双手放在后脑勺底下,在随着歌曲吹口哨。风在炉子的烟筒里哀叹、咆哮、呼啸。赌徒们在喊叫:

"我手里可是同花,真对不起啦!"

"我是黑桃八和两张框子!"

"我有三张十,妈的……"

"小声点儿,"一个小老头说道,把一件正在补缀的衣服从膝盖上撩开,把针插在黄衬衣的胸襟上,高兴地问候说:

"多么令人愉快的好日子,谢苗·加夫里雷奇!"

"但愿整个冬天都是这样的好日子,把德国人全冻死,"宪兵气冲冲地唠叨着说,四面张望一下之后,问道:

"你们把板墙都烧光啦?"

"我们拿板墙做了小棺材了。"

"你们要承担破坏他人财产的责任。"

"我们承担。这个问题很明显,没有什么了不起的责任。战争时期什么都可以破坏。"

"是个能说会道的家伙,可说是他们的头头,"宪兵忧郁地对萨姆金说道。"我回车站去啦,"他看看表又补充说:"如果有事的话,就派人去找我。"

萨姆金坐在一条长凳上,竭力想把套靴脱下来,可是怎么也脱不下来,套靴就像冻在皮鞋上了,脚趾头疼痛得难以忍受。穿黄衬衣的小老头儿微笑着,温柔地瞅着他在忙活。他像兵士一样站在那里,"脚跟——并拢,脚尖——分开",把粗大的手指头插进束在腰上、镶着银饰的高加索皮带里,浑身上下显得干净利落,灰色的小连鬓胡子剪得整整齐齐,鼻子尖尖,眼神机灵。

赌徒们不打牌了,也都转过身来看萨姆金的热闹,只有歌手与手风琴的声音还在和谐、凄凉地悲鸣。

"脱不下来吗?"小老头同情地问道。

萨姆金听得出问话中带着某种嘲弄意味,而且他早就觉得小老头非常虚伪、狡猾。但是他迫不得已,还是嘟哝了一句:

"您就不能帮帮忙吗?"

"列克塞,到这儿来,"老头子唤了一声。那个鬈头发的人无声地从和面槽上面跳下来,蹲在地上,抱住克里姆·伊万诺维奇一条腿就使劲一拽,因为连裤腿也拽住了,使他也不得不跳了一跳。

"慢着点儿,列克塞,你这样会把腿拽断的,"老头子依然是那样温柔地说,这就使萨姆金更加恼怒。套靴脱掉了,萨姆金站了起来。

"谢谢您。"

"请便吧,"阿列克谢用喇叭似的声调说;他的身高足有二俄尺十二俄寸,宽肩膀,红润的圆脸,鬈曲的头发,很像中世纪画上的天使。

"好个美男子,"萨姆金在水泥地上踱着,不以为然地想。

"您是联合会派来的吗?"老头子问道。

"是的。"

"这是第四位啦,"老头子朝着自己人说道,甚至还伸了一下左手的四个指头。"是派来接替米哈伊尔·洛克捷夫的吗?照您说,是来照料难民的吗?太好啦,我们正是地地道道的难民。处境甚至比难民更坏。"

他轻轻纵身一跳,骑到桌子角上,非常轻松而又有条理地说道:

"更坏的原因是,譬如说,对犹太人你可以虐待,波兰人跟俘虏也差不多,可是我们是俄罗斯人,是皇上的子民。"

萨姆金从他面前踱过,用脚后跟先着地,然后鞋掌再拍在地上,想借此暖脚,可是他觉得凉气却在向全身扩散。老头子讲道:他们在波兰给"红十字会"干活,建造木板房,包工头盗窃公款,逃之夭夭,后来又叫他们继续打短工,每天一个半卢布。

"吃自个儿的饭这点工钱可太少啦。哼,他们有先见地告诫我们说:战争时期,很明显,你们的同胞都在打仗,所以你们不要贪得无厌。好吧,豁出去啦!"

另一个人站到讲话人的旁边,个子比他高,大眼睛,秃顶,穿着厚棉衣和长到膝盖的灰毡靴,瘦长的脸上留着褪色的枣红大胡子。衣服整洁的小老头津津有味地列举者数字说:

"干了四十三天,共计一千二百二十五卢布,可这期间,只发给我们三百零五卢布的伙食费。后来,又命令我们:到利巴瓦去吧,那儿发给你们全部工钱,还有活儿干。可是一到利巴瓦,他们就有先见地收去我们的财务证件,然后就把我们当作难民发送到这儿来了。"

"大人,这些人把我们害得太苦了,"秃顶的老头子用嘎哑的低音说,他两臂交叉,把宽大的手掌搭在肩膀上,他那沉重的嗓音引起了各种不同的回声;有人嘟哝说:

"他们像虐待俘虏一样,欺负我们工人……"

"对老百姓一点儿也不怜惜。"

一个尖细的声音喊道:

"老百姓是土豆!"

"喂,你们那边!"秃顶老头挥了一下右手,大声吆喝道。"安静点儿,人家正在谈正经事儿,手风琴最好也别拉了。"

但是人们不听他的话,坐在桌子周围的木匠们立刻就争论起来,那个尖嗓门的人固执地重复说:

"老百姓是土豆,谁都吃:老爷吃,兔子也吃。"

"兔子不吃,蛆虫才吃呢。"

"别瞎说!兔子也吃土豆。"

"甲虫也吃。"

"老百姓自己互相吃得更凶狠。"

在衣着整洁的小老头儿讲述他们这伙木匠的不幸遭遇的时候,克里姆·伊万诺维奇·萨姆金已经反复想过,他可不是为了这些人来挨冻受罪的,也不是为了他们,他才在祖国抵抗强大敌人的战争中,肩负起帮助祖国的重担的。他注意到,在小老头儿流畅的谈话中,在他那显然是虚伪的亲热表情中,都充满了辛辣的意味,他认为,小老头经常重复"很明显"和"有先见地"这几个字完全是装腔作势,好像是从过去民粹主义的短篇小说里拣来的。现在这伙人正在开展一场愚蠢的争论,很像是格列布·乌斯宾斯基某些作品中的对白。

"一个可疑的小老头……"

萨姆金的两只脚暖和过来了,面包房里潮乎乎的暖气使他可以解开大衣的扣子了。他坐在长凳上,严厉地问道:

"你们待在这儿干什么?为什么不到别的什么地方去做工呢?"

他的问题立刻使争论中断了,寂静中,只有一个人低声地,然而清晰地带着嘲弄的口吻说道:

"真聪明,竟想出来问这个……"

"大人,让我来给您解释吧,"那个衣着整洁的小老头,像骑在马上一样，在桌子上耸了耸身子。"因为已经养成了每天都要吃饭的习惯，所以我们自然就要为吃操心了。我们拆了三座别墅的附属建筑，拆了些板棚当劈柴烧。还砍了几棵树。我们干的这些事就像宪兵说的，很明显，是犯法的。然而这里有很多孩子，他们正在挨冻受苦，有些甚至奄奄待毙，这样，我们就为孩子们做些小棺材。混口饭吃。前天，一个波兰女人有先见地难产，结果死了，今天早上又有一个老头子去世了……我们就这样凑合着混日子。"

他说话的口气，已经流露出毫不掩饰的嘲弄，萨姆金觉得，他被气得脸都红了，浑身在发烧。他点上一支烟，听着老头子讲，等待有利时机，对老头子进行严厉的反击，惩罚他的信口开河。但是小老头缓了一口气，又继续说下去：

"大人，我们之所以要待在这儿，是因为我们已经被宣布为难民，哪儿也不能去。当然，离开这儿也可以，但是要走就得先拿到我们挣的那些工钱。我们是被免费送到这儿来的，可是从里加再往前走，黑市交易就开始啦。要坐上到奥廖尔的火车，逼我们出五十卢布。这可不是个小数目，在你没有钱的时候，五戈比也是个大数目呀。"

"不可能有这样的事，"萨姆金严厉地说。"运送难民都是免费的。"

"是了，您的那位前任，米沙，也是这样想的，他甚至为此跟他们争论起来，于是宪兵队先把他抓走，关到地窖还是什么地方去了，回头又来审问我们：米哈伊尔·洛克捷夫挑动你们暴动了吗？您看这个案子就是这样有先见地安排好的……"

"可能，他对你们……胡说了些什么话。"

"我们可没有听到过，"小老头回答说。

但是那个强壮的美男子阿列克谢却用责备的口气提醒说：

"他说过，战争是全民干的蠢事，德国人也是些傻瓜……"

"阿廖沙，你准是在梦里听到的，"小老头儿温柔地说。"谁也没有听见他说过这样的话。"

"这是小伙子有先见地捏造出来的，"他转向萨姆金说，把眼睛隐藏在微笑的皱纹里。"至于米沙，那可是个非常能干的人！我们向'红十字会'递了一张诉状，请求付给我们那八百多卢布。'红十字会'要求：拿证件来！我们答应了，可是米沙却说：不行，只能给他们个抄件……他非常了解官场的那些圈套……"

他那活泼、尖细的声音也压不下秃顶老头怒气冲冲的低音：

"傻瓜，你顶好住口吧，阿廖沙，大人谈话的时候不要乱插嘴。战争并不是什么蠢事。一九〇五年的战争把老百姓弄得家破人亡。这回，你瞧吧，还是那样……战争是大灾大难……"

克里姆·伊万诺维奇·萨姆金决定，该结束这场争论了。

"战争是历史发展过程中不可避免的现象，"他不容反驳地开始讲起来，摘下了眼镜，用手绢擦着镜片。"战争证明一个民族在数量和质量上的成长。战争的根源就是竞争。你们每个人不是都想使自己的日子过得比现在更好些吗，每个国家，每个民族……也都是这样想。"

"老百姓①是土豆……"一个尖细声音嘟哝说。

"但是有时候，人会自己欺骗自己，误认自己比别人优秀，比别人高贵，"萨姆金继续说下去，他深信，为了使这些人接受他们能够理解的真理，是不需要费很多话的。"不幸得很，德国人就是那种深信他们是世界上最优秀人种的人，而我们斯拉夫人却是下贱的民族，应该受他们的支配。四十年来，德国的作家、皇帝、报纸……一直在德国人头脑里培育这种自己欺骗自己的思想。"

"报纸我们是看的，"衣着整洁的小老头插嘴说。"当然，报纸登的都是有先见的……"

这一次老头子说得很慢，好像是疲倦了，或者是不高兴说了。所以萨姆金在他说话的时候，还听到了别人说的一些话：

"不，这个戴眼镜的家伙要比洛克捷夫差些……"

---

① 俄文的"民族"和"老百姓"都是同一个词，所以上文说"每个民族"，下面就有人接上了"老百姓"。

"您别瞎用'有先见地'和'很明显'这几个字啦,"克里姆·伊万诺维奇·萨姆金愤怒地说。"这几个字的意思您并不完全清楚。"

"字句有啥关系?"老头子叹了口气,反驳说。"不管你怎么说,字句总归还是字句。可是,大人,如果咱们撇开我们的事情不谈,您就会有很多空闲时间,直到明天……"

"为什么要到明天?"萨姆金焦急地问道。

老头子告诉他,去里加的火车每天只有一上午一次。他这话似乎把萨姆金吓呆了,教训这些人的欲望消失了,引起了一连串非常重要的问题:

"我在哪儿吃、喝、睡觉呢?"

"睡觉用不了多大地方,"老头子安慰他说。"如果您不嫌弃的话,我们可以请您喝茶。奥廖沙、福玛,"他喊了一声,"喂,烧火壶吧,到时候啦!"

老头子站在萨姆金面前,几乎把他挤到炉子跟前去了,这使他恼怒,产生了怀疑,老头子讲道:

"我们就像吉卜赛人一样到处流浪,可是我们有全副家当:给犹太人干活挣来两个火壶,还有些破旧的被服也是……这些难民把财产早已置之度外,只顾逃命了……"

炉子烘烤着克里姆·伊万诺维奇后背,一股干燥而又好闻的热气包围了他,给他带来睡意,使他心情温和了,他已经妥协了,必须安于现状,留在这些人中间。脑子里闪过一些昙花一现的思想。到火车站去必须踏着没膝的积雪,冒着寒风的袭击,所以他不想去,可是到车站去可以在一个职员的家里过一夜。

"我所承担的义务也包括吃些各种各样的苦头,"他心里想,暗自苦笑。此外,奥西普激起了他的好奇心,使他产生了要打掉这个亲热的小老头的权威的愿望。

"这样一个狡猾的、半文盲的家伙,能给生活带来什么呢?他是这个木匠组合的权威,也是一个'讲道先生'。他给别人盖房子,有趣的

485

是:他自己有没有房子呢?总而言之,世界上确实有一些专门为了充当别人的'生活导师'而存在的'讲道先生'。当然,这并非总是一种寄生现象,然而却永远是一种压迫,是一种为了个什么基督,为了某一语言体系而存在的压迫。"

二

面包房里的空气立即活跃起来了,鬈头发的阿廖沙和尖脸瘦削的少年福马把两个火壶放在炉坑里,从炉子里扒出一些火炭,角落里发出了搪瓷杯子的叮当声,秃顶的老头子在把一个大圆面包切成均匀的小片,有些人在擦桌子,搬长凳,光脚板在光滑的地面上呱唧呱唧地响,两个穿粉红色衬衣的人从炉台上爬下来,都没有系皮带,两人的头发都是乱蓬蓬的,而且好像是用同样的动作穿上了长筒靴子、短皮袄。他们走出门口,到院子里去了。所有这一切活动都是(在)充满烟草气味的浅蓝色昏暗中进行的,昏暗变得更加浓重了,而风在烟筒里呜咽、咆哮和呼啸的声音也听得更清楚了。

萨姆金注视着这些人在热闹地忙活,心里想着,为他们办了许多学校、教堂、医院,许多教师、神甫和医生为他们而工作。这些人变好了吗?没有。他们依然还是二十年前,三十年前的老样子。面包房的整整一个角落里直到天花板都堆满装着木匠工具的小木箱子。为他们制造许多斧子、锯子、刨子、凿子。制造许多大车、农业机器、瓷器和衣服。还制造玻璃。而且归根到底,就连历次战争的目的也都是为了使这些人得到土地和工作。

"这种思想当然会被认为是幼稚的,是邪门歪道。因为它违背了一切自由主义和社会主义的教义。但是完全可能,这就是指导知识分子理智的思想。人类社会的等级制度就是起源于生物学。就连虫子也是不一样的……"

他不高兴地、机械地和阴郁地冥想着。

在潮湿、沉闷的昏暗中，除了浓烈的烟草味儿，还可以闻到燃烧木炭的气味。但是这些思想并没有妨碍萨姆金设想自己住在旅馆的房间里的情况，也没有妨碍他倾听木匠们的谈话。秃顶老头子深沉的低音气冲冲地在轰响着：

"奥西普，你是在胡用字眼，就是这么回事！他说得很对：战争是历史发展的需要，是上帝的赐予。"

"他没有说到上帝，"衣着整洁的老头子反驳说。

"咱们心里想的，并不见得都说了出来。你也没把真心话都说出来呀，每个人的真心话自个儿觉得是红的，别人听起来却认为是黑的。老百姓……"

"老百姓——老百姓就是土豆！"一个中年庄稼汉尖声叫道，这个人生着两只夜猫子眼睛，圆圆的红脸上长满枣红色的硬毛。

"滚你娘的蛋吧！一句话翻过来掉过去地说。谢苗，你简直是个疯子！"秃顶老头子恶狠狠地吆喝道。

"你等等，格里戈里·伊万内奇，"奥西普请求道。

"还要等什么呀？你听听：上帝是怎样教训犹太人的？他说，要把敌人的七代斩尽杀绝①，就是这样。就是说，把所有的人，统统消灭。果然都杀光了。因此《圣经》上所说的那些民族，在世界上已经绝迹了……"

"格里戈里，不论你怎么说，咱们还是土豆！人家想怎么收拾咱们，就怎么收拾咱们……"

"但是一九〇五年老百姓可……"

"割了几根马尾巴而已。"

"哼，住口吧，谢苗！造反造得可凶啦……"

"你造反了吗？"

---

① 全部杀绝敌人和奴役敌人的思想，在《圣经》的很多章节中都有所表现。如在《约书亚记》第六章第二十节中就有："……将城夺取。又将城中所有的不拘男女老少、牛羊和驴，都用刀杀尽……"

"我？没有,我当时……"

"你为啥不造反?"

"这当然有原因……"

"你不要找借口啦,干脆说吧:为啥没有造反?"

"让我解释么!"

"唉,你这个土豆!"

在萨姆金脚边的炉坑里,阿列克谢和福马正在低声谈话。

"如果是米沙的话,他就能解释清楚……"

而桌边的人还在继续喊叫:

"一九〇五年以前就造反了。一些富裕的庄稼人大造了地主的反。"

"他们自己当上了地主。"

"这都是米沙老向你们灌输咒骂财主……"

"怎么,难道说得不对吗?"

"对的,米沙说得非常对,"奥西普用毛巾擦着一只蓝色的搪瓷杯子,插嘴说。

"小伙子话语不多,可是敢想敢干……"

"嗯,是的。我在听他讲话的时候,心里就想:'你这个坏小子,连二十岁都不到,可是我已经四十五岁了!'"

"他有学问!"

"正是这话。他啥都懂得,可是咱们就没有工夫去想想自个儿的命运……"

"咱们晚啦……"

木匠们围着桌子坐下来了,一排留着大胡子的脸,使萨姆金想起了在诺夫戈罗德车站食堂里看到的那些站在玻璃窗外露出牙齿的、满脸大胡子的面孔。

"他们当着我的面这样大胆地高谈阔论,就像没看见我一样。况且我是穿着军官制服的呀……"

奥西普走到他跟前来,很客气地邀请说:

"请就座吧……"

小手甚至还在空中做了一个像牵马的动作。在他的匀称身材的动作上,在他那灵敏的手势中,萨姆金也察觉到一种像在他那流畅的声调和亲切的话语中流露出来的温柔的、曲意奉承的神情,但是,尽管如此,他毕竟还是有点儿像那个粗鲁而又暴躁的洛夫佐夫和诸如此类的思想偏激的人。

"请您随便喝吧,"奥西普一面说,一面把一杯茶放在萨姆金面前,还放了两块糖和一片面包。"我们干活儿的人已经习惯了每天吃四顿饭啦:早饭、午饭,现在这一顿算是吃点心,然后在七八点钟吃晚饭。"

两个火壶在桌上冒着热气,每个火壶旁边,点着几支硬脂蜡烛,微弱地照耀着室内浅蓝色的昏暗。

秃顶的格里戈里·伊万内奇为了显示自己对面包和水的鉴赏能力,埋怨说,面包是酸的,水是咸的,在桌子那头,红头发的谢苗正在大声叫嚷,向他的邻座,一个右眼上长白障的、宽肩膀的庄稼人证明说:

"穿着草鞋是进不了天堂的,办不到!"

"大人,我觉得这个问题很有意思,不知您怎么看,人在世界上是怎么个身份,是客人还是主人?"奥西普出人意料地大声问道。这个问题一下子就把木匠们的谈话全打断了,萨姆金发觉,大多数的木匠都用期待的眼神看着他,立刻就明白了,这是个对他们已经很熟悉的、很感兴趣的问题。他两手捧着茶杯,说道:

"人生在世,生命是这样短促,当然应该把人看成是世界的客人。"

"怎么样?"秃顶的格里戈里胜利地大声叫道。"我早就这么说……"

"慢着,等一等!"奥西普用快乐的声调请求道,一只手放在空中比画着。"好,就算人的生命是短促的,那又怎么样呢?他究竟是个什么身份呢?有些人断言,人是世界的主人……"

"人到死也只能是个过客,"格里戈里插了一句,然后转向萨姆金说道："大人，他这是想证明造反有理，就是这么回事！您看，他是个异教徒，分裂派教徒一类的家伙。他不是照上帝的意旨去想问题，而是自己随心所欲地瞎想。很像个捣乱分子……他跟我们在一块儿还不久，总共才两个月。"

"格里戈里·伊万内奇，让我们听听老爷怎么说吧！"奥西普温和地请求道。"那么人在自己短短一生中，究竟是什么呢？"

"是自身力量的主人，"萨姆金等了一会儿才回答说，而且非常高兴地看到，这个答案使哲学家感到尴尬，而秃顶老头却大为高兴。

"啊哈？"他大叫一声，就响亮地哈哈大笑起来，用手指指着奥西普说。"明白了吗？任何人只能是自己的主人，而统治他们的是沙皇和上帝。就是这样！"

大家都沉默不语，奥西普动了动身子，仿佛想从长凳上站起来，但是又起不来。

"那就是说，"他低声开始说道。"有力量的人，有学问的人就是主人，所有其余的人都是客人。"

但是他的声调立刻又变得铿锵有力：

"那么说，我是客人。兄弟们，我们大伙儿也都是客人。就是这样。那么用什么招待我们呢？客人可不是乞丐哟，对吗？我们是乞丐吗？从来不是！我们自己还施舍给乞丐呢，如果手里有钱的话。我们是工人，是劳动力……如今却拿战争来招待我们……"

他说的有学问的人那句话，萨姆金觉得刺痛了自己。

"说学问可以使学者发财致富是不正确的。许多包工头的生活过得比教授们还富裕，从几乎没有什么文化的农民中涌现出很多富有的工业家及其他行业的人才。生活上的成就全靠你的本领。"

奥西普大声地叹了口气，说道：

"我有先见地声明，我们当然不应该跟您争辩。我们都是明显的没有学问的人，而且这话是不错的：我们都是自己在瞎想。"

"你总在喔喔叫个什么——我们？我们？"格里戈里·伊万内奇严

厉地喊道。"这儿的人有谁赞成你的意见？他在哪儿？"

"我就赞成，"桌子那头一个身材短小的人回答，并且站了起来，好叫人看清他；萨姆金远远地看去，简直像个半大孩子，但是从他的耳边一直到下巴都耷拉着稀疏的、笔直的连鬓胡子，而下巴上的胡子却很浓密，昏暗中也变成浅蓝色的。

"现在我当着老爷的面说：我赞成他，赞成奥西普，不赞成你。我认为你是害群之马，因为你勾搭宪兵，诬陷米沙……唉，你这个该死的老鬼！"

满脸枣红色硬毛的谢苗从火壶后面探出头来，尖声叫道：

"我也要告诉你，可恶的蛆虫……"

又有两三个人接着唠叨起来，有人严厉地说道：

"格里戈里，我们并没有推选你当头头，可是你却在这儿当起家来了……"

"奥西普·科瓦廖夫比你有学问，也比你会管家。"

高个子的秃顶老头身子躬在桌子上，用两手的指头捧起茶杯，左右摇晃着留着尖胡子的脑袋，模糊不清地在怒号，好像一只怕骨头被抢走的狗。

科瓦廖夫站了起来，像乐队指挥似的举起双手，响亮地说道：

"停一停，兄弟们！我老实告诉你们：我并不想当你们的头头，我不要干这玩意儿，我另有打算……咱们还是不要扯闲淡吧。谈谈正经事。"

他从他的邻座萨姆金跟前往后退了一步，对他鞠了一躬，毕恭毕敬地央求说：

"大人，请您帮助我们从'红十字会'领到欠下的工钱，并且让我们离开这儿……"

桌边的人都紧紧地挤到一块儿，有几个人站了起来，用期待的眼神看着这位老爷。克里姆·伊万诺维奇·萨姆金满有把握地、威严地声称，明天他将全力以赴地去办，可是现在他很想休息，因为昨天夜里他睡得不好,头疼得厉害。

"这儿有煤气。而且太气闷。"

"好吧,伙计们,赶快收拾一下吧!"奥西普·科瓦廖夫建议说。

三

五分钟以后,萨姆金就在角落里躺下了,他们把和面的槽子挪到那里,在槽子盖上铺了一件短皮袄,拿几条干净毛巾包了些柔软的东西当枕头。

克里姆·伊万诺维奇很高兴能躲开这些人,躲开他们那些鸡毛蒜皮的事和愚昧的争论。

"对美好未来的憧憬是大多数人的生活动力。过去如此,也很难设想将来会变成另外的样子,"他心里想。

和面槽的盖板硬邦邦的,还在咯吱咯吱乱响,有一个角儿总是轻轻地碰在什么东西上。

"竟不得不这样生活,"他冥想着,一边可怜自己,一边怨恨着别的什么人,但同时又对自己能经受这些苦难而有点儿自豪,这种自豪心情使他刚开始为祖国服务就遭到失败的痛苦减轻了些。

面包房里回荡着压抑的小声喧哗,有些木匠在地上搭铺,格里戈里·伊万诺维奇爬到炉台上去,炉坑里温着火壶,有几个人坐在桌边,倾听着一个人发出的钻心的声音:

"团结一致是必要的,而土豆只有被埋进地里以后,才会表现出团结一致。我们村子里有六十三户人家,可是生活富裕的只有叶夫谢伊·彼得罗夫·科任,这家伙贪得无厌,是个到处伸手、聪明能干的庄稼汉。另外还有三个人,不过:他们好像是他的部下,就像军士是团长的部下一样。叶夫谢伊春天里就能料到秋天的收成好坏,料到日子是怎么过,啥东西是啥价钱。要求他:借点儿种子!他准会借……"

"这些戏法谁都懂得。"

"就是这话。我大爷已经八十七岁啦,他就这么说:在农奴制时代,跟着地主,庄稼人的日子还要好过一点……"

"许多老头子都是这么说……"

"好啦。奥西普,哪儿来的什么团结一致呀?"

"这是个聪明的庄稼汉,"萨姆金很赞赏这种绝望的说法。

一支蜡烛吹灭了,剩下的一支照耀着枣红头发木匠紫铜色的脑袋、听他讲话的人们呆板的脸和奥西普那留着银色连鬓胡子的小脸,这张脸从火壶后面露出来,在烛光照耀下,显得比其余人的脸更有光彩。奥西普一边嚼着面包,一边喝茶,身子不断地在活动,其余的人都呆呆地坐着。萨姆金看了他几秒钟以后,便合上了眼睛,他想睡一会儿,但是奥西普声音不大、然而却很清楚的讲话妨碍他,使他不能入睡。

虽然萨姆金觉得很疲乏,可是却睡不着。面包房里充满了陈年的酸面、皮袄和臭屁的气味。有人在嘟嘟哝哝吐字不清地说梦话,有人在打呼噜,越打越响,发出哨子似的声音,好像故意在模仿烟筒里风的啸叫声,而没有睡觉的木匠们还在低声交谈,萨姆金偶尔听到一些零乱的词句:

"法律……战利品……妖怪——不是野兽。"

这是奥西普的尖细、清脆的声调:

"有些人需要土地,但是对另一些人来说,土地却带来了贫困……"

"变成了累赘。"

"就是……"

萨姆金感到皮肤一阵痛痒,他怀疑是什么虫子在咬他。

"他跟这些木匠和犹太人有什么关系呢?为什么他要为此浪费时间和精力呢?为人民服务!布尔什维克!"

脑袋在嗡嗡作响,舌头上有一股铁锈的酸味。

"我并不是年纪很大的老头子;总共才五十一岁,可是头发已经白了,不是时间熬白的,而是生活熬白的。"

"难道你的生活在时间之外进行？"萨姆金心里反驳说。

"我父亲是个铁匠,为人耿直,不大合群,根据村社的判决,他被流放到西伯利亚去了,有这样一条规矩,如果庄稼人跟村社闹别扭,就把他当作有害分子,流放到西伯利亚去。这样,父亲就在西伯利亚葬送了自己的一生。他被流放的时候,我已经很大啦,小学里毕了业。姑母把我领去,送进阿尔扎马斯一座修道院,因为她的一位女友是修道院里的修女。我有先见地从修道院里逃走了,像蛇一样溜到下诺夫戈罗德,在那儿,我就投靠了木匠阿萨夫·安德烈伊奇,尽管他终日喝得烂醉,但是老头子非常聪明,手艺超群。他一直把我打到十七岁,打得这样凶,我甚至有先见地想投水自杀,可是人们把我捞起来,抢救活了。他打了我一顿,却又安慰我说:'我打你并没有恶意,只是为了惩戒你。我老实对你说吧,奥西卡,除了打骂,我再也没有别的办法教训你了,可是办法总该有的啊,那你就自己去找吧。'我那时非常愚蠢,而且愚蠢了很久,就知道干活,喝伏特加,跟姑娘儿们胡闹,什么也不想。"

面包房里越来越安静了,炉台上已经有人在打呼噜,鼾声如雷,仿佛是在响应烟筒里咆哮的风声。桌边的七个人紧紧地挤在一起,有两个人把脑袋伏在桌子上,火壶把大肚皮庄严而又可笑地挺在他们的头顶上。香烟的闪光照亮了阿列克谢那张漂亮的脸、谢苗的紫铜色脸颊,还有不知是什么人的长长的尖鼻子。

"在巴黎我才开始想问题,那是为了参加世界博览会,把我们八十七个木匠有先见地送到那儿去建筑俄国馆。甚至有四个人死在那儿,死于各种疾病,不过主要是喝酒喝死的。有五个人在那儿落了户。弟兄们,巴黎的确是一座漂亮的城市,赛过咱们所有的城市,就连彼得堡也算上。首先它是一座快活的城市,就连那儿的工人也是快活的。是一座少有的城市,论漂亮,论规模,大概都是世界第一。在那里,有一个姓让的俄国人经常到我们住的地方来,一来就询问俄国的情况。那时候我甚至连陈列馆这几个字都说不正确,老是说:陈列宫。就说这位让先生吧。他也跟我父亲一样,是根据政府的法律,被从俄国流放到国外去的。他的生活知识非常丰富!"

克里姆·伊万诺维奇·萨姆金暗自冷笑了。

"后来,在咱们俄国,我也遇到过一些这样的人,识别他们很容易:这些人根本不谈个人的事,只谈有关工人命运的问题。"

"有些人尊敬土豆胜过尊敬面包……"

"他们想使全世界人民,农民和工人,把一切政权都掌握在自己手里。所有的人:法国人、德国人、芬兰人……"

"这是小孩子的空想……"

"等等,谢苗·帕夫雷奇。"

"哼,这有啥好等的?简直糟糕透啦。每个民族都有皇帝、国王、自己的土地、祖国……你当过兵吗?你知道军人的誓词吗?我可当过兵。我被派到前线去跟日本人打仗,不过我很幸运,去迟了,没有赶上打仗。当然,假如全是犹太人,既没有土地,又没有祖国,那就是另一回事了。亲爱的人,人们是在土地上活动的,土地扯他们的腿,谁也不能离开自己的土地。"

"这话很对,"有人阴郁地说。

"土地既不是你的,也不是我的,所以归根到底,你我都是土地里的土豆……"

"真是个聪明人,"正在进入梦乡的萨姆金又一次暗自大加赞赏,而他最后听到的几句话是奥西普说的:

"如果这个祖国对你来说只是苦役,还算什么祖国呢?"

克里姆·伊万诺维奇睡得很香,而且睡了很久,所以醒来时精神抖擞,是奥西普把他叫醒的:

"该去车站啦。这是我给您准备的雪水,请洗洗脸吧。茶已经烧好了。我也要跟您一块儿去,到那儿去办点事儿。"

"好极啦!"萨姆金一边说,一边揉着被硬邦邦的板铺硌疼的肩膀和肋部。

他们乘坐不同的车厢到了里加,在里加,萨姆金对科尔米利岑作了紧急汇报,警告他,可能甚至不可避免地会闹出各种乱子、产生各种灾难,劝他立刻把难民都送到奥廖尔去,并把奥西普交代给他,当天晚上就乘火车返回彼得格勒,一路上回忆和估量着这次旅行赐给他的一切。

四

在这些日子他所见到的人物中,特别突出的是美男子弗罗连科夫的魁梧形象。萨姆金愉快地回忆着他那些敏捷的、有信心的动作,这个人的每一动作使用的力量都是恰到好处。弗罗连科夫在谈论铁匠,在听洛夫佐夫莽撞的言谈时表现的(那种)轻蔑神情,意味是十分深长的。

"是个有勇有谋的人物。要是在法国一定会被他所在的城市选进议会去当议员。洛夫佐夫是个乡下的流氓。狡猾的乡村认为他对它没有用处,也不用着怜惜,于是就让他去出头露面,到处碰壁。"

记忆不合时宜地、自相矛盾地映出了砸粮栈大门的场面和泥瓦匠库巴索夫的形象;克里姆·伊万诺维奇怕还会有这类人物形象跟泥瓦匠一起出现,就"有先见地"想道:

"乡村也未必有什么它要怜惜的人……他们把什么人捧出来,可能就是为了送瘟神……巧妙地玩弄他们的虚荣心。有意无意地在玩弄。"于是他心情快慰地想起了契诃夫和布宁的一些描写农民的短篇小说……

过度饱和的记忆还在机械地运转,想起了看门人尼古拉,衣着整洁、态度狡猾的奥西普,枣红头发的谢苗,下诺夫戈罗德西伯利亚码头上的搬运工人,还有几十个偶然遇到的刁悍的人物,最后是诺夫戈罗德车站站台上那些留着大胡子、露出牙齿的士兵的脸。而且很自然地想起了那本沉闷的书《我们的罪行》。所有这一切使他心烦意乱,甚至恼怒,但是克里姆·萨姆金是不喜欢发脾气的。

"生活在我的四周流过,就像河水绕过孤岛一样,奔流而去,竭力要把我冲走,"他暗自慨叹,这些话非常意外,仿佛并不是他说的,而是某个外人悄悄说的。记忆映出的那些人物像敌人似的横在他面前。

"库图佐夫、波亚尔科夫、亚科夫同志……正是把希望寄托在这样一些人物的身上。布柳索夫把他们称作匈奴人。列宁是阿提拉[1]……"

怒火越烧越旺。

"靠野蛮人的力量进行革命。这是人类史上不曾有过的疯狂行动。而且是在大敌当前的关头。哥萨克的幻想。拉辛、普加乔夫都是哥萨克,他们起而反叛莫斯科这个国家组织,是因为它限制了他们那种无政府主义的胡作非为。叶卡捷琳娜消灭扎波罗热的哥萨克人是非常明智的,"他像闪电似的想着,同时又觉得这些思想并不能使他安心。

---

[1] 阿提拉(约406—453),匈奴帝国国王,五世纪时征服过欧洲一些国家。

第二十三章

一

萨姆金到彼得格勒正遇上解冻天气，浓雾迷漫，大地上的一切都蒙上了一层潮湿的薄暮，这层薄暮使人喘不过气，窒息了思路，引起了软弱无力的感觉。家里等候着他的也是不愉快的事情：阿加菲娅和往常一样，两臂交叉在胸前，声称她要到军医院去当护士。

"真可惜，"萨姆金遗憾地嘟哝说。这个麻脸女人对"一个女仆"的工作干得很出色，而且用在伙食上的钱非常少，大概并不揩他的油，仅从小铺子掌柜那里拿些回扣就满意了。

"军医院里给多少工钱啊？"他问道。"我可以给您同样的工钱。"

"我不是为挣钱去的，"阿加菲娅用手掌摩挲着自己的肩膀，笑嘻嘻地说。"您也不是为了工钱才去为战争服务的呀！"她补充说。

他很想对着她那一点儿也不显得愚蠢的脸说几句侮辱的话，消灭她浅绿色眼睛中的笑意。他想起了安菲米叶夫娜，突然闪过一个很偏激的想法：

"在现行社会制度中，应该有些人不享有自作主张和独立行动的权利。"

"我已经替您找好一个烹饪学校出来的姑娘，"阿加菲娅依然笑嘻嘻地说。

她出去了,留下正为自己过于偏激的思想感到羞愧的主人。必须对这种思想加以阐述,使它变得更圆滑些。

"家庭女仆的社会职能是什么呢?当然是为了使从事脑力劳动的知识分子不必再去操心住所的整洁,不必去打扫住所的尘土、垃圾和污秽等等。这种工作就其本身的意义来说,是一种非常光荣的体力劳动协作……"

"应该编印一本社会手册,简单明了地讲解文化发展过程中,必然要有的各种各样的联系和职能,阐明做出某种牺牲是不可避免的。每个人都要有所牺牲……"

但是这时他突然想起了父亲关于亚伯拉罕贡献牺牲的话,就生气地点上了一支烟。

阿加菲娅回来了,领来代替她的女仆。原来是个胖胖的姑娘,红润的面颊,翘鼻子,圆眼睛不很明亮,仿佛罩了一层浅蓝色的尘土,说话的时候,常常用舌头去舔那丰满的嘴唇,说话的声音文静、柔和。萨姆金看中了她。

二

第二天,在一位联合会的成员家中举行的小型集会上,克里姆·伊万诺维奇报告了自己这次出差的经过。一间墙上装饰了很多彩陶的大餐厅,有二十来个男人和女人在听萨姆金的报告,个个都是身广体胖,只有一个人十分瘦削,但是却挺着一个像地球仪似的滚圆的肚子,细长腿,双手插在口袋里站在那儿,不断摇晃着黑头发的脑袋,镶着一大圈黑胡子的、苍白肿胖的脸上堆满了皱纹。他之所以引人注目,还因为他的样子很像那只高耸在他肩头上的大肚高水罐。

诺盖采夫坐在长桌子对面,正对着萨姆金,温柔地看着他,用手指头捋着自己的大胡子,他旁边坐的是一个留着助祭似的长发、眼神蛮横无理、脸颊红扑扑的人,他把两只粗胳膊肘放在桌上,耸起宽厚的肩头,萨姆金觉得他见过这两只黄鼠狼似的小黑眼珠和浑沌沌的、布满红丝的白眼珠。

克里姆·伊万诺维奇·萨姆金很认真地把木匠的境况描绘了一番之后,觉得这一事实实在太微不足道,应该强调这件事的深远意义。

"一个年轻的煽动者已经在试图煽起他们的正当愤怒,他业已被捕。"

"大概是个准尉,"诺盖采夫邻座的人说道。"所有的准尉都是社会主义者。"

"这太夸大了!"一位戴眼镜的太太坚决地喊道。"我的儿子就是准尉。"

"您是立宪民主党,可是知识分子的子女总是比他们的父母还要左,这就是说……"

那个像大肚高水罐的长人摇晃了一下身子,用嗄哑的低音说道:

"我们不要打断报告人的话……"

萨姆金开始谈到犹太难民,凭着自己那不大丰富的想象力,描述他们扶老携幼、忍饥挨饿住在寒冷别墅里的生活情景。提到那个红眼睛的老头子,那个默默地想举起自己软弱无力的手而又不能的衰弱的老人。他立刻发现,大家都不听他讲了,这使他不得不提高嗓门,但是过了两分钟,那个留着助祭似的长发的人响亮地咳了一声,声明说:

"不要想把我变成亲犹分子。"

一个头有点儿秃,灰色脸上留着邋遢、稀疏的小连鬓胡子的人,摸着耳朵,像受了多大委屈似的,用酸溜溜的声调匆忙地说:

"是的,请不要再谈这些了!干吗要火上加油呢?从前线不断传来有关犹太人的、令人心寒的消息。"

"都是特务,"一位胖太太用低音说。

"是的,您看见了吧?我们必须抛弃那些自由主义的陈词滥调……"

"战前他们是走私贩,现在是间谍。咱们的软弱无能根本就不是什么基督对人们的爱,"头有点光秃的人不安地、匆忙地、还有点油滑地说。"要知道'犹太人和希利尼人并没有分别'①这句话的意思是说:所有的人都要成为基督徒……"

"贝利斯案件就证明了,这些人是多么团结……"

"那么德莱福斯案件呢?"

这突然爆发的、七嘴八舌的、但是都充满仇恨的谈话,使萨姆金茫然不知所措,此外,(他)已经意识到,他的战斗还没有开始就已经输掉了。他站在那里,眼看着这些人在互相火上加油,越来越激动,他用手指玩弄着铅笔,以掩饰手的哆嗦。已经有些人在互相叫嚷,那个生着黄鼠狼眼睛、翘鼻子的人把手掌用力地在桌子上拍了一下,把食橱里的玻璃杯都震得铮铮地响了起来。

一个年轻的声音严厉地谴责说:

"是你们自己用犹太人居住区这种玩意儿把他们弄成这个样子……"

"古罗马就有犹太人区……"

人们在继续争论,互相攻击,那些话就像打牌时出王牌一样抛了出来。

"阿泽夫!"

"拉斯普京!"

"海涅!"

"狄兹勒里②!"

"虐杀犹太人的耻辱……"

"德国也发生过虐杀犹太人事件。"

"我建议制止这种……混乱局面,"那位像大肚高水罐的人响亮、威严地说。他的身子向桌子一倾,但是立刻又挺直了身躯把手从口袋

---

① 见《圣经·新约·罗马人书》第十章第十二节。
② 狄兹勒里(1804—1881),英国政治家和作家,一向反对俄国人。

里抽出来，放到背后去。"我们大家到这里来，并非是为了检查我们对待犹太人问题的态度。现在不是解决这个……问题的时候，摆在我们面前的是另一个更重要和更带悲剧性的问题，这就是我们自己的问题，我们灾难深重的祖国的问题。我们在考虑和解决这个问题的时候，必须是客观的……当然，在犹太人中，也像在俄罗斯人中一样，可能有间谍。从民族的人口比例上说，犹太间谍可能比俄罗斯间谍多些，这可以用地理上的原因来说明，因为犹太人都住在边境上。但是我要提请大家注意博杜恩·德·库尔捷内①说的那个讽刺笑话：如果是俄罗斯人把东西偷走了，人们说：'贼偷走了'，但如果是犹太人偷走了，人们就说：'犹太人偷走了'。"

萨姆金听见有人在低声说：

"您听出来了吧？犹太血统表现出来啦。"

"他有犹太血统？可能吗？是公爵……"

"爵位并没有免疫力。亚历山大·米哈伊洛维奇大公的母亲曾和一个犹太人同居……"

近处什么地方响起一阵铃声，门轻轻地响了一下，有几个人小心翼翼地走进了餐厅。

那位像大肚高水罐的长人还在沉着、自信地说着，但是声音越来越像黄蜂的嗡嗡声。

"而且还应该记住，我们军队里的犹太人大概不止一两万。如果某些不检点的和不妥当的流言蜚语出现在报纸上，这会在军队里引起极端有害的反应。"

"话锋转得太妙啦……"

"自由主义者！他们的策略就是危言耸听。"

"不应该忘记这一事实，尽管五名社会主义的议员被判了苦刑，这并不意味着祸害已经根除了。我们跟内部敌人进行斗争的机关，虽说

---

① 博杜恩·德·库尔捷内（1845—1929），本来是波兰的语言学家，不过一生大部分时间都是在俄国工作。

因为发生了像阿泽夫和博格罗夫一类事件,使自己工作的技术方式受到责难,然而毕竟它还是甚为洞悉敌对力量的活动情况和意图的,这些敌对力量正在煽动工人进行抗议和罢工,宣传失败主义的无政府思想。我认为报告人关于在难民中间也发现宣传活动这一情况是很值得重视的……"

克里姆·伊万诺维奇·萨姆金觉得有点儿尴尬。

"这个问题,我原本可以不谈的。而且我并没有说出煽动者的姓名。"

但是立刻又反问自己:

"为什么就应该不说呢?"

他没有工夫来寻找答案。在他背后屋子角落里,有人在窃窃私语:

"噢,真能吓唬人……"

"是的……可是毕竟,您知道……"

演说家把自己的双手慢腾腾地从背后抽回来,把它们交叉在胸前,用嗡嗡的声音继续说下去:

"那么我们怎么办呢?今天在座的人有些已经知道我要宣布的思想。这种思想很简单。城市和地方自治联合会,应该作为一个组织紧密地团结起来,要在国家杜马瘫痪的时期肩负起严重的历史关头赋予它代替国家杜马的使命。这个进步人士的统一联盟比起国家杜马来,就会具有更加广泛的、可说是无所不包的代表性。它可以把被拒于国家杜马之外的一切优秀的和思维健全的人物都吸引进来。总而言之,是个广泛的民主大联合,小职员、有文化的工人以及其他人等都可以加入。当我们建立起这样的一个组织之后,就能像米留可夫所说的那样,去夺取'左派驴子'们的阵地,就有了在全国范围内选拔优秀人才的广泛可能性。"

"这就是说要选拔些左派人物啰?"那位生着黄鼠狼眼睛的大胖子问道。发言人看也没有看他,也没有改变腔调,问道:

"莫非阁下认为您本人和贵党的同志们尽是庸碌无能之辈吗？"

他沉默了一下，但是当有两三个人要鼓掌的时候，他举起手来，做了个制止的手势。

"我再说几句。大家知道，犹太人都是些很高明的宣传家。因此，划定犹太人居住区应该具有隔离的性质，就是说，应该把他们遣送到有农民，但是人口稀少的地方去。"

"可是他们到那儿去做什么呢？"年轻的声音生气地质问道。

"他们会找到事情做的，"翘鼻子的人说。

"犹太人会饿死，这是天下奇闻……"

萨姆金很喜欢这个瘦长的演说家思想和讲话的风度。在他那种忧心忡忡的、黄蜂似的嗡嗡声中，流露出这个人的坚定信念，深信自己是在执行一项艰巨的任务，是惟一颠扑不破的真理的宣传员，所以他的每一句话都是赠送给人们的最珍贵的礼品。克里姆·伊万诺维奇甚至觉得非常可惜，因为演说家的外貌跟他那坚定的信仰太不相称了，他应该是个火红的头发，苍白的、禁欲主义者的脸，炽热似火的眼睛和举止豪放的人。浑身油光发亮的秃顶老头宣布休息，人们纷纷从桌边站起，立刻就三五成群地交谈起来。萨姆金发现人数几乎增加了一倍。一个红脸的胖子走到他跟前来。

"不认识我了吗？我是斯特拉托诺夫呀。老兄，您也老了。而我一直在生病——糖尿症。"

他津津有味地、颇为自豪地说出了病的名称，用舌头舐了舐突出的青嘴唇。他的鼻子似乎变成了翻鼻孔的塌鼻子，这是因为他的脸腮肿胀起来，绷得紧紧的，所以鼻子就陷进去了。

"听到您也已经抛弃了一九〇五年的幻想，我很高兴。"他一面说，一面用傲慢的、但是已经变得浑浊的眼睛探索着萨姆金的脸。"我们正在清醒起来。应当感谢德国人——他们揍我们。教训我们。我们向往阶级革命，把身边的敌人就忘记了，而现在他使我们记起来了。"

一位戴金丝眼镜的太太走过来，挽着他的胳膊，默默地把他领走了。

"喂,上哪儿去,上哪儿去呀?"他迈着沉重的脚步,嘟哝说。

又是一次不愉快的会见——遇到了塔吉尔斯基。看到他也穿着和自己一样的、肩上带着绣金肩章的军官制服,心里很不舒服。

"可是我在一些报上看到过,说您……"

"在哪些报上?"塔吉尔斯基问道。

"不记得啦。"

"只在彼得堡的一张报上报导过。报纸咒我死,不过太性急了。"

"总是事出有因吧?"

"全是酒后的胡闹。我们是在打仗啰,啊?"他把剪得像刺猬似的头摇晃了一下,问道。"一场噩梦!一九一二年万诺夫斯基[①]就说过,军队的情况十分糟糕:服装破烂短缺,枪支陈旧,大炮很少,机关枪根本没有,士兵的伙食由商人包办,吃得很坏,要改善给养供应情况,又没有钱,军饷不能按时发,团队总是欠饷。就在这种情况下,为了保卫法兰西不被德国人第二次毁灭,我们投入了这场恶战。"

塔吉尔斯基说话的声音很大,手指头还在不断地戳着克里姆·伊万诺维奇的腰带,逼得他节节后退,一直退到墙边,那个浑身油光发亮的小老头正在这里跟诺盖采夫低声交谈,两人的脸上都带着微笑。

比起萨姆金从前在这里、在彼得堡看到的塔吉尔斯基,他的样子大变了!脸显得消瘦,干瘪,布满一层灰色的蜘蛛网似的细纹。他给人这样的印象:他的脖子受过伤,所以脑袋总是向前低着,偏向左肩,仿佛一只受惊的鸟在侧耳倾听什么声音似的。但是炯炯有神的目光和挑衅的、严厉的声调,还能使萨姆金想起当年荣任副检察长的塔吉尔斯基,他受命前去对玛琳娜·左托娃被神秘暗杀案进行某种特殊侦讯。

"他当时是想把我卷进这个案子里淹死呢,还是拯救了我呢?"克

[①] 万诺夫斯基(1822—1904),一八八一至一八九八年为俄国国防大臣。一九一二年他已不在人世了。

里姆·伊万诺维奇一边想,一边听着那毫不客气的谈话。

"你们还记得司徒卢威的《政治的迷恋》吗?"塔吉尔斯基问道,龇了龇牙,用豪迈的手势对众人一挥。"看这些政治色鬼,啊?"

"安东·尼基福罗维奇,您的舌头太刻薄了,"诺盖采夫叹口气说。

"给《新时代报》写文章,行吗?"塔吉尔斯基问道,浑身油光发亮的小老头一上一下地晃了两下脑袋,用细细的小眼睛打量了一下塔吉尔斯基,驯顺地说道:

"社会主义者不会给我们的机关报写文章的。"

"为什么?自从他们支持为战争拨款之后,社会主义已经没有什么可怕的了。在我们这里,尤其没有什么可怕的,因为普列汉诺夫已经与米留可夫携手登上历史舞台。"

小老头不慌不忙地离开了墙壁,默默地走开了。

"梅尼希科夫①,"塔吉尔斯基冷笑着说出了他的姓来。"当然,您是知道的啦,是文化界一位赫赫有名的骗子和出版界的强盗。《布罗克豪斯辞典》里提到了他,说他富有正义感,说他真诚地渴望认识真理。"

诺盖采夫用手指头玩弄着大胡子,善意地笑着,低声说道:

"他的伪善态度是十分明显的,伪君子!"

"托尔斯泰主义者,"塔吉尔斯基补充说。诺盖采夫在大胡子里哼了一声就走开了,这使萨姆金发现,他穿的是一双软底的大绒长筒靴子。

"不久以前,在一次也是这样的集会时,我遇见了司徒卢威,"塔吉尔斯基又朝着萨姆金说。"这家伙禀性难易,还是像白天的猫头鹰那样是个瞎子。他问我:现在在想些什么?我说:'如果能像赎回跑进地主麦田里的马那样赎回思想的话,那么我愿意付给您五戈比赎回我在《路标》文集上发表的那些言论。'"

---

① 梅尼希科夫(1859—1919),俄国新闻记者、评论家。列宁说他是"沙皇黑帮的忠实看家狗"。

克里姆·伊万诺维奇·萨姆金早就察觉,一些有身份的人都皱着眉头看塔吉尔斯基。他想,自己也应该躲开这个人啦。他向前迈了一步,但是塔吉尔斯基抓住他的手,说道:

"您上哪儿去?等一等,这里马上就要吃晚饭啦,而且是很好吃的。有冷餐和上等葡萄酒。这些陶瓷古董的主人,"他用豪迈的姿势朝着墙上那些华丽的装饰品一指,"都是些心地善良和眼光远大的人。什么人在他们家里吃饭和谈论些什么,他们全不在意,因为他们非常富有,足够使他们参与历史发展的进程;他们把战争理解为历史的主要意义,认为战争创造英雄,总之,认为战争是一种可以美化生活的东西。"

他又在萨姆金的心里引起了早就产生过的怀疑。

"他态度傲慢,大概是想挑起争端,因为他很不得志,所以满腹牢骚。也许,这是他希望当众恢复名誉的方法。"

但是紧随着这个猜想,又涌现了另一个并不排斥这一(猜想)的想法:

"他是个暗探。是个奸细。他为了扮演阿泽夫那种角色而冒充急进派。但是,不管怎么说,他对美好生活的讽刺是梅列日科夫斯基描写的那种下流人的讽刺,是小酒馆掌柜和妓院老板的儿子对文化的否定。"

"啊哈,咱们的圣人来啦,大无畏的圣人,让我们来听听他的高论吧!"塔吉尔斯基仍然那样大声地说。

他称为圣人的是个身材矮小、脸上留着黑色小连鬓胡子的人,这个人坐在椅子上,不时跳起来,挥舞着双手,有时又摸索着自己,急促地抛出一些响亮的字句:

"要是突然发现,他就是那个小傻瓜伊万,王子伊万,正是自古以来,老百姓梦想中爱戴的圣明皇帝呢?这是崇高的幻想吗?"

他的脸是由许多细碎的线条织成的,上面长了一层浓密的黑毛,两只滴溜乱转的眼睛和身体的痉挛动作,都使他很像一只"长尾猴",

他说话时的神气,仿佛既相信,又怀疑,同时又感到一种烧灼着他的恐怖。

"'人民的声音就是上帝的声音'吗?不,不是!人民只谈吃穿用的物质问题,不过人民藏在内心的思想,他们幻想有个天国的思想,这是有的!这是一些神圣的思想和幻想。神圣的东西需要伪装,是的,是的!神圣的东西需要假面具。难道我们没见过为了基督,假装成疯子、傻瓜和笨蛋的圣徒吗?他们这样做,是为了使我们不反对他们,不去庸俗地嘲弄他们的神圣……"

有十来个人在一声不响地听他讲,他们一边听,一边互相斜眼窥视,等待着谁先发难来反驳他,可是他一直滔滔不绝地说下去,一会儿跳起来,扭动一下身子,一会儿像央告似的合掌作揖,一会儿摊开两臂,作拥抱状,用手掌一捧一捧地舀着空气,他那两只小黑眼睛仿佛躲藏在大胡子里,正在向两耳滚去,又朝鼻孔垂下来。

"他身上有一种波修绘画中的东西,一种怪诞不经的东西,"萨姆金仔细地听着他那惶惑的声音,发现了这一点。

"也许,我们听到的关于这个西伯利亚庄稼汉①的一切不堪入耳的传说,都不过是他在装疯卖傻,只是为了不叫我们过早地识破他,免得把他卷进我们这些无聊的争论中,卷进我们的党派和小集团里去,淹死在我们无神论的深渊里……诸位,——神话正在创造……

　　这狗唱得多好听,
　　唱得多么感人呀!②"

塔吉尔斯基朗诵道,就在这一瞬间,传来了那个在两条长腿上架着个圆肚子的人的嗡嗡声:

"亲爱的和可敬的先生们,在我们这个时代,童话不管它是多么美

---

① 指拉斯普京。
② 引自涅克拉索夫的诗《自由言论之歌》。

丽,童话的神秘主义是最不符合时代精神的。请允许我提醒诸位,国家杜马已经从一月份就坚决地开始批评政府的一些行动,在我们与敌人进行殊死搏斗的严峻日子里,在敌人的武力正威胁着我们民族存亡的关头,这些行动是完全不能允许的,是的,正是这样!我们正在受到被奴役的威胁。诸位当然知道,地方政权机关违法乱纪的现象正在与日俱增,这些违法乱纪的现象使枢密院不得不去进行督查;当然知道关于莫斯科迫害德国人的暴行问题,戈列梅金的行为问题①,查封自由经济学会问题,以及其他诸如此类的措施,这些措施适足以加剧由于我们在前方的失利而造成的困难局面。"

他越说越生气,这时他的声调就像高压消防喷枪喷水时那样,发出冷冽的、咝咝的啸叫声。

"诸位当然也知道,我们已经克服了重重困难,把国家杜马中的六个党团联合成为一个统一的进步联盟,而全俄地方与城市自治会必须联合成为一个团体的时机也正在日趋成熟。农村与城市,地主和工厂主都面对着一个共同的敌人。作为爱国者,我们有权希望,我国一切真正进步的力量都能理解这个同盟的意义。我们不仅仅有权希望,而且认为我们有权这样要求。因此我是怀着极其悲痛的心情聆听了阁下那文艺上是俏皮的,但政治上无疑是非常有害的尝试:居然在拉斯普京肮脏的、具有毁灭性的影响正在日益猖獗的时候来为他辩护。"

"我要给你点颜色看看!"塔吉尔斯基唠叨说,他舐了舐嘴唇,把手插进口袋里,像要捕捉鸟的猫那样悄悄地迈着小步,向发言人走去,而萨姆金却"有先见地"向过道走去,这样既可以听塔吉尔斯基的讲话,又可以随时溜掉。但是塔吉尔斯基竟一句话也没来得及说,因为胖太太已经宣布:

"诸位请就座吧!吃点上帝赐予的东西吧……"

看来,不仅仅是塔吉尔斯基一个人在等待这一时刻,全体来宾都

---

① 戈列梅金是当时沙皇政府的总理大臣,因其明显的亲德政治态度和对拉斯普京的支持,引起俄国资产阶级和"协约国"各国政府的不满和批评。

非常一致地往餐厅走去。萨姆金走回家去,心里想着这个进步的同盟,设想自己在这个组织中的地位,思考着塔吉尔斯基以及这天晚上听到的一切。所有这一切,都必须加以调和,一一紧排在一起,取其精华,去其糟粕。

第二十四章

一

时间过得真是惊人的快。时间表现着它的非物质本性,无影无踪地消失在热烈言论的急流中,消失在字句的烟雾里,连一点灰烬、一点渣滓都没有留下。克里姆·伊万诺维奇·萨姆金看到了很多,也听到了很多,他仿佛虚悬在空中,高踞于各种事变的洪流之上。许多事情从他面前掠过,穿越他的内心,刺痛了他,侮辱了他,有时使他陷于恐怖。但是一切都过去了,而他却依然是屹立不动的生活的旁观者。他体验到,一种尊重自己的坚定不移的情绪和超然独立的意识在他内心越来越强烈。他不能说自己是个对什么事情都无动于衷的人,因为一切直接涉及他个人的事情,都会使他十分激动。譬如说,类似十年前他曾经历过的一件事情,现在又重演了。

一列开往前线的货车在普斯科夫附近从活动了的轨道上出轨了,这列货车有三节车厢装着糖、荞麦粒和慰劳战士的礼物。在撞坏的那些车厢中没有这几节车,而在车祸中没有损坏的车厢中也没有这几节车。联合会就请克里姆·伊万诺维奇·萨姆金去调查这件怪事,因为这几车礼物是联合会送去祝贺一个团队建团一百周年的,而法院的调查却没有答复联合会提出的质询。

一位外省官员在进行这项调查工作,这是一个外表十分独特的聪明人,高高的个子,脊背微驼,一颗沉重的大脑袋,一绺绺乱蓬蓬的灰白头发,就像是刚打过架似的,布满细纹的高额角上,两道忧郁的银白色浓眉遮掩着铁锈色的眼睛,鹰钩鼻子深藏在浓密的、像铸成的胡子里,这灰白的胡子已经被烟草熏得发黄了。他很像一名官阶不低于上校的军人。

"叶夫季希·波诺尔莫夫,"他自我介绍说,似乎是很勉强地或者是有点犹豫不决地把手伸给萨姆金,在得悉萨姆金的来意之后,就说:"我实在无法使阁下高兴:鬼知道这些该死的车厢藏到哪儿去了。"

他说话声调粗鲁、乏味,语气也很不明确,谈话的时候流露出遗憾的神情,仿佛认为自己的义务就是使别人高兴,而目前却不能完成这一使命,所以感到非常伤心。

"据调查,列车出轨地点附近的那个村庄的农民,曾抢劫过火车,甚至还殴打了列车员,把他的头打破了,火夫也挨了耳光,可是要知道,车厢他们是偷不走的呀。他们把那几节车厢也不知道推到他妈的什么地方去了。逮捕了七个人,其中有四名妇女。当前的一些事件,我的先生,把妇女弄得火气很大!您明白,这……很难使人高兴,可以这么说。"

萨姆金问道:列车有兵士押运吗?

"怎么会没有呢?有十一名士兵。军法检察官在查明士兵帮助进行了抢劫之后,已把他们逮捕了。您知道:既有娘儿们,又是发生在夜间,如此等等。嗯,是的。各种盗窃活动非常猖獗。盗窃和诈骗!"

萨姆金看得出来,这个人已经被查办窃贼和骗子的工作累得腰都弯了,早已非常疲倦,对自己的工作已经毫无热情。

"我可以看一下审问记录吗?"

"一般地说,这是不可以的,不过战争时期和阁下的官方身份……我想是可以的,"他比较有兴致地说道:"顺便问一句:您住在哪儿?还没有找到地方,嗯,是的!箱子还在车站上?啊哈。"

他的声音里已经带着得意的语气说道：

"这儿没有什么地方好住了。城里挤满了难民、伤兵、从前方来休假的军人、投机商人、赌棍以及各种各样的强盗和败类。不过我可以使您高兴：这儿全体居民，连那些富有的人家也不例外，都在出租房子赚钱。他们把各种值钱的细软物品藏起来，自己搬到板棚、洗澡间、花园小亭里去住。我的房东太太也是这么干的。您可以住到她家去，不过房间里已经住了一名军人；是个中尉，负了伤，而且是个傻瓜。连午饭、喝茶或者咖啡，再加上晚饭，一天二十五卢布，现在钱太不值钱了。"

当萨姆金表示同意时，这位检察官似乎吃了一惊，说道：

"说实在的，您在这儿能有什么作为呢？当然，这与我毫不相干。我立刻把房东太太叫来。"

他用舌头把香烟从右嘴角挪到左嘴角，摘下电话听筒，说道：

"是的。马上就来。"

房东太太来了，她身材娇小、动作敏捷，枣红色的头发，系着一条绿围裙，玩偶似的红艳的小脸儿，两只灰色的天真的眼睛。

"波林娜·彼得罗夫娜·维托夫特，"检察官介绍说。

她十分亲热地微笑着，把萨姆金领进一个房间，房间的几个窗子都对着堆满木桶的院子。克里姆·伊万诺维奇昨天夜里睡得很不好，从彼得格勒开出的火车走得很慢，到处遇到障碍，在车站上总要停很久，几乎在每个车站上都挤满了士兵、女人、毛发蓬松的老头子，令人厌烦的手风琴的响声，如泣如诉的歌声，噼噼啪啪的跳舞声，后备兵长满大胡子的脸在车厢窗外窥视。一想起这一天就使人觉得厌倦，整天听到的是铁轨、车厢的轰隆声和咯吱声、哨子声、歌声、喊叫声、咒骂声，还有使人难受的单调的手风琴的悲鸣。克里姆·伊万诺维奇脱下上装，躺在卧榻上，几乎立刻就睡着了。

后来他被一种奇怪的感觉惊醒了：仿佛有一股力量想把他脚朝上地倒立起来。萨姆金抬头一看，只见他脚边有另外一个脑袋；是一颗安放在宽厚的大肩膀上,界于两片军官肩章之间的黑乎乎的脑袋。立刻他就明白了,是这位军官在掀动和摇晃卧榻,显然是想把他从卧榻上掀下来。萨姆金急忙把两腿一蜷,放到地板上,赶紧问他:

"您干什么?您要怎么样?"

"我找书,这儿一定有一本书,"军官响亮地咂了一下嘴,挺直了身子解释说。他说话声音嘎哑,可能是伤风了,或者是嘶哑了;他身材短粗,宽胸脯,胸前拴着一个白色的小十字架,低低的前额上,竖立着毛刷似的黑头发。

"瓦列里·尼古拉耶维奇·彼得罗夫中尉,"他站在萨姆金对面自我介绍说。克里姆·伊万诺维奇也介绍了自己,并把手伸给他,但是军官却晃了一下脑袋,说道:

"我不能握您的手。"

"为什么?"

"您坐着,我站着。一位军官怎么能站着去握一个大模大样地坐在那里的文官伸出来的手呢?"

"我是近视眼,而且是刚刚睡醒,"萨姆金心平气和地解释说,看清面前是一张生着厚嘴唇、两只蒙古人的小眼睛和一只宽鼻子的刮得光光的脸。

"那您就应该对我说清楚,"军官把双手藏到背后说道。

"您看,我这不是在解释嘛。"

"已经晚啦。您使我有权认为,您的行为,就是那些自由主义的文官、社会主义者以及诸如此类的混在地方与城市自治会联合会中,在我们脚底下捣乱的家伙们一贯的行为……"

他的嗓门越来越高,嘎哑、咝咝的声调叫得更起劲了:

"您还笑呢,这就更加说明您很不尊敬祖国的卫士和军队的荣誉,对这种放肆的态度,我有权用手枪子弹回敬您。"

"这家伙干得出来,"萨姆金心里想,竭力控制自己惶恐的感情,和颜悦色地说:"是的,今天的军队是应该受到尊敬……"

彼得罗夫津津有味地咂了一声嘴唇。

"今天的？那么说在一九〇六到一九〇七年，剿灭革命党的时候，就不应该了吗，是吗？"

"当然，那时候也应该，"萨姆金急忙表示同意他的意见。

"这我很喜欢听，"彼得罗夫中尉说。"很喜欢，"他重复说。"否则的话……我是一个决斗的拥护者。您呢？"

"我还没有机会去考虑这个问题，"萨姆金谨慎地回答。"但是，就我所知，战争时期好像禁止决斗的吧？"

"是的。可是为什么呢？"中尉固执地问道。

"这很明白，"萨姆金说，觉得太阳穴上已经渗出了汗珠。"您想啊，如果一个文官要求您进行决斗，那么像您……这样一位英雄人物就会处在他的枪弹威胁之下……"

彼得罗夫中尉像晃了眼似的眨了眨眼睛，嘴吧嗒了一下，把大厚嘴唇往两边一咧，露出满面笑容，把一只指头短短的手伸给萨姆金，称赞地，甚至是快乐地发出嘎哑的声音：

"妙极啦！请伸出您的手……遇到一位聪明人，实在令人高兴……来，咱们干一杯！啤酒，行吗？上等啤酒。"

他用手指头往墙上戳了一下，进来一个白眉毛的胖女人。

"比儿，"彼得罗夫说，朝她伸出两个指头。"茨崴·比儿①！她一点也听不懂，母牛。鬼知道，谁需要这些少数民族？应该把他们统统迁移到西伯利亚去，就是这样！总而言之应该把异族人全都迁徙到西伯利亚。否则，您知道，他们住在边境上，所有这些拉脱维亚人、爱沙尼亚人、芬兰人都倾向德国人。而且全是革命党。您知道吧，一九〇五年在里加，士官学校的学生狠狠地教训了拉脱维亚人一顿，像打疯狗一样把他们打了一顿。士官生都是好样的，是优秀的狙击手……"

这种噩梦似的友谊还变得越来越难解难分，越令人不舒服。彼得

---

① 德语"两瓶啤酒"的译音。

罗夫中尉挨肩坐在克里姆·萨姆金身旁,时而用手掌拍拍他的膝盖,时而又用胳膊肘和肩膀碰碰他,时而莫名其妙地高兴起来,这一切使萨姆金深信,他身旁坐的是个神经失常、精神错乱的人。他那两只细小的蒙古人的眼睛,不知道为什么在眼眶里很不自然地跳动着,闪着鱼鳞似的光泽。萨姆金想起了特里弗诺夫中尉,那个不像这个这么令人可怕,而且心地也比这个厚道些。

"那个是醉鬼,失意的人,可是这家伙是神经病。疯子。英雄。"

胖女人送进来两瓶啤酒和一盘咸饼干。彼得罗夫迅速解下武装带,把马刀弄得叮当乱响,脱掉制服,只穿一件花格绸衬衣,挽起左手的袖子,露出臂上的肌肉,问萨姆金道:

"还不错吧?来,为我们的军队干杯!好,请您谈谈,彼得格勒有什么新闻?拉斯普京以及其他等等的谣言究竟是怎么回事儿?"

但是他没等萨姆金开口讲,自己却把衬衣从裤子里揪出来,露出左肋,用手指头弹着一道红疤痕,自豪地解释道:

"刺刀刺伤的!要刺刀刺伤,就必须跟敌人短兵相接。对吧?是的,我们在前线拼命,可是你们,在后方……你们是比德国人还要凶恶的敌人!"他把酒杯往桌子上一顿,喊道。他站在萨姆金面前,挥舞着双手,像游泳似的骂起娘来。"你们这些文官,把后方变成了军队的敌人。是的,这是你们干的。我保卫什么呢?保卫后方。但是当我领着队伍冲锋的时候,我还得记着,我的后脑勺可能挨一颗子弹,或者背上挨一刺刀。您明白吗?"

"我听说过士兵杀害军官的事件,"萨姆金开口说,因为中尉在等他回答。

"啊哈,听说了吗?"

"是的,但是我不相信竟有这样的事情……"

"您不相信,那可太天真啦。您一定是在假装,骗人。可是,您想想看,在一个军官领着向敌人冲锋的士兵中,竟有四名是在一九〇七年被这位军官鞭打过的。还有,而且几乎在任何一个连队里,都可能有在革命年代被鞭打过或者被枪毙的农民或者工人的亲属。"

关于这方面的一些阴险叛异的可能性,克里姆·伊万诺维奇从未想过,所以感到非常新奇,不由得呆住了。

"像库图佐夫这一类的人,当然是不会忘记报复的,"他立刻就想到这一点,接着说道:

"我从来没有想过这个问题。"

"没想过?那么现在您怎样想呢?"

克里姆·伊万诺维奇·萨姆金两手一摊,非常诚恳地说道:

"这种情况就使军官们的勇敢和英雄精神显得更为高尚。保卫祖国……"

"在这样的情况下,一颗子弹打在前额上,另一颗打在后脑勺上,是这样吗?是吗?是这样吗?"

"是——的,"萨姆金拉着长声回答他那带着咝咝声的低语。

瓦列里·尼古拉耶维奇·彼得罗夫中尉直盯着他的脸看了一眼,把双手放在他的肩膀上,深为感动地说:

"来,让我亲亲您,亲爱的!"

中尉的两片厚嘴唇用力地把萨姆金亲了半天,把他都快要憋死了,呃呃时那种叫人恶心的感觉,由于剪得短短的硬胡子扎得脸皮疼痛而更加强烈。中尉用左手的小手指抹掉眼睛上的泪珠,抽抽嗒嗒地笑了起来,又咂了咂嘴,说道:

"谢谢,亲爱的!形势如此,真见鬼,啊?而且我们这个团,曾经非常卖力地参加过一九〇五年镇压革命的战斗,您明白吗?"

他右手端着玻璃杯,手直哆嗦,把啤酒都洒出来,萨姆金把脚藏到椅子下面,听着他那愤怒、嗄哑的语声:

"但是团长还是在坦波夫的时候就警告我们军官,要查清连队中挨过鞭打及其他政治上不可靠的士兵的人数,查清以后,一有情况,首先就派他们去当侦察兵或执行其他任务,明白了吧?您知道,这是一位真正慈父般的首长!战争打完了,他准能升到师长。"

中尉又把团长、团长太太和团里的副官讲了半天;黄昏已近,一阵阵模糊不清的声音随着苍蝇一同飞进了敞开的窗户,远处什么地方,乐队正在演奏《卡门》,隔壁院子里的木桶堆后边,一个人正在没有好气地教兵士唱歌,凶狠地喊道:

"笨蛋!注意拍子!一,二,左,左!唱,一,二!"
于是一个刺耳的男高音唱道:

> 只有时刻准备牺牲的人,
> 活着才有价值。①

"合唱队——唱!"
全队洪亮地、但是很不和谐地用《波尔塔瓦之役》②的调子唱道:

> 信奉正教的俄罗斯战士,
> 奋不顾身,杀死敌人……
> 乐队呀,高奏凯歌,
> 庆祝胜利……

"停止,你们这些笨蛋!"
"我率领的队伍原来有二百三十人,现在只剩下六十二个了,"中尉用一只脚踏着拍子讲道。

萨姆金一面听他讲,一面在设想:这一谈话将在何时收场和怎么收场。

"一百八十六个……十七个……"他听见。"仗主要是我们下级军官在打。我们走在那些仇恨我们贵族的庄稼汉的前头,走在反对沙

---

① 这是戈尔恰科夫公爵在克里米亚战争时期创作的歌曲。
② 这是俄国自学成才的歌唱家莫尔恰诺夫(1809—1881)创作的一首非常流行的歌曲。

皇、贵族和上帝的工人的前头,而这都是你们知识分子唆使的……"

他的身子突然晃了一下,仿佛一条腿忽然短了一节似的,他使劲擦了擦前额,吧咂了一下嘴,想了想,说道:

"我并不指您个人,而是,而是就文职人员,就知识分子的整体而言。我有一个堂妹嫁给一个革命党。学采矿的大学生,很有头脑。一九〇七年被流放到……天涯海角的什么鬼地方去了。您谈谈:对沙皇您是怎么想呢?对那个流氓拉斯普京,对皇后是怎么个看法呢?难道外界全部的胡言乱语都是真的吗?"

"看来,有一部分是真实的……"

"一部分,"彼得罗夫喃喃地说。"那么这一部分究竟有多大呢?"

"这很难说。"

彼得罗夫中尉坐在卧榻上,拿起马刀,把刀从鞘里往外抽了一半,又插进去,钢刀清脆地喳地响了一声,他又这样做了一次,刀声响得更加清脆,他把马刀扔到一边,说道:

"唉,无聊透啦。您打牌吗?啊哈!这家伙,就是那位检察官也打牌。还有他的太太……走,咱们到他们屋子里去,他们会把咱们赢光的。"

萨姆金下不了决心拒绝他,而且也没有理由拒绝,他也觉得很无聊。十分无聊地玩了很久的牌,先是玩普列费兰斯,后来又玩斯土考尔卡。在打牌的全部时间内,检察官只说了一句话:

"归根到底,简直不能理解:是你在玩牌呢,还是牌在玩你呢?"

"形势也是这样,"中尉补充说。

枣红色头发的女人赢了一堆邮票和纸币,不好意思地微笑着声明说:

"我可不能奉陪了。"

"那么再给我们拿啤酒来,"检察官说。她走了,男人们就开始玩起"九点儿"来。彼得罗夫不停地喝啤酒,但是他毫无醉意,只是嘴里不断地嘟哝和哼哼着：

> 只有这样的人才能生活……
> 他总是唯唯诺诺……
> 是好是坏，全不表态——
> 只是一味地胡说……

他打牌很随便，经常很荒唐地冒险，所以输得很多。他们坐在一间摆满笨重、坚硬的红木家具的房间的中央，书橱的上头，耸立着一个（密茨凯维支）的石膏头像，差不多快顶到天花板了，在一张宽大的毛毯包面的长沙发上方挂着一张版画：《杨·索贝斯基[①]在维也纳近郊》。两个朝花园的窗户有一个开着，菩提树的枝子在轻轻地、无声地摇曳，菩提树的药味飘进了屋子，一阵隐约的窸窣声在黑夜中回荡。萨姆金没有参加打"九点儿"，吸着烟，注视着中尉呆板的面孔，试图描绘一下他冲锋陷阵时的情景：前面是德国人，后面是庄稼汉，他一个人孤独地夹在他们中间。想到中尉的处境，实在令人伤心。

"他一个人置身于两种死亡之间，居然保全了性命。"

"请您讲讲，"他问道。"您在走去冲锋的时候，是像那些战地画家画的那样拔出刀来吗？"

"拔出刀，拔出刀，"中尉一边嘟哝着，一边数着钱。"我拔出刀来，拔出萨希卡，拔出玛希卡，对，对！而且我不是走着，而是跑着冲锋。我还拼命呐喊，挥舞马刀。重要的是：要挥刀，前进！您知道吗，我曾在战壕里听到一句妙语，一名士兵非常野蛮地对另一个士兵喊道：'混蛋，你干吗像活人一样乱动弹呀？'"

中尉嘎哑地大笑起来，在椅子上摇晃着说：

[①] 杨·索贝斯基(1624—1696)，波兰统帅，一六七四年被拥戴为波兰立陶宛王国国王，号称杨三世。

"这是绝妙的邦莫①吧？真妙！您看，环境竟有这么大的作用……"

检察官也用重浊、惊叹的声调同声大笑起来，并且宣布道：

"吃庄。"

果然把庄家的赌注吃光了。

彼得罗夫中尉站起来，双手在桌子上空摇晃了一下，说道：

"输光啦。"

随后，他傲慢地轻轻吹了一声口哨，走到沙发前头，坐下来，打了个哈欠，歪着身子靠在沙发上。

"就是这样，已经一个多星期啦，"检察官一边收拾牌，一边低声说道。"他是出院后来此休养的。受了伤，神经也震坏了。"

彼得罗夫已经打起呼噜来了。

"他是本地的房产主，一位可敬的、省政府高级官员的儿子。他把家眷都送到伏尔加河沿岸去，房子高价租给了军事机关。他恐怕很难熬过这场战争，他有心脏病。"

中尉发出的咝咝的鼾声使人产生一种恐怖的感觉，检察官的耳语声，更加强了这种感觉。

"这个头像是密茨凯维支，"他说。"我太太是波兰人。"

天色已近黎明，萨姆金向他道了晚安，就回到自己的房间去，脱衣躺下，懒洋洋地思索着那些非常喜欢说话和非常无聊的家伙，思索着那些在敌人的重围中英勇地完成自己使命的孤独的人们，又想到自己，但是想自己是怀着委屈和埋怨别人的情绪的，这些人竟毫不客气地，甚至像是在进行报复似的互相把自己的思想累赘抛到别人肩上。他，克里姆·伊万诺维奇·萨姆金，从未向什么人坦率、亲切地诉说过生活中的苦恼。就连对玛琳娜·左托娃也没这样做过。彼得罗夫走进来的时候，他已经蒙眬入睡，彼得罗夫咆哮似的打了一个哈欠，毫不

---

① "邦莫"是法语"俏皮话"的译音。

在意地闹腾着,脱掉衣服,穿着内衣坐在那里,两手搔着毛茸茸的胸膛。

"您睡着了吗?"他问道。

"没有。"

"可是咱们说句体己话:生活,我的亲爱的,实在太没有意义了。不管我们对生活采取什么样的自由主义态度,也是毫无意义的。是的,是的。晚安。"

"谢谢,"对中尉这几句有关生活的话颇为惊讶的萨姆金,低声地回答说,这几句话跟这位英雄人物的职业、情绪和外貌都很不相称,而且是那样突如其来,以致使人产生了这样一种印象,仿佛敲的分明是铜钟,可是却发出了木鱼的响声。近年来,克里姆·伊万诺维奇在他疲劳或者受到挫折的时候,已经偶尔容许自己责备一下生活缺乏明确的意义了,但是这也只像他跟瓦尔瓦拉争吵时那样,为了气她,才说出那些过甚其词的责难话而已。自从塔吉尔斯基确定了他在生活中的作用和地位,确定了他是民主派的贵族以后,他,萨姆金,当然就不能再认真地去思考自己的生活竟是没有意义的了。但是中尉却是想得那么认真。

"主要的问题,我的亲爱的,在于现在已经没有上帝了!"中尉点上一支烟,嘟哝说,而且好像是为了满足久已养成的癖好一样,一会儿细心地搔搔胸膛,一会儿搔搔同样毛茸茸的腿。"您明白吗,没有上帝了。这并非是根据伏尔泰的学说或者那位……他叫什么名字啦?呸,去他妈的吧!我说没有上帝,并非根据逻辑推理,或者有什么证据,而是真正没有,这是凭感觉,从肉体上、生理上得出的结论,还有什么呢?总之……在我还是小孩的时候,就形成了一个牢固的概念:下诺夫戈罗德有一座著名的米宁和波扎尔斯基①的纪念像。另一座在莫斯科,但是最好的一座却是在下诺夫戈罗德。后来,我到下诺夫戈罗德武备

---

① 米宁是十七世纪初下诺夫戈罗德的地方长官,在波兰武装干涉者入侵时,他邀请波扎尔斯基公爵任指挥官,从干涉者手中解放了莫斯科。

学校去学习时,发现根本没有什么纪念像!从前有过吗?没有,从来也不曾有过……关于上帝也就是这么回事。"

二

当萨姆金被雷鸣般的钢铁声音惊醒的时候,中尉已经不在屋子里了。这轰隆声原来是炮队驰过鹅卵石马路时发出的,还有阵阵洪亮的铜钟声在与钢铁的轰隆声争鸣,钟声是那么响,连屋子里的空气仿佛都在跟着震动。喝咖啡的时候,检察官解释说,这是因为从彼得格勒开来的炮兵要在本城举行检阅,至于钟声,那因为今天是星期日,教堂正在召唤人民去做弥撒。

"我的妻子到教堂去了,"他毫无必要地报告说,接着就郑重其事地说道,失踪的那几节车厢不应当在这里找,应该到接近前线的地方去找。

"不过,大概您在那儿也找不到,"他漠不关心地补充说。"偷盗给养的手法是非常高明的,而且谁都偷——投机商人、军需官、兵士,总而言之,一切乐于此道的人都在偷。"

不过他毕竟还是提出了几种设想,从中可以得出这样的结论:失踪的几节车厢大概已经被转移到立陶宛的什么地方去了。萨姆金觉得,这个人当然有理由希望他,萨姆金,赶快离开。但是检察官却促成了这次旅行,说他可以给他任战地宪兵大尉的内弟写一封介绍信。

"他可以帮您很大的忙。"

为联合会工作的第一次出差,给萨姆金留下了非常不愉快的印象,但是他仍然认为自己有责任到接近前线的地方去一下,如有可能,看一看士兵的战斗情况。

于是他就来到前线,这时他正在一棵小叶子的大树的树荫下,坐在一堆旧枕木上,这棵树的叶子正面是嫩绿色,反面却是锡灰色。这些奇异的、轻盈的叶子简直是纹丝不动,尽管周围的一切都在活动:在浑浊的天空，炎热、耀眼的太阳好像在熔化，照耀着一片宽阔的、岗丘起伏的原野。原野一面的边缘是铁路低低的沙土路基，另一面的边际是一带浓密的小树林，看来，不久以前，这片小树林还一直伸延到路基边，因为整个原野都布满了高高低低的树墩子。

在离萨姆金约一百步远的地方，路基被一条河流截断，河上是铁笼子似的桥梁，桥下水流湍急，闪着水银般的波光，河面并不宽，有很多沙洲，一边的河岸上芦苇丛生，另一边却是一片黄沙，极目望去，河边到处都有士兵在洗澡、走动和在水里游泳，还有人在洗马，有三处地方正在用拉网捕鱼，有些士兵在用温暖油亮的河泥擦胸脯和腿，并互相擦脊背。士兵的数目比树墩子和土丘还要多，要是他们卧倒在地上，似乎就会把地面全都遮住。沙滩上有一处地方正在摔跤，就像在马戏场上一样，另一处地方，有一些士兵在用绿树枝伪装营房的顶子，远处，差不多是在小树林的边上，有些士兵正在拆除一座用圆木搭的营房。帐篷也都用树枝伪装起来，树枝有的是碧绿的，有的是枯黄的秋天的颜色，这种颜色的树枝很多，有的已经被踩在潮湿的泥土里，有的被用来铺垫树墩子和土丘间的小道。野战厨灶的烟筒里冒着烟，一堆堆的营火也在冒烟。萨姆金就数了起来，共八堆，再数，又变成了十一堆，他就不再数了，还有许多小堆的篝火，火上烧着水壶，士兵三三两两地坐在篝火边。他们有的穿着白的或浅灰色的衬衣，有许多光着身子在缝补内衣。很明显，有许多兵士在独自徘徊，好像故意避免跟别人交谈。烟雾沉重缓慢地从地面升起，与炎热、潮湿的空气融合在一起，一片灰色的云彩笼罩在人们头顶上的低空中，烟雾中充满了沼泽和人粪气味。人们在大声喊叫，他们那模糊不清的喧嚣仿佛也形成了一层各种不同喧声的云雾，士兵进行曲的歌声阵阵飘扬，民歌哀怨的调子幽咽不绝，手风琴奏出金属般刺耳的声音，噼噼啪啪的斧头声不绝于耳，不知道在什么地方，看不见的鼓手在练习敲鼓，在离路基三十多步远的地方，围了密密麻麻的一圈子人，圈子中央有两个人在跳舞，一片合唱声绝望地唱出一支古老的歌曲：

农村的庄稼汉啊——

是笨蛋、蠢猪和傻瓜,

哎呀呀,绣球花,哎呀呀,红莓花。

他们砍掉手指,拔掉牙,

不去为沙皇当丘八,

他们不愿去呀!绣球花,噢,红莓花。

准尉哈尔拉莫夫在指挥合唱。萨姆金已经见过他,并跟他谈过话。这位喜欢看反革命书籍和喜欢讲恶意的俏皮话的纨绔子弟变得瘦削了,身材显得高了,留起了很难说是什么颜色的大胡子,但是并未丧失他那种喜欢开玩笑和出洋相的癖好。

"我在操练爱国主义呢!"这是他对"您好吗?"这个问题的回答。

"您打仗吗?"

"我没有跟敌人直接交过锋。我们都是蹲在潮湿漫长的战壕里,只借步枪的射击互致问候。敌人宁愿使用机关枪和其他杀伤力大的武器。他们也不怎么愿意用刺刀、枪托和拳头来进行英勇的搏斗。"

他用这种挖苦和庸俗的口气说话时,总是眯缝起眼睛,咬着嘴唇。不过,有时候在他这种杂文式言谈的平庸语句中,也夹杂着很不相称的、不合拍的另一种调调的语言。

"我的任务就是监督士兵严守军纪:不说蠢话,准时开枪,不开小差。"

"有开小差的情况吗?"

"您也许会感到惊讶:他们竟非常喜欢开小差,尽管他们清楚地知道,捉着就要枪毙。"

他第一个告诉萨姆金,不会允许他再往前方走了。

"为了调整战线,军队正在调动,您当然明白这是什么意思。我们那个团防守的阵地正在向后方移动。"

他使劲把手一挥,朝着士兵们正在蠕动的那片平地指了指。

"这是后方。都在这儿休息。我所在的那个营正是撤到这儿来进行休整的,不过我看,很有可能,我们也要跟别的休整部队一块儿继续撤退到沼泽地里去。"

萨姆金问:为什么要挑选这样一块既潮湿、又无聊的地方呢?

"这一点我不了解。您可以看到,路基的那一面是干燥的,是沙土地,原先有一大片针叶树林,现在只剩下那么一点了。树林后面是'红十字会'的前方医院和他们的各种设施。河上经常漂着一些粉红色的纱布块、棉花团和其他一些外科手术的废弃物,但是士兵们坚决抗议这样毫无道理污染他们饮用的河水。"

哈尔拉莫夫沉默了一会儿,问道:

"您不认识一位叫安东·塔吉尔斯基的人吗?"

"有点儿认识。"

"他也跟自治会联合会有什么关系吗?您不知道吗?他并不穿规定的制服,与给养问题好像有什么关系,总之,像个秘密监察官似的。他什么都知道,什么都要计算。"

"他很喜欢数字,"萨姆金说。

"正是这样!是一个非常有趣的聪明人。军官们都不欢迎他,甚至传说他似乎跟警察厅有什么关系。但是从他跟兵士们的谈话内容来看却很不像。"

"难道准许进行这样的谈话吗?"

"什么样的谈话?"哈尔拉莫夫天真地问道,但是克里姆·伊万诺维奇明白他这种天真样子是假装的。

"跟文职人员谈话,行吗?"

"那要看谈什么?"哈尔拉莫夫笑嘻嘻地说。"譬如说,谈社会主义,这是不允许的。谈沙皇,也不允许。"

"啊呀,原来这样!他谈的是这类问题吗?"

"不是,"哈尔拉莫夫赶紧严肃地反驳说。"我并没有说过他谈的正是这类问题。他谈的是士兵们关心的生活琐事。"

"那么说,军官们不欢迎他,是吗?"萨姆金问道。

"是的。就像对一切文职人员一样。"

"然而他们不至于怀疑每个文职人员都是特务,"萨姆金冷淡地说,而且不由自主地、依然是那么冷淡地补充说:"他当副检察长的时候我就认识他。"

"原来如此!"哈尔拉莫夫低声说道。

三

这次谈话后两小时,萨姆金亲眼看到塔吉尔斯基被杀死的场面。萨姆金正坐在一个板棚里——军官食堂里喝茶。在这间长长的板棚里,总共有十来个人,有两个人坐在窗前聚精会神地下棋,一个人在写信,他一边笑,一边看着天花板,还有两个人在一个角落里翻阅画报和报纸,一个脖子上和胸前都挂着勋章的胖老头坐在桌边喝咖啡,其余的人都坐在他周围,其中有一个留着黑色小胡子、生着一张猫脸的人在低声地讲些什么,引得老头子笑了起来。萨姆金刚刚跟鲁希茨－斯特雷斯基宪兵大尉谈完话,这个人长得那么魁梧,简直无法想象,这位巨人的坐骑该是怎样的一匹骏马。他的脑袋上长了一头浓密的灰白色鬈发,红红的圆脸上是一对羊眼睛,红鼻子和像用银丝巧妙绣上去的粗重浓密的黑胡髭。他听萨姆金说明来意之后,就用和蔼而又客气的低沉声调说道:

"算了吧,老兄!这已经毫无办法了。如果您早来三天,咳,也许还……可是现在咱们正在稍稍往后跳几步,给养列车能撤到哪儿就撤到哪儿去了,全都乱套了,连我们自己什么也都找不到了。弹药必须运走,是这样的。而有些东西,可能非得放火烧掉不可。"

正好在这个时候,塔吉尔斯基冲了进来。他闯进敞着的门以后,使足了劲砰的一声把门关上,萨姆金背后板棚的薄墙都震得颤动了一下,窗上的玻璃也震得喳喳地响起来,但是门却又同样有力地敞开了,紧跟着塔吉尔斯基冲进来一个身材高大、右手拿着马鞭的火红头发的军官。

"我要求您回答,"他一面大声喊着,一面那么用劲地跺着脚,所以食堂里的喧哗声虽然像木桶一样在轰轰地响着,但仍然可以听到他马靴上刺马针的响声。

"我请您不要再打扰我,"塔吉尔斯基也大声喊叫,他坐到桌边,双手挪动着桌上的杯盘。萨姆金看到他的手在发抖。那位胖肿的脸上留着灰白小连鬓胡子、脖子上和胸前挂着勋章的军官严厉地说道:

"请勿喧哗!怎么回事?"

火红头发军官的脸色死灰发青,痉挛的怪相使他的脸变了形,他仿佛由于疼痛想闭上眼睛,但是眼睛却反而瞪大了。

"昨天这位先生告诉我们,西伯利亚的奶油制造商正在把奶油卖给日本人,而他们明明知道,这些奶油将要转运到德国去,"他一边说,一边用马鞭抽着长筒靴子。"今天他又责备我和扎古利亚耶夫大尉,说我们处决了无辜的人……"

"是的,"塔吉尔斯基从椅子上跳起来,大声喊道。"你们枪毙的是发疯士兵,而不是逃兵。"

"住嘴!"那个胖军官恶狠狠地喊道。"谁给您这种权利……"

"那样的逃兵这儿就有几十名,瞧,他们在那里彷徨徘徊!这都是些病人。他们神经错乱了。他们自己并不知道在往哪儿走……"

只有下棋的人仍然坐在那里,其余的六名军官都逐渐走到桌子跟前来,站到塔吉尔斯基的对面,桌子的另一边,挨着那位胖军官。萨姆金看到,他们都阴沉地、怒气冲冲地瞅着塔吉尔斯基,只有一个在若无其事地用牙签剔着牙齿。火红头发军官站在塔吉尔斯基身旁,比塔吉尔斯基高出半截身子……他说了些什么,塔吉尔斯基大声回答说:

"是的,我是法学家,我懂得我说的话的意义。我再重复一遍:杀害精神失常的人……"

军官举起马鞭,但是塔吉尔斯基跳了起来,尖声喊道:"你敢!"他使劲把军官推开,军官身子一晃,鞭子抽在桌子上,老头子也跳了起来,气喘吁吁地喊道:

"鲁希茨大尉……"

就在这一瞬间,砰地响了一枪。萨姆金清清楚楚地看到,塔吉尔斯基的脸哆嗦了一下,变了颜色,看着他沉重地坐到椅子上,又连人带椅一块儿倒在地上,在枪声后的一片寂静中,一条椅子腿咯吱咯吱响着折断了。随后那个胖军官低声说道:

"唉,韦利亚米诺夫大尉,您总是……"

火红头发军官把手枪放在桌子上,解下武装带,卸下马刀,放在桌子上,低声对鲁希茨说:

"我听候您的吩咐,宪兵大尉……"

"您怎么不拦住他呀!"胖军官说话的声音不大,但是很生气地质问道。

"我很抱歉,"鲁希茨也压低了声音说,可是这样一来,反而显得声调更洪亮了。萨姆金脑子里留下的最后一个印象是:塔吉尔斯基穿着揉皱了的衣服的尸体,脑袋倒在桌子底下,脸色蜡黄,双眉紧锁……

萨姆金觉得,如果此刻他要从椅子上站起来,同样也会摔倒。

"我已经不是第一次看见杀人了,"他提醒自己,但是这并不起什么作用,于是他就伏到桌子上,喝着味道很坏的凉茶,听着一些压低了声音的谈话。

"难道战地法庭适用于文职人员吗?"

"我的朋友,您怎么啦?一九○六年、一九○七年就这样审判过革命党……"

"啊呀,是的!我竟忘了!"

"要紧的是一宣扬出去……"

"士兵们……"

萨姆金完全没有注意到,两名军官怎么来到他身边,其中一位说道：

"我们大家，以将军为首，要求您不要把这件不愉快的事情宣扬出去。"

"是的。我明白。"

他俩同声说道：

"最低限度在这里不要宣扬。"

"特别是在下级官兵中。"

"我跟士兵并无接触，"萨姆金说。

"可以说是自杀的，"一位军官亲切地建议说，另外一位却问道：

"您认识这个人吗？"

"是的，认识。"

"他跟您是同一个联合会的吧？"

"你们的交情很深吗？"

"不，泛泛之交。"萨姆金回答，又机械地补充说："一年半，或者是两年前，他确曾自杀过。报纸上还报导过呢。"

"这太妙啦！"一个军官喜形于色地说道，另一个也以同样的口吻补充说：

"妙极啦。您还记得是什么报纸，什么时候报导的吗？"

"对不起，不记得了。"

"这太可惜啦！那么我们可以相信您的诺言了？"

"当然，当然，"克里姆·伊万诺维奇说。

随后，其中的一位把脚后跟一碰，说道：

"向您致敬！"

另外一位也把脚后跟一碰，但是没有说话，然后两个人就匆忙回到自己的桌边去了。

四

萨姆金站起来，走出板棚，沿着路轨旁边的一条小路，走出离车站有一俄里半的地方,坐在枕木上,他坐在那里,眼望着散布在原野上的一群群士兵。接着就出现了一个使克里姆·伊万诺维奇感到不好回答的问题:彼得罗夫中尉和安东·塔吉尔斯基,究竟哪一个更英勇呢?

塔吉尔斯基惨遭杀害,一个活生生的健康人几乎是在一瞬间,就变成可怖的尸体,这使萨姆金感到十分震惊和不安,但是小酒馆和妓院老板儿子的死亡并未引起萨姆金对他的怜悯心或任何其他"仁慈的情感"。处理玛琳娜被暗杀一案时,塔吉尔斯基跟他谈话的那些最不愉快的时刻,克里姆·伊万诺维奇记忆犹新。

"当时他对我玩弄一场十分可疑的和具有侮辱性的把戏。他是一个典型的冒险家,然而是一个失败的冒险家,在他把自己扮成英雄人物的努力中,这样莫名其妙地送掉性命,是毫不奇怪的。"

他又想起,在萨姆索诺夫的军队被击溃以后,在一位著名文学家家里的一次小型集会上,塔吉尔斯基曾说过:

"我是属于比任何一个工人都更无产阶级化的知识分子行列的。即使一个技艺并不十分高超的工匠,他不仅是自己体力的主人,而且也可以认为自己的技术知识是某种真理,是一种明显有用的东西。我是法学专家、社会的保卫者,保卫社会的政治秩序、私有财产和社会成员的生命安全。但是请设想一下,如果我已经丧失了必须保卫这种秩序的意识,而且,如果我感到这种秩序与我是誓不两立的,是使我丑化的东西呢?"

"哼,这有什么了不起?这只不过是说明您是个无政府主义者而已,"他的反对者阿列克谢·戈金冷漠地说;他仍然像八年前一样,衣冠楚楚,两只灵活的眼睛仍然闪烁着欢乐的光芒,只是现在这种光芒中增添了某种傲慢嘲讽的色彩,他那温柔、悦耳的声调显得很自满,很果断。戈金明显地发胖了,漂亮地紧锁的双眉使他那保养得很好的脸显得更加引人注目。

"可能是无政府主义者,不过顺便说一句,倒并非是因为熟悉这种非常肤浅、原始,甚至有点庸俗的理论……"

"竟是这样?"戈金疑惑地表示惊讶。

"是的,就是这样。您是爱国主义者,您对失败主义者极为不满。我非常理解您:您在银行里工作,您是未来的银行经理,甚至很可能成为未来俄罗斯共和国的财政部长。您是很有可以保卫的东西的。而我呢,如您所知,是一个开小酒馆的人的儿子。当然,我和您一样,和我们光荣祖国的任何一位公民一样,还没有被剥夺再开一家小酒馆或者妓院的权利。但是我什么也不想开了。我是一个从社会中掉出来的人,您明白吗?从社会中掉出来了。"

"就像小孩掉的奶牙一样吗?或者像……"戈金问道。

"随您的便吧,"塔吉尔斯基懒洋洋地说,但是那位文学家却皱起他那有点呆板的,然而很漂亮的脸上的眉毛,颇有远见地预言说:

"在您的话里可以听到死神的召唤,阁下正走向自戕之路。"

塔吉尔斯基默默地耸了耸肩膀。

"不,塔吉尔斯基当然不是英雄,"克里姆·伊万诺维奇·萨姆金断定。"他的作为是一种绝望的表现。他曾蓄意自杀,可是没有成功,所以他就故意这样安排,叫别人杀死他……他自称是第一代知识分子。他是知识分子吗?但是我眼看着杀死多少人啦!"他回首往事,而且有片刻坐在那里专心致志地思忖着:他回忆起这些往事是感到自豪呢,还是仅仅感到惊讶呢?

"我有权为自己的生活经验丰富而感到自豪,"他继续想下去,凝视着眼前的原野里成百的灰色人形在无休止地、不知疲倦地蠕动着,原野的上空飘荡着混乱、嘈杂的喧嚣凝成的云雾。看着这种毫无意义的奔忙,听着它发出的声响,但是透过自己的思想和回忆交织成的颤抖的细网,也可以什么也看不见,什么也听不见。

而他确实没有听见,一个身材高大、穿着军大衣、拿着一根棍子的士兵走到他跟前,低声问道:

"大人,您有报纸给我看看吗?"

萨姆金慌忙四顾,周围再没有别的人,但是百步以外,有三个人在慢慢地移动。

"没有,"他冷淡地回答。

士兵大声地叹了一口气,用棍子抠着腐烂的枕木,又问道:

"您是联合会派来的吗?"

"是的。"

他立刻意识到自己的回答过分简短,令人难堪,就问道:

"你受伤了吗?"

"是风湿病在折磨我。风湿病正在战壕里肆虐。这儿是潮湿的地方。沼泽地带,"士兵喃喃地说,等待他再提什么问题,但是他什么也没有再问,就挥了一下棍子,同情地说道:

"我早就在那边看了您好久啦,一个人孤零零地坐在这儿,思索着我们可悲的事业……"

萨姆金仍然沉默不语。这位大兵就更加响亮地长叹一声,用棍子戳着地,向车站方面走去。

士兵走了之后,在萨姆金心里留下一股隐约的愤懑情绪,由于愤懑就燃起了一些非常奇异的思想:

"为了这些半野蛮的、半开化的人,已经浪费了多少顽强的启蒙者最珍贵的力量,但是实际上,这些力量对生活不仅没有助益,反而在妨碍生活的进程。"

克里姆·伊万诺维奇的思维器官的某一部分懂得这些思想有多么荒谬可笑,但是他并没有去妨碍这些思想,放任它们在心里隐隐地燃烧着,就像火绒或者朽木片在隐隐燃烧一样,在记忆里勾起了抢劫粮栈、吊装教堂大钟以及许多其他类似的情景,直至诺夫戈罗德车站上的那些大胡子、露着牙齿的士兵,直至眼前这成百的士兵在匆忙砍伐遗留下的树桩和被踏进泥中的干枯树枝中间奔忙的情景。

有三名士兵离得越来越近了。萨姆金站起来,急忙跟在先前那个士兵身后走去,但是那个士兵大概是以为这位老爷在追他,就停下来等候。这时克里姆·伊万诺维奇找了个方便的地点,走下路基,往城里走去。路基这边的风景比较幽静,没有那么多的人:小河蜿蜒在丘陵起伏的草地上,原野上点缀着一小丛一小丛的白桦树,有些地方高高地耸立着松树的古铜色树干,在浓郁的松树的绿盖下,是一座座白色的帐篷和黄色的板棚,一堆堆盖着帆布装着什么东西的箱子,到处都是红十字标记,女护士的白色身影闪来闪去,一座小木屋的窗下,坐着一位穿紫色法衣的神甫——非常悦目的景物点缀。从车站通往城市的道路是用小鹅卵石铺的,这条路沿着河岸逆流而上,时而隐没在茂盛的灌木丛中,时而穿行在浓密的桦树丛间。在离城半俄里的地方,从灌木丛里走出来一个穿蓝衬衣、没系腰带的士兵,肩上扛着一条长长的、有弹性的带形铁片,哈尔拉莫夫紧跟在他的身后。

"您听说了吗?"他惶恐地低声对萨姆金说。"韦利亚米诺夫大尉把塔吉尔斯基打死了。"

"是偶然的事故吗?"克里姆·伊万诺维奇斜眼看了看士兵肮脏的脸,问道。

"不是!他们曾争论……"

那个士兵的小胡子动了动,不以为然地稍稍摇了摇脑袋。

"亚科夫,"萨姆金想起了莫斯科,一九〇五年和街垒战。"亚科夫同志……"

哈尔拉莫夫好像是在责备什么人似的说道:

"塔吉尔斯基说得很对,他们审判和枪毙的是病人,并不是逃兵,而那位韦利亚米诺夫是军法官。"

"事情发生时您……在现场吗?"萨姆金严肃地问道。

亚科夫同志也问哈尔拉莫夫:

"可以走了吧,大人?"

"好,走吧,走吧……"

亚科夫穿过大路,那条带形铁片好像是在赶着他往前走似的在他背后闪晃。哈尔拉莫夫摘下军帽,用它扇着自己的脸,一反常态,匆忙、沮丧地说道:

"几乎每次炮战都要造成一批外伤性的精神病人,这些被震昏的人盲目地走去,有些人会走出很远,捉住他们就说是逃兵!可是他人事不省,甚至连句明白话都不会说了,完全失去行为能力!"

萨姆金边听边琢磨:他已经向军官们保证不把杀人的事情张扬出去,可是这里已经知道了,军官会认为这是他宣扬出去的。

"您早就认识那个……士兵吗?"他问道,觉得有一阵无名的怒火在煎熬着他。

哈尔拉莫夫带着惊异的神情,疑惑地瞅着萨姆金说,亚科夫是个钳工,负责管理一个后勤工厂,专门修理辎重车辆、战地炊事用具及其他器械。

"是个非常精明能干的人,还能读书识字。怎么?"

"您当着他的面谈论……塔吉尔斯基的意外事件,这合适吗?"萨姆金问道,但是立刻就意识到,自己提问的方式是不恰当的。

"多妙的意外事件呀!"哈尔拉莫夫大瞪着眼睛惊叹道。"而且这件事他知道得比我还早呢,他正在那里干活儿。"

克里姆·伊万诺维奇·萨姆金声色俱厉地说道:

"既然他已经知道,那……当然要另作别论了!总之,我认为,在当前这些对我们来说很不幸的日子里,我们不应该在普通士兵面前谈论有损军官威信的……"

"啊哈—哈,"哈尔拉莫夫冷笑着,拖着长腔说道。"您是护国派[①]?"

"是的,"萨姆金英勇地说,但是立刻就后悔不该这么说。

"那么,这……可真要另作别论了!"哈尔拉莫夫毫不掩饰自己的嘲讽神情,说道。"但是,您知道吧:我确确实实知道,韦利亚米诺夫大尉一九○五年在普斯科夫团任少尉,他指挥的那个连曾在亚历山大公园附近枪杀过群众。普斯科夫团还为祖国立下了另一不朽功勋:镇压

---

① 护国派支持俄国反动政府的立场,主张继续进行帝国主义战争。

了一八三一年的波兰起义……"

克里姆·伊万诺维奇·萨姆金打断了他的话,向他说:

"那么我们应该得出什么结论呢?应该瓦解军队,是吗?"

哈尔拉莫夫惊愕地瞪大了眼睛,长着鹰钩鼻子的脸变成了紫红色,他舔着嘴唇,沉默了几秒钟,随后就恢复了自己一贯喜欢轻松逗趣的常态:脚后跟在地上一磕,怪笑着,把脸拉得长长的,鞠了一躬,说道:

"不敢再耽搁您阁下了!"

他猛一转身,背向萨姆金,扬长而去。

"无赖,"萨姆金默默地瞅着他的背影。"小丑。小歌剧里的丑角。当然,是个虚无主义者。无政府主义者。"

五

他注视着匆匆离去的人的背影,点上一支烟,心里想着,值此"大敌压境,国将不国,举国上下,应众志成城,以御外侮之时",在这样严峻的日子里,而这个轻浮之徒和亚科夫,木匠奥西普和塔吉尔斯基一类不负责任的家伙,却在群众中传播极端有害的思想意识。非常自然地就想到了宪兵大尉鲁希茨-斯特雷斯基,但是想到这儿,克里姆·伊万诺维奇突然害怕起来,感到自己处境危险。

他可以这样说:从某一个时期以来,现实生活开始对他非常敌视。现实生活把他当一条小口袋似的抖来抖去,把他所看到的、留在记忆里的一切事物搅成光怪陆离、令人烦恼、互相矛盾的一团混乱。只是在不大一会儿工夫以前,在一个钟头,甚至十几分钟以前,他突然惊慌地感到自己的生活经验既缺乏连贯性,又缺乏牢固的思想与目的的统一性,而在这种感受的背后,还潜伏着对生活没有意义的疑虑。很多生活经验看来完全是多余的,甚至是毫无意义的,而且妨碍其他某种较为明确、较有条理的思想的形成。克里姆·伊万诺维奇·萨姆金还没有做出什么明确的结论，但是意识到，这种明确的新思想需要那种与他本性完全不同的品质，需要那种他还没有具备的决心。他明白，这种突然涌现的、想把哈尔拉莫夫和亚科夫的情况报告宪兵大尉鲁希茨－斯特雷斯基的念头，跟他把塔吉尔斯基曾经当过副检察长一事告诉哈尔拉莫夫并没有多大的差别。这种昙花一现的念头越来越经常地不断出现，这是不能用个人恩怨来解释的，需要另外的解释。克里姆·伊万诺维奇·萨姆金没有找到这种解释，因为他害怕去寻找它。

在一丛小白桦树的荫凉里，站着一匹四条腿很高、身躯很长、套在一辆农村大板车上的弯背的瘦马，原来是白色的鬃毛现在由于满身尘土，变成了灰土色，夹杂着一些黄色斑点，瘦骨嶙嶙的大脑袋软弱无力地低垂着，一只浑沌沌的湿润的眼睛，在深陷的眼窝里闪着暗淡的光芒。

萨姆金停下来，仔细观察着这匹瘦马滑稽的、令人悲伤的样子，想起了列夫·托尔斯泰的小说《量麻布的人》和库普林的《绿宝石》，心里决定，最好能搭上最近的一列火车离开这里。

"大概，军官们会认为是我把有关塔吉尔斯基的事情宣扬出去的……"

从白桦树后面小心翼翼地走出一个小老头，样子也跟那匹瘦马一样滑稽可笑：高个子，驼背，穿一件被尘土染成灰色的粗布衬衣，同样的粗布裤子、裤腿几乎挽到膝盖，露出铁锈色的光腿。他的直得出奇的、粗毛的灰色大胡子，从脸上直垂下来，就像是一根根的线一样，两只眼睛遮在灰白的眉毛底下几乎看不见了。他把一个大烟斗举给萨姆金看，慢腾腾地、低声地、好像很勉强似的说道：

"大人，您有火柴吗？"

他从萨姆金手里接过火柴盒，同时划了两根火柴，仔细地点燃了烟斗，然后把火柴塞进了自己的裤袋。

"请您把火柴还给我，"萨姆金说，老头子用手指头摸了摸口袋，火柴是不是在口袋里呢？他摇了摇脑袋，说道：

"您把它送给我吧。"

他把萨姆金从头到脚打量了一番,忽然说道:

"这场战争,啥好处也没有……不会有的。在俺们老白蜡树村,庄稼刚收下来,就一把火全烧了,在哈洛麦雷村,在乌德罗耶村也都是这样,全都烧光啦!为了不落到德国人手里。男人哭,老娘儿们也哭。哭有啥用呀?眼泪是浇不灭火的。"

他若有所思地说着,眼瞅着地,瞅着萨姆金的脚底下,一缕浅绿色的、难闻的烟雾笼罩着他说出的话。

"他们乱砍滥伐树木。毫不在乎地砍伐,就像这块土地上一百年也不会再有人居住似的。他们糟蹋土地,大人!他们杀人,糟蹋土地。这是怎么回事呢?"

总该对老头子说两句话呀,于是萨姆金就问他:

"您在这儿干什么?"

"我是来给伤兵送干草的。正在等我的娘儿们,她领钱去啦……可是钱这玩意儿已经没啥用啦……很糟糕呀,大人。日子变得很不好过啦……"

"应该忍耐,"萨姆金审慎地劝他说。"大家都很困难,"他又严厉地补充说,可是接着又满有把握地预言说:"这一切很快就会过去的,咱们又可以太太平平地过好日子……"

他把手指头往制帽上碰了碰,就走开去,一边走着,一边好像在反驳什么人似的:

"连这些文盲也纷纷议论起来了,这对国家未必有利。"

他匆匆忙忙地走着,想回头看看老头子,但是没敢回头看,仿佛害怕老头子会跟着他来似的。浮想联翩,也是来去匆匆,互相追逐着。

"大概,哈尔拉莫夫关心的正是要他们纷纷议论起来。他这样做是出于什么动机呢?"

"……可以认为,是企图让农民和工人从政治上考虑问题,这是那些爱虚荣的人的绝望表现。他们输了一盘,现在想翻本。"

第二十五章

一

过了一个钟头,他乘上一列医护列车,站在一节车厢的平台上,望着布满像白气球一样的帐篷的原野。他觉得心情很坏,神经震荡引起了肉体的软弱,肚子咕噜咕噜直叫;耳朵里嗡嗡乱响,塔吉尔斯基惊异地突然哆嗦了一下的脸相在眼前闪现,想到哈尔拉莫夫也使他心烦意乱。所有这一切都以一场腹泻了结了,萨姆金害怕是染上了痢疾,在一个车站的铁路医院里躺了五天,回到彼得格勒以后,又在家里休养了好几个星期。

到前方去的几次失败的旅行,使他隐隐约约地对那些大胡子士兵、木匠和犹太人产生了一种阴沉的愤怒。这种愤怒已经带有某种对人的仇视,不管这些人是穿什么衣服的——穿保护色衬衣的,或者穿麻布和印花布衣服的。从前他对犹太人是漠不关心的,他认为贝利斯案件简直使国家丢脸,而一个国家的脸面就是它的知识分子。他深信,对政府的反犹太主义的政策,他所持的态度,是跟大多数知识分子一样的,而且这是惟一正确的态度。但是,当从前线涌来一股令人窒息的、有害的野蛮仇视犹太人的狂热时,他心想:

"真的:为什么犹太人能在我国占有这样显要的地位?……为什

么不是鞑靼人、格鲁吉亚人或者亚美尼亚人呢?"

他想起来,格鲁吉亚人和亚美尼亚人在军队里可以晋升到将军。我们并没有犹太将军,可是在英国,却有不少犹太人获得了爵位,甚至有一个犹太人当了印度总督。

因为有了基督,犹太人成了整个欧洲都信奉的和全世界天主教堂正在宣传的宗教的创始者。因为有了卡尔·马克思,犹太人正在世界上传播一种具有很大破坏性的学说:资本与劳动的利益是不可调和的,阶级仇恨必将加深,社会革命的悲剧是不可避免的。

"归根到底,反犹太主义产生的根源,是个非常神秘的问题,但是我根本没有义务去解决这个问题。而且总的来说:个人的社会义务是什么呢,这种义务从哪里开始呢,它的限度是什么呢?"

在彼得格勒他觉得心情(更为)舒畅,彼得格勒的生活正越来越紧张、恐慌、沸腾,人欲横流,发财欲达到了狂热的程度。伊万·德罗诺夫在这狂热的激流中沉浮、翻腾、遨游,他的样子总是醉醺醺的,但是看来醉翁之意不在酒,而在于他的事业非常成功。萨姆金有好几个月没有见到他了,连想都没有想到过他,但是有一天,在格拉诺夫斯卡娅剧院幕间休息时,在休息室里,德罗诺夫突然扑到他的身上,抓住胳膊肘,摇晃着他的手,充满喜悦的眼睛死盯着萨姆金的眼镜,酒气熏人,匆匆忙忙地说了几句表达相见的欢乐之情的话以后,就告诉萨姆金说,他今天上午才从彼得罗扎沃兹克回来,正在经营为摩尔曼斯克铁路供应材料的业务。

"是我们四个人合伙经营的:诺盖采夫、波波夫——一位工程师,他认识你,还有藻萨洛夫,也是工程师,开了一个'藻萨洛夫和波波夫工程公司'。这些人简直是天才!你知道吧,都是工业界的风流人物,性格豪放!你是联合会的会员吗?那么,前方的情况怎样,啊?听我说,咱们去吃晚饭吧!好好谈谈,行吗?"

德罗诺夫已经有了几分醉意。他剃光了脑袋,胡子也剃掉了,肿胀的红脸,像气球似的鼓胀着,鼻子好像是磨掉了,几乎看不见了,肥厚的嘴唇向前鼓着,贪婪地哆嗦着,露出了几颗金牙,仿佛是还没有嚼碎的、没有吞下去的食物。两只细小灵活的斜眼睛,在火红的眉毛下闪烁,滴溜滴溜地乱转乱跳。跟他谈谈准会非常有趣。他们来到"欧罗巴"饭店。饭店里很拥挤,人声嘈杂,有很多衣着华丽漂亮的女人,一个小弦乐队在演奏,两对男女正在餐桌间打转,要细看一会儿才能看出,他们是在跳舞。国家杜马议员,冒牌的马尔科夫①,手里端着酒杯,站在乐台旁边,因为他长得很像彼得大帝,所以就给他起了个绰号叫"青铜骑士",他站在那里,手指在肩头上比画着,在说些什么,但是听到的却不是他的话,而是他身旁的一个矮个子的话。

"我们蔑视物质文明,"他喊叫道,仿佛是在重复马尔科夫无声的话语似的。"我们太沉迷于创造世界文学、无政府主义理论和无比华丽的芭蕾舞,沉迷于写诗和扔炸弹了。我们不会生活,但是我们却学会了寻欢作乐……甚至把恐怖行动也变成了一种行乐方式……"

"这大概是舒利金②,"德罗诺夫不耐烦地嘟哝说。"都说他是个聪明人……可是咱们这个时代的聪明人意味着什么呢?这是问题!"

"我们跟专制制度已经斗争了整整一个世纪,"有人用醉汉的声调大声喊道,一个脊背长得很不自然,简直像没有臀部的女人,响亮然而不正确地朗诵了两句诗:

  我们,俄罗斯恐怖年代的孩子,
  诞生在万马齐喑的年代……③

萨姆金忽然听见了记忆犹新的、别尔德尼科夫尖细的声音。
"是的,这纯属无稽之谈,无稽之谈!"他像唱歌似的在劝导、安慰

---

① 即前面出现过的杜马议员马尔科夫,这是他在杜马里得的外号,还有人叫他"二号马尔科夫"。
② 舒利金(1878—1976),俄国政治评论家,政治家,第二、第三、第四届杜马议员。
③ 布洛克的诗,作于一九一四年。

什么人说。"咱们有这么一个师,大家给它取了个绰号叫'赛马协会',这个师恰恰是见了德国人就跑。不,不对,怎么是诬蔑呢?您去问问那些军人,他们会证实这一点!"

"这可是一只老狼!"德罗诺夫敬畏地说。"这是别尔德尼科夫,一位大名鼎鼎的人物,一个刑事犯罪型的人物,聪明绝顶。就连那些大臣也不敢怠慢他。"

萨姆金伏到桌子上,耸起肩膀,听着谈话。

"好,您还抱什么希望呢?战争一开始,就把整个军团赶到沼泽地里,送给德国人当俘虏。枪支不足,没有大炮,飞机……兵士们比我们知道得更清楚……"

"我劝您不要说这种恶毒的话了,"马尔科夫气势汹汹地喊道。

"遵命,"别尔德尼科夫答应说,这时萨姆金斜眼朝左边看去,看见别尔德尼科夫正轻飘飘地挺着大肚子在餐桌间周旋穿梭,仰着脑袋,松软的脸上焕发着善意的笑容。

一个穿长袍、高个子、留黑胡子的人,越过人们的脑袋,大声对马尔科夫说:

"应该了解真实情况!士兵们都知道:要打死一个德国人,咱们就要牺牲三个……"

"说谎!"

"大家都非常神经质,"德罗诺夫叹惜地说。"可是别尔德尼科夫,你看见吗?却非常沉着。军队需要四百万双皮靴,可是皮革全在他手里。我恨这些人,但是又尊敬他们。至于像你这样的人,我喜欢,但是并不尊敬。像对女人一样。你不要生气,我也不尊敬自己。"

萨姆金严厉地朝他胖得不像样子的脸看了看,很想说几句能使他头脑清醒的话,但是没有说,却问道:

"那么托霞在哪儿呢?"

"我尊敬托霞。这是惟一我尊敬的女人。她在顿河罗斯托夫。不久前,她派来一个人,带来一封信,要我把她的钱给这个人一百三十卢布。我给了他三百。钱,我多得很。可是派来的这个家伙却像个……木头人。一条干鱼。在我家里过了一夜。他过去也曾来看过托霞。姓什么特尔科夫,托尔奇科夫……"

"波亚尔科夫,."萨姆金机械地纠正说。

"也许是。她总是瞒着我,不让我看见他。我甚至怀疑是过去的情人。但是他却是一条干鱼。一个阿瓦昆大主教式的人物。"

和往常一样,萨姆金在聚精会神地听着别人的谈话,这是他的智慧源泉。人渐渐地少了,大厅显得空旷了,已经有三对男女在跳舞,小提琴和大提琴奏出的乐声,尽管在曲意奉承,但是听起来仍然像纠缠不清的叫花子的哼哼声,人们却吵得更厉害,更热烈了。

萨姆金注视着,一位身材高高的、脊背一直裸露到腰部的女子的苗条身躯,在一位右颊上扎着条黑带子的军官手里,娇媚地扭动,他一边看,一边习惯地倾听着人类智慧的片言只语。他早就认为,从人嘴里,从智慧的源泉直接听到的话,要比书籍和报纸上说的诚实得多,坦率得多。他有权认为,醉人的话最坦率,而最近一个时期,他觉得,所有的人都是醉醺醺的神志不清。

"诸位!"一个圆脸的矮个子,留着长长的、稀疏得像猫须似的胡子,高声喊道,他那鹰钩鼻子上的夹鼻眼镜都在跟着哆嗦。"诸位,"他用颤抖的男高音更动听地说道。"我们寻找发病的原因,而且在一个症候中发现了它,这就是拉斯普京!但是,要知道,这是非常可笑的,诸位,非常可笑!拉斯普京只不过是一个小脓疱,是细胞组织的微不足道的炎症。"

"这是悲观主义!"

"你听见了吗?"德罗诺夫问道。克里姆·伊万诺维奇肯定地点了点头。

"在我们面前只有两种选择:要么单独媾和,要么军队彻底崩溃,爆发革命,农民革命,普加乔夫式的暴动!"说话的人压低声调说,这时立刻就有两个人斥责他说:

"可是,您明白,媾和……"

"这真是岂有此理!"

"人们都变得非常神经质,"德罗诺夫又笑着说,端起酒杯送到厚嘴唇边。"可是,你知道,许多人都认为可能爆发革命!真的。诺盖采夫甚至到挪威去跑了一趟,在那儿买了一座房子,以备万一。你认为怎样:可能吗?"

"不可能,"萨姆金严厉而又坚定地回答,并且说:"别打搅我听别人谈话。"

"可是我,兄弟,要为了革命而干杯,"德罗诺夫喃喃地说。"革命是裁决。是对个人的……以及一切恩怨的……最后裁决。"

那位高个子太太走到矮小的演讲人跟前,一只手搭在他的肩膀上,姿态优美地弯下腰,对着他的耳朵悄悄地说了些什么,他站起来,挽住她的胳膊,走到一个军官跟前。德罗诺夫眨着眼睛,朝他的后影看了一会儿,就提议说:

"咱们去找姑娘儿们玩吧?"

二

萨姆金拒绝了,他在叶莲娜家里过的夜,这里几乎每天晚上都聚集了形形色色被各种事变闹得心情沮丧和疲惫不堪的人,他们总是大喊大叫。苦闷地叫嚷着这种话的人明显地增多了:

"唉,这场战争什么时候才会结束呀?"

诺盖采夫在人们中间周旋,慷慨地说些亲热的话,总是满面笑容,并且表示赞同地说:

"是啊,是啊!大炮打得很远,可是战争的结局却看不见。瞧,这就是德国人的手法!"

诺盖采夫竭力说些安慰的话,可是副教授佩利尼科夫却在加剧人们的恐慌心情。他在前线服务,任士兵书信的检查官,回来做阑尾切除手术,在医院里躺了一个来月,身体十分消瘦,蓄起了像虔信教徒一般的浅色小连鬓胡子,他那柔软的脸变得干瘦、僵硬,眼睛显得更大了,充满了阴郁、伤感的神情。当他沉默不语的时候,总在咬动下巴,所以耳朵边的胡须不断地颤动,使人看着很不舒服,好在他很少沉默,非常爱说话。

"你们很难想象,士兵从前线寄到农村的信和农村寄往前线去的信的内容,"他低声说道,好像是在讲一件秘密。一位动物学教授,神色忧郁,他一面在听他讲,一面皱着眉头打量叶莲娜,流露出明显的疑惑神情,仿佛他很难确定她在动物中的地位。还有两个萨姆金认识的人,一个是戴着勋章的、整洁的秃顶小老头,他的姓很长,是神甫的姓氏,另一个是盛妆的、神色倦怠的妇人,苏沃林剧团的演员。

"当然,前线的情况,信里是禁止写的,那些书信大致可分为两类:绝大多数的信里根本不提战争的事,好像写信的人并不是在打仗似的,其余的信的内容都是违禁的,必须销毁……"

"有些信,大概还要转到检察厅去吧?"一位脸长长的、一嘴七歪八扭的牙齿的联合会成员,眯缝着眼睛,颇有把握地问道。

"是的,这种情况也不排除,"佩利尼科夫肯定地说,他把声音压得更低,继续说道:

"诸位,我们的老百姓真可怕!他们对国家的命运的漠不关心,他们对农村、土地的依附性和那种对待地主的,也就是对待有教养的人根深蒂固的、兽性的仇恨,简直达到了可怕的程度。当然,亲德派、失败主义者、布尔什维克以及诸如此类的家伙……是会利用这种仇恨心理的,而且已经利用了。"

佩利尼科夫从上衣口袋里掏出一个笔记本,举起来给大家看了看,并要求准许他朗读几段士兵的书信。

"请读吧,"小老头细声细气地,并且是很赞赏地说道。

"'叶戈尔叔叔被判处服苦役,那是活该如此,他现在成了一个没有财产权的人,这个机会你可千万不要错过。'"佩利尼科夫朗读着,事先就告诉大家,信里除了句点之外,再没有任何其他标点符号。

"'要想办法把瓦西里爷爷的那份财产继承到手,要想方设法哄骗他,在他活着的时候要好好地侍候他,还要留心,别叫萨什卡把东西偷走。两个孩子都死了,这是由不得咱们的,上帝的赏赐,上帝又收回去了,你的头等要紧的事就是照管好磨坊,在秋天以前,一定要把磨坊的风车修好,要用麻布,可别用板条。对于那个俘虏不能心软,既然他落到咱们手里,既然魔鬼叫他来打咱们,那就叫这个狗崽子给咱们干活吧。'听见了吧!"佩利尼科夫说,又把笔记本晃了一下。

"我不明白,这有什么使您担心的,"小老头耸了耸肩膀说。"这是一个很会管家的庄稼汉写的。"

"而且写得很朴实,"叶莲娜也颇有同感地说,其余的人则都有所期待地沉默不语,可是佩利尼科夫在椅子上耸了耸身子,凄然地苦笑了。

"写信的人是个伙夫,在行军灶做饭。作为对比,现在我再读另一封信,这是一名列兵写的,"他说道,接着就用提高了的声调朗读起来:

"'战争没完没了地拖下来,咱们总在后退,结局将会怎样,这还不清楚。然而流行这样的说法:士兵应该自己去结束战争。俘虏中有些人会说俄语。有一个曾在彼得堡做过四年工,他很干脆地说,除此之外,没有别的办法可以结束战争,就是这场战争结束了,另一场战争还会爆发。因为打仗是有利可图的,武将可以升官,文官可以发财。所以必须解除所有这些政权的武装,为了和睦地安排人类的生活,全靠我们自己。'"

佩利尼科夫把笔记本塞进怀里,小老头笑着说道:

"是的,这是……另一种调调了!这是必须加以反对的。"他举起一个手指头上戴着红宝石戒指的粉红色小拳头威吓着补充说:"但是首先要使杜马不再惹皇上生气。"

"阁下,"佩利尼科夫大声悲叹道,他整个的面部表情,甚至全身的样子,都像是一个人误饮了一杯醋似的。"但是皇后的亲德倾向和那个肮脏的污点拉斯普京怎么办呢？……"

"教授，您大概是不相信上帝的存在的，对您来说，上帝是不存在的！"小老头温柔地说，当佩利尼科夫要进行反驳时，他举手阻止，并问道："您何不设法也不相信拉斯普京的存在呢？……"

"说得太妙啦！"女演员大声喊道，立刻用手绢捂住嘴，但是她的眼睛却在笑。

"丑恶的事儿，我们谈得太多了，这样就会夸大丑恶的力量，助长它的势头。"

叶莲娜斜依在沙发椅上吸烟，巧妙地吐着烟圈。佩利尼科夫站在老头子面前，不耐烦地听着他那慢吞吞的议论。

"专制政体已有三百年的传统。请不要忘记，全俄罗斯举国欢庆这个王朝统治的三百周年还不到三年，在欧洲还没有一个国家能够这样夸耀它在这种统治形式方面的牢固性。"

萨姆金知道，小老头是财政部的重要人物，叶莲娜曾经说过，不久前，他曾跟银行合伙，做了一笔生意，大捞了一把，并提出要叶莲娜跟他姘居。

"轧姘头，我不干，不过我倒要从他身上轧出点油水。他喜欢温存，而且肯出大价钱……"

小老头使萨姆金想起了她这番话，这时小老头正在教导说：

"皇上很孤独，他没有朋友，亲属都仇视他，而他却是一个性情温柔的人，他喜欢温存……"

萨姆金坐在叶莲娜身旁，听着他讲，不禁哑然失笑。

他回到家里，发现了叶莲娜塞给他的一张纸条："我要跟朋友们一起去参观摩尔曼斯克铁路，也许从那里乘海轮去阿尔汉格尔斯克、亚罗斯拉夫尔、下诺夫戈罗德，欣赏一下人们赞不绝口的伏尔加河的风光。塔塔里诺夫终于付了律师费。吻你。叶。"

萨姆金皱了皱眉头，心里骂道：

"无赖。"因为她收到酬金的这个案件，虽说是她丈夫接下来的，但是却是由他,萨姆金,办完的,而且根据原定条件,有一半酬金应该归他,但是他知道,叶莲娜是不会分给他的,这种情况已经不止一次了。

三

跟这个女人的暧昧关系早已使他感到厌烦了,在战争期间,叶莲娜开始在他心里引起一股敌对情绪,在她胸中燃起了一种贪婪的狂焰,她参与某些大规模的投机活动,变成非常神经质,非常放肆,喜怒无常。而最使萨姆金恼恨的,是她那种对俄罗斯的一切,对俄国的军队、政府、知识分子以及自己的女仆的蔑视态度越来越露骨,而且越来越经常地以各种形式显示出她对法兰西命运的关心:

"叫这些该死的德国人和他们的远程大炮统统见鬼去吧!如果他们毁灭了巴黎,那我到哪儿去住呀?你们的军队本应该把德国人淹死在沼泽里,而不是把自己陷进去。你们的将军竟蠢到这样的程度,连哪儿是干地,哪儿是沼泽都不知道……"

萨姆金觉得反驳她是多余的,但是她这些话却使他感到厌恶。有一次他问道:

"那么,在你眼里巴黎就是法兰西,是吗?"

"是的,当然喽。谁要是不理解这一点,那他根本就不理解法兰西。只有在你们俄国,才会有像这座缝补在边缘上的城市①一样的一些城市。我不明白:彼得堡究竟代表什么呢?你们之所以都这样潦倒散漫,就是因为你们没有一个中心,没有自己的巴黎。因此你们的一切都是这样模糊,混乱,散漫。就拿你来说吧。为什么你不在杜马里当议员呢?你聪明,有学问,但是你的功名心在哪儿呢,志在何方呢?"

这种话听起来是令人那么不舒服,所以就产生了对叶莲娜的敌意。但是他认为到她家里去还是有益的,因为几乎每天晚上都有越来

---

① 指彼得堡建立在俄国的边缘上,而巴黎则在法国的中心。

越多的人在她家里聚会,这些人被前方不利的消息吓得心慌意乱,外有强敌压境,内有爆发革命之虞,内忧外患交织在一起,所以他们简直有点惶惶不可终日了。萨姆金觉得自己在这些人中,犹如鹤立鸡群,比他们既聪明,又优越。不知道是从哪里来了些"协约国"的外国人,而且越来越多。尤其是英国人,他们哪里都去,谁都要教训,到处以"家长"自居。在叶莲娜家里遇到了一位穿英国军官制服的人,这并没有使萨姆金觉得惊奇,军官嘴里叼着的烟斗正在冒烟,烟雾像浅蓝色的面纱似的遮着他的脸,一时很难记起他就是克莱顿先生。萨姆金记得他的脸是圆圆的,焕发着健康的红光,现在这张脸却变长了,下巴似乎变得沉重了,鼻子也大了,脸皮被风吹得又黑又粗糙,他的眼睛原来是那样沉着而又炯炯有神,现在却流露着倦怠、冷漠和讥讽的笑意。他像将军一样威风,说话也没有什么手势。萨姆金看着他那匀称的身段,心想,大概克莱顿战前就是军官。英国人笑嘻嘻地看着他,但是却不走到他面前来,仿佛是在等待着,认为俄国人应该先走过去问候他。

"认出我来了吗?"他用命令式的口吻问道,露出一排坚固、整齐的牙齿中的两颗白金牙套,在说过一些必不可少的有关健康、天气、战争等等的客套话之后,他就提出了克里姆·伊万诺维奇意料中的问题,但不知道为什么是低声提出的。

"杀死左托娃太太的凶手竟然没有查出来?贵国警察当局的工作实在太糟啦。要是我们的苏格兰广场①,那一定会破案的,一定会!她是一位优秀的俄罗斯妇女,"他称赞说。"就是有点儿……这该怎么说呢?就是她脑子里装了太多的不切实际的知识,这反而成了她的累赘,不过她毕竟还是具有非常实际的聪明才智的。我在许多俄罗斯人身上发现这一点:他们仿佛羞于实践,总想把它隐蔽起来,并用宗教、哲学、伦理学……来加以粉饰。"

他高谈阔论,充满了自信,以为聚集在这间陈列着许多中国神像

---

① 这是英国伦敦警察局所在地,已经成为英国刑事警察总局的代称。

的屋子里的各色人等,从来还没有听过真正欧洲人的讲话,他竭力把字句说得清楚,注意重音的正确。

"不久以前我看了一本很有趣的书《经济哲学》,这是一种富有好奇心的和富于幻想的尝试、企图用神学的观点来解释马克思的学说。一个神经正常的不列颠人是不会把自己的幽默浪费在这个题目上的……条顿人也可能热衷于唯物主义的神学化,因为德国人也并不比俄国人更有理性,但是哲学的癖好一点儿也没有妨碍他们再次去抢劫法国人。他们有康德、黑格尔,然而费希特、斯蒂尔纳和尼采的哲学,才是他们最血亲的哲学。而且他们对这一点是坚信不疑的:实践,这就是为生活而斗争,为生活的自由而斗争。"

"是一个极端的欧洲人,"佩利尼科夫深怀敬意地、低声对叶莲娜说。"不论从地理上,还是从精神上说,都是一个很极端的欧洲人。"

"我并不打算夸大英国在欧洲过去历史上的功绩,但是现在我可以绝对有把握地说:如果不是英国参加保卫法国的战争,那么德国人早已把法国打垮了,法国人会遭到抢掠和野蛮的蹂躏,而在贵国……贵国人民也将经历同样的一场浩劫。"

只是在主人请大家进晚餐的时候,他才停止了滔滔不绝的高论,但是过了一会儿,餐桌上又响起了他那威严的声调,他的话很容易就印在脑海里。

大家都静听克莱顿讲话,没有人反驳他,萨姆金认为这是出于对盟友和客人的尊重。这个英国人使萨姆金非常愤怒,以致克里姆·伊万诺维奇打破了一向不参加争论的常规,正在寻找有利时机,以适当的方式来(还击)克莱顿。

但是叶莲娜突然放肆地嘲笑说:

"您认为德国人是强盗,是野兽,然而,要知道,正是贵国政府曾经帮助普鲁士人打垮了法国,正是你们曾经支持德国人反对奥地利,你们支持俾士麦。"

她朝前探着身子,稍稍眯缝起眼睛,因此她的眼神显得更加锐利,她继续说道：

"我认识一位阿拉伯学者；他说：'英国人在欧洲是狐狸，在殖民地是一只叫不出名字的野兽……'

"克莱顿先生，请您不要生气，您当然知道，人们是不太喜欢英国人的，而这对英国人来说，也是罪有应得的。一百零二年前，贵国的士兵在滑铁卢彻底扑灭了法国革命的火焰。正是你们阻碍了欧洲建成一个联邦，而你们却还在欧洲人面前夸耀这种可疑的功绩。我深信，拿破仑是想建成这个联邦的。一百年来，你们这些'高贵的人种'，处处搞无原则妥协的人，极端伪善的和对欧洲命运漠不关心的人，你们这些妄自尊大到可笑程度的人，竟奴役了那么多的民族，据说，每一个英国人就有五名印度人供他驱使，还不算其他被你们奴役的民族。"

萨姆金惊异地听着，注视着叶莲娜面部表情的变化。她那涂脂抹粉的脸涨得通红，红得连粉层都看得清清楚楚，连脖子也涨红了，显然，充血使叶莲娜喘不过气来，她神经质地和奇怪地扭晃着脑袋，她那闪耀着宝石戒指光芒的手指在使劲张开一把糖夹子。萨姆金从来没有看见过她这样愤怒和激动，所以坐在她身旁，蜷伏着，脑袋缩进肩膀里，不断地问自己：

"怎么收场呢？"

沉默结束了这场风波。克莱顿一面准备抽纸烟，一面用疑问的目光打量着大家，看来是在等待：有没有人出来反驳呢？

"让我们趁政治议论还没有使我们争吵起来的时候，不要再去谈论政治吧，"叶莲娜说，疲倦地叹了一口气。

克莱顿连椅子带人一块儿摇晃着，大笑起来。佩利尼科夫恐慌地看着叶莲娜，其余的五六个人在静观事态的进一步发展。

"是的，"女演员深深地叹了一口气说。"什么人在什么地方干了些什么事儿，突然就打起仗来了！真可怕。而且，你知道，仿佛世界上再也没有任何不致引起争论的事物了。人们到处在争论，什么都争论，一直争论到了互相仇视的程度。"

萨姆金好像是在睡梦中听到了这些忧伤的话。他斜视着叶莲娜涂脂抹粉的脸,心想:她只是一个因为跟老头子姘居更有利,所以才没有去当妓女的歌女,为什么会被克莱顿的吹牛刺伤呢?他什么时候高兴,就可以亲吻她,但是从她嘴里听到的政治议论,向来都是用轶事或笑骂的形式说出的。他一向很相信自己长于观察事物的才能,相信自己观察的准确性和评价的正确性。但是在叶莲娜身上他却有很大的疏忽,而且认识到这一事实使他很不愉快:由于他总认为她是个傻大姐儿,很可能对她过分坦率,超过了应有的限度。他注视着克莱顿先生正在用一个小勺似的东西,把烟斗里的烟灰仔细地挖到烟灰缸里,听着他清清楚楚地在说:

"说实在的,战争是由你们俄国人挑起来的。如果你们在谈判过程中不那么急躁……"

他对这位"高贵人种"代表的话毫无兴趣。克莱顿是外人,是偶然的过客,如果他跻入俄罗斯主人之列,那时他的话才会有分量、有意义,可是现在需要的是重新检查一下对叶莲娜的态度:也许,不必跟她决裂吧?这种关系具有无可争辩的好处,她的交游越来越广,将来,这些人可能成为很有用处的人。她原来竟是个能攻能守的人物。

四

萨姆金兴致勃勃地去参加各种各样的集会,从那些混乱的话语中拾取他认为特别明智的语句,觉得这些语句在他心里自行组成某种和谐、牢固的东西。他看到,前线上那些悲惨的事件正在人们的心上引起越来越大的惊慌,他们变得更胆怯,更蛮横无理,更无耻,越来越认识到他们已经不可能影响事变的进程。他觉得自己在这些人中是个魔王,不过是个愿意而且能够帮助他们生活下去的魔王。他一如既往,慎行寡言,习惯地拾取一些流行的话语,机灵地找到发表自己主张的有利时机,严厉地、不容反驳地提出忠告。

"我们的时代不是扩大概念的时代。我们沉湎于寻求各种具有普遍意义的、客观的、正确的公式。当然,我们应该避免把概念庸俗化的危险。我们一致认识到改变政权的必要性,这已经够多了。但是生活的现实却提出了更加艰巨的任务——团结一致,因为当前总的形势要求我们把那些足以使大家联合起来的概念挑选出来,并加以肯定。"

这样的议论,使那些自以为他们说的话一定是非常有益的,甚至是在完成历史业绩的人们感到满意,也就是说,使这些人的惊慌心情得到了安慰。偶尔也有人向他提出问题:

"这种团结应该表现在什么上和以什么方式表现呢?"

"这正是咱们应该加以讨论的题目啊!"他回答说,如果他发现提问题的人并不满足于这个答案,他就马上看看表,匆匆离去。

在一次集会上,一个身材高高的人发言反对他,这个人生了一部全都卷成小圆圈儿的、灰色的鬈毛大胡子,明澈的浅蓝色眼睛,从他那紧锁的粗眉下射出严厉的目光,他穿着一套杂凑的服装,又短又瘦,很不合身,红黑格呢的裤子,灰条子的上衣,翻领蓝布衬衣。这个人身上有一种滑稽而又天真的。引人注目的神态。

"请问,"他开口说,"您总在谈什么知识分子的联合,可是应该跟谁联合呀?我们有布尔什维克,还有孟什维克,有的跟着列宁走,有的跟着普列汉诺夫、马尔托夫走,那么您跟谁走啊?"

萨姆金意识到问题的危险性,所以没有立即作答。他看到,不只是这个鬈毛大胡子的人在等他回答,所有在场的三四十个人也都在等他回答,这些人拥挤在一个豪华的、四周摆着些锁着的红(木)柜橱,好像是存衣室的房间里,屋子当中摆了一张长桌。萨姆金从容不迫地点上一支烟,说道:

"我个人认为,这个问题的产生,这个问题的意义就在于国际主义和民族主义的矛盾。你们知道,德国社会民主党由于投票赞成发行战争公债,玷污了国际社会主义,你们知道,万德威尔德更加扩大了这个污点,而且在这以前,像威威安尼、米利埃兰、白里安及其他诸如此类的社会党人的行为,都已表现出了社会主义者的道德是多么孱弱无力,同时又是多么可悲地毫无原则。只是还没有搞清楚:这种无原则性是出于人们的本性呢,还是这种学说的本质呢?"

法庭辩护人的实践,使克里姆·伊万诺维奇·萨姆金已经很好地掌握了绕过险阻、迂回前进的战术。他的渊博学识使他可以根据当时需要的内容,对任何术语加以引申。而且,最后,他非常了解,人们对自己夸夸其谈的那些思想和词句往往是不甚了然的,他了解这一点,因为他觉得自己常常就是这样。

"要谈国际主义,首先就要弄清民族这个概念的内容是什么。试以英国为例。英国人特别适用于说明民族这个概念,这是个血统单一的民族,而血统的单一使他们结成一股坚强的力量,这股力量正在役使亿万其他血统的人为他们工作。可以认为,正是由于这种原因,英国就成了一个社会主义很难在那儿扎根的国家。英国虽然也有费边社会主义者①,但是完全可以不去提他们,他们以罗马统帅费边·孔克达托尔,一个慢性子人的名字命名,大家都知道这位统帅,是以迟钝、缓慢和保守著名的,他总是叫别的统帅先去跟罗马的敌人厮杀,等到敌人的力量已经消耗殆尽了,他才动手打击敌人。英国人在十九世纪初叶就是处处以他为师的……"

那个鬈毛大胡子的人困惑地看了看那些正在聚精会神听讲的听众,喃喃地说:

"我真不明白,您为什么要讲这些呢?"

萨姆金很不喜欢这两只明澈的浅蓝色眼睛的炯炯目光,这目光闪烁着像烧红的煤炭放出的蓝光,这个人的大胡子里隐伏着使人不愉快的、带煽动性的微笑。

"美国人还不是一个民族,"他又说下去,"这是一个机械地联合起来的、还没有压缩成为一个整体,只是一个由英国人、德国人、犹太人、

---

① 费边社会主义是英国一种资产阶级改良主义思潮,是由一八八四年在伦敦成立的费边社提出的。它主张阶级合作,反对无产阶级革命和无产阶级专政。

意大利人、斯拉夫人,以及其他各民族的人形成的混合体。美国和俄国有很多共同的特征,但是俄国却是一个更不统一的、更加散漫、更加四分五裂的国家。美利坚合众国的居民中,除了黑人之外,大多数都是欧洲人。我国的居民却包括了五十七个完全没有任何联系的民族:波兰人不了解格鲁吉亚人,乌克兰人不了解巴什基尔人,吉尔吉斯人、鞑靼人不了解莫尔多瓦人,以及其他等等。世界上没有一个国家,像我们这样迫切需要一个文明的、充满善意和巨大精神力量的中央政权……"

"好,现在我明白了,"蓄着鬈毛胡子的人慢慢从椅子上站起来说。他从上衣口袋里掏出皱巴巴的软制帽,往膝盖上一拍,丧气地对一个人说:

"走吧,米佳!"

一个身材不高,体格结实的人站了起来,他生着一张和蔼的圆脸,头发散乱,穿着一件黑呢子衬衣,一双齐膝盖的长筒皮靴。从萨姆金面前走过的时候,他响亮地说道:

"您知道得太多了,以至……"

"以至我们听起来都感到害臊,"生鬈毛胡子的人阴郁地补充说。

"是——呀!您知道的很多,可是懂得的太少!"穿黑衬衫的人说,于是两个人都朝门口走去,像马似的踏得嵌花地板噔噔的响。

"你们应该把话听完嘛,"萨姆金朝着他们的背影说。米佳回敬说:

"我们已经听过多次了。读的也是这类东西。"

"我认识他们,"枣红头发的阿利亚比耶夫少尉拿手杖敲着地板,用威吓的口吻说,他的草绿色衬衣上的一枚白色小十字架在闪闪发光,簇新的肩章,金牙,皮带扣环,都在闪闪发光,他浑身上下都好像浸透了各种金属的光芒,就连他的说话声音也是金属的声音。他撑着手杖困难地站起来,理了理两撇紫铜色的长胡子,然后用起诉的口气继续说下去:"都是从维堡区来的工人,那儿的人全是布尔什维克,这些该死的家伙！"

"不要招惹工人，"玛丽亚·伊万诺夫娜·奥列霍娃和气地，但是很坚定地插话说。

"什么？不要招惹？这是怎么回事儿？"阿利亚比耶夫喊叫起来，打量着在座的人，仿佛是在预先判断，谁会反驳他。"应该把他们送到前方，送到火线上去，这才是应该做的事情。应该叫他们去尝尝子弹的滋味！就应该这么办！不要再纵容姑息，搞无原则的自由主义了。空话是驯服不了冥顽不化的人的……"

"喊叫有什么用呀？"戏迷又兼棋迷的维什尼亚科夫律师，伤心地摇着秃脑瓜，喘着粗气问道。"喊叫得太晚了，"他自己回答自己说，用劲地把两手往外一摊。"一切都在崩溃，一切！克里姆·伊万诺维奇说得非常正确，俄罗斯是个瓦罐，罐里的汤正在沸腾，可是各种各样的、互不相容的东西怎么也不能煮成……"

"是个泥足巨人，"奥列霍娃好像报告一件新闻似的说，有三位太太一致同意她的说法，而第四位太太却流露着明显的恐惧神情问道：

"你们说说，建立共和国以后，所有这些布里亚特人，卡尔梅克人和其他的野蛮人，就都有权娶俄罗斯女人了吗？"她身材很高，一张长脸，脸的下端是一个漫画式的尖下巴，夹鼻眼镜在她那软骨的大鼻子上颤动着，胸前闪着一枚斯莫尔尼学校毕业生纪念章。

一下子就有十来个人同声议论起来。阿利亚比耶夫叫得更加凶狂，他就像被插在木橛子上似的在打转转，用手杖乱敲着，挪动着椅子，像揪着一个人的头发似的摇晃着椅子，浑身闪着金属的光泽。

"这是残暴的行为，是异教徒造反，"他叫喊道。

一个穿老式上衣的胖子，双手捧着肚子，用沉闷、油滑的低音喃喃地说：

"一个穿树皮鞋、住草房的国家，去跟一个浑身用钢铁包起来的敌人打仗，啊？这不是愚蠢吗，啊？单凭这一点，政府就应该被推翻，尽管我并不是自由主义者。你这个糊涂蛋，你应该先盖起石头房子，盖上铁皮屋顶,然后再去打仗……"

有人喊叫道:

"我们像活人似的在蠕动,可是已经……"

而阿利亚比耶夫的尖利吼声终于压倒了一切喊叫:

"我不是商人,我是贵族,但是我知道:我们的商人是完全可以接受并继续发扬贵族的文化和贵族的传统的。商人已经开始提倡艺术,收藏艺术品,出版好书,建造漂亮的房屋……"

"哼,您知道吧!霍米亚科夫为了他的几俄丈的一小块儿地皮,要向莫斯科勒索二十万卢布,"有人喊道。

"我要求不要用些鸡毛蒜皮的事儿打断我的话,"阿利亚比耶夫疯狂地咆哮道,人们预感到很可能发生争吵,就都压低了声音说话,这就使阿利亚比耶夫可以比较安静地发表他的高论了。

"从思想上来说,社会主义是一种压制个性的、古老的、野蛮的形式,"他用高亢的声调拼命地吼叫,摇晃着脑袋,粗直的黑头发扬了起来,露出棱角突出的前额,一会儿头发又披散到耳朵上、脸颊上,脸盘变成狭长的,嘴唇直哆嗦,下巴也在抖动,但是萨姆金在这个身材瘦小的人身上毕竟还是看到了某种像玩偶似的滑稽东西。

"社会主义要实现权利平等,这就是说:承认所有的人才能都是一样的,可是我们知道,欧洲文化的整个发展进程是以才能的差异为基础的……如果社会主义能使我们那些幼稚、懒散,但是又非常贪婪的异教徒——我们的农民变成成人,并把他们组织起来,那我一定也要欢迎社会主义,但是我不相信,在农业领域内能实行社会主义,特别是在我国。"

萨姆金一看到这个人已经牢牢地占据了他的地位,就走了出来;他觉得,他离开会场的时机,总是选择得恰到好处,这样就一定会在听众中引起一种遗憾的情绪:看,这个人未能说出他知道的主要的东西就离开了我们。他完全相信,在人们眼里,他的形象越来越高大了,他注意到,他们对他的要求越来越高,越来越细心地倾听他讲话。这种自信心使他感到自豪，但同时也使他更加不安，因为需要的那种"主要的东西"，一直还没有从他那丰富多彩的生活经验中形成。他越来越经常地感觉到，从（他）积累的大量原始材料中概括出一种统一的思想，赋予一种独特的形式，这种新思想可以把全国的进步力量联合起来，而自己则以新思想的主人的姿态出现在人们的面前，这是非常困难的。

不久前，德罗诺夫头发散乱，脸也没刮，和往常一样，醉醺醺地对他发牢骚说：

"我的合伙人骗了我二十七万八千卢布。诺盖采夫是个祖传的骗子，叫他见鬼去吧！但是可惜的是藻萨洛夫和波波夫，真是难得的人才，你知道吧，是两个出类拔萃的强盗，藻萨洛夫过的是梭罗古勃式的生活——生活就是'我的游戏法则'。波波夫是个慢性子，生性温柔，是个倒霉的赌徒，然而是一只讨人喜欢的公狗。总而言之，非常无聊。主要的是，我不知道：该干什么？一个人应该有明确、现实的生活目标。而我却没有目标。钱吗？钱是有的，但是钱天天在贬值：今天一个卢布只值四十三戈比了。而且，总的说来，钱根本不是我的生活目标。如果托西卡在的话，我一定把她用金子包起来，浑身用宝石镶起来，叫她玩个够！"

"她是布尔什维克吗？"萨姆金问道。

"很像，"德罗诺夫边回答，边准备喝酒。在上衣里面的口袋里，通常是正经人装钞票的地方，德罗诺夫装了一个扁扁的玻璃瓶子，上面包着一层银丝网，瓶子里装的是一种罕见的白兰地。他小心翼翼地从瓶口上拧下一个小酒杯，嘟哝说：

"这个小酒瓶儿是塔吉尔斯基送我的。报纸上瞎说他自杀了，可是一个月以前，霍佳因采夫的弟弟，一个军官，说他在前线什么地方偶然牺牲了。一个非常有趣的人。他详细地统计了我们专制政体的行政机构和法国的共和政体行政机构的费用，发现两者的差额竟微乎其微，在这方面，法郎并不比卢布落后很远。共和（国）也不省钱。"

"告诉他吗?"萨姆金问自己。"可是为什么呢?"第二个问题取消了第一个问题,同时,有关安东·塔吉尔斯基的记忆也随之消失了。但是忽然冒出了一个(念头):"德罗诺夫是第一代知识(分子)。"

五

每次会面,德罗诺夫总要给萨姆金讲些道听途说的胡言乱语,这都是他从被搅浑的生活泥潭的深处汲取的。他把这些(胡言乱语)从他那结实的身体上抖搂下来,就像是抖搂尘土一样,但是萨姆金几乎总能从他的胡言乱语中发现某些有用的东西。

"托霞派了一个小伙子来找我,是敖德萨大学法律系学生,三年级时,因为交不起学费被开除了。他在码头上当过搬运工,在啤酒厂里封过瓶盖,还在奥恰科夫捕过鱼。是个聪明、快活的小伙子。我叫他当了我的秘书。"

他用右手抚摸着小酒瓶,若有所思地用手指头搔着眉毛,继续说道:

"这是个正统的布尔什维克!他是有生活目标的。进行国内战争,打倒资产阶级,搞彻底的、名副其实的社会革命,这就是一切!"

"你怎么样,相信这是可能的吗?"萨姆金淡漠地问道。

"我吗?我是相信人的。当然,不是所有的人都相信,可是像这个坎托尼斯托夫这样的人,我是相信的。我偶尔遇到些布尔什维克。兄弟,他们是不开玩笑的!工人们正在骚动,已经爆发过几次高呼反战口号的罢工,顿河地区的矿工跟警察发生过战斗,农民厌战,开小差的越来越多,布尔什维克是有群众基础的。"

他深深地叹了一口气,突然站了起来,怒气冲冲地说:

"克里姆·伊万诺夫,你总在盘问我!你当然比我更清楚,你什么都了解。干吗总在盘问我呢?我有多傻,我自个儿明白,请你帮我解答这个问题:为什么我是个傻瓜?"

"你喝醉啦,"萨姆金说。

他不高兴地噘着嘴走了。萨姆金怒目相送,甚至把烟头儿朝他的背影扔去。

"哈尔拉莫夫大概也是个布尔什维克,"他心里想,后来想起了霍佳因采夫,不久前这个人曾在一个编辑部的集会上震耳欲聋地进行说教:

"圣西门早就预言过,银行家将要成为生活的统治者。在每一个国家里,他们把所有的资本都搂进自己的腰包,然后把这些资本装进一只钱袋,下一步,他们就把所有国家,一切民族业已集中起来的资本再集中到一个统一的大钱袋里,这时候他们就会像除去卡尔·马克思以及其他诸如此类的疯狂的幻想家之外的一些最聪明的德国人所预言过的那样,根据最严格的、甚至是神圣的公道法律,仁慈地在全世界组织生产和消费。既然如此:我们还害怕什么,为什么还要发抖呢?我们安逸地、充满信心地等待银行家精力充沛的活动和他们改革工作恩赐的丰硕成果,岂不更聪明吗?担心银行家会剥掉咱们身上的衬衣和裤子,是没有必要的!他们是会剥掉这些东西的,会的!不过那仅仅是在短时期内,为了集中资金和实行垄断,可是他们随后就要强迫我们有组织地制造皮鞋和衣服,生产粮食和酒,使我们有衣服穿,有鞋子穿,有吃有喝。那么我们为什么还要去关心什么海峡,关心什么把巴尔干国家变成俄国的州县呢,为什么呀?"

克里姆·伊万诺维奇·萨姆金觉得,在这粗鲁幽默的谈活中,包含着某种健康的东西,但是他不喜欢幽默,讽刺只会引起他的反感,而且他特别厌恶霍佳因采夫和哈尔拉莫夫这一类型的人,把他们看成古怪的人物,捣蛋鬼,这些人在他们的胡言乱语的后面隐藏着一种虚无主义的破坏狂。哈尔拉莫夫假装成认真研究反革命文学的样子,假装成列昂季叶夫、卡特科夫、波贝多诺斯采夫的崇拜者。霍佳因采夫扮演着一个怪人的角色,他很喜欢毫不怜惜自己地出洋相,用荒诞不经的言论逗人发笑,但是不知道从什么时候开始,他越来越致力于用极端荒唐的语言来表达非常严肃的思想。他跟哈尔拉莫夫一样,也是"失败主义者",反对继续进行战争,对恰恰取决于战争胜负的自己祖国的命运毫不关心。

第二十六章

一

生活中充满了报纸的喧嚣、集会上的争论、前线传来的令人沮丧的消息、皇后正秘密与德国人谋和的流言,所以显得时间过得飞快,日夜在不停幻变,人们越来越经常地在重复这几个字——祖国、国家、俄罗斯,他们走路的样子也变得匆匆忙忙,心慌意乱,人与人之间变得很容易接近,彼此很快就会熟悉起来,而所有这一切都使克里姆·伊万诺维奇·萨姆金感到异常不安。他清楚地记得,这种陌生的不安心情初次袭来的情景。

头天晚上,他在叶莲娜那里过的夜,她喝得醉醺醺的,贪得无厌,泼辣任性,弄得他筋疲力尽,睡得又坏又少,一清早醒来就头疼,徒步走回家。

很久以来,就从早到晚地在街道和广场上操练士兵,处处在叫口令:

"立—正!"

这口令声从童年时代就印在他的记忆中了,那是在外省城市的寂静中,虽然是从远处的田野里传来的,但是听起来却很坚定,很有威力。可是在这里,在这个统帅着一个大国的全部兵力,支配着一亿五千万人的生命的城市里,这口令声听起来却令人生气和失望,有时凄凉、无力,仿佛是在哀求,有时又像是在绝望地呐喊。

萨姆金摇了摇脑袋,有点不相信自己的听觉,就停下了脚步。一些穿着灰绿色不合身军装的矮小士兵,在他面前的鹅卵石马路上走步,有一些还穿着自己的"便服"。他们走步的样子好像很勉强,似乎不相信为了上前方去厮杀,就必须这样把鹅卵石或者朽木块铺的路踏得噔噔乱响。

"左!左!"一名身材高大、胸前挂着小十字架、袖子上缝着袖章的老兵嘎哑地对他们喊着,他走起来一瘸一颠,挂着一根粗棍子。这些矮小的新兵虽然面目各不相同,但是脸上同样都紧紧地绷上了一层忧郁的寂寞神情,他们的各种颜色的眼睛也都同样空洞无神。

"立——正!"训练他们的老兵喊叫着,这些老兵已经疲于指挥这群活的,但是笨得要命的人。萨姆金觉得这些新兵都像破皮球一样,又瘪又空。布满破碎云片,像坑坑洼洼的沼泽似的天空高悬在街道和广场上,惨淡的太阳在云层深处浮动,洒下朦胧的残光。

"立——正!"军官们发出口令。

城市已经醒来,响起阵阵咯吱咯吱的声音,一些工人正在拆除一座还没有完工的房屋的脚手架,消防队救火归来,疲惫不堪的、浑身湿淋淋的灭火者冷漠地看着那些正在操练并肩走步的新兵,一位骑着花斑马的军官在街角上出现,他后面,拉着几门小炮的炮车轰隆轰隆地响着穿过街道,挡住消防队的去路,涌出一些戴钢盔的士兵,走过一小群穿着各式各样服装的人,走在这群人前头的是一个捧着圣像的、黑胡子的巨人,他旁边是一个半大孩子,像扛枪一样,扛着一面国旗。

萨姆金站在人行道上,吸着烟,观察着,觉得眼前这番景象使他感到的虽不能说是沮丧,但不知怎么却使他很不舒服,引起一种悲伤忧愁的感情。那个胸前挂着十字架和缝着袖章的老兵低声命令道:

"稍息!抽烟吧……"

他用棍子戳着马路上的木块,一瘸一颠地从马路上走到人行道上,坐在一个石柱上,从口袋里掏出一张报纸,遮住了脸。萨姆金注意到这个老兵瞥了他一眼,似乎要给他敬礼,但是不知道为什么又变了主意,没有敬礼。

"在操练呐?"他问。士兵从报纸上端瞅了他一眼,不高兴地低声回答说:

"是啊,正在……把他们变成傻瓜。不过一个月是怎么也不能练出兵来的。您自己也看得出。"

萨姆金走开了,但是从此以后,他每看到在操练的士兵,总是停下来看一会儿,听听一些过路人和像他一样的旁观者的评语,评语都充满了讽刺、愤怒、悲伤和忧愁。

"都是些小号的百姓……"

"大号的看来都打死了。"

"这样的英雄恐怕很难战胜德国人。"

妇女们唉声叹气地说:

"主啊,这到什么时候才会完结呀!"

克里姆·伊万诺维奇通过观察,越来越清楚、明确地得出这样一些简单的结论:

"市民对军队和士兵持怀疑态度。""看来,国家的精锐后备有生力量已经消耗殆尽。""普遍厌战,应该设法结束战争。"

皇后企图跟德国单独媾和的流言证实了他的结论,但是另一类事实进一步肯定了他的结论。健壮的青年人明显地减少了,这在全城各广场上操练的士兵中看得特别明显。上过战场的、病恹恹的、可能是受过伤的、被炮火震坏了神经的军官们在指挥操练一群群矮小的新兵,他们厌恶地板起面孔,神经质地嘶叫着……列兵们笨拙难看和反应迟钝的样子引起他们病态的愤怒,他们一边低声乱骂,一边回头看看围观的人们。萨姆金觉得他们很想用棍子打那些未来的战士,可是这些残废、疲惫的军官却引起了他的无限同情。

"他们是军队中的知识分子,"他心里想。"是组织群众去保卫祖国的知识分子。"

　　脑子里映出了塔吉尔斯基被杀的场面,想起了韦利亚米诺夫大尉把马刀往将军面前桌子上一放的有声有色的姿势。

　　后来,他不出屋门就可以看到练兵的场面了,士兵几乎就在他窗下操练,一打开窗子就听见:

　　"立——正!喂,你,麻子,肚子收进去!你是怎么的,是怀孕的娘儿们吗?脚尖儿,脚尖儿,活见鬼!已经说过多少次啦:脚跟靠拢,脚尖分开。丑八怪,你是怎么站的?为什么你的肩膀一个高一个低啊?哎呀,你们这些废物,混蛋。立——正!向左看齐,齐步……往哪儿挤,你这头坦波夫猪,往哪儿挤?立——正!向右看齐,齐步……走!一,二,一,二,左,左,……立定!你们看,你们这些异教徒,叫我怎么办呢,啊?"

　　指挥操练的是个身材高大、行动笨拙、宽脸翘鼻子的老兵,留着两撇火红胡子,右眼上横着一条黑带子。他教练了两个钟头的步法,休息了一会儿,就进行刺杀教练。从萨姆金家对面的院子里抬出来一个木架子,架子上吊着一个装着干草的大袋子,兵士们一个跟着一个地喊着"乌拉",大瞪着眼睛跑过去,用刺刀向草袋子刺去,这个动作看起来很不舒服,而且非常可笑。萨姆金经常听人谈起德国炮兵的威力如何强大,炮兵的阻击火力如何猛烈,很难设想刺刀怎么能刺到敌人身上,他觉得用草袋子操练刺杀简直是可耻的荒唐。他深信,那些过路的人和在窗口观赏的市民对于这种愚蠢的操练一定也持同样看法。

　　这是一个下过一夜雨之后的潮湿的秋日,在操练休息的时候,安静了几分钟之后,窗外突然响起三弦琴悦耳的声音,传来嘿嘿的低笑声。萨姆金走到窗前,朝外看了看:有十来名士兵紧围着一根路灯柱子在听一个少年弹着三弦琴唱歌,这个少年一头鬈发、面色像吉卜赛人一样黝黑,身材纤细,衣衫整齐,穿着草绿色衬衣,擦得油光锃亮的高筒皮靴。他低声唱着,琴声、脚步声和压抑的笑声使萨姆金很难(听清)这支欢快的舞曲的歌词。但是他侧耳细听了一会儿,终于听出了两行诗的词句：

> 譬如说,军士与恶狗
> 有什么区别？

"嘿,真有你的,"一个听众大声喊道,甚至还用脚打着拍子。这些未来的战士四面张望着,小声地笑着,欢乐的歌词像螺丝钉似的扭进了这一片压抑的笑声中：

> 我们只会自相打骂,
> 可是对打咱们的人,却不敢动一下！

萨姆金恼火起来。

"应该拧这个小子的耳朵,"他这样决定。正好,也该到法庭去了,他穿好衣服,拿起皮包,两三分钟之后,已经站在孩子的面前,他吃了一惊,而且激动的心情已经有些冷静下来,在这个黑头发孩子黝黑的脸上,两只怪熟悉的浅蓝色眼睛里,闪着快活的光芒。小家伙站在那里,把三弦琴放在地上,手扶着琴颈,来回摇晃着,在近处看,他的身材显得更加纤细了。他也跟士兵们一样,睁大眼睛,疑问地瞅着萨姆金,等待着他要干什么。

"可以问问,您为什么穿着军服吗？"萨姆金声色俱厉地问道。男孩子响亮地回答说：

"我是志愿兵。是军乐队的。"

"啊,原来是这样！您姓什么？"

"斯皮瓦克,名叫阿尔卡季,"男孩子说,然后皱起眉头反问道："您为啥要打听我是什么人呢？您有什么权利盘问我呀？您是联合会的人吗？"

"是联合会的,"萨姆金机械地回答。"您的母亲是伊丽莎白·利沃夫娜吗?"

"是的。"

"她在这儿吗?"

"她死了。您认识她吗?"斯皮瓦克温和地问道。

"是的,我认识她,"萨姆金说,又向他走近一步,几乎用耳语的声音说道:

"我听见您唱的歌。您这可太冒险……"

"是吗?"斯皮瓦克调理着琴弦,玩笑地大声问道。萨姆金发现士兵们都很不友好地瞅着他,就像看一个碍他们事的人一样。有两个人特别目不转睛地盯着他:一个是身体短粗、大眼睛、厚嘴唇、留着两撇剪得短短的火红胡子的士兵,他旁边是一个穿蓝色短衫、犹太脸型的人,眯缝着眼睛,咬着嘴唇。萨姆金用手指头碰了碰制帽就走开了,身后有个声音伴送着他:

"没带马刀、只有几只铜扣子的骠骑兵。"

然后他们又轻轻地吹了两声口哨。

"他不超过十六岁。跟母亲一样的眼睛。很漂亮的男孩子,"萨姆金心里想着,竭力压制火辣辣的、锥心的感情。

"我有什么难为情的呢?"他思考着。"我为什么没有把应该说的话告诉小家伙呢? 他当然是由失败主义者和布尔什维克们训练出来,派到军队里去的。很可能,为母亲复仇的个人恩怨支配着他。布尔什维克要实现齐美尔瓦尔德会议①的口号:把对外敌的战争变为国内战争。这就意味着:背叛国家,毁灭国家……当然是这样。一个小家伙,一个半大孩子当然是微不足道的。但是问题不在于人,而在于他的歌词。我应该做什么,我能够做什么呢?"

他并没有去寻求这个问题的答案,因为意识到答案会要求他有所

---

① 一九一六年在瑞士召开了国际主义者第二次齐美尔瓦尔德代表会议,以列宁为首的布尔什维克党采取了惟一正确的反战立场,提出了"变帝国主义战争为国内战争"的口号。

行动,而他却没有行动的力量。他加快了脚步,拐进了另一条街。

"但是生活是多么没有意义啊!"他自己在心里悲叹道。这愤怒的悲叹使他的心情平静下来,他又回忆起来,设想着阿尔卡季在士兵中的样子,他那黝黑的脸上的快乐笑容,忽然又记起来:

"而那个满脸雀斑、穿蓝色短衫的家伙,他就是……莫斯科那个——他叫什么啦?是那个铜匠的学徒吧?是的,就是他。当然是。难道我非得重新遇到从前认识的每个人吗?这些会晤有什么意义呢?这些会晤是不是表示,这些人就像大星体那样稀少,或者是像小星星那样繁多呢?"

他得意地欣赏着他把思想和形象概括进去的这几十个字,一小群人却挡住他的去路,把整个人行道挤得水泄不通,萨姆金也像其他行人一样,绕过人群,走到马路上,停下来听演说:

"我们从加利西亚撤下来,一路上看到的尽是焚烧粮食的景象:面粉、谷物和给养仓库在燃烧,村庄是一片火海!地里的庄稼我们踏坏了不计其数!上帝呀!为什么要毁灭生活呀?"

萨姆金踮着脚尖,挺直了身子,从人们头顶上看见:一个脑袋上绑着绷带,腋下夹着拐杖的高个子伤兵靠墙站着,他旁边站着一个肥胖的、宽大的白脸上戴着墨镜的女护士,她沉默不语,用头巾角擦着嘴唇。

"我的亲爱的先生们,"伤兵大声号召说,他揪揪军大衣的领子,露出了尖尖的喉结。"我们必须去寻找这场浩劫的原因,应该懂得:这是为了什么呢?而且,战争究竟意味着什么呢?"

萨姆金匆忙向前走去,心里想着:如果那些吃过这样或那样战争苦头的人,发现战争的根源正在布尔什维克所指出的地方,那可怎么办呢?

"即便是在我们这个农业国度里,在二十世纪也未必还会发生普加乔夫式的暴动。但是要随时准备出现更坏的情况,要尽快把全国的进步力量联合起来。俄国需要的不是革命,而是改良。革命只能看作是一种病症,社会机体的炎症……代议政治和社会协调发源地的英国,没有经过革命就强大起来,它征服了半个世界。这并不是什么新思想,但是人们都把它忘了。英国自由主义最近两个世纪以来在欧洲历史上的作用。应该拿这个题目作一次报告。"

克里姆·伊万诺维奇·萨姆金同时又警告自己:

"我思考问题的方法,简直像立宪民主党的一名普通党员。"

他知道,他个人的生活经验都是用别人的语言表达出来的,在他比较年轻的时候,这曾使他感到屈辱和不安,但是他逐渐养成了不去注意这种语言迫害的习惯,他也曾经担心这种语言会使他的真正思想庸俗化,妨碍他的思想以出色的形式表达出来,不能显示出独特的力量和光辉。他不知不觉地说服了自己,将来一旦形势需要,他会很容易地从他的一切生活经历和思想上甩掉别人语言的外衣。现在,这样的时刻来到了,他觉得应该把自己从重压下解放出来了,他的真正独特的思想就是压在这下面的。

"我活了半个世纪,并非是为了承认英国自由主义的救世意义。"他怀着忧郁自嘲的心情想道。他走得很快,他觉得,走路的时候思想显得更活跃,而且转瞬即逝,留在身后的什么地方。大街小巷笼罩着一片牢骚不满的惊慌情绪,围在食品店的门口的许多怒气冲冲、披头散发的妇女在愤怒地大声喊叫,街角上有几小堆男人,紧紧地挤在一起,在嘀咕些什么,一个马车夫坐在赶车的座上,皱起毛茸茸的脸在看报,不时抬起头来瞅一瞅阴暗的天空。到处都是士兵……他们有的是去操练,刺刀在闪闪发光,有的在军乐队的喇叭声中往车站开去,一队队由女护士陪伴着的伤兵络绎不绝地往什么地方走去。

"如果我对自己是诚实的,就应该承认自己是一个糟透了的平民主义者,"萨姆金想着。"平民就是庶民,希腊人称他们的政权为庶民政治。为人民服务就是统治人民。不会是别的什么。作为一个个人主义者,我必须承认,只有贵族的等级社会制度才是合乎法则,顺乎自然的。"

二

克里姆·伊万诺维奇·萨姆金总算发现了自己的某种思想,他站在地方法院旁边,皱紧眉头,顺着利季大街看了看,并向涅瓦河对岸眺望了一会儿,那里的工厂烟囱在迟疑地吐着淡淡的轻烟。律师休息室里沸腾着七嘴八舌的争论,五六个律师把一个宽脸大胡子的人紧紧挤在角落里,对着他喊叫:

"请您把话说完!"

"对,对!"

"不,这是危险的思想!"

大胡子的浅蓝色大眼睛在浓眉下,在浅褐色的大连鬓胡子里难为情地、温柔地微笑着,他用几乎像女高音那样高亢的声调,负疚地说道:

"要知道我是用提问的形式说的,并不是在肯定。我觉得跟像军队一样有组织的敌人作战,比对付社会革命党的游击队要容易得多。"

一家大银行的法律顾问,仪表堂堂的律师维什尼亚科夫用坚定的上低音说道:

"由于德国人表明了社会民主党人完全可以成为优秀的爱国者,从而永远玷污了马克思学说的国际主义本质……"

"然而齐美尔瓦尔德……"

"那是垂死的挣扎……"

屋子中间的桌边,坐着一个胖得像面团似的、戴烟色水晶眼镜的老头子,他搔着腋下,好像是在从内侧兜里掏出一些慢条斯理的话语,哼哼唧唧地说:

"卡连诺,汉姆生三部曲里的主角,原来是无政府主义者、尼采主义者、易卜生的信徒,可是为了在议会中获得一个席位就毫不在乎地抛弃了所有这一切。您知道吧,这里起作用的不是思想,而是榜样……法国,老兄,法国是由法学家和律师们统治……"

"而且他们很会像打扮女人一样去打扮思想,"他的同伴补充说,这个人大鼻子,黑头发,梳着果戈理式的发型;他停止翻阅文件,用手掌揿着文件,根本不听对方的谈话,自己愤怒地大声讲起来:

"不,请您想想:十九世纪我们是以卡拉姆辛、普希金、斯佩兰斯基这样杰出的人物开始的,可是二十世纪我们却出了些加邦、阿泽夫、拉斯普京……一个犹太种的败类毁灭了最强大的、可以说是全国的民族主义的政党,另一个庄稼佬出身的败类,民间故事里的傻瓜,正在毁灭王朝……"

"哼,很难说是个傻瓜……"

萨姆金一面再次检查为出庭辩护准备的文件,一面倾听着混乱的谈话,汲取一些他认为编造得特别巧妙的语句。他一直还没有失去羡慕别人善于词令的本能,并且在责备自己:为什么他就没有想到把加邦、阿泽夫、拉斯普京这些家伙摆在一起呢? 对前两个是可以大发议论的……

胖得像面团似的老头子从鼻子上摘下眼镜,在空中摇晃着,绷着脸,气喘吁吁地喊叫道:

"不,请原谅。既然普列汉诺夫嘲笑失败主义者,考茨基和万德威尔德也在嘲笑,那么我就要说:应该给失败主义者剃头! 是的。就像对待那些判处苦役的犯人一样,把半个脑袋剃光! 这样可以使我……使大家都一目了然,失败主义者就是敌人! 是的,是的!"

有人笑了起来,这时老头子就更加歇斯底里地喊叫道:

"不,请原谅,这没有什么可笑的,这是一项保卫社会、防范内奸的措施……"

"卡济米尔·波格丹诺维奇说得对:应该给这些人的脸上打上某种犯罪的烙印。"

"杜马里的布尔什维克议员已经判处了苦刑……但是这使谁感到了满意呢?"

"只不过是破坏了议员不可侵犯的原则。"

"昨天是他们,明天就该轮到咱们了。"

"请您别忘记维堡区。"

"他们需要俄国战败,这样就可以重演一八七一年巴黎人疯狂的惨剧①。"

"哦,是的,当然啦!他们并不隐瞒这一点……"

"而我们需要的是专制政权的失败……"

"不只是我们,而是全体俄国人民!"

"国际主义是那些丧失了祖国意识的人们的学说……"

穿燕尾服的人数目越来越多,有十五六个人在围着桌子叫嚷,老头子把两只胳膊伸在桌子上面,像游泳似的在空中划动,仰起涨紫的脸大声喊叫:

"我既不是商人,也不是贵族,不属于任何等级。我在进行繁重的工作,在一个至今仍不理解人权具有的广泛文明意义的国家里保卫人权。"

"社会革命是冒险家的乌托邦。"

"俄国人的,俄国人的……"

"也是犹太人的。马克思就是犹太人。"

"列宁是俄国人。欧洲的社会(主义者)并不幻想发生社(会)革(命)。"

萨姆金已经不是头一次听到人们的声调里流露出恐惧革命的感情,直到昨天,他还可以说,自己根本不受这种恐惧的影响。很久以来,他就对群众持怀疑甚至仇视的态度。还在青年时代,他已经厌恶那些关于不幸的、被苛待的、受苦受难的人民的谈话和书籍。事实已经不止一次地证实了他的观点,示威游行以及一切群众运动都是徒劳无益的。他不由自主地参与了一九〇五年的事变,这使他对群众的力

---

① 指巴黎公社起义。

量产生了怀疑,他早已把莫斯科的起义事件看作是一幕业余爱好者的演出。他当然也曾顺应时代的要求,读过一些马克思的书,读过一些普列汉诺夫和列宁的著作。在这方面的涉猎总是很勉强的,而且花时间也(极)其有限,但是这已经足够使他断然拒绝按新的观点去解释世界文化发展过程的历史哲学。不,推动历史发展的当然不是阶级,不是盲目的群众,而是个人,英雄,所以英国人卡莱尔①的学说,要比德国犹太人马克思的学说更接近真理。马克思主义不仅仅是缩小了,简直是取消了个人在历史上的作用。这种思想倾向在克里姆·伊万诺维奇·萨姆金的心里是根深蒂固的,他把自己的生活目的归结为培养自身的领袖、英雄和一个不受生活现实限制的人的杰出品质。

但是,已经一年多了,他总是感到有点儿惶惶不安,而这种不安的理由他却没有决心去寻求。但是今天,在同事们恐慌喧嚣的谈话声中,他忽然发现,自己一面在听这些穿燕尾服的人绝望的喊叫,一面心里却在计算着那些使他不能容忍的、敌对的新人物。阿尔卡季·斯皮瓦克、亚科夫同志、哈尔拉莫夫——是的,显然哈尔拉莫夫也是。大概,塔吉尔斯基也是一个被压迫人民的庇护者,像柳托夫一样,是一个失去常态的人,还有马卡罗夫、强盗伊诺科夫、波亚尔科夫、托霞。还有其他许多人。最后,还有老相识库图佐夫。库图佐夫是个令人不舒服、令人感到压抑的人物。所有这些人都相信必须进行社会革命,他们在工厂里宣传社会革命,煽动政治罢工,在军队里宣传,幻想发生国内战争。

"英雄创造历史……勇士们的疯狂……哈尔拉莫夫……"

在他经手的一个案子里担任对方的律师的尼丰特·叶尔莫洛夫,带着一股浓烈的香水气味走到他面前,这是一位美男子,富豪,保养得像女人一样娇嫩,红艳的脸颊,栗色眼睛里透出倦怠的目光,在翘起的两撇胡子和灰白的、短短的连鬓胡子中间浮着温柔的微笑。

"我的亲爱的克里姆·伊万诺维奇,您能不能照顾我一下,把案子

---

① 卡莱尔(1795—1881),英国作家、历史学家和哲学家。他鼓吹崇拜"英雄",轻视人民大众。

往后延延,啊?现在我正在办理一件小案子,之后还要去参加一个非常重要的评议会,我诚恳地请求您帮忙!"

他伸出一只粉红色指甲修剪得十分光洁的手。

萨姆金欣然同意了他的请求,因为他自己也毫无要保护自己当事人的权利的愿望。他把文件塞进皮包,就走回家去。当他待在法庭上的时候,天气突然变了:阵阵潮湿的海风——秋天的信使,从海上袭来,在屋顶上追逐着肮脏的云片,仿佛竭力要把它们挤进利季大街的街衢里,海风吹打着人们的胸部、脸和脊背,但是他们根本不理睬它的纠缠,迎面擦肩,匆匆走去,消失在庭院和大门里。萨姆金追过了约三十名由狱卒押解的刑事犯人,狱卒个个手执出鞘的马刀,一个矮小的犯人拄着两只拐杖走路,像踩着高跷似的。看去他好像是个驼背的人,海风呼啸着,仿佛在磨快马刀蓝晃晃的钢尖,悄悄地呼喊着:

"立一正!"

然后一个葬仪行列拥上街头,这是在给一位英雄送殡,喇叭吹奏着葬仪进行曲,黑色的马匹和一些像沼泽里的青蛙似的穿着绿军装的士兵缓慢地走着,灵车上的穗子和流苏在飘动,一个浑身披着黑纱的高个子女人,一只手扶着灵车,木然地走着,黑纱在她头上和周围飞舞,海风好像要把这个女人撕成碎片,或者要把她吹上云霄。街上的行人谁都无意去理睬英雄的葬仪和那些犯人,彼此也互不理睬,只是匆匆忙忙、心事重重地奔向自己日程上的目的地。一队伤兵,由一个戴金丝眼镜、身高体胖的女护士领着走过去。萨姆金从前什么时候已经看见过她。

"哈尔拉莫夫,"克里姆·伊万诺维奇·萨姆金心里想着,脑子里立刻回响起哈尔拉莫夫给叶莲娜解释布尔什维克的意图时那种诙谐、挖苦的话语:"凡是能燃烧的东西,只有在加热到一定的温度之后,而且只能在有足够的氧气供给的条件下才会燃烧。没有这两个条件,那就只能腐烂,而不会燃烧。按照马克思的学说,工人阶级必须把这个腐烂过程转变为燃烧过程,变成烧遍全世界的熊熊大火。今天,工人和农民已经加热到足够的温度,布尔什维克正在卓越地起着氧气作用,因此劳动人民一定会燃烧起来。""像哈尔拉莫夫这样的人,并不是绝无仅有的。像他这号的小丑和说怪话的人都是布尔什维克的血亲。大概,他跟塔吉尔斯基一样,是第一代的知识分子。像德罗诺夫一样。这些人没有任何传统,除了学校而外,跟祖国的历史没有任何联系。一些偶然的人物。"

他甚至于想起了那位企图禁止"厨役子女"进中学的大臣杰利亚诺夫①,但是这时候,突然趋于过度偏激的思想使他感到有点儿难为情,他一面打开自己住所的门,一面为自己辩解:

"要知道,我并非在担心那些二十世纪的虚无主义者会超过我……"

但是思想却自动地,似乎正沿着一个斜面滑下去:

"罗马亡于罗马人培育出来的野蛮人。"

随后,又第十次想起了布柳索夫描写《未来的匈奴人》的诗,还记起了不知是谁说过的、关于判处杜马社会主义者议员们苦刑事件的话:

"判了五个人的苦刑,却有五百个人把这个判决书看成是对他们的挑战……"

萨姆金坐在桌边,用一只手的手掌撑住脑袋,眼盯着香烟冒出的一缕缕浅蓝色烟雾飘浮在绿呢的桌布上,如果朝它们吹一口气,就会立即消失。他的思想也像这轻烟一样,一个跟一个接踵而来,待到在它们上面出现另一类思想时,原先的思想就同样迅速地消失了。

"需要一个纺锤,把思想纺成一根结实、均匀的线……蜘蛛织网,是有自己明确的既定目的的。"

这些令人不快的思想包含着某种委婉的谴责,仿佛在暗示生活是毫无意义的,于是萨姆金急忙把这种思想扑灭,就像吹熄一根火柴似的,思路重新回到那些偶然的人物上去。

"加邦、阿泽夫、拉斯普京。莫名其妙的修道士伊利奥多尔。普罗

---

① 沙皇政府的教育大臣,曾于一八八七年下令多方限制车夫、仆役、厨子、洗衣妇和小商贩等的子女进中学。

托波波夫①出任内务大臣的呼声很高。"

他记起了一切有关普罗托波波夫的议论：政治立场很不明确，甚至字都识得不多，但是他老练、圆滑、很有魄力，可是在他这种魄力中带有某种不健康的东西。一个出身于辛比尔斯克小贵族的外省人，有一座毛纺厂，是他在宪兵将军西尔韦尔斯托夫死后继承过来的，将军是在巴黎被波兰革命党人波德列夫斯基暗杀的。总之，是个莫名其妙、微不足道的家伙。

"显然，国家已经耗尽了自己全部健全的力量……看来，米留可夫的党是在十九世纪积累起来的全部财富了，它准备把资产阶级组织起来……加入这个党吗？使自己受制于这个政党的纲领，服从那些市侩的领导，在他们那一群中失去自己的个性……"

要不要加入一个党派，他还是第一次提到这个问题，非常突然，这使他更加惶惑不安了。

"许多政党也都跟周围的一切东西一样在土崩瓦解，"他这样断定，狠狠地把烟头在烟灰缸里戳灭。

三

近来，萨姆金在检阅自己的思想的时候，越来越经常地发现，其中有些使他头脑清醒的东西，例如关于纺锤和蜘蛛网之类的想法，这时他发觉，他把自己摆到一个很不牢靠的崇高的地位上，要想保持这个地位，就要用某些行动来巩固它。必须向人们提出无可争议的证据，证明自己有力量，理应受到他们的注意。但是每逢他参加集会的时候，总是觉得在人们偏激的言词和愤怒的争论中，几乎都暴露出他们每一个人也都同样惶惑不安，对明天怀着同样的恐惧，同样也想施展自己的才能，而又缺乏信心。他看到自己周围的人，大多数都是无党

---

① 普罗托波波夫(1866—1918)，俄国大地主和工厂主，第三、第四届国家杜马议员。一九一六年经拉斯普京引荐出任内务大臣，很快就成了沙皇和皇后的宠臣。

派人士,看到这些人也跟他一样,对自己超然独立的地位颇为自豪,着意标榜自己与政治无关,却又广泛地运用批评政治的权利。这种人的数目正在与日俱增。有时候他觉得,(这种人)实在太多了,但是他很容易就证实,自己是这些人中最完美、最卓越的一员。特别是不久前在列昂尼德·安德烈耶夫家的一次集会,突出地证明了这一点,是伊万·德罗诺夫把他拉到那里去的。

总是喝得有点儿醉醺醺、又总是准备再喝一番的伊万·德罗诺夫,穿得很阔气,但是却邋里邋遢,头发散乱,花哨的领带歪到左边去,火红头发扎煞着,颧骨高高的脸不断地在颤抖。他的情绪在不正常地、激烈地变化着,最近一年来,他变得更加坐立不安,惶惶不可终日,但是有时候他又显得十分消沉、颓唐、空虚。克里姆·伊万诺维奇过去一向把他看作是一个消息灵通的人,看作是衡量时局变幻的仪表,观测现实生活热度的温度计,可是他发现,伊万正在失去这种本能,他在忙乱地企图跨越某种障碍,跳到什么地方去,这种障碍萨姆金既看不到,又不能理解,总之,他一心一意地在想着自己的问题。在这种精神状态中,他就更加使人不舒服,总是愁眉苦脸地瞅着你,仿佛是在指责你。

"是酒后的不舒服吗?"萨姆金问道。

"不——是,没什么……我累了。"

但是,有时他来的时候却又似乎处在一种欢乐的恐怖中,如果有这样的恐怖的话。他唠叨不休,玩笑不止,不知道为什么还十分幽默地在自己身上摩摩揪揪,用手指甲弹着背心的钮扣,仿佛从袋子里往外倒似的讲起新闻来。

"不,克里姆·伊万诺维奇,你想想看!"他在屋子里打着转转儿,快活地叫喊着。"什么时候有过这样的事啊,咱们的总理大臣竟要开办一家清谈馆,由加克布什主持[①],列昂尼德·安德烈耶夫、柯罗连科

---

① 指一九一六年秋内务大臣普罗托波波夫积极参与创办的《俄罗斯意志报》,由著名编辑加克布什(1874—1929)主持。高尔基和柯罗连科拒绝与之合作,而安德烈耶夫却参加了。

和高尔基都参加,给加克布什的报酬是十万卢布,安德烈耶夫六万——稿费除外,柯罗连科、高尔基的稿费每行一卢布。要知道,这里可不是欧洲啊!这是轰动世界的表演,太有趣了!"

接着他又讲了一个奇妙的故事:一位从事地下工作的布尔什维克,在列昂尼德·安德烈耶夫家里藏了几天,跟主人发生了争吵,于是安德烈耶夫就朝他开了一枪,但是立刻又跟前面说的毫不相干地讲起,有几名近卫军的军官,在一家时髦的酒馆里把拉斯普京痛打了一顿,又说到关于宫廷贵族发动政变的流言,——阴谋废除沙皇尼古拉,另立米哈伊尔。

"最好立我做皇帝!"他快活地说,接着拙劣地模仿着沙里亚平的腔调,做作地唱道:

> 让我去统治他们的帝国!
> 我将把他们的国库稍加挥霍!
> 我要尽情地享乐,
> 当皇帝就是为了这个!……

"你为什么这样高兴?"萨姆金问道。

"我,我……也不知道!"德罗诺夫说着就把身子塞进沙发椅里去,然后心情比较平静地、若有所思地接着说道:"也许,我并不是高兴,而是惶恐。你知道,我是个酒徒,而且无一技之长,但是毕竟还不是笨蛋。兄弟,既不是傻瓜,然而却毫无用处,这太使人伤心了。是的。你知道,我见识过各式各样的人物,有些在玩弄政治把戏,有些在干下流勾当,盗贼多到这样的程度,将来德国人来了,他们已经没有什么可抢劫的了!我毫不怜惜德国人,他们活该如此,这是对他们的惩罚——拿破仑们的好运气。可是俄罗斯——我为之惋惜。"

他像只皮球似的从沙发椅里蹦起来,往杯子里斟着酒,满有把握地说道:

"咱们这里将要发生一次天翻地覆的大革命,克里姆·伊万诺维奇。看吧,工人的反战罢工已经开始了,你知道吗? 食品供应紧张,军队把所有的面包都吃光了。哎哟,这场浩劫大概将会这样结束:欧洲人将拿我们作牺牲品彼此媾和,他们将瓜分俄罗斯,把它连骨头带肉一起吞下去。"

就这个话题又谈了两三分钟之后,他建议萨姆金去参加筹办出版内阁报纸的会议。克里姆·伊万诺维奇拒绝了,这些几乎天天都有的集会使他疲惫不堪,在这些集会上,人们匆匆忙忙地、神经紧张地企图摆脱或者消灭自己的恐慌。他看到,这种恐慌的根源,就在于他们都非常相信自己的政治远见以及大难即将临头的预感。他发现,参加集会的人变得越来越杂,特别使他感到高兴的,是有越来越多的改良派政党的党员加入了这些由无党无派人士组成基本核心的集会,而且一些具有革命倾向的人物也越来越经常地在会上公开发表议论。萨姆金觉得,许多政党在分崩瓦解,正在经历某种自发的改组过程。出现了一些孟什维克,德罗诺夫称他们为"戈茨-利别尔-达恩"①,而哈尔拉莫夫早就把他们尊为"德国正统派叛徒的谦恭门徒";立宪民主党人也出场了;甚至连十月党人也不甘寂寞——斯特拉托诺夫和阿利亚比耶夫来了;普拉托诺夫教授藏在角落里;米亚科京和佩舍霍诺夫的灰色身影忽隐忽现;《新时代报》的主笔梅尼希科夫不断地咳嗽,假装有病的样子,还有其他许多社会名流。在这里有充分发表意见的自由。外省的一位立宪民主党人阿德沃卡托夫提出了一个问题:"在我们俄国有欧洲人理解的那种意义的民主吗?"接着他又用了半个钟头的时间去证明,在俄国是没有民主的。大家也像听其他一切人的谈话那样,注意地听他讲,使人感到,似乎每个人都想说些或者听到些坚定的、慰藉心灵的话语,找到某种具有历史意义的、能把大家联合起来的语言。可是萨姆金却在这阵语言的暴风雪中,只听到一个普通士兵的

---

① 这是由三个当时颇有名气的机会主义者的名字(戈茨、利别尔和达恩)构成的。

口令：

"立一正！"

在列昂尼德·安德烈耶夫家里一次这样的谈话，在他记忆里留下了特别痛苦的印象。

四

在一间有几个窗户朝着马尔斯郊野的大屋子里，聚集了二十来个人，其中有头发梳得贴到耳朵上去的有趣的太太，有衣着华丽、活像是给裁缝的高超手艺做广告的青年，还有著名的律师和文学家。（这是一间很不舒适的屋子，给人的印象好像是主人刚刚搬来，还没有来得及陈设家具。）萨姆金坐在窗边，窗外是漆黑的秋夜，非常寂静，仿佛这座房子坐落在远离城市的田野里。而且总是这样，为了加强这种寂静气氛，(就有)一种声音——风吹电线，撞击排水铁管的响声。

在这间空荡荡的屋子里，人声显得不自然地高亢和怒气冲冲，人们坐在桌子周围，但十分零散，三人一伙，两人一堆。桌子上热气腾腾的雾中，放着一只大火壶，可以闻到木炭的气味，一位生着粗糙的大脸、满头黑发的妇人在生硬、笨拙地给大家倒茶，仿佛这股碳酸气味就是从她身上散发出来的。

主人穿着天鹅绒上衣，生着一张虽然美丽、然而缺乏表情的脸，他气势汹汹地摇晃着脑袋，一只手放在桌子上，另一只手不住地把一绺长发撩到耳朵后边去，说道：

"我不愿意做一只过去说谎、现在还继续说谎的黄雀[①]。只有懦夫或者疯子才会在敌人已经放火烧了他们房子的那个夜晚，还大肆宣扬各民族的友谊。"

"要知道正是那些没有房子的人在宣扬这些大道理呀，"坐在桌子

---

① 语出高尔基早期的一篇作品《说谎的黄雀和爱真理的啄木鸟》。

一头的一位浅色头发的人说,这个人好像被桌子角挤到了墙边一幅镶着沉重框子的、色彩阴暗的油画下面。

作家不停地把浓密的黑眉毛皱起又放下,大概是想借此使自己脸上的表情丰富一些。

"祖国在危险中,这才是我们应该从早到晚大喊大叫的话,"他提议说,接着又措词轻松、有趣地继续说下去。"祖国在危险中,因为人民并不爱它,也不愿意去保卫它。我们过去把人民描写得那么完美,那么倾心地歌颂他们,但是我们并不理解他们,只是到了现在,当他们以对祖国命运漠不关心的态度对它进行报复时,我们才真正理解了他们。"

"简直是胡说八道,"挤在角落里的那个人粗鲁地说道,但是他的话立即被萨姆金熟悉的一位律师提出的问题压下去了:

"对于那些热爱俄罗斯、热爱这个迫害犹太人的国家、在前线流血牺牲的犹太人,您要说些什么呢?"

"不同信仰的人,不同民族的人保卫他们的奴役者的利益,这并不使我感到惊奇,罗马人就是依靠奴隶的力量征服世界的,过去如此,现在如此,将来依然如此!"文学家断然地、不容反驳地说道。

"噢哟,不要说什么预言啦!您要明白,犹太人是在为那个把他们,犹太人,看成种族敌人的人战斗。"

编辑耶路撒冷斯基反对他的说法,这是一个看来要发胖的大汉,脸色苍白,留着还没有定型的小连鬓胡子。

"喊叫当然是应该的,"他无精打采,语言乏味地说道。"开始,我们大喊乌拉,现在却不得不喊救命了。我们拼命呼救的时候,德国人就会揪住我们的脖领,逼着咱们去反对我们的盟国。要不就是盟国牺牲我们,与德国人媾和并对他们说:'请你们把波兰、乌克兰拿去吧,还有你们,也见鬼去吧,滚到沼泽里去!不要再打扰我们了。'"

一个身材短粗、脸皮粗糙的人,也是一位文学家,一面咔咔地咳嗽着,用手掌摩挲着盖了一层灰色绒毛的脑瓜说道:

"今年夏天就已经在跟德国人进行单独媾和的谈判了。"

谈话进行得很缓慢、勉强,大家似乎都很谨慎,缄默寡言,也许是已经倦于相互重复那老一套的思想了。大多数人都装作对大文豪的发言很感兴趣,文豪正在引用自己作品中的话来证明自己思想的正确和深刻,而且这些引证总是很不成功。一个灰头发的小老太太在对戴夹鼻眼镜、头发梳得贴到耳朵上去的高大肥胖的妇人低声细语:

"我们这位十分神经质。夜里不睡,总在想啊,写啊,不断地喝浓茶。"

从一个挂着色彩阴暗的油画的角落里,总是爆发出愤怒的声音,传来恶意的声调和带刺的话语,这种情况起初还只是偶尔出现,但后来就越来越频繁了。一个有点枯燥的男高音,仿佛在展开一卷绸带似的说道:

"要知道,这简直太可笑了,在您看来,一亿五千万人的命运竟然取决于某一个人的行为,而且还是像格里什卡·拉斯普京这样的人……"

萨姆金对来自这个角落里的话语一直在仔细倾听,而且越来越经常地听到这种声音,但是这一次主人却妨碍了他去倾听,他一面搅着一杯浓茶里的糖,一面自信地大声预言道:

"人们只有到了这样的时候,才会感到他们彼此是兄弟:当他们理解了自己生存在宇宙中的悲剧,感觉到自己在宇宙中的孤独可怕,接触到那些无法解决的人生之谜的铁笼栏杆,而人生的惟一出路却只有死亡的时候,才会有这种感觉。"

他喝了一勺茶,发现茶不够热,或者是不够甜,就把杯子里的茶水往漱口杯里倒了一半,然后把茶杯凑到火壶的龙头下面,得意地、温和而又委婉地劝导说:

"社会主义者、布尔什维克们梦想用共同的温饱把人类团结起来。这办不到,办不到!这未免太天真了。我们大家都看到,温饱的人总在互相敌视,现在他们正在厮杀!自古以来,他们就在打仗,将来还要打仗！认为人们只要吃饱肚子，就会安分守己地生活，这简直是对人们的侮辱。"

"要知道，这简直是一种鱼的哲学，真的！"角落里的那个人喊道，他站了起来，挥了一下手，用手指头抚摸着乱蓬蓬的火红色头发。"这，怎么说呢，简直使人听着好笑……"

"请让我把话说完，"文豪非常客气地说道。

"不，应该由我来把话说完……就是说，并不是由我，而是由工人阶级来把话说完，"火红头发的人更加响亮、自信地声明说，他仿佛是在推开周围的人，慢慢向主人移动着，说道：

"您已经完了！阁下那种高超的、所谓的文学技巧已经日暮途穷，即将死亡。请您点上句点吧。今后，发号施令的将是跨进历史的新人，是的，是的！"

"我的上帝，多么讨厌的家伙，"灰头发的小老太太对萨姆金嘟哝说。"列昂尼杜什卡[①]可不喜欢别人跟他争论。他是一个十分神经质的人，经常通宵不眠，总在写呀，想呀，还不断地喝浓茶。"

"工人阶级要吃饱肚子，要有权学习技术，但是要达到这个目的，请原谅，他们就必须从那些吃得膘满肉肥的人们手中把政权夺过来。夺过来。用暴力夺过来！就是这样。已经发展到这种地步，人的价值竟跟一张印着一卢布或者一百卢布的小纸片一样了。甚至连邮票也能当钱用了。据说：银行对工业的统治就意味着金融资本的垄断，就意味着一切工作都要变成金钱，变得毫无意义，变成白痴。银行家、百万富翁统治一切，让他们的灵魂去见鬼吧，他们把劳动人民分裂成互相敌视的国家……看，他们挑起了一场多么残酷的战争，可是您却在喝着茶，大谈其鱼的哲学……您应该感到害臊！"

大家都恼怒地皱起眉头看着说话的人，报以蔑视的微笑，而坐在萨姆金前面的一个脸刮得光光的、平淡无奇的人，仿佛钓到了一条鲈

[①] 列昂尼德的小名。

鱼似的喃喃道：

"啊哈，你看，你看，这……"

这时，文豪往椅背上一靠，他那漂亮的脸皱了起来，罩上一层灰色的阴影，眼睛似乎也深陷进去，他咬紧了嘴唇，这使他的嘴也变歪了；他从桌子上的盒子里拿了一支香烟，坐在旁边的女人悄悄地提醒他说。"你已经戒烟了！"这时，他就把香烟扔到一个湿淋淋的铜盘子里，又另拿了一支点着，透过烟雾愁眉苦脸地看着发言的人。发言的是一个身材矮小、胸部狭窄的人，深色的翻领衬衫外面穿了一件浅灰色上衣，系了一条宽皮带，一头蓬松的、鬈曲的乱发使他的脑袋显得格外的大，跟他的身材很不相称，他的脸上长满了雀斑。萨姆金很快就认出了他：

"拉夫鲁什卡。铜匠的徒弟。"

"就是为了这些有钱人和金钱贩子的安宁与幸福，您要我钻进太空，钻到宇宙深处，去见他妈的鬼……"

"请允许我提醒一句：这儿有妇女，"那位头发梳到耳朵上面去的胖太太埋怨说。

"我看见啦！怎么样？"

"说话应该有礼貌点……"

"我没有说过一句有失礼貌的话，而且也不准备说这种话，"发言人有些粗鲁地声明说。"如果认为我说话太坦率，那你们要明白，本来就应该这样，现在连立宪民主党人都在试着坦率地说话了，"他补充说，挥了一下左手，把右手的大拇指插到皮带里面，其余的四个指头在迅速地活动着，一会儿攥成拳头，一会儿又伸开，雀斑脸上的两撇铜色的小胡子也在不停地颤动。

"我并非是自愿到你们这儿来的，我是被邀请来听高明的言论的。"

"谁邀请的，谁？"一个后脑勺扁平的人嘟哝说。

"高论我没有听到，听到的全是些胡话，请原谅！在阶级社会里高谈阔论什么宇宙和神秘的问题,只不过是为了吓唬吓唬人而已,别无其他原因,因为宇宙和神秘的问题并不会为资产阶级增加利润。这些宇宙问题,我们是要解决的,但是要在解决了社会问题以后。将来解决这些问题的,绝不是那些意识到自己的孤独、意识到自己无力自卫、因而吓得魂不附体的个人,而是千百万不再为了一片面包而担心的人,就是这样!至于谈到什么人世的囚牢呀,什么'死神在人间徘徊'呀,①还有什么我们是阳光下的'被捕获的野兽'呀等等,在这方面,您明白,所有这一切,梭罗古勃比您写得更漂亮,然而同样也不能令人信服。"

他沉默了,舔了舔下嘴唇,又挥了一下手,就往门口走去,说了一句:

"好,再见吧!"

五

大家默默地把他目送到门口,只有那个后脑勺扁平的人粗声地叹了一口气,低语道:

"啊哈,他走啦。"

客人们都等待主人说话。他把没有抽完的香烟像插蜡烛一样,立在茶碟里,注视着那一缕细烟,圣人似的高傲地称赞说:

"小家伙很有趣。他是那种幻想把全世界的天气都变成同样晴朗可爱的人……"

一名新闻记者,是一位当年曾被怀疑为参与阴谋活动的革命家的兄弟,支持他的意见:

"……人们忘记了那个从另一个更为深邃的地下室里来的人,忘记了那个只要对于幸福生活感到厌倦,就认为有权把它一脚踢开

---

① "人世的囚牢"是梭罗古勃一组诗的题目;"死神在人间徘徊",引自他的一首诗。

的人。"

"是的,忘记了陀思妥耶夫斯基描写的那种人,忘记了文艺作品中敢于描写的那种最自由的人,"文豪摇晃着漂亮的脑袋说。"但是我们应该比陀思妥耶夫斯基走得更远一些,走向最后的自由,只有感觉到生活的悲剧,才能获得这种自由……在莫斯科的孤独感与在宇宙中的孤独比起来,那算得了什么呢?那里只有物质,可是没有上帝。"

萨姆金觉得,大家只是由于礼貌的原因才在漫不经心地、低声叫着、哼哼着听主人讲话。主人一定也察觉了这一点,所以晃了一下脑袋就不讲了,这时爆发了一片愤怒的叫嚣。

"这是什么货色?"那个平淡无奇、四方后脑勺的人问道。"简直是一九〇六年式的匪徒!是吧?"

太太们特别愤怒,那位胖太太愁眉苦脸地说道:

"还有语言!你们注意到他的语言有多么粗鲁吗?"

一位比她瘦些的太太,把肩膀耸到耳朵边,也同声附和,抱怨说:

"唯物主义的流毒正在以惊人的速度扩散……"

大家都七嘴八舌地说了起来,照例是谁也不注意去听别人的话,互相打岔,都争先恐后,想把自己的思想说出来。一个厚嘴唇的黑发女人,穿着紧绷在身上的、光滑的、像针织品似的红连衣裙,大鼻子上戴着夹鼻眼镜,用悦耳的低音说:

"这一点我们应该感谢现实主义,它使生活冷却下来,使人们意志消沉。形形色色的现实主义文(学)丛书的绿色①苦闷和霉菌,使人们的精神变得极端贫乏。必须使人回到自我,回到深厚的情感和伟大灵感的源泉……"

主人一边听,一边抽烟,随着讲话的节奏点着头。

拉夫鲁什卡的出现并未使萨姆金感到奇怪,他仅仅想起了自己把这些偶然的会晤与星球所作的比喻:

---

① 因为这些书的封面大都是绿色的。

"他们是少还是多呢？看来已经很多了……"

"我的上帝,他是什么人？哪儿来的？"胖太太流露出憎恶的疑惑神情,演戏似的问道。脸皮粗糙的文学家哼哼着,咳嗽着,回答说:

"是一位诗人,他在写诗,甚至好像还常在布尔什维克的报纸上发表。是我把他带来的,给大家看看……"

安德烈耶夫肯定地点了点头。

"是的,我很想看看:是些什么样的人来接歌唱'美丽的夫人'的温柔诗人,《意外的喜悦》的作者的班。这回有幸看到了。但是没有听到他朗诵自己的诗。可惜没有找到时间叫他朗读几首诗。"

"我的上帝,上帝！我们在往哪儿走呀？"一位太太像演戏似的问道。

萨姆金照例是在听着人家的讲话,吸着烟,沉默不语,甚至连句简短的插话也没有说。香烟的青烟在窗玻璃上缭绕,窗外的黑暗中,寒光点点,偶尔一道星光划破长空,又迅即消失,这使人想起了彗星,想起了这仿佛已经不是在城市的边缘上,而是在一个无底黑暗的深渊的边缘上的生活。萨姆金觉得心里装满了浓烈、温暖的酸液,酸液在他体内滚动、翻腾,寻找出路。

"我们哪儿也没有去,"他说。"我们只是惊慌失措地在原地踏步,而我们巨大、庞杂、沉重的祖国却正在不可阻挡地沿着斜坡全力向下滚去,轧轧地响着在分崩离析。大难即将临头。"

他停了一下,看了看大家是否在听他讲？大家都在听。他不常发表演说,说话的声音很低,有点枯燥,他避免旁征博引,在谈到一些别人的思想时,就用另外的说法加以表达,他深信,这样一来,就可以使听众承认他的观点和意见的独特性。看来,情况正是这样:大家都注意倾听克里姆·伊万诺维奇·萨姆金的发言,几乎没有人出来反驳他。

"我们,知识分子,是精神贵族,平民中的精华,我们应该团结一致地站在前列,充当舵手,而不应该分裂成党派,应该是一支统一的文化政治大军,首先是一支文化大军。我们不是私有者,不是利欲熏心的人,并不想发财……"

"不想发大财,"有人小声插了一句,但是另一个声音立即严厉,响亮地驳斥说:

"不对!"

萨姆金继续说下去,觉得自己的话比以往任何时候都坦率。

"我并不反对私有制,一点也不反对!私有制是个人主义的基础,文化是个人创造的成果,真正科学的全部力量和艺术的全部美丽可以证明这一点。并不一定要成为布尔什维克,成为俄国式的马克思主义者和无政府主义的马克思主义者才能看到:大私有者的政权越来越变成极端有害的、破坏性的、没有任何创造力的政权。战争已使我们清楚地看到他们的疯狂性。但是还有一种私有者,而且他们占大多数,他们的生活非常接近人民,他们懂得,要付出多大的代价,才能把原始的物质材料变为物质文明,变成物品。我指的是我们那些偏僻的、外省的小私有者,指的是我们各个城镇的那些朴实的劳动者,你们大家都知道,这样的城镇在我们俄国有几百个。"

他简单地描绘了几个人物,在一股敌对情绪的支配下,继续说下去:

"我们那些从这个健康阶层出身的文学家们,为了成名成家,在描写乡土的俄罗斯时,把它轻薄地漫画化了……"

"那儿住的全是些丘希①,青面獠牙,简直是些梦魇似的人,"(安德烈耶夫)突然非常生气地说道。"请您不要劝我去为他们服务,我绝不会去!'人生在世,就是要受苦受难,犹如火花之向上飞腾',但是我宁愿与想当全欧洲的皇帝的拿破仑同归于尽,也不屑与一个大字不识的叶梅利卡·普加乔夫同流合污。"说完了这些话,他用拉丁文喊道:

"我说完啦!"

---

① 安德烈耶夫的剧作《萨瓦》中的一个人物,集中表现了最愚昧的小市民阶层的无政府主义本能。

他的话顿时把大家的舌头都解放了,人们就像从昏昏欲睡的状态中醒过来似的,那个编辑头一个发言,他用手掌捋着浅灰色的小连鬓胡子,说道:

"这是可以理解的。实行民主政治似乎已经为时过迟了,是的!我们正处在无产阶级跟资产阶级(决斗)的前夜。"

"在我们这个国度,对我们来说,这为时尚早……"

"然而这似乎已经是不可避免的了……"

那个平淡无奇的人弯着腰凑近文豪,抓住他的膝盖,像狗似的瞅着他那漂亮的、愁眉不展的脸,说道:

"我的亲爱的,您必须跟一个最聪明、最有天才的人认识一下……"

穿红色连衣裙的黑发女人,跟那位胖太太争论起来。

"我们需要一位领袖,"黑发女人喊道,而胖太太用手绢扇着涨红的脸,说道:

"每一个人都应该是自己感情和思想的领袖……"

"正是这样:需要一位领袖!扎哈尔·彼得罗维奇·别尔德尼利夫……"

"我见过他……"

"他主张跟德国人结盟,一旦跟德国人联合起来,我们就能掐住整个欧洲的脖子!这应该怎么理解呢?"

"不要掐脖子……"

"不,这应该怎么理解?协约国拥有我们银行资本的百分之六十以上,而德国人只有百分之三十七!太不像话,是不是?"

那位编辑站在萨姆金对面,玩弄着背心上的扣子,说道:

"布尔什维主义是破产者——社会民主党的绝望姿态。您知道吧,万德威尔德是怎么说的吗?"

"请吃晚饭吧,这是上帝的赐予,"小老太太邀请说。"现在食品简直少得可怜!而且贵得很,贵得很……"

589

人们都往隔壁屋子走去,萨姆金不想去吃那些既贵而又少得可怜的东西,没有跟任何人告别就回家去了。他心情很坏,因为人们没有让他讲出那些他认为特别重要的、完全是自己的思想而感到很委屈。正当他想彻底坦白地讲出这些思想的时候,人们却不让他讲了。从前常常是这样,每逢他说出自己的思想时,就像进行检阅一样,让这些思想从自己面前经过,这样,他就看到,这些思想中,哪些特别引人入胜,哪些是模糊不清,没有引起人们的注意,这样他就可以去其糟粕,取其精华。可是这一次,他仔细倾听着,心里想道:

"现在,思想的支配力量显然已经失势,已让位于愤怒的感情了……"

第二十七章

一

当萨姆金走出宅邸,来到广场上的时候,空虚的感觉就消失了,透过黑暗和在黑暗中僵化了的、夏日公园里的树木,可以看到一座白色建筑模糊的影子和涅瓦河对岸点点黄色的灯火。

城市沉默无语,仿佛也在倾听未来的声音。夜晚寒冷、潮湿,脚步声显得很沉重,路灯的白光在颤抖、变红,仿佛就要熄灭似的。

"有强烈的情操才会有悲剧……而这些人全是那么软弱无力,那么可怜。他们能干什么呢?他们不是悲剧人物。安德烈耶夫对生活悲剧的理解是生理的,皮相的;他把悲剧的情操庸俗化了,把这种情操简单化到丑陋畸形的程度。普通民众绝不会有,也不应该有悲剧的情操,它一向是,而且永远是某些杰出人物独具的禀赋。"他把安德烈耶夫列入了那些固执地把自己的思想和信仰强加给别人的"讲道先生"一流人物的行列。有些情绪、思想和观念是伊万·德罗诺夫完全不需要的。塔吉尔斯基也不需要。在把塔吉尔斯基也列入了德罗诺夫一类之后,他甚至突然放慢了脚步,感到发现了什么似的。

"两个都是第一代的知识分子。库图佐夫也是……"

在那些"讲道先生"中,库图佐夫是萨姆金特别敌视的人物。这家伙正在这里,在彼得格勒活动,不久之前,萨姆金听过他的演讲。这是在舍米亚金家里,他在筹建一个出版社,邀请萨姆金去起草准备与纸厂主签订的合同。在过道里脱大衣的时候,他就听见他那熟悉的、充满讽刺的腔调。库图佐夫正在出版家的接待室里讲话,这里放着一架钢琴,一个宽大的毯面沙发,几把皮沙发椅和许多盆天竺葵。库图佐夫坐在钢琴旁边,他背后是牙齿似的琴键,他的脑袋在仿佛要扑向他的、掀起的、漆黑的钢琴盖子的陪衬下,显得格外清晰。除了他以外,屋子里还有几个人。

"我们的军队已经崩溃,我们正处在革命的前夜,这不要什么预言家也可以断言,只要到工厂,到工棚里去看看就行了。革命即将爆发,不是明天就是后天。资产阶级将要利用工人的发动去消灭专制政体,从此就会出现一种崭新的局面。如果资产阶级能够在军阀和将军们的庇护下组织起来,那么无产阶级就要面临一个比沙皇及其臣僚更为危险的敌人。"

萨姆金伏在桌子上,愁眉苦脸地注视着讲话的人。库图佐夫身上的一切都使他生气,荒唐的平民式的上衣,钮扣一直扣到脖颈,两肩和胸部都绷得紧紧的,这副打扮使库图佐夫颇像一个火车司机,而他那稠密的硬胡子,剪得短短的头发,风吹日晒的、粗糙的大脸,又使人觉得像个牲口贩子。最使萨姆金生气的是那两只流露着嘲弄意味的眼睛,那里闪耀着永不熄灭的、早已熟悉的、令人心寒的笑意,还有这充满自信的、坚定的声调,这个什么都看得清清楚楚,认为自己有权作出预言的人所说的话,也都特别使他愤怒。

"无产阶级有它自己的使命。无产阶级的先进人物懂得,资产阶级的改良不会给工人阶级带来任何好处,而且无产阶级的事业并不是为了用共和国来代替寡廉鲜耻的专制政体,使那些脑满肠肥的人们过得更舒服些。"

他用一只手的手掌捋了捋大胡子,另一只手从前额顺着头顶一直摩挲到后脑勺。

"有人问我:知识分子怎么办?这很清楚:要么继续充当资本家的奴仆,满足于一些使资本家们获得充分言论与事业自由的改良,要么就跟随无产阶级走,进行社会革命,这同样是很清楚的。非此即彼,第三种办法逻辑上是不存在的,不过心理上是可能的,因此就存在违反逻辑规律的孟什维克、社会革命党人,甚至还有什么人民社会党人。"

大家都默不作声地听他讲,萨姆金深信人们是怀着敌意在听他讲的。出版家的妻子悄悄地说道:

"他说得这么简单,真可怕……可是据说,他是布尔什维克的一位大人物……类似他们的统帅。我丈夫立刻就会回来,有几个人都在等他,我已经给他打电话了,"她向通往丈夫接待室的门看了看,用均匀、平淡的声调说道,显然是在考虑:要不要关上门?她的个子并不高,但是身段十分苗条,因而显得很高,她那美丽的脸上有一种难以捉摸的稚气,浅蓝色的眼睛带着疑惑的表情。

"大概有十八岁,"萨姆金想,心里骂了舍米亚金一声:"畜生。"

"为什么知识分子跟工人阶级一起生活就会舒服一些呢?"有人突然焦急地质问道。

库图佐夫回答说:

"好,这是一种直接了当的、生意人提问题的方式!不过我并不认为无产阶级会用果丁来供养知识分子。但是事情是这样:已经具备了这样的技术条件,在这样的条件下,工人阶级的劳动生产实践可以更广泛地、更丰富多彩地展开。顺便说一句,资产阶级的阶级愚蠢就表现在资本家对发展文化毫无兴趣,工厂主制造商品,一点儿也不关心国内商品消费者的文化教养,他们的理想消费者是殖民地的居民……但是成了国家的主人的无产阶级,特别是我们的无产阶级,一定要进行最广泛的工业技术组织工作,来发展我们巨大的国民经济。为了进行这项工作,需要几万、几十万具有丰富的科学知识的专家。至于果丁的问题,还是留待别人谈吧。"

"果丁?好像应该说果冻,"出版家的太太嘟哝说。"您想喝茶

593

吗?"她问道。

人们从接待室里走出来,转移到另一个房间去,人走了,身后留下一片蓝色的烟雾。萨姆金谢绝饮茶,问道:

"刚才讲话的这个人是来接洽出版什么书的吗?"

"是的,我丈夫说:是些畅销书,好像版权已经买下来了……拉斯普京、布尔什维克……比萨拉比亚的地主,"她疑问地直盯着萨姆金说道。"所有这一切都仿佛是从地底下,从……那叫什么啦?从什么岩水里钻出来似的?"

"岩浆?"

"对,岩浆。一切都是那么奇怪。"

她把一条腿搭在另一条腿上坐在那里,摇晃着左腿,吸着一支带长烟嘴的细香烟,她那平淡无奇的声调是低沉的,几乎是在诉苦。

"我到这儿总共才一年多,我原先住在基什尼奥夫——也是一个非常可怕的城市。但是这儿……真不容易习惯。这条河有多讨厌,多厉害。而且人人都在盼望革命。"

舍米亚金回来了。萨姆金觉得他变得更漂亮,保养得更好了,好像是要着意显示舍米亚金堂堂的仪表,德罗诺夫跟他并排走进来。舍米亚金一面以戏剧中扮演主角演员的姿势脱下手套,一面高兴地说道:

"最新消息:交通运输瘫痪!彻底瘫痪,"他补充说,挥手在空中画了个十字。"全部机车有四分之一需要进行大修,百分之四十经常需要小修。"

他的妻子舒展着揉成一团的手套,皱起眉头看着他,她的前额上出现一道深深的皱纹,这使她整个的脸都变了样子,萨姆金觉得:她已是年近三旬的半老徐娘了。

"谁在那儿吵嚷?"德罗诺夫老相识似的问她,她回答说:

"几位作家和一个,"她转向丈夫说:"那个布尔什维克……"

"啊哈!哼,跟他什么事情也办不成。而且,总的来说什么也办不成啦！印厂经理和纸商都发疯了，提出了那么苛刻的条件，倒不如一下子把我的钱都送给他们，免得他们一百卢布一百卢布地零打碎敲。不，我可能要去日本。"

"去吧，"德罗诺夫鼓励说。"把钱交给我，我把出版社料理好，你尽可以远走高飞，花天酒地去吧。待我把一切整顿就绪，把祖国整治得国泰民安了，然后给你打电报：请返国吧，过甜蜜生活的一切条件都准备好啦，见你的鬼吧！"

"小丑，"舍米亚金冷笑着说。"是这样，克里姆·伊万诺维奇，跟印厂和纸商的合同谈判延期啦……"

"我们去喝茶吧，"他的妻子提议说。萨姆金因为不愿意见到库图佐夫，就谢绝辞出，来到街上，走进了短促的冬日寒冷的黄昏。对这位豪富的贵族老爷徒劳无益的拜访使他感到非常愤怒，他快步走去，路灯在他面前闪烁，好像是在追赶行人似的。

"你急急忙忙地在逃避谁呀？"德罗诺夫追上他之后问道，他从脑袋上摘下海豹皮帽子，用它擦了擦脸。"咱们到饭店去吧，喝点儿什么，好好谈谈！"他不容推辞地提议说，没等他同意，就又说起来：

"他准备到日本去。要带走一大笔钱，公牛！斯特拉托诺夫搜刮了很多钱，跑到阿尔泰去了，说是去疗养，大概也是要去日本。有些人要去瑞典。"

"你老是钱，钱，钱，"萨姆金没有好气地说。

"对，对，我掉到钱眼里了！当—叮—当，这声音听起来真舒服。看来，我没有赶上好时候，现在的钱，除了金币，已经没有用了……见到哥哥了吗？"

"什么哥哥？"

"见到德米特里了吗？没有见到？这儿来……"

他们走进了饭店，坐在角落里的一张桌子边，萨姆金耐心地沉默着，等待德罗诺夫说话，心里想着：有多少年没有见到哥哥了，见到他时会是什么样子？德罗诺夫从容不迫地选好了酒，要了干酪，然后问道：

"你想喝加香料煮的红酒吗？这儿配制的这种酒最有名。"

萨姆金一边点着香烟，点了点头，忍不住地问道：

"你在哪儿见到德米特里？"

"他在我家过的夜。托霞派他来的。他老得厉害。非常厉害！你们没有通过信吗？"

"没有。他在干什么？"

德罗诺夫冷笑了一声。

"我不知道，没有问过。一九〇九年他在托木斯克被捕，流放三年，因图谋潜逃，又加了两年，流徙别列佐夫。"

"他曾企图逃跑？"萨姆金问道，因为逃跑的企图跟他心目中哥哥的形象不相吻合。

"怎么，你不信吗？"

萨姆金没有作声。

"他问你的住址，我告诉了他。"

"应该这样。"

"托霞正在亚罗斯拉夫尔活动。"德罗诺夫若有所思地说。

"是跟布尔什维克一道吗？"

"看来是的。"

他们谈得很不投机。萨姆金被这种不时与故人带有讽刺意味的会晤弄得心绪不宁，也找不到适当的话题。

"德米特里……庸庸碌碌……为什么？哥哥。母亲。"

他默默地想到，人生在世是多么孤独：随着年龄的增长，甚至亲人也变得日益疏远、淡漠了。

德罗诺夫在一声不响地喝酒，有时撇撇嘴，眯缝起眼睛，冷笑着低声问一句：

"听见了吗？"

是的，萨姆金听到：

"我认为:艺术只有在用那种深奥难解的语言来表达时,才能完成它那神圣的使命;这种深奥难解的语言就像我们做礼拜时用的教会斯拉夫语,天主教堂用的拉丁语一样,能够造成神秘的敬畏气氛。"

说话的人嗓门虽然很高,但是平淡乏味,他衣着入时,个子不高,满头黑发梳到脑后,露出了棱角突出的、高高的前额,深眼窝里镶嵌着两只黑眼睛,面皮微黄,薄薄的嘴唇上隐约可以看出刮过的黑胡楂,下巴尖尖的。他站着说话,双手扶着椅背,摇晃着椅子,自己也随着摇摆。听他讲话的是坐在两张拼在一起的桌子周围的三个姑娘,两个大学生,一名士官生,还有一个穿海军学校学生制服的、宽肩膀的大力士和一个身体肥胖、浅色头发、红脸颊、灰色的眼睛里带着幸福微笑的青年,听讲的人都很神经质,而且反应很不一致,不断用赞赏和反对的喊声打断他的话头。

"是的,是的,我认为:艺术必须是贵族的和抽象的,"讲话的人喋喋不休地说。"我们应该懂得,现实主义、实证主义和纯理性主义都是同一个魔鬼——唯物主义不同的假面具。我要向未来主义致敬,这毕竟是从过去令人窒息的庸俗中跳出了一步。我们的父辈中了庸俗的毒,所以不能理解象征主义……"

"托霞大概也正在什么地方演说呢,"德罗诺夫摇晃着杯子里的白葡萄酒,喃喃地说。"明天我就到她那里去。我知道怎样找到她,"他仿佛是在威胁什么人似的说。"德米特里·伊万诺夫讲得非常有趣。"他叹了一口气,继续说下去,妨碍着萨姆金去倾听别人的讲话。

萨姆金喝下了最后一点热葡萄酒,站起身来,默默地朝德罗诺夫点了点头,走出了饭店。

二

德米特里是上午九点多钟来的,克里姆·伊万诺维奇还没有穿好衣服。他一面穿衣服,一面从没有关严的门缝里朝哥哥的身影看了看。德米特里背着手站在书橱前面,微微拱起的肩膀上挂着一件长及膝盖的蓝上衣,黑裤子的裤腿掖在靴筒里。

"像一个火车司机。列车挂钩工人……"

走到哥哥面前去,还要做出一定的,虽然是不太大的努力。地毯和柔软的冬季拖鞋使脚步声变得非常轻微,所以德米特里直至听到弟弟说话的时候才转过身来。

"你好啊!"萨姆金问候说。

德米特里猛然地抱住弟弟,吻了吻他的脸颊,然后把他推开,打了一个喷嚏。这使人很尴尬,德米特里灰白的脸变得绯红,他喃喃地说:

"请原谅……香水味儿,"他又打了两次喷嚏,(说道):"太刺鼻子啦。"

"我们都老了!"克里姆·萨姆金在桌边坐下,点着咖啡壶下的酒精灯说道。

"没有关系,我们还要活下去嘛!"德米特里富有朝气地回答,又笑嘻嘻地称赞说:("可是你很好嘛!")

克里姆·萨姆金觉得,这样兄弟相会的情景对他并不陌生,他曾在一部什么小说里读到过,虽然那里不曾打喷嚏,但是也出现过荒唐、尴尬的场面。[①]

"好,谈谈你的生活吧,"他仔细打量着哥哥,提议说。显然,德米特里刚剪过发、刮过脸,他的脸是一张普通老百姓的脸,两撇硬直的花白胡子使得他很像一个士兵,连脸也像夏末野营里的士兵们风吹日晒的脸。在这有点儿粗犷的脸上,闪耀着两只浅灰色的眼睛,在童年时代克里姆说他是羊眼睛。

"那地方很不舒服。十分苦闷。你往周围一看,"德米特里说,"就会被政府当局的愚蠢行动,被他们摧残生灵的胡作非为所激怒。可是以后,等你仔细观察了这片荒凉的土地,你仿佛会感觉到它对人的渴

[①] 大概是指《安娜·卡列尼娜》一书中列文和他哥哥尼古拉会晤的场面。

望,真的! 而且仿佛是风正在对你耳语,'啊哈,你可来啦! 那么开始吧……'"

"他依然还在幻想,作诗,"克里姆想。德米特里说话的声调响亮,但是发音不清,吐字模糊,仿佛舌头有毛病似的。

"你说话的声音有点奇怪,"克里姆指出。

"因为牙齿全坏了,"德米特里解释说。"在亚罗斯拉夫尔镶了两个假牙,几乎把全部积蓄都花在这项改革上了……坏血病把原来的牙齿全毁了。那儿的青菜少得很,肉也少得出奇,就连鹿肉也不可多得。除了鱼还是鱼。甚至那儿的天气也是鱼的天气,旱鸭子到那儿很难适应:地上是一片沼泽,天空淫雨连绵。遍地是蘑菇,蘑菇……一条叫索西瓦的小河简直就是养鱼塘。去此四十里就是鄂毕河,也是一个鱼的王国。"德米特里一面讲着一面津津有味地呷着咖啡,而且不知道为什么还把左手紧握成拳头,放在桌面上。

他就像用斧头造像一样,简要地讲述了当地一个商人的儿子,卡马河航轮上的一位船长,因为跟社会革命党有关系,被遣返原籍。

"他是个彪形大汉,浑身是毛,火红的头发,说话的嗓门像助祭一样大,留着几乎长到腰的大胡子,两只牛眼睛,力气也像牛一样大,你知道,简直是个神话里的人物。他父亲是个七普特重的大老头子,他一跟父亲争吵,就用布带把老头子捆起来,顺着梯子拖到屋顶上,松开绑,让老家伙骑在屋脊的木雕马头上。当然,他酒喝得很多。但是从不过量。那儿的人都喝酒,因为此外再也没有什么事儿可干了。三千多个居民中只有五个人去过托木斯克,其中只有一个人知道什么是剧院,就是这样!"

德米特里不作声了,一定是想起了什么使他心情激动的往事,脸上出现了一片阴影,他垂下了眼睛,把杯子推到弟弟面前。

"他用虚构臆造来填补自己空虚的岁月,"克里姆往杯子里斟着咖啡,心里这么想,并且问道:

"你说啊,那个……大力士怎么样啦?"

"坏血病把他吞掉了,只有半年的工夫,"哥哥回答说。

"真是怪事儿,"他困惑地耸耸肩膀,继续说下去,"而且我发现,越是身体健壮的人,坏血病对他的侵蚀就越凶,瘦弱的人反倒比较耐折腾。也许,实际并非如此,可是我的印象就是这样。那儿有患麻风病的人,癫痫病人也不少……总而言之,不是什么极乐世界。然而,你知道,克里姆,在罗曼诺夫家族的国家里生息的毕竟是一些优秀的民族,让这些罗曼诺夫们见鬼去吧!譬如说,奥斯恰克人,特别是沃古尔人①……"

他热情地把沃古尔人的情况讲了半天,讲到他们与马扎尔人的血统关系,讲到奥斯恰克人,讲到他们一年一度的市集和当地的商贩怎样在市集上无耻地掠夺这些少数民族。

"他们很会掠夺,是的!他们就依仗这点儿本事骑在当地土著的头上。不过他们的贪婪是短暂的、微不足道的、愚蠢的,而且似乎是毫无目的的。归根结底,这些富农分子是些毫无用处的人,是些暂时算作人的废物。"

克里姆·伊万诺维奇·萨姆金越来越仔细地观察着哥哥。德米特里的上衣下面,穿了一件像甲胄似的鹿皮或者麋皮背心,扣子一直扣到下巴,只露出蓝色翻领衬衣的领子。他的手掌非常宽大,好像划船工的手。虽然已经满头白发,但仍然很像当年那个热爱玛琳娜和给大家当辞典、解答各种问题的大学生。

"他生活在荒凉的地方,企图用自己的幻想把它点缀起来,"克里姆·萨姆金一边听着,一边固执地反复想着。

"某种没有任何功能的单细胞生物,"德米特里说着,好心肠地笑了起来。"你知道,这也就是我的外号,在波尔塔瓦,一位同志送给我的,一位马克思主义者。你还记得吧,那时候我正热心于改良主义,跟布尔什维主义合不来。有一天,在争论时,他对我说:'萨姆金,您知道

---

① 奥斯恰克人是汉特人的旧称;沃古尔人是曼西人的旧称。

的东西很多,但是毫无用处,您的知识发挥不了任何作用。您买了一块很好的衣料,可是却不能把它做成衣服,总而言之,您是一个没有任何功能的单细胞生物。'我反驳说:'没有功能的生物是没有的!'他也不肯让步,说:'有,而且您就是!'他使我大笑一场,但是也使我深思起来,后来我便认真地学习起马克思的著作,这才明白了,他的历史哲学彻底扫除了全部资产阶级的社会学以及其他一切巧妙的谎言。还有列宁,你知道,这是一位最伟大的政治思想家……"

他停下来,用手驱散烟雾,然后批评说:

"你烟抽得太多啦!"

又改口问道:

"人们在谈论你,你退党了,是吗?"

克里姆·萨姆金反问道:

"这是谁说的?"

"托霞,安东尼达……"

"我从来也不是任何什么党……的党员,而且也不曾跟这位太太谈论过政治。"

"你错了,她不是什么太太,不是,"德米特里嘟哝说,但是克里姆为了不再谈论这个问题,就问道:

"你知道,玛琳娜被暗杀了吗?"

"是的,知道,当然知道!斯捷潘对我说过。那么说,到底还是不清楚是什么人干的,为了什么?"

"不清楚。"

"真有意思,"德米特里低声说道,他把双手插进上衣口袋里,从弟弟的头上向窗外望去,窗外正风雪迷漫。

"你不是已经有家室了吗?"克里姆问道。

"没有啦,没有啦,"哥哥匆忙地回答说,而且还否定地摇了摇脑袋。

"不过,好像听你说过……"

601

"这件事很不遂心。原来她,我的妻子,竟有那么一大堆亲属,伯伯、叔叔、舅舅,都是地主,哥哥、弟弟尽是当官的,自由主义者,而且还由于他们都是分离主义者①,而我却是代表被压迫的少数民族的,因此他们就像一群……黄蜂一样,对我嗡嗡、嗡嗡地叫个不停!她也这样。但是总的说来,她是一个好女人。最初一个时期,甚至还给我往托木斯克写了些非常伤感的情书呢。毕竟我们还是在一起生活了将近三年嘛。三年。孩子们太可怜了。她生了一男一女,是两个非常可爱的孩子!男孩子今年十五岁,尤利娅已经十七岁了。他们跟我在一块儿生活得非常好……"

这一切他都说得很快,而停下来之后,又把杯子推到克里姆跟前,一面注视着弟弟斟咖啡,一面流露出惊讶,或者是遗憾的神情,低声说道:

"你知道,我可一向认为你是党员。一九〇五年当你告诉我你不是布尔什维克的时候,我还认为:你是在从事地下工作……"

德罗诺夫来给克里姆解了围,使他不必陷入再继续谈下去的尴尬局面,德罗诺夫冲进了屋子,好像是有人在他背上使劲推了一下似的,他把帽子一挥,尖声地宣布说:

"今天夜里,普里什克维奇、尤苏波夫大公和罗曼诺夫家族的一个王子,德米特里·帕夫洛夫,把拉斯普京杀死了。"

三个人都沉默了几秒钟,然后,德罗诺夫盯着两兄弟,用帽子掸去大衣上的雪,追问道:

"喂,你们怎么看呀,啊?"

伊万正好在这样令人尴尬的时刻光临,而且还带来了这样的新闻,使克里姆·伊万诺维奇·萨姆金非常高兴,就笑着说:

"对这个问题你这样大喊大叫,好像是在谈一件具有世界意义的大事似的。"

---

① 这是资本主义国家中少数民族争取分离、独立的一种运动,但是跟民族解放运动不同,因为这个运动是为资产阶级服务的,并不能使少数民族得到真正的解放。

"真有意思,"德米特里第二次低声说出了这几个字,而德罗诺夫却一边脱大衣,一边委屈地嘟哝说:

"那怎么的,难道这是一出小歌剧的尾声吗?你想想看:昨天他们能杀死拉斯普京,明天他们就会干掉沙皇尼古拉。"

德米特里摇了摇手,从裤子口袋里掏出一只没有表链的银表,看着表盘,缓慢乏味地说道:

"罗曼诺夫家族的人多得很,一时是杀不尽的。他们中间,准会有个吓破了胆的人去向古奇科夫、米留可夫之流乞求:请把我扶上宝座吧,我一定俯首帖耳,听从你们吩咐。"

"当然啦,这是一桩不平常的事,"克里姆用妥协的口气说,德罗诺夫激动地搓着手,不断地跳动着,眼睛直转,仿佛竭力要把它们藏起来似的,萨姆金观察着他,不能理解:究竟什么事情使伊万这么惊慌,或者这么满意?

德米特里把一只手伸给弟弟,说道:

"我该走啦。"

德罗诺夫也跟着走出去,克里姆·萨姆金得到了思考问题的时间:

"我应该对他说:请来玩,或者诸如此类的话。但是,哪有弟弟请哥哥来拜访的事,这太荒唐了。我们又没有吵架,"他一面安慰自己,一面倾听过道里的谈话。

"我怎么找到她呢?"德罗诺夫问道。

德米特里不高兴地回答说:

"我已经对您说过:伊萨克松医生会告诉您的。"

"啊哈……"

德罗诺夫回到屋子里,就立即问道:

"你觉得他怎样,啊?"

在萨姆金还没有决定应该怎样答复之前,德罗诺夫就像笼子里的老鼠似的,从这面墙走到那面墙,来回不停地走着,搓着手,嘴里嘟哝着：

"我记得他是那么……朴实。一切都在迸裂、崩溃。革命正从所有的缝隙往外钻。革命……在进行总动员。右派的人正在向左转,你注意到了吗,进步联盟已经变得多么有权威了吗?"

他瞎撞在一只沙发椅上,就坐了下来,双手拍着自己的膝盖,疑问地、令人不快地把视线停在萨姆金的脸上,逼得克里姆·伊万诺维奇不得不提醒他说：

"地方与城市自治联合会的代表大会被解散了。"

"那么市民呢？工人呢?"

"市民是不会闹革命的。工人都在前线。"

德罗诺夫深深地叹了口气,咂了咂嘴唇。

"前线的情况也很不妙。德米特里·伊万诺夫几乎给我讲了一整夜。有很多可怕的征兆。而且拉斯普京的被杀绝非什么儿戏！不是……"

"你怕什么呢?"萨姆金冷笑着问道。

"我自己也不知道,"德罗诺夫说。"也许,我并不害怕。"

他站起身,四面打量了一番,从沙发上拿起帽子,瞅着帽子里面耸了耸肩膀,说道：

"明天我要去亚罗斯拉夫尔。去看看托霞。可笑吗？"

"并不特别可笑。"

"是的。她是我的第一个,也是惟一的爱人。我跟她在一起生活得……非常美好。差不多有三年光景,我很快就五十岁啦。其中有四十年是生活在……屈辱中。"

"真没料到,你会用这种……哭哭啼啼的腔调说话,"萨姆金冷漠地嘲笑说。

"德米特里·伊万诺夫弄得我心烦意乱,"德罗诺夫穿着大衣嘟哝说,然后咳了一声,比较清楚地说道："你可知道,克里姆·伊万诺夫,找到生活的意义可不是一件容易事啊。"

他终于走了,撇下了疲惫不堪、心情愤懑的萨姆金。他走进书房,坐下来,为一件在地方法院败诉的案子写上诉状,但是怎么也写不下去。窗外寒风呼啸,大雪随风飞舞,雪片打在玻璃上沙沙作响,好像是在悄悄地诉说冰冷的、忐忑不安的幽思。

"是的,找到生活的意义是不容易的……寻求生活意义的道路被一堆堆的语言垃圾堵得水泄不通。艺术、科学、政治——三位大神,圣·特里尼特①——神圣的三位一体②。人总在为什么事情奔忙,却不会为自己生活,谁也没有给他传授这种本领。"他想起来,关于为自己生活的人,库莫夫说得很有趣:"我还没有遇到过这样的人。"

"德米特里在政治活动中,在布尔什维主义中找到了(生活的意义)。这是可以理解的,对于像他这样的人——庸庸碌碌的人来说,这是最后的出路。也是生活中失意的人的最后出路。过多的失意的人——这是俄国知识界的特征。俄国知识分子总是把自己看成一种工具,从来没有人教导他要以自身的生活为目的,要把自己看成世界上最有价值的存在。"

他无所事事地坐在那里吸烟,坐累了,就起来走走,从这个房间踱到那个房间,心潮起伏,万念丛生,就这样总算挨到了黄昏时分,便动身到叶莲娜家里去。街上并不很冷,而且很寂静,柔软的积雪吞没了所有的噪音,只听到阵阵耳语似的窸窣声。形形色色的路人,都行色匆匆,各奔东西,仿佛他们都在尽力少说话,轻踏步。

三

叶莲娜家里,晚茶时候照例总有客人:佩利尼科夫教授,还有一个人,身材瘦长,仿佛烟熏过的黑脸上,留着灰色的山羊胡子。叶莲娜用快乐的喊声迎接他:

---

① 圣·特里尼特是印度三大神(创造神、维持神、破坏与再造神)的总称。
② 基督教联合圣父、圣子和圣灵为一上帝,故称三位一体。

"您听说拉斯普京的事儿了吗？这是惊人之笔！来，认识认识吧。"

"沃伊诺夫，"秃顶的人用深沉的低音颇为勉强地自我介绍说；萨姆金握着他那冰冷的硬手，仰脸看到两只圆滚滚的像牛眼似的、非常奇特的眼睛，上面蒙着一层淡蓝的薄雾，暗淡的目光集中在软绵绵的长鼻子尖上。他把身子弯成两截，坐了下来，小心翼翼地伸出两条长腿，仿佛担心它们会脱掉似的。他那狭窄的肩膀上穿着一件军服，腿上穿的是马裤，脚上穿着厚运动袜和样子难看的厚底皮鞋。

佩利尼科夫穿着一身像长满树苔似的，浅绿色毛茸茸的毛料便服，显得消瘦多了；他一面摇晃着黑皮银字的笔记本，一面忧心忡忡地对叶莲娜说：

"我干了将近三年的士兵书信检查官，所以非常熟悉军队士气的变化情况，我可以肯定地说：我们的军队已经不复存在。"

"买不到柠檬，"叶莲娜说着便把一杯茶推到萨姆金面前，她眯缝着眼睛，嘴里的香烟在冒烟。"据说只有意大利大使在出卖柠檬。是真的吗？"

佩利尼科夫在椅子里耸耸身子，又急急忙忙地说下去：

"瓦西里·基里洛维奇当了一年的检察官了，他也可以证实这一点：只有个别还能作战的部队，但是从整体来说，军队已经没有了！"

"是的，"沃伊诺夫点了点头说，他把一个手指头伸进军服领子里，痛苦地把脸皱起来。

"他们都在吓唬我，"叶莲娜把香烟扔进痰盂，转向萨姆金说。"他们来了就说：兵士除掉土地以外，什么也不想呀，根本不愿意打仗啦，我们这里就要发生革命啦。"

"亲爱的，您说得太过火啦。"

"一点儿也不。我已经吓坏了。我不要革命，我要到巴黎去。但是我不知道，应该对谁去说：喂，我请求您，不要搞任何革命啦，也不要再打仗啦！"

她在开玩笑,但是萨姆金知道,她正在生气,她那浓妆艳抹的脸上虽然还带着笑意,但是眼睛里却闪着冷光,两只小耳朵由于充血变成了紫红色,仿佛肿了似的。

她娇小玲珑,穿着一件用大小不一的红绸子拼成的式样奇特的连衣裙,很像一只珍奇的小鸟。

"您的玩笑太有趣啦,"佩利尼科夫固执地打断她的话说,但是她不给他说话的机会。

"那么说,您希望我严肃些吗?好吧!"

她把手指握成一个小拳头放在面前的桌边上,坚定地说:

"就我所知,士兵是不会干革命的。当法国人去迎击普鲁士人的时候,他们唱道:

> 我们前进,前进,前进,
> 犹如走向屠场的绵羊。
> 我们将像老鼠一样被杀尽,
> 俾士麦会高兴得大笑一场!"

她用法文讲完这支歌,然后继续说道:

"情况正是这样,普鲁士人狠狠地揍了他们一顿。但是他们败回巴黎时,立刻就打垮了巴黎公社的社员。瞧,士兵就是这样!也许,你们这里也会这样。究竟会不会这样,我们等着瞧吧。不过在这以前,我已经听厌了这些几乎是天天挂在嘴上的对兵士们的抱怨,我对人们也正要传染给我的害怕革命的情绪,已经极端厌倦。我是一个乐观主义者,或者是,那叫什么啦?宿命论者。如果发生革命,那就是说:需要革命。需要刺激刺激你们。迫使你们行动起来,去为革命,或者为反革命干点儿什么,那就看你们更喜欢什么啦。听明白了吗?"

萨姆金无声地为她鼓了鼓掌,所以也可以认为他是在擦掌搔痒呢。

"她绝不会像阿琳娜,她不会去做牺牲品,殉道者……"

"是的,"佩利尼科夫搔着鬓角,沮丧地开始说,"但是,您知道……"

沃伊诺夫收拢了两条腿,弯起来,又伸直,然后全身起立,仿佛口吃似的开始慢吞吞地挤出一些浓浊、晦涩的字句:

"战争无情地暴露了历史的基本的、不可调和的矛盾,可是人们总在教导我们错误地去理解这种矛盾。世界上只有少数人在创造文化,而大多数人在这个过程中只起一种从属的、机械的作用。能动的机械。体力劳动。但是同时,又是斯巴达克。斯坚卡·拉辛。几乎连续不断地出现拉辛。想把自己和妻子用黄金装饰起来的野人。他只想这一件事。是的,就这一件事。尼采,天才的思想家,十九世纪末期的普罗米修斯,首先深刻地认识到,并且指出了我们对逻辑的错误理解。对于历史哲学的错误理解。对于生活的意义的错误理解。"

沃伊诺夫将两个食指插进军服领子,把领子往两边拉了拉,闭了一会儿眼睛。但是这些活动并没有中断他那吃力的演说。

"革命知识分子被认为是英雄。倍受赞扬和推崇。可是就其活动的意义来说,他却是文化的叛徒。就其意图来说是文化的敌人。民族的敌人。祖国的敌人。他当然也肯定自己是个个人。他认为:世界的基础,阿基米德的支点,就是以个人为主要成分的。是的。不过他的思想方法是错误的。个人的成长和飞黄腾达并不是依靠广大群众,而是要踩着广大群众。是贵族与平民的关系。总是这样的。永远如此。"

他朝叶莲娜面前走了一步,弯下腰,一只手撑在桌子上,对她严厉地说:

"我们正大难临头。再开玩笑,简直是犯罪……"

"简直是犯罪?"妇人冷笑道。

"是犯罪。就拿艺术来说,如果它用阴暗的色彩来表现平民生活,那也是犯罪的。真正的艺术是悲剧的。悲剧的艺术是生活中群众暴力的产物,但是在艺术中并不感到群众的存在。莎士比亚的卡里班是不能理解悲剧的意义的。艺术应该比宗教更贵族化,更令人难以理解。说得更正确些:就是要比宗教仪式更为神秘。黎民百姓都不懂拉丁文和教会斯拉夫语,这是件好事。艺术创作使用的语言应该是使人不能理解的、恐怖的。我赞成列昂尼德·安德烈耶夫。"

"相反,我最讨厌他的作品,所以也不读他的书,"叶莲娜很不客气地说。"况且您这番高论,对我来说实在太高深啦。我既不是革命家,也不写小说和剧本,我只是热爱生活,如此而已。"

"我也不敢苟同,"佩利尼科夫声明说,不过口气并不那么坚决,他又问道:"克里姆·伊万诺维奇,您以为如何?"

"既然人们这样经常地谈到马克思,那么提起尼采也是理所当然的,"萨姆金过了一会儿才作了回答,然后又提议说:"我们往下听吧。"

他还不能确定自己对沃伊诺夫这番议论的态度,但是他意识到,他的思想越来越经常地在围绕这个意义打转转。

他想起了寓言《隐士和熊》中的寓意:"殷勤的傻瓜比敌人还要危险。"①

沃伊诺夫的讲话又引起他的注意,这个人的言谈风度,给人以希望,也许他终于会说出点儿什么新东西,但是暂时他还在忧郁地重复一些陈词滥调。佩利尼科夫不断在同意地点着头,悄悄地在他那晦涩的字句中,做一些简短的插话,显然是想把这些字句变得圆滑些、温和些。

"这是个什么人?"萨姆金悄悄地问叶莲娜,她看着自己映在银火壶上的影子,用手指摩挲着眉毛,低声回答说:

"好像是个地方自治局的头头,他写过或者是正在写一本书,用人们谈论舞剧时常用的术语说,是一颗新星。佩利尼科夫把三教九流……各色的人物都带到我家里来,因为他老婆不许他搞政治活动,可是他却认为,我会乐于在自己家里接待这些客人……"

---

① 克雷洛夫的寓言。

她突然冷笑一声,用一句虽然不很俏皮,但却是很辛辣的、影射妓院的双关语①结束了她的话,立刻就把话头转到一个更为重要的问题上去:

"您听我说,先生,手中存的纸币怎么办?应该买成黄金。你对旧金器首饰内行吗?"

不,萨姆金对此一窍不通,但是今天叶莲娜很讨他喜欢,所以很想做点儿使她高兴的事,就说他会派一个人来,这个人大概可以在这方面帮她的忙。

"就是伊万·德罗诺夫,明后天我叫他来一趟……"

一位穿着狐皮镶边衣服的太太,像在舞台上一样仪态庄重地走了进来,她身后跟着一个面色苍白、衣着漂亮的大学生。这位太太立刻就谈起食物的缺乏和那些还没有被吃光的东西又是多么贵。

"十二卢布一磅!"她那美丽的眼睛里充满了恐怖神情喊道。"十八卢布!而且只有在叶利谢耶夫那里才能买到,当然,最好能在近卫军军官的高级商店里……"

佩利尼科夫已经在严厉地讯问大学生:

"你们的生活导师是些什么人?不是指您个人……"

大学生用高亢的男高音驯顺地回答说:

"学生们最喜欢读的是:罗扎诺夫、列夫·舍斯托夫、梅列日科夫斯基……外国作家中,我觉得好像最喜欢柏格森。"

沃伊诺夫还在慢吞吞地谈着以个人为主要成分的话题,又使萨姆金想起了库莫夫的话,而那位太太却在兴致勃勃地讲着:

"有个兜售冬宫储藏的酒和糖果的女人,大概是个内廷仆役的妻子。她挎着篮子走门串户——任你选购!糖果没有什么好的,但是酒却是上等的!是波尔多和布尔冈红葡萄酒。我叫她到您府上来。"

"那个安德罗诺夫?还是安东诺夫?不是个十足的骗子吧?"叶莲

---

① 在俄语中,"妓院"与"在自己家里接待这些客人"意思与语音都很相近,而叶莲娜又曾是烟花场上的人物,所以这里也有慨叹自己身世之意。

娜问道。萨姆金用安抚的口气说：

"不是，不是。"

沃伊诺夫嗡嗡地叫道：

"社会主义者宣称，必须把个人融解于群众之中。这是神秘主义。是炼金术。"

为了帮助他，佩利尼科夫紧跟着用活泼尖细的声调急速地说道：

"这是要使人类退化，倒退到原始状态，把多少世纪以来文明生活精心培育出来的人变成简单的有机物，变成文化史和社会学用来向我们讲述原始人群的标本……"

克里姆·伊万诺维奇觉得自己熟知全世界所有聪明的书呆子讲过的、被佩利尼科夫和沃伊诺夫之流支离破碎地重复过千百遍的各种大道理。他深信，他知道人们为了抵制来自生活的暴力，能够说出的一切道理，就是那些认为只有根本改变阶级社会的结构，才能使人类得到解放的人已经说的和能够说的一切道理，他也全都知道。

"德米特里·萨姆金，人类的解放者，"克里姆·伊万诺维奇·萨姆金学着沃伊诺夫和佩利尼科夫的讲话语气暗自想道，看着大学生在恭听两位聪明人的讲话，不时把白得出奇的脸从这个人扭向那个人，他不禁冷冷一笑。

他觉得，人们变得越来越渺小，越来越微不足道，战争把他们压小了，压扁了。不论跟哪个人比，他都觉得自己是个富翁，是个生活经验非常丰富的人，为了使这种经验能够发扬光大，显示出经验拥有者的光辉灿烂的形象，这是需要另外一些条件的。而且对那些不善于听话的人谈这种经验也是没有益处的，他们讲得比他还漂亮，比他还勇敢，他看到了这一点。经验倒成了累赘，白白地在腐烂、消失，而且尽管生活是如此风云多变，但是萨姆金的日子却过得非常孤寂。一切都是老样子，令人厌烦。他渴望某种冲击，渴望听到教堂报警的钟声，渴望发生骚动，能把人们吓得惊慌失措，能推动他们，把他们推到，抛到另外一种生活气氛中去。他希望结束这种捉摸不定的局面。

第二十八章

一

结局似乎日益逼近，但是步调很不均衡，是跳跃式的，向前一跳，立刻又跳了回来。十一月底，国家杜马非常一致地投了反对政府的票，但是紧接着就出现了"进步联盟"的分裂，接着政府就解散了地方与城市自治会联合会。伊万·德罗诺夫成了萨姆金测定时局波动幅度的仪表。他住在不远的地方，几乎每天一早，在出发去猎取金钱的时候，总是先来看看萨姆金，一进门就像连珠炮似的，把各种新闻、传说和谣言向他射来。有一天，萨姆金问他：

"伊万，你究竟在干什么？"

"搞钱。"

"那么搞得怎么样啊？"

"还不错。"

"这就是说？"

"哼，这就是说什么？"德罗诺夫生气地说。"告诉你吧，我在搞各种各样的投机生意。今天我捞到个万儿八千的，明天别人又从我手里抢走。完全是赌博。冒险。可是我还能干什么呢？这已经够快活的了。"

他显得老多了,高颧骨的脸上,耳朵旁边和太阳穴上都出现了皱纹,眼睛下面鼓出了些紫灰色的肿包,不久前还很丰满的脸颊现在松懈得厉害。他从亚罗斯拉夫尔败兴而归。

"好,讲讲吧,托霞怎么样?"

德罗诺夫瞅着地板说道:

"她穿着一双破皮鞋。在烟草厂干活。跟一个女伴住在一个老妖婆家的小破房子里。"

他一边说着,一边不断地扭动背心上的钮扣和上衣的翻领,仿佛在进行检查似的,而且故意把话说得滑稽可笑。

"见面还不到五分钟,那个老妖婆就厉声地质问我:'您干吗不闹革命,您还在等待什么?'接着就夸耀说,她的丈夫去年才从流放地回来,是为了一九〇七年的事情被流放的,在家里总共住了四个月,突然就一命呜呼了,有成千的工人来给他送殡。她跟我谈了两个多钟头,我只是支吾其词,胡言乱语一番,我觉得她会把我痛打一顿,逐出家门。后来托霞回来了,她脸色黝黑,好像铁人似的,不过一般说来还是从前那个样子。女伴鬈头发,大鼻子,大概是个犹太人,知识分子。老妖婆的儿子是个瘦得皮包骨头、只剩下一条腿的大兵,总在她们身旁打转转儿,他在前线进攻过,也退却过,得了一枚乔治勋章。他们思想一致,决心要把这场战争一举变为国内战争,就像齐美尔瓦尔德宣言指示的那样。"

他沉默不语了,手里摇晃着一只带金链的怀表。萨姆金等了一会儿,问道:

"托霞说了些什么呢?"

"大概是她脑子里想的话吧,"德罗诺夫把表塞进背心口袋,双手插进裤子口袋。"你是想知道她对我的态度,是吗?她根本没有赏给我一个单独谈话的机会。不知道为什么她要这样把我介绍给她的朋友们:是一个并不太坏的人,然而十分糊涂。老妖婆的儿子听了非常开心,大笑不止,差点儿笑死。"

613

他眨眨眼睛,试图把游移不定的目光停在萨姆金的脸上,开始用较低的声音说:

"大概,她是很怜爱我的,而我也可怜她。那双破皮鞋……她的脚非常美,脚趾头长得那么周正……每个脚趾头都各具特色。她整个都是美丽的,嗳呀,多么美呀!如果去当妓女,一定可以赚上几十万,"他突如其来地作了一个这样的结论,甚至连他自己一定也大吃一惊:怎么会说出这样下流的话来呢?他张开嘴,瞥了萨姆金一眼,但是克里姆·伊万诺维奇却皱起眉头,问道:

"你还记得阿琳娜·捷列普涅娃吗?也是一位美人儿……"

"记得。她在哪儿呢?"

"我不知道。她当过妓女,在奥蒙剧院出卖过色相,跟一个丑陋的……富豪姘居,后来这家伙自杀了……"

"鬼知道这都是怎么回事儿,"德罗诺夫嘟哝说,使劲地摩挲着脑壳上褪了色的火红头发。"我记得老保姆讲过形形色色圣洁的修女和殉道者的事迹,她们抛弃了富贵的家庭,抛弃了亲爱的丈夫和子女,后来罗马人残酷地折磨她们,放出野兽去咬她们……"

克里姆·伊万诺维奇·萨姆金想起了父亲给他讲过的《圣经》上亚伯拉罕拿儿子作祭礼牺牲的故事,想起了他曾以堂吉诃德自况,把德罗诺夫比作桑柯,他用不容反驳的口气说道:

"当有些人觉得自己已经无力抵抗对他们内心世界的压迫时,就会自动去接受命运的安排,甘愿牺牲自己,这样的人过去有,将来也还会有。这有一个专门名词,叫作嗜受虐狂,从这里也就产生了一些淫虐成性患虐待狂的人,这些人以别人的痛苦为乐。简单地说,虐待狂患者和嗜受虐狂患者是人类的两种基本典型。"

他不作声了,觉得自己的话语意双关,而且使他,萨姆金,一时远离自我,神往他方。但是他立刻就找到了还归自我的途径:

"我们来提一个问题:究竟什么人受的苦更多呢?当然,是那些倍受苦难的人。拜伦当然要比他在议会里为之辩护的纺织工人们受的痛苦更深重,更厉害①。霍普特曼②在他创作描写纺织工人的戏剧时,也是这样。"

他一边呷着咖啡,一边继续说道:

"必须把无谓的牺牲和英雄行为区别开来。罗马人库尔条斯③奋身跃进罗马市中心突然断裂的深渊里去,这是最受赞扬的英雄行为和理应宽恕的自杀行动。但是没有任何理由妨碍我认为,库尔条斯正是因为预感到必不可免的死亡的恐怖,才跃身深渊中去的。想作为第一个牺牲的罗马人的虚荣心和不屑与一群奴隶同时死去的高傲心理,也完全可以把他推进深渊中去。"

"是,是的,"德罗诺夫无聊地说,"有时候真想跳进什么里面去……"

"一点儿也没懂我的意思,"克里姆·伊万诺维奇愤愤地想道,颇不以为然地说:

"你跳的跑的大概已经够多了。"

德罗诺夫扣着上衣扣子往外走,嘟哝说:

"童年时代我玩得不尽兴。那时高贵人家的子弟不许我跟他们一起儿玩。所以现在我要尽兴地玩一玩……"

"他莫非是生气了吗?"萨姆金心里想,立刻就把他忘掉了,就像忘掉一个出色地完成自己任务的奴仆一样。只有在这样的时刻,萨姆金才感觉到德罗诺夫的存在,即当德罗诺夫来到他的面前,大谈他那五花八门的生意经,讲他廉价买进又高价卖出了一批麻布或者纸张,赚了不少钱的时候,他总在买进卖出,而且还跟诺盖采夫合伙在一个阴暗的地下室里开了一间名叫"讽刺与幽默"的小剧场,萨姆金也曾去过这个小剧场,发现所谓的幽默,无非是一个公证人当着自己妻子的面

---

① 一八一二年,拜伦(1788—1824)曾在英国国会上议院发言为捣毁车床的纺织工人辩护。
② 霍普特曼(1862—1946),德国剧作家。这里指的是他的剧本《纺织工人》。
③ 库尔条斯是神话中的罗马英俊少年。相传他在罗马发生地裂时,奋不顾身骑马跃入裂口,神即息怒,地乃复合如初。

打开了公事包,从里面拿出了一位夫人的衬裤之类的玩意儿。这个小剧场开了不到一个月,就改成了咖啡馆。萨姆金问德罗诺夫:

"你在这上面赔钱了吗?"

"没有,诺盖采夫赔钱了。他这已经不是第一次赔钱了。他既愚蠢,又贪心,我想把他弄得倾家荡产,叫这个狗崽子去当电车售票员或者去当信差。我最看不惯这些托尔斯泰主义者。"

德罗诺夫厌恶地使劲摇了摇头,然后问道:

"你需要钱吗?"

"我要钱干什么?"

"干什么都行呀。现在我的钱多得不得了。市面上的钱很快就会更多起来,政府准备再发行十亿卢布或者二十亿⋯⋯"

克里姆·萨姆金并不需要钱,但是德罗诺夫消息灵通,在这方面,萨姆金给予很高的评价。每天早晨,头发散乱,睡眠不足,眼睛发红的德罗诺夫,一来到就报告说:

"进步联盟的头面人物正在跟'黑帮'和'俄罗斯人同盟'密谋发动宫廷政变,企图另立沙皇取代尼古拉。敌人正在变成朋友!对此,阁下有何高见?"

"我根本不相信会有这种事,"萨姆金选了一个最省事的答案,但是他心里明白,德罗诺夫带来的一切传闻,通常都得到了证实,譬如,关于内务大臣普罗托波波夫与德国代表谈判单独媾和的消息,伊万早在国家杜马和新闻界透露之前就告诉了他。

"你从哪儿得到这个消息的?"他盘问道,德罗诺夫把肩膀一直耸到扎煞着的耳朵边,漫不经心地说:

"从太太们那儿。她们懂得很少,但是却什么都知道。"

二

克里姆·伊万诺维奇·萨姆金日子过得很寂寞,但是他越来(越)

清楚地感觉到,另一种生活的广阔天地不久就会展现在他面前,那种生活是特别适合于像他这样不平凡的人物的。

城市食物缺乏,达到了灾难性的程度,激起了工人的愤怒,但是"中央军事工业委员会"的工人团于一月被捕,为了纪念审判国家杜马社会民主党党团一周年,布尔什维克彼得格勒委员会于二月六日发表宣言。号召在二月十日举行罢工和示威游行,这个宣言也没有产生什么效果。

"一切都在正常发展,历史的逻辑在发挥作用,破坏着一方,巩固着另一方,"克里姆·萨姆金想。

但是二月十四日,国家杜马开幕的那天,工人开始举行罢工,过了十天,爆发了总罢工,革命示威游行队伍像春潮似的汹涌澎湃,冲向街头。

克里姆·伊万诺维奇·萨姆金英姿焕发,他在期待着,观察着。他不希望游行示威者的滚滚黑浪打到自己身上,把自己卷进洪流中去,所以总是躲在角落里,从远处观望。投进这可怕地怒吼着的人流中是没有意义的,他清楚地记得,工人的体形和面貌是什么样子,他在莫斯科看到的示威游行已经够多了,在这里,他也看到过一月九日所谓"血的"星期日的游行。

他看到,黑压压的男男女女、老老少少汇成的毛茸茸的看不到尽头的灰色人流,拥挤在布满眼睛似的窗户的石墙间,从他面前流过去,可以听到和谐的歌声:

  起来,饥寒交迫的奴隶,
  起来,全世界受苦的人……

"面包!面包!"妇女们厉声地、震耳欲聋地喊叫着。有时候人们放慢了脚步,甚至在原地踏步,排除着前进道路上的某些障碍,这时就响起了刺耳的哨声和呐喊:

"前面怎么啦？打翻它！同志们要勇敢！"

这是最后的斗争……

千万人的大合唱此起彼伏。萨姆金发现，示威群众唱得这样和谐，整齐，这大概还是第一次，而且是这样毫不畏惧地唱出了这支工人阶级赞歌的雄壮的意义。一九〇五年一月九日，游行的人们没有唱这支歌。大概，即便唱，也不会唱得像现在这样好。然而也不能排除这个血的星期日还会重演……不能排除。时而有人三三两两，或者结成一小伙离开游行队伍，跑到一旁，难为情地苦笑着，或者愁眉苦脸地从萨姆金面前走过，但是又有几十个新来的人迎着他们跑过来，补充到队伍中去。

萨姆金看了看那些昏暗的窗户，但是里面除了一片紫灰色的薄雾和一些模糊的影子以外，什么也看不见。人群终于消失了，马路上的积雪被踏得光溜溜的。

"新扫帚打扫得干干净净，"萨姆金回想着，走回家去，一路上浮想联翩，而这些思想有多么幼稚，他是很理解的。

"妨碍我生活的人，比起我需要的人和我喜欢的人要多得多。选择一条喜爱的思想路线很容易，但是创造一个由知心朋友构成的、称心的生活圈子却非常困难。"

三

回到家，女仆喜气洋洋地迎接了他。这个姑娘大大发胖了，甜蜜蜜地笑着，嘴唇鲜艳，丰满，眼睛里闪耀着无穷尽的欢乐。但是她很不讨人喜欢，而且变得越来越轻浮了，克里姆·伊万诺维奇一直容忍着，她是一个很好的女仆，饭菜做得又好又便宜，屋子收拾得非常整洁。他偶尔问她：

"您高兴什么啊?"

"有趣极啦,克里姆·伊万诺维奇。"

"什么事这么有趣呀?是战争吗?"

"战争很快就要停止了。"

"什么人把它停下来呢?"

"工人和庄稼汉再也不想打了。"

"是吗?谁让他们不打的呢?"

"唉,他们自个儿呀。"

"噢,原来这样……"

跟她谈也没有什么益处。萨姆金看到了这一点,但是"生活中的欢乐"越来越使他感到愤怒。于是在二月二十七日的前一天,他从街上回来吃饭的时候,就忍不住地问道:

"喂,您要说什么呀?"

"革命开始啦,克里姆·伊万诺维奇,"她说,但是用舌头尖舔了舔嘴唇以后,又问道:"是真的吗?"

"可能。不过也很可能就像一九○五年一月九日那样。您知道当时的情形吗?"

"知道,念给我们听过。"

"念了些什么?谁念的?在哪儿念的?"

"在楼下的餐厅里,阿尔卡沙,一个叫阿尔卡沙的青年,常在那儿讲解报纸……"

"开饭吧,"萨姆金严厉地说道。

一九○五年在莫斯科的经历,记忆犹新,所以他在二月二十七日这天根本没有出门。一个人在没有生火的,只有一支残烛的微光照耀着的屋子里,伫立窗前远眺;暮色苍茫,有两处地方火光熊熊,不祥地染红了天空,黑暗似乎融化了,红光还在扩展,蔓延,几乎要染红整个城市的夜空。远处,信号弹散出的五彩缤纷的小火球从容不迫地向天空爬去,又同样慢悠悠地落到屋顶的后面去。

那位快活的(姑娘),早上煮好咖啡就不见了。可怜他整天只吃些沙丁鱼和干酪,把在厨房里能找到的食物都吃光了,真是又饿又恨。屋子里不习惯的黑暗,加强了凄凉难堪的气氛,黑暗在颤抖,仿佛要扑灭残烛的火光,可是这点儿蜡烛就是不去灭它,也燃不了一刻钟了。

"见你们的鬼去吧……"

他把信号弹在漆黑的夜空中耀眼的闪动当作是一种不仅鄙俗,而且是不祥的征兆。他仿佛听见了枪声,也可能是关门的乒乓声。有两辆载重汽车飞驰而过,震得窗框都在晃动,前面的一辆大概满载着铁器,后面一辆紧跟着它,上面站着二十来个人,其中有几个人背着枪,隐约地闪着刺刀的寒光。

"在逮捕谁呢?"克里姆·伊万诺维奇思量着,但是一直还在用麂皮擦着早已摘下的眼镜,紧张地谛听着,狐疑着:为什么听不见枪声呢?

克里姆·伊万诺维奇心情很坏:前一天晚上,他跟叶莲娜大吵了一番;德罗诺夫派去的那个人,卖给了她几枚罗马帝国时代的金币,后来发现这些金币原是现代的赝品,而证明其真假和年代的鉴定书,原来也是伪造的;还有一只古酒杯,也不是真金的,而是镀金的。叶莲娜跺着脚,歇斯底里地喊叫,一口咬定是德罗诺夫跟卖主串通起来骗她的。

"他,您那位贵友的长相,就是个骗子!"她大声喊叫,并且要求他到法院去控告德罗诺夫。她暴跳如雷,萨姆金吓得要命。

"她要真去告状,我不免也要牵连进去,"他心里想,便千方百计地去安慰她,这时候叶莲娜连他一起骂起来,骂了那么久,骂得那么难听,气得他浑身冰凉,于是也痛骂了她一顿,愤然离开。

四

响起了一阵急促的敲门声,萨姆金一时竟下不了决心走到过道里去,他一手端着烛台,用另一只手护着颤抖的火光,等待着第二次敲门,脑子里思量了一下,没有逮捕他的理由,敲门的很可能是德罗诺夫,再不会有别的人了。果然是他。

"怎么,你睡了吗?"德罗诺夫嗄哑地问道,气喘吁吁地咳嗽着;他胖得非常难看,挺着大肚子,把一个沉重的纸袋子放在脚旁,解开大衣扣子,就开始从衣袋里往外掏些什么包包儿,塞到萨姆金手里。"都是吃的东西,"他一面挂大衣,一面解释说。"你那位胖傻大姐告诉我,说你家里什么吃的也没有了。"

"城里在闹腾什么呢?"萨姆金烦躁地问道。

"闹革命哪!"伊万用手绢擦着脸上的汗回答说,并用手指头戳了一下自己的左腮。

"据说,帕夫洛夫斯基团,还有卫戍部队的另外几个团都倒到人民一边去了,就是说倒到杜马那边去了。而人民正在行动,捣毁了一些警察派出所。大火在燃烧,地方法院和立陶宛监狱也捣毁了,正在搜捕各部的大臣、将军……"

萨姆金站在屋子中间听着,但是并不相信,而德罗诺夫用手掌抚摸着脸颊,不慌不忙地继续说道:

"乱七八糟,一片混乱。有几个家伙拿着枪闯进我的屋子,问道:'您是戈隆比耶夫斯基将军吗?'大概,世上就没有这么一位将军。"

"是警察,还是宪兵?"萨姆金捋着小连鬓胡子问道,明白跟叶莲娜的那场风波已成过去。

"还有什么警察呀?真见鬼!警察都躲起来了。据说,他们都蹲在阁楼上,准备用机关枪扫射……你怎么啦,不舒服吗?"

"脑袋……"

"哼,大家的脑袋……都在发晕。兄弟,我也是……我是到你这儿来过夜的,不然的话,你知道……"

德罗诺夫用手掌拍了拍膝盖,伤心地说道:

"说真的,把我吓坏了。他们一共五个人,两个大学生,一个大兵,还有一个什么人,一个娘儿们拿着手枪……我开了几句玩笑,她啪的一声照着我的脸就是一个耳光!"

萨姆金坐了下来,感到发生的事情并不像他盼望的那样。而且从德罗诺夫来了以后,屋子里显得更冷了,窗外也变得更黑暗了。

"搜捕内阁大臣,这是可以理解的。但是为什么要逮捕将军们呢,如果军队……而且,站在人民一边,这是什么意思呢?军队承认国家杜马的权力,是这样吗?"

德罗诺夫把脑袋歪到一边的肩膀上,用一只眼睛朝他看了看,另一只眼睛几乎肿得睁不开了。

"明天全会弄清楚,"他说道。"看,蜡烛快点完了,另换一支吧……"

他打开纸包,把面包、香肠、熏鱼摆在桌子上,催着萨姆金去找来拔瓶塞的锥子,打开了瓶塞,嘴里还在不断地说着:

"总的说来,人们的心情是舒畅的,虽然他们饿着肚子,但是呼吸轻松,高兴地笑着,阴郁的面孔不见了,颇有些能干的人物。总而言之,形势……急转直下。许多演说家到处在大喊'祖国在危险中'、'团结就是力量',甚至还有人喊'打倒沙皇'!伤兵们到处在演说,反对战争,非常有煽动性。非常。"

萨姆金拿一支蜡烛插进烛台,但是他怎么也弄不好,因为烛台烤得很热,蜡烛一放进去就融化,倒了下来。德罗诺夫也动手来帮他插,两人互相妨碍,他们默默地忙活了半天,才插牢了蜡烛,然后德罗诺夫说道:

"好啦,咱们来吃晚饭吧。我从早晨起来还没有吃过东西呢。"

他们又默默地喝了白兰地,吃了火腿、沙丁鱼和鲑鱼。萨姆金喝了一口酒,说道:

"这酒味好像很熟悉。"

"这是沙皇酒窖里的酒,"德罗诺夫嘟哝说。"你阁下那位夫人介绍我认识了兜售这种令人销魂的商品的女人。"

"你替她买过金子吗?"

"为什我要去买呢?我介绍了一个古董商人去的。"

"他骗了她,"萨姆金说。这并没有使德罗诺夫感到惊奇:

"哼,这有什么奇怪呢?古董商嘛……"

德罗诺夫不吃了,推开盘子,喝下一大杯白兰地。

"好,咱们总算活到革命的日子了,"他令人不舒服地大声说道,声音是那么大,甚至连他自己都四面张望了一下,仿佛并不相信这话是他说的似的。"我并不需要革命,但是我,不用说,连一个手指头也不会举起来去反对革命。可是竟然发生了这样的事儿,很可能,革命的第一个耳光正是打在我的脸上。这当然不是什么值得自豪的礼物。你知道,克里姆·伊万诺维奇,他们走了,那些……搜捕将军的人走了之后,我却感到……非常委屈。生活是多么不公平。你住在二楼上,我却住在半地下室,住在厨房里。你们这些高贵的子弟,对我的态度简直是坏透啦。就像我是个黑人、犹太人、中国人……"

克里姆·萨姆金想起了塔吉尔斯基关于第三代知识分子的议论,接着又想起了他从三楼上观察的巴黎生活的片断。他冷笑了,为了不让德罗诺夫看到他的笑容,就低下了头,摘下眼镜,擦起镜片来。

"在将近五十年的生活中,只有一个人,只有一个托霞……"

"我可以给他讲玛琳娜的事儿,"萨姆金心里想,根本没有听德罗诺夫的话。"要知道,很可能,玛琳娜也是一个布尔什维克。世上竟有这么多在生活中没有扎下根,在生活中没有固定地位的人。"

可是伊万·德罗诺夫还在哀叹自己的身世,显然他已经喝醉了。

"我的朋友杜纳叶夫,是个拼版工人,曾经劝我说:'不要白白浪费时间啦,您读点儿书,好好学习学习,投身于工人阶级的事业,投身于我们布尔什维克的事业吧。'"

"你没有上钩吗?"萨姆金只是为了敷衍他,才问了一句。

"我没有上钩,是的!可是,你却逃避了……为什么?"

"等等,"萨姆金请求说,他站起来,走到窗前。夜已将半,在这条即使白天也很安静的街道上,通常在这个时刻,总是像在偏僻的外省那样笼罩着死一般的寂静。但是这天晚上,却几乎是不断地透过双层的玻璃窗传来低沉、轻柔的活动声音,人们一群一群地走过,汽车不断地鸣笛,救火车飞驰而去。把萨姆金引到窗前来的,是一阵异常沉重的声音,窗玻璃都被这种声音震得轻轻地响起来,连碗橱里的杯盘也被震得叮当直响。

萨姆金看到,黑暗中,有两个四四方方的怪物,在马路上缓慢地移动,一些拿枪的人在它们周围形成一个稀稀拉拉的圈子,刺刀摇曳着寒光,划破黑暗。

"装甲车,"他立刻就想到。"装甲车出动啦,"一股奇怪的欢乐感情鼓舞着他放开嗓子叫道。

"你以为会射击吗?"德罗诺夫睡意蒙眬地嘟哝说。"不会射击了,厌倦了……"

装甲车开过去了。德罗诺夫倒在沙发椅里,嘟哝道:

"什么事儿也不会发生。打了德罗诺夫·伊万一个耳光,就完事大吉了!"

萨姆金瞥了他一眼,心里想:

"准会变成酒鬼。"

萨姆金到卧室去拿来一个枕头,扔在长沙发上,说道:

"躺下睡吧。"

"可以。这是可以的。"

德罗诺夫站起来,走到沙发跟前,瞎子似的两臂向前一伸,像跳水似的扑倒在沙发上,躺好了,嘟哝道:

"'用铁锹挖出的深穴……
莫名其妙的……生活,孤独的生活……'

萨姆金,这是谁的诗?"

"尼基丁的。"

"见鬼。你无所不知,无所不晓。"

他睡着了。克里姆·伊万诺维奇·萨姆金由于酒足饭饱,由于变幻莫测的时局,也觉得茫茫然若有醉意。他点上一支烟,在窗前站了一会儿,朝窗下的黑暗中看去,有些模模糊糊的人影像鱼似的迅疾无声地在游弋,由于他们比黑暗更黑,所以才能看到。

"革命就这样来了。在我这一生已经是第二次了。"

他决定,明天一早,就出去观看革命,确定自己在革命中的位置。

第二十九章

一

第二天早晨,他煮好了咖啡,两人把残余的食物统统吃光,就走到街上来了。天气很冷,寒风在忙碌地拂弄着干燥的细雪,起劲地拂弄了一两分钟,就销声匿迹了,仿佛懂得,现在再下雪,已经为时太晚了。

萨姆金走在德罗诺夫前面,仔细地观察着四周,竭力想发现某种不平凡的,然而又似乎是早已熟悉的东西。德罗诺夫提示说:

"你注意到这城市变得多么寒酸了吗?"

"是啊,"萨姆金同意地说,并且想起来:一九〇五年秋天的莫斯科也正是这样凄凉,官吏、马车夫、中学生、警察都不见了,那些衣着华丽、仪表堂堂的人也都销声匿迹了,满街尽是愚昧无知的黎民百姓,但是那时候,在莫斯科很难断定,那些徘徊在弯弯曲曲的街道上的人究竟要往哪里去,可是今天,在这里却非常明显,大多数人都是往一个方向走,而且是匆匆忙忙,很有信心。面色黧黑的工人、徒手的士兵、披头散发的妇女,都匆忙走去,而一些穿得比较干净的人走得却并不是那么快,有时,走过一小队武装的士兵,但是没有军官率领,装满士兵和工人的载重汽车在吃力地跑着。有的人胸前系着红带,有的胳膊上戴着红袖章。

"喂,喂,克尼亚泽夫,"德罗诺夫呼叫着,跟着一个骑自行车的人跑去,那个人的大胡子飘在左肩膀上。萨姆金等了伊万一会儿,就继续往前走去。

赶过一辆巨大的板车,上面巧妙地装满了用干草捆扎起来的维也纳式的椅子,椅子码得差不多有二层楼那么高,肥壮的枣红马和红脸的车夫,跟这庞然大物的板车一比,显得非常渺小可笑,一个穿着敞怀大衣,制帽戴在后脑勺上的大学生跟车夫并肩走着,他不断挥舞着双手,喊叫着:

"你想想看:人民……"

"俺们只盘算自个儿的利益,"车夫像助祭似的用低音嗡嗡地说。"你去跟俺的老板谈谈吧,他什么都会给你讲清楚。人民的事儿他也能给你瞎扯一通。"

车夫快活地大笑起来。克里姆·伊万诺维奇放慢了脚步,想听听赶车的还说些什么。但是,这时他看到有十来个人站在人行道上一家枪械商店的玻璃橱窗前,从店里走出来一个身材短粗的人,头戴海龙皮帽子,身穿一件袖口镶着毛皮的大衣,脸刮得光光的,他一挥手,大喊一声:"看我打这牙科医士招牌!"砰地就是一枪。院子大门上搪瓷招牌的"科"字不见了,射手扬扬自得地微笑着,向观众扫了一眼,有人称赞说:

"真准!"

这时有个满脸胡子,穿一件油污的厚上衣的人伸出手来请求说:

"给我看看!"

他看了一眼,就断定说:"科利特牌!"接着把枪往上衣口袋一插,扬长而去。

"哪——哪儿去?"射手大吼一声,撒腿就要去追抢枪的人,但是立刻有两个人站到他面前,一个脸朝他,另一个背对着他。

"你们看见了吧?"他怒气冲冲地问道。

"您要这玩意儿干吗?"青年小伙子心平气和地对他说,背对着他的那个喊道：

"戈尔杰耶夫，回来！"

又转身对那个射手说：

"老爷，您还是走自己的路吧，这儿没有您的事儿。还有您，待在这儿干吗？"他用浅蓝色的眼睛打量着萨姆金问道。"商店不营业，请离开这儿。"

萨姆金驯顺地、心甘情愿地走开了，那个射手立刻追上了他，说道：

"我简直什么也不明白！他们是些什么人？只有鬼知道！"

走到马路对面，萨姆金回头看了看，一辆载重汽车开到枪械商店门口，原先站在玻璃窗前的那些人正在从商店里往外搬箱子。

"光天化日之下进行抢劫，"射手嘟哝说，萨姆金没有作声，他不需要谈话对手。对手明白了这一点，走到街道拐角的地方，嘲弄地说：

"您大概也是……一丘之貉……"

说完就在拐角处消失了。

二

越走近塔夫里花园①，人就越来越多，虽然不很稠密，但几乎是络绎不绝的了，在利季大街，大桥的附近，也可能在桥那面，维堡方面，有稀疏的枪声，地方法院已经快烧光了，只剩下几道秃墙，但是在大墙里面，火焰还在贪婪地吞噬着木材，发出毕剥的响声，偶尔，火焰中什么东西发出沉重的爆裂声，霎时间火花纷飞，千万朵火花闪烁着飞向天空，好像蝴蝶或者花瓣，但是立即又化为深灰色的火灰。火场对面的人行道上聚集了五十来个人，几乎都上了年纪，有许多老头子，一面观赏着火的游戏，一面若无其事地交谈着，仿佛他们全都是见过世面的

---

① 国家杜马所在地塔夫里宫的花园。

看客,再也不会有什么东西使他们感到惊讶了。

"是小偷放的火。"

"那是当然的啦。"

"还有立陶宛监狱也是他们干的。"

"那还有谁呢!还有捣毁警察派出所,也是他们干的!"

"大概,政治犯们也插手啦……"

"宪兵队才是这些人的眼中钉呢。"

"还有警察厅……"

"警察厅并没有烧。"

"他们会烧掉的。"

萨姆金拐进了谢尔吉耶夫斯基大街,放慢了脚步。不久前,在这里,就在这条街上,那些被大炮震坏神经的、受伤的士兵还在训练新兵,大声喊着:

"立正!"

沿着塔夫里花园的栅栏走来一群人,有二十来个,这群人的中央,有三个大兵押着两个人:一个没戴帽子,大高个,高额角,秃脑袋,紫铜色的大胡子,胡子乱蓬蓬的,大脸上血迹模糊,他半闭着眼睛,弯着脖颈走着,在他旁边走的也是个彪形大汉,他一瘸一颠,摇摇晃晃,帽子紧扣在眼眉上,穿一件黑色的短皮袄和一双毡靴子。人们都像送葬一样,态度非常严肃,默默无声地走着,可是有一个肩上扛着双筒猎枪的人,仿佛是押解所有这些人似的,连蹦带跳,迈着小步,跟在后面,他穿着破旧的厚呢大衣,腰里紧扎着一条红皮带,头戴芬兰式皮帽,大眼睛,小脸盘儿,周围镶着一圈黑色的小连鬓胡子,虽然不很浓密,但是修剪得整整齐齐。萨姆金问他:逮捕的是些什么人?为什么逮捕的?

"高一点儿的那个是宪兵,另一个不知道是干什么的。捉他们是因为这两个家伙向老百姓开枪,"他用悦耳的声调大声说道,然后把自己的脚步跟萨姆金的步子走齐,又毫不含糊地补充说:"这种朝自己人开枪的坏作风,现在就连军队也要改掉。"

"要把他们押到哪儿去?"

"押到国家杜马去惩办。您当然知道,皇上已经把建立秩序的大权交给了杜马,那么,我想,它就要把一切好事坏事都管起来。"

萨姆金朝他脸上看了看:满脸是快活的皱纹,这使他那尖眼睛、尖鼻子的清瘦面孔显得很柔和,看上去很舒服。

"您是打猎的吗?"萨姆金问道。这个令人感到舒服的人已经跟他走得步伐一致,胳膊肘子不断在轻轻地碰着他。

"不,我有职业,我是裱糊匠和张挂帷幔的工人。我叫费奥多尔·普拉霍夫,可不是没有名气的人。打猎不能算职业,只是消遣消遣。"

克里姆·伊万诺维奇·萨姆金从来对人都没有什么好感,但是他却喜欢像米特罗方诺夫那样理智健全的人,他觉得这一类人完全符合历史学家克柳切夫斯基所说的大俄罗斯人的性格特征。他高兴地听着这位爱说话的同伴喋喋不休的谈话,而这位同伴用教训的口吻,轻松地说出一些似乎早已考虑成熟的结论:

"打猎是跟野兽打交道的事,是除害的行为。狐狸吃山雉和各种飞禽,狼吃小羊、牛犊,都会给我们造成损失。那么人,要关心自己,就必去打狼,我是这样理解的……"

在塔夫里宫宫墙入口处,有一群人把萨姆金跟他的同伴挤散了,挤得他脊背擦着大门的石柱,被拥进宫墙里面,最后又被挤到一个角落里,这里比较宽敞。萨姆金喘了口气,检查了一下大衣扣子挤掉了没有,然后四面看了一下,发现宫墙里面人群的密度并不像街上那么大,大家都挤在宫墙边,宫门台阶前面留出一大片空地,但是街上的人还是不到墙内来,仿佛有什么看不见的障碍挡住了他们似的。

"可是昨天街上还是那么空旷、平静。"

站在他周围的人大都衣冠楚楚,在他身后,宫墙突出的墙基上,站着一位头戴白羊羔小帽、蓝眼睛的胖太太,几绺黑发从羊皮帽里脱出来,散在粉红的前额上。在克里姆·伊万诺维奇身旁,站着一个穿灰上衣,身材高高的、黑眉毛的老头子,他的上衣还镶着绿边,戴着一顶像油炸包子似的怪帽子,留着鬅毛的浅灰色连鬓胡子。一个头戴海狗皮帽子、圆脸红腮、留着两撇俏皮的金色小胡子、身材高大的人挤了进来,用嗒嗒的声调对那位太太说:

"消息非常可靠:希德洛夫斯基、申加廖夫、舒利金,当然还有米留可夫、利沃夫和令叔父。这些人组成了进步联盟执行局。他们决定跟现政府进行斗争,并采取各种措施,保证军队能安心打仗。"

"安心打仗,安不了心!"有人插嘴说。

"请原谅!是这样号召的:为了使军队能在前方安心作战,工人能安心供应炮弹。"

"可是吃什么呢?"萨姆金旁边的一个身材矮小、脸色发黄的人质问道。

"杜马会肩负起斗争的任务。"

"可是兵士吃什么呀?"那个脸色发黄的人更加固执地大声问道。穿镶绿边灰上衣的人弯下腰,悄悄说了些什么。

"谁上台对我来说都是一样,现在不计较这些,"脸色发黄的人声明说,他摘下帽子,在秃头顶上摇晃了一下。

许多人都在倾听留俏皮小胡子的人讲话,他说道:

"米留可夫……很聪明……"

"米留可夫不是列兵,而是看护兵,而且还……"

"一定要举国上下,不胡言乱语,由我们,杜马来代表国家说话。以罗江科为首的各党派首脑会议正在开会……"

留两撇俏皮小胡子的人突然脸色发白,转身对那个秃顶的人说:

"您听我说,您要干什么?见您的鬼!"

"我们走吧,走吧,"那位太太急急忙忙地说,她从台基上跳到地上,使劲撞了萨姆金一下,也没有道歉,就揪着留小胡子人的袖子,把他拉到宫殿入口处去了。

"这是什么人?"萨姆金问那个穿镶绿边上衣的老头。老头子郑重地回答说:

"老爷。大……"老头子没有把"人"字说出来,而以一种模糊、惊讶的轻微嘘声结束了这句话。一辆载重汽车像狗熊一样嘶哑地咆哮着驶进了院子,开车的是一名脖子上缠着绷带、制帽歪戴到右耳朵上的大兵,他旁边是个大学生,车厢里有两个持枪的工人,一位把帽子扣到眼边的文官和一位灰白色大胡子的胖将军,还有一名大学生。街上的喧哗声更大了,甚至有人高喊乌拉,可是宫墙里面却要安静得多。

"这是什么意思?"穿灰上衣的老头子小声问萨姆金。

"他们被捕了,"克里姆·伊万诺维奇没有把握地回答,眼看着工人把文官押下车来,又补充说:"这位文官,好像是司法大臣……"

"那么谁……在发号施令?"

"杜马,"脸色发黄的人大声说。"还要关闭杜马呢,可是杜马——现在……"

三

萨姆金注视着。这位大臣显得很轻,就像内中空空如也似的,他自己迅速抓住大学生伸给他的手,跳到地上,又同样迅速地跑上台阶,消失在柱子后面。跟这位将军却忙活了半天,他圆滚滚的,像只木桶,大声地哼哼着,坐到车厢边上,战战兢兢地放下一条穿镶着红线条的裤子的腿,又往回缩缩,放下另一条腿,最后,一个工人朝他喊道:

"您大胆往下跳吧!怕什么,这又不是往大海里……"

德罗诺夫站到萨姆金身边,他好像口吃一般结结巴巴地小声说道:

"有一大群人向这里挺进……有两万人……也许还要多,真的!绝不骗你。有工人。有士兵,军乐响亮。还有海军。真是九级风浪……见他的鬼……有的地方在开枪射击,这是事实!从屋顶上……"

很明显,德罗诺夫真是吓坏了,甚至肩膀都在打哆嗦,他东张西

望,仔细打量着周围的人们,仿佛在寻找熟人,嘴里还嘟哝着:

"而那位……冒牌的马尔科夫,热情奔放的傻瓜,据说,正率领一个机枪团从奥拉宁鲍姆赶来。你说,这里究竟是谁在掌权?"

"我也是晕头转向,"那个上衣镶绿边的老头子插嘴说。

"应该到塔夫里宫去,"萨姆金说。

德罗诺夫立刻表示同意。

"对啦!在那儿,万一发生……"

他走在萨姆金前面,毫不客气地推开挡路的人们,但是在台阶上一位军官拦住了他们,声称他是保卫国家杜马的卫士长,不放他们进入宫中。但是他们还是在存衣室门口的柱子后面待了下来,这里居高临下,可以从容地观看革命。站在他们旁边的是一个身材高高的老头子。

"既然有守卫的人,可见还有政权存在,"老头子用安慰的口气说。

德罗诺夫瞥了他一眼,问道:

"您是猎骑兵?"

"是!对!我为梅克伦堡-斯特列利茨基殿下当过二十七年差,还侍候过其他贵族老爷。"

他显然很高兴,因为有人注意他,于是低下头对着德罗诺夫的脑袋,列举说:

"卡普尼斯特伯爵,或者,譬如说,米哈伊尔·弗拉基米罗维奇·罗江科……"

忽然,附近什么地方,铜管乐队有力地吹奏起了《马赛曲》,宫墙里面和街道上的人都活动起来,仿佛他们脚底下的大地在颤动,有人歇斯底里地、高兴地或者是绝望地喊道:

"大兵来啦!"

萨姆金觉得仿佛有什么东西在他的胸部戳了一下,脚底下的石块也好像在颤动,这简直是太丢脸了,他想把这可耻的胆怯解释为肉体上的感受,并且招呼德罗诺夫说:

"轻点儿,别推我。"

"不是我推的,"德罗诺夫嘟哝说,他那由于饮酒过度而憔悴的脸拉得长长的,半张着嘴,下巴直哆嗦。萨姆金目睹他这副惨相,心里想:

"大概他也认为,一月九日的悲剧有可能重演。"

四

街道上的人迅速地分开了,大多数人吞吞吐吐地喊着乌拉,向乐队涌去,少数人急忙向右边移去,离开塔夫里宫,宫墙里面的人则都紧靠在墙上,宫门前腾出了一片覆盖着一层被践踏成灰色雪泥的空地。

克里姆·伊万诺维奇·萨姆金皱着眉头,心里想,腾出这一小片空地,似乎是故意叫他看到,这些一看就知道是工人的人,三三两两,急急忙忙,一个跟着一个,忧心忡忡地、默默地走过来。在台阶的上层,一位军官拦住了他们,士兵把刺刀交叉起来,封锁了道路,但是他们声称是来自各工厂的议员,于是军官就打冷战似的耸了耸肩膀,给他们让开了路。铜管乐队奏出的法国国歌的旋律越来越高昂,一片唠叨的嗡嗡声在空中回荡,中间夹着猎骑兵不和谐的、嘲弄的话音:

"真正的贵族老爷一闻味儿就认得出来,他们身上有一股暖烘烘的气味,狗是最会辨认这种气味的……贵族老爷祖祖辈辈,几百年来就长于研究学问,明白事理,而今研究明白了,所以皇上才把杜马交给他们,可是这里面却塞满了不三不四的老百姓。"

猎骑兵的鬈毛大胡子大概从前也跟他那浓重的眉毛一样黑,但是现在这把大胡子却已银丝闪闪,仿佛撒上了许多大盐花似的;他说起话来声如洪钟,可是单调,生硬,他的整个灰暗色的身影就像是锡铸出来的。

六七个人在一声不响地倾听猎骑兵大发怀古之幽情,其中有一个

人穿着皮大衣,领子竖起来,戴着海龙皮帽子,脖子赤红,粗壮,他用一只戴着手套的手捋着小胡子,叹了口气,说道:

"可惜呀,老头儿,你生不逢时,太晚了……"

"所以我才这么伤心……大学生逮捕将军,这是什么世道呀?"

萨姆金一边听着猎骑兵的话,一边想:

"这倒像个理智健全的人的呼声。"

宫墙外来了黑压压的一大群人,走在第一排中间的人,大高个,宽肩膀,两撇黑胡子,穿着短皮袄,没戴帽子,右边的袄袖撕了一个大口子,手里高举着一面红旗。看来,这个人一定十分强壮,因为旗杆又粗又长,足有两人高,旗子是天鹅绒的,但是这个人举在面前,却十分轻松,就像举着一支小蜡烛似的。他两旁,是两名持枪的士兵,身后还有两名,前面的几排几乎都有枪,就连第一排的排头,矮小的阿尔卡季·斯皮瓦克,肩上也扛着一支没有刺刀的枪。顷刻之间,这群人塞满了街道,涌进了宫墙,举旗的人站到宫门口的台阶下。有人高声喊道:

"旗子不要歪,喂,把旗子举正!"

有几名士兵,像穿过筛子似的穿过人群,挤到前面来,他们肩上扛着机枪,还有些铁盒子、木箱子,嘴里喊着:

"躲开点儿!"

没有人指挥他们,他们也不理会那个军官,卫士长,简直就像没有看到他似的,走进了宫门。

由于年纪大了,克里姆·萨姆金已经变得不那么近视了,视力近乎正常,他还戴着眼镜,但这与其说是为了需要,倒不如说是因为已经成了习惯;他从台阶上仔细地观察着人群的面貌,可以清晰地看到,在这黑压压的人群中,皱巴巴的软制帽和皮帽子下面,是一些瘦削、肮脏、烟熏火烤的、毛茸茸的黑脸,他想融合这些人的脸相,塑造出一个典型的面孔。但是失败了,他很恼火,就越是不肯善罢甘休。他离题千里地想起了叶洛尼姆·波修描绘的支离破碎的世界,想起了列奥纳多·达·芬奇的那些假面具①,度勒画中的耶稣周围那些圣徒的可怕面孔②。

"不,不是这样,全不是。要把所有的脸压合成一个,所有的人头压合成一颗,长在一个脖颈上……"

他记起了,古罗马的一位皇帝也曾有过这样的愿望,为了砍头省事③。

"这是极端疯狂的厌恶人类的思想。不,这些人的领袖,他们的拿破仑应该是什么样的人呢?这些认为吃饱肚子是生活中惟一幸福的人的领袖应该是什么样的人呢?"

"罗江科!"众声高呼。"叫罗江科出来!"

克里姆·伊万诺维奇·萨姆金全神贯注于领袖人物形象的创造过程,所以脑子里只是机械地反映着周围发生的一切:很像某一位律师的克伦斯基从宫门内跑出来迎接士兵。他高声喊道:

"士兵同胞们!我祝贺你们获得这样崇高的荣誉——捍卫国家杜马。我宣布你们是第一批革命卫士……"

人群中开始大喊乌拉,而一名背着铁盒子的青年士兵却朝着克伦斯基喝道:

"躲开点儿!"

"他们干吗要把机关枪抬到里面去?他们打算从窗口往外扫射,是不是?"猎骑兵困惑不解地问道。

"他们不会开枪的,老人家,不会的,"那个戴手套的人说,而且还把脱下来的右手手套的大拇指撕了下来。

"叫罗江科出来!"费奥多尔·普拉霍夫喊道,他站在台阶底下,人

---

① 指达·芬奇准备为佛罗伦萨一座宫殿画的战争题材的壁画。画未成,仅有一些头部的画稿保存了下来。画稿上的脸都张着大嘴,作呼喊状,很像假面具。
② 度勒(1471—1528),文艺复兴时代的德国大画家,这里指的是名为《耶稣与圣徒》的那幅画。
③ 有一次,古罗马皇帝卡利古拉看到观众为他没有参加的一队竞技者叫好,就大发雷霆,叫道:"全罗马人的脑袋倘能合而为一就好啦!"

们在往前推他，(他)不断地扭身侧背，才在原处留下来，一边喊叫，一边朝什么人挤眉弄眼：

"叫罗江科出来！"

一个身广体胖的大块头从塔夫里宫走出来，用震耳欲聋的声音愤怒地喊道：

"公民们！"

他的身材是如此魁伟，使萨姆金觉得：这个人如果在近处，他会像一座钟楼，眼睛里简直就容纳不下了。在宫墙内，塔夫里宫前的人，甚至连宫墙外大街上的人群都渐渐地安静下来。罗江科的躯体仿佛也在不断地膨胀，大胖脸由于充血而涨得通红，他那油腻、雄厚的声音在咆哮：

"一片混乱……"

"混乱"二字的声音混成了一片非人的哀号，变成了"最后审判日的号声"。

萨姆金觉得，裱糊匠普拉霍夫被震得甚至蹲到地上去了，而那些紧站在罗江科身前低一级台阶上的人都摇晃了一下，那个戴手套的人竖起了大衣领子，把脑袋缩了进去，肩膀直哆嗦，仿佛在哈哈大笑。

"敌人已经来到彼得堡的大门口，"罗江科吼叫道。"要拯救俄罗斯，拯救我们亲爱、神圣的俄罗斯。要沉着。忍耐……'能忍耐到最后的人就会得救'。必须工作……战斗。不要听那些人胡说……伟大的俄国人民……"

克里姆·伊万诺维奇·萨姆金是第一次见到罗江科，他非常喜欢这个身材魁伟、声音洪亮、保养得很好的扎波罗热哥萨克贵族的后代。大概是因为他说得太久了，俄国人民没有足够的耐心听他说下去，千万张嘴喊出的乌拉声压下了他那嘹亮的演说，于是演说家就转过身去，叫伟大的人民去看他的脊背和后脑勺。

"最好是看他，罗江科，脱光洗澡时候的样子，"猎骑兵满意地，甚至颇为自豪地说道。"或者，譬如说，他吃饭时候的样子，这时候他就

637

是自己的沙皇和上帝。"

"愚蠢与庸俗的不可避免的产物，"萨姆金冷静地这样判断，甚至有点儿沾沾自喜。

那个戴手套的人把右手的手套撕碎，猛地掏出手绢，擦了擦满脸的汗，向宫门挤去，像瞎子一样，往人身上乱撞。他的肩膀撞了萨姆金一下，但是却没有道歉，他面孔瘦削，黑色的小连鬓胡子，深深地咬着下嘴唇，上嘴唇翘了起来，露出歪歪扭扭的大牙齿。

几辆载重汽车疯狂地轰鸣着，响着喇叭横冲直闯，开进了密密层层的人群，拉来了一些将军和文官，小心翼翼地把他们从汽车上卸在台阶前面，每卸下一件这样的货物，好像都使群众的情绪低落下来，喧哗声也渐渐地静下来，人们的脸上增添了沉思或愤怒、冷嘲、忧郁的神色。萨姆金听到一些低声的议论：

"怎么处置这些家伙呢？"

"不会来征求咱们的意见的。"

"还不是把他们保护起来，待到风平浪静的日子……"

"当然啦。过后再把他们放出来……"

"那时候他们就要为这次惊扰……进行报复！"

"最好把他们送到修道院去，叫他们去啃干面包。"

"亏你想出这样的好主意。"

"流放到什么地方去……"

"要不然就把他们押到拉多加湖去，沉到湖里淹死算了，"一个戴芬兰式旧帽子、穿着黑色破皮上衣的人，把O这个字母的音发得很重地说，他的帽子一直扣到眉毛上，帽子下面，鼓出了发青的脸腮，上面长满了灰白色的硬毛茬；他一面抑制着哮喘，一面重复说：

"还提修道院呢……前天，我们那儿的一些老娘儿们聚在亚历山大－涅夫斯基大寺院，哀求给孩子们一点儿面包，小家伙们全都快饿死啦，你简直就没有勇气去看他们一眼。所以婆娘们去哀求他们。寺院里的一个修士，主持，这狗崽子甚至发起脾气来，说什么：'我们这里不是商店,我们不卖面包。''噢,看在上帝的面上,那就赏给我们点儿东西吃吧。哪管是一口袋黑麦粉呢……'这家伙却说:'妇女们,你们是怎么啦,我们自个儿也是靠别人施舍过日子呀,看这个坏蛋!可是他们寺院有好几座仓库!您明白吗?好几座仓库。砂糖、面粉、荞麦、土豆,葵花子油和大麻子油,干鱼,多得很哪!……他们都留着侍奉上帝,是吧?"

有些忧郁的声音支持他说:

"是啊,大家都去侍奉上帝,可是谁也不去为人服务!"

"不,我们是为人服务的,我们给人干活……"

"普季洛夫[①]毕竟还是个人呀。"

"帕尔维埃宁[②]……"

"这样的人可多啦……"

"谁也不为老百姓服务,就是这么回事!"一个又高又瘦,穿一件男大衣的女人大声说道。"除了社会革命党以外,谁也不为老百姓服务。"

"那么布尔什维克呢?"

"布尔什维克呀,他们本来就是工人嘛。"

"他们人数很多吗?"

"全是些孩子,小东西……"

"小东西有的也很厉害呢,像胡椒啦,火药啦……"

"你们瞧,又运来一批被捕的人。"

当这批被捕的人,一位将军和两个文官,走上台阶的时候,人群也潮水般跟着他们涌进了宫门,冻僵了的萨姆金也随波逐流,立刻就被挤进了宫门,拥到一旁,膝盖撞在一个大兵的背上,大兵正坐在地上,把机枪夹在两腿之间,用一种什么工具在修理呢。

[①] 普季洛夫(1866—1926),俄国大资本家,二十世纪初任当时俄国最大的冶金股份联合公司董事长。
[②] 帕尔维埃宁是俄国大资本家,镀锌板及锌板制品股份联合公司董事长。

"请原谅!"萨姆金道歉说。

"不要紧,不要紧,冲吧!"士兵头也没回地回答说。"这里是有点儿挤,老兄,"他一面嘟哝,一面用钢制工具刮得这个铁家伙吱吱地响。"不过没关系,我们不会再挤多久了……"

士兵周围的地上堆满了机枪、弹带、装弹带的箱子、背包、步枪、一捆捆的军需品、口袋,口袋里装的是些很像大鹅卵石或者西瓜之类的东西。有十来名士兵,蜷曲着身子,躺在这一片乱七八糟的物品中间或上面睡觉。

"维肯季耶夫!"那个士兵仍在不停地修理机枪,他嘟哝着,用脚踢着一个睡觉士兵的肩膀。"醒醒,魔鬼!喂,小扳子在哪儿?"

一个工人走了过来,他的黑呢子衬衣上套着枣红色的背心,高高的颧骨,烟熏火燎的黑脸上两只深陷进去的眼睛,他咳嗽了一阵,看了看有什么地方可以吐痰,没有找到地方,就把痰咽了回去,嘎哑地低声说道:

"萨维奥尔,给我一个大面包吧,兄弟!给议员们……"

"不行,我没有权利,"士兵看也没有看他就说道。

"怪人,是给工厂的议员,给工人……"

"我没有……"

但是这时候修机枪的人忽然有所发现,高兴地喊道:

"啊哈,准是扳机坏了吧?对—对—对……"

他跪在地上,抬起那张灰眼睛,神情快活,两颊上生着稀疏的金黄色毛发的圆脸,批准说:

"拿一个吧。"

"要是两个呢?"

"那么你想吃这个吗?……"

他举起一条长胳膊,胳膊头上是一个油晃晃的大黑拳头。工人解开口袋,掏出一个大面包,塞到腋下,说道:

"应该藏起来,人们看到会眼馋的。"

"可是你还要拿两个呢！拿这张报纸,包起来……"

五

克里姆·伊万诺维奇·萨姆金置身于不断涌进宫门来的人群中,随波逐流,迅速进入塔夫里宫的深处,向千百人嗡嗡喧闹的地方漂去,他一边向前移动,一边看着那些特别引人注目的人物,倾听那些特别有趣的话语。他来到一条看不到头的走廊,这想必是贯通整个杜马大厦的走廊。这里比较宽敞,越往前走,就更宽敞了,走廊两旁的门不断地在开关,乒乓乱响,仿佛把人一个个地吞掉了似的。令人惊奇的是,这条走廊的尽头竟是一个陈设豪华的餐厅,餐厅里面聚集了三十来个人:有的愁眉苦脸,有的无精打采,有的怒气冲冲,这些人中,有一个却非常高兴,原来是斯特拉托诺夫,他穿了一身非常随便的、皱巴巴的衣服,柔软的长筒靴子。

"噢噢,您好!"他挥舞着双手对萨姆金说,好像要拥抱他似的。

萨姆金往后退了一步,抓住他的一只手,握了握,听着斯特拉托诺夫兴奋的低语:

"老兄,用卡车把我运到这儿来啦,就是这样!把我逮捕啦,真是活见鬼!我说,'你们听着,这是……这是违法的,我是议员,在法律上享有不容侵犯的权利。'有个大学生,身体孱弱,听了竟哈哈大笑起来,说道,'好,今天我们就是要侵犯侵犯!'他说得颇为幽默,是吧?跟他一起有个水兵,您知道吧,那副尊容就够人看的,他大声叫道:'不容侵犯吗?那么我们那些被送去服苦役的议员就可以侵犯吗?'唉,你怎么给他解释呢?他是个庄稼佬,什么都不懂……"

一个仪表堂堂的人走了过来,他穿得很暖和,头发梳得光光的,浑身上下洗刷得那么干净利落,简直洗得都有点儿褪色了。他面部表情呆板,脸皮仿佛是磨旧了似的,扇动着小鼻孔,懒洋洋地翕动着紫灰色的嘴唇,用温柔的声调问道:

641

"外面的情形怎样？有军队开来吗？"

"没有,什么军队也没有!"一个身材矮小的人用茶匙敲着空杯子喊道。"军队叛变啦。您怎么还不明白呢!"

"我不信!"斯特拉托诺夫笑嘻嘻地说。"我不相信。"

"强迫你……"那个仪表堂堂的人耸了耸胖肩膀(说道)。

"士兵是不会闹革命的。"

"军队已经不存在了！我去过前线……军队已经不存在了！"

"您相信吗？"斯特拉托诺夫问道。萨姆金四面看了看,然后说道：

"没有面包。你们发面包,军队就有了。"

他立刻意识到,不应该这样说,于是含糊其辞地补充说：

"总而言之……会找到一条正常发展的道路的。"

"需要的是机关枪,机关枪,而不是面包!"那位衣着华贵的人声音不大,但是毫不含糊地说。

又进来一个人,用安慰的口吻说：

"机关枪正在扫射！一位将军在海军部组织了抵抗。警察和宪兵都在从屋顶上射击。"

一个小老头从角落里悄悄地走出来,萨姆金偶尔在叶莲娜家里见到过他,但是不知道为什么没有记准他的姓：洛谢夫,勃罗索夫,还是巴尔索夫？小老头用手杖的扶手敲了敲桌子,借以引起大家的注意,然后用教训的口气说：

"诸位！请允许我提醒几句话,今天需要用特别谨慎的形式来表现我们个人的感情和观点……"他沉默了一会儿,用手杖的橡皮包头在地板上敲了敲,伤心地摇晃着花白的脑袋。"如果我们不希望自己个人的意见影响敌人对我党政治纲领的评价,加剧对我党为俄罗斯民族造福的崇高目的的恶意歪曲。我当然,并不是奉劝诸位要像一句古老明智的政治格言说的那样,'和狼一起生活就要学狼叫'。但是诸位当然懂得,变一变说话的口气,并不等于改变它的意思,在言辞上的让步,并不一定有损于事业的成功。"

萨姆金不想再跟斯特拉托诺夫交谈,就迅速地(走出了)餐厅,他对自己很不满意,打算走回家去,在家里仔细思考耳闻目睹的一切。

德罗诺夫敞着大衣,帽子塞在口袋里,正挥舞着双手,从走廊那头走过来。

"等等,你上哪儿去?"他拦住了萨姆金,而且立刻就报告说:"杜马临时委员会掌握了政权,但同时,又像在一九〇五年那样,组成了工人代表苏维埃。这将出现什么局面:两个政权同时并存?"他问道,竭力想把恐惧战栗的视线停在萨姆金的脸上。

萨姆金严厉地回答说:

"这有什么根据呢?工人苏维埃将为其自身的职业利益……"

零星的笔记

十年①。

当最初传出弗(拉基米尔)·伊里奇有可能回到俄(国)来的时候,一个人大发牢骚说:

"好啦,这位立刻就会动手制造麻烦。"

斯科罗霍多夫说:

"当然,列宁完全是我们的,而且是真正的革命家。问题是我们自己是否已经成长为一个真正的革(命者)了?"

站在克里(姆)身旁的一个农民

"瞧,真是好样的……回来啦。身体很健壮。"

"好,愿上帝帮助他,他能帮帮俺们的忙就好啦。"

"他的样子像个当家人。"

"让我过去!让我看看。"

可是那里,在一辆铁甲车的周围,是密密麻麻的人群,好像已经结成了一个整体……

---

① 指列宁在国外流亡了十年后重返俄国。列宁于一九〇七年离开俄国,一九一七年四月回到彼得堡。

"社(会主义)革(命)万岁!"

呼声并不很高,但是整个广场上都能听到。

人群骚动了一阵。

"啊哈!你听见了吗?"

有个人推推挤挤钻到前面去,大声喊着:

"列宁同(志),我们都准备好啦。我们懂得,同志,对吗?"

"伊里奇!这样称呼简单,"他走过去就说。"太好啦,伊里奇!是吧?"

列　宁

他就像长入了人群,消失、融化在人群之中,但是人群却变得更加雄伟,仿佛更壮大了。

萨姆(金)想起了加邦。

列　宁

他所说的话都非常简单而富有说服力,这使萨姆金更加不愿意赞同他的意见了。

萨姆金眼里的弗·伊·列宁

一位讲道先生,众多俄(国)社(会)民(主党)知识(分子)中的一个,马克思主义的宣传员以及其他等等。

是的,体型,姿态,声调,Р、Л两个字母发音不清的贵族腔调。"有点儿像巴枯宁"。

接下去是:对于孟什维克的改良主义更为激烈的批判,对第二(国际)的领袖们的攻击,对他们明显的敌视。"有某种新的东西,就是说某种独特的、我们俄国内地的、野蛮的东西。"

库图(佐夫)。斯皮瓦克太太。

柳芭莎呢? 柳芭莎……死了。与世长辞了。这对她是不合适的,她死了。这个姑娘,年华虚度。给社会革命党人缝补过衬衣,可是她本应到工厂里去做工的。

感觉:列(宁)是他的私敌。

想到这个人的名字引起的轰动,想到千千万万的人都在倾听他的声音,就感到奇怪,并且非常懊恨。

结　局

一个穿格布裙子、黑色短上衣、十字交叉系着红带子、棕黄色的头发上蒙着红头巾的宽脸盘的女人,跟一个没戴帽子,头有点儿秃的庄稼汉并肩走着,幸福地微笑着,看着他那胡子扎煞的、张得圆圆的嘴。

庄稼汉威严地唱道:

"弃(绝……)"

尾　声

"滚开! 臭蟑螂,从大路上滚开。唉,臭—蟑螂!"

他把一条腿往后一挪,飞腿就踢,正踢在萨姆金的肚子上……

他用深沉的低音怒吼道:

"干你的勾当去吧,干吧!"

"遵守秩序,同志们,遵守秩—序。你们是希望有秩序的呀。"

一个装着人骨头的口袋①。

萨(姆金)。

一个肮脏的口袋,里面装满了细碎的、有棱角的东西。

血从帽子下面和别的什么地方流出来,他脚边的血泊越来越大,他好像正在融化。

一个女人弯下腰来,试图用手指去捏合死者的眼睛,但是她怎么也合不上,于是捡起一块破炮弹箱上的木板,放在死人的脸颊上。

全书完

---

① 指被群众践踏过的萨姆金的尸体。